Les saisons de la solitude

Joseph Boyden

Les saisons
de la solitude

ROMAN

*Traduit de l'anglais (Canada)
par Michel Lederer*

TERRES D'AMÉRIQUE

Albin Michel

« Terres d'Amérique »

Collection dirigée par Francis Geffard

Amanda
Nisakihakan

Jacob
Nkosis

William   et   Pamela
Kotakiyak   Nicishanu

1

Quand il ne restait plus de Pepsi pour mon whisky, mes nièces, il y avait toujours du soda. Pas de soda ? Il y avait l'eau de la rivière. L'eau de la rivière est légère, un peu entre les deux. Et l'eau de la Moose River est froide. Froide comme la vie entre deux couleurs. Comme la vie dans cet endroit. Quand le whisky était du Crown Royal, l'eau brune de la Moose River faisait un très, très bon mélange.

Vous savez que j'étais un pilote de la forêt. Le meilleur. Mais le meilleur doit avoir des accidents. Et j'en ai eu, moi. Trois. Il faut que je vous explique. Le premier, j'étais jeune. Le monde m'appartenait. Je n'avais peur de rien. C'était juste avant qu'Helen et moi ayons notre aîné. Le premier, j'étais soûl, mais ce n'était pas la raison. J'avais l'habitude de piloter avec quelques verres dans le nez. Je croyais vraiment que le whisky améliorait ma vue. Mais la vue n'était pas en cause. Attendez. Si, elle l'était. Une tempête de neige. Visibilité nulle. Alors que les tourbillons empêchaient de distinguer la piste glissante, j'ai obtenu le feu vert de la tour de contrôle de Moosonee, non sans un avertissement : risque de blizzard.

Une heure plus tard, j'avais parcouru une centaine de

miles au nord de la Moose River pour aller chercher des trappeurs qui, malgré eux, devaient quitter leurs lignes de trappe. Je me hâtais avant que la nuit tombe. Je pensais savoir où ils se trouvaient. J'étais comme chez moi dans un avion. Mais au cœur d'une tempête de neige ? Je chantonne, et une seconde plus tard mon alimentation-carburant se grippe, je descends en vol plané et j'atterris en catastrophe sur une rivière gelée. Le plus incroyable ? Aveuglé comme je l'étais, si j'avais touché le sol à quelques mètres sur la droite ou sur la gauche, j'aurais enroulé mon appareil autour d'un des épicéas noirs bordant les berges. Tête écrabouillée contre le manche. Jambes broyées, brûlées contre le moteur chauffé au rouge. Parfois les ancêtres veillent. *Chi meegwetch, omoshomimawak !*

L'avion n'a pas trop souffert, mais c'était quand même un accident. C'est la première fois que je l'ai frôlée. La longue nuit noire. Inutile de prononcer son nom.

Dès que j'ai réussi à ouvrir la porte, la neige, elle s'est arrêtée. D'un coup. Comme dans un film. Et lorsque la couche de nuages s'est déchirée en cet après-midi de janvier, à plus de cent miles de Moosonee, le froid est venu, si brutal que je n'avais que deux solutions.

Soit décider que le froid était un être vivant qui en voulait à ma vie. Et là, je pouvais me mettre en colère contre lui, déplorer l'absence de justice dans le monde, puis commencer à paniquer.

Soit décider que le froid, élément de la nature, n'était qu'un fâcheux dérèglement de la météo. Dans ce cas, sachant que l'univers physique animé de mauvaises intentions ne me guettait pas dans l'ombre noire des sapins, je pouvais essayer de faire face avec les moyens dont je disposais. Et là, réalisant quel idiot j'étais de me retrouver ainsi sans l'équipement approprié – vêtu seulement d'un blouson de jean, avec aux pieds des chaussures de jogging –, je me mettais en colère, et je commençais à paniquer.

Moi, je préférais la première solution, décréter que Mère Nature était une enragée, une salope. Elle n'attend que l'occasion de te tuer. T'as baisé avec elle si longtemps qu'elle n'est que trop contente de t'éliminer. Mais surtout, je pouvais ainsi me mettre en colère sur-le-champ, rejeter sur le temps la responsabilité de mes ennuis. La panique vient plus vite comme ça, mais elle devait de toute façon venir, non ?

Alors je me suis extirpé du cockpit puis j'ai marché sur l'aile, effrayé par la forêt, le froid tout autour de moi, résolu à aller ramasser du bois pour faire un feu, et j'ai sauté sur la rivière gelée.

Enfoncé dans la couche de neige jusqu'au torse, je me suis aussitôt traité de stupide ivrogne. L'eau glacée m'a coupé la respiration, tandis que le flot puissant battait mes jambes et m'arrachait mes tennis délacées, si bien que la dernière chose que mes pieds ont sentie, c'est les chaussures emportées par le courant.

Le temps que je remonte sur l'aile, j'étais si engourdi des pieds à la taille que j'ai dû me hisser dans le cockpit à l'aide de mes seules mains mouillées tout en décollant mes doigts qui gelaient au contact de la carlingue et dont la peau s'arrachait. Je haletais. J'ai lancé un appel radio, et lorsque ma femme a fini par répondre, elle n'a pas compris un mot de ce que je racontais. Elle a cru qu'il s'agissait d'un gamin jouant avec la CB de son père, et elle a coupé la communication.

Je le répète, la panique vient vite. Je pouvais perdre encore un peu de temps et mes dernières forces pour tenter de rappeler dans l'espoir qu'Helen comprenne que c'était moi et que j'avais besoin d'aide, mais comment lui dire exactement où j'étais ? On me retrouverait sans doute le lendemain à la lumière du jour, mais certainement pas maintenant que la nuit tombait. Je n'avais donc pas le choix. Je suis ressorti du cockpit, sur l'autre aile, puis j'ai sauté, espérant qu'il n'y aurait pas d'eau sous la neige.

Cette fois, j'ai heurté la glace, ce qui a vidé mes poumons du peu d'air qui restait. Mon jean et mon blouson étaient déjà gelés, plus raides qu'une camisole de force, et je frissonnais tant que je craignais que mes dents se brisent. Je redoutais que le Zippo dans ma poche soit mouillé et inutilisable.

Repousser les pensées pessimistes. Chaque chose en son temps. J'ai rampé de mon mieux, tâchant en vain de me redresser pour marcher et, avec la dégaine d'un zombie, je me suis dirigé vers la berge où j'ai entrepris de casser les branches sèches d'un arbre mort.

Après en avoir ramassé une bonne pile, j'ai glissé la main dans mon blouson, rompant la gangue de glace autour du tissu dur comme du métal. Je ne sentais plus mes doigts. J'ai pris mes cigarettes et je suis parvenu à en extraire une du paquet, puis j'ai ouvert le capot du briquet. S'il marchait, je fumerais une clope en allumant le feu. Et s'il ne marchait pas, je mourrais gelé et les sauveteurs me découvriraient la cigarette intacte aux lèvres, aussi cool que le cow-boy Marlboro. Au quinzième essai, la flamme a jailli. Sauvé pour la première fois. J'ai sorti ma flasque de la poche arrière de mon jean et je me suis escrimé à dévisser le bouchon. En cinq minutes, le feu avait pris. Un quart d'heure plus tard, après avoir siphonné le réservoir de l'avion, il flambait. Le plus beau feu de ma vie, si chaud qu'il m'a fallu reculer tandis que je faisais tourner lentement mon corps comme une saucisse.

Le noir des nuits de janvier dans la baie James, c'est quelque chose que, vous, vous connaissez bien, les filles. Annie, tu es assez grande pour te souvenir de ton grand-père. Suzanne, je ne sais pas. J'espère que oui. Votre *moshum*, rien ne lui plaisait davantage que de vous emmener, enveloppées comme des momies, regarder les étoiles, et surtout les aurores boréales, qui scintillaient au-dessus de la baie. Il vous racontait qu'elles dansaient rien que pour vous et il vous montrait comment frotter vos poings l'un contre l'autre pour qu'elles brillent plus. Vous vous rappelez ?

Mon premier accident s'est bien terminé. Mon vieux copain Chief Joe est parti à ma recherche le lendemain matin et il m'a retrouvé assis devant le feu encore fumant que j'avais entretenu toute la nuit. On a dégagé mon avion, on a bu quelques solides rasades et il m'a donné une paire de bottes de rechange. Ensuite, il est allé chercher les trappeurs tandis que je faisais dégeler mon alimentation-carburant avant de redécoller pour rentrer à la maison où Helen m'attendait.

Joe a arrêté de voler peu après. Il était prêt pour autre chose. Moi, j'ai continué. Je n'avais pas le choix. Une femme qui désirait des enfants, l'idée d'une famille à nourrir qui naît en nous comme un beau lever de soleil à l'horizon. J'ai choisi. J'étais encore jeune, assez jeune pour croire qu'on peut jeter son filet manet pour ramener des options à l'instar de poissons.

La neige est épaisse ici, mes nièces. Je suis fatigué, mais il faut que je continue à marcher. Je suis tellement fatigué, mais il faut que je me lève, sinon je vais mourir de froid. Vous parler me tient chaud.

2

On l'a mis au dernier étage, celui des cas critiques. Je sens son odeur brute. Elle perce sous le savon de la toilette d'oiseau qu'Eva, son infirmière, lui a faite un peu plus tôt. Je suis tout près de son oreille, assez près pour distinguer les quelques poils gris qui s'en échappent. « Tu m'entends ? » Partie huit mois, je suis rentrée hier pour trouver mon oncle Will dans cet état. « Eva m'a dit de te parler. Je me sens idiote, mais je vais quand même essayer pendant quelques minutes, jusqu'au retour de maman. Mais pas question qu'elle me surprenne ainsi. » Elle considérerait cela comme un signe de faiblesse, s'imaginerait que je deviens une bonne petite catholique, rêve qu'elle caresse depuis toujours.

Je me lève et je vais regarder par la fenêtre qui offre une large vue sur les berges recouvertes d'un mètre de neige, de même que sur les rangs de sapins qui forment comme une clôture de fer forgé noire sur le fond blanc. Il fait si froid dehors. Le ciel est bleu et vaste. Aucun nuage pour retenir la moindre chaleur.

Le docteur Lam voulait le faire transférer à Kingston, mais il craignait qu'il ne supporte pas le voyage. Il restera hospitalisé ici. Je regarde les motoneiges filer le long du fleuve sur la piste qui part de Moosonee. La fumée des pots d'échappement plane dans l'air comme des effilochures blanches. Février. Le pire des mois. La machine qui l'aide à respirer évoque le souffle égal d'un enfant endormi. Une autre, branchée à son bras, émet un bip environ toutes les secondes. C'est, je crois, celle qui signale que son cœur bat toujours.

J'entends un bruit de pas dans la chambre et je me retourne, pensant qu'il s'agit de ma mère dont les cheveux, encore noirs huit mois auparavant, sont aujourd'hui presque blancs, si bien que quand je l'ai revue à mon retour, j'ai eu l'impression que plus rien n'avait de sens. C'est Eva, si imposante dans son uniforme bleu, le visage brun joufflu. J'avais toujours pensé que les infirmières portaient des uniformes blancs et des coiffes ridicules. Dans cet hôpital, elles sont habillées comme des mécaniciens. C'est sans doute le rôle qu'elles jouent.

Eva vérifie ses signes vitaux, puis les note sur sa pancarte. Elle l'installe sur le flanc puis place des oreillers sous lui pour le soulever. Elle m'a expliqué que c'était afin d'éviter les escarres. Il est là depuis un mois et tout ce qu'on peut me dire, c'est que son état demeure stable mais profondément catatonique. Il y a très peu de chances pour qu'il reprenne connaissance. Les blessures à la tête étaient gravissimes et il aurait dû en mourir. Mais est-il seulement vivant, couché là ? J'ai envie de poser la question à Eva qui lui frotte les jambes.

« Viens m'aider, Annie, dit-elle. Fais pareil avec ses bras. Il faut activer la circulation. C'est capital.

– Ça fait sacrément bizarre, dis-je, cependant que, de

l'autre côté du lit, je prends ses bras et commence à les masser.

– Quoi ?

– De le toucher. Je ne me souviens pas l'avoir touché de toute ma vie.

– Tu t'en remettras. » Eva a la respiration lourde pendant qu'elle lui fait ses soins, elle souffle comme un bœuf. Je la connais depuis que je suis toute petite, et elle a toujours été grosse. Plus que grosse. C'est ma meilleure amie, elle a la figure ronde comme une pomme et la taille d'une baleine béluga. « Tu lui as parlé ? » me demande-t-elle.

Je hausse les épaules. « C'est encore plus bizarre. Ça donne l'impression de parler à un mort.

– Tu ferais bien de t'excuser, toi. Tu vas le perturber à dire des choses pareilles. »

Quand Eva quitte la chambre pour continuer sa tournée, je me rassois et je contemple son visage. Il paraît deux fois plus petit que lors de mon départ l'année dernière. Il a fallu lui couper ses longs cheveux noirs striés de gris. Il fait plus âgé que ses cinquante-cinq ans. Il a tant de cicatrices sur le crâne, des zigzags blancs qui tranchent sur le duvet poivre et sel. Je l'imagine qui se réveille et sourit, tandis qu'avec ses dents de devant qui manquent, il a l'air d'un petit garçon. Maman a dit qu'il n'avait plus que la peau sur les os après être resté dans la forêt sur ses lignes de trappe durant tout l'été et l'automne. J'ai su aussitôt qu'il était arrivé quelque chose. Chasser en été ? Qu'est-ce qu'il espérait attraper ? Des coups de soleil ?

Comme si je l'avais invoquée, ma mère apparaît et prend place sur la chaise à côté de moi. Elle me tend un tupperware. « Mange, Annie, dit-elle. Tu es devenue aussi maigre que lui.

– Je n'ai pas faim.

– J'espère qu'ils s'occupent bien de lui, dit-elle, lui caressant la tête comme à un oisillon.

– Eva vient de passer, maman. Tu peux avoir confiance en elle. Elle sait ce qu'elle fait.

– C'est l'heure de mon émission. » Elle s'empare de la télécommande.

Il faut que je sorte. Cette femme va me rendre folle avec ses talk-shows et leur psychologie de bazar. L'absence de ma sœur la rend encore plus cinglée. Suzanne est partie depuis deux ans. Tout le monde ici, et même ma mère, croit qu'elle est morte. Mais je garde espoir.

Il règne un froid vif, et la batterie de ma motoneige est de nouveau presque à plat. Je tire sur la cordelette du démarreur jusqu'à ce que j'aie l'impression de m'arracher le bras. J'actionne de nouveau le starter à deux ou trois reprises en mettant les gaz, et à la tentative suivante, le moteur démarre enfin. Rabattant sur mes oreilles ma toque en peau d'orignal, je fonce sur le fleuve. Le vent est glacial, si bien que j'ai les yeux qui pleurent, et les larmes gèlent sur mes joues. Putain, que le retour est dur !

Quelques personnes venant de Moosonee me croisent sur leurs engins. Elles me saluent de la main, mais je fais comme si je ne les voyais pas. Il faut que je change de skidoo, et j'ai récolté assez d'argent au cours de mes aventures new-yorkaises pour en acheter un. Peut-être un Polaris. Ou un Bombardier pour rester canadienne. La piste qui part de

Moose Factory mène à la rivière. Moosonee est nichée sur l'autre berge. Le clocher de l'église se dresse dans le ciel. Les poêles à bois des maisons chauffent tant que la fumée plane au-dessus de la petite ville, épaisse et blanche, sans vouloir se dissiper.

Je tourne à droite vers le fleuve, en direction de la baie. Un trajet d'une vingtaine de kilomètres jusqu'à ma cabane. La vieille cabane familiale pour la chasse à l'oie. Je sais qu'arrivée là, je vais contempler, ainsi que je le fais chaque jour depuis mon retour, la surface gelée de la baie James qui ouvre au loin sur la baie d'Hudson, réalisant alors que je vis aux confins du monde.

La marée monte et charrie de la glace fondue le long des berges. Je veille à ne pas trop m'écarter du milieu. À cet endroit, la piste est si large que j'ai le choix entre une dizaine de traces de motoneiges. Quand nous étions petites, Suzanne et moi, on essayait de traverser à la nage, mais on se fatiguait tout de suite.

En approchant, je vois des tourbillons de fumée qui s'échappent des fenêtres et de la porte ouvertes de ma cabane. Je crois qu'elle est en feu, puis j'aperçois Gordon dans sa parka assis sur un talus de neige, l'air abattu. Quand j'entre à pas lourds, je constate que la clef du tuyau du poêle à bois est fermée. Je m'empresse de l'ouvrir et je regarde les flammes réapparaître. Toussant, j'empoigne le stylo et le papier posés sur la table de la cuisine, puis je me hâte de sortir et les lui tends. « Merde, qu'est-ce qui t'a pris de fermer le tuyau ? » je lui lance. Pauvre garçon, ses mains sont bleues de froid. « Et pourquoi tu n'as pas mis de moufles ? » Je m'assois à côté de lui, ôte les miennes et les lui fourre sur les genoux.

Son écriture est presque indéchiffrable tellement ses mains tremblent. *Tu m'as dit de le fermer s'il faisait trop chaud.*

« Je t'ai dit de fermer le registre, pas le tuyau ! » Je ne suis plus en colère contre lui, et dans ma voix percerait juste une légère contrariété. Pauvre garçon. Je l'aide à se relever en le saisissant par sa parka dans laquelle flotte son grand corps maigre. Puis je le conduis à l'intérieur, dans la chaleur enfumée.

Le lendemain, je ne retourne pas à l'hôpital comme prévu. Cette année, Northern Store achète un bon prix les peaux de martres, aussi j'ai décidé de relever une ligne de trappe pour apprendre un peu la forêt à Gordon, mon Indien des villes. Nous aurions pu prendre ma motoneige, mais aujourd'hui, j'ai préféré les raquettes, car il s'améliore et n'oublie pas d'appuyer sur les talons et de soulever la pointe des pieds en marchant. C'est un exercice délicat que de progresser ainsi parmi les congères dans un univers gelé, tout en veillant à ne pas transpirer. Nous longeons un ruisseau pour inspecter les boîtes clouées sur de solides épinettes à un mètre cinquante de hauteur, appâtées au moyen de morceaux de viande d'oie et munies d'un lacet destiné à se refermer autour du cou de la martre qui, affamée, passera la tête dedans. J'ai installé une douzaine de pièges dans le coin. Ils sont tous vides. Il faudra peut-être essayer ailleurs.

À mon retour, j'aurais pu habiter chez ma mère et y traîner Gordon avec moi, mais je savais que cet arrangement n'aurait pas tenu au-delà de quelques jours. Elle n'apprécie pas que je vive comme une sauvage loin de tout, à la lisière de la forêt. Elle a peur qu'une crise survienne pendant que je conduis mon skidoo, puis que je fasse une chute mortelle. Ces crises, j'en ai toujours eu et je m'en accommode. N'empêche qu'elle s'inquiète. J'ai bien envisagé de louer quelque chose à Moosonee, mais finalement, je me suis dit que j'avais une cabane qui convenait fort bien, et de plus, je ne supporte pas les regards qu'on me jette en ville après tout ce qui est arrivé.

Assise dans la neige au bord du ruisseau gelé, j'allume une cigarette. Pas question d'aller chez ma mère pour prendre des kilos et me laisser gagner par la déprime. Le ciel est bleu vif, le froid mordant, le monde silencieux. Je tends mon paquet à Gordon. Il prend une clope. Ce n'est pas un grand fumeur, lui, mais je sais qu'il aime fumer de temps en temps.

« Alors, Gordon, dis-je, contemplant son visage hâve et sa moustache clairsemée blanchie par le givre. Qu'est-ce que tu penses de la vie dans le Nord ? »

Il hoche la tête d'un air sérieux. Il y a des jours où je souhaiterais qu'il parle, mais d'un autre côté, ce n'est pas désagréable d'avoir un ami qui ne répond jamais, qui est toujours obligé d'écouter.

« Tu préférerais être dans les rues de Toronto ou tu te plais mieux ici ? »

Il hausse les épaules puis, de sa main gantée, désigne le sol à ses pieds.

« Je suis partagée, moi, dis-je. On retournera peut-être à New York après la chasse à l'oie du printemps. En attendant, je vais garder la forme, travailler davantage. »

Il fait oui de la tête.

Je n'ignore pas que le froid risque de me dessécher et me

rider la peau, de sorte qu'après un hiver passé ici, je ferai deux fois mon âge. Pour éviter cela, je m'enduis désormais trois ou quatre fois par jour de crème hydratante. Non mais, écoutez-moi ça ! Mon oncle Will, il va bien rigoler. Son garçon manqué de nièce n'est en réalité qu'une chochotte.

« Allez viens, Gordo, dis-je en me mettant debout. On a d'autres pièges à relever. Et le soir ne va pas tarder à tomber. »

3

Moosonee. Le bout de la route. Le bout de la piste. Je le sens là, juste derrière les arbres, mes nièces. Ce n'est pas tellement loin dans la neige épaisse. Ici, on a une petite ville parfois triste et vorace. Tu as ton petit groupe d'amis, et voilà. Des amis pour la vie, sauf quand on devient ennemis. Pas trop de gens ici à prendre pour amis, ou pour ennemis. Alors, il vaut mieux ne pas se tromper. Ici, les gens de ta famille mourront pour toi. À moins qu'ils t'en veuillent. Si tu es brouillé avec un ami, tous les paris sont annulés. Tu n'existes pas. Il ne me reste plus que deux amis et c'est ainsi depuis des années. C'est peut-être partout pareil, mais nous sommes portés sur la vengeance. Parce que les Crees sont un peuple clanique. Chaque clan a ses propres intérêts à l'esprit. Et quand on ne pense qu'à ses propres intérêts, il y a toujours des exclus qui sont mécontents.

Il faut que je revienne un peu en arrière, moi. Pour toi, Suzanne. Pour toi, Annie. C'est moi qui de loin ai veillé sur vous depuis que vous êtes toutes petites et que votre père a quitté votre mère pour mener sa vie. Je suis le premier à dire que je n'ai pas rempli parfaitement ma tâche. Mais je m'inquiétais pour vous deux.

Dans le monde où je vivais, je ne valais rien. Il en était ainsi depuis des années. L'alcool produit ça chez un homme. Mais l'alcool n'est pas le fond du problème. Juste une condition. Quand tu perds quelque chose, quelque chose qui est tout ton monde, deux choix se présentent à toi. Soit fouiller parmi les cendres et les poutres carbonisées, parmi les lambeaux noircis, les restes calcinés d'un repas et les albums photo détrempés qui résumaient toute ta vie, puis trouver en toi une raison de continuer. Soit laisser se consumer ce puits noir né au creux de ton ventre et passer tes journées à essayer de l'éteindre avec du whisky.

Je suis le gardien de certains secrets, de même que Lisette, votre mère, est la gardienne des siens. Moi, je ne sais pas d'où ça vient. Les gens de la région du Mushkegowuk n'aiment rien tant que de pépier comme des fauvettes le matin devant un café et le soir devant une bière. Il y a un côté unificateur et libérateur à se vautrer dans le linge sale des voisins, à le ramasser pour en exhiber les taches et à le renifler presque en jubilant, en quête de l'odeur du chagrin.

Il faut que je vous livre un secret. Un seul pour l'instant. Mais c'est celui qui fait le plus mal. Ton grand-père, Annie, désirait avoir le don des visions que tu as, mais il ne l'a eu qu'en partie. Par contre, il ne voulait pas avoir ce que tu as toi, Suzanne, ta beauté, ton charisme, ou du moins il ne s'en souciait pas. Moi, en revanche, je voulais ce que vous, les filles, vous avez. Je voulais tout. Je m'imaginais sous les traits d'un chef d'autrefois, guidant mon peuple en des temps troublés, photographié comme Sitting Bull, le profil altier symbole de sagesse. Or, vos dons, je ne les ai pas eus. Ou alors, peut-être un petit peu. Pas assez.

Il y a quelques mois, je t'ai vue, Annie, partir pour

Toronto avec ton amie Eva, et quelque chose est arrivé qui nous a peut-être tous précipités dans la tourmente. Toi, Suzanne, tu avais quitté la maison depuis plus d'un an à ce moment-là. Ça en fait des lunes, hein ? Beaucoup trop. Où es-tu ? Appelle ta mère. Elle est inquiète.

Je dois vous parler de cette nuit-là. Moi, j'aime boire à la table de ma cuisine, recevoir la visite de mes amis. À la maison, on peut fumer et boire autant qu'on veut. Je bois rarement ailleurs. Moi, quand je n'étais pas dans les bois, je devenais au fil des ans un pantouflard. Lorsque je m'ennuyais, il m'arrivait même de regarder de temps en temps la télé. La chaîne Histoire. La chaîne Bravo. *Discovery Channel*. Une émission intitulée *Enquêtes sur la scène du crime*. Des trucs bien. Un soir, Joe m'a invité chez lui. Joe, on l'appelle Chief, Chief Joe Wabano, quoiqu'il n'en ait pas officiellement le titre. Il a une grosse bedaine de chef et sa paie de pilote de remorqueurs avec lesquels il remonte la baie pour livrer les communautés isolées. Et quand il est soûl, il aime dire aux gens ce qu'il pense.

Ce soir-là, je m'ennuyais sans doute. Mon pick-up refusait de démarrer, aussi j'ai parcouru à pied les quelques kilomètres qui me séparaient de Moosonee, et je me souviens combien c'était bon de marcher, déjà un peu éméché après quelques verres bus en solitaire, tandis que là-haut, les étoiles me faisaient de l'œil. Quand j'ai traversé le pont à côté de chez Taska, une voiture m'a dépassé, et comme elle ralentissait, j'ai reconnu Marius au volant et deux de ses grands costauds de copains blancs tassés à l'intérieur. Suzanne, Gus et toi, vous aviez disparu alors, rayés de la surface de la terre, on aurait dit. Les Netmaker et nous, nous nous en rendions mutuellement responsables. Mais je n'y songeais pas trop à l'époque.

Une fois sérieusement imbibés, Joe, sa femme et moi, on a téléphoné à Gregor, le prof blanc et pervers notoire, pour lui demander de nous rejoindre. On était en semaine et il avait cours le lendemain. Dommage. S'il était venu, Gregor m'aurait ramené. Je me rappelle que j'étais nerveux ce soir-là, comme si je sentais approcher une tempête de neige à laquelle je n'étais pas préparé. Tu as ce don, Annie, mais beaucoup plus fort que moi, un don qui apparaît dans notre famille de temps à autre. Il vient avec tes crises, le don de lire dans l'avenir et peut-être, si tu le cultivais, celui de guérir. Il faudrait que tu y travailles, et ce n'est pas en t'inscrivant à l'université Northern College, que tu acquerras les connaissances nécessaires. Je te plains. Le chemin que tu suis est solitaire. Peu nombreux sont ceux qui apprécieront le don que tu as.

Je suis resté le temps de boire assez de whiskies-soda pour commencer à être fatigué. Lorsque j'ai constaté que Joe l'était aussi, je lui ai dit que rentrer à pied me ferait du bien. J'ai marché le long de Ferguson Road qui borde la Moose River dont la surface, sur ma gauche, scintillait magnifiquement dans le clair de lune et dont les eaux noires coulent vers la baie James. J'ai franchi de nouveau le pont pour m'engager dans Sesame Street, ainsi surnommée en raison de tous les enfants qui y habitent et y jouent hiver comme été.

Il me semblait, ce soir-là, que mes aïeux accompagnaient mes pas, tandis que Moosonee était maintenant derrière moi et que devant moi s'élevait l'odeur de la décharge au bout de la route gravillonnée. Une nuit froide et limpide dont les murmures annonçaient l'été. Distinguant une lueur de phares quelque part derrière moi, j'ai eu envie de m'enfoncer dans les bois. Je savais, mes nièces, mais je n'ai pas écouté mon instinct. J'ai continué à marcher. La voiture roulait à toute allure, puis elle a ralenti au moment où j'ai aperçu mon ombre devant moi sur les graviers. Elle m'a dépassé avant de faire demi-tour, de sorte que les phares m'ont aveuglé. Trois hommes en sont descendus. Le moteur tournait au ralenti. Ils se sont avancés, éclairés par les pinceaux lumineux. Trois costauds.

« *Wachay*, Will. » J'ai reconnu la voix de Marius. Mon estomac s'est comme échappé de mon corps. « Une chose je voulais te demander. » À son ton, je me rendais compte qu'il avait encore plus bu que moi. « Où est-ce que ta salope de petite nièce a disparu avec mon frère ?

– Je t'interdis de la traiter comme ça. » Je sentais des étincelles derrière mes yeux.

Marius s'est approché. J'ai serré les poings. Je savais ce qui m'attendait, mes nièces, mais j'ignorais alors pourquoi. Je ne lui avais rien fait. Il s'est avancé si près que je percevais l'odeur de son blouson de cuir. Il s'est tourné vers ses copains comme pour leur dire quelque chose, puis il a utilisé cet élan pour pivoter et me balancer son poing dans la figure, tandis qu'un éclair blanc jaillissait sous mon crâne et que ses jointures m'écrasaient le nez. Je suis tombé en arrière comme un arbre.

Étendu sur le dos, les gravillons qui me rentraient dans la nuque, le ciel au-dessus comme éclairé par une aurore boréale, j'ai vu les deux Blancs qui m'observaient, plantés à un mètre de moi. Même à leurs silhouettes, je devinais qu'ils étaient laids comme seuls peuvent l'être des Blancs élevés comme des chiens. Ils se sont mis à me frapper à coups de pied, et je me souviens du bruit de mes côtes qui se brisaient, de ma tête dans laquelle ils shootaient si fort que j'ai pensé mourir.

Ces Iroquois là-bas dans le Sud prétendent qu'un guerrier ne crie pas quand on le torture puis qu'on le fait rôtir à petit feu au-dessus des flammes. Je ne suis pas un Iroquois, moi. J'ai crié à chacun des coups que je recevais, jusqu'à ce qu'ils me fendent le crâne et que le sang dans ma bouche m'étouffe, si bien que mes cris se sont mués en gargouillis. Une fois que ses copains en ont eu fini, j'ai vu de mes yeux tuméfiés Marius se pencher. Il s'est laissé tomber sur moi à califourchon, de tout son poids, puis collant sa bouche à mon oreille, il a murmuré, l'haleine fétide : « Je peux te tuer quand je veux. Et je le ferai, un jour prochain. » J'ai senti son souffle sur le lobe de mon oreille.

J'ignore combien de temps je suis demeuré allongé là. Quelque chose, quelqu'un peut-être, m'a dit que si je désirais vivre, il fallait que je refasse surface, et croyez-le ou non, la décision a été difficile à prendre. J'ai eu une vie très dure, et je suis parfois si fatigué de perdre ce que j'aime qu'il me paraît plus simple de renoncer et de partir.

Une voix que je connaissais, la voix de mon père, m'a parlé, et dans mon esprit, je l'ai vu, accroupi à côté de moi dans le noir, sa vraie jambe repliée sous lui, sa prothèse en bois tendue droit devant comme ferait l'un de ces fabuleux danseurs russes.

« Ce n'est pas pour toi que tu vis, m'a-t-il dit en Cree. Tu n'as pas le droit. C'est pour les autres. » Pas très précis, mais je savais à qui il pensait.

« Qu'est-ce que j'ai à donner aux autres ? » ai-je

demandé. Je savais qu'il m'observait, qu'il examinait mes blessures. Il ne m'a pas répondu.

Quand il s'est redressé pour s'en aller, je l'ai imité. Comme lui, je me suis levé et j'ai flotté, devenu une brume nocturne qui s'est dissoute dans le ciel noir.

Ce n'est pourtant pas ainsi que je suis entré dans le royaume des rêves, mes nièces. Il ne s'agissait que d'un avant-goût. Je n'y suis entré que nombre de mois plus tard. Après ce passage à tabac, je me rappelle avoir émergé lentement de mon hibernation, clignant des paupières à la lumière d'un soleil étincelant qui se déversait par une fenêtre et au bruit feutré d'une machine qui montait la garde à mon chevet. Je me souviens que je ne sentais pas très bon, moi. Quelque chose comme de la pourriture. Les bips d'une autre machine lorsque j'ai fermé les yeux pour me protéger de l'éclat du soleil. Ça cognait sous mon crâne. J'ai rêvé que j'étais un esturgeon qui, sur le lit de la rivière, délogeait les pierres avec sa tête, en quête d'écrevisses. Je me souviens que les médecins m'ont secoué, et je me souviens m'être laissé de nouveau glisser au fond de cette chaude rivière.

Quand j'étais petit, je dormais dans une longue pièce blanche à Moose Factory, cette même île où se trouve l'hôpi-tal. Avant la construction de celui-ci, mon école était le plus grand bâtiment de l'île. Blanchi à la chaux, nettoyé avec du savon au bois, il sentait la sueur grasse des enfants indiens. Les garçons, on dormait dans une salle au-dessus du réfec-toire. Les filles, elles dormaient dans une salle adjacente, au-dessus de la blanchisserie et des cuisines. Moi, je rêvais de me glisser dans le dortoir des filles au milieu de la nuit pour apprendre comment on faisait les bébés. Tous les garçons en rêvaient. Certains de mes copains prétendaient avoir appris comme ça, mais moi, je n'avalais pas leurs salades. Par contre, pendant une récréation, une fille maigre du nom de Dorothy m'a appris à embrasser en mettant la langue.

J'ai guéri avec le temps. Comme nous tous. Votre mère, elle est venue me voir à l'hôpital après qu'on m'avait roué de coups. Elle apportait un livre et elle me faisait la lecture, si bien que j'étais obligé de feindre de dormir. C'est une brave femme, votre mère, mais Oprah Winfrey lui a ramolli le cerveau.

Une fois rentré chez moi, les deux amis qui me restaient dans le monde des vivants, Chief Joe et Gregor, ils sont venus me rendre visite plus régulièrement que d'habitude. À mesure que le printemps avançait, nous sortions boire sur ma véranda, espérant apercevoir les baleines bélugas, là-bas dans le fleuve. Gregor, il était arrivé à Moosonee vingt ans plus tôt pour enseigner une année au lycée et il n'était jamais reparti. Il n'est pas tout à fait blanc, Gregor. Il est aussi brun que moi et il vient d'un pays d'Europe de l'Est ou quelque chose comme ça, je ne me souviens plus lequel. Tout ce que je sais, c'est que l'endroit a changé si souvent de nom que j'ai oublié. Il a gardé son accent, surtout quand il est soûl. On dirait une espèce de Dracula, et ça peut être drôle. Drôle et inquiétant, des fois. Mais au bout de quelques années, on finit par s'habituer à tout.

J'ai encore en mémoire l'image de Gregor et Joe installés avec moi sur ma véranda comme si j'étais devenu soudain une célébrité. Le printemps, c'est la saison où les baleines remontent jusqu'ici, à une vingtaine de kilomètres de la baie, pour faire leurs petits et se gorger de poissons. Gregor en a repéré une, fantôme blanc dans les eaux noires de la rivière, à environ cent mètres de là. Je l'ai regardée un moment nager devant nous. Si j'avais été un Inuit, j'aurais sauté dans mon canoë pour aller chercher mon dîner. J'avais essayé d'en manger. Trop gras. Mauvais goût. Comme du pétrole à lampe.

« Hé, les gars, rrregarrrdez ! Les bélugas ! » s'est écrié Gregor, tendant le bras et se frottant la cuisse. À plusieurs reprises, Gregor avait failli perdre son poste à cause de ses gestes déplacés, en particulier avec les filles de sa classe, genre leur demander de montrer leurs mains pour inspecter leurs ongles ou leur caresser les cheveux après une bonne réponse. Il affirme que c'est quelque chose de normal en Europe. Il est libidineux, comme dit Lisette. Mais c'est un marrant, lui. « Mon Dieu, quelles merrrveilleuses créatures ! » Il a contemplé tristement la baleine cependant qu'une autre soufflait et apparaissait à ses côtés. Joe a pris une nouvelle bière dans la caisse à ses pieds.

« Vous voyez le tableau qu'on offre ? ai-je lancé. Trois types obèses sur une véranda. Est-ce qu'on doit réellement vivre comme ça ? » Et c'est là que j'ai commis l'erreur de leur dire que mon séjour à l'hôpital m'avait fait comprendre que j'avais besoin de changer de vie. Il fallait que je me maintienne en forme. J'allais commencer à courir.

« Tu réagis à la violence perpétrée contre toi », a répliqué Chief Joe, comme un vrai chef, employant des mots dont il n'était pas très sûr. « Tu te mets à courir, ton cœur va exploser et tu vas mourir. Je ne veux pas que tu meures. Ce qu'il te faut, c'est un autre coup à boire et de sérieux conseils. »

4

Eva est de l'équipe du matin, aussi je me suis levée avant le soleil et j'enfile mes vêtements d'hiver. J'ai chargé le poêle et fermé le registre. «Je serai de retour avant que tu aies besoin de remettre du bois, dis-je à Gordon. Alors, tâche de ne pas y toucher, okay ?» Il est allongé, les yeux ouverts, sur son lit de l'autre côté de la pièce. Je me demande s'il lui arrive de dormir. «Si tu t'ennuies, tu peux toujours fendre des bûches. Essaye juste de ne pas te trancher un putain de pied.»

À l'hôpital, je passe prendre un café à la cafétéria où m'accueillent les figures épuisées du personnel de nuit. C'est un endroit déprimant.

Au dernier étage, je m'assois à son chevet et je bois mon café à petites gorgées en feuilletant un magazine féminin. Je l'étudie, lui, étendu sur son lit, le visage calme, la bouche aux coins qui tombent. Il a de temps en temps une légère contraction, et je sursaute à chaque fois. Je m'attends toujours à ce qu'il me rende mon regard. S'il est couché dans cette chambre, entre la vie et la mort, c'est à cause de moi. Même si ce n'est qu'en partie vrai, je me sens responsable.

Comme ma mère débarque d'habitude vers le milieu de la matinée, je prévois, par respect, de rester quelques instants avec elle, puis d'aller faire des courses au Northern Store avant de rentrer. J'ai l'intention d'installer aujourd'hui une nouvelle ligne de trappe. Eva fait irruption dans la chambre après que j'ai tourné la dernière page. J'avais entendu sa respiration lourde alors qu'elle était encore dans le couloir. Dans le magazine, il y a deux filles que je connais qui posent pour des publicités, et un sentiment d'échec m'envahit.

« Salut, Annie. » Elle me passe la main dans les cheveux.

« Rien de neuf pour lui ? » Je le désigne d'un geste du menton.

« Toujours pareil. » Eva vérifie une fois encore les signes vitaux. « J'ai peur que ses muscles s'atrophient. Tu devrais pratiquer sur ses jambes et ses bras les exercices que je t'ai montrés. »

Je hoche la tête.

« J'ai remarqué que des hématomes commençaient à apparaître sur ses fesses. Je vais de nouveau le changer de côté. »

Je la regarde faire et je l'aide autant que je peux. Il a le corps chaud. Il n'en a pas l'air, mais il est encore vivant. « Je pourrais peut-être lui faire la lecture, je ne sais pas, dis-je.

– Ce serait déjà un début. Mais est-ce que ça ne l'intéresserait pas davantage que tu lui racontes tes aventures ? Ou même les nôtres ? »

Je hausse les épaules.

Dès que je me retrouve seule avec lui, je lui prends la main. Mais le cœur n'y est pas. « Est-ce que tu m'entends ? Tu veux que je te lise un article de ce magazine ? » Je me sens ridicule. « Bon, puisque tu ne réponds pas, je me tais. » Je consulte ma montre. Huit heures et quelques. Encore deux bonnes heures à tuer avant l'arrivée de ma mère. Je me lève et je marche de long en large. Les secondes s'égrènent au rythme des bips de son moniteur. Ça va me rendre cinglée.

« Qu'est-ce que tu veux que je te dise ? » Je m'arrête et me tourne vers lui. « Je me suis excusée mille fois. » C'est Suzanne qui devrait être ici à ma place. « Tu crois qu'elle est encore en vie, je parie. Il n'y a bien que toi et moi pour le croire, on dirait. » Je suis la seule à garder espoir. Je crains de m'y accrocher uniquement parce que je suis en colère contre ma sœur. Il est là, dans ce lit et, à cause d'elle, je suis obligée de demeurer à son chevet. J'ai peut-être ma part de responsabilité, mais la coupable, c'est elle.

Encore deux heures. Est-ce qu'on le saurait, est-ce qu'on s'en préoccuperait si, tout simplement, je m'en allais ? Je me rassois, je reprends le magazine et je me remets à le feuilleter, m'attardant sur les publicités. Gros plan d'une femme au teint de porcelaine qui tient contre sa joue un pot de crème pour le visage. Sur une autre page, un bel homme et une femme aux longs cheveux dansent dans une salle de bal. Je laisse tomber le magazine par terre. « Tu veux que j'essaye de t'expliquer comment nous en sommes arrivés là ? » je lui demande. Sa bouche se tord de manière imperceptible. « Tu ne veux pas que je te donne au moins ma version des faits ? » Sa main repose mollement sur le drap blanc. « Je ne vais pas t'abandonner. Je vais rester et te raconter une histoire. »

Je réfléchis à ce que je pourrais lui dire qu'il ignorerait. Je me rappelle alors Eva me répliquant que la question n'était pas là. Ce qui compte, c'est qu'il entende une voix familière. Les revues médicales en parlent parfois.

« Je ne sais pas où est Suzanne, dis-je. Mais je sais où elle a été. J'ai vu moi-même ces endroits. » Par où commencer ? Par ma sœur, je suppose. « Écoute bien et je vais te confier tout ce que je sais. »

J'approche ma chaise et je me penche afin que les gens qui circulent dans le couloir ne m'entendent pas. Cette histoire est pour lui et rien que pour lui.

Où débuter ? Les amis chrétiens de ma mère, ceux qui brandissent la Bible à tout propos, ils disent que Suzanne est morte, qu'elle n'a pas supporté la pression du succès. Elle ne reviendra plus dans ce monde parce qu'elle est dans le royaume de Dieu. Qu'ils pensent ça, je n'en suis pas étonnée. Ceux-là, ils forment le club des rabat-joie. Ceux qui connaissent une partie de la vérité, ce sont les vieux, les vrais Indiens, ceux qui m'adressent des sourires tristes et se détournent de moi au Northern Store.

Je songe aux ennuis de Suzanne, ils ont commencé avec les garçons. Comme toujours, non ? En grandissant, j'ai tenté de me convaincre qu'ils étaient grossiers, assommants. Des petits morveux. J'étais un garçon manqué, et petite, je regrettais d'être née fille.

Tout le monde savait qu'aucun garçon ne résistait à Suzanne. Tu veux que je te dise quelque chose ? À moi non plus, ils ne pouvaient pas résister, surtout à partir du moment où se sont annoncées les années pourries de la puberté. C'était peut-être la haute taille de mon père. Ou les pommettes de ma mère Cree. En tout cas, les garçons se sont intéressés à moi dès mon adolescence, et quand j'ai cessé de pouffer de rire et de courir partout comme un jeune chien fou à l'exemple des autres filles, ils se sont mis à me traiter d'un tas de noms et à me draguer.

L'air est tellement sec ici. Je lui prends la main. Elle est douce comme du papier de soie. Le geste ne me paraît pas naturel, mais je me contrains à garder sa main dans la mienne.

Je jette un coup d'œil à ma montre. Un quart d'heure s'est écoulé. J'ai à peine vu le temps passer. Ma main est moite dans sa paume sèche. Eh, tu sais ? Il y a peut-être quand même une chose que tu ignores à mon sujet et que je peux te raconter.

Difficile de me défendre contre ces petits salauds de garçons en rut, les Johnny Cheechoo, les Earl Blueboy ou les Mike Sutherland qui, après les cours, me guettaient, cachés derrière le Northern Store, pour me suivre et me demander de les embrasser ou, plus tard, de les sucer.

Marius Netmaker, il est tombé amoureux de moi alors qu'il avait six ans de plus, le visage grêlé à cause de la varicelle et un gros ventre à force de manger trop bien et trop souvent. Il était costaud et imprévisible. Un vrai orignal mâle. Tu n'as pas été le seul à l'apprendre à tes dépens.

Ça, je peux te le raconter. J'avais quinze ans, et un jour que la neige avait fondu et que le printemps faisait éclore de petites fleurs le long du chemin, Marius m'a abordée. L'école était finie. Je me tenais devant le grillage qui sépare la cour de la route en terre, prête à me précipiter vers le fleuve, mon canoë et la liberté. Les premiers pucerons noirs venaient d'apparaître. J'étais seule, mais assez près de Suzanne et deux de ses copines pour les entendre parler de garçons. Marius avait cueilli quelques fleurs, et il s'est avancé vers moi, les yeux baissés, dans l'intention de me les offrir. Suzanne et ses copines observaient la scène comme des vautours. Marius a bafouillé quelque chose que je n'ai pas compris.

J'étais horrifiée de voir agir ainsi un garçon de vingt et un ans, un mec à la vilaine peau qui avait en outre coutume de se soûler au whisky de contrebande et de cogner sur les gens. « Exprime-toi plus clairement, Marius, ai-je dit assez fort pour que les filles n'en perdent pas une miette. Le temps c'est de l'argent. » Suzanne et ses copines ont pouffé de rire comme seules savent le faire les gamines de treize ans. Alors il a relevé la tête, et l'espace d'une seconde, un éclair a brillé dans son regard. Il a de nouveau balbutié deux ou trois mots, et je me suis tournée vers ma sœur et ses amies, l'air de celle qui se demande ce que ce type-là peut bien lui vouloir, puis j'ai lancé à Marius : « Tu m'ennuies », avant de le laisser planté là, serrant le petit bouquet de minuscules fleurs violettes dans sa grosse patte moite. Tandis que je m'éloignais, le rire des filles m'a accompagnée. Je me suis sentie coupable. Je m'en voulais de l'avoir inutilement blessé. J'ignorais alors combien il avait la rancune tenace.

Aujourd'hui, je ne peux pas m'empêcher de me demander si ce n'est pas ça qui a déclenché la guerre actuelle. J'en doute. Je crois que nos deux familles se haïssent depuis très, très longtemps.

Je me tais et je lâche sa main. Je l'ai frottée avec la mienne et je crains qu'il ait la peau irritée. C'est idiot. Regardez-moi ça. Je m'approprie déjà cette histoire. Peut-être que je suis plus coupable que je ne veux bien l'admettre. Il est indéniable que nos deux familles se détestent. La mienne est une famille de trappeurs et de chasseurs qui aiment le calme de l'endroit où ils vivent. Celle de Marius est une famille de bootleggers qui ont commencé par introduire en fraude du whisky et de la vodka sur les réserves au nord d'ici, où l'alcool est interdit, utilisant en hiver des motoneiges. Ils fabriquaient des doubles fonds pour les traîneaux de bois tirés par les skidoos, et ils les remplissaient de bouteilles et d'eau qu'ils laissaient ensuite geler pendant la nuit avant de s'engager sur les pistes bosselées. Ils se vantaient de n'avoir jamais cassé la moindre bouteille.

Au cours de ces dernières années, les Netmaker ont compris que le trafic de la cocaïne et du cristal meth était plus simple à organiser, et ils sont à l'origine de la poudre blanche qui a envahi les réserves indiennes de la baie James et qui tient beaucoup de jeunes sous son emprise. Ce sont eux qui fournissent Moosonee et les autres communautés isolées. Ils sont liés aux Goofs – les Toqués –, le nom le plus stupide jamais donné à un gang de bikers. Comment pourrait-on avoir peur d'eux ? Les Goofs sont une branche fantoche des Hells Angels. En tout cas, c'est ce que disent les flics. Quand je pense à ces pantins, je m'imagine des singes en peluche juchés sur des Harley, les yeux en boutons de bottines luisant de colère, une cigarette fichée dans leur bouche rouge sang qui ricane. Mais je vois aussi les ravages qu'ils provoquent au sein de notre peuple. Sous le crâne de ces fantoches, il y a un poing serré.

Toujours est-il que la Nishnabe-Aski, la police des réserves, est impuissante. Ma famille, par contre, elle sait. Les Netmaker aussi ils savent. Tout le monde à Moosonee, à Moose Factory, à Kashechewan et à Fort Albany, à Attawapiskat ou à Peawanuck est au courant. Et c'est parce qu'on sait et qu'on doit choisir son camp, que la haine s'est répandue. Elle a contaminé nos deux foyers si différents l'un de l'autre comme la grippe qui se glisse la nuit en catimini, et elle nous a tous infectés durant notre sommeil, provoquant des rêves de meurtres et nous incitant à la violence.

J'ignore comment mais Gus, le benjamin des Netmaker, s'est tenu à l'écart du trafic familial, quoique j'aie pu constater combien il était tenté de profiter de l'argent facile et de se servir de la crainte que les siens inspiraient. Je l'ai constaté parce que je sortais avec lui.

La fenêtre de la chambre d'hôpital m'offre toujours la même vue sur les sapins contrastant avec le blanc de la neige. Je regarde les motoskis escalader la berge du fleuve. Je vois des gens parler, dont l'haleine demeure suspendue au-dessus de leurs têtes comme des bulles de bandes dessinées. J'envisage de descendre à la cafétéria chercher un autre café. Maman ne va pas tarder. Je retourne près du lit et je saisis doucement une de ses jambes que je plie et déplie à plusieurs reprises pour éviter que les muscles et les tendons ne se figent. Maman va arriver et je réalise soudain que j'ai encore beaucoup à raconter. C'est drôle comment on fonctionne, non ? Aujourd'hui, j'espère pouvoir rester plus longtemps. Je vais vite lui raconter quelque chose qu'il sait sans doute déjà en partie, comme nous tous.

Suzanne nous a quittées, ma mère et moi, un matin de Noël il y a deux ans pour monter à l'arrière du skidoo de Gus Netmaker. Je me rappelle qu'il tombait une neige fine qui a dû lui chatouiller le visage. Gus et elle ont traversé la rivière gelée pour s'enfoncer au milieu des épicéas noirs et des régions sauvages. Ils se dirigeaient vers le sud où ils comptaient vendre la motoski dans la petite ville où se trouve une station de Greyhound. Ils avaient prévu de prendre le car jusqu'à Toronto. Seulement, près de trois cents kilomètres de forêt séparent Moosonee de la station de Greyhound la plus proche. Et n'oublie pas, je ne connaissais que trop bien le skidoo de Gus. J'étais grimpée derrière avant Suzanne. Un vrai tas de boue.

Suzanne. Une beauté Cree, tu sais. La fierté de notre nation depuis que, devenue adolescente, elle n'avait pas tourné comme tant de filles d'ici. C'est bizarre, je ne l'ai jamais considérée comme particulièrement jolie. Je l'avais vue souvent le matin au cours des deux mois précédant son départ, la gueule de bois et l'air triste, ses longs cheveux noirs pareils à un nid de paille graisseux. J'étais sa sœur aînée, après tout, plus âgée de deux ans. Une éternité, j'avais parfois l'impression.

Elle non plus ne se considérait pas comme jolie. Elle était toujours étonnée quand on abordait le sujet, ce qui se produisait souvent, parce que bien des hommes tentaient leur chance auprès d'elle ou passaient chez nous dans l'espoir de l'apercevoir. Mais dans le coin, le nombre d'hommes n'est pas illimité. Et Gus Netmaker l'a emporté haut la main. C'était l'artiste, celui qui peignait des aigles et des ours aux couleurs des aurores boréales. C'est moi qui la première l'avais amené à la maison. Un ami, disais-je à tout le monde. Pas un petit ami. Il portait les cheveux courts, en brosse, et un anneau en argent à l'oreille gauche. Les filles trouvaient qu'il ressemblait à Johnny Depp.

J'ai laissé Gus tomber dans les bras de Suzanne, et je l'ai même encouragé, négligeant la morsure de la jalousie. J'étais destinée à autre chose. Maman, pourtant, elle a deviné avant tout le monde les catastrophes qui devaient en découler.

Je l'entends qui discute dans le couloir avec Eva. J'effleure le visage de Will du bout des doigts pour savoir ce qu'on ressent. Il a l'air si maigre et si vieux. Qu'est-ce qui lui est arrivé au cours de cette année ? Qu'est-ce qui nous est arrivé à tous ?

5

Il y a une route en terre que vous connaissez bien, mes nièces, qui passe devant ma maison, puis devant la décharge et la maison-médecine, là où on envoie les Indiens quand ils n'ont pas besoin d'aller à l'hôpital mais dans un endroit où se désintoxiquer ou échapper à des maris brutaux. Longue de trois kilomètres, la route relie la Moose River à la ville. Si en partant de chez moi, je prends à gauche et non à droite, elle devient une piste de motoneiges qui, quand on la suit longtemps, mène jusqu'à Cochrane, à trois cents kilomètres au sud d'ici. Je suis un lève-tôt, moi. Même lorsque je me couche à minuit après avoir picolé, je suis debout à cinq heures, parfaitement éveillé, et je contemple l'aube avec des yeux embrumés.

Je tâchais donc de courir de bonne heure, quand je savais que Marius dormirait, et je me rendais compte que j'aurais désiré la présence de mes deux amis, car je ne voulais pas être seul. J'avais enfin appris ce qu'était la peur. Marius m'avait montré quel était ce sentiment de crainte qui me poussait à rester enfermé chez moi.

Ainsi, je me suis mis à courir tous les matins sur la route poussiéreuse, le pas pesant dans mes vieilles bottes. Au lever du soleil, je sortais, m'efforçant en vain de ne pas regarder autour de moi. Depuis mon retour à la maison, je recevais d'étranges coups de fil presque toutes les nuits. Personne à l'autre bout, rien qu'une respiration lourde, régulière.

Chaque matin, je commençais par marcher un peu avant d'accélérer petit à petit, cependant qu'une violente douleur me traversait le dos et la nuque. Je continuais cependant à une allure que mes jambes ne connaissaient plus depuis des années, le souffle court au bout de cent mètres, et je me promettais d'arrêter de fumer. J'essayais d'imaginer que j'étais poursuivi par quelque chose, un ours polaire ou même une martre furieuse. Perchés sur les poteaux téléphoniques, les corbeaux me criaient après.

La plupart du temps, je me fixais comme but d'atteindre la maison-médecine après la décharge, puis de revenir. Soit deux fois un kilomètre et demi. J'entretenais la vision qu'un jour je pourrais aller jusqu'à la ville dont je ferais le tour en courant pour que tout le monde me voie avant de repartir dans un nuage de poussière, filant si vite qu'on se figurerait que je vole.

Une fois, j'ai tenté d'entraîner Joe avec moi. « J'y ai réfléchi, m'a-t-il répondu. Mon pick-up roule très bien, alors je ne comprends pas l'intérêt. »

Votre mère aussi me croyait fou. Il m'arrivait trop souvent de demeurer allongé sur mon canapé, le dos coincé ou les jambes percluses de crampes. « À quoi tu t'amuses, Will ? me disait-elle entre deux chapitres de je ne sais quel ouvrage édifiant qu'elle me lisait. Tu es trop vieux pour ce genre de bêtises. Un rouage s'est cassé dans ta tête quand on lui a tapé dessus ? »

Je lui répliquais que désormais le monde n'était plus le même, devenu un endroit beaucoup plus dangereux. Je ne m'exprimais plus qu'en termes généraux.

Pendant deux mois après l'agression dont j'avais été victime, j'ai évité de me montrer. Je ne tenais pas à devoir expliquer les poches décolorées que j'avais sous les yeux ni ma peur nouvelle. L'envie de boire a cependant fini par revenir. Et avec quelle force ! J'ai résisté aussi longtemps que possible, jusqu'à ce que mon stock de whisky de secours entreposé sous l'évier de la cuisine soit épuisé.

Le premier jour où j'ai regagné le monde, je suis entré droit au magasin d'alcools acheter une bouteille. Tout allait pour le mieux. Mais sur le chemin du retour, la voiture de Marius m'a suivi, roulant au pas. Après ça, je suis demeuré longtemps cloîtré chez moi.

J'ai alors remarqué une chose, mes nièces. Maintenant, quand je buvais seul, sans personne à qui parler, j'avais tendance à me tenir des discours à moi-même. En soi, ce n'est pas tellement grave, mais lorsque j'abusais du whisky, des voix se mettaient à me répondre. Quand je m'asseyais sur lui, mon canapé me traitait de gros cul. Quand je me penchais pour boire au robinet, celui-ci me disait de prendre un verre. Le secret enfoui dans mon placard m'apostrophait. Boire seul ne vaut rien à personne. Cela mène au mélodrame solitaire. Un après-midi où je ne me sentais pas bien, je me souviens d'avoir téléphoné à Chief Joe, mais il n'était pas là. J'ai essayé Gregor, mais lui non plus n'était pas là. Il devait se trouver encore à l'école. Il s'était débrouillé pour se faire nommer entraîneur de l'équipe féminine de volley.

Assis sur ma véranda, un verre à la main, je contemplais le fleuve. Je me souviens que je chantonnais, et l'air a soudain acquis une existence propre. Je l'ai intitulé le «Chant des moustiques». Ces petits salauds étaient redoutables en ce début de soirée, enfin sortis de leur sommeil hivernal, et tous assoiffés de sang. Les moustiques se soûlent-ils en buvant le sang d'un homme soûl? Je l'espère.

Joe m'a rappelé. «Viens, Joe, lui ai-je dit. Je suis ivre.

– Pas ce soir. J'ai ma petite-fille.»

J'ai raccroché.

Je ne cède pas souvent à la colère, moi. Vous le savez, mes nièces. J'ignore ce qui l'a provoquée, mais j'ai pensé à Marius, à la peur que j'éprouvais, et à toi, Suzanne, ma nièce disparue, et c'est ce qui, je crois, l'a déclenchée. J'ai rappelé Joe. «On a été coupés, ai-je dit. Demain, je recommence à courir. Tu devrais venir, toi.

– Tu verras combien mon pick-up roule vite.»

Entendant un rire d'enfant en arrière-fond, j'ai ressenti une pointe de tristesse. «Ça te ferait du bien.

– Tu ne devrais pas boire seul, a dit Joe.

– Ouais, moi, demain en tout cas, je cours. Je te verrai peut-être.» On a raccroché. Je me suis levé pour aller me servir un autre verre et, titubant légèrement, je suis entré dans la cuisine. Des phares ont balayé la route. Je me suis empressé d'éteindre la lumière avant de regarder par la fenêtre. Un pick-up. Il a ralenti en passant devant chez moi, puis il a accéléré.

Suzanne, j'ai alors pensé à toi, et j'ai essayé de me souvenir de la date où tu es partie avec Gus, le frère de Marius. Noël. Pas le dernier, celui d'avant. Douze mois, plus ceux après la nouvelle année. Dix-sept, ai-je compté. Il y avait quelque part dans la maison un magazine avec des photos de toi dedans. Vieilles d'environ un an. Tu étais jolie, comme n'importe laquelle des filles qu'on voit sur les pages de papier glacé. Sauf tes yeux. Des yeux tristes. Ceux de mon père. Ils te rendaient différente de toutes celles qui posent dans ces magazines.

Ta mère en a d'autres où tu figures. Plein. Tellement que j'ai été impressionné, stupéfait de constater combien tu sembles avoir travaillé. Tu es célèbre, ma nièce. Mais tu as disparu avec ton petit ami, ce qui t'a rendue encore plus célèbre, ici surtout.

Dans un de ces magazines, il y a des photos où on te voit presque nue, et je me sentais gêné de les regarder. Je me demandais quel genre de vêtements, de bijoux ou de parfums ma nièce était supposée vendre ainsi dans le plus simple appareil.

Lisette était à la fois effrayée et fière de me les montrer. « C'est Suzanne, tu peux le croire ? elle m'a demandé, me fixant droit dans les yeux. Ce magazine est le plus célèbre de tous, et ta nièce est dedans ! » J'ai regardé les doigts fins de ma sœur suivre les contours de ton corps.

Suzanne, quand tu es partie pour le Sud et que tu es devenue célèbre, tu es restée en contact avec ta mère, mais pas avec Annie. Mes deux nièces s'étaient plus ou moins disputées. Ce n'était pas la première fois, on avait l'habitude. L'une jalouse de la beauté de l'autre, et l'autre jalouse des visions de sa sœur. Et quand, à dater de Noël dernier, ta mère n'a plus eu de nouvelles de toi, Suzanne, elle s'est fait du mauvais sang, et elle m'a dit que son instinct de mère lui laissait présager un drame. Quand ton portable n'a plus été que sur répondeur, puis qu'il est devenu muet, elle a appelé ton agent à

Toronto. Tu te rends compte ? Moi, je connais quelqu'un qui a un agent. Tu es vraiment une star.

L'agent a répondu qu'il ne savait rien. Lisette a même contacté les Netmaker pour leur demander s'ils avaient des nouvelles de Gus. Du coup, ils en ont profité pour se mettre à téléphoner à ta mère pour dire que tu n'étais qu'une putain – il suffisait de regarder les photos dans ces magazines ! – et que tu avais incité Gus à quitter sa famille pour le mener sans doute à sa perte. Ce qui m'a conduit à m'interroger sur les raisons pour lesquelles Marius voulait me tuer.

Marius. Je me souviens de l'époque où il n'était qu'un gamin comme les autres qui jouait sur la route. Aujourd'hui, c'est un biker arborant un petit bouc clairsemé qui fourgue de la drogue aux gamins de la nouvelle génération qui jouent à leur tour sur cette même route. Non. Il est plus haut placé que ça, maintenant. Il fournit la drogue et recrute des gamins pour la vendre aux autres gamins. De la cocaïne. Du hasch. Du crack. Un truc appelé ecstasy. C'est quoi ? Je trouve le nom plutôt attirant. Ta mère m'a expliqué tout ça. Gregor et Joe ont ajouté quelques détails croustillants. Bien qu'elle se tienne à l'écart des commérages, ta mère sait tout. Elle reste assise, elle écoute, et elle absorbe tout comme la chouette des neiges. Moi, je ne toucherai jamais à la drogue. Je me cantonne au whisky. Là, on n'a pas de surprises.

Le soir où j'ai parlé à Joe, puis à mes meubles et à mes ustensiles de cuisine, le soir où j'ai fini par me coucher, allongé sur le dos, la tête qui tournait, c'est le soir où ce que je cachais au fond du placard, enveloppé dans une couverture, s'est animé. Ce n'était pas la première fois, mais jusque-là je m'étais bien gardé de l'écouter, toujours assez soûl pour m'écrouler et oublier qu'il avait tenté de me parler. Ce soir-là, c'était différent. À cause de ma nouvelle peur, je présume.

Le sol s'est soulevé et je suis tombé, comme renversé par une bourrasque sur la baie James. Roulé et roulé par les vagues, j'ai dérivé et dérivé. Jamais un Indien un tant soit peu sensé ne se laisserait surprendre par le mauvais temps dans la baie au printemps ou en automne. Le vent se lève d'un coup et agite les eaux peu profondes d'où naissent des vagues monstrueuses qui ont englouti nombre de vies. J'ai perdu quelques amis chers, moi, en automne, il y a des années de cela. Une famille entière, partie pour la chasse à l'oie dans trois canoës. Le vent, la tempête de neige, et les vagues surgissent aussitôt. Neuf morts sur les onze. Dont six enfants.

Les flots redoutables de la baie James. Que faire ? Rien pour un Cree sinon attendre l'hiver et traverser en moto-neige. C'est ce que je dis toujours. Moi, je me contente des rivières. On trouve tout ce dont on a besoin entre les berges. Des poissons. Des oies. De l'eau. Naturellement, de l'eau. Il suffit d'une ligne pour la pêche et d'un fusil. Un fusil. Ne jamais penser aux fusils quand on est couché dans cet état.

Il est enveloppé dans une couverture au fond de ce placard, et la couverture étouffe les mots dérangeants que je ne peux plus ignorer. Il est vieux, celui-là. Une véritable pièce de collection. Le fusil de mon père pendant la Grande Guerre. Ce fusil, il en a commis des horreurs. Mon père ne m'en a pas dit grand-chose. Le fusil m'a raconté. Un vrai moulin à paroles une fois lancé.

Fils de Xavier, a murmuré le fusil. *Fils de Xavier*, a-t-il dit. *Viens, sors-moi de là. Tu m'étrangles dans cette couverture. S'il te plaît.* Je me suis bouché les oreilles, mes nièces. *Fils de Xavier*, a-t-il répété. *Sors-moi de là. J'ai une histoire pour toi. Une histoire à te raconter.*

6

J'adore être sur la rivière avant le lever du soleil à longer l'épine dorsale gelée de la Moose sur ma motoneige pendant que le monde dort encore. Malgré une nuit troublée par des rêves de cabane en flammes parce que Gordon avait chargé jusqu'à la gueule le poêle à bois rougeoyant, le souffle du vent – en ce matin où le thermomètre devant la fenêtre marquait moins 40° – m'a fait me sentir plus éveillée que je ne l'avais été depuis des années. Quel froid ! Le genre à vous tuer si vous commettez une erreur stupide, mais qui, sinon, vivifie. C'est le moins qu'on puisse dire. J'aimerais voir un de ces mannequins que je fréquentais il n'y a pas si longtemps encore l'affronter. J'aimerais voir Violette et Soleil s'escrimer à faire démarrer leur skidoo, fendre des stères de bois ou poser un piège à martres. Pourquoi le visage de ces deux filles m'est-il venu à l'esprit ? Il me suffit de murmurer leurs noms pour que je pince les lèvres.

Cette nuit, tandis que je me tournais et me retournais sur mon lit, l'envie de grimper dans celui de Gordon pour lui demander de me prendre dans ses bras m'a de nouveau saisie et a repoussé plus loin encore l'idée de sommeil. Il y a peu de temps, nous étions, lui et moi, engagés sur ce chemin, en particulier les premiers jours où je l'avais installé ici. Mais la violence qui a éclaté juste après notre arrivée a gommé toute notion de normalité à l'exemple d'un tremblement de terre qui aurait détruit nos maisons. Je pense pourtant que le contact d'un autre être humain ne serait pas la pire des choses. On verra.

Lorsque je l'ai rencontré pour la première fois, je n'aurais jamais imaginé avoir avec lui quelque rapport physique que ce soit. Depuis, cependant, il est devenu propre. J'ai rembourré de quelques kilos sa maigre carcasse et réintroduit dans son univers l'idée de bain. C'est un beau garçon, lui. Un garçon génial. Et dans la ville, il a montré que physiquement, il était plus que capable de se défendre. C'est mon protecteur.

Je ralentis pour aborder une cassure dans la glace, et quand je réaccélère, le moteur patine. La courroie est usée et il va falloir que je la remplace.

En arrivant à l'hôpital, je tape du pied pour débarrasser mes boots de la neige, et l'air chaud et sec du hall me chatouille la gorge. Je passe chercher un café à la cafétéria, puis je monte au dernier étage. Là, de nouveau, je brûle du désir de repartir et de rentrer chez moi, mais je dois me conduire en bonne petite nièce, lui consacrer du temps et peut-être trouver en moi la volonté de prier je ne sais qui ou quoi pour que, par miracle, mon oncle reprenne connaissance.

Quand j'entre dans sa chambre, le rideau est tiré autour de son lit et, effondrée, je me dis qu'il est mort. Un son jaillit d'entre mes lèvres et mes jambes flageolent. Je jure de venir tous les jours. Faites que... Puis j'entends chantonner et je reconnais la voix. Je jette mon blouson et mon pantalon de neige sur une chaise avant de me laisser tomber sur celle d'à côté. L'énorme tête d'Eva apparaît. Elle me donne l'impression d'un morse qui émerge d'un trou dans la glace. Je peux être vache, même quand je n'en ai pas l'intention.

« Je lui fais juste sa toilette, dit-elle. Tu veux m'aider ?

– Je crois que je vais passer mon tour, je lui réponds. C'est ton boulot et c'est pour ça que tu es payée une fortune.

– Ce week-end, il y a un autre super bingo », dit-elle. Je perçois un bruit d'éclaboussure suivi de celui d'une éponge qu'on presse. « Ça te tente de venir ?

– *Mona*, dis-je. Non. C'est toi qui as de la chance à ce jeu.

– Gordon aimerait peut-être sortir, venir un peu en ville. Tu y penses, des fois ? »

Quand elle a fini, Eva ouvre le rideau, et le crissement des anneaux sur la tringle me fait grincer des dents. « Propre comme un sou neuf », dit-elle en se casant sur une chaise de l'autre côté du lit. Je contemple la longue forme mince de mon oncle sous le drap. « La semaine prochaine, je serai de nuit, reprend-elle. Tu ne me verras sans doute pas beaucoup pendant un moment. »

Quelque chose dans cette nouvelle me rend infiniment triste, m'effraye même. Je veux qu'Eva soit là quand je viens. C'est la seule en qui j'aie confiance, à qui je puisse parler. « Les visites sont autorisées la nuit ?

– Non. »

Une fois seule avec lui, je me lève et j'arpente la chambre. « Alors, qu'est-ce que tu veux que je te raconte, aujourd'hui ? » Je l'observe. « Ne sois pas timide. Dis-moi. » Comme d'habitude, j'ai deux heures à tuer avant l'arrivée de maman. « Ce week-end, je vais peut-être te faire sortir d'ici en douce, mon oncle. Je vais faucher un fauteuil roulant et te pousser jusqu'au bingo. Ça t'amusera peut-être. »

Le super bingo. Eva a gagné une grosse somme il y a près d'un an. J'ai l'impression que ça fait une éternité. C'était son idée de m'emmener en vacances à Toronto avec une partie de ses gains. Avant, je n'avais jamais quitté cet endroit, pas vraiment. Je vais peut-être t'en parler, mon oncle. Après tout, c'est là que tout a débuté, non ? Eva qui avait des problèmes avec son homme et qui s'était dit qu'un séjour dans une vraie ville, plus loin au sud que nous n'étions jamais allées, nous ferait du bien. Beaucoup de bien.

Assise à son chevet, j'examine son visage. Je lui prends la main. Le geste me paraît toujours aussi étrange. On voit qu'il a eu le nez cassé à plusieurs reprises. Sacrément fou, mon oncle. C'est l'un des grands pilotes de la forêt. Tout le monde ici a une aventure incroyable à raconter après avoir volé dans son avion. On a du mal à l'imaginer aujourd'hui, mais il a la réputation d'avoir été un homme à femmes dans sa jeunesse. Il a eu une vie difficile, pourtant, et il a plus d'une fois tout perdu. Je tourne la tête pour m'assurer qu'il n'y a personne sur le seuil, puis je me penche pour lui raconter l'histoire d'Eva et son super bingo.

Je revenais de mon campement, victime d'une intoxication alimentaire provoquée par une vieille boîte de raviolis, la seule nourriture qui me restait. Au bout d'une semaine de chasse, je n'avais pas tué la moindre oie. Tu aurais eu honte de moi, mon oncle, incapable d'attirer un seul vol jusqu'à mon affût. Je suis rentrée à la maison en me traînant au fond de mon canoë, me vidant tous les cinq cents mètres par le haut et par le bas. Une horreur. Et surtout, c'est seulement en arrivant chez ma mère à Moosonee que je me suis souvenue que dans mon état de délabrement, j'avais laissé la porte de ma cabane ouverte aux animaux et aux éléments. Pas la meilleure façon d'entamer un long voyage, hein ? Même si à ce moment-là j'ignorais que j'allais en faire un.

Je me rappelle m'être réveillée le lendemain matin devant le visage brun de ma mère, les coins de ses yeux marqués de fines rides dues davantage aux soucis qu'à la gaieté. Elle avait les traits tirés, je me souviens, fatigués, mais toujours aussi beaux. Sais-tu, mon oncle, qu'elle a le regard intense de ton père, Xavier, mon grand-père ? Je lui ai souri, ce qui l'a sans doute étonnée. Elle a incliné la tête, l'air déconcerté, avant de me rendre mon sourire. Un éclair de dents blanches. « Je suppose que tu te sens mieux, dit-elle. Je ne me rappelle pas la dernière fois où tu m'as souri. Ça doit remonter à quand tu étais toute petite. » Elle me caresse la joue. C'est mon tour d'esquisser un mouvement de recul.

« Non, je ne me sens pas tellement mieux, maman. » J'ai mauvaise conscience d'agir ainsi, tandis que je vois son sourire s'effacer. C'est un jeu auquel nous jouons depuis toujours. Je lui manifeste un peu de tendresse, et après, elle me demande de l'accompagner à la messe.

« Eva est là.

– Prépare-lui un thé, maman. Il faut que j'aille dans la salle de bains. » Dès qu'elle a quitté ma chambre, je me lève, les jambes chancelantes, et je me dirige vers la salle de bains.

Je me demande si je vais ou non prendre une douche, mais je ne veux pas faire trop attendre Eva. Je sursaute en découvrant Suzanne qui me regarde dans la glace, de l'eau dégoulinant le long de ses pommettes saillantes. Non, ce visage est plus lourd autour de la bouche et les yeux n'étincellent pas comme ceux de Suzanne. J'ai maigri ces jours-ci, déshydratée comme je suis. J'ôte mon T-shirt et je vois mes côtes sous mes seins, des côtes que je n'avais pas vues depuis longtemps. Suivre un régime, picorer, je laisse ça à ma sœur. Courir en tennis dans les rues poussiéreuses de Moosonee, courir pour aller nulle part, courir pour fuir quelque chose, ça aussi, je le laisse à ma sœur.

Dans la cuisine, Eva s'est assise pesamment sur une chaise, ma mère en face d'elle qui tient sur ses genoux Hugh, le bébé. Bébé Hughie, je l'appelle, gros et placide comme sa mère, qui lève les yeux sur la mienne, pareil à un petit bouddha indien, et qui la contemple tandis qu'elle lui roucoule dans la figure. Les seules fois où cet enfant se manifeste, c'est quand il a faim, et il se fait alors un devoir de l'annoncer au monde entier, hurlant à en devenir cramoisi, et il se tait seulement quand Eva le branche à son énorme sein, de sorte que ses cris s'étouffent pendant qu'il tète. Je voudrais aimer ce bébé, mais il ne me rend pas les choses faciles.

« Tu as l'air sacrément crevée, toi ! » me lance Eva quand je m'attable avec eux. Ma mère se lève et, en femme qui a l'habitude, elle cale Hugh sur sa hanche puis se dirige vers le comptoir pour me servir un thé. Elle extrait deux tranches de pain blanc d'un sachet et les glisse dans le toasteur. Aujourd'hui, j'accepterai ses attentions.

« Jamais je ne me ferai à ce que tu restes seule dans les bois, me dit-elle en me tendant mon mug.

– Je n'arrête pas de répéter à Annie que plus elle passe de temps là-bas, plus elle devient bizarre », ajoute Eva. Elles éclatent de rire.

Ma mère pose devant moi une assiette avec les toasts. « Tu devrais pouvoir avaler ça. Tu as besoin de te remplir un peu l'estomac. » J'en donne un à Eva et je mords dans l'autre. J'ai faim. Je finis le mien sans même m'en rendre compte. Ma mère met deux nouvelles tartines à griller.

Eva ne cesse de me sourire. Elle sait quelque chose que j'ignore. Elle se trémousse comme si elle avait envie de faire pipi.

« Qu'est-ce qui t'excite comme ça ? je lui demande. Junior t'a proposé de l'épouser ou quoi ?

– Tu parles ! répond Eva. Ce n'est pas parce qu'il est le père de mon bébé que j'ai l'intention de me marier avec lui. » Des deux côtés de la rivière, personne n'est dupe.

« Qu'est-ce qu'il y a, alors ?

– Tu tiens vraiment à le savoir ? » me demande Eva. Je fais signe que oui. Ne voulant rien rater, ma mère s'approche, le petit Hugh toujours sur la hanche. Elle place une deuxième assiette de toasts devant moi puis s'assoit. « Tu te rappelles que je sentais bien le bingo de ce week-end ? Devine qui a gagné.

– Allez ! je lui dis. C'est toi ? Combien ?

– Beaucoup, répond-elle. Une grille où les cases à remplir sont en forme de poteau téléphonique. » Puis dans un murmure, les yeux brillants : « Quatorze mille dollars.

– Allez ! je répète. Tu plaisantes. Quatorze billets de mille ? » Le nœud que j'ai dans le ventre ne vient pas des raviolis.

« Ouais », dit Eva.

Ma mère applaudit, et Bébé Hughie tressaute sur sa hanche. « Tant d'argent, Eva ! Qu'est-ce que tu vas faire de tout ça ?

– Junior et moi, on va laisser Hugh chez la *kookum* de Junior et partir en vacances à Toronto. »

Le nœud dans mon ventre se resserre. « Tu peux partir dix fois en vacances avec une somme pareille », dis-je. Je refuserais, mais pourquoi elle ne m'inviterait pas quelque part ? Comme si elle lisait dans mes pensées, Eva me propose d'aller faire des courses au Northern Store. Je suis contente qu'elle ait gagné, mais franchement, elle a déjà son salaire d'infirmière. Moi, je m'en sors à peine avec mes activités de guide et de trappe. Quand je quitte mon campement, je suis encore obligée d'habiter chez ma mère.

Pour essayer d'établir le contact avec Hughie, je m'offre à le porter le long de la route en terre qui nous mène à Sesame Street puis dans le centre. Tu parles d'un centre ! Une rue poussiéreuse qui va de la gare aux quais en passant devant le Northern Store et le Kentucky Fried Chicken accolés, une baraque à frites ouverte seulement l'été, la banque, chez Taska et la galerie des Arts Arctiques. C'est à peu près tout.

L'enfant est lourd, qui reste immobile dans mes bras à regarder le monde à travers des paupières mi-closes perdues au milieu de ses grosses joues. Le rythme de mes pas l'endort. Je regrette de ne pas avoir un *tikanagan* pour le porter dans le dos.

« Qu'est-ce que tu vas faire d'autre avec cet argent ? je demande alors que nous nous engageons dans Sesame Street, calme à cette heure où la plupart des enfants sont à l'école.

— Je ne sais pas, moi. Je n'y ai pas beaucoup réfléchi. » Eva est essoufflée d'avoir marché. « Économiser la plus grande partie, je pense.

— Profites-en. Claque-le. Tu gagneras encore. » Le temps se réchauffe, le reste de neige fond en petits ruisseaux qui dévalent la route striée comme une planche à laver pour se jeter dans le fleuve.

Nous nous arrêtons au pont et nous regardons les eaux noires qui se déversent dans la Moose. Des bicyclettes volées qu'on avait balancées là l'année dernière crèvent la surface. Hugh dort toujours dans mes bras et j'ai envie d'esquisser un pas de danse à la Michael Jackson pour le suspendre au-dessus du courant afin qu'Eva se mette à paniquer. Je peux être mauvaise quand je veux. Il est si lourd que je risquerais de le lâcher. J'ai mal aux bras et aux reins.

« Qu'est-ce qui te fait sourire ? me demande Eva.

– Rien. »

On prend la rue principale, puis on tourne à gauche vers la gare et vers chez Taska. On se dirige droit sur le château d'eau au sommet duquel l'un des garçons Etherington a peint il y a longtemps un balbuzard et des syllabes Crees. Les graffitis tiennent toujours. Impressionnant. Des gamins qui ont séché les cours traînent devant une ex-salle de billard reconvertie en église pentecôtiste en compagnie des habitués, les vieux poivrots. Remi Martin, Gros Cochon et Andy qui Pue. Ils nous saluent de la main et tentent de nous arracher quelques pièces. « Pas trop minable pour une *Nishnabe* », me crie Gros Cochon. Je souris et je poursuis mon chemin. Quand il se réveille et commence à geindre, je passe Hughie à Eva.

« Il va falloir que je le nourrisse, dit-elle, considérant son fils avec une grimace.

– Allons nous asseoir au KFC. »

Le Northern Store, notre autel à la civilisation, ici tout en haut dans le Nord, au cœur du pays indien, nous fournit au prix fort épicerie, fruits et légumes flétris qui valent une fortune, vêtements, vélos, bottes, téléviseurs, chaînes stéréo, le tout disposé sous un éclairage violent. Au fond du magasin, on peut encore apporter des peaux pour les vendre à des tarifs qui se sont effondrés au cours des dernières années. Nous irons tout à l'heure.

Pour l'instant, nous entrons dans le restaurant adjacent. Le Kentucky Fried Chicken. Les Ailes de la Malbouffe. L'équivalent *anishnabe* de la « soul food » des Noirs. Mon dieu, les gens du coin l'adorent. Aujourd'hui, l'odeur de graisse me soulève l'estomac. « Ça sent sacrément bon ! » s'exclame Eva installée à côté de moi et soulevant sa chemise avec discrétion pour brancher Hugh. Derrière son comptoir Steve, l'ado au visage grêlé, regarde, fasciné.

« On va nous obliger à consommer ? je m'inquiète.

– Prends-moi une formule déjeuner et un Pepsi Light au cas où, dit Eva. Et prends-toi aussi quelque chose, espèce de sac d'os. C'est moi qui régale. » Je m'exécute, et pour moi, je commande un Pepsi et des crudités, la seule chose que je me sente capable d'avaler.

Une fois Eva et Hugh ravitaillés, on va au Northern Store. Nous arpentons les allées brillamment éclairées, alors que ni l'une ni l'autre n'avons réellement envie d'acheter quoi que ce soit. Mais que faire d'autre un matin de semaine ? Il y a surtout des *kookums* et des *moshums* qui poussent des chariots devant eux en clopinant. Vers la quarantaine, alors qu'ils vivaient de la terre dans des tipis et des *askihkans*, troquant les produits de la chasse et de la trappe pour assurer leur subsistance, ils avaient dû venir habiter de petites maisons de bardeaux et pousser ainsi des chariots grinçants parmi des rayonnages remplis de nourriture malsaine vendue à des prix prohibitifs. Les changements qu'ils avaient connus au fil des décennies devaient leur faire tourner la tête. Le diabète, l'obésité et le cancer déciment notre communauté, de même que toutes celles du Nord à en croire APTN, la chaîne de télévision indienne. Les spécialistes semblent perplexes. *Bof !* C'est ce que tu aurais dit, mon oncle.

Portant quelques sacs contenant de l'épicerie et des vêtements neufs pour le bébé, j'accompagne Eva jusqu'au quai des bateaux-taxis. On bavarde avec quelques-uns des vieux qui attendent patiemment, assis à l'arrière de leurs canots, pour conduire des gens à Moose Factory. Il est encore assez tôt dans l'année pour qu'ils aient gardé la petite cabane en bois qui protège les passagers du vent. J'aide Eva à monter et le bateau penche dangereusement sous son poids. Le grand-père à la barre se place de l'autre côté pour l'équilibrer tant bien que mal.

« On se reparle bientôt, dis-je. Téléphone-moi avant de partir pour Toronto. Dans deux ou trois jours, je vais retourner du côté de la baie pour finir mon boulot. »

Eva hoche la tête et sourit, berçant Hugh qui s'est déjà rendormi. « D'accord, je t'appelle », dit-elle.

Tel était le monde où je vivais, mon oncle, toujours prête, moi, à faire mon sac pour partir dans les bois, prête à quitter cet endroit qui est mon foyer, prête à remonter ou à descendre la rivière selon le sens qui paraissait le mieux à même de m'emporter. Telle était ma vie.

J'ai des crampes dans les jambes à force de me pencher au-dessus de lui, si bien que je lâche sa main pour me lever et faire quelques pas dans la chambre. Maman ne va pas tarder et il va falloir que je me dépêche de terminer l'histoire d'aujourd'hui. Au lieu de me rasseoir, je reste debout à côté du lit. Il a un petit air farouche avec sa coupe en brosse. Ses cheveux doivent être aussi doux que le duvet d'un poussin, mais lorsque je les caresse, je m'aperçois qu'ils sont rêches comme de la paille de fer. « Vieil imbécile coriace », je murmure. Je m'approche pour finir mon récit.

Je me prépare donc à regagner mon campement, un sac de farine, du sel et des boîtes de jambon Klik déjà casés dans mon canoë quand Eva m'appelle. Elle est en larmes : « J'ai encore surpris Junior planté devant du porno sur Internet, dit-elle en sanglotant. Il avait le pantalon aux chevilles et sa petite bite dans la main. » Je me tais. « Et en plus, la veille, il avait laissé l'ordinateur allumé et j'ai regardé. Il chattait et il avait mis en ligne une photo de lui datant de dix ans quand il était mince, et si tu avais vu avec qui il parlait et ce qu'il racontait ! » Eva sanglote de plus belle et je garde le silence. « Je lui ai dit que j'annulais le voyage à Toronto. » Elle est tellement forte dans son rôle d'infirmière, mais tellement faible quand il s'agit des hommes.

« Tu peux toujours venir t'installer chez moi, Eva, dis-je, le regard tourné vers la fenêtre et la berge où attend mon bateau.

– Qu'il aille se faire foutre, s'écrie-t-elle. Je vais quand même à Toronto. J'ai déjà posé mes congés à l'hôpital. J'aimerais que tu viennes avec moi. » Elle renifle à présent. « Allons-y toutes les deux, Annie. Je laisserai Hugh à ma mère. Elle est d'accord. On se prend une semaine en filles et on se dégote des chippendales. » J'éclate de rire, et elle m'imite.

« Tu m'imagines dans une ville comme Toronto ? Au bout de deux jours, je serais morte.

– S'il te plaît, me supplie-t-elle.

– Je ne peux pas, Eva. Tu trouveras bien quelqu'un pour t'accompagner. Viens plutôt avec moi à mon campement. Ça te fera du bien.

– Non, je vais à Toronto. Et je veux que tu viennes avec moi. »

J'ai envie de lui répondre que je dois m'occuper de ma cabane, que j'ai laissé la porte ouverte, que j'ai salement besoin de prendre un bain de vapeur pour que les oies reviennent vers moi. « Je suis désolée, je ne peux vraiment pas. »

Une fois qu'elle s'est calmée, on raccroche, puis je dis au revoir à ma mère et je me dirige vers le fleuve. Je grimpe dans mon canoë et tire sur la cordelette du moteur hors-bord. Il démarre dans un rugissement. Je m'assois et le laisse chauffer. Je me penche pour détacher l'amarre, mais je suspens mon geste. Je contemple ma main prise de légers tremblements. Il doit me rester des séquelles de mon intoxication alimentaire. Comme animée d'une volonté propre, ma main coupe le moteur. Je descends du bateau, je remonte sur la berge et j'entre à la maison. Je prends le téléphone et je compose le numéro d'Eva. « Je viens avec toi », je lui annonce. Je lui ai précisé, mon oncle, que j'irais juste pour une semaine.

7

Chief Joe disait toujours que l'alcoolique, c'est celui qui persiste à remonter sur ce cheval-là après en être tombé la veille. Souvent le matin, couché dans mon lit, je regardais la rivière par la fenêtre et je m'imaginais aller ouvrir le frigo pour me servir un whisky-soda. La plupart du temps, la seule idée de l'odeur me donnait la nausée. Un bon signe, non ?

De ma cuisine, je voyais la route ainsi que l'étendue de hautes herbes qui menait à la forêt. Les matins d'été que je préférais, c'étaient ceux où les minces rayons du soleil qui pénétraient parmi les épicéas commençaient à réchauffer le sol tandis que le froid s'évaporait en effilochures de brume. Un jour neuf. Un jour meilleur pour moi. J'aimais le spectacle des toiles d'araignée perlées de rosée. Ahepik, l'araignée, se nichait dans un coin de sa toile qui brillait pendant que, lentement, le soleil la réchauffait à son tour.

Une cigarette ou deux puis une tasse de café. Je frissonnais en regardant le monde s'éclairer petit à petit. Les moustiques n'étaient pas encore prêts à dormir et les mouches noires se mettaient à bourdonner, affamées. Une saison de vie que j'avais traversée plus de cinquante fois.

Quand j'ai essayé de retrouver la forme, j'avais de telles crampes au côté que j'étais obligé de ralentir pour aller presque au pas afin de me masser, avec pour seul résultat d'accentuer la douleur. Lorsque j'avais trop bu la veille, ça cognait sous mon crâne et ma jambe droite tremblait, saisie de spasmes. Je regardais devant moi, je voyais la route qui conduisait à la décharge, et je m'exhortais : *Tu peux y arriver, tu peux y arriver.* Mais je ne le pouvais pas. Je m'arrêtais, plié en deux, les jambes si flageolantes que j'étais à deux doigts de tomber. Je reniflais et parfois, au lieu de cracher des glaires, je vomissais un peu. Perdre la forme est si facile, mes nièces, mais la retrouver ?

J'ai usé d'une astuce. Si j'allais le plus loin possible, il fallait bien que je rentre. C'était ça ou m'écrouler et attendre que les corbeaux m'arrachent les yeux. Je me forçais alors à marcher et à dévaler la route jusqu'au bout de mes forces, puis je revenais.

Un matin, non loin de la décharge, j'ai aperçu ce que j'ai pris pour un grand chien noir qui fouillait parmi les ordures. À Moosonee, il n'y a pas si longtemps, on éliminait chaque année les chiens errants, avec une prime de dix dollars offerte par tête, après que certains d'entre eux avaient attaqué un gamin dans Sesame Street. Aujourd'hui, cette pratique a disparu. À cause de ces foutus écolos, prétend Joe, mais ça me paraît idiot. Moi, je crois surtout que c'était mauvais pour le peu de tourisme qu'on a dans le coin. Donc, quand j'ai vu ce chien noir, j'ai ramassé une pierre. Une grosse pierre. J'étais contre le vent.

En m'approchant, j'ai constaté que ce n'était pas un chien. C'était un ours noir. J'ai lancé ma pierre le plus fort possible pour l'effrayer avant qu'il ait remarqué ma présence. Bien visé. La pierre a rebondi sur la route et a atteint l'ours dans le dos. Seulement, au lieu de s'enfuir, il a dressé la tête.

Il a tourné son museau vers moi et a flairé autour de lui à petits coups rapides. De ses yeux en boutons de bottines, il a tenté de me repérer. Il y voyait manifestement encore moins que moi. J'avais depuis longtemps besoin de lunettes, et Lisette avait beau me houspiller, je repoussais toujours le moment de m'en occuper. Par contre, l'odorat de l'ours fonctionnait à merveille, et il semblait aimer le fumet que je dégageais, mes phéromones, je suppose.

Arrête-toi, je me suis dit. *Ne bouge plus.* L'ours a entrepris de grimper hors du fossé pour se diriger vers moi. J'ai reculé prudemment. Il a continué à avancer. J'ai agité les bras en criant, mais ça n'a fait qu'accroître l'intérêt qu'il me portait. Affamé après sa longue hibernation. Sans le quitter du regard, je me suis baissé pour prendre une autre pierre. C'était le point délicat. En la lançant, je pouvais soit le faire fuir, soit le mettre en colère. L'ours approchait toujours, lentement, posément, plutôt curieux que furieux. Ni poil hérissé, ni grognements. J'ai de nouveau crié : « Va-t'en ! Tire-toi ! » En vain. Il était peut-être sourd. J'ai lancé la pierre de toutes mes forces. Elle est passée à un mètre au-dessus de sa tête.

J'ai pivoté et je suis parti en courant. Plus question de petit trot ou de jogging. Non, sprintant comme un adolescent, je me précipitais vers un lieu sûr, la maison-médecine située à deux ou trois cents mètres devant moi. J'avais lu que les ours noirs pouvaient galoper plus vite qu'un cheval. Et aussi qu'ils n'attaquaient que rarement les gens, et en particulier les Indiens. Celui-là devait être fou. C'était bien ma chance de tomber sur un ours cinglé !

Est-ce qu'il me poursuivait ? Je voulais regarder par-dessus mon épaule, mais j'étais trop concentré sur le mouvement de mes jambes. Il me soufflait son haleine brûlante dans le dos, et je me préparais à sentir ses griffes se planter dans le gras de mes fesses. Le vent me sifflait aux oreilles et mes pieds ne touchaient plus le sol. Je vous jure que je volais. Comme dans ce film asiatique où j'avais vu des types voler au-dessus de l'eau, au milieu des bambous.

Mon cœur menaçait d'exploser. La maison-médecine était encore à une centaine de mètres. Je ne volais plus, je haletais, les mollets en feu, les bras qui battaient l'air. Mes jambes se sont alors bloquées net, et là, j'ai réellement volé, parallèle au sol, comme un avion en panne de carburant, et j'ai vu le gravier défiler à toute allure en dessous de moi. C'est peut-être mes réflexes de hockeyeur ou peut-être simplement mon désir de ne pas m'écraser tête la première, mais en tout cas, au moment de tomber, j'ai tournoyé, si bien que je me suis reçu sur le flanc avant de rouler sur le dos, puis sur le ventre. Une fois immobile, je me suis protégé la tête de mes bras dans l'attente de l'instant où des dents aiguisées s'enfonceraient dans ma nuque. Le gravier a craqué. J'allais pisser dans mon pantalon. Le grognement évoquait un moteur mal réglé. J'ai hurlé.

Une portière rouillée a grincé. J'ai perçu un bruit de pas. « Moi, je ne crois pas que le jogging, c'est bon pour toi. Mais quand tu le veux, tu cours drôlement vite. Bizarrement, mais vite. » J'ai ouvert les yeux. Ils se sont posés sur les bottes de Joe puis sont remontés le long de ses jambes jusqu'à son gros ventre.

« L'ours, j'ai croassé, m'efforçant de reprendre ma respiration.

– Ouais, a fait Joe. J'ai remarqué des traces ces derniers jours. Je te ramène ? »

Le trajet de retour m'a paru pathétiquement court. Je n'ai pas prononcé un mot. Au moins, je ne m'étais pas fait mal en tombant. Joe conduisait doucement et nous regardions autour de nous à la recherche de l'ours On a repéré ses empreintes de pas, les miennes, et on s'est aperçus que dès que je m'étais mis à courir, l'ours m'avait imité, mais dans le sens contraire.

« Tes cris ont dû lui flanquer la trouille, a dit Joe.

– Je n'ai pas crié.

– Même avec le bruit du moteur, je t'ai entendu à un kilomètre. Et tu avais la bouche grande ouverte. Tu criais comme une fille. »

Quand je suis devenu pilote de la forêt, mon père a été bouleversé comme je ne l'avais jamais vu. Il n'était pas du genre à me dire ce que je devais ou ne devais pas faire. Il appartenait à la vieille école. Il observait avec attention, mais de loin. Construire un *askihkan* pour s'abriter durant l'hiver. Couper du bois. Poser un collet pour les lapins. Chaque fois que nous étions dans la forêt, je ne le quittais pas des yeux. Il ne donnait son avis que si je le lui demandais. Les souvenirs que j'ai de nous deux, c'est comme regarder un de ces vieux films muets. Le silence, mais un silence qui m'enveloppait comme d'une couverture.

Souvent, alors que je grandissais, j'essayais de faire des choses tout seul parce que je croyais qu'étant un garçon, et un Indien, je devais apprendre par moi-même. Mon père laissait mon orgueil suivre son cours, et il savait que je finirais par en tirer la leçon. Le chemin le plus facile, c'était toujours de lui demander, quand j'en avais le courage, comment faire, mais surtout, j'apprenais qu'échouer, que ce soit à affronter une tempête de neige ou à attraper du poisson, signifiait que l'orgueil pouvait vous tuer ou, du moins, vous faire souffrir de la faim à en hurler. Apprendre de ses aînés. Oui.

Je voulais être pilote. Je voulais quitter cet endroit, ce sol, cette terre, et m'envoler. Ma mère avait une tumeur au cerveau, de même que trois autres femmes dans un rayon d'un kilomètre et demi de chez nous. Le gouvernement appelait ça une coïncidence, mais quand les militaires du NORAD avaient décrété que les Russes n'attaqueraient pas par Moosonee, l'armée avait abandonné derrière elle des piles de fûts qui fuyaient. Et presque tous les Indiens à cent cinquante kilomètres à la ronde savaient que « coïncidence » était le mot des Blancs pour désigner une connerie. Une merde qui est arrivée. On ne s'excuse pas. Ne nous en veuillez pas.

J'ai donc fait ce que je n'avais encore jamais fait. Après le pensionnat et cinq années de trappe et de chasse, je suis retourné chez les hommes blancs, ne serait-ce que pour peu de temps, afin d'apprendre à piloter.

Mon brevet, je l'ai obtenu le jour où ma mère est morte. J'ai demandé à mon père si on pouvait la faire incinérer et disperser ses cendres en vol au-dessus de la forêt et de la baie, puis les regarder flotter jusqu'au sol comme des flocons de neige. Mon père, lui, souhaitait envelopper son corps dans des couvertures et le placer au sommet d'un arbre. C'était à cause du sang Ojibwé qui circulait dans ses veines, je présume. Mais en raison des difficultés que cela présentait sur le plan administratif, nous l'avons enterrée dans le cimetière près de la maison-médecine avec les autres *Anishnabes*, veillant à ce que ses pieds pointent vers l'est et le soleil levant, et sa tête, vers l'ouest et le soleil couchant.

Quand je mourrai, mes nièces, je veux être incinéré. On mettra mes cendres dans un avion pour les disperser au-dessus des habitants de Moosonee. Qu'ils s'imaginent que mes cendres sont des flocons de neige qui saupoudrent leurs cheveux et leurs épaules comme autant de pellicules.

Le jour où j'ai eu mon premier vrai boulot rémunéré, amener deux pêcheurs sur les rives d'un lac intérieur, mon père m'a appelé dans sa chambre. Sur son lit était posé un objet oblong, protégé par une vieille couverture.

Lorsque je l'ai déballé, j'ai découvert ce que je convoitais depuis que j'étais petit, le vieux fusil de mon père, pris à un Allemand bien des années auparavant au cours de la Grande Guerre. C'était une arme qu'il avait perdue mais qui lui était revenue comme un chien fidèle ou plutôt, quand j'y réfléchis, comme une maladie. J'ai levé les yeux sur lui. Mon père ne souriait pas.

Le fusil, sa lourde crosse hachurée d'entailles faites à l'aide d'un couteau, semblait chaud dans ma paume, comme s'il venait juste de servir. Je l'ai brandi en souriant.

Mon père a secoué la tête. « Moi, a-t-il dit, je ne devrais pas te le donner. C'est un fardeau, pas un cadeau. »

À l'époque, pourtant, je n'aurais pas imaginé plus beau présent.

Mon père était l'un des derniers à ne pas parler la langue des Blancs, et chaque fois que mon avion décollait, j'avais l'impression que je ne le reverrais pas. Je n'aimais pas l'idée de le laisser seul se débrouiller avec les filles grossières qui travaillaient comme caissières au Northern Store ou avec les flics blancs, frais émoulus de l'école de police, envoyés ici se faire les dents et qui ne savaient pas qu'il était l'un des rares anciens combattants décorés de la Première Guerre mondiale encore en vie, ou s'en moquaient. Et chaque fois que j'atterrissais et que je rentrais chez lui, mon père m'adressait son drôle de sourire – le bout de ses grandes oreilles devenu tout rouge – puis il s'installait avec moi à la table de la cuisine où nous pouvions rester des heures silencieux à baigner dans le courant d'énergie qui émanait de l'un vers l'autre. Il m'a fallu longtemps pour comprendre que mon père célébrait le fait que son fils avait survécu à un nouveau séjour dans les airs. Je n'allais pas disparaître, et cela le rendait heureux.

J'ai tâché de lui expliquer en Cree que les avions étaient solides de nos jours. Qu'ils étaient fiables. Il se contentait de secouer la tête et de dire : « Les hommes ne sont pas censés voler. » J'imaginais qu'il avait vécu une mauvaise expérience dans un aéroplane pendant la guerre, mais quand je l'interrogeais à ce sujet, il répondait simplement qu'il avait eu jadis un ami qui désirait voler et que lorsqu'il avait essayé, il était tombé.

Les vieux s'expriment par énigmes, mes nièces, mais si on les écoute bien, il se peut qu'ils aient des choses importantes à nous dire.

8

J'ai réfléchi à ce qu'Eva m'avait dit à propos de Gordon qui aimerait peut-être s'échapper un peu de la cabane. Après tout, nous y sommes depuis des semaines et c'est moi qui l'ai traîné dans le Nord avec pour seul résultat de le transformer en trappeur à moitié fou. Là-bas dans les rues de la grande ville, au Sud, il était déjà plutôt solitaire. Il me semble que la prochaine étape de mon grand plan devrait consister à faire de lui un être humain à peu près normal.

Nous avons séché le super bingo, et quand nous arrivons devant le stade de hockey sur mon skidoo, j'ai l'impression que la fête bat déjà son plein. Des dizaines de motoneiges sont garées sur le parking entre les pick-up et les bagnoles délabrées de la réserve, les vieilles caisses bringuebalantes qui parcourent les rues creusées d'ornières. J'ôte l'une des bougies de mon engin – le plus sûr moyen d'empêcher les jeunes de le faire démarrer avec les fils pour se payer un rodéo en forêt –, puis Gordon et moi, on entre dans la salle qui pue la transpiration. Aussitôt, on a le sentiment d'être dans un film : la musique s'arrête dans un grincement et tous les regards se braquent sur nous.

Je regrette qu'Eva travaille de nuit. Elle nous aurait servi de tampon. Quelques-uns parmi les gros durs ne quittent pas Gordon des yeux, tandis que nous nous frayons un chemin vers le bar, ce qui me rend nerveuse. Nombre de ceux qui se pressent autour sont des alliés des Netmaker, et je me dis que ce n'était pas une très bonne idée de venir ici. Je commande deux bières, et alors qu'on cherche une table libre, je me promets qu'à la moindre alerte, on file.

Les gens sont déjà trop imbibés pour danser. De toute façon, il est encore tôt. La plupart du temps, les danses ne commencent pas avant minuit. On trouve une table vers le fond, loin de l'éclairage stroboscopique et de la cabine du DJ. Si Gordon le pouvait, on parlerait. Je bois la moitié de ma bière avant de me rendre compte que je n'ai pas arrêté de fixer le coin du DJ. On ne fait plus attention à nous, aussi j'envoie Gordon remplir nos verres vides. Il n'aura qu'à les montrer.

Pendant que je suis seule, j'observe les hommes en bottes d'hiver et les femmes en jeans beaucoup trop serrés pour elles. Ces gens que je connais pour la plupart, ils se poussent, se touchent, s'écartent, se rapprochent. Tous désirent quelque chose sans savoir exactement quoi. Je crois que c'est le désespoir qu'ils essayent de noyer dans des bières et des gobelets en plastique remplis d'alcool.

Je n'ignore rien de ce sentiment. À Montréal, j'ai pris de l'ecstasy. Je ne me souviens plus comment j'étais arrivée dans ce club ni comment j'étais rentrée chez moi. Ce soir-là, de même que les suivants, reste un peu confus dans ma mémoire, d'abord net et brillant, puis de plus en plus flou jusqu'à disparaître, comme la lueur des phares sur une route. Est-ce Soleil qui m'avait invitée ? Non, je ne l'avais pas encore rencontrée. C'était Violette. Oui, pas de doute, c'était Violette. Elle m'a présentée à DJ Butterfoot ce soir-là. Je ne savais pas ce qu'était la petite pilule qu'elle me tendait. Elle m'a seulement dit que Suzanne adorait ça. Violette connaissait Suzanne, et elle m'avait promis de m'aider à la retrouver. Je regardais les lumières, les gens, si beaux et si branchés, qui dansaient en meutes. La musique que jouait Butterfoot, de la *trance*, vibrait comme des éclairs à la périphérie de ma vision. Tout ce dont on avait besoin, c'était une bouteille d'eau. Il me suffirait d'en avoir une pour savoir que la terre tournait rond, que tout irait bien pour moi.

Tout le monde ce soir-là, moi comprise, était beau, surfait sur les mêmes vagues, de plus en plus haut à mesure que chaque air s'élevait, puis redescendait pour remonter avec la suivante. Je jure que je distinguais des couleurs que je n'avais jamais vues, et ma vision était si claire que j'avais envie de crier mon émerveillement.

Des hommes venaient me dire bonjour, me parler, quelques-uns me caressaient les cheveux, s'extasiaient sur leur couleur, leur longueur, leur éclat bleu nuit. J'étais incapable de dire lesquels étaient dans leur trip et lesquels étaient juste naturellement bizarres. Ce soir-là, alors que je ne connaissais pas Violette depuis longtemps et que je pouvais encore la croire, nous avons joué toutes les deux à un jeu consistant à récolter le maximum de numéros de téléphone. Je trouvais ça hilarant, et par moments, je ne cessais de pouffer. Je n'avais même pas de téléphone.

Gordon et moi, on vide notre deuxième bière. Je m'ennuie à mourir. Pourquoi on est revenus ici, Eva ? Merci pour ta suggestion. « Qu'est-ce que tu penserais de partir ? »

Gordon lève le doigt pour signifier qu'il en veut encore une. Je l'ai déjà vu boire et ne plus s'arrêter.

« Je suis fatiguée, dis-je. Si on laisse le poêle s'éteindre, la cabane va être gelée. »

Gordon joint les mains comme pour une prière et m'adresse un regard implorant.

« Bon, mais c'est la dernière. »

Trois verres plus tard, on m'invite à danser, et j'accepte. Différents types appartenant à mon passé, à celui de Suzanne, leurs inhibitions vaincues par le whisky. « Tu es superbe, Annie », me dit l'un. Un autre me demande si j'ai des nouvelles de Suzanne. Je sens dans mon dos la brûlure des regards de leurs femmes.

Quand je retourne à notre table, Gordon n'est plus là. Paniquée, je jette un coup d'œil autour de la salle, et je le vois se diriger vers les toilettes. Trois types adossés au bar se consultent du regard, puis lui emboîtent le pas. Merde. Je reconnais l'un d'eux, un membre de la famille de bootleggers plus loin sur la côte. Je prends une bouteille de bière et je les suis, bousculant les gens au passage dans ma précipitation.

Quand je fais irruption, la lumière fluorescente me blesse les yeux. Gordon est devant un urinoir, mais il ne pisse pas. Il paraît tendu. Gordon n'est pas idiot. Il a vécu dans la rue assez longtemps.

« Hé ! » je crie aux trois types qui l'encerclent. Ils me regardent comme des enfants pris les doigts dans le pot de confiture, mais ça ne dure qu'une seconde.

« Quoi ? T'as une bite qui t'est poussée quand t'étais dans le Sud ? » demande le bootlegger. Ses copains se marrent.

« Toi, ta bite, tu vas la perdre si tu te tires pas d'ici », je réplique. Les mots employés m'étonnent autant qu'ils étonnent les trois autres.

« Un homme a même plus le droit de pisser ? » demande l'un d'eux. Pendant que j'ai accaparé leur attention, Gordon a remonté sa fermeture éclair et s'est retourné pour leur faire face. Il est mince mais bien bâti. Il enlève son blouson d'un geste vif, et mon regard effleure ses bras musclés, couverts de cicatrices. De tatouages à demi effacés. De brûlures de cigarette plus nombreuses que je n'en peux compter. C'est mon mec.

Deux hommes entrent en riant. Ils marquent une hésitation, surpris par la scène, mais leur soudaine apparition douche les intentions belliqueuses des autres.

« Va te faire mettre, salope », crache le bootlegger en passant devant moi.

Aujourd'hui à l'hôpital, je suis au chevet de mon oncle et je constate que je n'ai pas grand-chose à lui dire. C'est une de ces journées comme ça, je suppose. Je suis déprimée et je ne vois pas l'intérêt de lui faire partager mon découragement. S'il pouvait m'entendre et que cela le rende triste ? « Mon oncle, dis-je en me penchant vers lui, tout ce que je veux te raconter maintenant, c'est que tu aurais été fier de moi, et que grand-père aussi aurait été fier de moi si vous m'aviez vue l'autre soir. J'ai protégé l'un des miens. J'ai défendu quelqu'un que j'aime. » Que j'aime ? D'où est-ce que je tiens ça ?

Cette fois, quand je me lève, je ne vais pas à la fenêtre. *Je reviens bientôt, mon oncle. Je te le promets.* C'est peut-être parce qu'Eva est de nuit et qu'elle n'est pas là pour me rappeler que parler à un homme dans le coma a des vertus thérapeutiques, mais ce matin, je me sens stupide. Je m'habille pour affronter le froid puis je sors.

Je n'ai toujours pas remplacé la courroie de ma motoneige. Je la sens de temps en temps patiner tandis que le moteur s'emballe. J'ai toujours une courroie de secours ainsi qu'un bidon d'essence et des bougies de rechange comme oncle Will me l'a appris il y a des années.

Le soleil qui se réfléchit sur la neige commence à me donner mal à la tête. J'étrécis le plus possible mes yeux pour éviter que le blanc des bosses m'éblouisse. Je longe la large rivière à une vitesse constante, les paupières presque fermées afin de me protéger du vent et de la lumière trop vive. Conduire ainsi, quasiment en aveugle, m'amuse. Le ronronnement de mon engin, les skis qui rebondissent sur la neige durcie de la piste, tout cela libère des images que j'ai sans doute évoquées lors d'une de mes crises précédentes. Chaque secousse engendre un éclair. L'éclair des flashes.

Depuis un recoin de mon cerveau, j'observe un homme planté au-dessus de Suzanne, les jambes écartées. Elle est pratiquement nue, les bras croisés sur ses seins, la tête légèrement tournée, comme si elle regardait quelque chose de drôle, car une esquisse de sourire joue sur ses lèvres. Des flashes illuminent son corps. *Parfait,* dit l'homme. *Ne bouge plus. Très bien. Parfait.* Il sourit, puis aide Suzanne à se relever. Elle n'est pas le moins du monde gênée de se tenir nue devant lui. *Magnifique*, dit-il. Et magnifique, elle l'est.

Une chose que je n'ai jamais confiée à ma mère, ni à personne, c'est que mes crises sont revenues peu après le départ de Suzanne et de Gus pour le Sud. Je pensais pourtant qu'elles appartenaient désormais au passé.

Quand j'étais plus jeune, ces attaques me causaient un sentiment d'humiliation. Elles provoquaient de telles souffrances que je demeurais ensuite faible et vide pendant des heures. J'avais honte. La plupart du temps, je les sens venir ; c'est comme un nuage qui cache le soleil. La lumière décline et mon cuir chevelu se met à me picoter. Je sais alors qu'il me faut trouver un endroit tranquille pour m'allonger et serrer entre mes dents une serviette, un T-shirt, ce qui me tombe sous la main afin de me préparer à la douleur qui va me vriller le crâne.

Ce que je ne dis pas souvent, c'est que je conserve en mémoire des images fractionnées de gens que je connais ou non, qui flottent dans ma tête comme des souvenirs d'expériences que j'aurais réellement vécues. J'ai l'impression de voir ces souvenirs dans un miroir brisé gisant par terre. Il me suffit de me baisser pour les ramasser et les rassembler en une image lisible.

Je ne sais pas exactement ce que sont devenus Suzanne et Gus. Ils n'allaient certes pas m'appeler tous les dimanches pour me donner des nouvelles. Suzanne et moi, nous ne nous détestons pas, mais nous n'aimons pas reconnaître nos torts. Comme toute sœur cadette, elle est agaçante. Elle avance dans le monde sans guère se soucier des autres.

La cabane est déserte et le poêle presque éteint, preuve que Gordon est sorti depuis un moment. Je me contrains à rester calme, à me dire qu'il ne lui est rien arrivé. Les visages des trois types qui s'apprêtaient à lui sauter dessus deux soirs plus tôt s'insinuent dans mon esprit. Se pourrait-il qu'ils se soient renseignés et qu'ils aient appris que je vivais ici ? Ou que l'un des copains de Marius sache où j'habite ? Marius a disparu il y a moins d'un mois, et certains de ses acolytes cherchent peut-être à le venger. Je n'ai dit où j'étais qu'à ma mère et à Eva, mais dans cette région, quand une personne sait quelque chose, en l'espace d'une semaine, tout le monde le sait. Je ressors pour vérifier s'il y a d'autres traces de motoneiges, mais je ne vois que celles de la mienne. Je tente de suivre les empreintes des grosses bottes de Gordon, mais il n'a pas neigé depuis un moment en raison du froid trop vif, et il est pratiquement impossible de distinguer les plus récentes des anciennes.

Je charge le poêle et je mets de l'eau à chauffer pour le thé. Gordon va bien. Il est juste allé se promener. Ça devient dur pour lui de rester seul ici à s'ennuyer. Je lui ai proposé de m'accompagner à l'hôpital, mais il m'a répondu en écrivant que c'était quelque chose que je devais faire seule. Il n'a pas pu s'éloigner au point de ne pas avoir entendu mon skidoo, ou je me trompe ? La nuit va bientôt tomber. S'il n'est pas rentré dans une demi-heure, j'irai à sa recherche.

J'ai bu mon thé et je m'apprête à enfiler mes bottes quand je perçois le bruit de ses pas, la neige qui crisse sous son poids. Il entre en tapant des pieds, le visage éclairé d'un grand sourire. Il tient dans sa moufle un de mes pièges Conibear en X d'où pend une petite martre gelée.

« Tu ne t'es pas rappelé comment on ouvre le piège, c'est ça ? »

Il secoue la tête.

Je le lui prends des mains. Le métal est si froid qu'il me brûle la paume. Je le pose par terre et l'ouvre au moyen de mon pied, libérant la martre. « J'étais inquiète, Gordon »,

78

dis-je. Qu'est-ce que je vais faire de lui ? « On va la laisser dégeler et je te montrerai comment la dépouiller. » Il sourit. Je tends la main et lui effleure la joue.

Eva m'ouvre la petite porte, et je me glisse à l'intérieur, frissonnante de froid. « Tu vas me valoir des ennuis, toi, dit-elle pendant que je m'extirpe de mes vêtements de neige. Les visites de nuit sont interdites. Tu le sais très bien.
– Je ne ferai pas de bruit », je promets. On prend l'ascenseur jusqu'au dernier étage. Eva a consulté les autres infirmières, et elles sont d'accord pour que je vienne. Tant que personne de l'administration n'est au courant, ça ira. J'ai convaincu Eva en lui rappelant que c'est elle-même qui m'a dit combien parler à mon oncle pourrait se révéler bénéfique. Ma mère accapare le marché diurne, alors pourquoi ne pas doubler les équipes et voir ce que le résultat donnera ?

La faible lueur des machines autour de lui jette un étrange éclairage sur son visage. J'allume la lampe de chevet et je m'assois.

« Deux filles Crees dans la ville pour la première fois, dis-je à oncle Will. Voilà, je parie, une histoire que tu adorerais entendre. » Je pourrai grappiller quelques heures de sommeil tôt le matin et aussi passer plus de temps avec Gordon. Est-ce qu'on a besoin d'une nuit entière de sommeil ? J'aurai tout loisir de dormir quand je serai morte.

Je ne suis pas une sauvage. J'ai déjà pris le *Polar Bear Express* jusqu'à Cochrane, 186 miles de voie ferrée cahotante au travers des tourbières, avec les Indiens qui dorment pendant que leurs enfants courent dans les couloirs sur des jambes chancelantes. On dit que le *Polar Bear* est le train du bout du monde dont le seul rôle consiste à engloutir l'argent du gouvernement tout en faisant figure de maigre obole aux Crees. C'est le train qui va de la dernière ville au nord accessible par une grande route jusqu'à Moosonee, le trou du cul de l'Arctique, afin d'éviter que les Crees se révoltent. Je ne sais pas, mais les quelques fois où je l'ai pris, j'ai bien aimé. C'est le seul lien, aussi ténu soit-il, entre nous et eux. Entre moi et le monde extérieur.

Un jour, je me suis même rendue plus au sud, à North Bay. Quand nous étions petites, Suzanne et moi, maman avait loué une voiture, et à notre grand embarras, nous avons effectué un voyage cauchemardesque, maman agrippée au volant pendant trois cents kilomètres à se traîner sur la route tandis que les camions nous doublaient dans un grondement. Elle a essayé de se rattraper en nous amenant faire des courses et en nous laissant nous engloutir dans la ville la plus importante du nord de l'Ontario. Ce coup-ci, Eva m'emmenait plus loin au sud que je n'étais jamais allée. Dans une vraie ville.

C'est comme à la télé, mon oncle, des immeubles gigantesques, des sirènes de police qui hurlent, des gens partout. Toutes sortes de gens. C'est ça qui m'a sidérée. Je me demandais d'où ils pouvaient bien venir. La première fois que j'ai été noyée par une marée humaine dans une rue animée du centre, j'ai eu envie de reprendre tout de suite le car pour rentrer. À la télévision, on voit les passants marcher comme s'il existait une espèce d'ordre, comme s'ils savaient même où ils vont, mais en réalité ? Les piétons se pressent, se bousculent, sentent le parfum ou la transpiration, et ils sont nombreux ceux qui ont l'air de désirer être ailleurs. Ce qui à moi me paraît le plus bizarre, c'est que la plupart ne te regardent jamais en face.

Eva est une brave fille, mais parfois, elle peut se montrer un peu mesquine. Elle nous a réservé un motel près d'un quartier appelé Cabbagetown. C'est à distance de marche de Yonge Street et de la folie qui y règne, les bars, les boîtes de strip-tease et les hommes à l'allure équivoque.

Notre motel pue la pisse. Je n'ai pas tardé à comprendre que la différence entre les hôtels et les motels, c'est que tous les loqueteux descendent dans les motels.

Pendant deux ou trois jours, on s'est efforcées de s'amuser, poussant aussi loin que le permettaient les éclisses sur le tibia d'Eva. Nous sommes même entrées un soir dans un bar où nous avons commandé des martinis. Cette seule idée, prononcer les mots à voix haute, m'a excitée comme si j'avais de nouveau quinze ans et que je fauchais quelques bouteilles de bière. Le goût, par contre, m'a soulevé le cœur.

C'est un bar de luxe, mon oncle, les serveuses sont jolies et elles le savent. Je pense à Suzanne. Je me demande si elle a travaillé dans un endroit de ce genre avant qu'on la découvre. Je me prends même à espérer que je pourrais tomber sur elle dans cette ville. On se croiserait dans la rue, on se jetterait dans les bras l'une de l'autre et on verserait peut-être quelques larmes.

Eva et moi, on se promène l'après-midi sous la pluie froide et le ciel gris du printemps au milieu des immeubles sinistres et des arbres en bourgeons aux troncs noircis. Même les écureuils sont noirs, et je rencontre mes premiers *Anishnabes* des villes, les Indiens urbains. Ils se regroupent du côté des rues Queen et Bathurst, assis ou arpentant le trottoir à pas lents, et ils mendient en tendant leurs mains noircies. Une fois, Eva et moi, on passe devant plusieurs d'entre eux blottis sous la marquise d'une ancienne banque, et je sursaute quand on nous interpelle en Cree. C'est un vieil homme, un grand-père, qui me demande en mariage, moi, ou Eva, ou nous deux. Nous éclatons de rire et poursuivons notre chemin.

On se fait vite à tout, et je ne tarde pas à me faire à cette ville. Eva et moi prenons nos habitudes, et chaque jour nous allons un peu plus loin que la dernière fois. Tous les matins, je traîne Eva hors du motel et je l'oblige à continuer notre exploration. J'ai besoin de prendre de l'exercice, car j'ai l'impression de devenir énorme à rester assise et à manger. À en juger par les magazines de mode que nous lisons, installées sur nos lits à attendre que le temps nous permette de sortir, ma taille par rapport à mon ossature et mon poids indique que je ne suis pas de l'étoffe dont on fait les top-modèles. Qu'ils aillent au diable ! Je suis une fille saine, plutôt jolie. Et en cas de besoin, je peux porter un cuissot d'orignal de la forêt jusqu'à chez moi.

Le quatrième jour, on repasse au coin de Bathurst et de Queen. Le même groupe d'Indiens s'y trouve, l'ancien au visage parcheminé, deux femmes d'âge indéterminé et un homme grand et mince aux longs cheveux et aux yeux toujours en alerte comme ceux d'un guerrier. Il serait beau s'il prenait un tant soit peu soin de lui.

« Vous, des femmes *Anishnabes* ? » nous lance Vieil-Homme lorsqu'on arrive à leur hauteur. Je hoche la tête avec un sourire. Je sais respecter mes aînés. Il nous invite à les rejoindre pour parler.

« Jamais de la vie ! » lui répond Eva, la voix qui monte progressivement dans l'aigu. Le style Moosonee.

Je me tourne vers lui, obligeant Eva aussi à s'arrêter. Elle n'irait nulle part sans moi. Elle a trop peur.

« Je m'assiérais bien avec vous, mais les marches sont

mouillées. » Je les désigne, et je constate que la banque en haut de l'escalier a l'air définitivement fermée. Vieil-Homme se lève en titubant, tandis que les deux femmes me regardent, prêtes à défendre leur territoire. Le type maigre semble ne pas s'intéresser à nous, tout en jetant sans cesse de rapides coups d'œil dans ma direction.

« Petite-Fille, tu es bien jolie, toi, dit Vieil-Homme. Tu pourrais être mannequin ! » Les deux Indiennes font claquer leur langue comme pour marquer leur désapprobation.

« Avec ton art du compliment, Grand-Père, je réplique, tu arriveras toujours à obtenir quelques pièces. »

Il ne rit pas, ne paraît même pas avoir entendu.

« Annie, viens », geint Eva. Je lève le doigt pour lui demander d'attendre encore une seconde. Je tire un billet de dix dollars de mon portefeuille et le tends à Vieil-Homme. Il s'en empare comme si c'était un dû. Et c'en est peut-être un.

« Dépense-le sagement, dis-je. L'alcool est le poison de l'homme blanc, pas le nôtre. »

Alors que je m'éloigne déjà, il me crie : « Une fille, elle te ressemblait, mais en plus maigre. » Je me fige sur place. « Maigre comme Silence. » Il indique le grand Indien aux longs cheveux. « Aussi généreuse que toi. Plus, même.

– Comment s'appelait-elle ?

– Moi, je ne sais pas », répond-il.

Les deux femmes ont reporté leur attention ailleurs.

« Suzanne ? » je demande.

Vieil-Homme hausse les épaules. Mais le dénommé Silence ôte les mains de ses poches et les agite comme un petit garçon qui a envie de faire pipi.

« Annie, viens, laisse tomber, dit Eva à voix basse pour ne

pas être entendue. De sacrés perdants, eux. » Les femmes lèvent les yeux. Elles font de nouveau claquer leurs langues et rient entre elles.

Eva m'entraîne. Je veux rester poser des questions, mais je me rends compte que c'est ridicule. Ils cherchent juste à nous soutirer plus d'argent. Un déjeuner gratuit.

« On reviendra bientôt vous voir, dis-je par-dessus mon épaule. On sait où vous trouver.

– Peut-être, Petite-Fille. Mais nous sommes des chasseurs et des cueilleurs. Jamais longtemps au même endroit. »

Nous repartons le long de la rue animée. C'est idiot de croire qu'ils connaissent Suzanne. Comment le pourraient-ils ? Et pourquoi ? Tandis que nous nous frayons un chemin à travers la foule de l'heure du déjeuner, j'ai l'impression qu'on nous suit. Je me retourne et j'ai le temps d'apercevoir une silhouette mince aux longs cheveux noirs qui disparaît dans l'encoignure d'une porte. Je voudrais aller le trouver celui-là, ce Silence ; mais Eva me tire par le bras pour rejoindre le flot des passants.

9

J'erre dans un endroit qui me semble plongé dans un perpétuel crépuscule, et j'ai parfois très froid, parfois très chaud. Guère d'autre son que celui de ma respiration. Un simple murmure de temps en temps. Le vent dans les arbres. Des voix qui viennent de loin, portées par la brise peut-être. Je sais que je dois continuer à marcher, mais quand j'entends le souffle léger du vent, j'ai envie de m'arrêter et d'écouter un moment. Vous me manquez, vous ma famille.

À la suite des blessures que Marius m'avait infligées et de mon comportement extravagant devant l'ours, Joe et Lisette se sont inquiétés à mon sujet. Ils croyaient peut-être, et à raison, que je souffrais d'une commotion. Un soir, peu après ces événements, Lisette m'a apporté du ragoût d'orignal, des macaronis et du fromage. Joe est arrivé avec un pack de douze bières Canadian. Il n'y avait pas longtemps, Annie, que tu étais partie de Moosonee en compagnie de ton amie Eva.

À Moosonee, j'avais toujours été l'homme de la forêt. Le chasseur, le trappeur, le pourvoyeur de nourriture. Une charge qui se transmettait de père en fils, et dont j'étais le détenteur. Seulement, elle m'échappait.

Ce soir-là, le dîner terminé, ta mère, tout comme les autres soirs, a voulu nous lire des passages d'un livre qu'elle avait trouvé. Joe et moi, on a échangé un regard et on s'est installés sur la véranda de derrière pour fumer une cigarette et boire une bière pendant que ta mère nous faisait la lecture.

Régulièrement, j'envisageais de mentir à Lisette, de prétendre que j'étais trop fatigué pour écouter, mais l'âme quitte un petit peu plus le corps à chaque mensonge.

« Celui-là est formidable, nous a dit Lisette, se calant dans un fauteuil. Sélectionné par Oprah Winfrey. » S'attendant à une réflexion, elle s'est tournée vers nous. « J'aimerais que vous prêtiez bien attention. Il vous plaira peut-être. Il parle de guérison. » Elle l'a ouvert, un livre de poche tout écorné, et elle a commencé : « "Nous naissons tous innocents. Et si nous le voulons, nous pouvons conserver l'innocence de l'enfance." » J'ai allumé une cigarette et inhalé la fumée plus profondément que de coutume. « "Nous acquérons de l'expérience à mesure que nous grandissons dans ce monde, et l'expérience est une arme à double tranchant. L'expérience est le plus exigeant des professeurs, car elle donne le diplôme d'abord et les leçons ensuite." » Lisette s'est interrompue, m'a dévisagé par-dessus ses lunettes de lecture. J'ai contemplé la rivière.

« "Enfants, nous voyons le monde comme un mystère, mais un mystère qui s'éclaircira jour après jour. Enfants, nous voyons le monde comme un lieu où rien n'est impossible. Nous n'avons pas peur de croire en nos rêves. De fait, nous y croyons souvent plus qu'en le monde réel. Nous pouvons voler ; nous pouvons traverser l'océan à la nage ; nous pouvons escalader la plus haute des montagnes. Ce n'est qu'une fois adultes, après avoir grandi et appris à accepter la réalité, que nous devenons blasés, que nous acceptons le fait de ne pouvoir pas être n'importe qui ni tout faire. Je veux vous assurer que ce n'est pas inévitable." » Lisette a repris son souffle, comme si elle venait d'accomplir un long voyage.

Lorsque votre mère a fini par partir, j'ai pris mon fusil de chasse, puis Joe et moi sommes montés dans son pick-up pour nous mettre à la recherche de l'ours.

Je me rappelle avoir vu ma vieille amie Mary devant la maison-médecine. Se balançant dans un rocking-chair sur la véranda, elle a agité la main à notre passage.

« Pourquoi elle est là ? a demandé Joe.

– Abus d'une bonne chose. Une grippe de 45°.

– Doit être malade et affamé », a dit Joe. Il m'a fallu une minute pour réaliser qu'il parlait de l'ours. « Dangereux en ville. »

Assis dans le pick-up au bord de la décharge, on a regardé la nuit tomber. On a fumé cigarette sur cigarette sans échanger une parole. C'est un jeu que Joe et moi pratiquons depuis des années. Le premier qui dit un mot trahit sa faiblesse.

Joe a rompu le silence. « Doit être malade et affamé, a-t-il répété. Ces ours-là sont dangereux en ville. » J'ai hoché la tête, les yeux fixés droit devant moi sur l'obscurité, tandis que dans un coin de mon esprit, j'appréciais la puanteur environnante. « J'ai trouvé ce qu'il te fallait », a repris Joe, constatant que je me refusais toujours à parler. Il avait la voix rauque d'avoir trop fumé.

« Ah, ouais ? Et c'est quoi ?

– Une femme.

– Aucune femme ne m'aura.

– Plein de femmes aimeraient t'avoir.

– Pas celles que je voudrais.

– Il faudrait enfin que tu comprennes, Will Bird, que tu n'es plus le beau jeune homme que tu as été.

– Si, je le suis toujours.

– Non. Tu as besoin d'une femme. Le sexe, c'est important, mais plus important encore, tu as besoin de quelqu'un à qui parler de temps en temps. Tu ne parles qu'à Gregor et à moi. Tu deviens bizarre. De plus en plus. Il faut que tu te bouges. » On était assis, immobiles.

Dans les ténèbres, j'ai distingué la silhouette d'un gros animal qui marchait le long de la décharge. « Dès que je te le dis, tu allumes tes phares. »

On a attendu. Je l'observais qui apparaissait et disparaissait dans l'ombre. « Maintenant ! » Joe s'est exécuté, et un cône de lumière a jailli devant nous. L'ours s'est arrêté net et a dressé la tête dans notre direction, humant l'air. « C'est lui », ai-je dit. J'ai empoigné le fusil posé entre nous, puis j'ai glissé trois cartouches dans le chargeur. « Je reviens tout de suite. » L'ours demeurait figé sur place, regardant vers nous, les narines évasées. J'ai laissé la portière ouverte.

Après avoir fait quelques pas, le pinceau des phares derrière moi, j'ai levé mon arme. L'ours se présentait de profil, pas très loin. Je l'ai étudié un instant, le museau grisonnant, zébré de cicatrices, les yeux qui paraissaient incapables d'accommoder. Il haletait comme s'il était épuisé, et l'un de ses crocs manquait. Trop vieux pour passer encore un hiver. Il cherchait des proies. Il venait à la décharge en quête de chiens ou de chats plus vieux et plus lents que lui.

Du pouce, j'ai ôté le cran de sûreté puis visé juste derrière l'omoplate. Un coup devait suffire. Je l'ai suivi avec la mire. Il a trébuché sur un sac-poubelle, s'est relevé, puis a de nouveau trébuché sur un autre à quelques mètres de là. La pauvre bête est aveugle, me suis-je alors rendu compte. L'ours s'est immobilisé, a dressé encore la tête vers moi, flairant autour de lui. Mes nièces, j'ai peut-être pensé alors à ma femme. À mes deux garçons. J'ai levé plus haut le fusil et pressé la détente. L'ours a fait un bond puis, chancelant, il a filé du plus vite qu'il le pouvait vers les broussailles.

« Tu l'as eu ? m'a crié Joe du camion.

– Ouais, ai-je menti. Le vieux salaud. » Pour éviter que Joe descende l'examiner, j'ai ajouté : « Même sa peau ne vaut pas un clou. »

J'ai tant d'autres choses à vous dire, et je ne sais même pas pourquoi. Peut-être que vous parviendrez à tout reconstituer. Il y a trente ans, juste avant que le pensionnat de Moose Factory ferme définitivement, je rêvais souvent d'y retourner pour escalader le mur comme Ahepik, le Spider-Man de la mythologie Cree, et sauver les enfants qui dormaient là, en proie à l'angoisse et même à la terreur nées de leurs cauchemars, comme si le bâtiment était en feu. Je remontais sans cesse jusqu'à ce que tous les enfants soient sauvés et alignés sains et saufs sur la berge au milieu des hautes herbes où on ne pouvait pas les voir. La fin du rêve était toujours la même. Une fois le dernier enfant dans mes nombreux bras, j'arrivais sur la berge, acclamé par tous les autres qui se précipitaient vers moi et m'agrippaient les jambes. De simples rêves, mais des rêves agréables. Maintenant, je me les rappelle de nouveau.

J'étais alors un pilote de la forêt, et un bon. J'ai été l'un des premiers de la région à voler jusqu'à Winisk et les autres localités de la partie sud de la baie d'Hudson. Un bon job pour un jeune chien fou. J'avais souvent plus d'argent que je ne pouvais en dépenser, et j'avais ma femme, et ensuite, mes deux petits garçons. Les meilleures années de ma vie. Des années productives. Le plus dur dans ce boulot, c'était que je devais parfois m'absenter plusieurs jours, et une fois, même une semaine entière après qu'un blizzard m'avait cloué au sol. Il y avait aussi des dangers. L'alimentation-carburant gelée, les problèmes mécaniques, la météo. Trois accidents. Après le troisième, c'est là que j'ai arrêté de piloter. Que le pilotage m'a quitté. Ainsi a pris fin l'existence telle que je la connaissais.

Quand tout a disparu, mon argent, ma maison, ma famille, je me suis remis à chasser et à pêcher pour gagner ma vie. La suite logique, c'était de prendre avec moi des Blancs qui désiraient vivre pour quelques jours comme des Indiens. J'ai construit un premier campement à une cinquantaine de kilomètres en amont de la Moose River, accessible en canoë ou en hydravion, et lorsque d'autres chasseurs ont commencé à envahir le coin, un second un peu plus haut. Cela ne me rapportait pas une fortune. La chasse et la pêche sont saisonnières, mais je m'en tirais. Ces dernières années, avant même que vous partiez, j'ai laissé petit à petit les choses aller à la dérive. Peut-être que je n'avais plus autant le goût de tuer. En tout cas, l'automne dernier, j'ai décidé de ne plus emmener personne chasser l'orignal et le caribou, et au printemps dernier, pareil pour la pêche. Les messages s'accumulaient sur mon répondeur. Des Américains qui appelaient d'aussi loin que le Michigan ou le Wisconsin et qui voulaient chasser et boire sec à l'abri du regard de leurs femmes. Il y a deux ans, j'ai même demandé à Gregor de me créer un site Web et de me montrer comment me servir d'un ordinateur, mais les e-mails, ils arrivent puis se dissipent comme la fumée de cigarette.

Le soir où je n'avais pas tué l'ours, Joe avait parlé de femmes. Au printemps, la neige a fondu, les ruisseaux ont gonflé et la sève est montée. Quelques jours plus tard, je suis allé chez Taska et j'ai fait le tour de la petite boutique. Au Northern Store en bas de la route, il y aurait eu plus de monde pour m'observer, et je ne me sentais pas encore prêt à affronter la foule.

Je parcourais les allées pour la troisième fois quand Dorothy Blueboy est entrée, mon premier amour datant de l'école de la réserve. « Bonjour », a-t-elle dit avec un sourire. Oh ! là là ! Un seul mot et j'avais le cœur battant.

« Tiens, bonjour, ai-je répondu, lui rendant son sourire. Toujours à Moose Factory ?

— Ouais. La réserve, c'est toujours chez moi.

— Qu'est-ce que tu fais de ce côté du fleuve ?

— De temps en temps, j'ai besoin de m'échapper un peu, même si c'est pour venir à Moosonee. Habiter sur une île, ça peut te rendre folle. »

J'ai hoché la tête, cherchant quelque chose d'intelligent à dire, genre : Aucune femme n'est une île.

Elle avait appris que j'avais été blessé récemment. Oui, je suis tombé et je me suis ouvert le crâne, ai-je expliqué. Elle a semblé perplexe. « J'avais pourtant entendu dire que Marius Netmaker et quelques-uns de ses copains bikers s'en étaient pris à toi.

— C'est là que je suis tombé et que je me suis ouvert le crâne, ai-je répondu, reculant d'un pas.

– Ça va ? s'est-elle inquiétée.

– Oui, je crois, juste un peu ex… mal à la tête de temps en temps. » Merde !

Dorothy a souri de nouveau. « L'espace d'une seconde, j'ai cru que tu allais dire "juste un peu excité". Ç'aurait été drôle.

– Oui, très drôle. »

Dorothy s'est dirigée vers la caisse avec son panier et, planté devant le présentoir à journaux, je l'ai suivie des yeux. Encore pas mal, elle. Le cul un peu maigre, mais de belles hanches. Elle m'a jeté un regard par-dessus son épaule, et je me suis empressé de baisser les yeux sur les magazines. *Autos et camions. Neige et randonnées. Chasse et pêche.* Et *Playboy* au-dessus, sous plastique. Hmm. Dès qu'elle est sortie, j'ai vu que le magasin était vide. Crow, un adolescent qui avait mis le feu à la maison de sa tante quelques années auparavant, tenait la caisse. Le walkman vissé aux oreilles, plus grand que dans mon souvenir, plutôt beau garçon malgré les cicatrices de brûlures sur son cou. Longs cheveux noirs coiffés en queue de cheval et casquette de base-ball. La vieille école. J'ai saisi *Playboy* et j'ai foncé droit vers lui.

« Ce sera tout, Will ? m'a-t-il demandé. Clopes ? Crème hydratante ? » Il affichait un large sourire.

« Dépêche-toi juste de me fourrer ça dans un sac. »

La porte à côté de moi a tinté.

« J'ai oublié d'acheter des cigarettes », a dit Dorothy en me souriant, puis ses yeux se sont posés sur le magazine que je tenais entre mes mains coupables. « Je… je les prendrai au Northern Store. À un de ces jours. » Et elle a disparu alors que l'écho des clochettes de la porte se mourait.

Crow m'a tendu ma monnaie. «Faut que je vous dise quelque chose.» Il avait soudain l'air très sérieux. «Je vous le dis parce que vos nièces sont mes amies.

– Accouche.

– C'est des salades, je le sais, moi. Mais Marius prétend que vous êtes un mouchard. Que vous le balancez à la police provinciale. Je voulais juste que vous sachiez, Will. Vos nièces sont mes meilleures copines. Elles ont toujours été là quand tout le monde m'avait laissé tomber, y compris ma famille.

– Je n'ai rien à voir avec ça, je ne suis pas un mouchard.» J'ai remercié Crow, puis je suis sorti pour me diriger vers le magasin d'alcools. L'information nécessitait une bouteille.

Comme je ne tenais pas à passer une autre nuit à boire seul, j'ai demandé à Joe et à Gregor de venir. On est restés sur la véranda aussi longtemps que les moustiques l'ont permis, puis on s'est attablés dans ma cuisine. Je leur ai raconté ce que Crow avait dit. Je ne leur ai pas raconté que j'avais rencontré Dorothy.

«Si tu deviens un mouchard, dit Joe, tu pourras sans doute faire coffrer Marius. Allons le dénoncer.»

Gregor était pour, lui aussi. Trop de ses élèves étaient devenus toxicos à cause de Marius. On a continué à parler. On a continué à boire. Les discours sont devenus de plus en plus violents.

Joe a commencé : «Tuons-le. Les flics sont impuissants ici. On le descend, on le traîne dans les bois et on l'abandonne aux ours et aux corbeaux. Personne ne le regrettera.

– Sauf sa famille», ai-je répliqué. Ses frères étaient aussi mauvais que lui. Putain, même sa vieille sorcière de mère me flanquait la trouille.

« Comment sauraient-ils que c'est nous ? a demandé Gregor. Il doit avoir des tas d'ennemis dans sa partie. »

Je songeais que ce n'étaient que des propos d'ivrognes. On ne peut pas tuer un homme comme ça, si ? Toujours est-il que ce soir-là, l'idée a pris racine. « Vous savez quoi ? ai-je dit. On va faire la peau à Marius. Ce ne sera pas difficile.

– Tu délabres le monstre, a dit Joe en se frottant la panse, et une autre tête lui pousse aussitôt.

– C'est décapiter que tu veux dire, séparer la tête du tronc, a corrigé Gregor. Délabrée, c'est l'état de la baraque de Will. »

Ils ont poursuivi leurs bavardages, mais moi, les pensées se bousculaient sous mon crâne. Ce serait un jeu d'enfant de suivre Marius, de suivre ses traces comme celles d'un orignal. De le pister jusqu'aux endroits où il aime venir s'abreuver et se nourrir. Il fallait bien qu'il soit seul de temps en temps. Je n'avais pas vu ses deux acolytes depuis un moment, mais à supposer qu'ils soient avec lui, trois balles bien placées, et on les fait disparaître dans la forêt. J'aurais néanmoins besoin d'aide. Joe et Gregor seraient-ils vraiment prêts à passer à l'action ?

« Allons-y, les gars », je me rappelle m'être écrié. Même soûls, mes amis ont fait marche arrière. Je pense qu'ils ont lu dans mes yeux quelque chose qui les a effrayés.

Ils ont suggéré d'autres plans, tous plus idiots les uns que les autres. « Plan A, a dit Gregor. On devient des agents de la police provinciale et on lui achète de la drogue. Ils nous équiperont de micros et installeront des caméras, des minuscules, sur les lieux de rendez-vous. Vous savez qu'on en fabrique de la taille d'une pièce de monnaie ? J'aimerais bien en avoir quelques-unes pour l'école.

– Les Netmaker sauraient tout de suite que c'est nous, ai-je répliqué. Et un mois plus tard, on est morts.

– La police pourrait assurer notre protection en nous plaçant en détention, a dit Joe. Nous fournir de nouvelles identités. Nous exfiltrer de Moosonee. On irait s'installer à au moins cinquante kilomètres d'ici, à Kapuskasing ou par là. Je n'aurais rien contre prendre un peu de vacances loin d'ici. »

Je savais que mes amis n'auraient jamais le cran de le faire. Il faudrait que j'agisse seul.

Couché dans mon lit, le plafond qui tournait au-dessus de moi, j'attendais ce moment avec impatience. Et d'horribles images de vous, mes nièces, se pressaient dans ma tête. Vous aviez toutes les deux des ennuis dans le Sud, et moi, j'étais là, gros, ivre et inutile. Marius Netmaker, il était directement responsable de vos ennuis. Il était à la source, j'en avais la certitude. Même si, pour le moment, j'étais incapable de suivre le chemin semé d'écueils qui menait jusqu'à lui. Mais tout au fond de moi je savais, aussi sûrement que je savais que je me réveillerais le lendemain matin avec la gueule de bois, que je commençais à accepter l'idée de ce qu'il me fallait faire. Il y avait là une chaleur sombre. Un feu noirci. Je me suis mis à trembler de froid.

Lorsque ce soir-là Joe et Gregor sont partis, j'ai été assez soûl pour m'asseoir, le fusil de mon père sur les genoux, la crosse entaillée rugueuse et chaude comme la main d'un vieil homme. *Fils de Xavier*, m'a-t-il dit. Il me parlait, je vous le jure. *C'est l'histoire que je vais partager avec toi cette nuit. Je t'ai entendu tout à l'heure discuter avec tes amis. Sois prudent, fils de Xavier. Cette ville est peuplée de bavards. Personne ne doit savoir. Pas même tes amis. Ils ne sont pas assez forts. Mais toi, si. Tu es le fils d'un guerrier.*

Je n'ignorais pas que je pénétrais en terrain dangereux, mes nièces. Quel homme sain d'esprit parle au fusil de son père mort depuis longtemps ? Et surtout, quel homme sain d'esprit entend le fusil de son père lui parler ?

Parfois, quand on est seul dans les bois, au cœur de l'hiver, et que l'aurore boréale apparaît, on l'entend. Un bruit de friture. Comme une radio réglée tout bas, qui gémit et soupire. C'est ce que j'avais l'impression d'entendre, et j'ai tendu l'oreille pour écouter ce que la voix essayait de me dire.

10

La masse d'Eva est penchée au-dessus de moi. Couchée sur le dos, je respire l'odeur de pisse chaude du motel. Les vibrations dans ma tête ne cessent pas. Prise de vertiges, je touche mon crâne, puis je l'explore à l'aide de mes doigts dont je ne sens pas les extrémités sur mon cuir chevelu. La chambre brille d'un éclat aveuglant.

Je passe le pouce sur le verni écaillé de mes ongles. J'ai la chair de poule. La sueur me brûle les yeux. Eva me fourre un vieux sac de fast-food dans la bouche, et son poids me pèse tant que j'étouffe.

«Eva...», je marmonne, la bouche sèche, engourdie. D'abord vient la douleur, pareille à une balle de glace qu'on m'aurait tirée dans la tête. Je veux crier, mais ma gorge se serre et mes mâchoires se crispent sur le sac. Eva brandit un appareil photo et elle commence à me mitrailler. Des éclairs traversent mes paupières alors que je sais avoir les yeux ouverts.

Parfait. Magnifique, dit Eva qui se redresse en riant. Je tremble comme si je mourais de froid. Ma tête va exploser. Je ne peux pas ouvrir la bouche, et je regarde la sienne, béante, ses plombages. J'entends le grondement des vagues de l'océan.

Le vent rugit comme si je mettais la tête à la portière sur l'autoroute. Il faut que je hurle pour soulager la souffrance qui me vrille le crâne. Il est sur le point d'éclater. Noir. Des mains sur mes épaules. Un poids me pousse contre le matelas qui m'engloutit tout entière.

Eva devient le photographe qui ressemble à un Indien, celui qui zézaye et a fait mon book-photo. Le photographe à qui Violette et Soleil m'ont présentée. Son objectif est trop près de mon visage. Qu'est-ce qu'il fabrique ? La photo va être horrible, absolument horrible. L'éclair du flash, si violent que je ferme les yeux, mais il m'éblouit quand même. Suzanne et moi, à rire et à nous bagarrer avec des bâtons sur le rivage de la baie. Des adultes non loin. Protecteurs.

La jambe de bois de mon grand-père rejetée sur la plage par la marée. Suzanne qui court la ramasser. Elle se baisse et une vague déferle sur elle, l'emporte. Je lui lance mon bâton en guise de bouée. Alors qu'il s'élève dans l'air, il grandit, grossit, atteint la taille d'un tronc d'arbre, et Suzanne sort la main de l'eau, s'en empare puis se hisse dessus. Ses cheveux mouillés sont collés sur son front, tandis qu'elle chevauche le tronc comme s'il s'agissait d'un cheval, un sourire dévoilant ses dents d'une blancheur étincelante, et qu'elle m'adresse de grands signes. La marée l'entraîne vers le large si bien qu'elle devient de plus en plus petite, le bras levé triomphalement, la main minuscule qui s'agite. Le photographe n'en rate pas une miette.

La mer se retire, et c'est une route. Je suis à l'arrière d'une moto qui file en rugissant dans la nuit. Les feux rouges d'autres motos luisent devant nous. Nuit noire. Suzanne est sur une moto quelque part devant. Ses longs cheveux flottent dans le vent. Au-dessus de moi, les branches dénudées des arbres forment une voûte floue.

Une pièce bondée de belles femmes. Elles ont le regard fixé sur moi, sur Suzanne. En particulier sur Suzanne. Elles s'avancent et tendent le bras pour nous effleurer de leurs ongles longs. Elles se bousculent pour s'approcher plus près de Suzanne. Leurs ongles s'enfoncent dans sa chair. Elle se débat pour leur échapper. Elles la jettent à terre. J'essaye de me frayer un passage, mais elles sont trop nombreuses, en robes et talons aiguilles. J'arrache l'une après l'autre les sorcières qui s'acharnent sur ma sœur et je les envoie tournoyer en l'air. Je me retourne et, à mon tour, je fouille dans les chairs de Suzanne cependant que le photographe continue de mitrailler, s'écriant : *Parfait. Parfait. Magnifique…*

Mon dieu ! J'ai l'impression de m'être rompu le cou. Je me redresse dans le fauteuil, le respirateur à côté de moi ronronne. J'ai dormi la tête renversée en arrière, la bouche ouverte. Ce sont mes propres ronflements qui m'ont réveillée. Pas très glamour. Heureusement qu'Eva n'est pas entrée pour me voir comme ça.

Pourquoi les gens dans le coma ne ronflent-ils pas ? Ou peut-être qu'ils ronflent après tout. Quoi qu'il en soit, mon oncle Will, il n'émet jamais le moindre son, lui. Les idées toujours confuses, je me lève pour aller dans la salle de bains m'asperger la figure d'eau froide. J'ai oublié ma montre dans la cabane. Je n'ai aucune idée de l'heure. Il doit être très tard. Ou très tôt. Je sors dans le couloir brillamment éclairé. Pas une âme en vue. La nuit, il n'y a que deux infirmières à cet étage, ai-je appris, dont l'une est Eva.

Je vais à leur bureau, mais il n'y a personne. Je m'apprête à regagner la chambre de mon oncle quand l'envie me prend soudain d'aller explorer le couloir. Je vais avoir des ennuis si jamais Eva ou Sylvina, l'autre infirmière de service ce soir, me surprennent. Elles risquent de se faire salement engueuler si on me découvre en train de traîner ici en dehors des heures de visite. Tout comme Eva, Sylvina est une brave femme. Quand nous étions plus jeunes, c'était une dure de dure, la première fille que je connaissais à porter un tatouage, le nom de son petit ami qui le lui avait lui-même gravé sur le bras en lettres bleu-vert. Elle avait quelque chose qui plaisait aux hommes. J'étais jalouse, car elle semblait faire l'effet d'une drogue sur eux. Et aujourd'hui encore, malgré ses quatre enfants, elle avait toujours ce quelque chose.

La porte entrebâillée d'une chambre laisse filtrer une pâle lumière. Je passe la tête. Deux personnes âgées, un homme et une femme, sont couchés côte à côte. L'un et l'autre, une mince couverture tirée sur eux, ont des cheveux aussi blancs que leurs draps. Après avoir jeté un coup d'œil à droite et à gauche dans le couloir, je me glisse à l'intérieur. Je ne sais pas pourquoi. Peut-être parce qu'ils ont l'air si paisibles.

Quelqu'un, Eva peut-être, a rapproché les lits qui se touchent. Les deux vieux sont calés l'un contre l'autre. Ils sont sans doute mari et femme. Lui est maigre, plus maigre que Gordon. La *kookum* est ronde, et elle gémit doucement dans son sommeil. Je les imagine sur la route, qui se dirigent à pas lents vers le Northern Store, l'homme à deux ou trois mètres devant la femme. Elle a le visage brun comme une pomme desséchée. Celui de son mari est mince, creusé de rides si profondes qu'on le dirait sculpté.

« *Neikamo* », s'écrie la femme. Je sursaute. Est-ce qu'elle sait que je suis là ? Elle a les yeux toujours fermés. « *Neikamo* », s'écrie-t-elle de nouveau. Chante. Comme si elle m'ordonnait de le faire. On va l'entendre. Après avoir regardé dans le couloir, je sors en hâte.

Une faible lueur s'échappe de la chambre voisine. Là non plus, je ne résiste pas à l'envie de jeter un coup d'œil. Je perçois le bruit d'une respiration difficile. Je crois d'abord que c'est Eva, occupée à quelque tâche pénible, mais je ne distingue qu'une petite silhouette sur le lit. Toujours personne. J'entre.

Un jeune garçon, âgé tout au plus d'une douzaine d'années, est allongé sur le dos. Je le reconnais. C'est le benjamin d'une amie de Moosonee. Eva m'en a parlé. On l'a découvert devant chez lui, presque mort de froid, de l'essence se déversant d'un sac en plastique à côté de lui. Il avait siphonné le réservoir d'une motoneige. Un sniffeur chronique. Eva doute qu'il reprenne un jour connaissance.

Il conserve le visage innocent de l'enfance. Son souffle s'est fait plus égal, et la machine près de lui émet des bips plus réguliers. Je lui caresse le front. Il bouge un tout petit peu. Il faut que je retourne dans la chambre de mon oncle avant qu'on me surprenne.

Je commence par masser délicatement un de ses bras de l'épaule au poignet, veillant à éviter le goutte-à-goutte. Tout autour de l'aiguille, la peau n'est plus qu'un hématome arc-en-ciel. Je lui prends la main et je lui frotte les doigts. Je m'habitue à le toucher. Je ne suis pas pressée. Dehors, la nuit est toujours aussi noire.

« Je ne suis pas allée à Toronto dans le but de chercher Suzanne, dis-je. Mais que le premier *Nish* sur qui je suis

101

tombée sache quelque chose au sujet de ma sœur, tu ne manquerais pas de penser qu'il s'agissait plus que d'une simple coïncidence.» J'imagine ce qu'il dirait s'il le pouvait : *C'est ainsi.*

Ce qui m'a sidérée, c'est que la communauté indienne de cette ville monstre soit aussi soudée que la nôtre dans le Nord. Ils se connaissent tous, savent ce que chacun devient et où se retrouver : le Centre d'amitié sur Spadina Road ou sinon, au coin de Queen et de Bathurst. Je suis sûre qu'il y a d'autres endroits, mais je ne les ai pas encore découverts.

Une semaine ne s'est pas écoulée. Je me réveille un matin après qu'Eva et moi sommes rentrées tard, et je sens le picotement dans ma tête, la légère modification de la lumière dans la chambre. Une crise s'annonce, pas aussi forte que les autres, mais douloureuse néanmoins, et qui me laisse vidée. Je suis soulagée qu'Eva ait été là pour veiller sur moi, me placer dans la bouche un sac entortillé, puis m'apporter de l'eau et du jus de fruits ensuite. Eva croit que l'attaque est venue de ce que je ne mange pas beaucoup et que je bois davantage que d'habitude. Moi, je pense qu'elle a été provoquée par le fait que je sais ne plus vouloir rester dans cette ville déprimante, mais que je ne désire pas non plus rentrer tout de suite à la maison. Ma dernière crise remonte à près d'un an. J'avais presque réussi à me convaincre qu'elles appartenaient désormais au passé.

Eva semble surprise quand je lui annonce que je vais rester deux ou trois jours de plus parce que les Indiens que nous avons rencontrés ont l'air de savoir quelque chose au sujet de Suzanne et que je ne voudrais pas partir alors qu'on tient peut-être une piste. «Une idée sacrément stupide, Annie», dit-elle, et elle me rappelle, comme si c'était nécessaire, que les flics ignorent où se trouve Suzanne et que son agent n'a pas de nouvelles d'elle depuis des mois. Est-ce que je me prendrais tout à coup pour une détective?

À contrecœur, elle a fini par accepter de me prêter cinq cents dollars, ce qui, ajouté au peu que j'ai, me permettra de tenir quelque temps. «Dès que je suis à sec, je rentre, ma vieille, dis-je. Ne t'inquiète pas. Ensuite, je pourrai dormir la conscience tranquille. J'aurai au moins fait tout mon possible.»

J'accompagne Eva à la gare d'Union Station et je l'embrasse au moment où elle monte dans le train pour entamer le long voyage de retour. Avant de quitter le motel minable de Cabbagetown, elle a versé une semaine d'avance pour moi. C'est vraiment une brave fille, Eva. Je n'oublierai pas. Je ne le lui ai pas dit, mais elle le sait, je crois.

Toute seule à présent, je marche dans les rues peuplées de gens qui vont travailler, de gamins qui devraient être à l'école, de clochards. D'un tas de clochards. D'où viennent tous ces sans-logis? Eh bien, de logis qu'ils ont eus un jour, je suppose. Je ne suis là que depuis une semaine, et moins d'un billet de mille dollars me sépare d'eux.

Je me dis soudain que j'ai eu tort de rester. C'est peut-être ma crise qui m'a poussée à prendre une décision aussi déraisonnable. Sur le moment, j'ai pensé que c'était une bonne idée. Et maintenant que j'y songe, je crains que mes crises soient annonciatrices de menaces à l'horizon.

Le soleil chauffe assez pour que j'enlève mon blouson et le noue autour de ma taille. Je ne veux pas regagner ce motel de merde. C'est le premier beau jour depuis mon arrivée, et je remarque l'influence que le temps exerce sur les gens. Ils marchent plus lentement, profitent de la chaleur, rêvent de ne pas devoir aller où ils vont, je présume. Et ils sont plus sympathiques. Des inconnus me sourient avant de se frayer un passage au milieu de la cohue.

À l'endroit nommé Queen's Park, j'aperçois un groupe d'Indiens assis dans l'herbe, tenant à la main des gobelets en carton qu'ils agitent pour mendier une pièce aux passants. Je crois reconnaître Silence parmi eux, mais quand je m'approche, je constate que l'homme est beaucoup plus vieux et qu'il n'a presque plus de dents. Je poursuis mon chemin. À treize ou quatorze ans, alors que nous chassions l'orignal près des Otter Rapids, je me suis trop éloignée. Je me souviens de ma panique. Perdue. J'ai cru que j'allais errer dans la forêt glaciale pour l'éternité et que je ne vous reverrais jamais, ni toi, ni ma mère, ni ma sœur. J'ai cru que j'allais mourir. J'éprouve le même sentiment. Je suis perdue.

L'ancien et ses copines sont assis sur leurs marches devant la banque, le visage offert au soleil. J'ai l'impression de respirer pour la première fois depuis qu'Eva est montée dans le train. Silence n'est pas avec eux. Je vais me chercher un café, puis je reviens m'asseoir à quelques mètres d'eux. Ils ne regardent pas dans ma direction, mais ils savent que je suis là, j'en ai la conviction. Avec un léger mouvement de tête, les yeux détournés, Vieil-Homme a humé l'atmosphère et perçu mon odeur.

« Bonjour, Petite-Fille », finit-il par dire.

Je bois une gorgée de café puis j'allume une clope.

« Tu n'offres pas un peu de tabac à ton aîné ? »

Je prends une cigarette dans mon paquet et je me penche vers lui. Il sent mauvais.

«Tu sais, Grand-Père, il y a une douche dans ma chambre de motel si tu en as besoin.

– Si j'avais quelques années de moins, je pourrais croire à une invite.» Les deux femmes à côté de lui gloussent. Sa voix m'évoque celle de mon grand-père. Il a le même accent traînant, la même façon de déformer les mots.

«Je serais étonnée qu'un homme de ton âge puisse encore penser à ça.

– Oh, mais si. C'est pour cette raison que l'homme blanc a inventé le Viagra, tu sais.» Il brandit le poing. «Qui ne désire pas redevenir une fois un guerrier?» Les vieilles femmes se remettent à glousser, la main devant la bouche, le regard posé sur moi avec un air de défi. Je ris. Que pourrais-je faire d'autre?

Je bois encore quelques gorgées de café, et une fois ma cigarette terminée, je pose la question pour laquelle je suis venue: «Où est celui qu'on appelle Silence?

– La jolie fille était ta sœur?» Vieil-Homme s'est exprimé sans détours, et sa franchise me prend au dépourvu. L'emploi du passé me flanque un coup au cœur.

«Qu'est-ce que tu sais d'elle?»

Il garde un long silence avant de répondre. Tous trois paraissent soudain sérieux. «Silence est un vagabond, dit-il enfin. C'est un garçon bien, mais le monde lui fait peur. Il ne parle pas du tout, mais moi, je crois qu'il pourrait. Il a juste besoin de la personne qu'il faut pour l'aider.

– Je cherche ma sœur, dis-je. Ça ne concerne pas Silence.

– Ta sœur avait un ami. Ce n'est pas un mauvais homme, lui non plus, je ne pense pas. Mais il fréquentait de mauvaises gens. Trouve-le. Il aura peut-être des réponses.» Vieil-Homme parle de Gus. Il ne peut s'agir que de lui. «Ta sœur

105

est célèbre, hein ? Elle nous montrait de temps en temps des photos d'elle dans des magazines. Chaque fois qu'elle passait, elle nous donnait quelque chose.

– Où est-elle ?

– Moi, je ne sais pas. Je pense parfois à elle. »

C'est sans espoir. Je me lève. « Où est-ce que je peux trouver le Muet ? je demande, en colère maintenant.

– Je ne sais pas où il est, Petite-Fille. C'est un vagabond. » Je commence à m'éloigner. L'ancien m'appelle. Je me retourne. « Tu sais où est le passage souterrain au-delà de Front Street ? »

Je fais signe que non.

« Tu sais où est le grand bâtiment où joue l'équipe des Maple Leafs ? »

Je réfléchis un instant, puis je hoche la tête.

« Viens demain. On organise une fête tous les dimanches soirs. Dirige-toi vers l'eau. Tu nous trouveras sous la voie express Gardiner. Je ferai un feu. »

Un peu plus loin, le reflet des flammes danse sur le ciment du pont. Alors que je descends, j'entends au-dessus de moi le vrombissement et l'écho de la circulation. Je me demande ce que je fous là. Ce n'est pas un endroit où se balader seule. Ça pue la pisse et quelque chose de pire encore que je n'arrive pas à identifier. D'ailleurs, je n'y tiens pas.

Une bouteille se brise derrière moi, tout près, et un hurlement jaillit. J'accélère l'allure, cherchant autour de moi un lieu où courir me réfugier, un lieu éclairé, un lieu habité. Par des gens normaux. Je me dirige vers les flammes et les silhouettes assises autour. Deux d'entre elles sont installées sur ce qui ressemble à un vieux canapé chesterfield. Et si ce n'était pas l'ancien avec ses sorcières ? Je m'accroupis à côté, l'air aussi naturel que possible, et je leur demande de me passer la bouteille. Mon dieu !

« Petite-Fille, dit alors Vieil-Homme. Je suis content que tu sois venue chez nous.

– Un sacré chez vous que vous avez », dis-je, promenant mon regard sur les ordures, sur le canapé éventré et les deux vieilles vautrées dessus. Elles lèvent un instant les yeux, puis elles détournent la tête et contemplent de nouveau le feu. Des bouts de contreplaqué et de planches jonchent le sol. Un petit tipi en toile bleue est dressé dans l'ombre, près d'un pilier. L'ancien est assis par terre sur un coussin. Il ne porte pas de chaussures et ses pieds déformés sont crasseux. D'où je suis, je distingue les ongles trop longs.

Nous demeurons silencieux. Vieil-Homme se met à fredonner, un air qui me paraît familier. Au début, à en juger par le rythme, je crois qu'il s'agit d'un chant de pow-wow, puis je le reconnais : « I Will Always Love You » de Whitney Houston. Il y a une bouteille posée à côté de lui, enveloppée dans un sac de papier brun. En la voyant, et en le voyant lui, un homme qui a été jeune un jour, qui a peut-être eu une femme et des enfants, un homme qui connaissait la forêt, je me sens déprimée.

« Assieds-toi, Petite-Fille, me dit-il, désignant un coussin dégoûtant, couvert de taches.

– Je suis très bien debout. » Les sorcières gloussent. Vieil-Homme me tend la bouteille. J'avance instinctivement la main, puis je la retire. « *Mona*, non, pas maintenant. Il faut que je conduise. » Il hausse les épaules, boit une longue rasade. Je me dis que je ne devrais pas être ici. Il passe la bouteille aux vieilles femmes qui l'imitent. Je n'apprendrai rien de ces vieux poivrots. «Je dois partir, je déclare. Je vais être en retard.»

Il récupère la bouteille, la vide, puis l'ôte du sac. C'est du Perrier. Il fouille derrière lui, prend une autre bouteille, dévisse le bouchon qui émet un léger sifflement, puis la glisse dans le sac graisseux. «Ce truc, c'est bon pour un homme comme moi, Petite-Fille, dit-il. Ça te fait éjaculer comme un cheval.» Les femmes gloussent de nouveau. Je m'empare de la bouteille, je bois à mon tour une gorgée en laissant les bulles me chatouiller le nez comme lorsque j'étais gamine.

«Alors, où est le Muet ? je m'enquiers.

– Oh, dans le coin. C'est un vagabond, lui.» Je lui rends le Perrier. «Nous, on va bientôt manger, poursuit-il. J'espère que tu vas rester casser la croûte avec nous.» Incapable d'imaginer en quoi peut consister leur repas, je cherche des excuses pour refuser. «Sors Silence de la rue, et il te fera un bon mari.

– Tu parles !

– Réfléchis-y, Petite-Fille. Jamais il ne répondra. Lui, il écoute, aussi. Et si tu lui apprends, il saura subvenir à tes besoins.

– C'est un ivrogne. Et si je désirais un ivrogne pour mari, il n'en manque pas à Moosonee.

– Lui, il aime boire, mais ce n'est pas un ivrogne. Il lui faut juste un but dans la vie. Il lui faut une femme bien.» L'ancien me désigne en avançant les lèvres. C'est tellement indien.

«Laisse tomber.» Je m'assois sur le coussin répugnant, craignant que la puanteur me colle à la peau. Vieil-Homme me repasse le Perrier. Il est tiède, mais je m'en moque.

« Comment quelqu'un comme toi arrive à trouver de cette eau-là à boire ?

– Oh, il y a un tas de gens en ville qui semblent bien m'aimer. Je suis le vieux sage qui traverse des heures difficiles. Les Blancs, ils me demandent de quoi j'ai besoin. Je leur réponds, du Perrier, un peu d'argent, une couverture quand vient l'hiver. » Il lit dans mes yeux que l'idée de mendier ne me plaît pas. « Considère ça comme un loyer bon marché pour une bonne terre, Petite-Fille.

– J'ai déjà entendu ça.

– Parce que c'est un truisme. »

Je perçois une odeur derrière les relents de pisse et de désespoir, une odeur agréable. Qui me rappelle la maison. Je dresse la tête. De la fumée s'échappe du haut du tipi en toile bleue. « Vous faites cuire une oie, non ?

– Style *sagabun*. » Le vieil homme sourit. « On s'offre un festin. Pourquoi tu n'irais pas voir pour me dire dans combien de temps ton oie sera cuite ? » Il m'indique le tipi d'un geste du pouce.

« Sacrément drôle, toi, je réplique. Non, merci. » Je passe la main sur mon ventre. J'ai maigri depuis que je suis à Toronto.

« Silence, à table ! » crie Vieil-Homme.

J'entends un froissement en provenance du tipi, puis Silence en sort à quatre pattes. Il tient avec précaution une oie posée sur du papier journal.

Étonnée, je me rassois sur mon coussin crasseux, et je le regarde découper la volaille, puis distribuer les morceaux d'abord aux deux femmes, ensuite à l'ancien, et enfin à moi. Pendant que nous mangeons, il a les yeux dans le vague.

« Où est-ce que vous dénichez des oies dans cette ville ? je demande à Vieil-Homme.

– Il y en a davantage au bord du lac que sur la baie James, répond-il, la bouche pleine. Des paresseuses, en plus. Elles ne se donnent même pas la peine de partir dans le Sud pour l'hiver. Elles restent dans le coin toute l'année à engraisser. » Les sorcières approuvent d'un hochement de tête. « À vivre ici, elles finissent par ne plus craindre les humains. Au lieu de s'envoler quand tu t'approches, elles sifflent. Il te suffit de faire semblant d'avoir peur, de reculer, et quand l'une d'elles se précipite sur toi, tu la saisis par le cou et hop, tu tords. » L'ancien hausse les épaules. « Si tu te fais prendre, les flics te mettent en prison, mais moi, je suis un malin.

– Elles n'ont pas le même goût que les oies de chez moi. » J'aimerais bien un peu de sel, mais je m'abstiens d'en réclamer.

« C'est parce qu'elles se nourrissent autrement ici. De la barbe à papa, du pop-corn, des sandwiches. Un jour, je leur ai lancé des hot-dogs. Ces garces sont devenues cinglées et elles se sont mises à pourchasser les joggeurs dans le parc pour leur pincer les mollets. » Vieil-Homme se gratte le menton. « Quand on est des mendiants, on ne choisit pas, hein ? » Je ne sais pas s'il parle des oies ou de nous.

« Ta sœur aussi est venue ici une fois, reprend-il, contemplant le feu. Manger de l'oie avec nous. Une gentille fille. Une fille généreuse. Au début, quand elle est arrivée, elle travaillait dans un bar. Elle nous donnait toujours de l'argent, mais elle était comme toi, pas très bavarde. »

Je hoche la tête pour l'inciter à continuer.

« Quelques mois plus tard, après avoir arrêté de travailler dans ce bar, elle nous a apporté des magazines avec un billet de vingt dollars glissé dedans. » Il prend une bouchée, jette un os dans le feu et le regarde brûler. « Son petit ami, je ne le connaissais pas. Je l'apercevais juste de temps en temps avec elle.

– Gus, dis-je.

– Eux, ils ne paraissaient pas très heureux. Comme s'ils se disputaient, peut-être. L'air toujours tristes ensemble, surtout les quelques jours avant qu'on ne les voie plus. » Il se cure les dents. « Je me demandais pourquoi elle nous apportait ces magazines, jusqu'à ce que ces deux-là (des lèvres, il désigne les vieilles femmes) reconnaissent ta sœur sur les photos, toute peinturlurée comme un mannequin.

– Suzanne était vraiment mannequin. » J'avais dû voir certains de ces magazines. Elle en envoyait parfois à maman.

« Son petit ami avait de mauvaises fréquentations. Des bikers. Des types méchants. Je voudrais pouvoir t'en dire plus, moi, mais ces bikers, pas question de s'approcher d'eux. »

Silence se lève et rentre dans le tipi en rampant. Je pose mon reste d'oie à côté de moi, puis je réclame une gorgée de Perrier pour effacer le goût de fumé. « C'est quoi, son histoire à lui ? je demande à Vieil-Homme.

– À peu près la même que celle de nombreux enfants indiens. Des parents incapables de s'occuper de lui pour telle ou telle raison, élevé dans des foyers par quelques familles d'accueil, des Blancs. Fugue à seize ans et vivant dans la rue depuis. »

Quand il revient, Silence s'avance timidement vers moi. Il serre dans son poing quelques pages de papier glacé arrachées d'un magazine. Il se tourne vers le feu comme s'il voulait les jeter dedans, mais il se ravise et me les tend. Elles sont tachées de graisse d'oie. Il se recule. Sur la première page, il y a une publicité pour une marque de savon, une fille aux cheveux noirs ramenés en arrière qui s'asperge le visage sur lequel chatoient des gouttelettes d'eau. Est-ce qu'il s'imagine que j'ai des problèmes de peau ? Dis donc, le Muet, regarde-toi dans une glace ! Page suivante. Une femme en robe longue qui danse, renversée entre les bras de l'un de ces hommes minces et trop jolis qui semblent vivre dans un univers intermédiaire entre fille et garçon. Les cheveux noirs de la fille balayent presque le sol, dévoilant son cou gracile. Un flash explose dans ma tête. Je lance un rapide coup d'œil sur la photo suivante. Comme jaillie de la page, Suzanne me contemple, et son regard cache un secret, une profonde tristesse. Son visage occupe la page entière, encadré par ses cheveux qui tombent en une noire cascade. Elle est telle que je l'ai vue des centaines de fois, les yeux interrogateurs, inquiets, mais grands ouverts. La bouche est détendue, cependant, si bien qu'elle compense le trouble qui se lit dans son expression. Je plonge mon regard dans celui de ma sœur. Elle me le rend, et dans le vacillement des flammes, ses lèvres paraissent trembler, comme si elle s'apprêtait à parler. Ou à pleurer.

Je m'efforce d'en apprendre davantage de l'ancien, mais soit il ne sait rien d'autre, soit il ne veut pas en dire plus. Dès que l'occasion se présente, je les remercie et je m'en vais. Arrivée du côté de King Street, je me demande où aller. L'idée d'un bar peu éclairé et de deux ou trois bières figure en haut de ma courte liste. Il me suit de loin, feignant de se diriger comme par hasard dans la même direction que moi. Une nuit calme. Pas beaucoup de monde, pas beaucoup de voitures. Il suppose sans doute que je vais continuer tout droit jusqu'à mon motel, aussi je tourne soudain à gauche dans une petite rue sombre. Si je ne réussis pas ainsi à le semer, je hurlerai pour lui flanquer une trouille de tous les diables. Et, bien sûr, il ne pourra rien dire.

Je longe lentement la ruelle bordée de bâtiments non éclairés, carcasses d'usines désaffectées. Pas de bar dans le coin. Il est derrière moi et il accélère le pas. Je me retourne, prête à lui crier de me foutre la paix. Mais c'est un Blanc. Il s'arrête à une vingtaine de mètres de moi.

« Qu'est-ce que vous me voulez ? » Ça sort de ma bouche comme un gémissement. « Vous me suivez ?

– Pas de panique, dit-il. Pas de cris, personne ne sera blessé. Viens.

– Va te faire voir. » Je sens mon ventre se nouer.

« Viens », répète-t-il dans un murmure, les mains tendues vers moi. Il s'avance de quelques pas.

« Je vais hurler. »

Il rit, regarde autour de lui. « Ton sac. »

Je pense à l'argent que j'ai sur moi. J'ai presque tout laissé au motel. Je pense à la maison. Je lâche mon sac.

« Très bien, dit-il. Maintenant, recule. »

Je m'exécute.

Il s'approche, se penche comme pour ramasser mon sac, puis me fonce dessus, tête baissée. On tombe par terre et mon épaule s'écrase sur le trottoir glacial. Mes poumons se bloquent sous le choc. Plus d'air. Je ne peux plus respirer. Il est assis à califourchon sur ma poitrine, il me regarde et sourit, les dents grises. J'essaye de respirer, sinon je vais mourir. La main levée très haut au-dessus de lui se referme en poing, et il l'abat, en plein dans ma figure, sur le nez. Des éclairs jaillissent sous mon crâne, quelque chose éclate à l'intérieur de mon visage, et je sens couler un liquide chaud. Il me tire par la chemise, par les cheveux, sur ce qui doit être des pavés. Je ne vois rien à cause de l'eau qui m'aveugle. Du sang ? Je veux crier, mais il me remplit la bouche, épais, dès que je m'efforce de trouver mon souffle. Il va m'arracher les cheveux. Je cherche à lui attraper les poignets. Il me gifle violemment. Il me traîne, me traîne encore, et mon dos, je sens qu'il est coupé par des éclats de verre, déchiré par des cailloux pointus. Des brins d'herbe me chatouillent les joues. Je m'étouffe et je tousse.

« Espèce de salope ! Sale Indienne ! » Il empoigne ma tête, la soulève, la laisse retomber d'un coup. L'arrière de mon crâne heurte les graviers. Noir. Picotements du cuir chevelu. Regard rivé sur la lumière éclatante. Une lune à moitié pleine. Il m'arrache mon jean. Je veux la pleine lune. Pas une moitié de lune. Pas assez brillante. Personne ne me verra, personne ne pourra m'aider.

L'air frais sur mes jambes. Ma tête. Il est quelque part là, toujours à tirer sur mon pantalon pour le dégager de mes chevilles. Un bruit de crachat, sa main remonte le long de ma jambe. Enculé ! Non ! Son corps lourd recouvre le mien. Il va le faire. Non ! Je tousse. Une écume sanglante monte, redescend doucement. Une pluie.

Je frissonne dans le froid. Je tremble. Il faut que je l'écarte à coups de pied. Je me débats. Tout plutôt que ce qu'il veut faire.

Non. Arrête. Tu m'as fait mal et tu veux me faire plus mal encore.

Il n'arrive pas à me tenir les jambes. Personne ne le peut. Je le repousse pour qu'il ne puisse pas. Un homme furieux, qui gronde comme un chien. Qui brandit le poing pour me frapper de nouveau.

Soudain, il n'est plus là, comme soulevé par une corde. J'ai l'impression d'avoir le crâne fracassé, je crois que je vais mourir. L'air crépite autour de ma tête, dans mes yeux, et je distingue une lueur argentée dans la moitié de lune, et de longs cheveux noirs. Silence. Un éclair. La lune, des cris, la lune qui devient rouge. Des hurlements et encore des hurlements, mais ce n'est pas moi qui hurle. Je coule, je coule et je remonte, et j'ai le corps engourdi, mon oncle. Je coule.

11

Quand on perd des choses, il faut essayer d'en gagner d'autres. Quelque temps avant que j'atterrisse ici, j'ai entamé deux nouvelles relations, moi. Ne le racontez à personne, mes nièces. La première avec une femme, la seconde avec une ourse.

Peu après que j'avais failli tuer l'ourse, Joe m'a apporté un cuissot d'orignal. Je me suis coupé de la viande pour moi et j'ai posé le reste non loin de la véranda de derrière à l'intention de l'ourse. Elle était venue les jours précédents renifler partout, comme pour me mettre au défi de lui tirer dessus. À sa taille ainsi qu'à ses mamelles pendantes et ratatinées, j'en avais déduit qu'il s'agissait d'une femelle. Elle laissait des traces dans l'herbe et la boue. Et, comme je m'ennuyais, j'ai décidé de tenter de la nourrir. Il m'a fallu attendre deux jours pour qu'elle revienne. Elle s'est annoncée par des grognements, et je l'ai vue le soir prendre le reste du cuissot entre ses dents cassées et l'emporter comme un chien le ferait avec son os. Étrangement, ce spectacle m'a réconforté. Moi, j'avais tué beaucoup d'ours. Beaucoup trop.

Après ma rencontre avec Dorothy chez Taska, je me suis mis à réfléchir. J'ai cherché Blueboy dans l'annuaire de

Moose Factory. Il y en avait un sacré tas. Elle y était, Blueboy, D. Ce ne pouvait être qu'elle. Deux semaines à tourner en rond et à inventer des prétextes pour l'appeler. En fait, j'avais téléphoné plusieurs fois mais raccroché aussitôt. Et puis, ayant bu quelques verres afin de me donner du courage, je me suis décidé. Je venais de placer dehors pour l'ourse un vieux jambon que votre mère m'avait apporté deux semaines auparavant.

Tous les matins ou presque, quand j'allais courir de bonne heure, je l'apercevais, et je lui criais de foutre le camp, parce que si on la trouvait à traîner dans le coin, on la tuerait. Cette ourse était presque aveugle mais encore futée. La journée, elle demeurait cachée dans les bois.

Je lui ai donc laissé le jambon, puis j'ai composé le numéro de Dorothy, mais j'ai de nouveau raccroché. J'espérais que deux ou trois whiskies de plus m'aideraient, mais ils n'ont pas suffi. Je me suis servi encore un verre, puis j'ai été m'asseoir sur la véranda pour voir si l'ourse allait venir.

Là, j'ai pensé à vous deux, les filles, comme ça m'arrive souvent. Les soucis que votre mère se fait à cause de vous la font vieillir trop vite. Moi, je crois qu'elle ne dort plus. Je vois les larges cernes sous ses yeux. Elle est toute maigre. Émaciée. Un mot qui dit bien ce qu'il veut dire. Et hantée. Oui, votre mère est hantée.

La sonnerie du téléphone m'a arraché à mon fauteuil. J'ai jeté un coup d'œil sur le jambon posé par terre, juste à la limite du rectangle lumineux projeté par la véranda. Si c'est Joe ou Gregor, je les inviterai à boire un verre.

« Allô ?

– Je suis bien chez Will Bird ? »

Merde. « Euh, oui, oui, c'est moi.

– Dorothy Blueboy à l'appareil. J'ai un tas d'appels en provenance de chez toi sur ma boîte vocale, mais il n'y a aucun message. »

Boîte vocale ? C'est quoi ce machin-là ? La technologie conspirerait-elle contre moi ? « Ah oui, salut Dorothy. » Longue pause. J'aurais aimé mentir, raconter qu'un môme devait s'amuser à téléphoner, mais je savais que ça ne prendrait pas.

« Tu es toujours là, Will ?

– Euh, oui. Excuse-moi, c'était moi. Je croyais que mon téléphone était détraqué. Je suis souvent coupé. » J'ai secoué le combiné pour appuyer mes paroles. « Maudite machine.

– Tu avais besoin de quelque chose ?

– Non, non, rien qui me vienne à l'esprit. » Nouveau silence. « Bon, eh bien, j'ai été ravie de te parler. Fais attention à toi, hein ?

– Moi aussi, j'ai été ravi de te parler. »

On a raccroché.

Quel beau malin je faisais ! J'ai rempli mon verre, puis je suis ressorti ruminer tout cela. Le jambon se trouvait toujours à la même place, masse sombre qui se détachait dans l'obscurité. Demain est un autre jour. J'ai envisagé d'allumer la télé pour regarder une série policière. Ces trucs-là sont plutôt marrants. Toujours pareils. On n'a pas de surprises. Un meurtre, à peine quelques indices, mais les enquêteurs sont tenaces. Ils ne se laissent pas abattre. Ils travaillent dur, démasquent le coupable qui est traîné en justice. Fin. Les Américains résolvent tout. Sans bavures. À la perfection.

Assis là, à fumer et à boire, je me disais que la nuit avait bien commencé mais qu'elle était en train de mal tourner, quand j'ai entendu les reniflements de l'ourse. L'énorme tête est apparue dans la lumière, levée vers moi, les yeux qui clignaient. L'ourse aurait de la chance si elle passait seulement l'été. Elle a trouvé le jambon, a planté ses dents dedans puis l'a emporté dans la pénombre, mais elle n'est pas allée très loin. Je distinguais les bruits qu'elle émettait en arrachant les morceaux qu'elle engloutissait voracement. Moi, je savais que je ne devrais pas faire ça, nourrir un animal sauvage et l'habituer ainsi à l'homme et à compter sur son aumône. En général, c'est synonyme d'ennuis. Dans son cas, c'était différent, l'ourse avait eu une longue vie et elle en savait davantage que la moyenne de ses congénères. J'ai écrasé ma cigarette, vidé mon whisky et je l'ai écoutée se gaver. Elle n'a pas mis longtemps à liquider le jambon. Après quoi, trébuchant dans les ténèbres, elle s'est enfoncée avec des craquements dans les taillis qui bordent la route.

Une chose que je n'ai jamais racontée, mes nièces. Au mois de septembre de ma cinquième année, mes parents m'ont emmené à l'école pour la première fois. Nous habitions Moose Factory à l'époque, une petite cabane dans les bois au centre de l'île. Lisette était alors un tout petit bébé attaché dans un *tikanagan* sur le dos de ma mère. Ils ne m'avaient pas dit où on allait. Mon père portait un sac de peau contenant quelques-uns de mes vêtements ainsi qu'une photo de ma mère et de lui qui souriaient timidement à l'objectif. Il me tenait par la main, ce qu'il ne faisait pas souvent. Quand j'ai levé les yeux sur ma mère, j'ai vu des larmes couler le long de ses joues.

« Où on va, papa ? » ai-je demandé en Cree. Il a continué à regarder la route devant lui. Et puis le grand bâtiment blanc est apparu derrière le rideau d'arbres près du fleuve. Je savais ce que c'était. De la lisière de la forêt, j'avais observé les enfants, plus âgés que moi, qui jouaient et se bagarraient dans la cour grillagée. Nous n'avions jamais évoqué l'école, et j'étais sûr que j'échapperais au sort de ces pauvres gamins. Mes parents étaient meilleurs que les autres. Ils ne voudraient pas m'envoyer dans une telle prison.

Mon esprit est devenu aussi blanc que les murs de cette bâtisse, et j'ai cru que j'allais vomir. J'ai tiré mon père par la main pour qu'on fasse demi-tour et qu'on s'enfuie en courant si nécessaire. Ce devait être une terrible erreur. « *Mona.* » Je ne pouvais rien dire d'autre.

« Non. » Ma mère a fait un bruit qui ressemblait à un haut-le-cœur, et mon père s'est arrêté.

« Il le faut, a-t-il dit. Tu sais ce qui arrivera si on ne le fait pas. » Je me demandais s'il parlait à ma mère ou à moi.

« Nous partirons d'ici, a dit ma mère. Nous irons dans un endroit où ils ne nous trouveront pas.

– Ils nous trouveront. Il n'y a plus d'endroit où aller. Je n'ai qu'une jambe. Nous ne pouvons plus vivre dans les bois. » Serrant très fort ma main, il m'a conduit, moi qui sanglotais éperdument, jusqu'à la porte où, les mains derrière le dos, attendait un homme en habits noirs. Nous n'étions plus que nous deux, mon père et moi. J'ai cherché ma mère du regard. Elle était restée en arrière sur le sentier, et elle se tenait pliée en deux comme si elle avait mal au ventre, les bras noués autour de la taille.

J'ai levé la tête. Mon père avait les yeux humides, et il détournait le regard. « *Mona, Nootahwe.* Non, Père.

– Ils s'occuperont bien de toi. Et je viendrai te voir chaque fois qu'on m'y autorisera. » J'avais l'impression que ce n'était plus le père que je connaissais. Il s'est penché vers moi : « Ce n'est pas pour toujours. Juste pour quelque temps. » Il m'a serré dans ses bras et j'ai senti son dos maigre sous sa chemise rugueuse. Il tremblait. Je savais qu'il mentait.

« Ce serait plus facile pour le garçon si vous partiez maintenant », a dit l'homme en noir. C'était un *wemestikushu*, blanc comme le ventre d'un brocheton. Ses paroles prononcées en Cree m'ont surpris. Mon père ne paraissait pas avoir entendu. « Allez », a repris l'homme, m'empoignant par le bras. J'avais envie de lui mordre la main, de lui arracher les yeux. Après, on serait libres de partir. « Quatre mois, ça passe vite. Tu verras. » Les ongles de l'homme s'enfonçaient dans ma chair à travers le tissu de ma manche. « *Ashtum.* Viens. »

Alors que mon père me lâchait, j'ai hurlé : « *Mona ! Mona !* » L'homme en habits noirs m'a alors emporté et j'ai vu la silhouette de mon père s'estomper comme au travers d'un carreau dégoulinant de pluie, mais je comprenais que c'était moi qui m'éloignais tandis qu'on me traînait pour passer les portes de l'école.

Mon père a disparu si soudainement que j'ai ressenti cela comme une violence physique. J'ai vomi sur le pantalon noir du prêtre. Il s'est penché comme pour me réconforter, mais en fait, il a saisi ma figure entre ses mains fines et m'a secoué si fort que j'ai cru que les muscles de mon cou se déchiraient. « Tu es avec Dieu, maintenant, m'a-t-il dit, le rouge lui montant au visage, les yeux agrandis. Et avec moi. Les petits soldats du Christ ne sont pas des pleurnichards. »

Il m'a traîné par les cheveux vers une pièce équipée d'un lavabo. Il a trempé une serviette dans un seau d'eau, puis il m'a obligé à m'agenouiller pour nettoyer son pantalon jusqu'à ce qu'il ne reste plus la moindre tache.

Votre grand-père s'était conduit en héros pendant une guerre, les filles. Ce n'était pas un mauvais homme ni un homme faible. Peut-être était-il trop âgé pour avoir une deuxième famille, une deuxième épouse ainsi que deux enfants, votre mère et moi, si longtemps après avoir perdu sa première famille. Et peut-être était-il trop âgé pour se battre encore, et c'est pourquoi il les a laissés me prendre. J'y ai réfléchi durant des années et des années. Tout ce que je sais, c'est qu'il n'existe pas de héros dans ce monde. Pas vraiment. Rien que des hommes et des femmes devenus vieux et fatigués qui n'ont plus la force de lutter pour ce qu'ils aiment.

J'ignore si l'une ou l'autre d'entre vous a appris ce que Marius m'a fait ensuite, quelques mois après que ses copains et lui m'avaient roué de coups de pied pour me laisser au seuil de cette porte-là. Ils cherchaient quelque chose mais ils ne voulaient pas me tuer, pas tout de suite. C'était un avertissement qu'ils m'adressaient, et de la manière la plus brutale possible. Pourquoi, je ne le savais pas. Au milieu de la nuit, le crissement des pneus sur le gravier devant ma maison isolée.

Un rire étouffé et des murmures qui s'infiltrent chez moi comme de la fumée. J'étais encore debout, incapable de dormir. Je me suis glissé dans la cuisine pour jeter un coup d'œil par la fenêtre, et j'ai distingué les contours d'un gros pick-up neuf. Celui de Marius. Deux hommes en sont descendus, dont la silhouette massive de Marius, une bouteille dans la main. L'autre a allumé un briquet, et j'ai vu la flamme s'approcher du chiffon. Ils n'allaient quand même pas faire ça ! Il y a des lois. Ils ne pouvaient pas !

Le bras de Marius s'est détendu et la flamme a décrit un arc de cercle, venant droit sur moi. La bouteille a fracassé le carreau et je me suis écarté d'un bond pour éviter les éclats de verre. Le souffle m'a déchiré les tympans. Les flammes ont couru sur le plancher. Des crépitements ont envahi la cuisine et je me suis précipité pour échapper au brasier et à l'odeur de l'essence enflammée. Étouffant à moitié, j'ai jailli par la porte pour entendre Marius et son acolyte hurler : « Les mouchards crèvent comme des cafards », tandis qu'ils démarraient en trombe, riant à perdre haleine.

Dans un éclair de lucidité, j'ai pris le tuyau d'arrosage enroulé sur le côté de la maison et j'ai couru à la cuisine asperger les flammes. Elles ont sifflé et, suffoquant à cause de la fumée, je les ai traquées dans les coins, sous la table.

Une fois certain d'avoir tout éteint, je me suis servi un grand verre et j'ai grillé une cigarette. Puis j'ai décroché le téléphone. Je ne pouvais rien faire d'autre.

Deux jeunes flics que je ne connaissais pas sont arrivés juste avant la voiture de pompiers, sirène hurlante. La ville entière était déjà au courant. Les flics sont entrés et m'ont trouvé installé sur ma chaise qui fumait encore à côté de la table de cuisine à demi calcinée, tirant sur une clope et sirotant un whisky.

« Vous vous êtes endormi avec une cigarette ? » m'a demandé l'un d'eux tandis que des pompiers équipés d'extincteurs se ruaient dans la cuisine. J'ai fait signe que non.

« Allons dehors et expliquez-nous ce qui s'est passé », a dit l'autre jeune flic sur un ton accusateur. Les pompiers arpentaient le plancher dans leurs lourdes bottes, cherchant sans doute l'origine du sinistre.

Je leur ai raconté ce qui était arrivé. L'air frais de la nuit apaisait le feu de mes joues.

« Marius Netmaker a quoi ? a demandé l'un.

– Il a lancé une bombe incendiaire sur ma maison », ai-je répété. J'avais maintenant les jambes qui tremblaient.

« C'est une accusation grave, a dit l'autre. Comment savez-vous que c'était lui ?

– Je l'ai vu dans le noir. Je l'ai vu s'approcher. J'ai vu son copain mettre le feu au chiffon. Je l'ai vu lancer la bouteille.

– Vous voyez si bien que ça dans le noir ? »

J'ai désigné la lune, à moitié cachée derrière un nuage. L'un des flics a regardé, puis a griffonné dans son carnet comme s'il écrivait un poème. Ils ont échangé un coup d'œil, puis ils sont retournés dans la maison, me laissant planté là. J'ai allumé une autre clope, puis je les ai suivis et je me suis resservi un whisky.

« Combien de verres avez-vous bus ce soir ? s'est enquis l'un des flics.

– Oh, un nombre incalculable. Si vous saviez combien je peux boire. » Ils se sont de nouveau consultés du regard, puis celui au carnet a recommencé à gribouiller. « Quand vous aurez pris assez de notes, vous pourrez peut-être aller arrêter ce salaud », ai-je dit. L'autre flic s'est avancé vers moi, la démarche raide, comme pour me ceinturer.

« Ce n'est pas aussi simple, monsieur. Laissez la police faire son travail. Pourquoi vous n'iriez pas vous asseoir ? » Il indiquait ma chaise de cuisine. Je suis resté debout.

Une fois qu'ils ont eu fini de prendre des notes et que les pompiers ont eu fini d'examiner les lieux, l'un des flics a déclaré : « Bon, nous allons interroger Netmaker. Tenez-vous prêt à venir demain faire votre déposition. » Sur ce, ils sont partis.

J'ai été m'asseoir et j'ai contemplé le désastre, les yeux rivés sur les tessons de bouteille gisant dans l'eau noire sur le sol de ma cuisine. Marius Netmaker, il savait, il connaissait mon histoire. Marius savait ce qu'il en était des incendies et moi.

C'est ainsi que va le monde. Dans les semaines qui ont suivi, Gregor et Joe m'ont aidé à arracher le plancher de ma cuisine et à construire de nouveaux placards. On s'est soûlés en travaillant. Lisette m'a cousu de nouveaux rideaux pour la cuisine et m'a apporté des plantes pour les mettre sur l'appui de la fenêtre. Elles se sont desséchées et elles sont mortes parce que j'ai oublié de les arroser. Ainsi va le monde.

Le moment venu, je suis allé en ville. L'été s'épanouissait en nuages de poussière qui s'élevaient de la route. Des herbes hautes poussaient dans les fossés, les mouches noires me couvraient la nuque et les bras. Je regardais droit devant moi. C'était la première fois depuis des semaines que je sortais pour affronter le monde. La peur s'était désormais emparée de moi.

Le matin quand je faisais mon jogging, je courais comme un soldat, le fusil en bandoulière. À cette heure, personne n'était levé pour me voir. Seuls auraient pu être là ceux qui me voulaient du mal. Près de la décharge, mon ourse m'accueillait parfois, installée sur la crête qui dominait le dépôt d'ordures. Elle me regardait passer, dressait la tête en guise de salut, les narines évasées.

Je me dirigeais donc vers la ville, les yeux fixés devant moi, mais je savais que le danger s'annonce toujours à la périphérie de la vision. Sous cet aspect, Moosonee est pareille à la forêt, encore que chacune ait ses plaisirs et ses pièges. Dans Sesame Street, les enfants accroupis dans la poussière, des halos de mouches noires autour de la tête, jouaient au milieu des graviers ou se poursuivaient, tandis que de temps en temps, une voiture ou un pick-up manœuvrait pour les éviter. Ici, les rues appartiennent aux enfants, ce qui est une bonne chose, non ? Je marchais à côté de la route, le long du fleuve.

Devant le Centre d'amitié, j'ai salué un couple âgé assis sur la véranda. *Kookum*, un fichu de coton noué sous le menton, m'a souri et répondu d'un signe de tête. *Moshum* a plissé les yeux, mais sans jamais me regarder en face. Il avait pris note de ma présence, et cela suffisait. La vieille école. Quand ils rentreraient chez eux en clopinant, je savais qu'il précéderait sa femme de quelques pas. Ils avaient grandi dans les bois et ils marchaient encore de la même manière, comme si la route n'était qu'un étroit sentier tracé au cœur des tourbières et des sapins.

À la suite de la visite nocturne de Marius, j'ai pris au moins une décision : je nourrirais l'ourse tous les soirs et je l'apprivoiserais. Je lui donnerais ce qu'elle n'avait jamais eu : l'assurance d'un repas quotidien. À la télé, *National Geographic* et *Animal Planet* disent, non, non, surtout pas. Qu'ils aillent se faire foutre ! Qu'est-ce qu'ils savent des vieux qui grappillent ce qu'ils peuvent et qui crèvent de faim ? Est-ce qu'à eux aussi, il reste si peu de dents qu'ils sont incapables de briser le moindre os ? Est-ce qu'ils sont obligés de vivre près d'une décharge et de fouiller parmi les couches sales, les meubles cassés et les déchets de l'humanité pour trouver ce qu'on daigne leur laisser ? Mon ourse, tu mangeras. Et tu mangeras bien.

Près du pont, trois jeunes ont émergé de derrière un enchevêtrement de canapés détrempés et de frigos hors d'usage empilés sur la berge du ruisseau. À peine les avais-je dépassés qu'ils montaient sur la route pour me suivre en bon ordre, sans échanger une parole, des hommes en mission. J'étais encore un chasseur, moi.

J'ai commencé à traverser. La boutique de Taska n'était pas loin, et quelques-uns des habitués traînaient autour. À en juger par le bruit de leurs pas, les trois jeunes devaient être à une dizaine de mètres derrière moi.

« Mouche-mouche-mouche mouchard ! » a crié l'un d'eux. Ils se sont esclaffés. « Qu'est-ce que tu fais sur notre pont ? » J'ai continué mon chemin, me forçant même à ralentir l'allure pour leur montrer que je ne les craignais pas. Seulement, la panique s'est abattue sur moi sans avertissement et la tête s'est mise à me tourner, si bien que je n'arrivais plus à réfléchir.

Une pierre a rebondi sur le parapet à ma droite. J'ai sursauté tandis qu'elle tombait dans l'eau.

« Je t'ai demandé ce que tu faisais sur notre pont, le vieux. » Le vieux ? C'était la première fois qu'on m'appelait ainsi. Je me suis arrêté, puis j'ai pivoté pour leur faire face. Ils portaient des bandanas noirs autour du front, des jeans baggy qui laissaient voir leurs caleçons blancs. Ils se sont arrêtés eux aussi. Deux d'entre eux étaient grands et minces, le troisième petit et trapu. Tous serraient dans leur poing une pierre de la taille d'une balle de base-ball. Le petit trapu a glissé la main gauche derrière son dos.

« Je vais où j'ai envie d'aller, ai-je dit.

– On ne veut pas de balances sur notre pont », a menacé le petit trapu. J'ai reconnu un de tes anciens copains, Suzanne.

« Les mouchards crèvent comme des cafards », a dit l'un des grands.

Quelque chose a explosé sous mon crâne comme une ampoule électrique grillée. Je t'ai vue, Suzanne, quand tu n'étais qu'une enfant, et leurs paroles m'ont rendu malade à la pensée que tu étais peut-être morte.

« Vous ne savez pas qui je suis ? ai-je lancé, presque dans un murmure, les mots jaillis de ma bouche avant même que je sache qu'ils étaient en moi. Je vais vous tuer tous les trois et vous étriper comme un orignal sans que vous ayez seulement compris ce qui vous arrive. » Je parlais d'une voix si basse qu'ils devaient tendre l'oreille pour m'entendre. « Je peux vous faire éclater la tête à cinquante mètres, à cinq cents mètres ou à mille mètres si je veux. Vous ne savez pas qui je suis ? » J'avais haussé le ton.

Leur sourire est devenu un peu jaune.

« C'est comme ça que vous me remerciez pour ma clémence ! » Aussitôt, je me suis rendu compte que c'était une réplique tirée du film *Braveheart*. Ça n'avait aucun sens, mais ça sonnait bien. Ils ont semblé troublés.

J'ai fait quelques pas vers eux. Ils n'ont pas bougé, mais ils n'avaient plus l'air aussi sûrs d'eux. Je ne pouvais plus reculer. J'ai continué à avancer. « Vous travaillez pour Marius, hein ? Dites-lui que le chasseur, c'est moi. » Je m'exprimais de nouveau à voix basse. « Dites-lui que je suis le meilleur chasseur de la baie James. » J'étais à cinq mètres d'eux. «Dites-lui qu'il ne sentira pas la balle qui lui fracassera le crâne.»

Attendant une réaction, attendant qu'ils fondent sur moi comme une meute de chiens, je les ai dévisagés. Ils fermaient et refermaient la main sur les pierres qu'ils tenaient. Ils hésitaient. Je me suis retourné et, le plus lentement possible, j'ai franchi le pont.

Après cela, la ville n'a plus été tout à fait pareille, un changement si léger que je ne l'aurais peut-être pas perçu si je n'avais pas prêté attention. Les mêmes routes gravillonnées, les mêmes visages grêlés, une rivière qui coule devant chez moi et qui croît et décroît selon les marées, mais avec quelque chose de différent.

Ce changement, pourtant, n'annonçait rien de bon. Le problème, c'était qu'il venait juste de se manifester.

12

J'avais assez tergiversé. Gordon et moi sommes partis à Moosonee rendre visite à ma mère. Elle ne parle plus de Suzanne, et je ne prononce jamais son nom. C'est trop pénible pour elle. Pourtant, je garde encore espoir.

Maman s'occupe, prépare le dîner, pose à Gordon des questions auxquelles il ne peut pas répondre, puis elle prend une expression gênée. Elle m'interroge sur Gordon, et je réponds de manière machinale. *Il est de Christian Island, maman. Il est Ojibwé. Il est muet de naissance. On s'est rencontrés à Toronto. Je te l'ai déjà dit.* J'ai soudain l'impression qu'il n'est plus dans la pièce.

« Il a une très belle écriture, maman, dis-je. Laisse-le répondre lui-même aux questions. »

Après le repas, il se produit quelque chose de drôle. Je meurs d'envie de partir et de ramener Gordon au campement. J'envisage même de faire tout le chemin jusqu'à Moose Factory pour aller voir oncle Will.

Maman retient ma suggestion et donne papier et crayon à Gordon pour s'entretenir avec lui. Maintenant, je suis là à regarder pendant qu'elle pose des questions et qu'il s'empresse d'écrire ses réponses au fur et à mesure. Ils sourient, l'air de s'entendre comme s'ils se connaissaient depuis des années.

« Si on jouait aux cartes ? propose-t-elle. Au cribbage ? »

Les yeux de Gordon s'illuminent.

Qu'est-ce qui se passe, ici ? Je m'apprête à refuser, mais maman a déjà sorti la planche, puis elle entame une partie avec Gordon. « Je sais que tu détestes les jeux de cartes, Annie, dit-elle.

– Je vais peut-être faire un saut à l'hôpital voir oncle Will, dis-je.

– Oui, va. Tu es une brave petite », dit ma mère.

Quand j'arrive, il reste encore une heure pour les visites, et je suis ravie de ne pas avoir à entrer en cachette à l'hôpital. Eva ne prendra son service que plus tard. Je monte dans la chambre d'oncle Will. Une silhouette massive est assise à son chevet, penchée au-dessus de lui. J'annonce ma présence en faisant du bruit avec mes bottes.

Il se retourne. C'est Joe, le vieil ami de mon oncle. Il a l'expression d'un homme surpris à faire quelque chose de mal. Voilà ma paranoïa qui se réveille. Je constate alors qu'il a les yeux gonflés et rougis. Il s'efforce de paraître naturel.

« Regarde qui est là », dit-il, s'essuyant le visage avec sa manche tout en feignant de bâiller. Je l'ai à peine vu depuis mon retour. Il a l'air plus gros qu'avant. Son ventre est un sujet d'émerveillement, comme s'il dissimulait un ballon de basket sous sa chemise dont les boutons menacent de craquer. Joe esquisse le geste de se lever pour me serrer la main ou me prendre dans ses bras, puis il se ravise.

131

Je m'étonne moi-même en me baissant pour l'embrasser sur le front. Il sourit. Je lui demande : « Vous êtes là depuis longtemps ? »

Il hausse les épaules. « Je ne sais pas trop, moi. Tu as raté Gregor de peu. »

Dieu merci. Quel pervers, celui-là. « Dommage. »

Je tire une chaise pour m'asseoir de l'autre côté du lit. Mal à l'aise, on reste quelques instants silencieux.

Joe finit par reprendre la parole. « Je suis désolé, Annie. Je voulais le protéger. » Il se met à trembler et les larmes inondent son visage rond.

Gênée, en équilibre sur le bord de ma chaise, j'hésite à me lever pour le serrer dans mes bras, lui poser la main sur l'épaule ou je ne sais quoi. Il cesse de trembler, s'essuie de nouveau les yeux au moyen de sa manche, puis s'excuse.

« Il n'est pas encore mort, mon vieux », dis-je avec une gaieté forcée. Un autre sanglot secoue Joe. « Allons, allons », dis-je. Cette fois, je me lève, je contourne le lit et je pose la main sur son épaule. Je n'ai pas touché beaucoup d'hommes depuis New York.

Une fois qu'il s'est calmé, je cherche quelque chose à lui dire. « Vous avez eu des nouvelles de mon oncle Antoine ? je demande.

– Non. Les flics l'ont emmené à Timmins. C'est trop un vagabond, lui. À Peawanuck, les flics de la Nishnabe-Aski ont prétendu qu'ils ne pouvaient pas avoir l'œil sur lui là-bas.

– Il va y avoir un procès ? » Ma mère dit que non, mais je veux l'avis de Joe.

« Non, je ne crois pas, dit-il. Tout le monde sait. Tout le monde connaît les histoires entre Will et Marius.

132

– J'aimerais voir oncle Antoine, dis-je, pensant à voix haute.

– Il va peut-être revenir bientôt dans le coin », dit Joe.

Je lui raconte nos ennuis à Gordon et moi avec les trois types le week-end dernier. Il a beau être abattu, les gens d'ici ne tiennent pas à se frotter à lui. Il m'assure qu'il garde l'oreille collée au sol, que les Netmaker semblent brisés depuis les événements récents. « Je crois que sa famille elle-même sait que Marius méritait ce qui lui est arrivé », conclut-il

Sylvina entre dans la chambre et vérifie les machines autour d'oncle Will. « Navrée, dit-elle. Mais l'heure des visites est passée. »

Joe se lève et enfile son blouson. « J'espère te revoir bientôt », dit-il.

Cette fois, je le serre dans mes bras. « Moi aussi. »

Je demande à Sylvina si je peux rester encore un moment.

« Ouais, répond-elle. Si on te surprend, je dirai que je ne t'avais pas vue. »

Elle sort, et je me demande ce que je vais raconter. Je me sens toujours un peu ridicule à parler tout haut, même si je ne fais que chuchoter, à quelqu'un qui, j'en suis à peu près persuadée, ne m'entend pas. Je jette un coup d'œil sur la chambre, les magazines écornés, la fenêtre, le téléviseur vissé au mur. Je n'ai pas regardé la télé depuis un bout de temps. Je cherche la télécommande, mais je ne la vois pas. C'est logique, je suppose. Les gens dans le coma n'ont pas pour habitude de tellement regarder la télé. Je me dresse sur la pointe des pieds et j'allume le poste.

Il se met à hurler, le son à fond sur un écran vide. En proie à la panique, je tâtonne pour changer de chaîne ou éteindre, n'importe quoi. Mes doigts trouvent de nouveau le bouton d'arrêt. Le silence règne. Je m'empresse d'aller me rasseoir au chevet de mon oncle et je feins d'examiner mes mains. Personne ne vient.

« J'ai laissé Gordon chez maman, dis-je à oncle Will. Et je dois bientôt aller le reprendre. » La dernière fois, je crois me rappeler, je lui ai raconté l'agression dont j'avais été victime à Toronto. Gordon a tué ce salaud. Oui, il l'a tué. Ce n'est pas une chose à crier sur les toits, je présume.

« Tu comprends, mon oncle, n'est-ce pas ? C'est l'une des raisons pour lesquelles Gordon est là avec moi. Je ne pouvais pas l'abandonner au risque qu'il se fasse arrêter alors qu'il avait fait ça pour moi, tu es d'accord ? »

Tout cela a eu lieu des mois avant mon retour. Peut-être que je n'avais pas bien réfléchi, mais quand nous avons fui Toronto, ce n'était pas pour nous réfugier ici, mais à Montréal.

Je me souviens de Gordon qui à moitié me porte et à moitié me traîne pour regagner le passage souterrain, tandis que quelques Blancs se moquent de nous et nous traitent d'Indiens soûls. Je me souviens de Vieil-Homme qui, dans le tipi de toile bleue, sous la voie express Gardiner, me dit que tout ira bien, que je suis embarquée dans un voyage où mon chez-moi n'est plus ce qu'il était. Mon agresseur, dit-il, n'a pas eu de moi ce qu'il voulait, mais il a eu ce qu'il méritait. J'écoute l'ancien, le crâne en feu, la bouche suppliant qu'on m'emmène à l'hôpital, cependant que Gordon secoue sa tête ensanglantée et que les deux copines de Vieil-Homme font bouillir de l'eau et me nettoient avec des T-shirts. L'ancien fredonne et prie alors que je sombre par intermittence dans l'inconscience.

Ils ne me montrent l'article du journal en deuxième page que quelques jours plus tard, quand je vais mieux et que je le réclame. *Crime. Poignardé. Probablement lié à une affaire de drogue. Ni témoins ni suspects.* Quand il sent le moment venu, Vieil-Homme me dit que pour ma propre sécurité, il vaut mieux que je parte. J'ai vécu ces quelques jours dans la rue avec eux, sous ce pont, dans le tipi de toile bleue, jusqu'à ce que je leur demande de me ramener à ma chambre de motel. Ils chargent Gordon de m'accompagner et de rester avec moi. C'est désormais mon protecteur.

« Silence n'est que son nom de rue, m'explique l'ancien. En réalité, il s'appelle Gordon. Quand tu le voudras, tu pourras l'interroger sur ses noms. »

Je paye une semaine supplémentaire, et Gordon m'apporte à manger ainsi que de l'eau, car je refuse de quitter ma chambre.

Vieil-Homme vient me rendre visite. On voit qu'il n'a pas l'habitude d'être enfermé entre quatre murs, ni du confort tout relatif de ce motel minable. Quand il finit par s'asseoir, c'est par terre au pied de mon lit. « Ce qui est arrivé ne devrait jamais arriver à aucune femme, dit-il. Mais même une chose aussi mauvaise ne se produit pas sans raison. Tu ne nous as pas rencontrés par hasard. C'est pareil pour ta sœur. » Il tient à la main une plume d'oie autour de laquelle est soigneusement noué un ruban rouge.

« Tu ne peux même pas t'offrir une plume d'aigle, lui dis-je.

– Des plumes d'aigle, j'en ai eu beaucoup, réplique l'ancien. Mais moi, je les laisse toujours tomber, et après, il faut que je les donne. Les plumes d'oie aussi ont leur pouvoir. » Il me la tend.

Sur l'insistance de Vieil-Homme, Gordon et moi prenons le car pour Montréal. Tout ce que je veux, c'est rentrer à la maison, mais quelque chose en moi le croit quand il affirme que je n'aurai pas de chez-moi avant d'avoir accompli mon voyage. Je dois souffrir d'une commotion cérébrale. Je ne pense pas clairement. La peau autour de mes yeux a pris une teinte vert purulent, ce qui est toujours mieux que noir et rouge comme il y a deux semaines. Le pire, c'est qu'un vaisseau a éclaté dans mon œil gauche, de sorte que le blanc est tout rouge. J'ai l'air d'un vampire Cree. Quand je me vois dans une glace, je me fais peur. Jour et nuit, je porte de grosses lunettes de soleil que Gordon a fauchées dans un Drug Mart. Je ressemble à une mauvaise actrice. Une caricature. Chaque fois que je ris ou que je parle, l'arcade des lunettes frotte sur la coupure que j'ai à l'arête du nez. Je n'en avais encore jamais mis, mais maintenant, je comprends pourquoi tant de femmes dans les magazines en ont. On se sent à la fois invisible et l'objet de tous les regards.

Est-ce que tout ça a un sens pour toi ? Je devrais peut-être revenir en arrière. Je n'ai pas souvent repensé à ces événements depuis qu'ils se sont produits. Le choix de Montréal s'est imposé de lui-même. Juste avant de quitter Toronto, après que je m'étais sentie assez bien pour marcher de nouveau dans les rues accompagnée par Gordon, les lunettes de soleil collées sur la figure, il m'a conduite à la bibliothèque publique de Bloor Street et on s'est installés devant un ordinateur. Il a fini par trouver le nom de l'agent de Suzanne. J'espérais pouvoir lui parler et apprendre ce qu'il savait. Ou du moins essayer avant de rentrer chez moi.

J'ai regardé le site Web de l'agent s'afficher sur l'écran. J'ai eu envie d'envoyer valdinguer l'ordinateur. L'agent venait de déménager à Montréal.

Montréal, mélange d'immeubles flambant neufs entre lesquels se nichent de vieux bâtiments en brique, ressemble beaucoup à Toronto. Et si l'une ou l'autre de ces villes était cinq fois plus grande et cinq fois plus peuplée, elle ressemblerait à New York.

Nous avons trouvé un hôtel près de la gare routière. Je me rappelle le nom de la rue : Saint-Urbain. Je l'ai choisi parce que le prix de la nuit était si élevé que je serais obligée de rentrer à la maison avant la fin de la semaine. Je n'en ai rien dit à Gordon. En fait, je me prépare à prendre congé de lui, veillant à ce qu'il ait assez d'argent pour retourner à Toronto. Soyons réalistes : ni lui ni moi ne voulons de cette situation.

Bien qu'à bout de nerfs et redoutant la foule, je me contrains à sortir pour me rendre au bureau de l'agent. J'annonce à Gordon que je désire y aller seule. Il faut que je terrasse ma peur.

Une jeune femme est à la réception. Quand j'entre dans le bureau tout en bois et verre étincelant, elle ne lève pas les yeux de son magazine. Je toussote. Elle le pose et me regarde. Elle a le front couvert d'acné.

Je demande à voir l'agent, et elle me dit quelque chose dans un français trop rapide pour que je comprenne. Elle pousse un profond soupir. « Rendez-vous ?

– Non, je réponds. Je viens d'arriver. Je passais dire bonjour. »

Elle m'examine si longtemps des pieds à la tête que je commence à me sentir obèse. « Il ne vous recevra sans doute pas sans un rendez-vous ou un book, mais si jamais il vous reçoit quand même, il vous conseillera de perdre encore cinq ou six kilos. Et aussi, peut-être, de changer de coiffure. »

Je me hâte de la détromper. « Non, non. Je ne suis pas mannequin. Ma sœur, elle… » La fille a déjà saisi son téléphone et tapé un numéro. Elle parle en français.

« Il va vous recevoir. » Du pouce, elle indique la porte derrière elle, puis elle reprend sa lecture.

Il fait plus clair dans la pièce que dehors et, assis devant un ordinateur équipé d'un grand écran, l'agent clique avec la souris sur un rythme soutenu. Je suis soulagée à l'idée de ne pas avoir à ôter mes lunettes de soleil. Il continue à fixer l'écran et à cliquer tandis que, mal à l'aise, je reste plantée devant lui une bonne minute.

Derrière son bureau, il paraît avoir la taille d'un enfant, et il est si maigre que je me demande s'il n'est pas malade. Ses cheveux clairsemés sont coupés au carré, et ses lunettes à monture noire lui confèrent l'allure d'un gamin qui essaye de se comporter en adulte. Il quitte son fauteuil puis se dirige vers la fenêtre. Sans même me jeter un coup d'œil, il regarde des photos qu'il a prises sur son bureau. Il porte un costume qui a dû coûter très cher et une chemise blanche largement déboutonnée. De la main gauche, il soulève un peu plus le store, et un nouveau flot de lumière inonde la pièce. Il repose les photos sur le bureau et se tourne enfin vers moi.

Il laisse échapper quelque chose qui m'évoque un vagissement, puis il reprend place dans son fauteuil et me dévisage, la main plaquée sur la bouche. Il se lève, se rassoit. « Mon dieu », dit-il. Il étire les mots d'une voix nasillarde. « Êtes-vous... » Il s'interrompt. « Vous devez être la sœur de Suzanne. »

J'acquiesce.

« Où est-elle ? demande-t-il. Rassurez-moi, elle va bien ? »

Je ne sais quoi répondre. La question, ce serait plutôt, pourquoi ai-je fait le voyage jusqu'ici ? « Je ne sais pas, dis-je.

– Je vous en prie, asseyez-vous. » Il se lève, débarrasse un fauteuil des photos éparpillées dessus, puis l'avance vers moi. « Pardonnez le désordre. Nous venons juste d'emménager. On avait besoin d'un autre bureau ici, à Montréal. » Je m'assois et il m'imite sans cesser de me dévisager. « Vous n'avez pas de nouvelles de votre sœur ? »

Je secoue la tête. Je crois voir passer une expression de soulagement sur ses traits avant qu'il ne s'empresse de la dissimuler.

« Dès que je me suis rendu compte qu'elle n'était pas partie en vacances ni rentrée chez elle, j'ai signalé sa disparition aux autorités, reprend-il. J'ai même eu deux ou trois fois votre mère au téléphone. Gus, le copain de Suzanne... lui aussi a disparu. » Il se lève, se rassoit. « Vous savez, je n'en dors pas la nuit. » Il donne l'impression de vouloir se dégager de toute responsabilité. « Vous voulez bien ôter vos lunettes ? » Je fais signe que non. Je ne trouverais pas les mots pour lui expliquer tout ce qui est arrivé au cours de ces dernières semaines. « Dites-moi au moins comment vous vous appelez.

– Annie.

– Vous ressemblez tellement à votre sœur. » Il promène son regard sur moi. Il s'apprête à dire quelque chose, puis il se ravise.

Nous gardons un long silence gêné. Il ne me quitte pas des yeux. Je baisse la tête et je contemple mes mains qui se tordent.

« J'espérais que vous sauriez quelque chose, finis-je par dire. Que vous auriez des informations à me communiquer. »

Il détourne le regard. « Je crains... je crains que son copain... Je crois qu'il était en cheville avec des dealers. Je ne sais rien de précis. La police est venue. » Il se tait, et lorsque je lève les yeux, il reprend : « Quand je l'ai appelée, ils m'ont posé des questions, des questions auxquelles j'ai répondu. Tout est dans le dossier. Ils doivent l'avoir. Vous avez le droit de savoir. Je leur ai dit tout ce que je savais, et ils ont vérifié. Allez trouver la police, et ils vous diront tout ce qu'ils savent, tout ce que je sais. »

Il s'interrompt de nouveau, comme pour reprendre sa respiration, comme pour réfléchir à ce qu'il a dit et à ce qu'il s'apprête à dire. « Quel dommage ! Quel gâchis ! Votre sœur était en route pour la gloire. Elle était déjà arrivée plus haut que la plupart des jeunes mannequins n'en rêvent. Et puis ça... » Il s'arrête là.

Quelques instants plus tard, il répète : « Tout est dans le dossier de la police. » Il parle de ma sœur comme si elle était morte. Un poids m'écrase la poitrine. Je me mets soudain à trembler. J'ai un goût de sel dans la bouche et je réalise que je sanglote. Cette fois, pour sécher mes larmes, je n'hésite pas à ôter mes lunettes de soleil. Je les pose sur son bureau et je le regarde, sa drôle de coupe de cheveux, ses drôles de lunettes. Tout cela est absurde.

« Qu'est-ce qui vous est arrivé, ma pauvre ? » demande-t-il, examinant mon visage. À travers mes pleurs, je vois qu'il a l'air horrifié.

«Je me suis fait tabasser.» Je me lève et je récupère mes lunettes. «Bon, il faut que je parte.»

Il se lève à son tour. «Vous n'avez besoin de rien?

– Non, merci.

– Si vous apprenez quoi que ce soit, surtout tenez-moi au courant.»

Je me dirige vers la porte, mais avant que j'aie franchi le seuil, il me rappelle : «Miss Bird, Annie.» Il me fait signe de revenir. «J'allais oublier. Suzanne a laissé quelque chose pour vous. Je crois qu'elle tenait à ce que je vous le remette.» Il s'accroupit devant un petit coffre qu'il ouvre après avoir composé la combinaison. Il en sort une liasse de billets, puis il prend une grande enveloppe en papier kraft dans un tiroir de son bureau et glisse l'argent dedans. «Suzanne n'est jamais venue chercher ce qu'on lui devait pour son dernier shooting.» Il me tend l'enveloppe.

Je ne veux pas accepter, mais j'avance instinctivement la main. «Elle était payée en liquide?» je m'étonne. Ma question n'a rien d'une accusation, mais il la prend manifestement pour telle.

«Bien sûr que non, mon petit. Mes comptes sont parfaitement à jour. Je sais au centime près ce qu'on lui devait. Ça fait partie de mon job.»

Il recule de quelques pas et, se caressant le menton, me détaille des pieds à la tête. «Le monde de la mode est implacable, mais il est aussi très lucratif.» Il a un sourire apparemment censé me réconforter. «Si jamais vous vouliez…» Il m'examine une fois de plus, comme si j'étais un fusil ou un bateau qui l'intéresserait. Ai-je bien compris ce qu'il essaye de me dire? «Si vous cherchiez du travail, nous pourrions en discuter.» Il sourit de nouveau, me regarde dans les yeux.

« Si vous le désiriez vraiment, juste un peu de poids à perdre. Un régime sévère, de l'exercice. En trois mois, qui sait ? Vos bleus ne vont pas tarder à disparaître. Le haut de l'affiche, peut-être. » Il rit comme s'il voulait m'associer à la plaisanterie. Pour lui, le fait que j'accepte l'argent signifie que je suis prête à l'écouter. Il s'imagine que je vais avaler ses salades.

« Suzanne venait poser seule ? » je lui demande.

La question semble le laisser perplexe.

« Elle avait d'autres amis que Gus ? »

Ses yeux s'étrécissent. Il voit où je veux en venir. « À Toronto, oui. Ici, non. »

C'est mon tour de le dévisager. Mon œil rouge va lui soutirer des informations. L'enveloppe contenant l'argent est chaude entre mes doigts.

« Il y a en ce moment en ville quelques filles de Toronto qui la connaissaient, venues pour une séance-photo », finit-il par me dire.

Je souris. Ce n'est pas un gentil sourire. Il griffonne les noms et les numéros de téléphone sur une feuille de papier, puis il me raccompagne à la porte.

« Si vous voulez gagner de l'argent, si vous voulez avoir accès à un univers dont vous n'avez jamais rêvé – ne serait-ce que pour une brève période –, appelez-moi. » Il se penche comme pour m'embrasser sur la joue, mais il suspend son geste.

Je suis à ce point perdue dans mes souvenirs, dans mon récit, que je m'aperçois trop tard que je ne suis plus seule dans la chambre. Je sursaute et je me retourne. Eva, plantée sur le seuil, feint de parcourir des documents qu'elle tient à la main.

«Excuse-moi, Annie, dit-elle. Je ne voulais pas t'interrompre, mais je dois changer le goutte-à-goutte et vérifier les constantes.»

Depuis combien de temps est-elle là, à écouter? L'espace d'une seconde, j'ai envie de me mettre en colère contre elle. «Ce n'est pas grave, dis-je. Il faut que j'aille chercher Gordon chez ma mère. Ils sont devenus les meilleurs amis du monde.»

Tandis que je récupère ma parka et mon pantalon de neige, Eva s'occupe de mon oncle. «À bientôt, Eva.

– Tu fais du bon boulot», me dit-elle.

Dehors, des milliards d'étoiles scintillent dans la nuit claire. Les premières bouffées d'air glacé me déchirent les poumons. Pendant que ma motoneige chauffe, je fume en contemplant les étoiles. Le froid paralyse mes doigts nus qui serrent la cigarette. Je ne suis plus aussi résistante qu'autrefois. Avec le temps, ça reviendra.

J'entre chez ma mère en trébuchant, accompagnée d'un souffle glacial et humide. Maman et Gordon boivent du thé, assis devant la télé. Elle me demande si j'en veux une tasse. Gelée, je hoche la tête. Un trajet de dix minutes sur la rivière et j'ai l'impression d'être morte de froid.

On regarde tous les trois une émission, des vidéos amateurs montrant des idiots en train de faire des trucs idiots. À dire vrai, c'est plutôt drôle. Gordon émet des sons genre *huh-huh* quand c'est particulièrement stupide. Je le regarde, stupéfaite. Maman ne remarque rien.

«Pourquoi vous ne resteriez pas coucher ici? demande-t-elle. Il fait si froid. La cabane va être gelée.» Elle a raison, et je suis épuisée. «Prends ton ancienne chambre, Annie. Gordon, tu peux dormir dans celle de Suzanne.» Tellement catholique ! J'ai envie de lui dire que nous ne sommes pas un couple, mais je me contente de garder les yeux rivés sur l'écran pendant que mon visage, mes mains et mes pieds se réchauffent, puis je glisse dans un monde où, je l'espère, aucune parole n'est nécessaire.

13

Pendant un temps, j'ai considéré l'incident sur le pont comme une victoire. Marius et sa triste petite armée d'ados avec leurs jeans baggy. Mais ensuite, je n'ai cessé de chercher des excuses pour ne plus sortir de chez moi. Tôt le matin, avant même que le soleil soit levé, j'allais courir, le fusil qui rebondissait sur mon dos. Je retrouvais mon souffle, et je suis sûr que je commençais à moins sentir le poids des ans et de la bonne vie. J'appelais Lisette lorsque j'avais besoin de provisions et Joe ou Gregor, quand il me fallait une bouteille et des cigarettes.

Les flics, ils m'ont téléphoné pour m'annoncer que Marius avait un alibi. Quatre ou cinq personnes juraient qu'il était avec elles le soir où le cocktail Molotov avait brisé la fenêtre de ma cuisine. Ils allaient le surveiller de près, ont-ils ajouté. Ils n'ont pas semblé particulièrement s'en préoccuper. J'ai insisté pour qu'ils fassent quelque chose, et d'un seul coup, c'est moi qui suis devenu le sale type. Je n'étais pas digne de foi à cause de mon problème d'alcool, j'avais détruit les indices éventuels en éteignant l'incendie. Ainsi va le monde.

À ma grande surprise, Dorothy Blueboy m'a appelé, inquiète pour ma sécurité. Elle m'a invité à dîner chez elle sur l'île. J'ai répondu que je n'étais pas libre ce soir-là, mais avant qu'on raccroche, je lui ai demandé quelle autre date lui conviendrait. C'était un rendez-vous, non ? Moi, je ne croyais pas que je pourrais.

Un soir du début de l'été, dans l'atmosphère presque parfumée après la chaleur rafraîchissante de la journée, j'ai donc pris mon canoë et je suis parti sur la Moose River. La marée montait, aussi j'ai pu m'éviter un détour et passer au-dessus de la barre. La lune se levait d'un côté et le soleil se couchait de l'autre. Un bon signe. Ma main vibrait sur le gouvernail. Le vent soulevait mes cheveux que je portais plus longs qu'ils ne l'avaient été depuis des années. Autrefois, j'avais une longue tresse de guerrier, mais je l'avais coupée vers mes vingt ans. Je les laissais de nouveau pousser, assez pour les ramener en arrière et me faire une courte natte. Mes tempes grisonnaient. J'avais même remis mon bridge, de sorte que j'avais l'air d'avoir toutes mes dents.

Avant de partir, je m'étais servi deux whiskies bien tassés pour me donner du courage. J'avais un instant envisagé d'emporter la bouteille encore à moitié pleine, mais ce n'aurait pas été poli. La maison de Dorothy se trouvait près de l'hôpital, non loin de l'école. En chemin, j'ai cueilli des fleurs sauvages dont j'ai fait un bouquet lié au moyen de quelques brins d'herbe. La classe.

« Tu as une excellente mine, toi, m'a dit Dorothy en m'ouvrant la porte. Tu as maigri ?

– Je me suis mis à courir, ai-je répondu, tandis qu'elle me conduisait vers la véranda de derrière.

– Oui, il paraît. »

Sur la table, des photos encadrées étaient posées sur de petits napperons, dont celle de son fils qui s'était noyé en passant à travers la glace des années auparavant. L'un et l'autre, nous avons subi des pertes. Un attrape-rêves veillait, suspendu à la fenêtre du living.

Nous nous sommes installés sur la véranda protégée des insectes par un écran-moustiquaire, le regard fixé sur la route qui menait à la rivière et sur le toit de notre ancienne école qu'on distinguait au-dessus de la cime des arbres. On a bu du vin blanc qui avait le goût d'un jus de pommes qui aurait tourné, mais je n'ai rien dit. Pendant que Dorothy parlait, je l'étudiais en douce, ses cheveux longs et noirs, eux aussi grisonnant un peu. Quand elle riait, une chaleur naissait au plus profond de moi. Quand elle se penchait au-dessus de la table pour remplir les verres, je sentais son odeur de propre, l'odeur de vêtements qui ont séché au soleil. Elle est mince pour une *Anishnabe*, et je me souvenais de la gamine maigre qu'elle avait été. Mon premier béguin. Elle évoquait sans réticence ses trois enfants en vie, des adultes qui avaient quitté la région, deux d'entre eux pour Toronto, l'autre pour Winnipeg.

Lorsque je lui ai demandé pourquoi ils étaient partis, j'ai eu l'impression d'être grossier, comme si je l'en rendais de quelque façon responsable.

Elle m'a cependant répondu aimablement : « Si j'étais jeune et que l'occasion se présentait, moi aussi, je quitterais cet endroit. » Elle m'a souri. Un si joli sourire. « Pas beaucoup d'avenir pour les jeunes ici, à part devenir infirmière et aider les personnes âgées à mourir. » J'ai acquiescé.

Nous avons bien bu et bien mangé sur la véranda. Dorothy avait préparé un poulet purée accompagné de sauce et de pain bannique maison avec de la confiture.

« Alors, qu'est-ce qu'il y a entre Marius et toi ? » m'a-t-elle demandé une fois la table débarrassée, cependant que nous sirotions du vin en fumant une cigarette. Je lui en avais offert une après le dîner. Elle ne fumait pas, m'avait-elle dit, mais elle l'avait quand même acceptée. Je l'ai considérée un instant.

« Excuse-moi, je ne veux pas me montrer indiscrète.

– C'est un dealer, ai-je répondu. Tout le monde sait qu'il trempe dans de sales affaires. Avec de sales gens.

– Mais quel rapport avec toi ?

– Il croit que je suis un indicateur.

– Et c'est vrai ? »

Je l'ai regardée comme si elle était folle. « Moi, je ne sais rien de ses combines. Je suppose qu'il est furieux parce que son frère s'est enfui avec ma nièce. » J'ai senti mon crâne fourmiller à l'endroit où il avait heurté la route.

« Will... » Dorothy m'a dévisagé, l'air sérieux. « Est-ce que ça justifie tout ce qu'il t'a fait ? »

Je ne savais pas. « Il arrive que des gens en haïssent d'autres au point de désirer leur mort. Ses copains bikers et lui, ils ne pensent pas comme nous. J'ai vu des documentaires sur ces gangs. Ils vivent selon des règles différentes. »

Dorothy a secoué la tête. « Ça ne colle pas, Will. Il faut que tu y réfléchisses. Il va se passer des choses graves. Tu le sais très bien. »

Elle s'est levée pour aller chercher une deuxième bouteille, puis elle nous a rempli deux grands verres. « Je n'avais pas autant bu depuis longtemps. » Je la croyais volontiers. « Tu exerces une mauvaise influence sur moi. » Elle a pris une autre cigarette dans mon paquet, puis elle m'a adressé un sourire séducteur.

Le vin blanc commençait à me tourner la tête. Je l'avouais. La nuit et les ténèbres étaient pleines. J'ai clos la discussion à propos de Marius et ses amis en affirmant à Dorothy que les choses se tasseraient. Elles se tassent toujours. Elle a paru pour le moins dubitative, puis on a changé de sujet.

Dorothy m'a parlé de son ex-mari, comment il avait filé avec une jeunesse à Timmins où il travaillait encore il y a quatre ans avant que son couple batte de l'aile et qu'il revienne renifler dans le coin.

« Je l'ai envoyé se faire enculer », a-t-elle conclu, et les mots ont paru déplacés dans sa bouche. Elle l'a senti aussi. « C'était la première fois que j'employais un tel langage et il le savait. Sa trahison avait mis fin à tout. » Elle a détourné le regard.

« C'est-à-dire ?

– Je n'ai été avec personne… » Elle a tripoté le pied de son verre et baissé les yeux. « … avec aucun homme depuis quatre ans. »

J'ai eu l'impression de recevoir comme un coup de poing dans l'estomac. « Tu m'as fait venir pour pouvoir coucher avec quelqu'un ?

– Will ! Je suis navrée que tu le comprennes comme ça. Non, pas du tout. Je… » Elle a eu un sourire timide. « Nous étions deux petits amoureux à l'école. Je me sens bien avec toi. J'avais juste besoin d'une présence masculine. »

J'étais donc censé partager quelque chose de spécial, me semblait-il. « Le vin est excellent, ai-je dit. Ça procure des sensations différentes par rapport au whisky. J'ai la tête plus légère que quand je bois de l'alcool fort. » J'ai observé

Dorothy une seconde. Déception. « Je n'ai pas été avec une femme depuis vingt ans, sauf ma sœur. »

Interloquée, Dorothy m'a regardé, les yeux écarquillés.

« Non, non, pas ce que tu imagines. Lisette est la seule véritable compagnie féminine que j'ai eue. Je n'ai pas été avec elle. Ni avec aucune femme. Ce que je m'efforce de dire, c'est que je n'ai pas couché avec une femme depuis vingt ans.

– Tu crois qu'on oublie comment faire après tout ce temps ? a demandé Dorothy.

– Je ne sais pas, moi. J'espère que non. » J'ai bu une longue rasade et nous nous sommes tus.

J'ai allumé une autre cigarette. Il y avait de la tension dans l'air, mais pas la pire des tensions que j'aie connues. Je sentais des démangeaisons dans mon pantalon de sortie, entre les plis soigneusement repassés.

« Tu ne parles jamais de ta femme, a fini par dire Dorothy. Ni de tes enfants. »

J'ai contemplé le bout de ma cigarette qui rougeoyait dans la pénombre de la véranda. « À quoi bon ? Ils sont partis. »

Dorothy n'a rien dit. Nous sommes restés silencieux dans la semi-obscurité, et j'ai perçu autour de moi la présence des autres, de mes autres. Mes démangeaisons sont retombées comme des cendres.

« Tu veux venir marcher un peu avec moi ? ai-je demandé. Me raccompagner jusqu'aux quais ? »

Silhouette à peine distincte dans les ténèbres, Dorothy a acquiescé. « Avec plaisir, Will. »

Je l'ai aidée à laver la vaisselle dans la cuisine brillamment éclairée. À la lumière, je me suis senti vieux et fatigué. Le vin me rend triste, ai-je constaté. Alors que je passais à Dorothy les assiettes essuyées, ma main a effleuré la sienne et nous avons échangé un sourire.

« J'ai fait ami-ami avec une ourse, lui ai-je raconté, cependant que nous nous dirigions vers les quais sur la route plongée dans le noir, tournant à gauche devant la forme sombre de l'hôpital près du rivage.

– Tu quoi ?

– J'ai fait ami-ami avec une ourse. Une vieille ourse qui traîne du côté de la décharge. » Je lui ai pris la main. « Elle rôdait autour de chez moi et j'ai fini par lui donner à manger. Elle n'en a plus pour longtemps. Elle ne survivra pas à l'hiver. Je… j'avais envie de lui manifester un peu de gentillesse.

– Le grand chasseur de la baie James devenu l'ami des animaux ? Tu as intérêt à ce que ça ne s'ébruite pas, Will. » Nous avons éclaté de rire. « Tu te sens peut-être coupable pour toutes les bêtes que tu as tuées tout au long de ta vie.

– C'est ce que Lisette ou Oprah Winfrey diraient.

– Est-ce que tu ne mets pas cette ourse en danger en agissant de cette manière ?

– Si, sans doute, ai-je répondu, tandis que nous arrivions sur le quai, la démarche un peu chancelante. Mais elle approche de la fin de sa vie. Le moment venu, j'aimerais que quelqu'un fasse la même chose pour moi. »

Dorothy m'a alors serré dans ses bras, et je lui ai rendu son étreinte. J'étais au bord des larmes, prêt à sangloter comme un bébé. Je sentais son dos mince sous son pull, son parfum, ses cheveux qui me chatouillaient la figure. C'était bon, comme quelque chose qui m'avait manqué, comme quelque chose que j'avais perdu depuis longtemps. Nous sommes demeurés ainsi un long moment, sans bouger, à sentir le contact de nos corps, à écouter battre nos cœurs.

Elle a levé la tête pour que je l'embrasse, je crois, et je me suis penché vers elle. Avec naturel. C'était parfait. Nos lèvres se sont caressées, goûtées, puis pressées l'une contre l'autre. J'ai perçu les autres autour de moi, cependant, mes disparus, et je me suis reculé, sans vouloir la vexer, comme si je cherchais à reprendre mon souffle.

« Tu retrouveras ton chemin dans le noir ? a demandé Dorothy.

– Je pourrais rentrer chez moi les yeux fermés. » Je suis monté dans mon canoë. Elle a détaché l'amarre tandis que je tirais sur la cordelette, brisant le silence de la nuit. J'ai mis le moteur au ralenti et j'ai souri à Dorothy. Elle m'a souri à son tour, puis elle a lancé l'amarre dans mon bateau. J'ai inversé les gaz et je suis parti en agitant la main. J'ai regardé sa silhouette se fondre dans les ténèbres.

Mon univers, je le ressens parfois comme un univers de perte. Si vous trouvez que je vire au pleurnichard, dites-le-moi. J'ai du mal à me rendre compte. Je veux raconter toute l'histoire et j'ignore combien de temps il me reste. Je vais commencer.

Lisette et moi, nous avons perdu notre mère alors que nous sortions à peine de l'adolescence. Votre grand-mère, Annie et Suzanne, appartenait à la vieille école. Votre grand-père n'aurait accepté rien d'autre. Ma mère, originaire de la côte près de Peawanuck, était la fille de l'un des derniers chasseurs à s'être battu contre le quasi-monopole de la Compagnie de la baie d'Hudson à qui il ne vendait ses peaux qu'en cas d'absolue nécessité. Le peuple de ma mère a fait les gros titres des journaux dans les années 40, juste après la fin de la Seconde Guerre mondiale, en refusant d'envoyer ma mère ainsi que ses huit frères et sœurs au pensionnat de Fort Albany. Quand la Police montée s'en est mêlée, mes grands-parents ont emmené les enfants dans leur campement plus haut sur la côte, non loin de la baie d'Hudson, prêts à les défendre avec leurs fusils de chasse. Ils ont été parmi les derniers à agir ainsi.

Preuve de sa faiblesse, le gouvernement a cédé, si bien que ma mère et ses frères et sœurs ont grandi sans jamais connaître la langue des *wemestikushus*, ni leurs mœurs, ni leurs écoles. Heureuse femme.

Moi, j'ai grandi en regrettant que mon père n'ait pas fait de même. Je ne le lui ai jamais dit, mais la tension était là. Nous le savions tous deux, conscients de cet échec. Tout son esprit combatif, il l'avait brûlé du temps où il était un homme jeune, et il n'en restait rien au moment où il aurait dû se battre pour son fils. Ma colère contre lui avait créé une faille entre nous, une fissure dans la confiance que j'avais en lui. Les responsables, ils n'ignoraient pas que cette même faille existait au sein de chaque famille dont ils prenaient les enfants. Ils le faisaient exprès. Ils cherchaient à extirper les racines des anciennes coutumes afin de semer les leurs. Et si cela signifiait que parents et enfants ne devaient plus avoir réellement confiance les uns en les autres, peu leur importait. Génération après génération. Mon père et moi, nous savions que quelque chose entre nous avait été brisé, quelque chose que nous ne voyions pas, tout comme il se peut qu'on ne voie pas un animal proche dont on devine la présence par les traces qu'il laisse.

J'ai pensé à ma mère tard ce soir-là après avoir quitté Dorothy, tandis que je suivais le chemin de la lune sur la Moose River pour rentrer chez moi. Ma mère, elle était peut-être dans le clair de lune. Je ne savais plus, mais quand j'étais jeune, j'imaginais qu'elle s'y trouvait. La nuit, je parlais parfois à la lune, et j'étais sûr que ma mère écoutait. Je ne l'ai pas fait depuis longtemps, moi.

La marée était montée pendant le dîner chez Dorothy et elle commençait maintenant à descendre. J'ai emprunté la route la plus longue, mettant le cap vers le nord puis l'est avant de virer au sud sur le fleuve pour contourner la barre qui formait dans l'eau une bosse sombre. Je me suis dirigé droit sur les lumières de Moosonee qui scintillaient, et je les ai laissées me guider vers la sécurité de mon coin de rivière.

Une fois mon bateau amarré au petit ponton, j'ai escaladé la berge avec précaution. Craignant la présence de visiteurs indésirables, j'étais aux aguets. Marius m'avait rendu ainsi. J'étais redevenu un chasseur.

L'écran-moustiquaire de la véranda était ouvert. Je l'avais fermé en partant. C'étaient peut-être Joe ou Gregor entrés boire un verre.

Dissimulé dans les broussailles, j'ai observé et écouté. Si quelqu'un m'attendait pour me sauter dessus, il avait entendu le bruit du moteur et savait donc que j'étais là. Lentement, veillant à ne pas faire de bruit, j'ai décrit un large cercle au milieu des taillis pour jeter un coup d'œil à l'intérieur par les fenêtres. Je suis resté un long moment à l'angle de la maison, l'oreille tendue, à fouiller l'obscurité du regard pour voir s'il n'y avait pas de véhicules garés plus bas sur la route. Je me suis approché. Il y avait une forme allongée sur le sol, juste au-delà de l'ombre projetée par la lumière de la véranda. Je me suis encore avancé de quelques pas. J'ai distingué une bâche, le mouvement d'un corps en dessous. Antoine.

Avant de le réveiller, je suis allé prendre dans le frigo de la cuisine la demi-caisse de bières qui restait. Puis j'ai été m'asseoir à côté du vieil homme enveloppé dans sa toile. Sans prononcer un mot, j'ai sorti une canette que j'ai décapsulée à l'aide du coin de mon briquet. J'ai bu une longue rasade. « Voilà qui fait du bien », ai-je dit alors, faisant claquer mes lèvres. Le vieil Antoine a roulé sur le côté et sa tête est apparue, surmontée d'une touffe de cheveux gris, le visage fendu d'un sourire.

Le vieil Antoine ne parle pas la langue des Blancs. Hormis pour jurer. Depuis la dernière fois que je l'avais vu, il avait encore perdu quelques dents. Feignant de ne pas avoir remarqué sa présence, j'ai bu une deuxième gorgée. Il ne prendrait jamais une bière sans que je la lui offre. J'ai fini la mienne, puis j'en ai sorti une autre de la caisse, que j'ai ouverte avant de la lui tendre. Il s'est redressé et l'a vidée d'un trait. J'en ai décapsulé deux nouvelles, et nous sommes restés là, à regarder le ciel en silence. Comme à notre habitude.

Antoine, mon demi-frère, le premier fils de mon père, débarquait toujours ainsi des environs de Peawanuck une ou deux fois par an. Vous l'avez déjà rencontré, Annie et Suzanne. C'est lui qui vit selon les anciennes coutumes, qui ne quitte la forêt que lorsque le besoin de compagnie l'y contraint. C'est lui qui parle peu, qui ne parle en réalité que devant une caisse de bières après en avoir descendu deux ou trois.

Et quand il boit, il boit. Une caisse, deux caisses, trois caisses en l'espace de quelques jours, puis il repart. Je pense qu'il le fait pour nettoyer la tuyauterie, pour faire le plein avant de disparaître.

Nous sommes demeurés longtemps ainsi, à téter nos canettes. Il a fini par dire, en Cree : « Froid. Bon. » Je me demandais comment il avait effectué les trois cents kilomètres à travers la forêt depuis Peawanuck. Il les avait souvent parcourus à pied, chassant et cueillant en route, mais il était maintenant trop vieux.

« Qu'est-ce qui t'amène ici, mon frère ? » ai-je demandé.

Il a éclusé sa bière puis attendu une autre. « Te voir, mon frère.

– Comment es-tu venu ? »

Il a bu un grand coup avant de répondre. « J'ai appris à voler comme les oiseaux, moi. Je suis devenu magique avec l'âge. » Nous avons ri tous les deux.

« Un jour, je serai magique, moi aussi », ai-je dit.

Nos canettes terminées, je lui ai proposé un lit dans la maison, mais je savais qu'il refuserait. Lui, il dort dehors sous sa bâche. Je l'ai averti pour mon ourse et je lui ai demandé de ne pas la tuer. Le vieil Antoine n'a pas cillé, n'a même pas paru déconcerté.

Alors que je m'apprêtais à rentrer, je lui ai redemandé de ne pas tuer mon ourse. Je savais que ce n'était pas nécessaire, et j'ignore ce qui m'a poussé à le faire. Il s'est glissé sous sa toile sans répondre. Je ne m'inquiétais pas pour lui. Où il vit, il dort parmi les ours polaires.

Comme toujours, je me suis réveillé à l'aube, mais au lieu d'aller courir, je suis sorti me promener avec Antoine. Je n'ai pas pris mon fusil. Inutile avec mon frère à mes côtés. C'était bon d'avoir de la compagnie. Quand je serai vieux, je veux être comme lui.

Il a aperçu l'ourse le premier, sur sa crête, qui dressait la tête afin de nous saluer, les narines évasées pour capter notre odeur. « *Wachay*, ma sœur, lui a dit Antoine. Tu es la nouvelle amie de Will. Mon frère est devenu fou. » Il a souri de son sourire édenté, puis nous avons continué notre chemin avant de faire demi-tour quelques kilomètres plus loin pour revenir nous installer devant une tasse de thé.

Les jours qui ont suivi, je les ai passés ainsi avec Antoine, à marcher le long de la route pour aller acheter une caisse de bières et boire au soleil sans nous soucier des mouches noires. Nous ne parlions pas beaucoup, contents d'être ensemble. Un après-midi, Antoine a dit : « Des ennuis pour toi. Je l'ai senti de là-bas. » Il a désigné le nord. « Je suis venu te voir. »

Je lui ai raconté mes démêlés avec Marius.

« Un de vous deux doit disparaître, a dit Antoine. Il faut que ce soit lui. »

Je ne voulais pas savoir ce qu'il entendait par là.

Le lendemain au réveil, il n'est plus là. J'enfile mes vieilles bottes et je sors jeter un œil autour de la maison. Sa bâche de toile n'est plus là. Le petit feu qu'il a entretenu toute la nuit est éteint. Seules les cendres froides témoignent que quelqu'un a dormi là.

Le soleil s'est levé au-dessus des arbres, et je décide de faire un petit jogging. Sans arme. À cette heure, je risque de croiser des gens et je ne tiens pas à ce qu'ils appellent les flics. De toute façon, c'est plus facile de courir sans le fusil qui me cogne dans le dos. Je ne cours pas vite, mes nièces, mais à une allure régulière, songeant à Antoine, puis à ma mère et à mon père. Je suis d'une bonne lignée. Pas d'ourse. Trop tard dans la matinée. Même presque aveugle, il lui reste ses autres sens. Ce soir, je lui laisserai un mets de choix. Depuis l'arrivée d'Antoine, elle n'est pas venue. Elle sait qu'une nouvelle odeur humaine ne peut être que synonyme de danger.

Je me souviens avoir senti les muscles de mon dos se raidir en entendant une voiture arriver derrière moi. Elle roule vite. Les graviers criblent le bas de caisse. Elle est tout près, et je me range sur le bas-côté, au bord du fossé. La voiture passe en trombe, bien au large. Rien qu'un vieux mustang galopant sur la route de la décharge.

Revenu sur la chaussée, haletant, je me rends compte que j'ai retenu tout ce temps ma respiration. La peur ne s'en ira-t-elle donc jamais ?

Arrivé à la maison-médecine, je suis étonné de constater qu'au lieu de s'être écoulées avec leur lenteur habituelle, rythmées par les pas lourds qui, l'un après l'autre, soulèvent péniblement la poussière, les minutes ont passé pratiquement sans que je m'en aperçoive. Je fais demi-tour pour reprendre le chemin de chez moi, puis je tâche de retrouver l'endroit où le temps n'avance pas à une allure d'escargot. Je me demande ce que les jours, les années vont m'apporter. Devant la décharge, je cherche mon ourse des yeux, mais je sais qu'elle doit être cachée dans les bois. Je regarde quand même. Je respire vite mais régulièrement. Mes genoux et mon côté ne me font pas trop mal.

Une voiture de nouveau, même bruit de graviers frappant la carrosserie, même bruit de moteur. Je m'efforce de maîtriser ma panique, de ne pas sauter sur le bas-côté. C'est la voiture qui revient après s'être arrêtée à la décharge. Marius conduit un beau pick-up tout neuf, et il ne voudrait pas pour un empire être vu dans un tas de ferraille comme celui-là. Elle arrive aussi vite que quelques instants auparavant. Là aussi, elle va passer au large. Les pneus crissent sur la chaussée. Pas de problème. Elle est déjà presque à ma hauteur.

Un brusque coup de volant, la portière côté passager qui étincelle dans le soleil, et je sens une explosion de douleur à la jambe gauche. Un craquement pareil à celui d'une branche qui se casse, et le ciel se met à tournoyer au-dessus de moi. Je m'écroule, tout près du fossé. Je roule sur moi-même, puis je tente de me redresser pour voir ce que j'ai. Ma jambe gauche refuse de bouger. Je ne la sens plus. Elle forme un angle bizarre au niveau du genou. Le fumier ! Une batte de baseball brisée gît à côté de moi. Un long éclat est planté dans ma jambe. J'essaye de regarder si la voiture revient et qui ça peut bien être. Je pousse un hurlement quand, suivant le mouvement, ma jambe se tord.

14

Pourquoi, quand je rêve de Suzanne, je la vois toujours gelée ? Peut-être parce que la vague de froid persiste. Quand on va se noyer, paraît-il, on est en proie à une terreur panique jusqu'au moment où on se laisse enfin aller et où l'eau pénètre dans les poumons. Mourir de froid doit ressembler à une noyade au ralenti, la brûlure de l'air glacé sur la peau qui vous rôtit jusqu'à ce que vous vous engourdissiez. Suzanne et moi, nous nous sommes souvent gelées ensemble. Sur des raquettes, des motoneiges, à guetter l'orignal qui n'est jamais venu. Puis à nous réchauffer près du feu, le moment le plus douloureux de tous. N'empêche que je rêve de ma sœur et son joli visage gelé. Comme figé par l'objectif d'un appareil photo. Les yeux tristes, la bouche fermée, silencieuse. Les yeux de Suzanne disent son histoire. Ce sont les yeux de notre famille.

Tout au long de mon voyage, je garde, serrées dans mon portefeuille, des photos d'elle, dont les plis lui hachurent le visage et le corps. Je ne sais pas pourquoi je les ai sur moi. Qu'est-ce que je peux en faire, arrêter les gens dans les rues de Montréal, de Toronto ou de New York, et leur demander : *Avez-vous vu cette jeune femme ?*

J'emmène Gordon pêcher la truite dans une petite rivière près de chez oncle Will. Les deux derniers jours, on les a passés avec ma mère, et je me sentais près d'étouffer. À tourner en rond, sans personne que j'aie vraiment envie de voir. Je rentre aujourd'hui au campement. Là, au moins, j'ai des choses à faire, mes pièges à relever.

Après avoir creusé dans la glace épaisse des trous aux endroits où je soupçonne la présence de poissons, nous pêchons au moyen de courtes lignes attachées à de minces branches d'épinette en guise de cannes, un morceau de bacon comme appât. Les truites ne seront pas bien grosses, à peine de la taille de la poêle, et encore si nous avons de la chance. Je suis là pour m'occuper avant de devenir folle. Briser la pellicule de glace qui ne cesse de se reformer à la surface des trous, lancer et relancer la ligne, alimenter le petit feu qui brûle sur la berge, ces tâches répétitives me sont agréables.

J'explique à Gordon que les touches seront presque imperceptibles, rien de plus qu'un tiraillement, quand je vois ployer l'extrémité de sa branche. « Tire doucement, Gordon, oui, comme ça, et maintenant, amène-la. » Il soulève sa canne puis brandit une truite pas plus grande que la main. Il affiche un large sourire.

« C'est le premier poisson que tu attrapes ? » je lui demande.

Il fait oui de la tête.

« Incroyable. Jusqu'à cet instant, je me trimballais avec peut-être le seul Indien de tout le Canada qui n'avait jamais pêché un poisson. »

Je veux la rejeter à l'eau, mais Gordon a l'air trop fier de sa prise. Je la lance dans la neige à côté de la motoski. « On la fera griller pour le dîner », dis-je.

Lorsque nous sommes prêts à rentrer, un joli petit tas de truites congelées nous attend sur la neige.

J'ai fait la connaissance de Violette à Montréal. C'était l'un des noms que l'agent de Suzanne avait griffonnés à mon intention. Quand j'ai enfin rassemblé le courage de l'appeler, elle a paniqué et m'a donné rendez-vous le soir même dans une boîte. L'enveloppe que l'agent m'avait donnée était posée sur le lit. Je ne savais pas encore quelle somme elle contenait. Sur le moment, j'avais eu l'impression qu'il s'agissait d'une espèce de pot-de-vin pour que je le laisse tranquille. À présent, je pensais que ce n'était rien d'autre que ce que c'était. Et puis merde, me suis-je dit. J'irai voir cette amie de Suzanne.

Dès que j'ai fini de parler à cette Violette – Violette ? C'est quoi ce nom ? –, Gordon se met à arpenter la chambre comme un chien de traîneau affamé dans son enclos. Il jette un coup d'œil sur l'enveloppe, va à la fenêtre, écarte le rideau de quelques centimètres, regarde dehors, puis il pivote et recommence. J'ai un cinglé sur les bras. Il n'est plus habitué à rester dans une pièce.

« Je vais prendre une douche, dis-je sur le chemin de la salle de bains. Je sors ce soir. » Il interrompt son manège puis me dévisage, les yeux écarquillés comme ceux d'une chouette. « Tu peux venir avec moi si tu veux. » Je sais qu'il refusera. Je ne risque rien à le lui proposer.

Ce soir, je vais rencontrer une femme qui connaît ma sœur, et si elle n'a rien à m'apprendre, je file demain à l'aéroport, direction la maison. J'ai assez d'argent. Plus j'en dépense – la chambre d'hôtel, les deux billets de car –, plus je semble en acquérir.

Entrant dans la douche, mon rasoir et le savon bon marché de l'hôtel à la main, j'ai presque le vertige. Je vais rentrer chez moi et retourner à mon campement pour l'été afin de me préparer en vue de la chasse à l'oie.

Sous le jet, je songe soudain que Gordon s'est peut-être emparé de l'enveloppe avant de s'enfuir en courant. J'empoigne une serviette, puis je laisse mes bras retomber. S'il a fait ça, tant mieux. Cette enveloppe ne représente rien de bon. Je me contrains à m'abandonner aux délices de l'eau chaude, puis je me rase les jambes et les aisselles, je me lave les cheveux et je me rince. Quand je ferme le robinet, je suis entourée d'un nuage de vapeur.

Je n'ai pas un truc à me mettre, aussi je prends la jupe noire et le T-shirt blanc qui, il n'y a pas longtemps, m'étaient un peu justes, puis je les passe dans l'étroite salle de bains embuée.

Quand je reviens dans la chambre, Gordon est assis par terre, le regard dans le vague. Je m'assois sur la chaise devant la glace, réfléchissant à la manière dont je vais me peinturlurer pour la soirée. Mon œil de diablesse me contemple. Celui-là, je ne peux rien faire pour lui. Mes cernes verts, par contre, je peux les masquer par du maquillage.

Mes bottes noires sont moches, mais dans un club, personne ne le remarquera. Je mets mes lunettes de soleil, je me lève, et j'examine l'ensemble. Je suis indiscutablement plus mince. Je n'ai plus eu cette allure-là depuis mon adolescence.

J'aurais aimé boire un coup de vin ou une bière pour calmer mes nerfs.

Je vois dans la glace que Gordon me regarde. «Je sors ce soir», dis-je à mon reflet. Gordon baisse les yeux. L'enveloppe sur le lit n'a pas bougé. «Tu peux m'accompagner, si tu veux.» Il me regarde de nouveau. Merde. «Faut que tu prennes une douche, mon vieux. Et en gardant tes vêtements sur toi.» Il fixe un instant le sol.

Un peu plus tard, il est planté devant moi torse nu, le jean dégoulinant. Oh ! là là ! Il est loin d'être aussi mince que je l'imaginais. Il a les bras noueux et musclés, la poitrine et le ventre aussi. Des tatouages bleus ornent ses bras, manifestement faits par un amateur. «Tu fréquentes un gymnase ou je ne sais quoi ?» Je m'efforce de ne pas trop le détailler. Ses longs cheveux noirs pendent en mèches mouillées, et il tient à la main son T-shirt gris et sale. Il le contemple, l'air confus. «Tu peux en prendre un à moi», dis-je, fouillant dans mon sac à dos et lui lançant finalement une chemise blanche. C'est une chemise de femme, mais s'il retrousse les manches, personne ne s'en rendra compte.

Il ne la passe pas, se contente de la regarder.

Je finis de me pomponner. Gordon a arrêté de faire les cent pas, et il est assis par terre, toujours torse nu, les yeux fixés sur les rideaux. «Tu vas te décider à te brosser les cheveux ? je lui demande. Et à essayer cette chemise ?»

Il ne réagit pas. Je m'approche et je lui effleure l'épaule. Il sursaute. Décidément, ce type a des problèmes.

«Tu veux que je te fasse des nattes ?»

Il lève la tête et me sourit comme un petit garçon. Je place ma chaise derrière lui, prends mon peigne et commence à le coiffer. Sa nuque se détend tandis que je démêle ses cheveux.

Une raie au milieu, puis je tresse ses longs cheveux noirs. Des cheveux superbes. Plus beaux que les miens. Je noue l'extrémité à l'aide de l'un de mes élastiques.

« Waouh ! une vraie sauvage ! s'écrie la fille pour couvrir la musique du DJ lorsque j'enlève mes lunettes noires. Une vraie dure ! » Avant qu'on parte, Gordon et moi, j'ai pensé à prélever une poignée de dollars dans l'enveloppe bourrée de billets de vingt, puis j'ai fourré celle-ci sous le matelas. Mais quand, arrivée devant le club, j'ai donné le nom de Violette, le portier nous a fait signe d'entrer sans payer, non sans avoir examiné un long moment Gordon des pieds à la tête.

À l'intérieur, je perds aussitôt mon protecteur, avalé par le bruit, les gens et les lumières autour du bar. En chemin, je lui ai glissé quelques-uns des billets de vingt dollars. C'est un survivant. Moi, je vais droit au bar commander une double vodka tonic avant d'aller rejoindre Violette à la table qu'elle m'a indiquée, sous la cabine du DJ.

Je suis assise là avec elle et ses amies, toutes des filles grandes et minces qui ne me paraissent pas spécialement jolies. Je me penche pour essayer de distinguer quelque chose au milieu du martèlement de la musique.

« Tu es donc une de ces dernières guerrières ? hurle Violette. Suzanne m'a dit que tu étais une dure de dure, que tu tuais des ours ou je ne sais quoi dans le coin où tu vis. »

Je me force à sourire, puis je bois une grande gorgée d'un verre qu'on m'a apporté. Ça a plutôt bon goût. « Non, je me suis fait agresser et tabasser par un salaud à Toronto. »

Violette rit comme si je lui avais raconté que je m'étais pris une porte dans la figure en faisant mes courses. Lorsqu'un nouveau morceau démarre, ses copines et elle se lèvent pour se diriger d'une démarche ondulante vers le centre du dance-floor où elles se mettent à s'agiter, les bras levés au-dessus de la tête. Elles sont bientôt englouties par la foule. Qu'elles aillent au diable ! Tout cela est ridicule. Je vide mon verre et je me lève à mon tour. Je vais récupérer Gordon et foutre le camp d'ici. Je retrouverai peut-être Violette demain dans un café où je pourrai lui poser des questions et entendre ses réponses.

Noyées dans les basses de la musique, j'identifie des voix que je n'ai pas entendues depuis longtemps. La plainte aiguë et tendue d'hommes qui chantent en Cree. Un chant de pow-wow. Je reconnais même le groupe. Le chant sonne bizarre-ment au milieu de la musique techno qui le couvre en partie, comme s'il portait la nouvelle musique sur ses épaules. Je lance un regard autour de moi pour voir si d'autres l'ont remarqué, mais ils continuent à se démener sans se rendre compte de rien.

Je lève la tête vers le DJ qui m'adresse un clin d'œil puis me fait signe de le rejoindre. Un videur décroche le cordon de velours et je grimpe les quelques marches qui mènent à la scène. Penché au-dessus de son ordinateur portable, à prépa-rer le morceau suivant, je suppose, il porte autour du cou ses écouteurs, insignes de sa profession. Il finit par se tourner vers moi.

« Quand tu es entrée, je t'ai prise pour Suzanne », dit-il. Je suis ravie qu'il n'ait pas besoin de hurler pour que je l'entende. Il a des yeux marron, la peau brune. Hispanique, je dirais. Il est beau mec.

« Tu connais ma sœur ? » je lui demande.

Il me sourit, le premier sourire de la soirée qui n'ait pas l'air faux. « Ouais, et Gus aussi. De chouettes potes.

– Tu as une idée de l'endroit où ils sont ? » Assez de politesses. Je veux des réponses. Il lève la main pour me réclamer un instant de patience, puis règle quelques boutons sur la machine devant le portable, et le son de la musique augmente.

« Toi et moi, il faudra qu'on parle », dit-il.

Violette et sa bande sont au pied de la scène et elles lui font des signes. Le DJ hoche la tête à l'intention du videur qui les laisse monter.

« Violette n'est pas aussi simple qu'elle le paraît », dit-il, me remettant sa carte. Je m'écarte devant les filles pour leur libérer le passage. DJ Butterfoot. Je descends, puis je cherche Gordon dans la foule. À quoi je joue ?

Je regarde partout, sauf dans les toilettes pour hommes. Dehors, la fraîcheur de l'air me saisit. Je n'ai même pas pensé à prendre un blouson. Je voudrais rentrer à pied pour m'éclaircir les idées et réfléchir à mon programme pour les prochains jours, puisqu'il semble que je doive rester un peu, mais la perspective de marcher seule dans les rues m'emplit de panique. J'ai l'impression de couler. Gordon a tué cette ordure. Vieil-Homme et ses copines ont mis plein d'eau à bouillir. J'étais inondée de son sang. Je ne veux toujours pas assumer ce qui est arrivé. Pour le moment, je ne fonctionne qu'à échéance de quelques minutes, une heure à la rigueur.

Espérant que Gordon connaisse au moins l'adresse de notre hôtel, je m'éloigne. Il a vécu si longtemps dans l'univers de la rue. Il se débrouillera. J'ai besoin de la chaleur d'un lit et d'une couverture. Je me dirige vers une rue plus animée. Je trouverai sûrement un taxi. Une fois dans la chambre, je compterai l'argent. Qu'est-ce que je vais en faire ? Eh bien, c'est mon passeport pour rentrer à la maison.

Un bruit de pas derrière moi, qu'on essaye d'étouffer. Je hurle silencieusement. *Non ! Pas une deuxième fois !* Une main sur mon épaule. Je pivote d'un bloc. Prête à lutter. Combattre ou mourir. Dans ma chemise trop petite pour lui, Gordon tend les deux mains vers moi. « Sale con ! » je lui crie.

15

Au fil des ans, on s'encroûte. On adopte une routine. On vit au jour le jour et on oublie le monde qui nous entoure, qui existe hors de notre tête. Avant même qu'on s'en aperçoive, deux, cinq, dix années se sont écoulées. On attend quelque chose, et un matin on se réveille et on comprend. C'est simplement la fin qu'on attend. Selon Lisette, c'est ce que les gens à la télé appellent une dépression. Boire m'en protégeait, et boire m'a plongé dans une routine plus profonde. Aujourd'hui, je sais ce que j'ignorais alors.

La batte de base-ball m'a brisé la rotule et je me suis déchiré tellement de tendons que le médecin de Moose Factory m'a prévenu que je ne marcherais plus jamais normalement, et ne parlons pas de courir. Mais vous savez le bon côté de la chose, mes nièces ? Marius Netmaker m'a arraché à mon train-train.

Un mois et demi la jambe dans le plâtre, assis sur ma véranda, avec Lisette, Joe et Gregor qui passaient me voir de temps en temps. Dorothy venait une ou deux fois par semaine m'apporter de quoi manger ainsi que des petits cadeaux pour m'aider à me remettre, comme elle disait. Des chocolats et des bonbons, et même des fleurs. À titre de plaisanterie, elle m'a offert un ours en peluche, et un soir, elle est restée pour voir ma vraie ourse venir chercher le morceau de viande que je lui avais laissé. Nous étions installés sur la véranda, main dans la main, et Dorothy n'en a pas cru ses yeux. « Oh ! mon dieu ! » s'est-elle écriée quand j'ai désigné l'endroit d'où s'élevait le bruit de branches cassées annonçant l'ourse qui s'avançait dans les taillis pour s'offrir son repas. Dorothy a serré très fort ma main et enfoui sa tête contre mon épaule. « Elle n'est pas dangereuse ? »

Mon ourse a reniflé la nourriture, puis elle s'est accroupie et a commencé à manger. « Non, il n'y a aucun risque. » On l'a regardée, et Dorothy m'a posé des questions à son sujet. Pour certaines, j'étais en mesure de répondre. Pour d'autres, j'ai inventé. Oui, cette ourse-là semble plus grosse que la plupart. Oui, elle a probablement mutilé et dévoré quelques enfants au cours de son existence. Non, on ne peut pas courir plus vite qu'elle. Une fois l'ourse partie, il était trop tard pour que Dorothy rentre chez elle, car les bateaux-taxis ne fonctionnaient plus, aussi elle a dormi à la maison. Ne vous méprenez pas, il ne s'est rien passé. On a partagé le même lit, on s'est un peu caressés tandis que j'essayais de trouver une position confortable avec mon plâtre qui montait jusqu'à mi-cuisse, qui me faisait un mal de chien. On s'est endormis dans les bras l'un de l'autre. Le flacon de pilules prescrites par le docteur était dans la salle de bains, intact. Pas de deuxième dépendance. Il n'aurait plus manqué que ça.

Un mois et demi à demeurer assis ou à clopiner. À souffrir. J'ai avivé le feu qui brûlait dans ma jambe et il m'a nourri, si bien que je n'éprouvais presque plus le besoin de manger. Les chaleurs de l'été sont arrivées, et avec elles les nuages de moustiques. Trop de pluie. Tout était humide, sauf ma gorge. Annie, tu étais encore quelque part dans le Sud, là où ta sœur avait disparu. Lisette disait que tu téléphonais rarement, et pour de brèves conversations. Tu promettais de rappeler, de rentrer bientôt. Tu me ressembles plus que tu ne veux bien l'admettre, Annie. Tu avais repéré des traces. Tu étais sur une piste. Je m'inquiétais pour toi, mais je savais que tu la suivrais tout du long. Tu es un chasseur, comme moi.

Le moment est peut-être venu que tu remplisses le rôle de pourvoyeur de la famille. C'est écrit depuis quelque temps, non ? Homme brisé, incapable de faire ce qu'il veut, je ne suis plus bon à grand-chose. N'est-ce pas cela, la vieillesse ? Ne plus pouvoir croire ? Ne plus sortir de chez soi pour faire ce que tes tripes et non ta tête t'enjoignent de faire ?

Marius avait gagné. Depuis qu'ils m'avaient cassé la jambe, ni lui ni sa bande ne me menaçaient plus. Quand la police provinciale m'a demandé ce qui était arrivé, j'ai dit que c'était un accident. Ce n'était pas leur combat, aussi ma réponse les satisfaisait, leur permettait de clore le dossier. Je suppose que Marius m'en voulait pour un acte que j'aurais commis et dont j'ignorais la nature. En tout cas, il était vengé et j'étais un homme brisé.

Mon ourse. Mon amie. Je m'installais l'après-midi sur la véranda, luttant contre mon envie de boire, mon envie de fumer, et j'attendais le crépuscule annonciateur de sa venue. Je guettais encore ce bruit de pneus sur la route gravillonnée qui précédait les visiteurs longtemps avant leur arrivée. Ma Whelen chargée était glissée sous mon fauteuil au cas où ce seraient Marius et ses acolytes. Je ne jouerais plus la victime. Si Marius débarquait, je lui logerais une balle dans la poitrine

171

et je le regarderais mourir. S'il me connaissait, il n'en doute-rait pas.

Je rageais de me retrouver coincé de cette manière, condamné à l'immobilité, la peau sous mon plâtre qui me démangeait davantage que les piqûres de mouches noires sur mes bras et mon crâne. Seulement, c'est au crépuscule qu'apparaissait mon ourse. Elle se figurait, la pauvre, arriver sans faire de bruit. Sourde et aveugle, je me demandais comment elle avait réussi à survivre jusque-là. Je lui donnais à manger presque tout ce que Lisette et Dorothy m'appor-taient. Mon ourse, avais-je découvert, adorait les chocolats et les tartes.

Moi, mes souffrances continuaient à m'alimenter. Pas d'appétit. Je le transférais sur mon ourse. J'aimais la voir se régaler. Elle avait du mal à marcher, les articulations rendues douloureuses par l'arthrite. J'envisageais de glisser dans sa nourriture quelques comprimés du Demerol que je gardais sur le comptoir de ma cuisine afin de la soulager pour son dernier automne.

Tout le monde prétend qu'il est dangereux d'apprivoiser un animal sauvage. Mais pour qui ? Pour l'animal ou pour l'homme ? Les gens, ceux qui vivent loin des animaux, affirment que nous sommes différents des créatures qui errent sur cette planète. Différents et supérieurs à elles.

Mon corps s'atrophiait, tout comme ma jambe sous le plâtre. Je ne contrôlais plus rien. Ma sœur s'inquiétait. Dorothy s'inquiétait.

Un soir, Joe et Gregor sont venus ensemble me rendre visite. Gregor était en vacances pour l'été, tout juste de retour d'un voyage dans un pays lointain. Vietnam ? Thaïlande ? Un de ces endroits qui lui promettaient des filles de l'âge de ses élèves, prêtes à tout en échange de quelques dollars ou même d'une promesse de mariage.

« J'ai acheté quinze dollars une fille pour la nuit », nous a-t-il raconté alors que, installés sur ma véranda, nous regardions la rivière chatoyer dans le soleil couchant. « Dans la pénombre, maquillée, elle avait l'air d'avoir seize ans, mais à la lumière de ma chambre d'hôtel, j'ai constaté qu'elle était plus jeune. »

Nous l'avons dévisagé.

« Je l'ai renvoyée chez elle avec quinze dollars de plus. » Joe et moi continuions à le fixer du regard. « Je ne l'ai pas touchée, je vous le jure. Je n'aurais jamais pu. »

Ainsi nous grandissons et nous vieillissons tous.

Joe m'a tendu une bière et je l'ai acceptée. « Je n'ai pratiquement rien bu ces dernières semaines, leur ai-je dit. J'avais peur, si je commençais, de ne plus pouvoir m'arrêter. De me noyer dans l'alcool. » Joe m'a proposé de la reprendre, mais je l'ai rassuré. « Rien qu'une ou deux. Ce soir, ça me suffira. » Nous avons cependant fini la caisse, tous les trois au même rythme, huit canettes chacun. La caisse vide gisait dans la pénombre. J'en voulais encore. J'étais éméché, et je le confessais.

« J'ai une bouteille de whisky à la maison », a dit Gregor.

Joe a répondu pour moi : « On ferait mieux de s'en tenir là, hein Will ? »

À contrecœur j'ai acquiescé. « Si vous restez encore un moment, ai-je dit, vous pourrez assister à quelque chose d'étonnant. »

Gregor est allé chercher un pack de douze dans sa voiture. Joe a eu l'air furieux. Je me suis emparé d'une canette. Le rôti de porc de dimanche, cadeau de Lisette, pourrissait à côté des taillis. Il était noir de mouches depuis deux jours. Je me faisais du souci pour mon ourse, mais j'avais le pressentiment qu'elle viendrait ce soir. Elle devait être affamée. Assez pour s'approcher malgré les nouvelles odeurs humaines mêlées à la mienne.

Dès que j'ai entendu craquer les broussailles, j'ai ordonné à mes amis de se taire et de ne pas faire de gestes brusques. Mon ourse a passé sa tête en forme d'enclume entre les branches, puis elle s'est avancée lentement, prudemment, vers la lumière projetée par la véranda. Gregor regardait, les yeux écarquillés. Joe avait le front plissé. « Il ressemble beaucoup à l'ours que tu as tué il y a deux mois, a-t-il dit.

– Ah bon, tu trouves ? » Et j'ai dévoilé mon secret à deux personnes de plus. Nous l'avons observée pendant qu'elle flairait la viande avant de la saisir avec délicatesse entre ses dents. Plutôt que de la dévorer sur place comme à son habitude, elle a pivoté et, trébuchant, s'est réfugiée dans les bois.

« Elle est venue tout l'été, et elle a été bien nourrie, ai-je dit.

– Rien de bon n'en sortira, a prophétisé Joe.

– C'est une vieille *kookum* qui a besoin d'un copieux repas », ai-je répliqué. Joe s'est contenté de secouer la tête. « Surtout, ne le racontez à personne. Je ne tiens pas à ce que les gens du Ministère des Ressources naturelles l'apprennent, sinon elle est morte.

– On nous a changé notre vieil ami, a dit Gregor. Le tueur d'ours s'est attendri. »

J'ai pris une autre bière. Joe et Gregor aussi. Maintenant, c'était à celui qui boirait le plus vite avant que le pack soit liquidé.

Le fusil de mon père ne m'apparaissait plus en songe pour me parler. Je rêvais désormais de mon ourse et moi assis sur ma véranda, moi dans mon fauteuil, elle à mes côtés dans un fauteuil plus large, plus solide. Devenus amis intimes, nous partagions tout. Elle me racontait sa vie, ses aventures dans la forêt, comment elle avait élevé ses petits, lutté contre les loups et les hommes, hiberné tout l'hiver d'un sommeil peuplé des rêves sur ce qu'elle mangerait au printemps. À mon tour, je lui racontais la mienne, et je lui parlais de mes pertes, des petits gains que j'espérais un jour faire. Mon ourse me promettait de veiller sur vous, mes nièces, de veiller à ce que votre voyage se déroule sans encombre. Je voulais lui demander comment elle comptait faire maintenant qu'elle était près de la fin, mais je me réveillais toujours avant d'avoir obtenu une réponse. Je me suis borné à dire à mes copains : « Je ne refuserais jamais un repas à un ami. »

Peu de temps après, je m'en souviens, votre mère est venue me rendre visite. Elle ne s'est même pas donné la peine d'ouvrir son livre pour tenter de m'en faire la lecture. J'ai remarqué aussi qu'elle ne m'avait pas apporté de plat recouvert d'une feuille d'alu.

« Il faut qu'on parle, a-t-elle dit.

– Viens t'asseoir. » J'ai désigné la table de la cuisine. C'était l'heure où les moustiques se montraient le plus agressif.

« J'ai quelque chose à t'avouer. » Lisette évitait mon regard. « Quelque chose que j'ai fait. »

Je l'ai considérée un instant tandis que je me laissais choir sur une chaise en face d'elle et que, sous le choc, un éclair de douleur me traversait le genou. J'ai haussé les sourcils pour l'inviter à poursuivre. Les yeux baissés sur ses mains qui se

175

tordaient, elle a paru hésiter. Elle devait pourtant se décider. Elle était là pour me dire ce qu'elle avait sur le cœur.

« Je suis devenue une informatrice de la police provinciale au cours de ces derniers mois. Depuis le dernier coup de fil de Suzanne. Depuis qu'elle n'a plus appelé. »

J'avais envie de me lever et de m'en aller, mais je ne pouvais pas. « Une informatrice, qu'est-ce que tu veux dire ? » Je ne l'ignorais pas, bien sûr, mais je voulais avoir le temps de réfléchir. Aux implications. J'ai regardé Lisette. Je tenais à ce qu'elle voie que je n'étais ni étonné ni furieux.

« Je savais… » Votre mère continuait à fixer ses mains. « Je savais depuis longtemps un certain nombre de choses sur Suzanne, et surtout sur Gus. Elle a laissé son journal. Des lettres.

– J'aurais aimé que tu m'en parles plus tôt », ai-je dit d'un ton aussi égal que possible. Je désirais en apprendre davantage et ne pas mettre un terme à cette conversation par des paroles violentes. Des images de Marius défilaient dans ma tête. Ses deux copains et lui m'avaient suivi quand j'étais parti de chez Joe pour me tabasser dans les bois. Il avait lancé un cocktail Molotov dans ma maison. Il avait payé des voyous pour qu'ils me démolissent la jambe à coups de batte de base-ball. Il avait ses raisons. Il savait pourquoi. Il croyait que l'indic, c'était moi.

« Qu'est-ce que tu leur as dit ? Qu'est-ce qu'ils savent ? ai-je demandé

– Je ne leur ai pas remis le journal de Suzanne. Je n'avais plus de nouvelles d'elle depuis plus d'un mois quand je suis allée les trouver. Je voulais savoir s'ils pouvaient m'aider. Je n'avais pas prévu les conséquences. »

Les idées se bousculaient dans mon esprit. Marius qui avait son propre informateur au poste de police. Les flics eux-mêmes compromis dans les trafics de Marius. Lisette était en danger. Comme moi. Comme nous tous. Ç'aurait dû être évident, tout comme il était évident que les flics étaient bien les abrutis qu'ils paraissaient être. Et pourtant... « J'aurais préféré que tu me le confies plus tôt, ma sœur. » Je ne trouvais rien d'autre à dire. Inutile de la bouleverser davantage. « Maintenant, je sais au moins pourquoi il m'a fait tout ça. »

Nous sommes restés un long moment silencieux. Lisette désirait manifestement ajouter quelque chose, mais elle semblait ne pas trouver ses mots.

« Tu me donneras les détails plus tard, ai-je dit pour rompre le silence. Demain, peut-être. Je dois tout savoir. Il faut qu'on discute pour voir comment on peut se tirer de ce mauvais pas. » Avant que Lisette se lève pour partir, j'ai repris : « Tu leur livres encore des informations ?

– Pas depuis un certain temps. »

Je ne l'ai pas quittée des yeux pendant qu'elle regagnait sa voiture et se glissait au volant. J'ai pensé la suivre pour la protéger, mais j'ai réfléchi que Marius n'en avait pas après elle, sinon, elle serait déjà morte ou à l'hôpital. J'ai agité la main lorsqu'elle a démarré.

Le lendemain après-midi, à l'heure la plus chaude, assis sur la véranda, la jambe qui me lancinait au point que je ne pouvais plus le supporter, j'ai téléphoné à Joe. Pas de réponse. J'ai téléphoné ensuite à Gregor, pensant que Joe était peut-être chez lui, mais là non plus, pas de réponse. J'ai alors décidé d'appeler votre mère. Inutile de le remettre à plus tard. J'étais doué pour ça, remettre les choses à plus tard. En particulier les plus importantes.

« C'est moi, ai-je dit. Je voudrais te parler. »

Lisette est arrivée. Pas de petit plat, pas de livre, les traits creusés par l'angoisse. « Ta maison a besoin d'un sérieux coup de propre, a-t-elle dit en reniflant autour d'elle. À moins que ce soit toi. Ou sans doute les deux. » Elle commençait toujours par les détails pratiques, votre mère, les menus propos.

« D'Annie non plus, je n'ai pas de nouvelles depuis un moment, a-t-elle fini par dire. Est-ce que j'aurais mal éduqué mes filles ? Commis des erreurs qui auraient entraîné leur disparition ?

– Annie est une fille costaud, ai-je répliqué. Elle s'amuse et elle reviendra bientôt. Elle ne tardera pas à se lasser de la grande ville. » Je n'ai pas parlé de toi, Suzanne. Chaque fois que je tentais d'évoquer ton image, ton visage était flou puis s'effaçait petit à petit comme une photo exposée trop longtemps au soleil.

Nous avons contemplé la rivière qui miroitait dans la lumière vive. J'attendais patiemment que votre mère aborde le sujet la première. Au bout de quelques minutes, ne pouvant différer davantage, elle s'est lancée. Son flot de paroles était intarissable. À tel point que je n'ai pu que me caler dans mon fauteuil et regarder le courant couler, puis le soleil se coucher.

Elle me raconta comment elle avait contacté la police provinciale après ta disparition, Suzanne, ta véritable disparition, alors qu'elle n'avait plus de nouvelles de toi depuis près de deux mois. Les policiers l'écoutèrent avec attention, lui répondirent qu'ils allaient en référer à leurs supérieurs qui se mettraient en rapport avec la police de Toronto. Ils l'aidèrent à remplir une fiche officielle de personne disparue. Seulement, ensuite, ils se mirent à lui poser des questions. Quand avait-on vu Suzanne avec Gus Netmaker pour la dernière fois ? Lisette avait-elle déjà parlé à Gus ? Qu'est-ce que faisait Suzanne à Toronto en compagnie d'un Netmaker ? Votre mère leur montra des magazines dans lesquels tu figurais, Suzanne, et les yeux de ces hommes s'attardèrent sur ton corps d'une manière qui rendit ta mère mal à l'aise. Quand elle les pressa de lui dire ce qu'ils savaient, ils répondirent que pour être en mesure de l'aider, il fallait d'abord qu'elle leur confie ce que elle, elle savait. Ils parvinrent à la convaincre que si elle désirait leur coopération, elle devait d'abord leur apporter la sienne. Votre mère, c'est une femme naïve. Ils l'avaient effrayée, harcelée. Pendant son récit, je regardais passer le fleuve.

Ces jeunes flics, nommés ici uniquement pour qu'ils se fassent les dents en arrêtant des Indiens ivres le samedi soir dans les rues, qui brutalisent les gamins qui sniffent de l'essence, ces flics qui s'ennuient à Moosonee, estimèrent tenir là une affaire importante qui leur vaudrait les bonnes grâces de leurs supérieurs et élargirait ainsi leur éventail de choix lors de leur mutation dans le Sud, et ils réussirent à persuader ma sœur que si on voulait sauver sa fille, il fallait qu'elle leur donne des informations sur la famille Netmaker, sur Marius et son emprise sur notre peuple. Votre mère s'exécuta et leur dit tout ce qu'elle savait, et que nous savions tous, à savoir que Marius est un être malfaisant qui a introduit le mal au sein de notre communauté, une illusion qui s'oppose à notre spiritualité et à nos traditions, une illusion qui promet une liberté inatteignable.

Aussitôt après, votre mère rencontra des membres de la Police montée qui enregistrèrent sa déposition et firent des promesses qu'eux non plus ne pouvaient pas tenir. On retrouverait sa fille. Elle se cachait probablement. Elle ne tarderait pas à revenir.

Ils transmirent à ma sœur des angoisses de même que des rumeurs. Gus avait de dangereuses fréquentations à Toronto, les copains bikers de Marius, les responsables de l'afflux dans notre communauté, ainsi que dans celles plus au nord, de coke, de cristal meth et autres drogues dont je n'avais jamais entendu parler. Ils déclarèrent à Lisette que nous, les Indiens, nous étions le type idéal de consommateurs avec notre argent facile, celui que le gouvernement nous verse, et notre propension à la dépendance. Ils employèrent un tas de grands mots pour la convaincre que si elle leur donnait quelque chose, ils la payeraient de retour. Ils l'aideraient à retrouver sa fille disparue, mais rien n'est jamais gratuit. Et votre mère a parlé, poussée par la peur, la douleur et le désir de revoir sa fille. Je n'ai pas pu m'empêcher de me demander ce qu'elle pouvait bien savoir que nous ne savions déjà, mais là, sur ma véranda, en cette fin d'après-midi, j'ai considéré que ce n'était pas le moment de lui poser la question.

Lorsque Lisette s'est tue, je suis demeuré longtemps plongé dans mes réflexions. Je me suis efforcé d'assimiler ce que je venais d'entendre et d'en saisir toutes les implications. J'ai regardé votre mère. Elle avait les joues brillantes de larmes.

« Ils m'avaient promis de m'aider, Will. » Ses pleurs ont redoublé. « Je... » Elle tenait sa tête entre ses doigts fins. « Suzanne est morte, non ? » Sa voix était étranglée, son corps secoué de sanglots.

J'ai quitté mon fauteuil et j'ai fait une chose que je pense n'avoir faite qu'une seule fois. J'ai pris ma sœur dans mes bras et je l'ai laissée pleurer. J'ai caressé ses cheveux chauffés par le soleil couchant, tandis qu'elle semblait brûler au-dedans d'elle-même. Pareille à des charbons incandescents. La souffrance dévorait votre mère de l'intérieur.

Dès qu'elle s'est calmée, je suis retourné m'asseoir. Mon dieu, je me souviens avoir eu envie d'une bière. Il fallait d'abord que je lui réponde : « Suzanne n'est pas morte. Si elle l'est, c'est que nous le sommes tous. Elle a peur, mais elle est vivante. » Votre mère a levé la tête, le visage rougi, les traits tirés. Mais il y avait une lumière dans ses yeux.

« Tu crois ? »

J'ai acquiescé. En réalité, je n'en savais rien. Je hochais la tête et je souriais quand même. Non, je ne savais pas.

Nous sommes ensuite restés un moment silencieux, puis j'ai été me chercher une bière dans le frigo et me passer de l'eau sur la figure au-dessus de l'évier. « Marius est certainement au courant de quelque chose, ai-je dit en revenant. Il a des antennes au poste de police. Ne va plus les voir avant que j'y aille moi-même. Tu peux faire ça pour moi ?

– Ils ne m'appellent plus que de temps en temps. Ça doit faire plusieurs semaines que je n'ai pas eu de nouvelles d'eux. »

Votre mère savait aussi bien que moi que cette jambe qui me causait des souffrances atroces, cette tête encore douloureuse après les coups que j'avais reçus, constituaient les seules preuves dont nous avions besoin. Marius ne connaissait pas toute la vérité. Il croyait que le mouchard c'était moi, et je voulais qu'il continue à le croire. J'y veillerais.

Mais en quoi cela assurait-il ta sécurité, Suzanne ? La question m'a frappé comme une gifle. Marius t'aurait-il fait disparaître ? Lui ou un de ses copains bikers ? Ta mère ne se rendait pas compte des conséquences de son acte, et je n'allais pas lui en parler maintenant.

« S'il te plaît, ne va plus les voir », ai-je répété.

Inutile qu'elle devine le fil de mes pensées.

16

De retour dans ma cabane, Gordon et moi sommes assis devant le poêle. J'ai ouvert la petite porte pour regarder les flammes. Dehors, tout est noir et gelé, mais à l'intérieur, la lueur du feu projette des ombres chaudes et nous avons rentré assez de bois pour tenir la nuit entière. J'ai fait cuire les truites dans le vieux poêlon en fonte qui appartenait à mon grand-père. J'ai suivi sa recette : sur le poêle à bois, le poisson vidé, avec la tête et la queue.

À Moosonee, j'ai acheté deux bouteilles de vin rouge. Je n'avais pas bu depuis un certain moment. Deux verres et je suis soûle. Avant mon départ, je me contentais de bières et de boissons gazeuses alcoolisées. Le Sud m'a fait devenir snob. En tout cas, le vin est bien bon.

« Tu veux que je te dise quelque chose, Gordon ? Je parle à mon oncle Will à l'hôpital. Tu crois qu'il m'entend ? »

Gordon hausse les épaules.

« Eva prétend que oui, mais je ne suis pas convaincue. » Il a l'air intéressé. « J'ai raconté à Will ce qui m'était arrivé l'an dernier. C'est assez bizarre. J'ai l'impression de me confesser. Tu trouves ça bizarre, toi aussi ? »

Gordon acquiesce vigoureusement, puis il contemple le sol à ses pieds, comme s'il réfléchissait.

« Vraiment ? »

Il me regarde et secoue la tête avec un large sourire. Sale con. Il va prendre son bloc-notes et son stylo à côté de son lit. Il revient s'asseoir et griffonne quelques mots. *La confession convient probablement à une fille comme toi.*

« Ah oui, je vois. Tu es encore jaloux de Butterfoot. »

Il fait signe que non, recommence à griffonner. *Je suis mieux que lui.*

En effet. Il a raison, mais il m'a fallu du temps pour m'en apercevoir.

J'ouvre la deuxième bouteille. Ce campement n'a certainement jamais vu un tire-bouchon. La bouteille serrée entre mes genoux, j'enfonce le bouchon à l'aide d'un ciseau à glace et, quand il cède, je me prends une giclée de vin dans les yeux. Je perçois le léger *huh-huh* du rire de Gordon. Je nous ressers. J'ai envie de lui demander s'il pense que ma sœur est toujours vivante, mais j'ai peur que s'il me donne la réponse que je ne veux pas entendre, tout s'écroule autour de moi.

« Tu veux m'embrasser ? » je lui demande à la place.

Il m'adresse un regard que je ne lui connaissais pas. Après un long silence, il saisit son bloc-notes. *Oui.*

« Un baiser, alors, et pas plus. » Je me penche vers lui et mon pied heurte la bouteille qui se renverse. Gordon la redresse. Je ris. « Comment ça se fait qu'on ne se soit jamais embrassés ? »

Il se contente de sourire.

Je me penche de nouveau vers lui. Ses lèvres sont douces. Je prends son visage entre mes mains et je lui donne un baiser passionné.

On se lève, enlacés, et on traverse ainsi la pièce en chancelant jusqu'à mon lit. Il m'enveloppe de ses bras et j'enveloppe sa tête des miens. Au passage, dans notre hâte, on renverse encore la bouteille, mais ni lui ni moi ne nous soucions de la ramasser. L'espace d'un instant, je me la représente qui, couchée, répand son contenu par terre. L'image m'excite. Je pousse Gordon pour me mettre sur lui. Une bûche craque dans le poêle, une braise jaillit. Une étoile filante. Il faudra l'éteindre. On l'éteindra. J'embrasse Gordon, sa bouche, son visage. Son cou. Je le sens sous moi. On se redresse pour se débarrasser l'un l'autre de nos pulls et de nos chemises. Le froid du dehors s'est insinué par les interstices des murs et je frissonne. Je me frotte contre Gordon, les pointes durcies de mes seins contre son corps chaud. Je l'embrasse de nouveau dans le cou, puis je descends le long de sa poitrine, de son ventre. Il me prend par les bras pour me ramener sur lui. On s'embrasse. Je veux recommencer, je sais qu'il est prêt, mais de nouveau, il m'arrête.

« Quoi ? je lui murmure à l'oreille. Qu'est-ce que tu veux ? »

Nous nous embrassons, mais avec moins de flamme. Je roule sur le côté et je plante mes yeux dans les siens. « Quoi ? je répète. Explique-moi ce que tu veux. »

Gordon détourne le regard, contemple le plafond. Il inspire profondément.

« Alors ? »

Il s'assoit sur le bord de mon lit et se lève. Les lueurs du feu jouent sur son dos brun tandis qu'il prend son stylo et son bloc-notes pour écrire rapidement quelque chose. Je me redresse afin de remettre mon pull. La bouteille de vin est par terre. J'envisage d'aller la ramasser et de la finir. Mon ivresse a fait place à un mal de crâne. Gordon revient s'asseoir à côté de moi, puis il me tend le bloc-notes.

Je te veux. Mais pas tout de suite. Quand ce sera plus convenable. Quand ce sera convenable.

Je lis ce qui est écrit. Je le relis, puis je saisis le bloc-notes avec les mots gribouillés dessus et je balance le tout contre le mur.

« Suzanne, je pense qu'elle était animée des meilleures intentions. » J'ai décidé de ne rien cacher. Ni le sexe. Ni les drogues. S'il m'entend vraiment, peut-être que, choqué par mes paroles, il reprendra connaissance. Cette idée m'arrache un sourire. Eva l'a placé sur le côté. J'ai accompli le rituel consistant à lui masser les bras et les jambes. Il a encore maigri. « Elle est partie avec Gus autant pour l'éloigner de sa famille que pour s'éloigner de la sienne. »

Je jette un coup d'œil en direction de la porte ouverte qui donne sur le couloir. « À mon avis, Suzanne ignorait que ce qu'elle faisait en réalité, c'était conduire Gus droit aux gens que son frère voulait qu'il rencontre. Mais je crois, mon oncle, qu'elle s'imaginait bien faire. Simplement, elle n'est pas la fille la plus intelligente du monde. » C'est méchant, mais c'est un peu comme de l'eau froide sur mes propres brûlures. « Et Suzanne n'est pas un ange. » Pourquoi est-ce que je reviens toujours là-dessus ? Parce que ça fait du bien, le bien le plus douloureux possible.

J'ai eu droit aux histoires sur Suzanne et Gus rapportées par des gens qui se complaisaient dans les ragots. Violette n'adorait rien tant que de me raconter combien les relations entre eux étaient orageuses, Gus qui partait souvent faire la fête avec des personnages douteux, d'abord à Montréal, puis à New York, ce qui mettait Suzanne en fureur, puis qui la poussait à agir ensuite à sa guise.

Gus, je sais qu'il fumait du caillou. D'autres que Violette se sont fait un plaisir de me l'apprendre. Quant à Suzanne, à en croire Violette, sa drogue c'était les hommes.

Les basses qui cognent, voilà ce qui insuffle de l'énergie à ces gens-là, mes nouveaux amis. Avant, je n'aimais pas leur musique, et après un bref flirt avec elle, je me suis rendu compte que tout se ressemblait plus ou moins. Les mêmes accents monotones derrière le beat techno.

Au cours de mes premières semaines à Montréal, je découvre que la pression des corps alignés est l'autre moteur, que ce soit dans les boîtes de nuit, les restaurants ou les cafés. Toujours les files, la bousculade de ceux qui désirent quelque chose, qui désirent être au milieu des autres, appartenir à un groupe, faire partie de la foule. C'est ce que veulent les gens que j'ai rencontrés ici.

Non, ce n'est pas uniquement ça. Ils en ont besoin. Un besoin maladif. Être seul au restaurant, dans un club ou dans la rue, être surpris sans personne à écouter ou à qui parler, c'est à leurs yeux comme une condamnation à mort. Aucune d'elles, Violette et ses amies – Ambre, Véronique, n'importe laquelle de ces filles aux noms et aux visages interchangeables – ne peut rester seule tranquillement assise plus de quelques secondes avant de promener son regard autour d'elle et de bondir comme un pur-sang mal-habile pour se précipiter vers un groupe de personnes plus belles ou plus intéressantes.

Si je suis invitée dans les boîtes ou les fêtes, c'est parce que je suis la sœur de Suzanne, le mannequin disparu. Ma célébrité découle de l'absence de ma sœur. Je suis la première à reconnaître que plus mon séjour dans le Sud se prolonge, plus je commence à me sentir aussi mince et transparente qu'un T-shirt élimé.

Pourtant, je reste. Parce que je peux désormais me le permettre ? Parce que je finirai peut-être par apprendre quelque chose ? Non, parce que rentrer maintenant signifierait être gagnée par cette même tristesse qui ne cesserait de m'accabler à la maison. Si je partais, je regretterais de ne pas être restée plus longtemps, je craindrais d'être passée à côté d'un indice important. Je n'ai pas de raisons de m'en aller. Et bien peu de rester. Je suis coincée.

L'agent de Suzanne m'a remis plus de quatre mille dollars. Je vais en dépenser une partie et prendre du bon temps à défaut d'autre chose. Je te promets, ma sœur, de te rembourser un jour. Ou alors, dois-je considérer cet argent comme un cadeau destiné à ce que je puisse m'installer ici ?

Je glisse cent dollars à Gordon. Nous sommes dans un monte-charge en compagnie de cinq ou six inconnus. Une femme me dévisage. Elle dégage un parfum de fleurs. Lorsque je lui souris, elle détourne la tête. L'ascenseur s'arrête au dernier étage avec une secousse. Un grand Noir costaud équipé d'une oreillette nous ouvre la porte puis, d'un geste, nous invite à sortir. La garce à côté de moi me bouscule pour me passer devant. Gordon et moi pénétrons dans un immense espace faiblement éclairé. Il y a des poutres apparentes au plafond. Les fenêtres qui font la moitié de la hauteur du loft donnent sur les toits des entrepôts environnants et sur les lumières scintillantes de Montréal la nuit. La musique est si forte que j'en sens les vibrations jusque dans ma poitrine. C'est bourré de jeunes. Gordon fonce droit sur le bar. J'ai peut-être fait une erreur.

J'aperçois Butterfoot aux platines qui, de la scène, domine la foule. Violette et sa bande sont sûrement installées à une table juste en dessous, en train de rire et de parler sans que personne n'écoute, j'en ai la certitude. Je me fraye un passage vers le bar qui occupe toute la longueur d'un mur, et je parviens à accéder au comptoir. Je tends un billet de vingt dollars dans l'espoir d'être servie. La garce du monte-charge est à côté de moi, qui brandit elle aussi un billet. Le barman vient prendre ma commande. Je souris de nouveau à la femme. Elle feint de m'ignorer.

Mon verre à la main, je me dirige vers la table de Violette. Arrivée à quelques pas, je m'arrête pour les observer un instant, elle et ses amies, tout en me demandant si je vais me joindre à elles ou continuer à explorer les lieux. Avec mes lunettes noires, je ne vois pas très bien, et les gens me regardent. J'ai envie de m'en aller.

Ses copines et elle sont à l'évidence les vedettes de la soirée. De jolis garçons attendent non loin, pareils à des corbeaux près de la décharge, et affectent de discuter entre eux, coulant des regards en direction de leur table. Violette m'aperçoit, pousse un cri aigu qu'on entend en dépit de la musique, puis me fait signe de venir. Elle m'attire contre elle et me serre dans ses bras comme si j'étais sa sœur depuis longtemps disparue. « Il faut que tu corriges ta faute de goût, ma chérie, hurle-t-elle. Tes lunettes. Tellement années 90 ! »

Les autres filles, parmi lesquelles il y en a deux que je reconnais, partent de leurs petits rires perçants. Elles me font fête, touchent mes nouveaux vêtements. Je voudrais me moquer des attentions dont je suis l'objet, mais malgré moi je les trouve plutôt agréables. Et quand, sirotant mon cocktail, je promène mon regard autour du loft, je vois les yeux des corbeaux braqués sur moi, les yeux de ces garçons qui, une minute auparavant, ne savaient même pas que j'existais.

Violette m'arrache mes lunettes de soleil et les lance par-dessus son épaule. « Là, c'est mieux ! » s'écrie-t-elle. Les filles s'esclaffent. « Je te l'ai déjà dit, ma chérie, tu as une allure de guerrière absolument géniale ! » Je ris avec elle, alors que je désirerais me précipiter pour ramasser les lunettes et me les coller de nouveau sur le nez.

Butterfoot a recours au même truc, caler en boucle des voix de chanteurs de pow-wow sur de la musique planante. Est-ce une espèce de carte de visite qu'il m'envoie ? Je suis persuadée qu'il agit ainsi pour toutes les filles. Je lève les yeux. Il m'adresse un sourire séducteur puis hoche la tête. Violette n'en manque rien. « Venez, dit-elle. Il nous invite à le rejoindre. C'est son signal. » Elle me fait un clin d'œil, me prend la main et me conduit vers les marches.

Pendant que le videur consulte Butterfoot du regard, Violette me glisse dans la paume quelque chose qui ressemble à un cachet d'aspirine.

Elle se penche vers moi pour me dire à l'oreille, si fort afin de couvrir le bruit de la musique que mes tympans en vibrent : « Avale-le discrètement ! » Elle me fait un nouveau clin d'œil, puis place un cachet similaire sur sa langue. Je voudrais savoir de quoi il s'agit, mais d'un geste, elle m'indique de l'imiter. Le cachet commence à se dissoudre. Il a aussi le goût de l'aspirine. Beurk ! Je bois une gorgée de mon cocktail et je grimpe sur la scène.

Butterfoot rend à Violette son étreinte tout en faisant une grimace et en m'adressant un clin d'œil. Je le salue, je lui serre la main puis, appuyée à la balustrade, je joue les indifférentes et je contemple la foule. Il doit y avoir des centaines de gens qui dansent, les bras levés, vêtements, cheveux et dents qui étincellent, tandis que çà et là, les sticks fluo dessinent dans l'air d'étranges motifs. C'est alors que je repère Gordon, adossé au mur dans un coin près du bar du fond, une bière à la main. Il se tient tellement immobile qu'on pourrait le prendre pour un videur surveillant les lieux. Mais à ce moment-là, il se décolle du mur pour se diriger vers le bar d'un pas mal assuré. Merde. S'il prend une cuite ici, il risque des ennuis. Qu'est-ce qu'on va penser de lui si jamais je dois le présenter ?

Des perles de sueur luisent sur mes bras. Je crois que je vais dégueuler. Je me tourne pour interroger Violette au sujet du cachet, mais elle parle à ses copines avec de grands gestes. Je n'ai jamais trop apprécié l'altitude, et bien que cette scène ne soit pas terriblement haute, elle l'est assez pour que je puisse cracher sur les gens en dessous de moi. L'idée me plaît. Mon verre est vide. J'en aimerais un autre. Un contact froid sur la nuque. Je pivote et c'est Butterfoot, un sourire aux lèvres, qui me tend une bouteille d'eau. Je la prends avec un sourire. Je reporte mon attention sur la foule. Gordon a disparu.

Je pose la bouteille, agrippe la balustrade des deux mains. J'ai du mal à respirer. Les danseurs en contrebas me flanquent le vertige. Je fixe mon regard sur l'un d'entre eux, un type grand et maigre, des cheveux et une barbe à la Jésus-

Christ. Il est souple, il se démène, il bouge comme une marionnette au bout d'un fil. Il est beau à voir. Je désire faire sa connaissance. Je désire lui parler. Je ne raffole pas de la danse, mais je meurs d'envie de danser avec lui. De mes yeux perçants, je le regarde danser. Je m'imagine en oiseau de proie. Perché ici.

Mon estomac est plein de papillons, et je resserre ma prise sur la balustrade, car j'ai les jambes qui flageolent. Le cœur qui bat la chamade. Je veux continuer à regarder le Christ danseur, mais les autres me distraient. Quoi que Violette m'ait fait prendre, ça m'a dotée d'yeux d'aigle. Même d'où je suis, je distingue les détails des visages. Ce type, là-bas, il a des fossettes quand il sourit. La femme, dans ce coin, les dents de devant écartées. Fascinée, je contemple le scintillement des robes à paillettes et les torses musculeux moulés dans des T-shirts. Je vois tout. C'est magnifique.

Soudain, à la pensée que Gordon n'est pas à mes côtés pour veiller sur moi, la peur me gagne.

« Dansons ! me crie Violette dans l'oreille. Tu viens, ma chérie ? » Elle sourit, l'air sortie tout droit d'une bande dessinée avec ses pommettes saillantes, son petit nez, ses dents éblouissantes. J'ai envie de rire. De lui expliquer ça. Les cheveux qui volent et elle est en bas de la scène. La démarche altière, suivie à quelques pas de sa bande, elle fend la foule sans même avoir à toucher les danseurs. Elle reviendra sur ce perchoir. Elle s'en emparera.

Je m'arrache à la balustrade, effleure le bras de Butterfoot, agite la main pour lui dire au revoir puis, l'espace d'une seconde, tandis que je descends l'escalier, je lui jette un regard par-dessus mon épaule. Sur le dancefloor, je cherche Violette, Véronique ou Gordon, n'importe qui, un visage ami. Je crains d'être bousculée, de marcher sur les pieds de quelqu'un, mais je me faufile au milieu des danseurs avec une précision et une lucidité qui me donnent envie à la fois de rire, de parler et de pleurer. Mais pas de pleurer des larmes de tristesse. Non, des larmes jaillies d'un endroit étrange et merveilleux, nées dans les profondeurs. Le flot des danseurs m'entoure, la sueur de leurs bras est l'eau salée de l'océan. Oh ! mon dieu ! C'est évident. Notre berceau est l'océan, et nous sommes composés essentiellement d'eau. Je suis dans un océan de gens. Il faut que je trouve Violette afin de le lui expliquer. C'est trop important pour que je prenne le risque d'oublier.

Pendant que je cherche un visage connu parmi la foule, une main se pose sur mon bras. Je me retourne et me retrouve face à un garçon que je n'ai jamais vu. Il me sourit gentiment, avec innocence, et bougeant au rythme de la musique qui vibre à travers lui pour passer en moi, il m'invite à danser. Est-ce qu'il est beau ou est-ce simplement que je commence à comprendre des choses que je ne comprenais pas avant ? Ce garçon sait-il que je suis de celles qui ont accès à la cabine du DJ ? Je lui rends son sourire et je lève un doigt comme pour lui dire que je vais revenir dans une minute. Je compte bien le faire, mais il y a plus urgent.

Je regarde en direction de la cabine, mais un autre DJ est aux manettes, un Noir aux longues dreadlocks. Dois-je retourner à la table de Violette ? Avec un nouveau DJ, ce n'est peut-être plus la sienne. On verra.

J'aperçois un siège libre au bar bondé. Je voudrais courir, mais je m'exhorte à marcher. Si le siège m'est destiné, personne ne l'occupera. Je me force à avancer le plus lentement possible. Le siège est pour moi.

Le barman me parle, mais je ne le comprends pas. Merde. Il est français. « *L'eau, s'il vous plaît.* » Il me tend une bouteille perlée de gouttelettes et me sourit. Je réalise que je n'ai pas mon sac. Putain ! Est-ce que je l'aurais laissé chez Butterfoot ? Je sais que je suis arrivée avec. Merde et merde ! Il y a de l'argent dedans. Deux cents dollars ? Mon permis de conduire. Mes papiers. J'étouffe un rire. Le barman me sourit de nouveau quand je dis : « *J'ai oublié mon sac.* » D'où me vient mon français ? Je ne sais que les quelques mots que j'ai appris à l'école primaire.

Encore un sourire, et il reprend, cette fois en anglais : « Ce n'est pas grave.

– *Merci.*

– *De rien.* » Et il va servir un autre client au moment où je m'apprêtais à lui demander s'il savait où était mon sac et d'où me venait mon français.

Une cigarette. Oui, volontiers. J'ai un paquet qui traîne dans mon sac. Je veux le prendre et, comme un instant plus tôt, une vague de panique déferle sur moi. J'ai perdu mon sac. Un type crasseux fouille dedans avec ses doigts sales. Il faut que je le retrouve. Impossible. Fouiller le contenu de ma tête. Argent. Papiers. Photos de ma mère, d'oncle Will, d'Eva et de bébé Hughie. Photos de Suzanne. De celles-là, j'en ai d'autres, sur les pages des magazines dans mes poches, pliées avec soin. Quoi encore ? Maquillage, tampons, chewing-gums. Une petite plume d'oie, cadeau de Vieil-Homme. Le seul objet irremplaçable.

Une main sur mon épaule. Je pivote. Il a de petites lunettes rondes et des cheveux coupés ras. C'est le genre d'homme tout en muscles et fier de l'être, bien bâti, le torse puissant sous son débardeur. Je le constate à son cou, à sa main épaisse sillonnée de grosses veines qui me tend une cigarette. Je l'accepte. J'espère que Gordon n'est pas loin. Il y a quelque chose qui émane de ce type-là, une odeur nauséabonde sous l'eau de toilette de luxe. Sa main est devant mon visage, une flamme qui jaillit comme un éclair et m'aveugle un instant. Pas de douleur, rien qu'un éblouissement derrière les paupières. J'allume ma cigarette et il referme son briquet avec un claquement sec. Il porte une bague sur laquelle est tatoué un crâne ailé.

« Sentiment de familiarité, dit-il.

– Pardon ?

– Tu as déjà rencontré un inconnu que tu as l'impression d'avoir vu avant quelque part ? »

Je souris et tire une bouffée. Il ne peut pas me faire de mal. Pas ici. Il y a trop de monde.

« Je suis française », dis-je. Les mots flottent entre nous. Il hausse un sourcil.

Une femme approche. C'est la garce du monte-charge. Elle n'a pas l'air contente.

« Je suis française, je répète. Et pas vous. » Je me mets debout et je m'en vais. Je me retiens de lever les bras en signe de victoire. Aussi sûrement que je sens une crise s'annoncer, je sais que je le reverrai.

Je me glisse dans la mer, dans la foule, afin d'échapper à leurs yeux, à lui et à elle, qui me transpercent le dos. Le besoin de parler à quelqu'un, quelqu'un en qui j'aie confiance, m'empâte la langue. Cette idée, parler jusqu'à ce que tous les mots s'écoulent, ne m'est pas habituelle. Je tiens ma cigarette au-dessus des danseurs et je me laisse engloutir par leurs chairs.

Il me faut Gordon, tout de suite. Je veux m'assurer qu'il va bien. Que je vais bien. Je ne le trouverai pas dans la cohue. Je patauge au milieu des danseurs et mon cœur bat à toute allure. Je suis remplie de lumière au point de m'imaginer qu'elle se déverse par mes oreilles. Cette pensée me fait rire, et les visages autour de moi sourient. Où peut bien être Gordon ? Je branche mon radar et je me dirige droit vers le mur du fond, près des toilettes, où la foule est moins dense.

Il est adossé dans un coin, une bouteille à la main, chancelant.

« Parle-moi », lui dis-je. Je me tiens devant lui, et quoique je ne sois pas ivre, je me mets à chanceler de concert avec lui. « Parle-moi. »

Il refuse de me regarder. Je n'existe pas. Je tapote sa chaussure de jogging sale, du bout de la botte noire toute neuve que j'ai achetée l'autre jour. « Parle-moi. »

Il est soûl. Il ne me regarde même pas. Il retourne ses poches. Le tissu blanc est parsemé de peluches. Il a un sourire lointain, puis il tente de s'en aller. Je l'empoigne par le bras. Je veux lui donner le reste de ma bouteille d'eau, le prendre dans mes bras et le porter à la maison. Il a l'air si mince, si effrayé, quand il est comme ça. Mais je sais que ce n'est qu'une apparence.

Je lui prends le menton. Des poils doux me chatouillent la paume. Je tourne son visage vers moi pour l'obliger à me regarder. « Tu es quelqu'un de bien, dis-je. Je le sais. Peu le savent, mais tu es un type bien. » Ses yeux se fixent sur moi comme s'il me voyait pour la première fois. Il ne semble pas me reconnaître. Ça fait mal.

Alors que je m'apprête à lui donner de l'argent, je m'aperçois que je n'ai toujours pas mon sac. J'entends de nouveau la musique de pow-wow qui semble porter sur ses épaules la musique d'aujourd'hui. Je dresse la tête. Butterfoot est aux platines dans son aquarium, le casque sur les oreilles. La foule miroite devant moi. « J'ai compris d'où on venait », dis-je à Gordon sans quitter Butterfoot des yeux. C'est important, aussi j'ai élevé la voix pour qu'il m'entende. « Nous sommes sortis de l'océan en rampant il y a des millions d'années. Les êtres humains sont surtout composés d'eau. C'est pourquoi je vis au bord d'une rivière. » Je me tourne vers Gordon pour voir s'il m'a entendue, pour qu'il vienne danser avec moi, avec mes nouveaux amis. Mais il a disparu.

Je suis à la table de Violette, entourée de filles qui bavardent, et je me sens en sécurité. Je m'inquiète pour Gordon, mais il a passé sa vie dans la rue. Il ne lui arrivera rien. Je me trouve en compagnie de ces inconnues et, fascinée, je regarde les bouches se tordre et sourire.

Quand Butterfoot a fini son set, il vient s'asseoir à côté de moi. Je veux lui dire que Gordon a disparu. Je veux lui parler de l'eau. « Tu as terminé pour ce soir ? » je lui demande.

Il fait signe que oui. « Je t'offre un verre, sœur de Suzanne. »

Le bar est encore bondé. L'homme musclé est appuyé au comptoir un peu plus loin. Avec Butterfoot à côté de moi, je ne risque rien. Il me tend un verre, et quand nos mains se touchent, je sais que nous allons être amants. Et que nous le sommes peut-être déjà. Je vais lui demander s'il ressent la même chose, mais il me lance d'abord :

« Je t'ai vue parler à Danny, tout à l'heure. » Je sais à qui il fait allusion. « Un type qui fiche la frousse. Un copain du petit ami de ta sœur.

   – Je ne l'aime pas, dis-je.

   – Évite-le, me conseille Butterfoot. Il s'immisce dans ta vie et après tu ne peux plus t'en débarrasser. »

À mon corps défendant, je regarde Danny. Il tourne la tête et me sourit. L'une de ses dents de devant est grise. Il se prépare à nous rejoindre, mais Butterfoot me prend par la main et m'entraîne. « Sortons d'ici », crie-t-il pour couvrir la musique.

Dehors, il hèle un taxi.

« On va faire l'amour », dis-je. Mes paroles ne paraissent pas du tout déplacées.

Butterfoot sourit. Il est plus que beau. « Violette t'a refilé un truc, non ? »

Je pense à l'aspirine et je hoche la tête.

Il sourit de nouveau.

17

Mon ourse est venue à moi, assez vieille et assez maligne pour se conduire avec prudence. Elle a appris à me faire confiance. Sa truffe se tordait. Le corps d'un animal vibre, qu'il le veuille ou non. J'ai vu ça dans un documentaire. Les serpents, par exemple, localisent leurs proies grâce aux vibrations qu'ils ressentent sur la langue. Une antilope perçoit les vibrations émises par le trot du lion qui la guette. Et le corps semble s'arrêter quand le cœur s'arrête. En revanche, le bourdonnement, le bourdonnement du monde, je pense qu'il continue après que le corps a cessé de vibrer. Quand meurt le bourdonnement du corps vivant, que ce soit celui du brochet ou de l'esturgeon, celui de la gélinotte huppée, de l'orignal ou de l'homme, le battement du cœur continue, peut-être plus lent, mais qui se mêle aux battements de cœur du jour et de la nuit. De notre monde. Dans ma jeunesse, je croyais que l'aurore boréale, l'électricité qui me parcourait la peau sous ma parka, le léger crépitement que j'entendais, c'était *Gitchi Manitou* qui recueillait les vibrations des vies passées afin de ravitailler le monde avec le pouvoir de tous ces animaux.

Mon ourse connaissait la vibration de mon corps. Elle savait quand j'étais seul et quand je ne l'étais pas. Elle savait quand j'étais tendu ou décontracté. Chaque jour, je prenais la décision de ne pas boire avant qu'elle arrive le soir, et dans l'ensemble, je m'y tenais. Mais dès qu'elle apparaissait, je commençais. Bière, whisky. Tout ce que j'avais sous la main. Et alors que le soleil de fin d'été se couchait à l'horizon, prêt à dormir pendant cinq heures, je buvais et je m'imaginais à chaque fois mon ourse assise à côté de moi dans son fauteuil. Nous discutions.

Je voulais lui dire que la peur était devenue partie intégrante de mon être, de mon univers quotidien. Je n'étais pas habitué à cela. Avant, je ne connaissais pas la peur. Absolument pas. C'était un mérite que je revendiquais et qui faisait ma célébrité en tant que pilote. Garder son sang-froid en toutes circonstances. Jusqu'au jour où tout a changé.

Si je raconte maintenant ce que je n'ai jamais raconté à personne, c'est parce que je crains que le temps vienne à me manquer. Mon deuxième accident s'est produit en été. Pas d'alimentation-carburant gelée à incriminer. Pas de rafales de vent traîtresses. Un simple voyage de Moosonee à Attawapiskat pour ramener des gens sur la réserve. Une jeune mère et ses deux enfants, un vol de jour, un ciel clair à Moosonee mais un orage qui avait éclaté sur la baie et qui nous rattrapait. Je l'ai vu arriver à une vitesse stupéfiante. Des éclairs et du tonnerre, il n'y en a pas souvent dans la région, mais quand il y en a, ils sont violents et dangereux. Nous survolions Albany lorsque le ciel noir a fondu sur nous. Je pouvais atterrir là, sur les graviers, mais j'ai cru que je parviendrais à prendre l'orage de vitesse.

Peu après, le vent a tenté de renverser mon avion dont l'aile gauche s'est inclinée vers le sol tandis que je filais cap au nord. J'ai lutté de toutes mes forces, accroché au manche au milieu des bourrasques, et quand elles se calmaient, l'appareil était à ce point secoué par les trous d'air que la jeune mère s'est mise à vomir. Les enfants hurlaient. Les veines sur le dos de mes mains semblaient près d'éclater. Je m'en souviens. De grosses veines bleues qui palpitaient sous la peau brune. Le ciel noir nous a avalés, et j'ai essayé de lui échapper en volant plus bas malgré les courants descendants, seulement le petit avion n'avait pas assez de portance.

Les éclairs zébraient le ciel. J'espérais avoir encore quelques centaines de pieds en dessous de moi et, agrippé aux commandes, les pieds jouant sur le palonnier, je tâchais de garder le cap. La main droite prête à remettre les gaz pour reprendre de l'altitude au cas où des arbres se matérialise-raient soudain devant moi. Je pilotais à l'aveugle à présent, et j'ai compris avec horreur que le pire était à venir.

C'était la première fois que je me trouvais confronté à quelque chose en quoi je n'avais jamais réellement cru, quelque chose dont j'avais entendu parler mais que je n'avais jamais réellement compris. Songeant à ma femme à la maison en compagnie de nos jeunes fils, je me suis dit que je n'allais peut-être jamais les revoir. Je l'ai pensé d'autant plus quand un éclair a jailli si près qu'en raison de l'électricité, les cheveux se sont dressés sur ma tête. C'est alors qu'un événement étrange a eu lieu. J'ai pris la décision consciente de chasser mon épouse et mes garçons de mes pensées pour me consa-crer tout entier à la femme et aux enfants assis derrière moi. J'ai choisi aussitôt de vivre ou de mourir pour eux. J'ai accepté de renoncer à tout pour sauver cette mère jeune et belle et ses deux enfants recroquevillés sur leurs sièges, malades, qui poussaient des cris de terreur à l'arrière de mon petit avion de merde.

Peut-être me rendais-je compte que c'était moi, jeune présomptueux ayant cru pouvoir voler plus vite qu'un orage, qui les avais mis dans cette situation. Dieu, si tu es là, épargne cette femme et ces enfants, s'il te plaît, et prélève sur moi ton prix. J'ignore si cela s'est passé de manière aussi instantanée que dans mon souvenir, mais il m'a semblé qu'à peine avais-je murmuré ces paroles, une trouée lumineuse apparaissait à l'horizon, au-dessus de l'avion et à un millier de pieds devant nous. Je suis remonté en flèche vers la lumière dans le ciel, la manette des gaz à fond, de sorte que le moteur hurlait et que toute la carlingue tremblait.

Les éclairs ont cessé tandis que nous laissions derrière nous le front noir pour retrouver une atmosphère plus calme. Je me suis penché afin de regarder les nuages d'orage auxquels nous venions d'échapper, une nuit d'encre sillonnée d'éclairs furieux comme dans les illustrations de la Bible que j'avais vues à l'école de la réserve.

Sans me soucier de la présence de mes petits passagers, j'ai pris la bouteille de whisky que je gardais sous mon siège pour les cas d'urgence. J'ai dévissé le bouchon et bu une rasade. J'ai volé, plein nord, au-dessus des éléments déchaînés, au-dessus d'Attawapiskat, et ainsi pendant une centaine de kilomètres, jusqu'à ce que je sois sûr que l'orage était parti vers l'ouest ou je ne sais quelle autre destination. Nous avons volé durant deux heures dans l'attente de nous poser, le réservoir à moitié vide, tandis que je sentais entre mes mains les vibrations apaisantes du moteur.

J'ai demandé à la jeune et jolie mère si elle en voulait une gorgée. Oui, volontiers. Le plus petit de ses fils dormait d'un sommeil agité, mais l'aîné agrippait le bras de sa mère et, geignant, suppliait en Cree qu'on atterrisse. Je l'ai rassuré et je lui ai proposé de venir s'asseoir à côté de moi dans le siège passager devant les doubles commandes. Je lui en ai expliqué le fonctionnement, comment on tirait pour monter, poussait pour descendre, et comment au bout d'un moment, voler paraît la chose la plus naturelle du monde.

Quand nous avons viré au sud pour reprendre la direction d'Attawapiskat, il a fini par sourire, cependant que l'orage obscurcissait le ciel à l'ouest et que le soleil brillait au-dessus de nous comme pour nous adresser un chaleureux bonjour. « À toi de piloter maintenant. » Je me suis extirpé de mon siège pour me glisser derrière, à côté de sa mère, et je lui ai abandonné les commandes, faisant comme si je n'étais pas là. Les mains crispées sur le manche, le petit garçon s'est tourné vers moi avec une expression horrifiée avant de s'empresser de reporter son attention sur le pare-brise. « Tu te débrouilles à merveille, ai-je dit. Continue à aller droit devant toi. » Tout en feignant de ne m'occuper que de sa mère, je le surveillais à la dérobée au cas où il se livrerait à quelque dangereuse manœuvre.

« Vous en voulez encore ? » J'ai tendu la bouteille à la mère qui, muette de stupéfaction, ouvrait de grands yeux pendant que son fils pilotait. Je lui ai adressé un clin d'œil entendu pour qu'elle comprenne que j'étais prêt, si besoin était, à arracher en moins d'une seconde le manche des mains effrayées de son petit garçon.

La jeune femme était belle. Nous avons bu à tour de rôle, nos cuisses pressées l'une contre l'autre sur le siège arrière puis, l'air de rien, j'ai réintégré le siège passager. Je me suis tourné vers le gamin. « Tu dois être fatigué, ai-je dit. Tu as bien piloté. Tu nous a ramenés à la maison. » J'ai repris les commandes. Le garçon n'a pas lâché les siennes et, me jetant sans cesse des regards inquiets, il m'a aidé à piloter comme un vieux de la vieille.

Juste avant le crépuscule est arrivé le moment de calme qui suit un orage. Les éclairs avaient grillé ma radio. Pas un souffle de vent. Facile. Je me suis aligné sur la piste, tandis que le gamin jouait les copilotes. Je lui ai expliqué la procédure d'atterrissage, comment les pédales, les volets et la manette des gaz fonctionnaient, et nous sommes descendus, un peu vite, peut-être, mais rien de grave. Pourtant, j'ai aperçu trop tard la grande mare d'eau stagnante qui étincelait au milieu de la piste, à l'endroit où tout le gravier avait été emporté pour laisser trente centimètres de boue pareille à une ombre maléfique qui se préparait à s'emparer de nous.

Dès que nous avons touché le sol, l'avion s'est cabré, ma ceinture de sécurité m'a cisaillé le ventre et l'épaule. Du coin de l'œil, j'ai vu la tête du petit garçon tressauter sous l'impact, et j'ai entendu les cris de la mère et de l'enfant derrière moi, aussitôt couverts par le hurlement du moteur tandis que l'hélice s'enfonçait dans la terre, que des mottes jaillissaient, s'écrasaient contre le pare-brise qui explosait, que le métal se déchirait et que nous glissions sur le dos avant de nous immobiliser enfin.

Je me rappelle encore le goût de sang dans ma bouche, la brûlure dans mes yeux, ma peur de me tourner pour regarder mon petit copilote à côté de moi ou la mère et l'enfant à l'arrière qui gémissaient de plus en plus doucement. Et puis le noir, et la terreur d'avoir fait à une famille que je ne connaissais pas ainsi qu'à la mienne une promesse que je n'avais pas tenue.

Une infirmière blanche de Wolfe Island venue travailler à Attawapiskat m'a sauvé la vie. Je l'ai appris plus tard, mais je ne me souviens pas de grand-chose. Peut-être que mon serment de protéger la mère et ses deux enfants avait quand même servi dans une certaine mesure. À eux trois, ils s'en tiraient avec des égratignures et deux fractures. J'ai dégusté davantage, un sternum cassé, mais Leann, mon infirmière, a reconnu les symptômes d'une hémorragie interne. Quand on m'a amené, elle a d'abord cru que j'étais blanc, mais quand elle a vu mes mains brunes, elle a compris que je ne souffrais pas que d'une simple commotion cérébrale, et elle m'a fait transférer le soir même par hélicoptère.

Lorsque je me suis réveillé quelques jours plus tard à Moose Factory, je ne me rappelais que le joli sourire de Leann. Je craignais terriblement d'avoir signé avec un *manitou* un pacte dont le prix à payer serait bien plus élevé que je ne m'y attendais.

Un soir, l'été dernier, Dorothy est venue et nous avons mangé sur la véranda. Les moustiques vrombissaient à nos oreilles et nous dévoraient les chevilles, mais Dorothy ne se plaignait pas. C'est une femme de la forêt et elle avait connu les étés où le pensionnat nous libérait, nous les enfants, pour nous permettre de passer huit semaines auprès de nos parents. Sa famille ressemblait à la mienne. Nous partions pour les campements de chasse estivale au bord de nos rivières afin de pêcher et de renouer connaissance avec les nôtres. Quelques jours consacrés surtout à écouter, puis quelques jours où nous riions entre nous, les enfants, chaque fois que nos parents s'adressaient à nous en Cree, et ensuite une semaine ou deux de colères et de pleurs cependant que nous nous efforcions de nous y retrouver.

On pêchait et on chassait la grouse au cours de ces premiers jours où nous avions le sentiment que le monde entier s'étalait paresseusement devant nous. Et d'un seul coup, les semaines de liberté prenaient fin, l'été s'achevait et on nous renvoyait déjà à l'école. On hurlait, on menaçait de s'enfuir dans les bois. Nos parents veillaient à ce que nous apprenions le nécessaire au cas où nous devrions de nouveau avoir à survivre dans la forêt.

« Tu ne regrettes jamais le temps où nous étions ensemble à l'école primaire ? » m'a demandé ce soir-là Dorothy, nichant sa main dans la mienne.

J'allais lui proposer de nous installer à l'intérieur où je me sentirais plus en sécurité et où personne ne pourrait nous voir. Sa question m'a pris au dépourvu. J'ai bu une rasade du vin que Dorothy avait apporté, mais j'aurais préféré du whisky ou de la bière. Je n'arrivais toujours pas à m'habituer au goût du vin, ni au fait qu'avec lui, j'avais l'ivresse triste et apathique.

« La pire de putain d'époque de ma vie, ai-je craché. Je n'y ai plus repensé depuis des années. » Je suis rentré en clopinant, pestant contre ma mauvaise jambe qui me handicapait. J'ai pris dans le frigo une canette de Canadian que j'ai ouverte à l'aide d'un couteau qui traînait à côté de l'évier. Dorothy est restée dehors. J'ai liquidé la bière en deux gorgées.

Lorsqu'elle m'a enfin rejoint, j'étais toujours planté devant l'évier. « Je devrais peut-être partir, a-t-elle dit. Tu n'as pas l'air de souhaiter avoir de la compagnie ce soir. »

Je l'ai regardée. Je la rendais malheureuse. « Je n'en avais pas l'intention », ai-je dit. Elle a jeté un coup d'œil sur la bouteille de bière vide posée sur la paillasse.

«Tu n'avais pas l'intention de quoi? D'avoir de la compagnie?» Elle paraissait désorientée.

«*Mona*. Je n'avais pas l'intention de te rendre malheureuse. Je crois que le vin me rend triste.

– N'importe quel alcool rend les Indiens tristes, a-t-elle dit. Tu sais, Will, les derniers bateaux-taxis partent dans une heure. J'ai réfléchi.» Elle a marqué une pause. «Peut-être que tout ça est trop rapide, prématuré. Tu comprends, normalement, je ne bois même pas. L'idée de partager une bouteille de vin, de parler à un adulte, d'avoir une discussion intéressante, c'est… c'est quelque chose d'agréable, mais ça ne marche pas comme je l'espérais.

– Qu'est-ce que tu veux dire?

– Je ne voudrais pas exercer une mauvaise influence sur toi. Tu… tu es un alcoolique. Et en agissant comme je le fais, je t'encourage à boire.»

En l'entendant prononcer ces mots, je me suis senti aussitôt très sobre. Un comble! «Au cours de ces derniers mois, j'ai considérablement réduit ma consommation, ai-je répliqué.

– Et moi, depuis qu'on se voit, j'ai bu davantage qu'au cours de ma vie entière.

– Tu m'as encouragé à boire? C'est une formule que ma sœur se serait fait un plaisir d'utiliser.

– C'est le nouveau langage des *Anishnabes*, a-t-elle dit. Combien de temps tu es capable de tenir sans boire?

– Quelques jours. Peut-être plus.

– Et si on se contentait d'une journée à la fois?

– Là, on dirait vraiment ma sœur.»

Dorothy a rougi. «Tu n'es qu'un idiot, toi, m'a-t-elle lancé, les lèvres pincées. Tu tournes tout à la plaisanterie.

Quoi que les gens te disent, aussi gentil que ce soit, tu le leur renvoies à la figure. Comme s'ils étaient responsables de tes problèmes. Tu n'es qu'un enfant.» Elle s'est dirigée vers la porte.

«Je suis un enfant, moi? Regarde-toi, donc. Un nuage à l'horizon et tu cries à l'orage!» C'était stupide, mais ça a produit le résultat escompté. Elle s'est arrêtée et m'a jeté un regard par-dessus son épaule. «Tu débarques, toute jolie, toute chaude, et c'est moi qui ai l'impression d'être la fille qui essaye de freiner, et puis tu continues à m'apporter de bons petits plats et des bouteilles de vin. Et pourquoi? Pour venir me traiter d'alcoolique?» J'avais lâché tout ça d'un trait, sans réfléchir.

Elle a paru sur le point de pleurer. Puis elle a fondu en larmes. Bravo, j'avais gagné!

«Excuse-moi, ai-je dit. Excuse-moi. S'il te plaît. Reste encore un peu.» Je me suis approché et je l'ai enlacée. Elle s'est raidie, les bras collés le long du corps. Je me suis penché pour l'embrasser. Elle avait les joues baignées de pleurs. Je me rappelle avoir eu envie d'une cigarette et d'une bière. Je désirais m'échapper de cette cuisine et demeurer quelques instants seul. Ahepik l'araignée grimpait le long de ma colonne vertébrale. Je la connaissais cette araignée et je n'avais pas senti ses pattes sur moi depuis longtemps. Ce n'était pas bon signe. Oh, non. L'araignée tissait sa toile.

Nous sommes restés longtemps enlacés, debout là, dans ma cuisine, si longtemps que mon besoin de boire et même de fumer a disparu, si longtemps que j'ai commencé à me sentir bien dans les bras de Dorothy. Quand j'ai fermé les yeux, j'ai entendu les bruits du dehors. Les grillons qui jouaient du violon sur leurs pattes, les grenouilles qui éructaient, les brindilles qui craquaient au passage d'un animal. Et puis, un craquement plus fort au loin. Mon ourse ? Tu es revenue chercher un nouveau cadeau ?

J'ai ouvert les yeux et, dans le miroir sombre de la fenêtre de ma cuisine, je me suis vu qui étreignais Dorothy, tandis que le fleuve miroitait en contrebas sous le quartier de lune. Je sentais toute l'énergie de mon ourse, les vibrations, cependant qu'elle était dehors à flairer. Je ne lui avais rien laissé à manger ce soir. J'ai fermé les paupières, mais pour les rouvrir aussitôt. Je voulais graver dans ma mémoire l'image que Dorothy et moi venions de créer. J'ai contemplé nos silhouettes, la rivière qui coulait à travers nous dans le clair de lune pour nous emporter ailleurs. La respiration de Dorothy, devenue régulière, était celle qui précède le sommeil. Le regard fixé sur la nuit au-dehors, je la soulageais d'une partie de son poids appuyé contre moi.

Une ombre est passée sous la fenêtre, immense comme celle d'un homme. Je me suis tendu et Dorothy a sursauté, émis un petit gémissement. Je lui ai caressé les cheveux pour l'apaiser. Je me suis alors rendu compte de mon erreur. J'avais laissé les lumières allumées sans tirer les rideaux, et quiconque me voudrait du mal pourrait voir ma vie se dérouler à l'intérieur de ma maison. C'était mon ourse. Ce ne pouvait être qu'elle. Pas de Marius depuis plus d'un mois. Juste mon ourse qui se faufilait aux abords de la maison dans le clair de lune, en quête d'un repas. J'ai combattu ma paranoïa, cette nouvelle maladie, et je me suis contraint à fermer de nouveau les yeux pour me demander dans quel endroit confortable je pourrais aller avec un autre être humain, une femme que je tenais dans mes bras.

Une branche a craqué. J'ai rouvert les yeux, regardé par la fenêtre et imaginé que le terrain en pente plongé dans l'obscurité glissait dans la rivière. J'aurais dû laisser une offrande à mon ourse. Un mouvement dans la nuit. Tous mes sens aiguisés. Peut-être que Dorothy avait éveillé quelque chose en moi.

Fatigué, presque dégrisé, Dorothy devenue à présent toute légère dans mes bras, j'avais le regard rivé sur la fenêtre. Un nuage a voilé le quartier de lune et assombri le monde. Je désirais voir mon ourse, mais je ne voyais que mon visage dans la fenêtre. Quand Dorothy s'est endormie, je l'ai portée dans ma chambre et allongée sur mon lit.

Quelques jours plus tard, j'ai senti, venant de dehors, une puanteur de chairs en décomposition. Faisandées. Un chien, peut-être, écrasé par une voiture et gisant dans un fossé au bord de la route. Ce n'était pas insupportable, mais presque. L'infection émane toujours d'un gros animal que les autres ne peuvent ou ne veulent pas manger tout de suite.

Une odeur de putréfaction. On s'habitue à tout. Joe et Gregor m'ont rendu visite. Ils n'arrêtaient pas de se plaindre à ce propos. « Tu as tué Marius et tu l'as étripé quelque part dans le coin ? » a demandé Joe.

J'aurais bien voulu.

« On devrait explorer les environs, a suggéré Gregor.

– Au bout d'un moment, on n'y fait plus attention, ai-je dit. Vidons quelques canettes et pour une fois, fermons un peu notre gueule. » Ça n'a eu aucun effet. Avant même d'avoir bu une deuxième bière, on s'était levés et, le nez pointé, on longeait les arbres près de chez moi. Ma jambe m'élançait, et nous avancions tous les trois en titubant dans la lumière déclinante d'une soirée qui semblait vouloir se prolonger éternellement comme si c'était la dernière journée de la terre qui luttait pour ne pas quitter la scène. Moi, j'avais lutté le plus longtemps possible contre l'envie de boire, mais j'avais fini par céder et descendre ce qui restait dans la bouteille de whisky que je gardais sous l'évier pour les situations d'urgence. Je me doutais de ce qui m'attendait et je me savais incapable de l'affronter à jeun.

Nous avons fouillé les broussailles durant plusieurs minutes, puis nous sommes revenus sur ma pelouse respirer quelques bouffées d'air frais. Dès que le vent d'ouest s'est mis à souffler, il nous a apporté l'odeur. Joe a repéré la source en même temps que moi, et d'un geste, il nous a invités à le suivre. Nous avons pénétré de nouveau dans les sous-bois. Juste devant moi, Gregor a trébuché sur une branche tombée. Était-ce bien nécessaire ? L'odeur aurait disparu à la fin de la semaine, et je pourrais retourner à mes rêves, à mes souvenirs du temps où ceux que j'aimais étaient encore en vie. Joe nous a fait signe de nous arrêter. J'ai perçu le bourdonnement des mouches qui festoyaient. Leurs ailes, leurs corps vibraient dans le rouge du crépuscule. Je connaissais l'odeur de la mort, mais Gregor, lui, s'est bouché le nez et je l'ai entendu annoncer d'une voix étouffée qu'il allait vomir. Je l'ai écarté pour passer et rejoindre Joe qui, les bras ballants, retenait sa respiration.

Tu étais là, mon ourse, dressée de toute ta taille, adossée au squelette d'un épicéa mort. Il y avait des mots au-dessus de ta tête. Mais les mots étaient inutiles à présent. Toi, aussi grande que moi dans cette position, tu me regardais, ta longue langue violette qui pendait, noire de mouches. Elles t'avaient déjà dévoré les yeux si bien qu'avec leur masse qui grouillait encore dans tes orbites creuses, j'avais l'impression que tu m'adressais des clins d'œil dans la lumière douce. Quand j'ai arraché mon regard au tien, j'ai parcouru ton corps des yeux, m'arrêtant sur ton cou, sur la corde ensanglantée qui te maintenait debout comme un être humain et qui faisait comme un sourire sur ta gorge tranchée. Tu avais la poitrine ouverte et des lambeaux de chair pâle se détachaient aux endroits où le couteau avait pénétré pour t'étriper. Si maigre. Tu étais si maigre. Un torse de lutteur, mais efflanqué. Des vers se tordaient, se tortillaient sur tes viscères répandus à tes pieds de sorte qu'on avait l'impression que tes organes battaient encore. Tu étais vidée. Et moi aussi.

« Ce n'est pas bien », a murmuré Joe. Nous évitions de nous regarder. « Qu'est-ce qui est écrit ? » Des lèvres, il a désigné le carton d'un pack de bière cloué au-dessus de ta tête et couvert de lettres sanglantes. J'ai contemplé les mots qui dégoulinaient de ton propre sang. *Mouchards. Fouinards. Cafards.* Mon esprit s'est fermé. Je ne savais plus la langue des Blancs.

« Partons », ai-je dit. Mes amis m'ont emboîté le pas tandis que, les épaules voûtées, je me frayais un chemin au milieu des arbres et des taillis. Je n'ai plus prononcé une parole de toute la soirée.

Je suis sorti de chez moi muni d'un couteau, de cordes et d'une vieille couverture de la Compagnie de la baie d'Hudson, cadeau de mon père. Il l'avait utilisée sur ses lignes de trappe. Ses rouges, ses bleus, ses noirs et ses verts étaient décolorés par l'âge, et les points de couture qui indiquaient sa valeur en peaux de castor avaient viré au gris.

N'ayant pas dormi de la nuit, j'avais guetté les premières lueurs de l'aube. J'avais allumé un feu à mon emplacement habituel au bord de la rivière et, les yeux fixés sur les flammes, j'avais respiré la fumée. Je m'étais surpris à pleurer, à entonner un chant de mort, un chant que je n'avais plus chanté depuis mon dernier deuil. Après le départ de Joe et de Gregor, je n'avais pas bu une goutte. Un autre besoin m'habitait.

Dans la lumière du petit matin, je t'ai trouvée sans difficulté. Les yeux fermés, il m'aurait suffi de me diriger au son du bourdonnement, du vrombissement, des vibrations de ton âme en partance pour l'endroit où elle devait aller. J'avais emporté mon sac-médecine rempli d'herbe douce séchée, de morceaux de cèdre, de tabac et d'armoise. J'avais pris aussi mon briquet et un vieux bol à céréales. Accroupi devant ta carcasse, fumant une Player's Light, j'ai levé les yeux pour regarder ton cadavre dépouillé et éviscéré.

Je me suis remis debout puis j'ai étalé avec soin la couverture en dessous de toi. Chassant les mouches, j'ai pris entre mes mains tes entrailles que j'ai secouées pour les débarrasser des asticots. Après les avoir empilées sur la couverture, j'ai coupé la corde autour de ton cou à l'aide de mon couteau puis accompagné la chute de ton corps pour te coucher au centre de la couverture. Les mouches se sont envolées. Tu reposais maintenant sur le ventre. Des bouts de ta fourrure restaient collés à l'arbre mort, mais je les ai laissés.

Avec précaution, je t'ai enveloppée dans la couverture et attachée au moyen de la corde, aussi serrée qu'un bébé sur sa planche-berceau, son *tikanagan*. C'est de cette manière qu'on doit entrer dans le monde et c'est de cette manière qu'on doit le quitter, sachant qu'on a été aimé. Beaucoup aimé, même. Une étreinte. Oui, c'est ainsi qu'on mérite de quitter ce monde.

À l'aide d'une autre corde, plus longue, dont j'ai noué l'extrémité autour d'une lourde pierre, j'ai fait une simple boucle autour de ton corps. Tu ressemblais à un être humain ainsi, mon ourse, au milieu des rayures de la couverture. J'ai ramassé la pierre, levé les yeux vers une haute branche de l'épicéa mort. Deux tentatives ont suffi.

J'ai entrepris alors de te hisser dans l'arbre. La sueur me piquait les yeux dans le soleil matinal qui pénétrait dans cette partie de la forêt et créait des ombres qui dansaient sur nous. J'étais fort. Mais pas assez. Je pesais de tout mon poids. Tu étais deux, trois fois plus lourde. J'ai enroulé la corde autour de mes bras, autour de ma taille, et j'ai tout essayé pour te monter dans cet arbre, pour te conduire là-haut, parmi les quelques branches capables de supporter ton poids. J'ai réussi à te soulever d'environ un mètre avant de renoncer, épuisé.

En nage, je me suis assis et j'ai fumé une autre cigarette. Merde, comment faisaient les anciens ? Je suppose qu'il faut un village entier pour les funérailles d'un enfant.

De l'époque où je devais parfois réparer mon vieil avion, j'avais conservé un palan. Je n'ai eu aucun mal à le trouver dans l'appentis à demi effondré derrière la maison. La corde, bien qu'entortillée et hérissée de brins, semblait encore solide et les poulies en bois en assez bon état. J'ai traîné l'engin jusqu'au pied de l'arbre et ainsi, je t'ai hissée vers le carré de ciel bleu qui apparaissait entre les hautes branches, vers ton coin de paradis. J'ai dû employer tout ce qui me restait de forces pour t'installer à la fourche des branches qui m'évoquaient de plus en plus les doigts d'une main en coupe qui attendait pour te bercer. Lorsque j'ai eu fini, de nouveau en sueur, je me suis assis et j'ai fumé encore une cigarette.

Dans mon bol à céréales, j'ai versé le contenu de mon sac-médecine puis j'ai gratté une allumette.

C'était encore le matin. La fumée s'est élevée droit vers toi. Assis juste en dessous, j'ai suivi sa trace des yeux. Une fumée bien droite. Une ligne mince, simple. Elle m'indiquait exactement ce que je devais faire.

18

L'intérieur tentaculaire de l'immeuble se déploie en un labyrinthe de couloirs mal éclairés. Les numéros sur les portes sont déroutants. Je finis par trouver le bon et je frappe. Un homme mince coiffé d'un chapeau de cow-boy vient m'ouvrir. Il a les longs cheveux noirs d'un Indien, des bracelets en argent incrustés de turquoises et une dent en or. Après m'avoir accueillie, il me pose quelques questions d'une voix zozotante. Je n'ai jamais entendu un Indien parler comme lui.

La pièce contient tout un fouillis de projecteurs, d'appareils photo et de parapluies. Elle me paraît presque aussi bizarre que je me l'étais imaginée. Un autre homme, plutôt jeune, fait circuler une bouteille d'eau pendant que le photographe se penche sur son matériel. L'homme à la bouteille d'eau me conduit dans une loge, prend plusieurs tops, des jupes, ainsi qu'un pantalon blanc en cuir qui, je le crains, est trop petit pour moi. Il m'installe sur une chaise devant une glace brillamment éclairée. Je me regarde et je me demande ce que je fabrique là. Il s'attaque à mon visage avec des pinceaux et des crayons.

« Tu as une peau magnifique, dit-il. Tu vas ressembler à une déesse brune. » Le cocard, les petits vaisseaux éclatés ont fini par guérir.

Lorsque le maquillage est terminé, je me contemple dans la glace. Je suis toujours moi, mais peut-être comme une sorte de double amélioré. J'essaye différents vêtements puis j'arrête mon choix sur le pantalon blanc et un top en soie. Le cuir me procure l'effet d'une deuxième peau. Je reste pieds nus.

Le photographe aux allures d'Indien me fait monter sur un petit plateau, me demande de m'asseoir de profil et de tourner mon visage vers l'objectif. Il me colle une minuscule boîte noire sous le nez. « La lumière est parfaite », déclare-t-il.

Quand il commence à me photographier, je souris.

« Pas de ça, m'enjoint-il. Tu ne poses pas pour ta photo de bal de fin d'année. »

On éclate tous les trois de rire et il se met à me mitrailler.

« Maintenant, l'expression sérieuse, m'ordonne-t-il. Un peu en colère, même. Avec une petite moue. »

Je pense alors à Suzanne, à notre dernière conversation il y a déjà si longtemps, juste avant qu'elle prenne place derrière Gus sur la motoneige en ce jour de Noël.

Quand, une semaine plus tard, j'ai vu les photos, j'ai noté une pointe de tristesse soulignée par les commissures de mes lèvres. Le photographe et l'agent étaient ravis.

On me fait mettre debout, à genoux, couchée les bras écartés. Je change sans cesse de tenue, il me prend même torse nu, les bras croisés sur la poitrine. Je me sens gênée et je regrette de ne pas être en meilleure forme, mais le photographe se comporte comme s'il me trouvait superbe.

Les positions qu'il me demande d'adopter me semblent trop théâtrales, trop artificielles, mais huit jours après, les photos étalées sur le bureau de l'agence m'ont paru très réalistes. Le photographe est bon, génial, m'a dit l'agent. Je me souvenais combien j'avais été mal à l'aise, proche de la résignation. Il avait saisi cette expression sur mon visage, et puis mon air furieux, mon refus de regarder l'objectif.

« Tu pourrais passer pour asiatique, me dit l'agent. Ou espagnole. Ou même pour une belle Inuit. » Je m'esclaffe. « Ton côté exotique est fort bien mis en valeur. » C'est ce même petit homme qui représente ma sœur. Ou représentait ? Il faut que je lui demande. C'est lui qui, peu de temps auparavant, m'a remis cette enveloppe bourrée de billets. Pour m'acheter. Maintenant, je crois qu'il s'apprête à me vendre.

Cet après-midi, quand j'entre faire des courses au Northern Store, le directeur me demande si ça m'intéresserait de figurer dans leur nouveau catalogue. « Il sera diffusé auprès de toutes nos succursales du nord de l'Ontario et peut-être du Manitoba, aussi. »

Je me retiens de lui demander s'il veut que je pose dans les allées des fruits et légumes flétris ou encore en veste de bûcheron et bottes de motoneige. Je me contente de répondre : « Je vais voir avec mon agent. » Puis je sors.

Ensuite, je me rends chez Eva à Moose Factory où j'ai droit à un curieux dîner avec elle, Junior et leur bambin. Gros bébé Hughie n'arrête pas de crier et de pleurer. Junior ne s'en occupe pas et met le match de hockey à la télé pour ne pas avoir à me parler. C'est la rencontre choc classique : les *Canadiens* contre les *Leafs*. Junior est un supporter de Montréal, et bien que je me fiche de Toronto, je hurle et j'applaudis chaque fois qu'ils marquent.

Junior et moi, on ne s'est jamais beaucoup aimés. Je le prends pour un loser, et il le sait. Il me prend pour une garce, et je le sais. Eva le tolère, pourtant, et il faut bien que je fasse de même. Quand la mère de Junior arrive pour garder Hugh, j'ai envie de demander pourquoi Junior ne s'en charge pas. La réponse est évidente : on est samedi soir et il y a bal à Moosonee.

Je conduis Eva à son travail sur ma motoneige parce que Junior prend la leur. J'ai peur, alors que nous cahotons au milieu des bosses et des congères, que la courroie finisse par lâcher.

L'hôpital est devenu comme un second foyer. Je ne remarque même plus l'odeur de désinfectant qui en masque d'autres bien pires. La nuit, les veilleuses confèrent aux lieux un aspect presque confortable. J'ai poursuivi mes petites explorations.

Quand je passe la tête dans la chambre de l'ado sniffeur, j'éprouve un choc en constatant que le lit est vide. Eva ne m'a rien dit d'un éventuel transfert. Il y a quelqu'un d'autre dans le lit d'à côté, resté inoccupé ces deux derniers jours. Les larmes me brûlent les yeux. Assez ! Interroge donc Eva avant de jouer les chiffes molles !

Un peu plus loin, je jette un coup d'œil dans la chambre du vieux couple. Rien ne semble avoir changé, sinon qu'à chacune de mes visites, les draps blancs sont remontés quelques centimètres plus haut sur leurs poitrines. Je redoute de les trouver un jour recouverts des pieds à la tête.

Le bruit de la respiration d'Eva me fait sursauter. Elle est à quelques pas derrière moi, en uniforme. «Alors, petite curieuse, dit-elle.

– Je voulais juste voir comment allaient *Moshum* et *Kookum*.

– Lui, dit-elle, montrant le vieil homme des lèvres, on ne parvient pas à savoir de quoi il souffre. Fort comme un cheval. Sylvina croit qu'il ne supporte pas d'être séparé d'elle.»

Nous sommes retournées dans la chambre d'oncle Will. «Qu'est-ce qui est arrivé au gamin sniffeur ? je demande, prête à éclater en sanglots.

– Shane ? On l'a conduit à Kingston par hélicoptère. Son état s'est assez stabilisé pour qu'on ait pris la décision. Il a probablement le cerveau grillé.» Eva a soudain l'air coupable. «Ne le répète à personne.»

Elle s'occupe d'oncle Will comme d'habitude, tandis que je la regarde faire. «Comment va-t-il ?» je demande.

Eva ne répond pas.

«Il est de plus en plus maigre.

– Nous avons augmenté la fréquence des perfusions. Il ne réagit toujours pas aux stimulus.» Elle se tourne vers moi. «Tu veux lui parler ?»

Je me laisse choir sur une chaise.

«Le Dr. Lam envisage de l'envoyer dans le Sud, reprend Eva.

– C'est-à-dire ?

– Il craint que ton oncle s'atrophie. Qu'il soit tombé dans un coma dépassé.»

Ma voix grimpe dans l'aigu lorsque je demande : «Qu'est-ce que tu entends par "l'envoyer dans le Sud" ?

– Je ne crois pas qu'on puisse encore faire grand-chose pour lui ici. Le Dr. Lam estime qu'il est transportable. C'est le mieux pour lui.

– Rien de bon ne nous arrive jamais là-bas. » Mes paroles résonnent dans la chambre silencieuse. Je me lève. « Regarde ce qui est arrivé à Suzanne ! Regarde ce qui m'est arrivé ! » Je me fais l'effet d'une idiote.

« Je pense que c'est à ta mère qu'il appartiendra de prendre la décision, dit Eva. Maintenant, il faut que je retourne à mon poste. Avec un bal à Moosonee, la nuit risque d'être animée. »

Une fois seule avec oncle Will, j'étudie son visage, puis je tends la main pour le toucher. Sa peau est chaude. Il y a encore de la vie en lui. « Je parie que si tu avais ton mot à dire, tu préférerais rester ici, à Moose Factory, plutôt que d'être expédié dans un hôpital inconnu. » Je ne le permettrai pas. Je sais ce qu'il veut. Avec certitude. « Je me battrai pour qu'on te garde ici avec nous. »

J'arpente la chambre. La vague de froid commence à me déprimer. J'aimerais quitter cet endroit, mais je ne peux pas, pas avant qu'il se passe quelque chose. Je veux ramener mon oncle dans ce monde par mes paroles, et ensuite, je pourrai partir. Mais est-ce que je crois vraiment qu'elles sont d'une utilité quelconque ? Ce n'est pas le moment de douter, Annie. Continue ton récit. Je me rassois à son chevet.

À Montréal, Butterfoot et moi sommes devenus inséparables durant ces premières semaines. Il m'emmène au restaurant, courir les magasins et même chez lui faire la connaissance de sa mère. Je découvre avec étonnement que c'est une Indienne Mohawk de Kahnawake. Tout comme le mien, son père a disparu depuis longtemps et est probablement mort. Quand Butterfoot me dit que son oncle est un célèbre musicien que j'admire depuis des années, sa cote auprès de moi grimpe encore.

Je m'inquiète au sujet du sac et des papiers que j'ai perdus, et Butterfoot me promet de m'aider à entreprendre les démarches nécessaires pour les remplacer, mais pour le moment, on s'amuse trop et on apprend à mieux se connaître.

Comme tout bon ange gardien, Gordon n'est jamais loin, encore qu'il passe de plus en plus de temps dans les rues de Montréal plutôt que dans la chambre. Je ne me souviens pas qu'il nous ait vus ensemble, Butterfoot et moi, mais je crois qu'il sait. Néanmoins, il reste et continue à veiller sur moi.

Butterfoot part jouer un week-end à New York. Il est assez célèbre comme DJ, je crois. Violette m'a proposé de venir habiter chez elle, mais je lui ai répondu que je ne voulais pas abandonner Gordon. Dans notre chambre d'hôtel, je lui demande s'il veut aller chercher à manger. Il fait non de la tête, puis prend le bloc-notes neuf que je lui ai acheté. *J'ai quelque chose à faire*, écrit-il. Qu'est-ce qu'il peut bien avoir à faire à Montréal ?

Il enfile ses baskets. Je vais essayer de le suivre. Je veux savoir ce qu'il fait quand il n'est pas avec moi. Dès qu'il sort pour prendre l'ascenseur, je me précipite dans l'escalier. Une fois dehors, je le suis à distance sans perdre de vue ses longs cheveux noirs. Il marche à grandes enjambées et prend la rue Saint-Urbain. J'attends une seconde avant de tourner le coin à mon tour. Il a disparu. S'est-il aperçu que je le filais ? Je descends la rue, réfléchissant à ce que je pourrais faire maintenant. Appeler Violette, pourquoi pas ? Ses copines et elle ont peut-être un truc de prévu.

Passant devant un cybercafé, je jette un coup d'œil à l'intérieur. Je m'arrête net. J'ai aperçu les longs cheveux de Gordon au fond de l'établissement. J'entre.

La salle est brillamment éclairée. Le vieil Asiatique au comptoir ne me prête pas attention. Je m'avance doucement vers le coin où Gordon est installé devant un ordinateur. À qui peut-il bien écrire ?

Voilà qui me stupéfie. Moi, je suis à peine capable d'allumer une de ces machines, et monsieur SDF, lui, s'en sert comme s'il était Bill Gates en personne. Je me plante derrière lui, pas trop près pour éviter de l'effrayer, mais trop loin pour pouvoir déchiffrer les mots inscrits sur l'écran. En tout cas, c'est un e-mail. Je m'approche. Le destinataire s'appelle Inini Misko, et Gordon n'a écrit qu'une dizaine de lignes. Il tourne la tête et tombe presque de son siège en me voyant tandis que je lis mon nom sur l'écran.

« À qui tu écris ? »

Gordon baisse la tête comme un élève pris en faute. « Je peux regarder ? »

Le salaud clique sur "Envoyer".

« Il y a mon nom. J'ai le droit de savoir à qui tu écris ! »

Les regards se braquent sur nous. Je parle moins fort : « Tu vas me le dire ou... » Ou quoi ? Je le flanque dehors pour qu'il se retrouve dans la rue ?

Il veut se lever, mais je le repousse sur sa chaise. J'en prends une autre et je m'assois à côté de lui. « Ouvre une nouvelle page », je lui ordonne. Il hésite un instant puis s'exécute. « Écris et dis-moi pour qui était ce mail et pourquoi mon nom figurait dedans. »

C'était pour Vieil-Homme à Toronto. » Gordon tape vite.

« Tu te fiches de moi ! » J'ai de nouveau haussé le ton. « Tu voudrais me faire croire que ce vieux a une adresse e-mail ? » Gordon fait signe que oui. C'est ridicule. Même moi, je n'en ai pas. « Et qu'est-ce que tu racontais sur moi ? »

Gordon se penche sur le clavier. *Je lui racontais que tu avais rencontré des gens qui connaissaient ta sœur et que tu semblais bien t'entendre avec eux.* Il s'interrompt. *Mais que tu n'étais pas plus avancée qu'en arrivant.*

« Qu'est-ce que tu en sais ? J'ai appris un tas de choses. »

Il me lance un regard interrogateur.

« Par exemple, que Gus fréquentait un gang de bikers. »

Gordon se remet à taper. *Je le savais déjà à Toronto.*

« J'ai fait la connaissance d'amis de Suzanne qui sont peut-être les derniers à l'avoir vue. » Je réfléchis une seconde. « Certains pensent qu'elle est partie à New York. »

Tu vas y aller aussi ?

« Jamais ! C'est une ville trop effrayante. Je n'y connais personne. »

Quoi d'autre ?

D'un seul coup, il a retourné la situation. C'est maintenant lui qui me questionne. Il n'y a pas grand-chose d'autre. Et ça me fout en rogne. « Il paraît que tu es alcoolique. » À peine ai-je prononcé ces mots que je les regrette. Je l'ai blessé.

Il tape : *Quand tu es arrivée, je disais à Inini Misko que je buvais.*

« C'est son nom ? Je l'ai toujours appelé Vieil-Homme. »

Gordon sourit. *Ce n'est pas son vrai nom. Juste son pseudo sur le Net.*

« Qu'est-ce que ça veut dire ? »

Homme Rouge en Ojibwé.

« Je m'en vais, dis-je. Tu comptes revenir à l'hôtel ? »

Il me considère un instant, puis détourne le regard. *Si on me le permet.*

Je hoche la tête et je sors.

Butterfoot prend la vie du bon côté. Il m'évoque un de ces personnages de désœuvré au cinéma, mais lui, au moins, il a un boulot. Il m'emmène déjeuner au bord du fleuve, dans la vieille ville. Je me suis rendu compte que je n'étais plus aussi pressée de rentrer à la maison. L'été à Montréal. La compagnie d'un beau garçon. Mon argent me permettra de tenir encore quelques semaines.

Il commande du vin, puis je choisis une salade au nom ridiculement alambiqué qui, s'avère-t-il, suffirait à peine à nourrir un enfant. Je n'ai plus été aussi mince depuis dix ans, et j'adore mon visage qui a retrouvé son tonus, ses pommettes saillantes. Suzanne me comprendrait. Elle approuverait ma métamorphose. J'ai toujours été l'aînée, la fille rude, et je suis en train de me glisser dans son univers. Dans sa peau.

J'ai un aveu à faire. Je me suis souvent conduite en garce avec elle, parce que j'étais jalouse de la façon dont elle se liait si facilement d'amitié, de la façon dont les vêtements tombaient si bien sur elle. Mon dieu. Elle pouvait porter un T-shirt extra large, une casquette de base-ball et des jeans baggy et avoir l'air sortie d'une pub pour Ralph Lauren. Je la détestais pour ça, je l'aimais pour ça ou, en tout cas, j'aimais observer de loin les garçons et les hommes, jeunes et vieux, qui se pâmaient à sa vue, les filles qui s'attroupaient autour d'elle de même que celles qui, hors de portée de voix, crachaient leur jalousie jusqu'à ce qu'elles soient à leur tour attirées dans son orbite et baignent dans son aura. Tout cela avec tant d'aisance. Elle semblait ne jamais avoir à fournir quelque effort que ce soit. On déposait tout à ses pieds.

Jusqu'à l'entrée en scène de Gus. Curieux de penser qu'il s'est d'abord intéressé à moi. Mais je ne l'aimais pas, pas beaucoup. Mignon ? Oh oui ! Seulement, il lui manquait quelque chose.

Butterfoot et moi parlons musique. J'admets que je n'y connais rien ou presque. Il commande une deuxième bouteille de vin et l'après-midi s'étire dans le soleil et les reflets de l'eau pétillante.

« Suzanne fréquentait ce quartier ? je demande.

– Oui, bien sûr. On déjeunait ici. Très souvent, parfois. »

La gorge soudain me brûle. Il faut que je profite d'être un peu éméchée pour poser la question. « Vous... vous étiez ensemble ?

– Qu'est-ce que tu veux, la vérité ou un mensonge ?

– Tu viens de me répondre. » J'allume une cigarette. L'éclat de l'après-midi s'est terni.

Il me raconte que ça n'a pas duré longtemps, mais qu'il est soulagé de ne plus avoir à me le cacher. Il me parle de Suzanne et de Gus, de leur séparation. Tout le monde au sein de leur cercle était au courant, me dit-il. Les problèmes entre Suzanne et Gus n'étaient pas de ceux qu'on attendrait quand un garçon a pour petite amie une très jolie fille sur le chemin de la célébrité. J'attends qu'il continue.

« Gus ne paraissait jamais jaloux, reprend-il. La plupart du temps, il ne faisait même pas attention à elle. Comme je te l'ai dit, il traînait avec ce Danny et d'autres personnages douteux. Et puis, il était accro. En tout cas, le bruit en courait. »

Je le dévisage. « Accro à quoi ?

– Une des saloperies les plus dures. Il s'est mis à fumer du caillou. Et en quantité. » Il ajoute que Gus maigrissait à vue d'œil, qu'il avait de larges cernes sous les yeux. Je regarde Butterfoot parler et je l'écoute aussi attentivement que possible. « Mais même avant ça, il ne faisait jamais attention à Suzanne. On en a discuté, elle et moi. Une chose en amenant une autre. Et puis, un jour, elle a pris son sac et elle a filé à New York. »

Est-ce qu'il se souvient de la date ? Je retiens la colère qui bouillonne juste sous la surface. Que pourrais-je avoir qu'elle n'ait pas déjà eu ? Il me répond que la dernière fois où il l'a vue remonte à quelques mois, quand il faisait encore froid. « Je partais pour un concert dans les Caraïbes. Elle m'a envoyé un texto pour m'annoncer qu'elle était à New York pour quelques séances-photo. Je lui ai demandé si elle pensait avoir le temps de venir me rejoindre, mais je n'ai pas eu de réponse. » Il s'interrompt, éteint sa cigarette. « J'ai alors paniqué à l'idée que Gus était peut-être au courant. En fait, je n'ai jamais su. »

Butterfoot lui a encore parlé une fois. C'était bien après qu'elle avait cessé de nous donner des nouvelles, bien après que nous pensions qu'elle avait déjà disparu. Elle me paraît soudain plus proche de moi qu'elle ne l'a été depuis des années. Je me prends alors à croire que le pire ne lui est pas arrivé.

Le soleil se couche et j'ai la tête qui tourne. Butterfoot me demande si je veux venir chez lui.

Je suis à deux doigts de l'envoyer promener, mais je me maîtrise. Il aurait dû me le dire tout de suite pour Suzanne et lui. « Je suis fatiguée, je réponds. Il faut que j'aille retrouver Gordon. » On peut être deux à jouer à ce jeu-là.

Il règle l'addition puis, devant le restaurant, arrête pour moi un taxi, et avant que j'aie pu l'en empêcher, il donne un billet de vingt dollars au chauffeur à qui il glisse rapidement quelques mots en français. L'adresse de mon hôtel, je suppose. On échange un regard, puis je m'installe à l'arrière. Ses yeux sourient, mais pas sa bouche. Il se penche et, sans que je le veuille, on s'embrasse. Il sent la cigarette et le vin blanc.

Ainsi, j'ai eu un goût de ce que Suzanne a eu. Le chauffeur fonce à travers la ville, le soleil disparaît, la nuit tombe, les lumières s'allument et je suis un peu ivre, mais je continue à penser à elle. Je m'efforce de l'imaginer dans cette ville. Oui, je suis jalouse. J'ai eu un aperçu d'un monde que je ne croyais jamais désirer, auquel je ne croyais jamais rêver. Il a un goût que je connais, un goût au-delà de celui des cigarettes.

Quand j'entre dans la chambre en titubant, Gordon dort tout habillé sur le couvre-lit. Mon arrivée bruyante le réveille en sursaut.

« J'espère que tu as de la bière ! » je braille.

Il me regarde avec des yeux écarquillés. Je m'écroule sur le lit à côté de lui. « Quelle journée, mon vieux ! » Je lui tapote l'épaule. « Ça fait plaisir de te retrouver. Quoi de neuf ? » Je souris et, appuyée sur un coude, je l'embrasse sur la joue, puis je m'écarte et je me relève. J'arpente la chambre. Il y a une boîte de soda sur la commode. « Je peux ? » Je l'ouvre et je bois une gorgée. Qu'est-ce qui me prend ? « Une cigarette. » Et j'ajoute en français : « *S'il vous plaît.* » Je tends la main en agitant les doigts avec impatience.

Il hausse les épaules.

Je fouille dans mon sac à dos d'où je tire un paquet de Player's Light à moitié écrasé. Il reste deux clopes. Je lui offre celle qui est cassée. Je ne l'ai jamais vu fumer, mais il l'accepte.

Je me réveille brusquement. Je suis dans mon lit. La lumière est éteinte, la télévision allumée sur les informations de la nuit, rien qu'en français, de sorte que seules les images me permettent de me faire une idée de ce qui se passe dans le monde. Gordon est allongé sur son lit, grand et mince, si beau dans les éclairs jetés par l'écran qui illuminent comme des flashes son visage hâve. Profil intéressant. Explosion d'une voiture piégée au Moyen-Orient. Il a les traits détendus. Il doit dormir. La télé lance de nouveaux éclairs. Partiellement nuageux, annonce la carte météo. Nouvel éclair tandis que le présentateur parle d'une voix grave de ce qui ressemble à l'Afrique. Je me tourne vers Gordon. Oui, il dort. Sa respiration est régulière. Encore un éclair. Quel beau profil ! Son corps, étendu sur le lit, m'appelle pour que je m'enroule autour de lui. Je suis tout à fait réveillée à présent, les sens qui vibrent, les yeux grands ouverts. On peut être deux à jouer à ce jeu-là.

J'ai envie de me lever, de poser les pieds par terre, de franchir la distance qui nous sépare et de me glisser dans son lit. À cette pensée, mes mains se tendent vers lui. J'imagine ma bouche qui descend le long de son torse lisse, de ses côtes saillantes. Ses cicatrices. Je me vois avec lui sous la couverture, nos membres mêlés tandis que je me refuse à le lâcher. Non, je ne le lâcherai pas. Ce ne serait pas difficile de balancer mes jambes pour descendre de mon lit. Et puis d'avancer un pied, cependant que l'autre suit. Que le corps suit. Que les corps suivent.

Je dresse la tête sur l'oreiller. Je vais le faire. Je me soulève sur les coudes et je sens la tension de ma jambe gauche qui s'apprête à sortir de sous le drap pour que je pose le pied sur la moquette et traverse la chambre. À cet instant précis, la télé vomit une femme en bikini qui, alanguie dans une chaise longue, ronronne comme un chat. Mon corps baigne à présent dans une lumière crue. L'air faussement timide, la femme énonce un numéro en français, dégrafe son haut pour dévoiler des seins ronds comme des melons. M'envoie un baiser. Je me sens prise dans son aura malsaine et je me regarde, regarde mon corps sous le T-shirt élimé. D'autres femmes apparaissent sur l'écran, qui dansent ensemble, qui s'embrassent sur la joue, sur les lèvres. En pouffant. Les filles sont maintenant seins nus, toujours en train de pouffer, et elles agitent vers la caméra leurs doigts terminés par de longs faux ongles. Est-ce ainsi que les hommes fantasment ? Mon corps s'effondre sur le lit.

J'éteins la télé, la tête lourde de trop de vin, les hormones retournées en hibernation, la lumière fantôme de l'écran derrière les paupières. Je vois ma sœur qui marche sur ce qui est une piste violemment éclairée. Elle porte une robe mince, plus mince que de la gaze, et elle est d'une maigreur que je ne lui ai jamais connue. Elle se prive de manger. Je croyais autrefois que notre peuple ne pourrait jamais se priver volontairement de nourriture. Notre monde hivernal s'en chargeait. C'est peut-être l'une de nos meilleures plaisanteries, un membre de notre clan qui choisit de ne pas manger pour ne plus avoir que la peau sur les os. Quel ancien le comprendrait ?

Le cuir chevelu me picote, ma peau est froide sur laquelle la sueur perle, si bien que j'ai plus froid encore. Je serre les dents. Est-ce parce que j'ai tant pensé à ma sœur au cours de cette journée que la maladie revient menacer mon corps ? Ou est-ce la maladie qui m'apporte son image ? La lumière derrière mes paupières faiblit un peu et mes mains tremblent. Une convulsion. Un avertissement. Non. Pas maintenant. Pourquoi maintenant ?

Mon corps va se crisper ou se détendre. Images de calme. J'ai besoin d'images de calme dans ma tête. J'enfonce un coin de drap dans ma bouche. Mon corps se raidit, puis il se relâche avant de se raidir plus brutalement. Je tente de stopper ce qui s'annonce. Je laisse mon esprit quitter mon corps que la douleur commence à transpercer.

Je m'envole par la fenêtre de notre chambre d'hôtel et je plane au-dessus de Montréal, contemplant les immeubles éclairés au milieu du centre-ville plongé dans le noir, l'immense croix blanche du Mont-Royal. La ville est une île, un iris qui scintille en dessous de moi. Quand la douleur blanche menace de me fendre le crâne, je m'élève plus haut encore.

Le grand fleuve, je le vois au cœur des éclairs qui jaillissent dans ma tête, ce fleuve qui se divise pour venir entourer l'île de Montréal. L'eau, promesse de fraîcheur. Elle m'attire vers elle. Le tremblement de terre n'est que le roulement des vagues quand je touche l'eau. Les rivières m'ont toujours attirée. Je flotte au-dessus du noir.

Nuit. Un bateau qui file. Tous feux éteints. Il traverse le grand fleuve, un homme aux cheveux noirs à la barre. La longue chevelure noire de Suzanne flotte derrière elle tandis qu'elle scrute les ténèbres, les yeux qui pleurent dans le vent. Elle regarde par-dessus son épaule l'endroit qu'elle vient de quitter, les lumières de la rive au loin qui clignotent, mais une bourrasque lui ramène les cheveux dans la figure et l'oblige à tourner la tête. Un homme mince et faible est blotti à côté d'elle sur le siège de la vedette. Tout est sa faute. Ils cherchent l'un et l'autre à échapper aux monstres qui les poursuivent. Suzanne veut croire que ces monstres sont incapables de franchir un fleuve à la nage, de franchir une frontière. C'est ce qu'elle fait. Franchir la frontière. Dans l'espoir de rendre plus fort cet homme malingre tassé sur le siège.

Le bateau fonce droit sur moi et, pareille à un huard, je plonge sous la surface. Au moment où la vedette passe au-dessus de moi, j'envisage de faire signe à Suzanne, mais elle ne me verra pas dans les profondeurs. Elle ne verra pas mon bras levé cependant que l'hélice qui brasse l'eau laisse derrière elle un sillage brillant.

Je me réveille en sursaut. Je baigne dans ma transpiration, mais j'ai la bouche si sèche que je ne peux pas l'ouvrir pour gémir. L'obscurité est totale, et il me faut une minute pour me souvenir de l'endroit où je suis. L'espace de quelques instants, j'éprouve un sentiment de panique, puis je perçois à côté de moi, sur ma gauche, le souffle régulier de sa respiration. C'est celle d'une personne réveillée, et calme. La respiration calme de celui qui me protège.

19

J'ai choisi le jour où, au crépuscule, les nuages de moustiques étaient si épais que j'en avalais à chaque inspiration. Les chiens eux-mêmes étaient couchés, la queue enroulée autour du museau, et je voyais les muscles de leur dos tressauter comme des poissons hors de l'eau pour tenter de chasser les buveurs de sang qui cherchaient à s'enfouir plus profondément dans leur poil.

J'allais voler de nouveau. J'ai sorti mon vieil avion du hangar en bas de la route, et j'ai nourri le moteur d'un peu d'amour et de beaucoup de carburant avant de le lancer. J'ai vérifié les instruments puis la gouverne de direction, la gouverne de profondeur, les volets et les ailerons.

Pour ma vieille maison à l'extérieur de Moosonee je n'avais pas grand-chose à faire, juste fermer le gaz et l'eau, puis les portes de devant et de derrière. J'avais déjà préparé ce dont j'aurais besoin, farine, conserves, deux haches, des munitions pour mes fusils, mes pièges Conibear. À bord de l'avion, j'avais embarqué ma tronçonneuse, mes cannes à pêche et mon filet manet ainsi que des couvertures et une réserve de carburant et d'huile.

J'avais des économies, moi, avec lesquelles j'ai acheté une caisse de whisky Crown Royal. Il faudra que ça me suffise. De cette manière, je serai obligé d'arrêter de boire, ce qui ne pourra que me faire du bien question santé. Pas de place pour des sodas, aussi je boirai mon whisky sec ou avec un peu d'eau de la rivière. J'ai également acheté deux cartouches de cigarettes et deux boîtes de tabac. Je serai aussi obligé d'arrêter de fumer.

Tout seul, j'ai coupé mon plâtre, exposant ainsi mes muscles atrophiés et les touffes de poils noirs disséminés le long de ma jambe que j'ai bandée très serrée dans l'attente qu'elle retrouve ses forces. Si jamais je reviens, ce sera comme une renaissance.

L'avion n'était plus de la première jeunesse. En son temps, c'était un bon vieil appareil malgré son alimentation-carburant fragile. Il m'amenait où j'avais besoin d'aller. Pour l'instant, il était sur la rivière, amarré à mon ponton. Quand les flotteurs étaient démontés, je décollais de la route gravillonnée qui passait devant chez moi. Mais ce soir, je décollerais de la rivière. Ce soir, je quitterais cette ville.

Des semaines durant, j'avais observé Marius de loin. Je connaissais ses habitudes, les lieux qu'il fréquentait, les moments où il était seul et ceux où il était avec d'autres gens. Je pistais ainsi les orignaux pour étudier leur comportement, et quand le vent soufflait dans le bon sens, je les faisais détaler. Ce soir, c'était le cas. Marius sortirait peu après sept heures de la maison de sa petite amie non loin de la station-service Two Bays pour aller acheter de la bière avant que le magasin ferme. Pour rentrer chez lui, il prendrait le raccourci qui passe près de l'aéroport, un chemin gravillonné qui part du lycée et que seul emprunte de temps en temps à cette heure l'un des professeurs, mais jamais le mercredi.

C'est là que je l'attendrais, dans un bouquet d'arbres à une vingtaine de mètres de la route. Moosonee est une ville au milieu de nulle part. Elle n'est accessible que par le train, un vrai tortillard, ou par avion au départ de Cochrane ou de Timmins. Quand on amènerait Marius à la morgue de Moose Factory, de l'autre côté du fleuve, et le temps que la Police montée arrive pour enquêter, je serais dans la forêt à des centaines de kilomètres au nord, occupé à construire mon abri pour l'automne.

Un plan qui présentait des failles, certes. Je serais bien entendu le suspect numéro un. Mais j'avais vu assez d'épisodes des *Experts* pour savoir que d'une part, l'arme que j'avais choisie n'était pas la mienne, et que d'autre part, on ne la retrouverait jamais une fois que je l'aurais jetée dans la baie James par la fenêtre de mon avion. Je veillerais à bien répéter à ma sœur et à mes amis que je partais en forêt pour recommencer à trapper et établir un nouveau campement de chasse. J'en parlais depuis des semaines. Le moment de mon départ jouerait contre moi et je n'y pouvais rien, mais il ne s'agirait que de présomptions, et tant que ma culpabilité ne serait pas prouvée, je serais considéré comme innocent.

Vers 7 heures, le soleil brillait encore. Je savais pourtant que Marius ne tarderait pas à se mettre en route. J'avais déjà glissé derrière la banquette de mon camion le fusil, cadeau d'un chasseur blanc à qui j'avais servi de guide il y a longtemps. Je ne l'avais jamais utilisé et personne dans le coin ne l'avait jamais vu. Il était chargé. Un instant, j'avais pensé prendre le fusil de mon père datant de la Grande Guerre, mais le type de munitions employé était trop rare et me trahirait.

Pour calmer mes nerfs, j'avais vidé une flasque de whisky. J'avais tué des dizaines d'orignaux dans ma vie, des centaines de castors, de renards et de martres, et je n'aurais jamais imaginé que j'envisagerais un jour de tuer un homme. Mais Marius n'était plus un homme. Et peut-être ne l'avait-il jamais été. Il lui manque quelque chose que nous possédons tous. Il est ce que les anciens appelleraient *windigo*. Marius, il a besoin de tuer.

L'aiguille de la jauge d'essence de mon pick-up était bloquée sur « vide ». Ennuyeux, mais si je m'arrêtais chez Two Bays, on se souviendrait peut-être de mon passage, ou pire, je pourrais tomber sur Marius. Je ne voulais pas courir ce risque. Impossible alors de faire autrement que de prendre Sesame Street et de naviguer au milieu des gamins qui jouaient dans la boue.

Une soirée tranquille. Plus tranquille que de coutume, même. Le bus scolaire de Two Bays qui emmène aussi les touristes à la décharge m'a doublé, et j'ai gardé la tête baissée sous ma casquette de base-ball.

J'ai longé jusqu'au bout la route bordant le fleuve, puis j'ai tourné à gauche pour me garer dans un chemin que plus personne n'empruntait. J'avais le temps. J'ai fumé une cigarette en surveillant la route. Pas une voiture en vue.

Saisissant mon fusil, je suis descendu pour me diriger vers les bois. Les moustiques tourbillonnaient autour de mon visage et de mes bras nus. Je ne me suis même pas donné la peine de les chasser. J'avais repéré l'endroit d'où je comptais le guetter. Excellente position. Une minuscule clairière au milieu de la forêt qui offrait une vue dégagée sur la route, et assez près pour que je ne puisse pas le rater.

Je me suis accroupi et j'ai attendu. Les moustiques me chantaient à l'oreille leur énervante petite mélodie de violon.

Un corbeau est descendu en planant pour se percher sur le fil téléphonique de l'autre côté de la route. Il savait que j'étais là, et il a penché la tête pour m'examiner de son œil noir. J'ai levé mon fusil, visé et ajusté le réticule sur la poitrine de l'oiseau. Une très bonne lunette. Meilleure que la mienne. Dommage de devoir jeter cette arme dans la baie. Je pourrais peut-être garder au moins la lunette. Non, pas question.

Mes mains, j'aurais voulu que le whisky les empêche de trembler. Je regrettais de ne pas en avoir emporté. Mais je savais combien on se relâche vite sous l'effet de l'alcool. J'ai abaissé mon arme et le corbeau s'est moqué de moi. Il s'est envolé, a pris le vent puis a battu des ailes pour que j'entende le souffle d'air qu'elles produisaient.

Étonnant comme le monde peut changer en si peu de temps. Il y a quatre mois, je n'aurais jamais imaginé que je m'apprêterais à commettre un tel acte. Il y a quatre mois, une épaisse couche de neige recouvrait le sol et la Moose River était encore gelée. La glace a fini par fondre et le courant qui coulait en dessous des eaux noires l'a poussée vers la baie James.

J'ai allumé une clope et consulté ma montre. Mes mains tremblaient toujours. Il n'allait pas tarder. J'ai vérifié le fonctionnement du fusil. Une cartouche dans la chambre. Quatre dans le magasin. Il était encore temps de rentrer à la maison et d'oublier, de recommencer à faire semblant. Je me suis de nouveau énuméré ses péchés. J'ai dégagé le cran de sûreté et guetté le crissement des pneus sur le gravier.

Avant d'avoir fini ma cigarette, j'ai entendu une voiture approcher. Une grosse voiture. J'ai scruté la route. C'était le pick-up F-150 rouge tout neuf de Marius. J'ai jeté la cigarette en me disant qu'il ne faudrait pas que j'oublie de ramasser le mégot. Ne pas laisser d'indices.

J'ai braqué le fusil sur le camion qui se trouvait encore à une centaine de mètres. Marius allait arriver, au volant, du bon côté par rapport à moi. J'ai constaté que sa vitre était remontée. Merde. Le tir serait plus difficile. Les yeux baissés sur quelque chose qu'il tenait sur ses genoux, il conduisait lentement. Un téléphone portable ? Nouvelles complications. Il n'était plus qu'à cinquante mètres, et le tremblement de mes mains était à présent si prononcé qu'il se transmettait à la lunette.

Contrôle. Respiration. Inspirer, expirer. Comme mon père me l'avait appris. Le vide dans la tête. Se concentrer sur la proie. Les mains plus fermes, j'ai suivi du canon de l'arme le mouvement du pick-up, comme si je visais une oie qui se préparait à se poser. Les fils du réticule se croisaient au milieu du visage de Marius. Un visage horrible. Le regard maintenant fixé devant lui, il riait tout seul. Le soleil se reflétait sur sa vitre. Encore un peu. Un tout petit peu plus près.

Lumière trop aveuglante dans la lunette. Visage trop flou. Si seulement sa vitre était baissée. Attends encore. Quinze mètres. Je suivais ses mouvements. Un éclat éblouissant, je parvenais tout juste à distinguer sa tête dans le réticule.

Non, impossible. Le camion était à ma hauteur, et je braquais toujours le fusil. Le doigt sur la détente, mais maintenant je n'arrivais même plus à voir sa tête à cause du soleil.

Vrombissements stridents. Piqûres de moustiques. J'ai pressé la détente.

La détonation, elle m'a fait l'effet du monde qui s'éveille. Un bruit de verre brisé, puis le pick-up a versé dans le fossé, klaxon bloqué et moteur emballé. Le pied de Marius avait dû rester coincé sur l'accélérateur.

Retrouver la douille chaude éjectée. Il fallait que je la récupère. Réfléchis, réfléchis ! J'ai regardé dans la lunette. Il était affaissé sur le volant. L'avertisseur continuait à hurler, de même que le moteur, tandis que les roues qui tournaient toujours projetaient des paquets de boue. Je l'avais fait. Pardonne-moi, qui que tu sois qui pardonne. Plus de retour en arrière.

J'ai regardé autour de moi. La douille était dans les feuilles. Il me fallait agir vite. Je suis sorti de la forêt et je me suis dirigé à grandes enjambées vers mon pick-up tout en lançant de rapides coups d'œil à droite et à gauche pour m'assurer qu'il n'y avait personne. On avait certainement entendu le bruit horrible du moteur, le hurlement du klaxon.

Le mégot ! À mi-chemin, j'ai pivoté puis, le fusil à la main, j'ai couru de mon mieux vers la clairière. À genoux, j'ai fouillé désespérément autour de moi jusqu'à ce que je repère enfin une petite tache blanche parmi les herbes et les feuilles mortes. Je l'ai ramassé, puis j'ai regagné mon véhicule.

Soudain, le moteur du pick-up de Marius s'est mis à tousser puis il s'est tu. On n'entendait plus que le hurlement de l'avertisseur. J'ai jeté le fusil derrière la banquette, je suis monté et j'ai tourné la clé de contact. Une fois. Deux fois. Le camion refusait de démarrer. J'ai pompé sur l'accélérateur, essayant de ne pas paniquer, de ne pas noyer le moteur. Il est enfin parti. J'ai enclenché la marche avant et j'ai roulé le plus lentement possible jusqu'à la route. Il ne fallait pas que je laisse de traces de pneus. Pas la moindre. Ça, je pouvais le contrôler. Ce que je ne pouvais pas contrôler, en revanche, c'est la présence éventuelle d'un autre automobiliste ou d'un piéton. J'ai voulu prendre mes cigarettes dans la poche de ma chemise, mais j'avais les mains qui tremblaient trop. Le son du klaxon s'est éloigné, bientôt remplacé par le seul bruit de ferraille de mon pick-up sur les graviers.

J'ai pris la route de la rivière. Un couple marchait, main dans la main. Je leur ai jeté un coup d'œil en passant. Ils étaient absorbés dans leur conversation. Un peu plus loin, j'ai vu des tas de gens qui traînaient devant chez Taska. Des gamins. Quelques-uns des vieux poivrots. Je me suis efforcé de ne pas les regarder et de rouler doucement avant de tourner dans Sesame Street pour retrouver la route de la décharge. Deux voitures m'ont dépassé. J'ai adressé un signe de tête à Eddie au volant du camion d'entretien municipal. Il m'a rendu mon salut. Merde.

Le trajet m'a paru durer des heures, mais je n'ai croisé personne. À l'embranchement de la décharge, j'ai aperçu le bus scolaire plein de ces touristes qui demandaient à voir des ours. Quelques kilomètres plus loin, je me suis enfin engagé dans le chemin qui aboutit à ma maison, coupée du reste de Moosonee par le rideau d'arbres, les ruisseaux et les bois.

J'aurais bien voulu verrouiller les portières du pick-up, mais c'est une chose que je ne fais jamais. J'ai saisi le fusil et, le serrant contre moi, je suis descendu vers le ponton où était amarré mon avion. Qu'il y ait des traces de poudre, ce n'était pas grave. Tout le monde savait que je chassais. Dans la maison, il n'y avait rien. Fermée à clé. Tout ce dont j'avais besoin se trouvait à bord de l'appareil. Je suis monté dedans et j'ai empoigné le manche pour tâcher de calmer le tremblement de mes mains.

J'avais tué un homme. Ce n'était pas le moment d'y penser. Une fois arrivé à destination, j'aurais tout le temps pour cela. J'ai fait ma check-list mentalement. Batterie. Manette des gaz. J'ai lancé le moteur, et dans un vrombissement, l'avion a répondu. J'ai mis au ralenti et je suis allé défaire les cordes. Mon canoë était attaché aux flotteurs. J'avais tout ce qu'il me fallait pour survivre dans les bois.

Une fois réinstallé, j'ai remis les gaz pour quitter le ponton. Face au vent, je les ai ouverts puis j'ai réglé le pas d'hélice. Je filais sur la rivière, la carlingue vibrait. Lorsque j'ai décollé, l'avion bourdonnait. Je volais de nouveau, j'allais m'éloigner de Moosonee et des eaux étincelantes de la Moose River. J'ai résisté à l'envie de survoler le pick-up de Marius, et j'ai viré au nord.

Lorsque j'ai rajusté le pas, l'hélice a mordu l'air. J'ai regardé une fois encore ma petite ville qui s'étalait en dessous de moi, puis j'ai fixé le pare-brise tandis que les tourbières défilaient sous le ventre de l'appareil.

J'ai tenté de me caler dans mon siège et j'ai agrippé les commandes. Mon avion a été secoué par un tourbillon de vent. Voler est une seconde nature. Ne pas songer à Marius. À la place, me rappeler le passage à tabac. Me rappeler qu'il a tenté de mettre le feu à ma maison. Me rappeler mon ourse. Mon ourse. Elle ne méritait pas de finir ainsi.

Cela faisait bien longtemps que je n'avais pas vu la terre d'en haut, mais il est des choses qu'on n'oublie pas. Les rivières serpentaient et miroitaient au travers des plaines qui s'étendaient sur des centaines de kilomètres jusqu'à l'Arctique. Je distinguais les troupeaux blancs d'oies des neiges en période de mue qui s'étaient posées pour se nourrir. Le soleil couchant se reflétait sur leur plumage. Dans une heure viendrait le crépuscule, et je devais demeurer concentré. Après tant d'années, je préférais ne pas prendre le risque d'amerrir dans l'obscurité. Au pire, je passerais la nuit sur un bras de rivière et je chercherais le lendemain un endroit où disparaître.

Restait la question du fusil. Je ne pouvais pas être vu avec. C'était une belle arme, solide et précise. Dommage, mais impossible de la garder. C'était le seul objet concret qui me reliait à l'assassinat de Marius. Assassinat. J'étais devenu un assassin. Les pensées se bousculaient dans ma tête. Eddie, l'homme chargé de l'entretien, m'avait croisé sur la route, mais il buvait et il détestait les flics. Mon taux d'adrénaline ne cessait de chuter. J'avais mal au crâne. J'avais besoin d'un coup de whisky. Et d'une cigarette. J'ai jeté un coup d'œil par-dessus mon épaule en direction de la pile de matériel entassé sur le siège arrière. J'ai lâché une seconde le manche qui vibrait pour pêcher mes clopes dans la poche de ma chemise. La caisse de whisky se trouvait presque à portée de main. Je m'imaginais déjà en sentir la brûlure sur ma langue, dans mon estomac.

J'ai allumé une cigarette. Le fusil était à côté de moi, enroulé dans la couverture. Sous l'appareil, rien que des tourbières. À la hauteur de l'Attawapiskat River, je virerais à l'est vers la baie et le refuge que je m'étais choisi. L'île d'Akimiski. La grande île dans la baie. Aucun homme n'est une île, mais les îles font de bonnes cachettes. Pilotant d'une main, j'ai pris le fusil dont j'ai coincé la crosse entre mes genoux. Loin en bas, ce n'étaient que marécages et ruisseaux. On se figurait sans peine qu'aucun être humain n'avait jamais mis le pied dans cette région.

Luttant contre le vent, j'ai ouvert la porte à l'aide de mon coude, et un violent courant d'air a secoué la carlingue. De la main droite, j'ai poussé le fusil dehors, puis je l'ai lâché après m'être assuré qu'il ne risquait pas de heurter le flotteur. Dès que j'ai eu refermé, le hurlement du vent est redevenu un simple gémissement, et je me suis représenté le fusil qui tombait tout droit, le canon en avant, puis qui s'enfonçait dans la boue et l'eau à l'instar d'une flèche ou d'un couteau pour s'y enfouir à jamais.

J'ai passé en revue ce que j'avais emporté tout en me demandant si je n'avais pas oublié quelque chose. L'avion transportait sa charge maximum, moi plus quatre cents kilos de matériel. Si j'avais oublié quoi que ce soit, il faudrait que je me débrouille sans, ou alors que j'essaie de le fabriquer. J'avais des briquets et des allumettes pour faire du feu. Deux carabines, un fusil de chasse, et tout un stock de munitions. Deux haches et un canoë. Des vêtements chauds ainsi qu'un nécessaire de couture. Des conserves pour plusieurs semaines. Si je ne pouvais pas survivre avec tout ça, je méritais de mourir.

Ce n'est pas ce que j'aurais pu oublier qui m'inquiétait, mais ce que j'avais laissé derrière moi. Ma sœur Lisette, mes nièces disparues, mes deux amis Joe et Gregor. Et Dorothy. Là, j'étais sans doute passé à côté de quelque chose. J'ai songé que je ne les reverrais peut-être jamais, puis je me suis traité d'imbécile. Bien sûr que je les reverrais. Quoique, espérais-je, pas derrière une épaisse paroi de plexiglas tandis que j'échafauderais à voix basse des plans d'évasion. J'avais trop regardé la télé ces derniers mois. Je serais seul dans la forêt, mais je recouvrerais mes forces. Je redeviendrais celui que j'avais été, perspective qui ne me déplaisait pas.

Le soleil sur ma gauche était bas sur l'horizon lorsque j'ai repéré l'Attawapiskat puis viré en direction de la baie. À cette heure du soir, la lumière est trompeuse. Elle vous joue des tours, en particulier sur l'eau, et il devient difficile d'estimer les distances et l'altitude. J'ai vérifié l'altimètre, la jauge à carburant, la pression d'huile et la température. Je pouvais maintenant déterminer l'endroit exact où le soleil allait se coucher, et j'ai cherché désespérément à apercevoir la terre. Je savais qu'elle n'était pas loin.

Le vent a forci et secoué l'avion violemment. Il y avait des turbulences, et l'appareil est tombé dans un trou d'air, de sorte que le cœur m'est monté aux lèvres. Et pour ne rien arranger, le moteur s'est mis à faire des siennes, a eu des ratés. Si jamais il s'arrêtait, il faudrait que je descende en vol plané et que j'amerrisse sur la baie. Avec le vent, il y aurait des vagues. À titre de précaution, je suis quand même descendu un peu.

Akimiski est enfin apparue devant moi. Une grande île qui appartenait au Nunavut encore qu'elle soit bien en dessous du pays des Inuits. Je n'ai jamais compris pourquoi. J'ai survolé la côte et, quelques minutes plus tard, j'ai repéré le lac intérieur dont je me souvenais, riche en truites, et dans lequel se jettent des rivières qui renferment toute cette vie dont j'aurais besoin. Les yeux plissés dans les derniers rayons de soleil, je me suis préparé.

La main gauche crispée sur le manche, j'ai saisi la manette des gaz. Le vent, venu du sud comme de l'ouest, soufflait en rafales. J'avais choisi l'endroit où me poser et je n'étais plus qu'à quelques pieds de la surface du lac, mais mon approche était trop rapide. Sachant qu'il me faudrait amerrir sur une très courte distance, j'ai prié pour qu'il n'y ait rien devant moi : troncs d'arbre, rochers ou souches submergées. Impossible de le savoir.

J'ai serré les dents lorsque j'ai touché l'eau, rebondi, puis touché de nouveau. J'ai sorti les volets à vingt degrés, puis trente. Encore trop vite. Trente-cinq puis quarante-cinq. L'avion vibrait de toute part.

Il a enfin ralenti, ralenti brutalement, frémissant, jusqu'à ce que je comprenne que j'allais m'en tirer. J'ai poussé un grand soupir, coupé les gaz et laissé l'appareil dériver vers le rivage et une petite plage sablonneuse. J'ai allumé une cigarette, tendu le bras derrière moi, déchiré l'emballage de la caisse de whisky et empoigné une bouteille.

Le soleil s'est couché cependant que j'étais assis là. La tension de ces dernières heures ne s'était pas dissipée, et alors que le ciel virait au bleu foncé puis au noir, je buvais gorgée sur gorgée en fumant cigarette sur cigarette, les mains tremblantes.

Combien de temps suis-je resté ainsi ? Je ne voulais ni ne pouvais rien faire d'autre pour le moment. Le poids des événements récents me clouait sur mon siège. Dorénavant, les cigarettes devenaient une denrée rare qu'il me faudrait économiser. Mais ce soir-là, j'en avais besoin. De même que je méritais toute une bouteille de whisky, si tel était mon plaisir. J'ai bu et fumé. J'ai écouté les bruits nocturnes des animaux. J'ai écouté l'eau clapoter contre les flotteurs.

20

J'ai plus ou moins pardonné à Gordon de m'avoir envoyée promener la semaine dernière. Je suis bien obligée de reconnaître qu'il avait raison. Encore que je me sois gardée de le lui dire. Je n'ai pas respecté la règle que j'avais pourtant apprise à mes dépens : ne jamais sauter dans le lit d'un mec quand on a trop bu. Cette leçon, je l'avais reçue dans le Sud, et avec d'autres garçons que Butterfoot. Bref, disons donc que j'ai pardonné à Gordon de m'avoir repoussée. Il faut que je reprenne le contrôle de moi-même, et le glaçon restera glaçon jusqu'à ce que ce soit moi qui décide de le faire fondre.

Qui sait si je ne réussirai pas à transformer mon Indien muet en homme de la forêt. Ces deux dernières semaines, pendant que je rendais visite à oncle Will, il s'est presque occupé de la ligne de trappe à lui tout seul. Il a appris à ouvrir et à poser les pièges, à essayer différents types d'appâts pour les martres. Il m'a étonnée en utilisant les têtes et les boyaux des gros brochets que Chief Joe prenait dans ses filets d'hiver et nous apportait de temps en temps. Et tenez-vous bien, les martres de la région semblent préférer le brochet à l'oie !

Ces jours-ci, j'en ai dépouillé quinze. Les peaux, écharnées, tendues sur leurs cerceaux de bois, se tiennent alignées comme des soldats vêtus de fourrures à distance respectable du poêle. À en croire Joe, elles atteindraient au moins quinze cents dollars si on les mettait aux enchères dans le Sud. J'en obtiendrais une somme inférieure en les vendant au Northern Store. Ouais, je me charge de faire l'éducation de ce garçon. Je vais peut-être tenter de piéger quelques castors du côté de la maison de Will.

Je soulève le capot de ma motoneige et, les doigts gelés, j'enlève la courroie. Debout à côté de moi, Gordon observe avec attention.

« Passe-moi la neuve », je lui demande, désignant le siège du skidoo. Gordon me la tend, encore dans son emballage. « Eh, tu aurais pu au moins la sortir. » Je déchire le carton, puis j'installe la courroie autour des poulies. Je remets mes gants et j'attends que la circulation se rétablisse dans mes doigts pour bien la serrer.

Nous allons voir ma mère tout à l'heure. Je vais tâcher de la convaincre de s'opposer à ce qu'on envoie mon oncle dans le Sud. J'emmène Gordon avec moi, mon arme secrète. Maman a un béguin d'adolescente pour lui, et elle ne cesse de nous dire de passer dîner. Elle voudrait aussi qu'on vienne habiter chez elle. C'est plutôt mignon, à vrai dire.

Quand je demande à Gordon de conduire, il prend un air effrayé. Je lui fais remplir le réservoir, démarrer la moto-neige en tirant sur la cordelette et régler le starter jusqu'à ce que le moteur tourne rond. La prochaine fois, je mettrai une batterie neuve. Ou peut-être que je changerai bientôt d'engin. Après les avoir ôtées délicatement des cerceaux, je fourre les peaux de martres dans des sacs du Northern Store puis je grimpe derrière Gordon. La motoski bondit, cahotant sur la piste qui longe la baie.

Les yeux plissés, je regarde la mer gelée, tandis qu'il conduit lentement, comme une fille. Sous le ciel bleu, le blanc s'étend à l'infini. Le vent soulève des tourbillons de neige. Le froid me mord le visage. J'enroule mon écharpe autour de mes joues et je remonte la fermeture éclair de la capuche de ma parka. À la fin de l'hiver, je vais ressembler à une petite vieille.

Une demi-heure plus tard, Gordon s'engage sur le parking du Northern Store, non sans avoir failli rentrer dans un pick-up. Je n'aime pas arriver comme ça en ville. Je suis un objet de curiosité. Je sais qu'on parle de moi dès que j'ai le dos tourné.

Je trouve le directeur au fond du magasin.

Il me demande : « Vous avez réfléchi à ma proposition au sujet de notre catalogue ?

– J'attends toujours des nouvelles de mon agent, dis-je en mentant. Il prendra contact avec vous. »

Je sors les peaux des sacs en plastique pour les étaler sur le comptoir. L'odeur n'est pas la plus agréable du monde. La moitié sont de grande taille, trois sont moyennes et deux, petites. Je n'accepterai pas moins de douze cents dollars pour le tout. Joe m'a dit que le cours des martres était au plus haut. Le directeur évoque un important marché asiatique.

Il prend une fourrure, la plus large. « Vous permettez que je la retourne ? »

Je hausse les épaules. Il veut voir si elles sont correctement séchées. Il la roule. « La peau a l'air bien, dit-il. Du beau travail. »

Ne me traite pas avec condescendance.
« Elles sont toutes aussi belles ?
– Oui, à peu près. Jetez un coup d'œil dessus. Quelques-unes ont de jolis reflets rouges. »
Il en déploie d'autres puis, après les avoir examinées, il pianote sur une calculatrice. « Je vous en offre sept cents dollars », dit-il enfin.
Quoi ? Il me croit née d'hier ! « Elles en valent le double.
– Si elles étaient aussi belles que celles-là, peut-être. » Il montre les deux plus épaisses.
Qu'il aille se faire foutre ! Je commence à remballer. Il se figure qu'il peut en profiter parce que je suis une femme ?
« Je vais à Moose Factory, dis-je. Là-bas, on m'en donnera un juste prix.
– Bon, bon, dit-il. Mille dollars. Vous n'obtiendrez pas plus ailleurs. »

« Tu sais ce que le patron du Northern Store a essayé de me faire ? je demande à ma mère pendant qu'elle met de l'eau à chauffer. Il a voulu m'escroquer. Et pourquoi ? Parce que je suis une femme ? Parce que je suis une Indienne ? »
Elle continue à s'affairer, sort des mugs, du sucre et du lait.
« Rien n'a beaucoup changé depuis le temps, pas vrai ? Imagine ce que c'était il y a un siècle quand la concurrence n'existait pas, Annie. Ton grand-père avait beaucoup d'histoires bien pires que celle-là à raconter. »
Comment se débrouille-t-elle pour me faire sentir à la fois stupide et geignarde ? Elle a le don pour ça. Je vais dans le séjour et je constate qu'elle a entrepris un travail de couture

et de perles. Elle confectionne de beaux mocassins en peau d'orignal pour je ne sais qui. Il y a même sur la table de la fourrure de castor destinée à les doubler. L'odeur de peau fraîchement tannée est l'une de mes préférées. De minuscules perles multicolores sont éparpillées sur le dessus en verre de la table basse. De longues et fines aiguilles à broder sont disposées à côté du fil. Je regarde le motif ornant le dessus des mocassins. De jolies fleurs de la baie James. Je prends un bout de peau d'orignal et j'en respire l'odeur. Assis sur le canapé, Gordon m'observe.

« Où est-ce que tu as trouvé une peau tannée à l'ancienne comme ça, maman ? » je demande.

Elle entre avec trois mugs sur un plateau. Cérémonieuse. Les petits plats dans les grands. Elle cherche à impressionner Gordon. « Mary Burke, répond-elle.

– Comment va-t-elle ? » Mary Burke habite plus haut sur la côte, et c'est l'une de ces anciennes qui ne parlent pas anglais. « Elle doit être très âgée maintenant. » C'est peut-être la vieille dame la plus adorable que je connaisse. Et l'une des brodeuses de perles les plus douées de toute la baie James.

« Elle va très bien, répond ma mère. Elle continue à broder comme si elle avait l'éternité devant elle. Je me demande comment elle ne s'est pas abîmé les yeux. » Elle tend un mug à Gordon. « Tu sais, Gordon, que ce n'est pas ma mère mais mon père qui m'a appris la couture ? »

Gordon sourit. Ils sont trop, ces deux-là. Je prends mon mug et je m'assois.

Maman s'installe à côté de nous. « J'ai une surprise pour toi, Gordon. Je te fais une belle paire de mocassins pour la cabane. Vous devez geler là-dedans. » Quoi ? Et moi, alors ?

«Je les aurai finis d'ici deux ou trois jours. Tu dois chausser quelque chose comme du quarante-cinq, non?»

Gordon sourit de nouveau et acquiesce d'un signe de tête.

Dans la cuisine, j'aide ma mère à pétrir la pâte pour la bannique. Le moment me semble bien choisi: «Maman, Eva m'a dit que le docteur Lam envisageait de transférer oncle Will à Kingston.»

Elle se concentre sur sa tâche. «Il paraît que c'est le mieux pour lui.

– Tu sais que je lui rends visite presque tous les jours? Je... je lui parle, et je crois que ce n'est pas inutile.

– Tu es une fille parfaite. Une nièce parfaite, dit ma mère. Mais je crois qu'il a besoin d'autres avis.»

Je décide alors d'abattre mon atout: «Si on l'envoie à Kingston, Gordon et moi, nous irons aussi. Et si nous sommes là-bas, Gordon retournera sans doute à Toronto et moi, j'essayerai de gagner un peu d'argent en posant de nouveau pour des photos de mode. Peut-être même à New York.»

Elle continue à pétrir la pâte. «Dans ce cas, je pense que j'irai avec vous. Je ne voudrais pas que Will reste seul là-bas.»

J'aimerais lui expliquer que le Sud ne réussit pas à notre famille, que loin de chez nous, le monde est un endroit laid et impitoyable, et que je sais avec une certitude absolue que si on arrache oncle Will à son environnement, il se ratatinera et mourra, mais ma mère ne comprendrait pas. Personne ne comprendrait. Pourtant, je suis convaincue d'avoir raison.

Au lieu de le dire, une idée me vient à l'esprit. Le plus énorme des mensonges. «Maman, je ne l'ai pas encore dit à

Eva ni au docteur Lam. Je ne l'ai dit à personne. Oncle Will réagit quand je lui parle.»

Elle s'interrompt.

Je ne peux plus faire marche arrière, aussi je poursuis : «Parfois, pendant que je lui parle, je sens même une légère pression sur ma main quand je prends la sienne. Comme s'il m'entendait. Comme s'il me demandait de continuer.

– Annie!» Elle paraît sur le point de s'évanouir. «Pourquoi tu ne me l'as pas dit plus tôt!

– Je ne voulais pas te donner de faux espoirs, dis-je, contemplant la pâte à bannique. Son état va s'améliorer, maman. S'il te plaît, laisse-le rester ici encore un peu.

– Oh, Annie, je regrette que tu ne me l'aies pas dit avant.

– Ne pleure pas, maman.» Je la prends dans mes bras, ce que je ne me rappelle pas avoir fait depuis des années. Elle est mince, la peau brûlante contre moi.

«Je pleure de bonheur, ma fille.»

Je l'étreins et je regarde Gordon assis sur le canapé. Il ne m'a pas quittée des yeux.

Eh bien, voilà, ce qui est fait est fait. Si tu ne m'as pas entendue jusqu'à présent, il y a intérêt à ce que ça change. C'est pour toi que j'ai raconté ce mensonge. Alors, écoute-moi.

Quand Eva arrivera tout à l'heure, je lui dirai que maman est d'accord avec moi. Elle tient à ce que tu restes ici, près de ta famille. Elle sait que c'est le mieux pour toi. Gordon et elle sont à la maison. Ils mangent de la bannique avec de la confiture et jouent aux cartes. Elle lui a demandé s'il désirait apprendre à broder des perles et à coudre, et l'idée a semblé l'enthousiasmer. C'est quoi ces gens que j'ai sur les bras ? Tu ferais bien de commencer à écouter, parce que je n'ai pas l'intention de les laisser t'envoyer ailleurs.

Tu sais que je ne suis pas une sainte. Quand, à Montréal, Butterfoot m'a dit qu'il avait couché avec Suzanne, je me suis considérée comme une femme libre. Il y a de très beaux hommes dans cette ville et bien que difficile, je me suis conduite en femme libre.

Pourtant, jamais lors du premier rendez-vous, pas après Butterfoot. À la réflexion, le premier soir avec lui, ce n'était pas pareil. Je n'aurais jamais cru que je deviendrais à Montréal, et par la suite à New York, la fille que j'ai été. Ne te méprends pas, je n'étais pas obsédée comme certaines des modèles avec qui je traînais. Violette ne voyait aucun inconvénient à ramener chaque soir chez elle un garçon différent. J'étais plus exigeante. C'est l'époque où j'ai exploré, mesuré mon pouvoir et où j'ai eu l'impression de vivre pour un temps dans la peau d'une autre. Ce qui m'a cependant étonnée, c'est de ne pas arriver à me débarrasser de l'image de Butterfoot. J'ai même pensé que je pourrais tomber amoureuse de lui.

C'est Violette et lui qui m'ont persuadée de me constituer un book, de voir du côté des photos de mode. J'ai ri ce soir-là où nous étions tous les trois dans le loft de Violette, celui du vieux Montréal que l'agent louait pour son écurie de mannequins, celui où Violette avait l'air d'habiter en permanence. J'ai ri quand tous deux m'ont suggéré « de me faire faire un book et d'aller à quelques séances d'interviews, quelques "Go-Sees".

– Tu parles ! j'ai dit en m'esclaffant. Je laisse ça à ma sœur. »

Nous avons bu encore puis parlé de la vie et de l'argent.

«Je ne peux rien te promettre, a dit Violette. C'est un univers sans pitié, mais est-ce que tu tiens vraiment à regretter un jour, quand tu seras vieille, de ne pas avoir fait ce que tu aurais pu faire ? »

Butterfoot a renchéri : «Mieux vaut regretter ce que tu as fait plutôt que ce que tu n'as pas fait. »

Ils ont réussi à me convaincre, je suppose. Je leur ai demandé : «Pourquoi êtes-vous si gentils avec moi ? » Ils ne m'ont pas répondu. Aujourd'hui, je sais qu'ils se sentaient coupables vis-à-vis de moi. Il m'a fallu longtemps pour le comprendre.

Je leur ai expliqué que l'agent de Suzanne me donnait la chair de poule, que je ne voulais pas lui parler.

«Ne t'inquiète pas pour ça, ma chérie, a dit Violette. Ce n'est rien de plus qu'une espèce de banquier et d'organisateur de "Go-Sees". Je vais l'appeler demain pour toi. »

Ça a été plus facile que tout ce que j'aurais pu croire. La semaine suivante, j'avais rendez-vous avec le photographe grand et mince dans son studio. Maintenant, je sais ce que coûte un book-photo. L'agent l'a payé – j'étais la sœur de Suzanne Bird, après tout –, et moi, je continue à le payer.

Je me demandais ce que mes nouveaux amis allaient penser de Gordon, l'Indien silencieux qui m'accompagnait partout. À ma grande surprise, ils l'ont accepté sans sourciller, comme s'il n'était qu'un élément bizarre de plus au sein de leur monde étrange. Au prix où était notre chambre d'hôtel, l'argent ne tarderait pas à manquer, aussi nous avons déménagé pour un endroit meilleur marché près de la gare

255

routière. J'avais décidé de rester le plus longtemps possible. J'avais de quoi tenir encore deux semaines au maximum.

J'éprouve toujours un choc en voyant l'état dans lequel est le loft où habite Violette. C'est un fouillis pire que celui dont Suzanne s'entourait. Est-ce que tous les mannequins vivent dans une porcherie ? L'immense pièce principale est pleine de vêtements jetés pêle-mêle à même le sol, de cartons de pizzas, de bouteilles de vodka vides, de boîtes de soda et de CD.

« Ne fais pas attention au désordre, me dit Violette en m'accueillant. La femme de ménage n'est pas passée cette semaine. » Sa voix couvre les basses de cette même musique qui me martèle les oreilles dans les clubs qu'on fréquente. Des voix de filles juste derrière. « On est dans la chambre, à admirer la vue, m'explique Violette. Vodka ? Rhum brun ? Un verre de vin ? » Je me rends compte que la question s'adresse à moi quand elle me regarde avec un curieux petit sourire en coin. « Oh, oh, Princesse indienne. C'est quoi ton poison ?

– Vin », je réponds sans réfléchir. La soirée vient juste de débuter. Un choix judicieux. Nous sommes invitées à une grande fête non loin d'ici. Un DJ de New York sera là. Butterfoot sera là. J'ai envie de le voir. Ça ne ressemblera sûrement pas à un bal à Moosonee.

« Va donc les rejoindre dans la chambre, me dit Violette. Il n'y a que Véronique et Ambre. »

Je n'ai pas le temps de lui dire que Gordon va peut-être arriver dans un moment qu'elle a déjà disparu. Je m'avance lentement au milieu du capharnaüm qui règne ici. Les hautes fenêtres laissent filtrer les dernières lueurs du jour. Un trognon de pomme pourri gît dans un cendrier débordant de mégots. Des piles de magazines s'entassent partout. Le plancher est jonché de mouchoirs en papier froissés, de courrier non ouvert, de canettes de Coca Light entamées. Il y a néanmoins une piste que je parviens à suivre.

Dans la chambre, deux filles minces assises sur un futon tiennent un verre à la main. Elles sont en slip et soutien-gorge, comme si elles attendaient le photographe. Je les ai vues dans différentes boîtes. Véronique a des cheveux blonds qui lui descendent jusqu'au milieu du dos et la peau si pâle que je me demande si elle n'est pas à moitié albinos, tout comme certaines de mes amies sont à moitié Crees. Elle me regarde une seconde puis détourne la tête, faisant comme si je n'existais pas. L'autre, Ambre, ressemble davantage à Violette, bien qu'elle ait les cheveux plus foncés, un visage plus maigre, vaguement chevalin. Elle est beaucoup plus amicale. « Ma chérie ! s'écrie-t-elle. Entre. Viens nous rejoindre. Le coucher de soleil est tout simplement divin ! »

Je promène mon regard autour de la pièce pleine de vêtements et de revues qui traînent. Je ne veux pas m'asseoir sur le futon avec elles. Je me sentirais trop mal à l'aise. Elles font face à la baie vitrée et au soleil qui se couche sur le fleuve. C'est magnifique. Je débarrasse un fauteuil. Je sens les yeux pâles de Véronique fixés sur moi, qui me transpercent. Moi, je ne l'aime pas.

Violette fait irruption dans la chambre, une bouteille de vin rouge dans une main, un tire-bouchon dans l'autre. Elle me tend les deux. « Je ne voulais pas rater le coucher de soleil, dit-elle d'une voix rauque. Je ne le rate jamais. » Elle saute sur le matelas à côté des deux filles, et elles regardent par la fenêtre en sirotant leurs verres. Ambre a un petit ventre, ce que je n'imaginais pas voir sur un mannequin. Véronique est mince comme un lévrier.

Je me débats avec le bouchon. Quand Eva et moi buvons du vin, c'est dans des bouteilles à capsule.

Violette ne m'a pas apporté de verre. Je voudrais lui en réclamer un, mais les trois filles ont les yeux rivés sur la baie vitrée, et j'aurais l'impression de déranger des fidèles dans une église. Je crains, si je me lève, de leur gâcher le spectacle. Elles ne me voient pas. Je bois une gorgée au goulot. Le coucher de soleil est vraiment splendide, qui embrase le Saint-Laurent. Je reprends un peu de vin et, comme elles, je regarde.

J'observe Violette. Elle glisse la main dans sa poche, en sort une petite boîte en argent qu'elle ouvre d'un geste sec. Ambre sourit et tire la langue. Violette lui dépose délicatement une minuscule pilule dessus. Véronique tend la main, paume ouverte, et Violette prend une autre pilule qu'elle lui donne.

Elle tourne ensuite la tête vers moi et, avec un sourire, m'en offre une. Elle m'interroge du regard. Je ne me sens pas d'humeur. Ce truc me fait peur, mais j'avance quand même la main. Violette s'approche, s'assoit presque sur mes genoux et place le petit cachet à hauteur de mon visage. Je tire la langue à mon tour, goûte l'amertume de l'aspirine, puis j'avale. Dans le halo du soleil, je ne distingue que sa silhouette. Elle va rejoindre les deux autres tandis que le soleil s'enfonce dans le fleuve.

Au début, c'est comme la dernière fois, puis ça devient plus fort. Une demi-heure plus tard, j'ai l'impression d'avoir du mal à respirer, comme s'il n'y avait pas assez d'air dans tout l'espace du loft. Les filles se lèvent et quittent la pièce. Je reste seule dans mon fauteuil dont j'agrippe les accoudoirs. Je ne veux pas être seule ici. Je veux flotter avec elles. Je veux parler. Je regarde dehors, et je crois être capable de compter les lumières qui s'allument à travers la ville.

Les trois filles, je les retrouve qui arpentent le loft. Elles rient, elles fouillent parmi les piles de vêtements, prennent puis jettent des magazines remplis de photos de gens comme elles. J'ai mal à l'estomac et je réalise que je n'ai rien mangé de la journée. Mais je n'ai pas faim. Je n'ai toujours pas de verre pour mon vin, et je bois à la bouteille. Ça me confère un petit côté décadent.

Je suis les filles pas à pas. Elles entreprennent de s'habiller puis de se déshabiller. Elles continuent à boire et elles continuent à rire. Elles se mettent à danser. Je suis peut-être invisible à leurs yeux, ce qui ne me dérange pas. Elles allument des cigarettes et gambadent tout autour de l'immense pièce. Qui sont-elles ? L'albinos, Véronique, elle ne m'aime toujours pas malgré le sentiment de chaleur qui se dégage des lieux. Peu m'importe. Je lui fais signe, mais elle feint de ne pas me voir.

Discrètement, je retourne dans la chambre à la baie vitrée. J'ai besoin d'être un moment seule, pour tenter de retrouver le sens des réalités. Des magazines de mode sont éparpillés sur le futon. Pendant que les filles rient et dansent dans l'autre pièce, je feuillette les magazines. Je cherche une photo de Suzanne. Je n'en trouve pas et la panique me gagne. J'ai la tête si légère qu'elle pourrait s'envoler. Les bras me picotent. Je me calme en contemplant le dos de mes mains, les veines qui les sillonnent comme des rivières sur de petites cartes.

Violette me rejoint dans la chambre où je tourne les pages des magazines à toute vitesse. Elle m'empoigne. « Il faut qu'on réfléchisse sérieusement à ce qu'on va porter ce soir. » Je pensais m'être déjà habillée. Je bois une nouvelle gorgée au goulot. C'est chaud et lourd. Et bon. Je crois que j'aime le vrai vin. Corsé. Je ris. Ma sœur est là, quelque part. J'ai des fourmillements dans la tête et j'ai envie de participer. Je reprends une gorgée.

« Merde ! hurle Violette tandis que la musique s'est faite encore plus forte. Je te l'ai déjà dit, mais t'as une allure tellement sauvage ! » Elle se penche et m'embrasse sur la bouche.

« Il faut que je te dise, un ami à moi... » Je m'interromps. Je la regarde dans les yeux et j'éprouve pour elle quelque chose qui ressemble à de l'amour. « ... j'ai invité un ami. » Elle me sourit, l'air heureuse. « Il passera peut-être, mais j'en doute.

– La fête ! s'écrie Violette. Un garçon arrive ! » Elle s'en va en dansant. Une fois encore, je n'ai plus qu'à la suivre. Les trois filles sèment des vêtements derrière elles, et la piste me ramène dans la chambre que je viens de quitter. Dans la lumière vive, elles essayent différents tops. Ni rideaux ni stores à la baie vitrée, et je m'inquiète à l'idée qu'on puisse les voir des immeubles voisins.

Violette s'approche de moi en dansant, m'enlace, puis elle renverse la tête en arrière et éclate de rire. J'ai peur de perdre d'équilibre. « Tu le sens ? me demande-t-elle. Tu me sens ? »

Je ne peux qu'acquiescer d'un geste, et quand elle me lâche, je tombe sur le matelas, la poitrine qui se serre et se gonfle à la fois. J'ai l'impression que mon crâne est logé à l'intérieur d'une bulle. Je prends quelques profondes inspirations.

« Princesse indienne ! » crie-t-elle. Le martèlement de la musique paraît encore plus fort. « J'ai une surprise pour toi ! » Elle s'avance vers les glaces de l'autre côté de la pièce et les fait coulisser, révélant un placard. Elle fouille à l'intérieur, lance derrière elle vêtements, chaussures et boîtes vides pour, d'un air triomphal, brandir enfin un sac-poubelle. Elle le pose sur mes genoux. « Les affaires de ta sœur. »

Je contemple fixement le sac noir.

« Vas-y, regarde ! me dit Violette. Non ! Attends ! Lève-toi d'abord. » Je m'exécute. Impossible de faire autrement. « Tu es à peu près de la même taille. Tu as juste de plus gros seins et de plus grosses cuisses. » Se caressant le menton, Violette m'examine des pieds à la tête. « Quatre, cinq kilos, je parierais. Pas plus. Mais Suzanne était vraiment maigre la dernière fois que je l'ai vue. »

Ainsi debout dans la lumière vive, je me sens gênée tandis que les deux autres filles me détaillent à leur tour. « Voyons ce qui pourrait t'aller. » Violette vide le sac sur le futon. Des jeans griffés. Beaucoup trop petits pour moi. Des T-shirts, si minces et si délicats que je craindrais qu'ils se déchirent à mon seul contact. Des jupes en pagaille, certaines coupées dans des tissus brillants, d'autres comme dans des chiffons.

C'est alors que j'aperçois, dépassant du sac, la toque en peau d'orignal de mon grand-père. Suzanne l'a prise le matin où elle est partie sur la motoneige de Gus. Je m'en empare et je la serre contre moi. J'ai trouvé quelque chose de nous. « Le chapeau de mon *moshum*, dis-je aux filles. Il l'a fait lui-même. Vous voyez ? » Je leur montre les coutures, la fourrure de castor, les oreillettes qu'on rabat quand le froid devient trop intense. À le tenir ainsi, j'ai les mains qui se réchauffent.

« C'est trop génial ! » s'exclament en chœur Violette et Ambre. Véronique nous ignore. Violette en rajoute.

« Ce chapeau, c'est une vraie bombe atomique. Tu devrais le mettre pour un Go-See. »

Elle empoigne plusieurs des chemises de Suzanne et me demande de les essayer.

« Elles ne m'iront pas, dis-je. Ma sœur est si menue.

– Ça dépend comment tu les sens, dit Ambre. Si tu les sens, elles t'iront, ma chérie. »

Véronique garde les yeux rivés sur la baie vitrée.

Violette saisit le bas de mon T-shirt pour me l'enlever. Je ne veux pas que les autres me voient en soutien-gorge et jupe noire. Mais elles ne font plus attention à moi. Je lève les bras comme une enfant, et la peau me picote. « La jupe aussi, m'ordonne Violette qui continue à fouiller parmi les affaires de Suzanne.

– Comment ça se fait que tu as des vêtements ayant appartenu à ma sœur ? » je lui demande alors que je me tiens devant elle en slip, soutien-gorge et bottes, agrippant la toque de mon *moshum*. Du coin de l'œil, je surprends mon reflet dans la grande glace, mais je ne veux pas me regarder. Sinon, je vais m'effondrer. Tout va s'effondrer, et je me retrouverai seule et abandonnée dans cet endroit si loin de chez moi que je me jetterai par cette immense fenêtre. Jamais je ne pourrai ressembler à ces filles. Je ne regarderai pas. Je ne regarderai pas.

Violette m'enfile un T-shirt par-dessus la tête, si doux qu'on dirait une toile d'araignée. « Ridicule ! » dit-elle. Je crois qu'elle parle de l'allure que j'ai dans ce T-shirt. «Elle habitait ici quand elle travaillait à Montréal.»

Suzanne est venue ici. Elle a dormi sur ce futon, porté ce T-shirt que j'ai sur moi et qui épouse ma poitrine.

«Je te reconnais!» s'exclame Violette. J'ai l'impression de me noyer, et elle ne paraît pas s'en soucier.

Elle me présente une jupe noire brodée de roses rouges, des roses très rouges. Des roses rouges grimpantes qui forment des motifs complexes. J'ai envie de les caresser. Elles sont rutilantes.

«Ça va le faire, ma chérie!» s'écrie Violette, me forçant à passer un pied dedans, puis l'autre. Après quoi, elle remonte la jupe le long de mes jambes. Ses ongles me font de petites décharges électriques sur la peau. Elle me conduit vers la glace et je la devine qui voltige autour de moi.

Je respire un bon coup, puis j'ouvre les yeux. Je ne parviens pas tout à fait à croire ce que je vois. Je distingue d'abord les longs cheveux noirs, puis le corps longiligne. Les pommettes hautes. Et puis les yeux brillants. Qu'est-ce qui est arrivé?

Je te vois, ma sœur. Je te vois, Suzanne.

21

La vie dans la forêt est simple. Répétitive. Mon père savait qu'il n'y avait que trois choses indispensables dans les bois. Du feu, un abri et de la nourriture. On consacre chaque instant à les rechercher, ou à y penser. Quand je suis arrivé, je savais que j'étais tranquille pour un moment. Je me suis abandonné à la paresse. J'avais des conserves, des cigarettes et du whisky. C'était le plein été. La première fois que j'ai jeté ma ligne, j'ai attrapé quelques truites de la taille d'une poêle, ce qui n'a pas manqué d'ajouter à mon indolence. Mais le mois d'août s'achevait. Déjà les nuits fraîchissaient, et le matin, le soleil était plus long à me réchauffer. J'ai donc secoué le manteau de quiétude dans lequel je m'étais drapé, et je me suis préparé en vue de l'automne et de l'hiver.

Nombre d'animaux vivent sur l'île, une île qu'on mettrait plusieurs jours à parcourir. Castors et rats musqués, loutres, lagopèdes, grouses, oies et canards. Nombre d'épicéas, d'aulnes et de mélèzes, mais pas d'arbres à bois dur, et je savais donc que me procurer du bois pour l'hiver ne serait pas facile. J'ai recommencé à placer des collets. Ailes d'oie attachées à un saule pour les renards et des cabanes soigneusement construites à l'image de petits tipis, assez grands pour qu'un lynx puisse y entrer, tenté par une fourrure de lapin accrochée à un piquet, et se faire prendre au piège du lacet.

Je dormais dans une tente de prospecteur en toile, plantée sur une petite butte au bord de la rivière, près de mon avion dissimulé sous des branchages pour qu'on ne le repère pas d'en haut. Je n'avais pas d'autre choix que d'entretenir un feu toute la nuit dont la lueur me trahirait si jamais on me recherchait sérieusement. Je n'en avais pas tant besoin pour la chaleur que pour me tenir compagnie et m'apporter un peu de réconfort. Je ne m'inquiétais pas trop, car mon feu n'était qu'un minuscule grain de sable sur une immense plage.

Chaque matin, je me levais avant le soleil et je me faisais une petite cafetière. Je ne dormais pas bien, moi. Ma jambe me causait une douleur sourde qui me gênait surtout la nuit. Je tâchais de ne pas me laisser obséder par ce que j'avais fait. Je me concentrais au contraire sur mon existence quotidienne et j'explorais mon nouvel environnement. J'ai découvert quelques barrages de castors et je me suis dit qu'avec le gel, je viendrais poser des pièges. J'ai trouvé des pistes de lapins dont j'ai pris note pour plus tard. J'attendrais que l'hiver soit plus proche pour les trapper. Si je ne tuais pas de plus gros animaux, les lapins me permettraient de survivre.

J'ai travaillé comme je l'entendais. D'abord, le feu. L'alimenter. Réunir tout ce qu'il fallait pour ça. Recommencer des dizaines et des dizaines de fois par semaine. Il valait mieux ne pas gaspiller d'essence pour la tronçonneuse, aussi je me contentais de la scie et du maillet. Je cherchais les branches tombées et le bois mort qui n'avaient pas encore pourri et je les coupais pour les ramener à mon campement. J'ai fabriqué une palette pour les stocker à l'abri du sol. Le soir, quand je me couchais, j'avais mal aux bras et au dos.

Utilisant des vers que j'avais déterrés, je pêchais la truite dans la rivière brune. Un matin sur deux, je prenais mon canoë et je pagayais sur le lac pour aller pêcher dans les cours d'eau qui se jetaient dedans. Je gardais les bonnes truites dont je levais les filets et je relâchais les autres. Si vous aviez vu, mes nièces, comme elles brillaient dans le soleil ! Le combat avec les brochetons, les brochets et les esturgeons me manquait, mais les truites sont spéciales, et le combat donne un excellent goût à leur chair, si bien que je me retrouvais avec trop de truites à manger. J'ai renoncé à ma tente pour y fumer et y conserver le poisson.

Octobre est arrivé et j'ai entrepris de construire un *askih-kan* où je pourrais passer l'hiver confortablement, bien au chaud. J'ai dégagé et creusé un trou circulaire sur ma butte, assez large pour me permettre de m'allonger, d'entreposer les objets indispensables et de faire un feu au milieu. Ensuite, j'ai cherché dans les environs de jeunes arbres que j'ai abattus pour servir d'armature. Je les ai plantés dans le sol tout autour du trou. Il m'a fallu deux jours pour cela, et quand j'ai eu fini, il ne restait plus qu'à couvrir l'ensemble de grosses mottes de terre. À l'approche de l'hiver, et avant que le sol gèle, je découperais de grands carrés que je place-rais sur l'armature en guise d'isolation. Pour le moment, l'écorce de bouleau suffisait à me protéger du soleil et de la pluie. Tous les soirs, j'entrais en rampant et j'allumais un petit feu dont la fumée s'échappait par l'étroit orifice en haut de ma hutte. Au fil des jours, je suis devenu aussi sauvage qu'un lapin ou un ours à force de vivre dans la terre d'où j'émergeais chaque matin pour chasser et arranger la viande.

Je crois que je commençais à avoir assez fière allure, moi. J'étais plus mince et plus farouche, j'avais moins de ventre, mes bras et ma poitrine s'habituaient au maniement de la scie et de la hache. Ma jambe me tracassait beaucoup, et je veillais à ne pas trop la fatiguer.

Mon père me disait donc que dans la forêt, je devais me consacrer en priorité à trouver de quoi manger, de quoi faire du feu et de quoi me construire un bon abri. Il y avait une chose qu'il ne mentionnait pas : le manque de compagnie. Les journées étaient longues et le soleil ne se couchait que tard le soir. Je me surprenais parfois à parler tout seul, ou aux arbres, ou encore à un lapin ou à une truite que j'avais attrapés, et aussi à un fusil. J'en avais emporté trois – en plus de mon fusil de chasse. L'un, je l'avais jeté de mon avion. Le deuxième était réservé au gros gibier. Et le troisième, c'était celui de mon père datant de la Grande Guerre. Il restait enveloppé dans sa couverture, car je connaissais son pouvoir. À celui-là, je ne parlais pas dans la mesure où je savais ce qui risquerait d'arriver. Il était rangé à l'intérieur de mon *askih-kan*, silencieux, palpitant presque comme un être vivant. Une boîte de Pandore aurait dit votre mère Lisette. Ne l'ouvre pas.

La solitude envahissait tout comme de la mousse, et elle rampait sur mes jambes et mes bras. Chaque jour au réveil, je constatais qu'elle avait encore progressé. Elle avait maintenant atteint mon sexe, de sorte que je ne rêvais même plus de Dorothy. Un matin, je me suis aperçu qu'elle avait tapissé mon ventre et étouffé ma faim. Elle ne tarderait pas à me couvrir des pieds à la tête, si bien que je serais entièrement camouflé, invisible au reste du monde. Je parlais donc de plus en plus aux arbres et aux *whiskey-jacks*, ces petits geais gris qui faisaient leurs nids près de chez moi. Je leur demandais de me rendre visite, d'empêcher la mousse de se propager trop vite. Je les nourrissais avec des morceaux de bannique et de poisson. Ils sont devenus mes amis et, au bout de quelques semaines, certains se posaient sans crainte à côté de moi, et je leur donnais à manger dans la main.

La caisse de whisky cherchait à m'attirer. Il n'y manquait que la bouteille que j'avais bue le soir de mon arrivée. Et quand le whisky m'appelait pour s'entretenir avec moi, ce n'était pas à titre d'ami. Va te faire foutre ! Je t'interdis de me parler. Je savais qu'il me raconterait encore davantage de conneries si j'ouvrais une bouteille. Et pour le moment, la gueule bien fermée par les bouchons, elles ne pouvaient que marmonner et grogner.

Les journées me semblaient trop longues pour que je ne fasse que m'activer. Mes pensées, elles, commençaient à dériver et à se reporter aux mois qui avaient suivi mon passage à tabac. Je m'efforçais de chasser de mon esprit les images de ma sœur, de mes amis, de Dorothy. Il y avait là trop de souffrances. Trop d'interrogations sur ce que j'avais fait, sur mon univers à jamais bouleversé. Ce n'était pas la meilleure solution que j'avais choisie en ce qui concerne Marius. Un acte motivé par la peur plus que par la vengeance. Un plat que j'avais mangé chaud.

Tandis que l'été s'achevait, je me rendais compte que mon désir de vengeance ne découlait pas de la correction que j'avais reçue, du sort réservé à mon ourse, ni même de tout le mal que Marius m'avait fait et qu'il aurait pu faire à ma famille, mais de celui qu'il faisait aux jeunes. Je voulais m'en convaincre. Je l'avais tué pour sauver les jeunes. Dès que j'ai songé de nouveau au clan Netmaker, le grand bâtiment blanc que je croyais définitivement disparu est revenu hanter mes cauchemars. Ce que Marius et ses acolytes avaient introduit dans notre communauté était beaucoup plus dévastateur que ce que les *wemestikushus* avaient apporté avec leurs bonnes sœurs et leurs prêtres. Le comprendre aujourd'hui ne me servait à rien. C'était aussi inutile que le serait un micro-ondes dans mon *askihkan*. J'ai donc pris mes regrets et mes peurs avant qu'ils puissent suppurer, et je les ai jetés dans la rivière.

Un jour, après avoir pêché, travaillé à mon abri et ramassé du bois, je me suis assis sur la berge et j'ai pensé à mes amis. De l'endroit où je l'avais rangée, hors de ma vue, la caisse de whisky m'appelait de son murmure tentateur. Je craignais, si je commençais à boire, de ne plus pouvoir m'arrêter. J'essayais de ne pas l'écouter. Le nombre de paquets de cigarettes diminuait dangereusement, mais j'avais du tabac et j'aimais le temps et la concentration nécessaires à rouler mes clopes. Cette nuit-là, une meute de loups s'est approchée et ils m'ont réveillé par leurs hurlements. Je les ai écoutés venir si près qu'une panique telle que je n'en avais pas éprouvée depuis des années m'a paralysé. Les loups eux-mêmes ne m'effrayaient pas. Par contre, l'idée qu'ils étaient en bande, ensemble, m'emplissait de désespoir. Si j'avais pu bouger, je serais sorti en rampant et j'aurais ouvert une bouteille. J'ai fini par sombrer dans un sommeil agité, peuplé d'images de mes amis, de ma famille, de vous deux mes nièces.

Le lendemain matin, il bruinait. J'ai cependant quitté mon *askihkan* pour aller couper du bois et fumer du poisson.

Ensuite, assis sous la pluie, j'ai regardé couler la rivière. Le crachin tiède criblait la surface de perles qui se fondaient aussitôt dans le courant. J'ai roulé une cigarette que j'ai fumée, protégée par la visière de ma casquette de base-ball. Il s'est mis à pleuvoir plus fort et les gouttes tambourinaient tout autour de moi, mais je n'ai pas bougé pour autant. Il faudrait que je fasse un plus grand feu et je mettrais un long moment à me sécher, mais la pluie marquait la fin de l'été et j'étais content de m'être construit ce nouveau petit campement, cette nouvelle petite vie. Plus de danger de mourir de faim ou de froid. Ma peur naissait de ce que je me trouvais si loin des autres. J'ai regardé la fumée s'élever dans le ciel mouillé et j'ai fait une chose que je n'avais pas faite depuis longtemps, une chose que mon père m'avait apprise.

Tu vois cette fumée ? disait-il à une époque où il roulait lui aussi ses cigarettes. Oui, répondais-je. *Regarde bien où elle va.*

Je la suivais des yeux cependant que, échappées de sa bouche, venues du plus profond de son corps, les volutes dérivaient dans l'air avant de disparaître dans le ciel, emportées par le vent.

Où est allée la fumée ? demandais-je.

Elle est allée dans le ciel, au paradis où sont tous les parents qui nous ont quittés.

Ils peuvent la sentir ? demandais-je.

Il riait. *Oui, moi, je crois qu'ils peuvent. Ils te voient dans la fumée qui arrive jusqu'à eux. Tu peux leur dire ce que tu veux qu'ils sachent. Ceux sur qui tu désires qu'ils veillent.*

Sous la pluie, j'ai tiré une bouffée de ma cigarette puis j'ai murmuré un bonjour à mon père ainsi qu'à ma grand-tante Niska. Je leur ai demandé de veiller sur nos parents. Je leur ai demandé de saluer ma femme et mes deux fils. Je leur ai demandé de dire à ma famille perdue que je me décidais enfin à bouger, de dire à Dorothy qu'un jour, j'aimerais la retrouver. C'est alors seulement que je me suis levé pour rejoindre mon abri où j'ai ôté mes vêtements trempés avant de me laisser gagner par le sommeil en me rappelant tout ce que j'avais abandonné derrière moi.

En cette fin d'été, la pluie qui tombait sans discontinuer m'a tenu enfermé pendant des jours. Je ne sortais que pour ramasser du bois et colmater les fuites du toit à l'aide de paquets de boue. L'ennui s'installait vite. Je monologuais, mais je me disais que je n'allais pas tarder à faire mes préparatifs en vue de l'hiver, ce qui ne me laisserait plus trop le loisir de penser. Je m'encourageais à profiter du temps où j'étais seul, où je n'étais pas trop occupé. Mon dieu, comme je regrettais de ne pas avoir demandé à Dorothy de m'accompagner. C'est une femme remarquable, elle. Elle comprendrait pourquoi il m'avait fallu agir ainsi avec Marius. Le fils dont elle ne parlait jamais avait un jour volé un skidoo et il était passé à travers la glace près des rapides de Kwetabohegan. On ne l'avait retrouvé qu'au printemps. Les flics ont dit qu'il était drogué. Drogué et ivre. C'était pourtant un brave gamin. Un gamin à problèmes, mais brave. Sa mort a failli tuer Dorothy aussi. Tant de jeunes meurent pour rien de ce côté de la baie James.

Je marquais le passage des jours par des encoches dans une souche, mais comme tant d'autres choses, cela ne satisfaisait guère mon imagination, et j'ai fini par me lasser. Qui a besoin du calendrier de l'homme blanc quand on a le soleil, la lune et les étoiles ? Lorsque j'ai estimé que septembre était arrivé, j'ai décidé de le fêter en laissant parler une bouteille. Mon premier verre depuis ma première nuit dans mon nouveau chez-moi. En vingt ans, jamais je n'avais tenu si longtemps sans boire.

Il pleuvait toujours. J'ai rampé hors de mon abri et creusé là où j'avais enterré la caisse de whisky. Ces bouteilles, leurs murmures sont devenus bavardages, et je me suis mis à trembler dès que je les ai entendus. Au ciel pâle, je savais qu'il était encore tôt dans la matinée, mais ici, dans la forêt, le temps est ce qu'on veut qu'il soit. J'étais mon propre maître et je n'avais pas vu un seul autre être humain depuis au moins six semaines. Un motif de fierté, je crois. J'avais choisi ma voie et je la suivais.

De retour dans mon *askihkan*, j'ai contemplé le liquide ambré et levé la bouteille à la lumière qui filtrait par la cheminée. Un instant, j'ai pensé qu'au lieu de l'ouvrir, j'allais me contenter de la tenir entre mes mains et d'admirer sa couleur. Cette idée n'a été que fugitive, et le bruit sec du bouchon que je dévissais m'a envoyé des papillons dans l'estomac.

J'ai bu une première gorgée, et au moment où je réprimais le haut-le-cœur que j'ai parfois quand l'alcool m'écorche la gorge, la pluie a diminué. Un bon signe s'il en était. J'ai pris une deuxième gorgée, et l'effet a été rapide, plus rapide que dans mon souvenir. Je ne mangeais pas beaucoup tous ces derniers temps. Je me suis étendu sur ma couverture et, considérant mon corps long et mince, je l'ai admiré, ce qui ne m'était encore jamais arrivé. Je n'avais plus du tout de ventre. J'ai retroussé mes manches et jeté un coup d'œil sur mes bras. Ils étaient musclés et noueux comme à l'époque de mes vingt ans. Pour la première fois depuis des semaines, j'ai senti se dissiper la crainte accrochée à moi comme la fumée de mon feu. J'ai senti quelque chose que je n'avais pas senti depuis une éternité. J'étais de nouveau jeune. J'étais fort.

Me redressant, j'ai ôté ma chemise. L'air froid m'a donné la chair de poule. J'ai passé la main sur ma poitrine, émerveillé par sa minceur. Si Dorothy pouvait me voir ! Non, repousser cette pensée, sinon tout allait s'écrouler.

La bouteille à la main, je suis sorti sous le crachin et j'ai levé les bras au ciel. Je suis Will ! Je suis redevenu un homme des bois. J'ai bu une nouvelle rasade, et la vague de clarté qui accompagne le plaisir de boire a déferlé sur moi. Un feu me brûlait les entrailles. Un bon feu. Je me suis regardé sous la pluie, torse nu. J'avais belle allure !

Je mourais d'envie d'enlever mon pantalon, mais à l'idée d'être ridicule, j'ai renoncé. J'ai avalé encore une gorgée et, merde, pourquoi pas ? J'ai baissé ma fermeture éclair, puis je me suis débarrassé de mon jean, et tout nu, dominant la rivière, j'ai contemplé mon domaine.

Sentant la fraîcheur de l'air sur des parties de mon corps où je n'avais plus l'habitude de la sentir depuis des années, je me suis avancé vers la berge. Je devrais être gêné de vous le raconter, mes nièces, mais là où je suis, ce genre de sentiment n'existe plus. Mon sexe aurait dû être mou et tout ratatiné dans le froid, mais non. Dorothy, pourquoi n'était-elle pas là ? La bouteille toujours à la main, je me suis assis sur une grosse pierre au bord de l'eau, et j'ai continué à boire. Aujourd'hui serait ma journée de repos. Je percevais mon odeur, une odeur de pommes trop mûres, une odeur musquée de chien sauvage.

Je suis entré dans l'eau glaciale puis j'ai ramassé du sable et de la boue pour m'en passer sur tout le corps. Après m'être bien frotté, j'ai plongé, la tête emprisonnée dans le noir et le froid. J'ai tenu le plus longtemps possible, à écouter le silence. Je distinguais le bourdonnement de mon corps saisi de vibrations qui voulait respirer sans en avoir encore besoin. Je suis resté ainsi pendant ce qui m'a paru des heures dans un silence absolu tout nouveau pour moi. L'obscurité m'apportait un certain confort, mais la peur affleurait déjà. Comme toujours. L'eau m'entraînait, et je ne luttais pas. Mes poumons et ma poitrine, réclamant de l'air, semblaient près d'éclater, mais si j'ouvrais la bouche, elle se remplirait d'eau et je me noierais. C'était peut-être comme ça que je devais finir, non pas dans un accident d'avion, dans un vaste bâtiment blanc entouré de flammes ou seul dans un lit, mort de vieillesse, mais ici, au cœur de la forêt, dans un endroit où on ne me trouverait pas, nourriture pour les écrevisses et les truites. Je redeviendrais alors un simple élément de l'univers.

Suzanne, ton visage a émergé de l'eau noire. Tu souriais, tes cheveux flottaient et ondulaient autour de toi. Tu t'es approchée, comme pour m'embrasser sur la joue ainsi que tu le faisais quand tu me voyais. La lumière qui m'enveloppait chaque fois que tu entrais dans une pièce a brillé plus fort. J'ai senti tes mains sur ma poitrine, qui me poussaient vers la surface. Sans te quitter des yeux, j'ai essayé de résister, mais tu es solide. Tu as agité la main pour me dire au revoir et tu t'es enfoncée dans le silence. Alors, saisi de frénésie, je suis remonté vers la faible clarté et, haletant, crachant, j'ai crevé la surface et empli mes poumons d'air frais.

J'avais dérivé. J'ai nagé jusqu'à la berge puis, marchant sur les galets, je suis allé retrouver ma bouteille. J'ai bu une rasade et j'ai allumé une cigarette tandis que les moustiques commençaient à tourner autour de moi et à me piquer. Inutile de me rhabiller, aussi je me suis allongé dans la boue et j'ai roulé sur moi-même pour m'en couvrir. La prenant par poignées, je m'en suis enduit le visage et les cheveux. Moi, j'avais vu des documentaires sur des tribus africaines, et j'avais toujours admiré leur allure. Je me suis relevé et, cigarette à la main, j'ai attendu que la couche de boue sèche. Une excellente protection contre ces saloperies de bestioles.

Il manquait un quart de la bouteille, mais j'ai estimé qu'elle était pratiquement pleine. Le soleil avait fini par percer les nuages. Regagnant mon campement, j'ai décidé de chasser. J'ai pris le fusil dans mon *askihkan* puis j'ai glissé des cartouches dans ses entrailles. Je salivais à l'idée de chair d'oie. Je resterais nu, mais en mettant quand même mes bottes. J'avais les pieds encore trop tendres. Et maintenant, dans la forêt !

Pourquoi n'y avais-je pas pensé plus tôt ? Je me suis faufilé parmi les épinettes cependant que les moustiques bourdonnaient autour de moi, furieux de ne pouvoir atteindre la peau au travers de l'épaisseur de boue. J'ai surpris des écureuils et un lapin qui ne m'avaient repéré qu'au moment où j'étais assez près pour les toucher. Une grosse grouse était stupidement perchée sur une branche à dix pas de moi. Sa chair ne vaudrait rien en ce mois d'été. En outre, c'était une femelle dont les petits nichaient non loin. L'éclat d'un lac, un étang plutôt, a brillé dans une trouée au milieu des épaisses broussailles. Il y aurait peut-être des oies posées là pour se nourrir, toujours sur leurs gardes à cause des renards. Mon odeur était masquée. J'avais l'impression d'être invisible, d'appartenir à la terre. J'ai fouillé dans mon sac à dos pour prendre la bouteille et m'enfiler une nouvelle rasade. J'aurais aimé une cigarette, mais l'odeur me trahirait. Je fumerais en guise de remerciements en plumant une grasse bernache.

À partir de cet étang, je n'étais plus qu'à une demi-heure de marche de la côte ouest de l'île. La grande baie James et les rivières qui se jetaient dedans ne se trouvaient pas loin. Tandis que, accroupi, je scrutais le petit lac, j'ai résolu d'y aller. Il n'y avait pas d'oiseaux ici, et je désirais bouger. J'ai repéré un cours d'eau qui coulait vers l'ouest et je l'ai longé. Cédant à mon envie, j'ai fumé une cigarette accompagnée d'une gorgée de whisky. Je trébuchais parfois, mais dans l'ensemble, je me débrouillais bien. Le vent m'était favorable, et même abruti par l'alcool, j'arriverais à lever des oies.

Près d'un kilomètre avant le rivage, des amas de troncs d'arbres jonchaient encore le lit de la rivière, vestiges d'une violente tempête et d'un raz-de-marée qui les avaient entraînés jusque-là, à l'intérieur des terres. Le fusil en bandoulière, il me fallait escalader ces enchevêtrements d'arbres morts, séchés et blanchis par le soleil, du bon bois dur. Quand l'hiver s'installerait, ce serait peut-être un endroit idéal où établir mon campement. Le cours d'eau s'élargissait en atteignant les plages sablonneuses qui recelaient des trésors rejetés par la tempête, une grosse corde provenant d'un remorqueur qui remontait vers Winisk, un gilet de sauvetage orange en train de pourrir, le flotteur en mousse d'un filet de pêche. Des traces de loutres, de renards ainsi que celles d'un lynx parsemaient le sable. Un lieu de réunion parfait pour nous tous.

C'est alors qu'en amont de la rivière, à moins de cent mètres, j'ai vu un éclair lumineux, le soleil qui se réfléchissait sur des ossements blanchis. Clignant des yeux, j'ai distingué d'énormes côtes concaves qui émergeaient de la berge. Non, impossible ! La tête qui me tournait sous l'effet de l'alcool et du spectacle que j'avais devant moi, je me suis approché. Le squelette géant d'une baleine reposait sur le sable, et la cage thoracique était assez large pour y garer un camion. Je me suis avancé avec prudence, comme si l'animal pouvait être encore vivant. J'ai pénétré dans cette espèce de nef renversée puis, assis sur le sable, j'ai englobé du regard le paysage. Les côtes projetaient des ombres autour de moi. Allongé sur le dos, j'ai admiré le bleu de l'après-midi, et je sentais la chaleur du soleil et du sable. Ma peau couverte de boue séchée me grattait. On se serait cru dans une île paradisiaque. Je me suis rassis et, la tête appuyée contre ce qui était sans doute une clavicule, j'ai allumé une nouvelle cigarette. C'était inouï. J'aurais aimé que quelqu'un, n'importe qui, soit là pour voir ça. Un jour, je le raconterais à Dorothy. Un jour, je l'amènerais ici en avion pour pique-niquer.

La lumière formait de petites taches derrière mes paupières. J'ai glissé dans un sommeil peuplé d'un rêve, d'un rêve de Dorothy. Elle s'enroulait autour de moi. Des voix lointaines. Des rires. Des éclaboussements. Mon corps détendu gisait au soleil. Je vous entendais, mes nièces, venues de si loin me rendre visite. J'aurais été embarrassé que vous me trouviez ainsi, nu et enduit de boue séchée comme un homme des bois d'un autre temps. Mes yeux lourds de sommeil désiraient s'ouvrir sur des images de vous deux, redevenues des enfants, âgées de six ou sept ans à en juger par vos rires pointus. Mais le chaud soleil me suppliait de n'en faire rien, et je m'efforçais de lui obéir. Pourtant, les éclaboussements et les rires se rapprochaient.

Mes yeux se sont ouverts d'un coup au son de babillages d'enfants, de pieds qui marchaient dans l'eau peu profonde de la rivière chauffée par le soleil. J'ai tourné lentement la tête et, clignant des paupières, j'ai distingué deux petites silhouettes qui s'avançaient. Elles jouaient et, avec des bâtons, frappaient l'eau un pas sur deux. Toutes à leur jeu, elles n'étaient plus qu'à une vingtaine ou une trentaine de mètres de moi. Si elles levaient la tête, elles me verraient. J'ai lancé un coup d'œil sur mon fusil adossé à mon sac. J'ai reporté mon attention sur les deux enfants qui, maintenant arrêtées, creusaient des trous dans le sable.

J'ai empoigné mon fusil et mon sac puis, titubant, tâchant de ne pas faire de bruit, je me suis faufilé entre les côtes de la baleine pour me diriger en clopinant vers la sécurité du rideau d'épinettes situé à un jet de pierre. S'ils m'apercevaient ? Un homme de haute taille, nu et couvert de boue. Une créature pleine de boue. Leur présence signifiait que les adultes n'étaient pas loin et, dans la forêt, les adultes ont des fusils. Ils savent s'en servir. Je bondissais à présent. En sautant par-dessus une souche, le pied de ma mauvaise jambe a buté dessus et je me suis étalé, le souffle coupé. Je me suis relevé péniblement, j'ai récupéré mon sac et mon fusil, et j'ai résisté à l'envie de regarder derrière moi en direction des enfants. Cela n'aurait rien changé. Alors que je plongeais vers l'abri des arbres, le cri de l'une des petites filles a percé l'air, pareil à celui d'un aigle.

22

Je me suis installée chez toi. J'espère que ça ne t'ennuie pas. Non, je ne crois pas. Sacrément bordélique, mon oncle ! Mais ne t'inquiète pas. Gordon est un excellent homme d'intérieur. On a sorti trois sacs-poubelles remplis de canettes de bière et de bouteilles de whisky vides. Toi, tu savais ce que boire veut dire. Et j'ai remarqué que tu avais une aversion pour la machine à laver. Draps, vêtements, serviettes, tout est propre et bien plié. Ils attendent ton retour pour quand tu te réveilleras et que tu seras prêt à rentrer. Gordon est vraiment un parfait homme de ménage.

On a déblayé ta véranda à l'arrière de la maison. De là, tu as une drôle de belle vue sur le fleuve. N'oublie pas. Tu ne préférerais pas être assis là plutôt que de rester coincé sur ce lit ? À propos, on a aussi nettoyé ta salle de bains et ta cuisine. Je n'insiste pas. Disons simplement que le Northern Store a dû se réapprovisionner en produits d'entretien. Tu as de la chance que la police ne soit pas venue perquisitionner. J'ai trouvé ta carabine chargée à côté de la porte d'entrée et un fusil de chasse sous ton lit. Tu étais un peu paranoïaque ces derniers temps. Non sans raisons.

En rangeant ton séjour, j'ai découvert de vieilles photos de Suzanne et moi. Deux petites Indiennes aux longs cheveux noirs à qui il manque des dents de devant, tendrement enlacées.

J'ai fait rétablir le câble et le téléphone, mais j'ai promis à Gordon de n'utiliser ni l'un ni l'autre. J'ai trouvé sous le canapé des revues de chasse datant des années 1970, une botte, deux boîtes de Klik et, dans ton placard, un bol à céréales débordant de cendres, ainsi qu'une plume d'aigle et des piles de numéros de l'ancien journal local. J'allais les jeter quand j'ai entrepris de les feuilleter. C'est très intéressant. Je te les ai gardées. Ne rougis pas, mais j'ai même découvert un magazine porno dans tes toilettes. Il est daté de l'été dernier. Espèce de vieux cochon !

On est bien chez toi. C'est assez près de Moosonee pour que Gordon puisse aller à pied voir maman quand il se met à tourner en rond, et assez loin pour que personne ne vienne m'embêter. Je commençais à avoir des scrupules à laisser Gordon des journées entières seul dans la cabane quand je venais te voir. D'autant qu'elle est mal isolée. Froide. Et un peu effrayante la nuit. Encore que Gordon soit un survivant. J'espère que tu le verras un jour. Et je réussirai peut-être à en faire un homme des bois. Il a déjà appris à piéger les martres, et j'ai quelques idées à propos de ce que je pourrais lui montrer dans les rivières du côté de chez toi.

Gordon. Qu'est-ce que je vais en faire ? Il a toujours été là pour moi, même lorsque je ne l'étais pas pour lui. Quand j'ai parlé de lui à mon amie Violette, que je lui ai expliqué que c'était mon protecteur, elle s'est écriée. « Protecteur ? Putain, c'est génial ! Comment on fait pour en avoir un ? » Mon séjour à Montréal tire à sa fin, et comme je vais bientôt manquer d'argent, Violette m'a de nouveau proposé de venir habiter avec elle. Je lui ai raconté que Gordon se trouvait dans la même situation que moi. Plus on est de fous, plus on rit, a-t-elle répondu. Mon SDF sorti du ruisseau de Toronto et moi, nous avons donc emménagé dans un loft au cœur du vieux Montréal au milieu d'un va-et-vient de modèles. Ma chance aurait étonné Suzanne elle-même.

C'est facile de se perdre dans leur univers, dans ces nuits passées à aller d'une boîte à l'autre, traitée comme une starlette quand je suis avec des amies mannequins de Suzanne qui semblent connaître tout le monde, tandis que Violette me caresse les cheveux en leur racontant que je viens de poser pour mon book et que je suis au seuil d'une brillante carrière. Rentrer alors que le soleil essaye de se lever et dormir jusque tard dans l'après-midi comme les autres filles, voilà une chose que je n'avais jamais faite, aussi je ne réussis qu'à grappiller quelques heures de sommeil avant que le jour me réveille. Je suis fatiguée, mais Violette déborde d'énergie et a toujours un plan en réserve. Il y a des fêtes, des tas de mecs mignons et pratiquement rien à faire sinon s'amuser.

Il m'arrive d'accompagner Violette à une séance de photos. J'attends en feuilletant des magazines. J'attends des Go-Sees. J'attends mon book. Et puis, une nouvelle soirée, ici ou là. Les jours sont devenus des semaines et Violette ne cesse de répéter qu'elle va aller bientôt travailler à New York. Je cherche un moyen de me faire inviter. Depuis que j'habite chez elle, je ne dépense pas grand-chose. J'ai les vêtements que Suzanne a laissés et ceux que laissent les copines de Violette, et je porte ceux qui me vont, lesquels sont de plus en plus nombreux à mesure que le temps passe. Des nuits jusqu'à plus d'heure et, il faut l'avouer, l'ecstasy que Suzanne aussi semblait apprécier et qui me donne un coup de fouet quand j'en prends. Lorsque je m'ennuie dans la ville, je fais de longues promenades, parfois avec Gordon. Nous aimons tous deux les chemins au bord du fleuve.

Bien que nous ne formions pas un couple, j'ai mauvaise conscience vis-à-vis de lui quand je suis avec Butterfoot ou, assez souvent, avec d'autres garçons. Montréal me fait l'effet d'une confiserie. Tellement de garçons, si peu de temps. Mais c'est pour Butterfoot que j'entretiens ma flamme. Il m'a dit qu'il voulait m'emmener de nouveau sur la réserve passer quelques jours auprès de sa mère et qu'il me présenterait à son fameux oncle musicien quand celui-ci serait à Montréal. Ce que je ressens pour lui, sa décontraction et sa célébrité, va au-delà de la simple attirance. Le matin, je me réveille en pensant à lui.

Gordon a posé sa couverture dans un coin de l'immense pièce lumineuse où il dort une nuit par-ci, par-là, isolé par des piles de vieux magazines de mode. Je veille à ce qu'il se nourrisse et se lave correctement. Je dois reconnaître qu'il a l'air plus sain et plus heureux que je ne l'ai jamais vu, mais il ne parle toujours pas. Je commence à admettre qu'il ne parlera jamais.

J'aimerais avoir le mal du pays. Si, vraiment. Quand je pense à la forêt et aux rivières de chez moi, j'éprouve l'envie de les revoir, mais je me dis qu'elles seront toujours là à m'attendre. Eva aussi, j'espère. Pourquoi, en revanche, je n'éprouve guère l'envie de revoir ma famille ? Peut-être parce que je suis ici, dans cette ville, à essayer de retrouver un membre de cette même famille. Que pourrais-je faire de plus ? Merde, je ne suis pas détective. Violette doit partir pour New York, et je vais tâcher de partir avec elle. Pour le moment, je ne peux rien faire d'autre pour ma sœur. Et c'est déjà plus qu'elle n'en a fait pour moi. Je la retrouverai ou je rentrerai à la maison les mains vides.

Il serait enfin temps que je vive ma vie. C'est ce que je me répète tous les matins. Je décide donc de rester encore un peu, et je n'appellerai ma mère que le dimanche matin quand je la sais à l'église. Je lui laisserai un message lui disant que je vais bien et que je reviendrai dès que possible. Il n'y a pas le téléphone ici, et seule Violette a un portable. Qu'y puis-je ?

Le bourdonnement dans ma tête me l'a annoncé. Un coursier sonne à la porte du loft pour me remettre un paquet. Je m'assois au comptoir de la cuisine où je le contemple cinq bonnes minutes avant de l'ouvrir. C'est un mince album d'aspect luxueux. Je tourne la première page. Un visage, en gros plan, me renvoie mon regard. Encadré par des cheveux lisses et soyeux qui tombent en cascades noires. Les yeux sont soulignés de sombre, ce qui leur confère des nuances caramel. Ils semblent un peu en colère. Page suivante. Même visage. Là, les yeux sont plus gais, ce qui met en valeur les pommettes et le dessin de la bouche.

Je feuillette l'album. Il y a une douzaine de photos, toutes sur un très beau papier et signées en bas du photographe indien. À l'évidence, il est aussi connu que l'ont affirmé Violette et l'agent. Je m'arrête sur une photo où je suis assise sur une chaise en T-shirt et pantalon de cuir moulants, les jambes écartées comme un homme et les coudes plantés sur les genoux. Un ventilateur me ramène les cheveux d'un côté du visage et je ris. Il l'a prise à l'instant où il me disait que ce n'était pas pour le bal de fin d'année. Elle est superbe. Un mot que je n'avais jamais employé pour quelque chose qui me concerne.

Sur une autre, je suis nue, photographiée du haut d'une échelle, allongée par terre, jambes et bras croisés. Mes cheveux sont répandus sur la toile de fond blanche du parquet. Je me souviens de m'être sentie effrayée, mais là, j'ai l'air d'avoir faim. Le photographe m'a prévenue que si je trouvais du boulot, on me demanderait sans doute de me couper les cheveux. Sur une autre encore, le petit assistant du photographe, souriant, tient dans son poing mes cheveux ramenés au-dessus de ma tête. Je souris aussi et, tournée vers lui, j'esquisse le geste de le repousser. Je porte une robe fourreau argentée, et on dirait que je vais sortir de la page en dansant. Comment tout cela est-il arrivé ?

Du seuil de la chambre, j'observe Violette et Véronique. Elles admirent le coucher de soleil, et les cheveux de Véronique brillent d'un blanc lumineux. Je ne comprends toujours pas si elle habite ici ou ailleurs. Un jour là, l'autre pas. Qui sait ? En tout cas, l'atmosphère est plus agréable quand elle n'est pas là. Véronique est une garce. Je préfère Ambre, mais je ne l'ai pas vue depuis un moment. Violette assimile le travail de modèle à une maîtresse volage, laquelle, prétend-elle, s'est désintéressée d'Ambre.

Je ne le remarque dans la glace du placard qu'au moment où il m'adresse la parole : « *Bonjour*, fille de France. »

Il m'a surprise à espionner. Je suis surtout furieuse de ne pas avoir noté la présence de ce sale type, ce Danny, assis dans un fauteuil à côté d'une pile de vêtements. En jean et T-shirt noir, jambes croisées, chaussures brillantes, il tient entre ses mains l'une des jupes de Violette dont il caresse le tissu. Le soleil se reflète sur ses lunettes. Il a de gros muscles. On dirait un orignal gonflé aux stéroïdes.

« Entre, dit-il. Viens t'amuser avec nous. »

Je fais non de la tête et je m'en vais sans laisser le temps à Violette de réagir. Ce soir, je ne me sens pas d'humeur à participer à leur cérémonie, et surtout pas avec ce type dans la chambre. Pour la première fois depuis un bout de temps, je regrette que Gordon ne soit pas là.

Violette me trouve assise dans la cuisine, occupée à feuilleter un magazine. « Il y a l'inauguration d'un nouveau club ce soir, et on t'a obtenu une invitation, dit-elle. Tu viendras ? »

Je la regarde et je hausse les épaules. « J'ai envie de passer une soirée tranquille. »

Elle s'installe à côté de moi. « Qu'est-ce que tu as ? La gueule de bois ? Il n'existe qu'un seul remède contre ça ! » Violette se lève d'un bond et se précipite vers le frigo. Avant que j'aie pu l'arrêter, elle me verse un verre de vin. « Tiens. » Elle place le verre devant moi. « Et tiens. » Elle me tend le petit cachet habituel. « Fais *aah* ! »

Je secoue la tête. « Pas ce soir. »

Violette pince les lèvres. « Personne ne m'accusera de pousser à la consommation », dit-elle. Puis elle sourit. « Chacun sa vie ! C'est cool et courageux de ta part de refuser. » Elle me prend dans ses bras. « Je t'aime bien, Annie. Je t'aime beaucoup, beaucoup. »

Elle se sert à boire et se rassoit. « Tu sais, dit-elle, le copain de ta sœur, Gus, on a couché une fois ensemble et on a discuté toute la nuit. Il est tellement sexy. Il m'a raconté comment il voyait le monde tel qu'il est réellement. Ça, je pigeais. Je le comprenais. »

Gus n'est jamais en reste de conneries.

Violette se recule, les paumes plaquées sur mes joues. «Viens avec nous ce soir, ça va être super.»

Je bois une gorgée de vin. «Ton ami Danny, il me fait peur.

– Il est okay, me rassure Violette. Ce n'est qu'un gros nounours qui conduit une Harley.» Elle se penche et me murmure à l'oreille. «Et c'est le gros nounours qui nous fournit les petites pilules miracles.» Elle lève son verre à ma santé. «À la tienne, ma chérie! Viens avec nous. S'il te plaît?» À en croire son regard, si je refuse, son monde va s'écrouler.

J'ai beau juger cela bizarre, j'accepte pour ne pas lui faire de peine. Elle se met à hurler, faisant des bonds sur place: «Ma Princesse indienne va venir avec moi! Ma Princesse indienne va venir avec moi!»

Qu'est-ce que Suzanne aurait fait à ma place? Je le sais. Et puis merde. Je regarde autour de moi pour vérifier que ce sale type de Danny n'est pas dissimulé dans l'ombre à m'épier, puis je me tourne vers Violette et je la laisse glisser le cachet dans ma bouche.

La vie s'accélère. À bord d'un bateau qui file sur les eaux noires, il y a la peur d'être prise. La peur, surtout, de me perdre. La peur d'aller où ma sœur a fini. Traverser les eaux noires la nuit dans un bateau rapide sans feux de position parce que je n'ai plus les moyens de prouver qui je suis à qui que ce soit. Butterfoot a donc demandé à son cousin de passer deux autres Indiens de l'autre côté d'une frontière marine pour les faire entrer dans le pays le plus puissant du monde parce que ni l'un ni l'autre nous n'avons la possibilité de seulement prouver qui nous sommes. Butterfoot s'est arrangé pour que des amis nous conduisent à la gare et nous remettent deux billets à destination d'un endroit auquel il m'était arrivé de penser mais que je n'avais jamais eu véritablement l'intention de visiter. Il m'a promis de venir bientôt me voir là-bas.

Une ville, dix fois Montréal, un million de fois Moose Factory, l'île de Manhattan, cernée par les fleuves. Décidément, je n'échappe pas aux fleuves ou aux rivières. Ni aux îles, semble-t-il. J'ai été invitée dans cette île-là par la célèbre Soleil. Une semaine ici en compagnie de Violette et de Gordon, et je ne me sens plus ni perdue ni angoissée à l'idée de sortir. Je suis hébergée par Soleil qui nous a prêté l'un de ses appartements dans SoHo. Je m'interroge pour savoir comment j'ai atterri ici, pourquoi une jeune et belle femme qui ressemble à une princesse de contes de fées dans un film produit par Disney me laisse habiter dans un tel endroit au cœur d'une ville si bruyante, si animée et si peuplée.

Je crois que je vais me plaire ici, mais mon Silence, il a l'air paumé, lui. Il reste enfermé avec moi pendant que Violette disparaît des heures durant pour revenir toute frémissante. Elle travaille, dit-elle. Deux lignes de produits l'emploient pour leur campagne. Je regarde cette fille grande et mince, et je me demande l'allure qu'elle a dans les magazines. J'ai cherché, mais la plupart de ces femmes, elles se ressemblent. De plus, j'ai remarqué que dans la vie, elles étaient bien souvent différentes de leur image. Magie. Oui, c'est une espèce de magie. J'ai néanmoins réussi à amener Gordon à Times

Square, dans Central Park, et j'ai même essayé l'Empire State Building, mais il n'a pas voulu monter. Trop de monde, et même dans ce zoo, je sentais les regards posés sur nous deux.

Peut-être que je me suis habituée à lui, mais quand je regarde mon protecteur avec les yeux de New York, je reconnais qu'il a l'air un peu fou et effrayant. Des cheveux longs et la peau brune. Un Indien sauvage qui, si je ne veillais pas sur lui, porterait des vêtements sales. Ici, il a cependant peur de passer la nuit dans la rue, et nous demeurons seuls tous les deux, ce qui me convient. Il ne répond pas, et il est obligé, quand l'envie m'en prend, de m'écouter parler des heures durant. Aujourd'hui, je lui parle de Suzanne, je lui raconte comment, lorsqu'elle a cessé de téléphoner à notre mère, j'ai pensé que ce n'était qu'une manifestation de plus de son insouciance, de son égoïsme.

Gordon et moi buvons du thé, installés à la table de cuisine devant une immense fenêtre donnant sur une rangée de gratte-ciel. La dernière fois que ma mère a eu des nouvelles de Suzanne, c'était en hiver, quelques mois avant que je parte. Pourtant, Violette prétend que Soleil l'a vue il y a peu de temps, au printemps. Il va falloir que je trouve le moyen de m'entretenir en tête à tête avec elle pour l'interroger à ce sujet. Seulement, cette Soleil est à l'évidence le genre de femme qu'on écoute mais à qui on ne pose pas de questions.

Suzanne est peut-être encore ici. Je dis à Gordon qu'un jour, on la croisera par hasard. Elle nous verra ensemble et ça la fera flipper.

Gordon s'empare de son bloc-notes et de son stylo. *Je pense qu'on la retrouvera,* écrit-il. Il a une belle écriture. *Inini Misko me l'a dit.*

289

Inini Misko ? Ah, oui. « Tu as échangé des e-mails avec lui récemment ? »

Il fait signe que non. *Il faut que je lui écrive.*

Aussi beau que soit cet appartement, on a plutôt l'impression d'être dans un hôtel de luxe. Aucun objet personnel, aucune photo de famille. On croirait qu'on est les premiers à s'attabler dans la cuisine pour y prendre un thé.

Tiroirs et placards ne renferment pas le moindre vêtement. Pas d'ordinateur. Un téléphone et un écran plasma dans le séjour. J'ai songé à appeler Eva ou ma mère, pour leur raconter combien j'ai de la chance, mais je ne veux pas abuser de la gentillesse de Soleil. J'achèterai une carte téléphonique tout à l'heure.

« Bon, dis-je. Sortons chercher un cybercafé. Moi aussi j'ai envie d'envoyer un mot à Inini Misko. » J'observe Gordon, sa tasse de thé à la main. « On va peut-être en profiter pour t'acheter un jean et quelques T-shirts neufs. »

L'après-midi est chaud et ensoleillé. J'ai dit à Gordon de prendre son bloc-notes et son stylo. On descend l'avenue sur quelques centaines de mètres, puis on tourne dans l'une de ces innombrables rues animées. Rien qui ressemble à un cybercafé, mais un peu plus loin, on tombe sur un simple bar. On entre et je commande un verre de vin pour moi. Quand je demande à Gordon ce qu'il veut, il hausse les épaules. Je lui prends une bière. Et puis merde ! Une seule ne lui fera pas de mal.

Je reconnais mon erreur quand, après avoir vidé son verre en deux gorgées, il me regarde, l'air d'un chiot qui a fait une bêtise.

« Tu as soif ? » je lui demande.

Il détourne les yeux.

« Tu en veux une autre ? »

Il hoche la tête.

« Tu vas te conduire comme l'un de ces Indiens qui se soûlent, font du scandale et ensuite se mettent à chialer ? »

Il fait signe que non. J'appelle le garçon et je commande une autre tournée.

Celle qui a failli faire du scandale, c'est moi. Quand, un certain nombre de verres plus tard, je réclame l'addition, je m'imagine qu'il y a une erreur. Le montant représente presque tout l'argent que j'ai sur moi. On se lève pour partir. J'ai la tête qui tourne et j'ai besoin du bras de Gordon ainsi que de son sens de l'orientation pour regagner notre immeuble où un portier nous ouvre. « Bonsoir, miss Bird. Mr. Silence », nous accueille-t-il, portant la main à sa casquette.

« Mr. Silence ! » Dans l'ascenseur, j'éclate de rire. Gordon sourit et je m'appuie contre lui. Je lève mon visage pour un baiser. Il me regarde dans les yeux. « Embrasse-moi, idiot. » Il se penche vers moi et, à cet instant, la cabine s'arrête et la porte s'ouvre avec un tintement. Je sors d'un bond.

Nous faisons irruption dans l'appartement. Violette est dans la cuisine en compagnie de trois filles. L'une d'elles est une Noire, plus grande que Violette, le crâne rasé. Elle est magnifique, belle comme aucune de ces modèles ne l'est dans la vie.

« Ma Princesse indienne et son protecteur ! » s'écrie Violette. Elle m'empoigne par le bras pour me présenter à ses amies. « Attends une seconde ! » Elle s'empare d'un appareil numérique posé sur le comptoir. « Avant que j'oublie, Soleil m'a demandé une photo de vous deux. » Elle se recule contre le mur, me dit d'affecter un air furieux, puis elle prend quelques photos. Gordon essaye d'y échapper, mais elle l'oblige à faire de même. « Sauvagement sexy ! » glapit-elle en examinant les clichés. « Soleil adore ton book ! » Gordon va se réfugier à l'autre bout de la pièce.

« Annie, dit Violette. Voici Cerise. » La blonde m'embrasse sur les deux joues. « Et voici Agnès. » La mince, l'air toute timide, m'adresse un sourire puis tourne la tête. « Et la dernière et non la moindre, la célèbre et talentueuse, la seule et unique Kenya ! » Quand Kenya me sourit, j'ai l'impression qu'il n'y a plus que moi qui existe. Elle tend son bras long et mince terminé par une main longue et mince qui effleure la mienne. Sa paume claire est fraîche, qui contraste avec le noir de sa peau. Violette me fait asseoir et me sert un verre de vin.

La belle Noire me demande : « Ton premier séjour à New York ? »

Réalisant que je n'ai cessé de la dévisager, je fais signe que oui.

« Ne t'inquiète pas. Au début, c'est une ville un peu angoissante, mais on finit par s'y habituer.

– Tu es vraiment mannequin ? » je lui demande. À peine ai-je posé la question que je me rends compte combien elle est stupide.

Kenya sourit. « Dans ce job, ça va et ça vient. » Elle marque une pause. « Qui sait combien de temps je serai dans le circuit ?

– Tu connais Suzanne ? »

Elle me donne l'impression d'être digne de confiance. Elle fait signe que oui. Les quatre filles observent un silence gêné. Aucune d'elles ne paraît vouloir dire ce que toutes semblent savoir. « Et je connaissais Gus, aussi, finit par répondre Kenya.

– Je suis sortie avec lui», lui dis-je. Je suis trop soûle pour me soucier que les autres entendent.

Elle hoche la tête. Je crois que ma franchise lui plaît. «Tu as de la chance, dit-elle comme si nous étions seules toutes les deux. Il te traitait aussi bien qu'il traitait ta sœur ?»

Du coin de l'œil, je surprends Violette qui lui adresse un signe discret. «Encore du vin ?» demande-t-elle, ouvrant le frigo.

Kenya la regarde, puis elle se tourne de nouveau vers moi. «J'espère que tu vas rester quelque temps. On se reparlera.» Elle se lève, prend nos deux verres et les porte à Violette pour qu'elle les remplisse.

Deux heures plus tard, je suis encore là, à feuilleter des magazines sur un canapé blanc moelleux à côté de Kenya. Son visage a l'air de figurer partout. «Au moins, je sais que tu es toi», lui dis-je. Elle sourit. «En photo, tu ressembles à ce que tu es en vrai.

– Comme tu es mignonne.» Elle a un curieux accent. Un accent qui vient de beaucoup plus loin dans le Sud que cette ville-là.

Kenya fouille parmi des piles et des piles de revues, si longtemps que je finis par m'assoupir, lovée au creux du bras du canapé. Elle me caresse la main.

«Tiens, dit-elle. Je l'ai trouvée.» J'ouvre les yeux. Deux sirènes nagent devant moi dans une eau bleue, très bleue. L'une est noire dans le bleu, et je reconnais Kenya malgré les longs cheveux noirs de l'autre fille qui flottent et lui masquent le visage. Je plante mes yeux dans ceux de l'autre fille. Elle me rend mon regard. On dirait qu'elle est figée dans la glace, et que ses cheveux pourraient envelopper le corps entier de

Kenya. « Une de mes photos favorites, me dit celle-ci. Tu vois les yeux de ta sœur ? Le dessin de sa bouche ? »

Je regarde. Elle a l'expression qu'elle affiche quand ma mère la prend en flagrant délit de mensonge et qu'elle feint l'innocence. Elle est vraiment belle sur cette photo. « Je peux la garder ? » je demande. Kenya me considère un instant, un étrange petit sourire aux lèvres. « Elle n'est pas à moi. » Elle me tend le magazine. « Tiens. »

La célèbre Soleil nous attend tous demain pour une soirée. Butterfoot en est le DJ vedette. Kenya est venue en personne nous apporter les invitations. J'ai surpris la réaction de Violette, la grimace qu'elle a faite en regardant le carton. Elle n'est pas habituée à être autre chose que la reine des soirées, mais elle avale la couleuvre et baisse la tête pendant que Kenya nous demande de nous mettre sur notre trente et un, car nous allons rencontrer la crème de la société new-yorkaise. Avant de sortir, elle me dit avec un sourire éclatant : « Une nouvelle soirée organisée par Jet-Setteuses internationales. J'espère que tu meurs d'impatience d'y être. »

Une fois Kenya partie, Violette semble se réveiller. « C'est l'heure du shopping ! » Elle agrippe le bras de Gordon qui sursaute et esquisse un mouvement de recul.

« Je ne pense pas qu'il tienne à venir demain soir », dis-je.

Violette paraît attristée. « Bon, en attendant, toi et moi, on a du boulot. » Elle me prend par la main et me conduit hors de l'appartement. « Ta première rencontre avec Soleil, dit-elle. Tu as intérêt à te faire belle, ma chérie. » L'idée de revoir Butterfoot me donne de petits frissons.

«Une seconde», dis-je, échappant à son étreinte. Je ne sais pas pourquoi j'agis ainsi. «J'ai oublié quelque chose.» Je rentre en coup de vent. Gordon, planté devant la fenêtre, regarde les embouteillages en bas.

Je pose la main sur son épaule. Il sait que c'est moi. Il se retourne. «Tu veux venir faire des courses avec Violette et moi?» Je souris. Je n'ignore pas que j'ai l'air idiote.

Il secoue la tête.

«Je ne voulais pas parler à ta place au sujet de la soirée de demain, dis-je. Tu as envie d'y aller?»

Il hausse les épaules.

«Ça veut dire oui, Mr. Silence?»

Il sourit.

«J'aimerais que tu viennes, si ça ne te dérange pas. Tu es mon protecteur.»

Il me regarde bizarrement, et j'ai l'impression qu'il va essayer de former des mots.

Je lui prends la taille comme pour la mesurer. «Tu fais du quoi? Trente-huit? Quarante?»

Il ouvre de grands yeux. Je crois qu'il veut parler, mais il se tourne de nouveau vers la fenêtre.

«Annie! me crie Violette depuis le couloir. Shopping, shopping!

– Bon, il faut que je te laisse, dis-je à Gordon. Je tâcherai de te trouver quelque chose de bien. Quelque chose qui te plaise.»

Je cours rejoindre Violette.

23

Alors que j'étais seul sur cette île, sans personne à qui parler excepté les whiskey-jacks et les corbeaux, les voix entendues au cours de ma vie se sont soudain bousculées tout autour de moi, et trop souvent quand je ne le voulais pas, pour se mettre à bavarder. Vous savez ce qui est bizarre ? Lorsque nous étions ensemble, ma femme et moi, elle restait la plupart du temps silencieuse. Et maintenant qu'elle a disparu depuis des années, sa voix m'a rejoint sur cette île, et elle cherche davantage que par le passé à me parler. Dorothy la dérangerait-elle ? La pensée qu'une autre femme puisse me désirer ? Je me souviens combien j'étais jaloux quand nous étions jeunes. Un homme qui, au bal, l'invitait à danser le two-step. Le curieux coup de téléphone d'un ex-petit ami demandant de ses nouvelles. J'essayais de refouler ce sentiment de jalousie qui me dévorait. Je rêvais d'elle avec d'autres, et je me réveillais oppressé, le sexe en érection, et malade de dégoût. Des images d'elle dans des positions invraisemblables avec des hommes sans visage, des images d'elle dans un total abandon. J'ai un aveu à te faire, mon premier grand amour. Parfois, quand nous baisions sur le canapé l'après-midi pendant que les garçons faisaient la sieste dans leur chambre, ou encore les rares fois où l'un de nous réveillait l'autre durant la nuit, pris d'un désir irrépressible, il m'arrivait de me représenter dans la peau de l'un de ces hommes qui te prenait, et je n'en bandais que plus. Qu'est-ce qui n'allait pas ? Une forme de trahison ? J'aurais voulu t'interroger à ce sujet, mais le temps nous a manqué.

Je préférais parfois parler aux oiseaux lorsque le visage de ma femme m'apparaissait par un long après-midi de pêche ou une matinée consacrée à chercher des pistes de lapins. Je craignais de devenir un peu fou tout seul dans les bois. Tandis que je contemplais le lac qui étincelait sous le soleil de début d'automne, le corps assoupi sous la chaleur de ses rayons, les paupières lourdes, ma femme me semblait si proche que j'aurais pu l'embrasser. Sa voix était telle que je me la rappelais, en particulier quand elle tentait de me convaincre. Je la regardais dans les yeux et j'écoutais avec attention. *Ces étrangers sont des gens bien. Ils sont vieux et intelligents. Ils savent que tu es là. Va à leur rencontre.*

Ce que j'avais oublié d'emporter, c'est une glace. J'avais maintenant les cheveux presque aussi longs qu'à l'époque de mon adolescence. En ce matin de septembre, je les ai lavés au savon et peignés de mon mieux à l'aide d'une petite branche avant de les natter tant bien que mal afin que, au moins, ils ne me tombent plus dans la figure. Ensuite j'ai lavé mon jean et ma chemise de flanelle que j'ai enfilés encore mouillés. Je flottais dedans, au point que même la chemise rentrée dans le pantalon, j'avais besoin d'une ceinture. J'ai rempli un sac de truite fumée, de baies, d'un lapin et d'une belle oie.

Une semaine seulement s'était écoulée depuis que je m'étais enfui, tout nu, à l'arrivée des enfants. À jeun, cette fois, et habillé, je suis retourné là-bas. Je n'ai eu aucune peine à trouver leur camp. De loin, j'ai vu qu'il s'agissait d'un vieux couple, les grands-parents, ai-je supposé. Il y avait un canoë, une tente de prospecteur et un râtelier à l'ancienne pour faire sécher les poissons et les oies sur le rivage. J'espérais que leur présence n'était que temporaire, mais peu après, j'ai découvert une clairière avec un *askihkan* et nombre de signes indiquant qu'ils étaient là depuis longtemps. J'ai d'abord été furieux de ne pas être seul sur cette île, mais j'ai bientôt éprouvé un certain soulagement à l'idée qu'en définitive, je n'étais pas tout à fait coupé du monde.

Tandis que je marchais en ce milieu d'après-midi, ma mauvaise jambe a été saisie de crampes. J'ai donc dû ralentir l'allure pour contourner le lac et longer le cours d'eau jusqu'au squelette de la baleine sur la plage. C'est à ce moment-là que j'ai réalisé que s'il m'était aussi facile de les espionner, ils avaient fort bien pu faire de même avec moi. Je bénéficiais cependant d'un avantage : je savais où ils étaient, alors qu'eux, ils ignoraient où se trouvait mon campement. Encore que l'odeur de la fumée en plein jour se détecte de loin et que la lueur d'un feu en pleine nuit brille comme un phare. Il fallait que je sache à quoi m'en tenir.

Avec leur camp comme point de mire au-delà des laisses de vase de la rivière et de la baie, je me suis frayé un chemin parmi les épinettes noires rabougries pour arriver du côté opposé à celui que j'aurais normalement pris, au milieu du bois flotté et des sables mouvants, tout en sifflotant pour signaler ma présence. J'avais choisi d'attendre la marée haute afin d'éviter les passages les plus dangereux. La *kookum* se tenait à côté de son râtelier à poisson, le regard fixé vers le large. En ce bel après-midi, le changement de direction du vent annonçait du mauvais temps. Elle savait que j'étais là, et elle me le montrait par son attitude détendue, la tête légèrement tournée dans la direction de mes sifflotements. Le vieux *moshum* a émergé derrière elle, mince et noueux, une tignasse de cheveux blancs. Il ressemblait tant à mon père que je me suis arrêté net. Lui aussi feignait d'ignorer ma présence, mais son apparition à cet instant ne relevait pas du simple hasard. Ils étaient malins, ces deux-là. Aucune trace des petits-enfants. Je ne doutais pas que le *moshum* avait un fusil à orignal à portée de main, mais la courtoisie exigeait qu'il le dissimule.

Sans prononcer un mot, je me suis avancé et j'ai déposé le sac à côté de leur râtelier à fumage, puis je me suis assis dans le sable, comme eux le regard rivé sur le large, frottant ma mauvaise jambe et humant le changement de vent. J'ai sorti du tabac de ma poche pour rouler trois cigarettes. Après quoi, je me suis levé pour en offrir une à chacun d'eux. La femme a refusé d'un signe de tête, mais son mari l'a acceptée, de même que la flamme de mon briquet. Ils savaient des choses sur moi. Et je crois que j'en savais également sur eux. Ce devaient être des gens d'Attawapiskat. Je les avais déjà croisés, sans doute à l'occasion de l'un des nombreux vols que j'avais effectués des années auparavant jusqu'à leur réserve. Je voulais qu'il prenne la parole en premier, mais il se taisait. Pendant que nous fumions nos cigarettes, la vieille femme a regagné leur camp pour revenir quelques instants plus tard avec deux des oies plumées les plus grasses que j'aie jamais vues. Elle les a embrochées sur de longs bâtons pointus, puis elle est entrée dans leur tente à fumer pour les mettre à cuire *sagabun*. Elle s'était débrouillée à merveille pour me montrer que quoi que ce soit que j'aie apporté dans mon sac, ils avaient beaucoup mieux.

J'étais plus jeune qu'eux. C'est moi qui ai fini par briser le silence. « Sale temps. » Des lèvres, j'ai indiqué le nord et puis l'ouest, en direction de Peawanuck.

Du coin de l'œil, j'ai vu *Moshum* sourire. Il lui manquait quelques dents. Il a répondu en Cree : « Aimerais pas être dans un bateau entre ici et là-bas aujourd'hui. » À son tour, il a désigné des lèvres le continent, si loin à l'horizon que ce n'était que l'idée de continent. « Pas beaucoup de fond, mais assez pour se noyer avec ce qui vient. » Et voilà, nous étions amis. Le vent d'ouest a forci, froid et dangereux.

« Mauvaise journée pour une visite », ai-je dit en anglais. Je désirais savoir dans quelle mesure il le parlait.

« Tu restes dîner, tu restes dormir », a-t-il répondu dans cette langue. Il s'est dirigé vers leur tente. J'avais le choix. Rentrer en boitant au milieu de la tempête ou me préparer à passer des heures accroupi en leur compagnie.

Leurs petites-filles étaient timides. Elles se sont manifestées seulement quand l'odeur d'oie fumée les a attirées. Assis sur des branches d'épicéa fraîchement coupées, nous buvions du thé. Le vent soufflait assez fort pour chasser les taons et les moustiques. Les soirées sans vent, ce devait être l'enfer ici. Ceux-là, ces deux vieux, ils semblaient toutefois connaître leur affaire. Assez de brise en provenance du rivage pour décourager la majeure partie des insectes, et un endroit idéal pour que les oies y viennent nicher. Le visage luisant de graisse, les deux enfants ont mangé. La plus jeune a fait un rot, et toutes deux ont pouffé de rire. J'ai répondu à son rot par un rot, et agrippées l'une à l'autre, s'esclaffant, elles ont roulé sur les branches d'épinette. L'une avait dans les cinq ans, sa sœur peut-être sept. Elles m'ont rappelé vous deux, mes nièces. Et aussi mes autres. Mes disparus.

« Ma sœur et moi, on a vu un monstre, a lâché la plus jeune. Sacrément grand ! Il était énorme et il s'est enfoncé dans les bois au bord de la rivière.

– J'ai dit à ma *kookum* qu'il avait des bottes, a ajouté l'aînée, mais *Kookum* elle a dit : "Jamais ! Les monstres ne portent pas de bottes !" » Les rires des fillettes ont redoublé.

Le vent qui soufflait maintenant en rafales gonflait la tente, tandis que la pluie crépitait sur la toile. À chaque bourrasque, le vieux *moshum* souriait. Et quel sourire ! Il lui manquait une dent de devant et une sur le côté. Je mourais d'envie de boire un coup de whisky. Non, pas de ça ce soir. N'y pense plus. Les vieux feignaient de ne pas prêter attention aux singeries des petites qui pouffaient et poussaient des cris.

Kookum s'affairait. Après avoir débarrassé, elle s'était mise à coudre de jolies moufles. Dès que le vent se calmait, on entendait le chuintement de la lampe Coleman. Les deux fillettes qui commençaient à s'endormir sursautaient à chaque grondement de tonnerre lointain.

« Vos petites-filles ? ai-je demandé en Cree.

– De braves gamines, a répondu le vieil homme. On a accepté de les prendre pour l'été et l'automne en attendant que leurs parents aillent mieux. »

Par politesse, je me suis abstenu de poser des questions. Le moment viendrait plus tard.

« D'Attawapiskat ? ai-je interrogé.

– Oui. Winisk, il y a des années, mais nous nous sommes installés ensuite plus au sud. Trop de crues au printemps là-bas. »

Je lui ai demandé son nom.

« Francis Koosis. Toi, tu es un Bird. Tu pilotais un avion dans le temps. »

J'ai souri. « Oui. Dans le temps. »

Un nouveau grondement de tonnerre. J'ai resservi du thé. L'orage était au-dessus de nous. Nous nous sommes tus jusqu'à ce qu'il passe.

« J'ai connu ton père, a dit alors le *moshum*. Comme la plupart des anciens de la baie James. C'était déjà un vieil homme à l'époque de ma jeunesse. » Il s'est interrompu et a souri. « Il t'a eu tard. Fort comme un orignal, lui.

– Oui. » J'ai souri à mon tour.

« D'ici une heure, ce sera fini. »

J'ai acquiescé. Les éclairs et le tonnerre avaient diminué, et la pluie tombait plus dru. Il avait raison. L'orage durerait moins longtemps que je ne l'avais d'abord craint.

« On campera ici deux ou trois semaines encore, un mois peut-être. On partira bien avant que ça gèle. Un jour sans vent. Une demi-journée de voyage si le moteur tient.

– Le bateau sera tellement chargé d'oies qu'il coulera », a déclaré la vieille femme. Elle avait écouté de toutes ses oreilles à la lumière de la Coleman. « Combien de temps tu vas rester ? » m'a-t-elle demandé. Elle ne se gênait pas pour poser des questions directes, elle.

« Je ne sais pas. Je passerai peut-être l'hiver à trapper sur l'île. » Je commençais à me demander s'ils n'avaient pas entendu parler de quelque chose sur le continent. Ils en savaient peut-être plus que je ne l'imaginais.

« Trapper ici ? s'est étonné le vieil homme. Prends garde aux ours polaires. On a repéré des traces. Des tas. Et il en viendra d'autres quand la glace aura pris.

– J'ai un bon fusil, ai-je dit.

– Tu es celui qui n'a plus de famille, est intervenue la vieille femme. Je comprends pourquoi ça ne te dérange pas de rester ici tout l'hiver. Tu vas quand même te sentir terriblement seul. »

Son mari lui a décoché un regard sévère. « Des fois, elle dit ce qu'elle pense alors qu'elle ne le devrait pas. Moi, je crois qu'elle perd un peu la tête.

– Ce n'est pas grave », ai-je dit, souriant à la vieille femme.

Elle m'a rendu mon sourire, et son expression m'amenait à croire que le *moshum* avait peut-être raison.

« Dans ce cas, je vais te faire une paire de moufles bien chaudes », a-t-elle dit, retournant à sa couture.

La pluie tambourinait sur la toile. Si je voulais, je pourrais partir d'ici une heure. J'appréciais ce couple, pourtant. J'appréciais leur compagnie. La pensée de me retrouver seul ce soir dans mon *askihkan* humide ne me séduisait guère. J'ouvrirais une deuxième bouteille. Je serais incapable de résister. Après avoir parlé à d'autres êtres humains, l'idée de n'avoir plus que moi-même pour interlocuteur me démoralisait. Quelques verres ne seraient pas de trop.

« Des nouvelles du continent ? » ai-je demandé après un long silence. Je ne voulais pas sembler trop empressé et j'estimais avoir attendu assez longtemps.

Moshum m'a lancé un bref coup d'œil puis a détourné aussitôt la tête. « Nous sommes sur l'île depuis un certain moment. Mais avant, non. Pas vraiment. Je voudrais passer voir des parents, mais nous ne voyageons pas avec une radio. Toi ?

– La mienne ne marche jamais. Elle est cassée. Moi, j'aimerais aussi aller dire bonjour à des parents. » J'espérais qu'ils sauraient quelque chose. La pluie se calmait. Demeurer dans l'ignorance me pesait de plus en plus. Je les ai remerciés pour le repas, puis je suis sorti de la tente. Le vieil homme m'a suivi.

« Tu peux rester pour la nuit, si tu veux, m'a-t-il dit. Ton camp est loin ? Je me doute qu'il doit l'être, sinon j'aurais su.

– Il est à l'intérieur de l'île. Au bord d'un cours d'eau. » Je n'étais pas encore prêt à donner trop de précisions. Il fallait au préalable que j'en apprenne plus sur eux, que je connaisse leurs intentions. « *Meegwetch* pour la proposition, mais je crois que je me débrouillerai. » Nous avons regardé les nuages qui filaient devant une lune à moitié pleine.

« Encore de la pluie, a-t-il dit.

– Ça ira. Je reviendrai vous voir bientôt, si ça ne vous dérange pas. »

Il a hoché la tête.

J'ai grimpé vers un terrain plus sec et j'ai pris le chemin de la rivière. Pas de lampe. Rien que mon briquet et quelques cigarettes roulées. Une longue marche dans le noir, mais j'y arriverais. Est-ce que j'avais le choix ?

Le retour n'a pas été une promenade de santé. J'avais l'impression d'avoir de nouveau la jambe cassée. Sans oublier le temps. J'avais parié qu'il s'améliorerait mais, ainsi que le vieil homme l'avait prédit, il s'est remis à pleuvoir des cordes. Les nuages cachaient la lune, et la pluie paraissait devoir continuer jusqu'au matin. J'ai atteint la rivière, mais j'ai raté l'endroit où j'aurais dû tourner pour me diriger vers le lac.

Pour la première fois depuis mon enfance, je me suis senti perdu.

Quand j'ai réalisé que je ne savais plus où j'étais, la panique m'a noué l'estomac. Mes vêtements étaient trempés, la température avait chuté. Butant sur des arbres déracinés, glissant dans la boue, j'avançais en aveugle. Je me suis alors décidé à m'arrêter. Comme je savais qu'un feu ne prendrait pas, j'ai ramassé quelques branches mortes pour me construire une cabane rudimentaire que j'ai couverte de mousse. Ensuite, j'ai allumé une cigarette avant que tout mon tabac soit mouillé, et j'ai réussi à la fumer en partie jusqu'à ce que, trempée, elle s'éteigne. Après quoi, je me suis terré dans mon abri comme un écureuil, et j'ai attendu le matin en frissonnant.

Une heure avant l'aube, le ciel répandait encore des cataractes et je tremblais si fort que je craignais de tomber en hypothermie. Je me suis contraint à bouger pour faire circuler mon sang. Décrivant des cercles de plus en plus larges tout en sachant que ce n'était pas de cette manière que je retrouverais le chemin de mon campement, j'ai marché pour au moins me réchauffer.

Aux premières lueurs du jour, la pluie a enfin diminué puis cessé. Vers le milieu de la matinée, je suis arrivé au lac que j'ai contourné pour me diriger vers mon *askihkan* où, après avoir allumé un feu avec du bois resté à l'abri, j'ai ôté mes vêtements trempés pour enfiler tout ce que j'avais de sec. J'ai dormi tard dans l'après-midi, et quand je me suis réveillé, j'ai fait ce que je savais pertinemment ne pas devoir faire. J'ai déterré une autre bouteille. Le soir venu, je ne sentais plus grand-chose. J'étais seul. Je n'étais plus seul. Tout autour de moi, on ravivait mes souvenirs. Un whiskey-jack familier était perché près de ma main tendue, et pendant que je le nourrissais de miettes de bannique rassie, je me suis mis à parler.

Étaient-ils au courant du meurtre de Marius ? Si j'étais recherché par la police, ils en auraient sans doute eu vent. Ces deux vieux, soit ce sont d'excellents comédiens, soit ils ne savent réellement rien.

Le whiskey-jack a picoré un autre petit morceau de bannique.

Et quand ils seront de retour à Attawapiskat ? Même s'ils ne savent rien, ils mentionneront ma présence sur cette île. Bonnes intentions ou pas, mon nom sera prononcé et on saura où me trouver. Faut-il alors que je me mette en quête d'un autre endroit où me réfugier ?

Le whiskey-jack a tourné la tête et cligné des yeux. Je me suis levé et j'ai commencé à faire les cent pas. L'oiseau s'est envolé. J'aurais aimé l'imiter.

Assis dans la pénombre de mon *askihkan*, j'ai continué à boire sous prétexte que ma jambe me faisait trop souffrir, et plus je buvais, plus le fusil de mon père gémissait sous sa couverture, au point que je croyais devenir fou. Le feu était bas. La nuit pénétrait dans mon *askihkan*, mais je ne suis pas allé chercher du bois.

« Ta gueule, toi ! me suis-je surpris à crier. Si tu ne la fermes pas, je te balance à la flotte. » J'imaginais le fusil en train de geindre comme un chien puni. J'ai promené mon regard sur les ombres autour de moi, sur les dernières lueurs qui, avant l'obscurité, formaient un halo bleu profond dans le trou à fumée au-dessus de moi. Le fusil de mon père était enfoui sous mes vêtements d'hiver empilés dans un coin. Les denrées périssables s'entassaient de l'autre côté, près de l'entrée. Je dormais devant le feu. Assis sur une bûche, j'avais mal à mon cul trop maigre. Voilà ce qu'était devenue ma vie. Une idée m'a traversé l'esprit. « Tu sais quoi ? ai-je dit au fusil. Je vais te donner. Comme cadeau. » Cette fois, il a gémi pour de bon.

24

Nous sommes cinq autour de la table de cuisine d'oncle Will. Eva a promis qu'elle essayerait de passer. Elle a une heure de retard. Gordon et moi avons allumé des bougies pour créer l'ambiance, mais à voir les visages de ma mère, de Joe et de Gregor dans la lumière sinistre, on dirait plutôt une séance de spiritisme. Une fois de plus, je me demande pourquoi je les ai invités. À quoi ça rime de vouloir introduire à Moosonee un peu des manières raffinées des grandes villes ?

« Alors, le repas est prêt ? » demande Gregor, roulant les "r". Son accent de vampire, bien qu'il ne soit pas affecté, me fait toujours rire. Il boit une gorgée de sa bouteille de bière. À la lueur de la bougie, son regard accroche le mien et il m'adresse un clin d'œil. Quel pervers celui-là ! Il a pourtant quelque chose d'amusant. Il ressemble à un vieux chien castré qui réclame l'attention.

« Quand est-ce qu'on pourra voir ce qu'il y a dans nos assiettes ? me demande Joe. Tu n'as pas fait remettre l'électricité ? »

Ma mère, chose incroyable, éclate de rire. Elle tapote le bras de Joe. « Tu es un marrant, Joe Wabano, dit-elle en se levant. Je vais donner un coup de main à Gordon dans la cuisine. »

Estimant que ce serait une bonne idée de passer une soirée sans boire, je n'avais pas acheté d'alcool, mais Joe et Gregor sont tous les deux arrivés chacun avec un pack de bières. J'ai une furieuse envie d'aller en prendre une dans le frigo.

« Annie, dit Joe, tenant lui aussi une canette dans sa grosse patte, ta mère m'a appris que tu avais senti Will te presser la main pendant que tu lui parlais. » Il sourit. « C'est la meilleure nouvelle que j'ai entendue depuis longtemps. »

Mon dieu, il n'y a donc pas de secrets dans cette ville ? J'ai fait un mensonge qui ne sera pas sans conséquences. Mais c'est toujours le cas, non ? « Ouais, je réponds. Et des fois, ses paupières papillotent, aussi. »

Nous venons de finir de dîner quand une motoneige déboule dans l'allée. Je vais ouvrir et une bouffée d'air glacial me frappe au visage. Junior reste assis sur le skidoo cependant qu'Eva descend du siège avec difficulté. Celui-là, il ne bougerait pas son gros cul pour l'aider. Ils échangent quelques paroles que je n'entends pas, puis Junior repart sans même m'adresser un signe de tête, traversant la pelouse enneigée de Will.

« Je suis contente que tu aies pu venir », dis-je à Eva qui tape des pieds pour débarrasser ses bottes de la neige. Elle sent le froid.

« Ça caille ! » s'exclame-t-elle en s'asseyant, la voix entrecoupée. Je l'aide à ôter ses bottes. « Junior est un sale con. Le pick-up ne démarrait pas et il ne voulait pas m'emmener sur sa motoneige. Il ne viendra pas me rechercher, alors si tu ne veux pas me raccompagner, je resterai dormir.»

L'idée qu'Eva passe la nuit ici me rend follement heureuse. Je suppose que la présence de quelqu'un avec qui je puisse avoir un véritable dialogue me manque terriblement.

«Vous avez du vin? demande Eva. Moi, j'ai trois jours de congé, et ma mère garde Hugh jusqu'à demain.

– On n'a que de la bière.» Je vais dans la cuisine en prendre une pour chacun de nous. Au temps pour une soirée d'abstinence.

Ma mère, un mug de thé à la main, est assise à côté de Gordon. La table est déjà débarrassée.

«Tu as faim, Eva?» je demande.

Joe et Gregor fument sur la véranda de derrière. Des nuages de fumée s'échappent de leur bouche.

«*Mona*, répond Eva. Junior et moi, on a dîné à la maison.» Elle a beau être corpulente, je ne l'ai jamais vue manger plus qu'une personne de stature normale. Quand on était petites, tous les enfants se moquaient d'elle. Pourtant, elle n'y est pour rien.

Joe et Gregor rentrent, accompagnés d'un courant d'air froid. Je remets du bois dans le poêle. Il faudra que Gordon aille en couper d'autre dans les jours qui viennent. Je craignais qu'il se blesse avec la tronçonneuse, mais jusqu'à présent tout s'est bien passé.

«*Wachay, wachay*, Eva». Joe s'installe à table, rejoint par Gregor. «Alors, tu ne travailles pas ce soir?

– Ni demain, ni après-demain, dit Eva, buvant une gorgée de bière. Sacrément bon, ça.» Joe et elle sont cousins, mais je crois qu'ils se voient seulement quand je les invite ensemble. Il n'y a pas d'inimitié entre eux. Juste une question de générations. La moitié des habitants d'ici, de même que ceux de Moose Factory, sont cousins, semble-t-il.

« Tu sais que Will réagit quand Annie lui parle ? » demande Joe.

Merde ! Je suis foutue. Eva me lance un regard, mais elle ne dit rien. Je sens les yeux de Gordon rivés sur moi.

« Tu dois être au courant, reprend Joe. Qu'est-ce que le docteur Lama en pense ?

— Le docteur Lam », corrige Eva. Elle me jette un nouveau coup d'œil. « Il pense que le cortex préfrontal fait des heures supplémentaires pour rétablir le fonctionnement du cerveau.

— Eh bien, intervient Gregor. Ça se fête ! » Il brandit sa bouteille. « *Nostrovia !* » On l'imite et on trinque. « Demain, j'irai voir mon ami Will, dit-il. Je vais lui parler trois jours de suite, jusqu'à ce que, comme Jésus, il se lève et marche. »

Tout le monde trouve ça drôle sauf moi. Je vais chercher une autre bière.

Eva et moi, assises sur le canapé de mon oncle, nous regardons des photos qu'on a trouvées dans une vieille boîte à chaussures. Gordon, installé dans un fauteuil en face de nous, en examine quelques-unes parmi celles éparpillées sur la table basse. Les autres sont partis il y a une heure. Gregor a eu la gentillesse de nous laisser ce qui restait de son pack de bières.

« Tu as vu l'allure que tu avais ! s'exclame Eva en me montrant la photo d'une fillette maigre aux jambes comme des allumettes en train de pêcher.

– C'est Suzanne, dis-je après l'avoir étudiée de plus près.

– Vous vous ressembliez drôlement quand vous étiez petites. » Eva prend une autre photo. « C'est la femme de Will, hein ? »

J'acquiesce.

« C'est tellement dommage.

– Je ne me souviens pas d'elle », dis-je.

Ensuite, je regarde quelques photos d'oncle Will quand il avait mon âge. Sacrément beau, lui. Grand et mince, de longs cheveux noirs ramenés en arrière. Sur celle-là, il sourit et, posant devant son premier avion, on dirait que le monde lui appartient. « Regarde, Eva. »

Elle s'empare de la photo. « Waouh ! Le beau mec ! Qu'est-ce qui lui est arrivé ? »

Je lui donne une petite tape amicale sur le bras. « Il est encore pas mal. Même couché dans ce lit d'hôpital ça se voit. »

Eva repose la photo. Elle boit une gorgée de bière. « Ainsi, Annie, il réagit à ta présence. Ça fait plaisir de l'apprendre. Je regrette juste que personne d'autre ne s'en soit aperçu.

– Qu'est-ce que j'aurais dû faire ? Vous vous prépariez à le transférer dans le Sud, et tu sais aussi bien que moi qu'il ne survivrait pas plus d'une semaine loin de sa famille. Loin de chez lui.

– Ah bon ? réplique Eva. Tu es médecin, maintenant ? Comment tu peux en être sûre ?

– C'est toi qui m'as dit de lui parler.

– Mais je ne t'ai pas dit de mentir. »

Je me lève et je vais me placer derrière Gordon. Les mains plaquées sur ses épaules, je demande : « Sois franche avec moi, Eva. Est-ce qu'il va sortir un jour du coma ou est-ce qu'il est déjà pratiquement mort ? »

Elle baisse les yeux sur les photos qui jonchent la petite table. « Est-il bien nécessaire d'aborder ce sujet maintenant ? »

Je me tais. Sa réponse me suffit.

« Disons simplement que le pourcentage de patients dans l'état de Will qui recouvrent tout ou partie de leurs facultés est extrêmement faible. » Eva me regarde. « Et chaque jour qui passe sans réaction de sa part le fait encore baisser. »

Je sens les larmes me piquer les yeux.

Eva reprend : « Ce n'est pas pour autant qu'il faut renoncer, Annie. »

Sans que je m'en rende compte, mes mains se crispent sur les épaules de Gordon.

25

Au cours du mois suivant, j'ai rendu à plusieurs reprises visite à la famille. Au début, c'était pour essayer de savoir quand ils comptaient partir afin que je puisse à mon tour organiser mon départ. Petit à petit, cependant, j'ai appris à apprécier la compagnie de ces gens simples. J'ai emmené les fillettes dans la forêt pour leur montrer comment je trappais. J'ai partagé quelques repas avec eux, apportant toujours une chose ou une autre pour qu'ils n'entament pas trop leurs provisions. Moi, mon instinct me soufflait qu'ils ignoraient tout des événements de Moosonee, mais à leur retour, ils ne manqueraient pas de dire qu'ils m'avaient vu, et ce ne serait plus alors qu'une affaire de temps. Peut-être réussirais-je, avant qu'ils partent, à les convaincre de ne pas mentionner ma présence, mais nul doute que cela entraînerait des questions de leur part, et la vieille femme qui semblait dans l'ensemble normale manifestait parfois des signes de pertes de mémoire et traversait des moments où elle paraissait perdue, incapable de reconnaître son propre mari. De plus, elle avait son franc-parler. J'étais impuissant face à cela. Une fois qu'ils seraient partis, mon sort reposerait entre leurs mains. À condition que je reste.

J'ai entrepris de consulter de vieilles cartes de cette région de l'Ontario, à la recherche d'autres endroits éventuels où établir un campement d'hiver. J'aurais du mal à en trouver un nouveau avant l'arrivée de la neige. Cette île, Akimiski, est vaste. Plus de quatre-vingts kilomètres de large. Plus de cinquante de long. Il y avait d'autres excellents emplacements sur l'île, mais si la Police montée avait vent de ma présence ici, comment pourrais-je seulement, par temps clair, dissimuler la fumée de mon camp aux yeux d'un observateur à bord d'un avion ? J'avais beau tourner le problème dans tous les sens, j'en arrivais à la conclusion que je ne pouvais plus m'attarder ici.

Me cacher dans un lieu minuscule au sein de cet immense paysage ne serait pas difficile. Ce qui le serait, par contre, c'est de trouver l'endroit approprié, au bord d'un lac ou d'une rivière, un endroit d'où je pourrais m'échapper rapidement à la moindre alerte. Et surtout, un endroit qui me permettrait de survivre en m'offrant ses animaux. C'est toujours un pari risqué. Au fil des générations, tant de gens de mon peuple l'ont perdu sans même que les animaux daignent se montrer.

Octobre venu, les oies ont entamé leurs préparatifs. Les grands-parents m'ont annoncé qu'ils allaient chasser pendant une semaine avant de quitter l'île. J'avais déjà construit mes affûts autour de mon lac et aidé le vieux Koosis à construire certains des siens. Le soir, autour d'un feu, on faisait noircir des bûches auxquelles on attachait des rameaux incurvés pour obtenir des dizaines de leurres. *Kookum* a appris à ses petites-filles à tresser des rameaux de mélèze pour fabriquer plusieurs types d'appelants.

J'écoutais les *niskas*, les oies qui chaque soir se rassemblaient sur le lac. Leurs voix avaient pris une tonalité différente. Énervée, aurait dit votre mère Lisette. Elles arrivaient au crépuscule, et leur agitation atteignait son comble à l'instant où la nuit s'étendait sur le lac. Elles savaient que leur long vol migratoire approchait, et la promesse du voyage les excitait comme des enfants. Je n'avais pas encore commencé à chasser. Les oies continuaient à s'attrouper, et en m'y prenant au bon moment, je tuerais assez d'oiseaux pour me nourrir presque jusqu'à la fin de l'hiver. Seulement, dès le premier coup de feu, je serais repéré. Les oies, elles feraient alors savoir que ce lac n'était plus sûr. Aussi, avant de chasser là, je chasserais près du rivage aux côtés de la famille.

L'aube n'était pas encore levée quand je me suis engagé sur la petite piste que j'avais tracée entre le lac et le ruisseau. Elle trahirait ma présence aux yeux de celui qui connaissait les bois, mais peu m'importait. Je savais maintenant que je partirais bientôt. D'ici un mois, les flocons de neige voltigeraient et l'hiver s'installerait sur la forêt, la tourbière et l'eau. Alors viendrait le temps des véritables souffrances. Le long de cette piste étroite, je portais tout un stock de munitions pour mon fusil de chasse, des vêtements chauds de rechange, de la truite fumée, du tabac et une bouteille de whisky pleine. Si la journée était bonne, je boirais. Et si le vieil homme en voulait, je lui en offrirais. Sa femme et lui n'en avaient pas apporté. Après des années de cette vie-là, j'avais appris à remarquer ce genre de détails, à les flairer. Néanmoins, je ne boirais pas devant les enfants. Cette époque-là était révolue.

Le cours d'eau m'est apparu lorsque les premières lueurs du jour ont filtré au travers des nuages. Un temps couvert, mais pas mauvais pour l'oie. Dans mon sac à dos, la bouteille déjà m'appelait. Je n'allais peut-être pas tarder à m'octroyer deux, trois petites gorgées. Parmi mes plus beaux souvenirs figuraient ceux où, à moitié ivre, j'attendais, assis au milieu d'un bosquet. Les vieux souvenirs, on ne peut ni les brûler ni les noyer.

Devant moi se dressait le squelette de la baleine. Je me suis assis un moment entre les côtes et, pendant que mes doigts roulaient une cigarette, j'ai regardé autour de moi. Une éternité me paraissait s'être écoulée depuis le jour où j'avais découvert cet endroit sous un soleil si chaud que j'aurais pu me croire sous les tropiques. Aujourd'hui, les ossements de la baleine faisaient entendre un autre chant. Je sentais en eux le froid des eaux de l'Arctique, la quête désespérée de nourriture, la tempête qui l'avait rattrapée et échouée si loin de chez elle. J'aurais aimé entendre le sifflement du vent au travers des ossements. À quoi une mort pareille a-t-elle pu ressembler ? Une lente et horrible agonie, inverse de la noyade. Rien de rapide dans une mort comme celle-là. Les énormes poumons écrasés par l'afflux d'air tandis que l'animal suffoquait sous le seul poids de son corps tout près du murmure railleur du courant d'eau douce.

Plutôt que de broyer du noir au milieu du squelette de la baleine, je me suis levé pour longer le ruisseau. En revanche, sa mort avait sans doute ravi les animaux de l'île. J'imaginais les martres, les lynx, les ours noirs et les ours polaires, les mouches et leurs larves, les renards, les loups, les whiskey-jacks et les corbeaux qui se réunissaient ici et se réjouissaient de leur chance. J'imaginais les animaux en train de festoyer chacun leur tour puis, comme je l'avais vu un jour à la télévision, ces mêmes animaux filmés en accéléré qui arrivaient, mangeaient et repartaient, tandis que la baleine était démantibulée, bouchée après bouchée, à l'exemple d'une maison qu'on dépouillerait jusqu'à ce qu'il ne reste plus que la charpente.

Le soleil perçait, si bien que j'ai marché aussi vite que ma jambe le permettait. J'aurais déjà dû être dans l'affût, mais les oies voleraient du matin au soir aujourd'hui. Toutefois, les premières étaient toujours les meilleures.

Le vieux Koosis attendait, assis sur les talons devant la tente silencieuse alourdie par la rosée du matin. Ses cheveux blancs se détachaient contre le ciel encore noir. Je me suis accroupi à côté de lui, j'ai tiré deux cigarettes de la poche de ma chemise et je lui en ai offert une. Nous sommes demeurés ainsi à fumer, le regard fixé sur la baie, sombre et brumeuse. Il y avait deux bonnes caches à notre gauche dans une crique au milieu de la laisse de vase parsemée d'herbe et de nids, protégées du vent. Des oies s'étaient déjà posées et d'autres allaient arriver au petit matin. Il était temps de se diriger sans bruit vers les affûts. Koosis m'a tendu du café instantané qui refroidissait dans une timbale en fer-blanc.

« Belle matinée, a-t-il dit.

– Oui, parfaite. »

On a ramassé nos sacs, mis nos fusils en bandoulière, puis on s'est dirigés vers les épicéas rabougris en tâchant de marcher le plus silencieusement possible dans la boue qui collait aux semelles, pliés en deux pour gagner la cache en suivant les touffes d'herbe des tourbières qui empêchaient qu'on s'enfonce trop.

Un bon affût, celui que nous avions construit. Un sol sec tapissé de branches d'épinettes, et assez haut pour qu'on puisse s'asseoir sur des bancs rudimentaires sans être repérés. Une vue dégagée sur le marais. On ne se mettrait debout qu'à l'instant propice, fusil à l'épaule. Excellent emplacement. Tout ce dont nous avions besoin se trouvait là, à nos pieds, dans l'espace exigu.

À mesure que le jour se levait, notre paresse matinale se dissipait. Nous avons chargé et vérifié nos armes. Le vieil homme scrutait l'horizon. Nos leurres était disséminés devant nous sur le rivage et sur l'eau. Certains la tête courbée comme s'ils se nourrissaient, d'autres le cou tendu. Difficile dans cette lumière de se rendre compte qu'ils étaient factices. Le vieil homme appellerait le moment venu. Il fallait attirer les oies vers nous. Elles arriveraient par vagues et ensuite, on les appellerait en imitant nous-mêmes leur cri, et puis il suffirait de viser juste. Comme j'avais encore le temps, j'ai fumé une autre cigarette. Le vieil homme a paru contrarié. Il craignait que l'odeur les chasse, mais comme le vent soufflait dans notre direction, j'ai estimé pouvoir le faire.

Le ciel s'assombrissait et la pluie maintenant menaçait. L'humidité de l'air imprégnait ma veste. Dans le jour naissant, la visibilité était faible. Une mauvaise journée pour piloter, mais une bonne journée pour les oies.

C'est le vieux Koosis qui a aperçu les premières venant du nord, dont les ailes jetaient des éclairs noirs sur le gris des nuages. La gorge contractée, les mains en coupe devant la bouche, il a commencé à appeler. Dès que je les ai aperçues à mon tour, j'ai suivi son exemple. Au début, ma gorge était trop crispée, et j'ai produit un son qui tenait plutôt du glapissement, de sorte que j'ai failli éclater de rire. Les voix des enfants sont bien plus adaptées. Vous-mêmes, mes nièces, vous étiez les reines des appelantes. Mais une fois mes cordes vocales correctement tendues, j'ai émis ce cri rauque que je vous avais appris à imiter. Observant les oies, nous avons réglé la puissance de nos appels en fonction de leurs réponses en vol. Un cri qui, d'abord, exprimait la crainte de ne pas être entendu, puis plaintif, puis empreint d'une note joyeuse pour leur faire savoir que les leurres près de nous avaient découvert l'endroit idéal où déjeuner et se reposer. Le premier vol en V s'est dirigé vers nous, mais à une centaine de mètres, effrayée par quelque chose, l'oie qui volait en tête a brusquement viré et conduit les autres plus haut et plus loin de nous.

Avec un large sourire, le vieil homme s'est tourné vers moi en faisant le geste de tirer sur une cigarette.

« *Jushstuk* », ai-je dit.

Il s'est esclaffé. On s'est rassis et on a attendu. J'ai envisagé d'en allumer une nouvelle, rien que pour l'emmerder.

Le deuxième vol s'est annoncé en cacardant et nous lui avons répondu. C'était un bon groupe, composé d'une vingtaine ou d'une trentaine d'oies qui cherchaient à se poser. Je le sentais. Du pouce, j'ai ôté le cran de sûreté, et je me suis préparé à me lever pour tirer. Les oiseaux ont cessé de battre des ailes pour s'approcher en planant, cependant qu'ils étendaient leurs pattes palmées jusqu'au moment où il serait trop tard pour qu'ils puissent reprendre leur vol. À la bonne distance, assez près pour qu'on parvienne à distinguer leurs yeux noirs qui s'efforçaient de choisir le marais où se poser, nous nous sommes tous deux dressés pour ouvrir le feu. Boum ! Éjecter la douille. Boum ! Éjecter ! Boum ! Éjecter. Les oies, en proie à la panique, battaient frénétiquement des ailes. Elles ont réussi à se replier, et j'ai arrêté de tirer. Nous en avions tué chacun trois et nous avons regardé les autres s'enfuir en désordre avant de disparaître au-dessus des arbres. J'ai remis le cran de sûreté et rechargé mon arme.

Après nous être assurés qu'aucun autre vol ne risquait d'arriver, nous sommes sortis de l'affût pour aller ramasser les oiseaux morts qui gisaient dans la boue et, les tenant par le cou, nous les avons ramenés dans notre cache. J'ai allumé une cigarette puis j'ai sorti le whisky de mon sac. J'ai observé à la dérobée la réaction du vieil homme. Il n'en a pas eu. J'ai dévissé le bouchon et bu une longue rasade, puis je lui ai tendu la bouteille. Il n'a pas refusé, mais il n'a pas non plus accepté. « Ça fait longtemps pour moi », a-t-il dit. J'ai pris une autre gorgée, puis j'ai placé la bouteille entre nous sur le tapis de branches d'épinette. À toi de jouer, vieil homme !

Je commençais à craindre de ne plus voir d'oies aujourd'hui. Le soleil avait du mal à percer les nuages tandis que nous attendions, aux aguets. J'étais un peu ivre, moi. L'alcool sur un estomac vide. J'ai pris de la truite fumée dans mon sac et nous avons mangé lentement.

Le vieux Koosis a humé l'atmosphère. « D'autres seront là dans une heure ou deux. » J'avais noté que le vent venait de tourner, et j'étais curieux de vérifier s'il avait raison ou pas. « On t'a déposé ici en avion ? a-t-il demandé.

– J'ai établi mon campement au bord d'un lac intérieur, ai-je répondu, feignant d'avoir mal entendu. Un bon emplacement. Ça m'a l'air d'être un lac pour les oies.

– Moi, j'ai repéré des traces d'ours polaire sur le rivage non loin de mon camp hier. » Il m'a regardé. « J'ai dit à ma femme de tirer un coup de feu si jamais elle avait besoin d'aide.

– Pourquoi ne pas les avoir toutes trois amenées ici avec nous ?

– Mes petites-filles, elles n'ont pas peur et elles feraient fuir n'importe quoi. » Il s'est tu un moment. Je savais qu'il avait autre chose à dire. « Ma femme, elle a un diabète grave, a-t-il repris. Assez grave pour en mourir, à en croire les médecins. » J'ai hoché la tête.

« Et surtout, a-t-il continué, elle retombe en enfance. Elle oublie tout le temps des choses, et des fois, elle ne sait même plus où elle est, ni qui je suis. Elle parle plus qu'elle n'a jamais parlé, elle. Elle ne sait plus s'arrêter. Elle me raconte des histoires qui remontent à l'époque où elle était petite. » Il s'est interrompu, et j'ai redouté qu'il se mette à pleurer. « Son état a encore empiré cette année. » Il s'est redressé sur le banc, a fixé l'horizon. « Mais c'est bien pour elle, d'être loin d'Attawapiskat pendant un temps. Elle va mieux au grand air, sans trop de monde autour d'elle. » Il ne m'en avait jamais autant dit d'une seule traite. Et c'était probablement même plus qu'il n'en avait dit à quiconque depuis des années.

Je lui ai proposé de rentrer pour jeter un œil sur elles. Il a refusé :

« Ma femme, elle garde le fusil à orignal à l'épaule. » Il m'a considéré un instant. « Elle tire mieux que nous. On a été entourés d'ours polaires toute notre vie. Ils essayaient de pénétrer dans notre campement, et elle en a tué plus que moi. »

J'ai souri. « Ma femme. Elle aussi, elle savait tirer. Mais elle n'a jamais tué d'ours polaires, elle. »

Le vieux Koosis a hoché la tête.

Quand les oies sont revenues, c'est en masse. Les deux premiers vols ont foncé droit sur les leurres, et nous avons tiré et rechargé aussi vite que possible. Je m'apprêtais à aller rechercher celles que nous avions abattues quand un nouveau vol est arrivé. De la pure folie. On a visé et tiré, visé et tiré, visé et tiré, jusqu'à ce que le canon de nos fusils soit brûlant. Le marais était jonché d'autant d'oiseaux morts que d'appelants.

Nous sommes enfin sortis de l'abri pour les ramasser. La plupart étaient lourdes, gavées de nourriture estivale. De belles oies. Je nouais une corde autour du cou de chacune d'elles puis, une fois que j'avais constitué une chaîne de dix, je les ramenais dans l'affût. On aurait de quoi plumer, ce soir. Le vieil homme en portait autant que moi. Il appartenait à l'ancienne école. Mince et noueux, les cheveux blancs aussi épais qu'une fourrure de lynx. Un homme solide, lui.

Retournant en chercher d'autres, je suis tombé sur une oie encore vivante. Alors que j'approchais, elle a battu de son aile intacte, affolée, sa tête noire dirigée vers moi et ses plumes blanches qui faisaient comme un sourire sous son bec. Ses yeux ronds et noirs étaient rivés sur moi. Je n'aimais pas, et je n'avais jamais aimé, cet aspect de la chasse. Mais laisser un être vivant souffrir inutilement est le plus grave des péchés. À genoux sur la poitrine de l'oie, j'ai murmuré : « *Meegwetch, ntontem* », puis j'ai expulsé l'air de ses poumons. Le corps a été saisi de convulsions, mais le cerveau n'enregistrait plus la douleur. Je l'ai attachée avec les autres.

L'après-midi s'est écoulé ainsi jusqu'au crépuscule. Les oies arrivaient maintenant pour se percher, et le vieux Koosis et moi, on tirait. Je me demandais comment nous allions pouvoir les ramener toutes avant la tombée de la nuit. Mais le vieil homme était fort, et moi, je continuais à boire au goulot. On effectuait des allers et retours entre la cache et le campement, tandis que *Kookum* et les petites-filles plumaient les oies et que les plumes arrachées voletaient autour des cadavres encore tièdes. Elles nous regardaient, les deux gamines, et elles riaient, le visage encadré de cheveux noirs, du duvet d'oie accroché à leurs nattes à moitié défaites. La plus jeune a chatouillé le bras de sa grand-mère avec une aile. *Kookum* l'a écartée d'un geste, puis elle a levé les yeux sur moi. « Je vais te coudre une paire de moufles d'hiver bien chaudes avant qu'on parte. » Elle avait déjà oublié me l'avoir proposé. J'ai souri.

En ramenant les dernières oies, je titubais et trébuchais à chaque pas à cause du whisky, et cela me rendait triste. La meilleure chasse à l'oie de toute ma vie, mais aujourd'hui je n'avais pas réellement connu cette première heure d'allégresse qui suit le moment où on a commencé à boire, cette première heure qui rattrape tout le reste. Aujourd'hui, après avoir abusé de la bouteille, j'étais passé sans transition de la chaleur lumineuse à la lourdeur maladroite. Koosis m'a invité à partager leur dîner, mais je me sentais gêné à l'idée de me présenter aussi soûl devant sa famille. Je le lui ai dit. Il a approuvé d'un signe de tête. « Reviens demain, m'a-t-il proposé en Cree. On mangera à s'en faire éclater la panse. »

Je l'ai remercié, puis je me suis enfoncé dans la forêt.

26

J'ai menti pour que tu puisses rester ici. Alors, ne me fais pas passer pour une idiote. Je suis sûre qu'il t'est arrivé de mentir, toi aussi, en particulier pour la bonne cause. Tu tiens à ce qu'on t'envoie dans le Sud ? Tu sais pertinemment que ce serait la fin pour toi. Oui, j'ai menti. Prouve-leur que j'ai eu raison.

Il n'y a pas longtemps, j'ai fait un autre mensonge, mais là aussi, pour le bien de quelqu'un. Est-ce condamnable ? À toi de me le dire. Réveille-toi et dis-le-moi. Mais d'abord, laisse-moi te parler de cet autre mensonge.

Je me penche par-dessus la balustrade du toit en terrasse et je m'imagine tomber en flottant, ma robe de cocktail lavande déployée en corolle autour de moi, tandis que le vent ralentit ma chute et que mes chaussures argentées pointent droit vers le sol. Je lève les yeux et je vois les gens au-dessus de moi qui me regardent, applaudissent et sifflent, tout excités. Gordon est parmi eux dans son costume années 1940 taillé sur mesure et dont les manches sont un peu trop courtes. Ses longs cheveux noirs sont lissés en arrière et un petit pendentif en argent représentant une tortue, emblème de son clan, orne le haut de sa natte.

Un lourd collier en argent m'enserre le cou, le collier que Violette m'a prêté pour la soirée. Je rêvasse, accoudée à la balustrade, et je sais que Gordon dans son beau costume veille sur moi. Trop de gens nous ont dévisagés quand nous sommes sortis sur la terrasse, lui et moi, alors que le demi-cachet d'ecsta que Violette m'avait donné un peu plus tôt commençait à produire son effet. J'ai agrippé la main de Gordon pour le conduire où je pourrais respirer et rassembler mes idées.

Je le regarde, si beau, un Indien de film muet, l'air nerveux aux yeux des dizaines de personnes qui bavardent et boivent autour de lui. « Je vais te chercher une bière. Je reviens tout de suite », dis-je, me dirigeant vers la foule à travers laquelle nous venons de nous frayer un chemin. Les femmes me dévisagent toujours, les hommes aussi, et je sens encore leurs regards après les avoir dépassés. C'est peut-être ma tenue, la robe de cocktail fendue jusqu'à mi-cuisse, les hauts talons argentés, le collier en argent que Violette m'a glissé autour du cou en poussant des cris de ravissement. Mes cheveux noirs qui me descendent dans le dos sont attachés par un nœud lâche. Mon sac à sequins serré dans mon poing, je me faufile parmi les invités sans leur prêter attention. Un homme me présente un plateau avec des flûtes. « J'en prendrai deux », dis-je, et il me sourit. Qu'est-ce qui se passe ce soir ?

La musique. Je devine la patte de Butterfoot derrière le rythme. La tête penchée, je tends l'oreille. La plainte juste sous la pulsation, si légère que je crois être la seule à la percevoir. Il est là. On sera ensemble plus tard dans la soirée.

Gordon me regarde approcher. Qu'est-ce qu'il voit ? On dirait un petit garçon qui assiste pour la première fois à la débâcle d'un fleuve. Mon cœur cogne dans ma poitrine, mes pieds ne touchent pas terre, je lui tends son champagne, je trinque avec lui et, tandis que je bois, les bulles me font flotter davantage encore. J'ai belle allure. Je me sens si bien. J'avance la main pour caresser le revers de sa veste plus âgée que moi de plusieurs décennies. « Elle te va à merveille. » J'ai envie de danser avec lui, mais il ne voudra jamais. « Danse avec moi », je lui demande malgré tout.

Il fait signe que non.

« Comment ? Tu n'aimes pas la musique de Butterfoot ? » La tristesse se lit dans ses yeux, et il regarde par-dessus mon épaule en direction de la cabine du DJ sous la vaste tente. Je me retourne, mais on ne voit que les lumières étincelantes et le mouvement des gens qui ondulent. « Il est venu, dis-je. Je suis désolée. »

Violette flotte à travers la foule. Sa voix forte me chatouille l'oreille. « Voilà mes Indiens ! Mes superbes créatures ! » Elle est bras dessus, bras dessous avec un type trop mignon pour être vrai. Derrière eux, une femme en jupe courte à fanfreluches, un petit chapeau incliné sur la tête, porte un plateau. « Cartes postales ! crie-t-elle. Envoyez une carte postale à ceux que vous aimez, cadeau de Soleil ! »

Je m'adresse à Violette : « C'est donc ça, la grande soirée ? J'imaginais quelque chose d'un peu plus classe. » Elle rit, et le mec mignon aussi. Quant à Gordon, il nous a tourné le dos, non par grossièreté, je le sais, mais parce qu'il a le sentiment d'être étranger.

« Où est la fameuse Soleil ? je demande.

– Elle ne se montre jamais avant que tout le monde soit là, répond Violette. Règle de la maison.

– Tu plaisantes ! Si j'organisais une soirée à Moosonee, je veillerais à être là depuis l'arrivée du premier invité jusqu'au départ du dernier.

– Qu'est-ce que tu es polie !

– Pas vraiment. Juste inquiète à la pensée qu'ils pourraient me faucher tout ce que je possède. »

Le rire de Violette, un joli rire, retentit de nouveau. Ça me rend heureuse.

« Faites-moi participer, les filles », dit le mec mignon à Violette.

Je ne m'intéresse déjà plus à lui. Je contemple les lumières de Manhattan tout autour de moi. Je ne parviens pas à m'y habituer. Quand je me retourne, Gordon a disparu, et quelque chose remue sous mon sternum, puis plonge dans mon estomac. J'essaye de le noyer dans une grande gorgée de champagne. Les bulles remontent avec, et je me figure qu'elles vont me jaillir par le nez. Je me mets à rire, le visage levé vers le ciel noir, si proche que je peux le toucher.

Il fait nuit à présent, et les milliards de lumières de la ville scintillent. Je suis restée accoudée à la balustrade et j'ai demandé à l'homme au plateau de ne pas oublier de repasser me voir avec ses flûtes de temps en temps. Dois-je lui donner un pourboire ? Je contemple la nuit, et chaque fois que je regarde par-dessus mon épaule, j'ai l'impression que tous ceux qui se trouvent sur la terrasse déferlent par vagues vers la porte, puis refluent avant de déferler à nouveau. Qu'est-ce que j'ai ? Faut-il que je m'inquiète ? Quelqu'un près de moi dit que Soleil est arrivée. Fascinée, j'observe les mouvements de la foule. Tout le monde s'efforce d'avoir l'air de s'ennuyer.

Il débouche de l'obscurité sur ma gauche, et je me rends compte de sa présence uniquement quand il est tout contre moi. Il enlève ses petites lunettes rondes pour les essuyer au moyen d'un mouchoir blanc. Je remarque une fois de plus le crâne ailé tatoué sur la bague qu'il porte à l'annulaire. Il remet ses lunettes et regarde avec moi les milliards de lumières. Je voudrais que Gordon soit là.

« Belle nuit, Suzanne », dit-il.

La vague sur laquelle je surfais se brise. « Je ne suis pas Suzanne.

– Pardon pour cette erreur. J'ai oublié ton nom. »

Pour la première fois, je perçois son accent français. « Je suis sa sœur. Tu la connais ? »

Il se tourne vers moi et sourit. Les dents de devant toutes grises. Derrière la façade, il est horrible. « Je la connais très bien. Je connaissais Gus aussi. » Il regarde de nouveau les lumières qui scintillent dans la nuit. « Tu les as vus ? Tu ne saurais pas où est Suzanne, par hasard ?

– Pourquoi me poser la question ? » Je prie pour que le serveur arrive, pour que n'importe qui arrive. Mais tous sont à l'autre bout de l'immense terrasse, là où se trouve Soleil.

« Je me demandais, c'est tout. Ça fait un moment que je ne les ai pas vus. »

Il faut que je sache. Je m'en fiche, maintenant. Qu'est-ce qu'il pourrait me faire ? Me pousser par-dessus la balustrade ? À cette pensée, tandis que je regarde les minuscules voitures dans la rue, si loin en bas, j'ai une boule à l'estomac. La photo d'une belle femme, image surgie de quelque vieux livre appartenant à ma mère, m'apparaît soudain, une femme étendue, l'expression sereine, sur le toit enfoncé d'une voiture dans un New York du temps jadis.

« Quand est-ce que tu as vu ma sœur pour la dernière fois ? » J'ose enfin le regarder, mais rien que l'espace d'une seconde. Le torse large. Je me le représente en train de soulever des voitures miniatures en guise de poids. Il a toujours les yeux fixés sur les toits.

« Il y a longtemps. Trop longtemps.

– C'est-à-dire ? »

Il se tourne vers moi. Il me sourit de toutes ses dents grises. « Environ deux mois, sœur de Suzanne. Rappelle-moi ton nom, fille de France.

– Toi, d'abord.

– Daniel.

– Annie. » Je lui tends instinctivement la main. Il la serre. Une toute petite main. « Tu es un biker », j'ajoute. Je n'ai pas grand-chose à perdre. La colère à l'idée que ce sale type soit d'une manière ou d'une autre lié à la disparition de ma sœur me brûle la gorge.

Il rit. « Oui, j'ai une moto. Je suis de Trois-Rivières au Québec. Et j'ai été quelque temps en affaires avec Gus. » Je désirerais en savoir plus, mais il marque une pause avant de poursuivre : « Ta sœur et son copain, ils sont partis en me devant de l'argent. Envolés.

– Ah bon ? » J'ai envie de crier à l'aide. Je perçois la fureur qui bouillonne en lui. Et qu'il maîtrise à grand-peine. « Combien ?

– Beaucoup, disons.

– Quel genre d'affaires vous faisiez ensemble ? Immobilier ? Voitures d'occasion ?

– Tu es une marrante, toi. Mettons qu'il s'agisse d'immobilier.

– Je ne te crois pas.

– Selon certains de mes amis, Gus serait en ville, reprend Daniel. Si tu le rencontres, sois gentille de lui rappeler que j'aimerais le voir dès qu'il aura un moment. » Je regarde ses lèvres remuer. « Et si ta sœur n'a pas eu l'intelligence de prendre ses distances par rapport à lui, je serais ravi d'avoir également une petite conversation avec elle. »

Violette se matérialise, qui hurle pour couvrir la musique : « Daniel ! Mon dangereux biker a été autorisé à franchir la frontière ! »

Les yeux au ciel, il fait une grimace. Je l'ai surprise, une sorte de ricanement. Puis, alors qu'il se tourne vers Violette, son expression se modifie et il affiche un sourire. Ils s'embrassent. Je m'éclipse.

Le serveur avec son plateau fend la foule. Je prends deux flûtes, une que je vide d'un trait avant de la lui tendre. Il me décoche ce même sourire gentil, stupide.

« Vous n'auriez pas vu le garçon qui m'accompagne ? Un Indien ? Longs cheveux noirs nattés ? »

Il fait signe que non, le sourire toujours plaqué sur son visage. « Pas depuis un moment, m'dame. »

Je reprends un verre. Putain ! j'ai encore perdu mon sac, ce minuscule machin que Violette appelle une pochette, si petit qu'il ne peut contenir qu'un paquet de cigarettes, un briquet et deux cents dollars américains. J'ai dû le laisser à côté du biker. C'est quoi son nom, déjà ? Daniel. Merde.

« Vous avez l'air inquiète, dit le serveur.

– J'ai de nouveau perdu mon sac.

331

– Vous l'avez sous le bras », dit-il. Son sourire s'élargit et il s'éloigne.

Je circule parmi les invités, buvant une gorgée par-ci, par-là, et tenant l'autre flûte comme si elle était destinée à quelqu'un, de sorte que je n'ai pas à m'arrêter pour parler aux gens. Il y en a partout, qui boivent et qui rient, qui m'observent au passage et qui, certains, avancent la main pour me toucher.

Souriante, je déambule au milieu d'une forêt de visages, et les corps deviennent un tunnel dans lequel je m'enfonce. Les odeurs de ces corps se mélangent, et leurs dents étincellent. Je dois faire un effort colossal pour marcher lentement, les yeux fixés devant moi, toujours souriante, comme si je cherchais quelqu'un, comme si c'était trop important pour que je prenne le temps de bavarder avant de l'avoir trouvé. J'ai envie de hurler, de tout balancer et de foutre le camp d'ici en courant.

Je croise le célèbre acteur que j'ai vu dans tellement de films, il me regarde, ses yeux s'écarquillent spontanément et il m'adresse son sourire dents blanches. Je le lui rends, incrédule, oui, c'est réellement lui.

Il faut que je trouve Gordon. J'ai la tête légère comme un ballon, mais il y a une ombre qui l'envahit progressivement. La moitié de ce truc que Violette m'a refilé, ça devient de plus en plus fort, et ce n'est pas agréable comme avant. Je ne le contrôle plus. Mes mains vont trembler et je vais renverser mon champagne. J'ai peur d'ouvrir la bouche pour parler à un inconnu par crainte de ce qui risquerait de s'en échapper. On me dévisage davantage. Les gens restent muets de stupeur ou alors ils éclatent de rire. Si je dois parler, je le ferai en Cree. Oui. Cette décision m'apaise, et je stoppe net à côté d'un groupe de Blancs resplendissants. Je sirote mon champagne, l'air cool. Parfait. Une femme parmi eux, qui me sourit et me dit bonjour.

« *Wachay* », je réponds.

Les autres se tournent vers moi. Un homme mince en T-shirt moulant lève son verre à ma santé. Lui aussi ressemble à un acteur célèbre, mais en plus petit. La femme, elle, c'est indéniablement quelqu'un de célèbre, mais je ne sais pas qui. Je bois au milieu d'eux, puis je repars. Je sens leurs regards dans mon dos. Il faut que je trouve Gordon et que je lui parle de Daniel, ce *windigo*. C'est bien ça qu'il est. À la première occasion, il me dévorerait. Il raconte qu'il a vu Suzanne récemment, que Gus est en ville. Bonnes nouvelles, non ? Les bikers n'ont pas fait tout ce que je m'étais laissé aller à imaginer. Oui ou non ? Merde ! je n'arrive plus à penser clairement. S'il vous plaît, que personne ne m'adresse la parole. Je ne m'exprime plus qu'en Cree.

Et, comme si le pire de mes cauchemars se réalisait, la foule s'écarte soudain devant moi. Elle est là, Soleil, brillant de toute sa splendeur sous l'éclairage réglé avec soin. On a l'impression qu'elle compte demeurer là toute la nuit. Mon dieu. Elle est parfaite. Tout prend un sens pour moi. Elle orchestre chaque élément de son existence, jusqu'à l'endroit où elle se tiendra dans la lumière appropriée au cours de sa propre soirée. La peau chatoyante, les cheveux blonds qui forment comme un halo autour de son visage étroit. Elle ressemble à l'une de ces top-modèles. Non, *c'est* l'une de ces top-modèles. La déesse des top-modèles. Elle discute avec un homme de haute taille aux cheveux noirs, pointe deux doigts sur lui et sourit. Il s'éloigne, comme s'il obéissait à un ordre. Je voudrais me fondre dans la foule, mais son regard se pose sur moi. Une seconde de froid calcul, puis elle semble me reconnaître. D'un geste de sa main fine, lequel m'est destiné cette fois, elle m'invite à approcher. Autour de moi, j'entends comme un soupir et les gens se reculent. Je ne peux plus m'échapper. Je dois m'avancer vers elle le long de cette allée, tous les yeux rivés sur moi, tandis que je me demande qui je suis. Oui, qui suis-je ?

J'ai un verre dans chaque main. Je chancelle sur mes hauts talons. Je suis loin de savoir marcher. Je suis un petit orignal en robe de cocktail qui vient de naître et vacille sur ses pattes. Approche-toi. Approche-toi d'elle. Elle est mon gardien. Je vais lui parler en Cree, et cette idée déclenche dans ma tête un mécanisme qui me murmure les mots nécessaires à ce que je redresse le dos pour glisser, et non marcher, vers la fille qui brille.

Elle se penche pour m'embrasser sur la joue cependant que la foule, le monde entier guette ma réaction. Mes mains tremblent. Je fais un pas en arrière. Elle se penche de nouveau et m'embrasse sur l'autre joue. Je l'embrasse à mon tour, et le claquement de mes lèvres me donne envie de rire. J'ai dû sourire plutôt, car Soleil sourit à son tour. « Tu es sans doute la sœur de Suzanne. Comment vas-tu, ma chérie ?

– Très bien. Et toi ? » Autour de nous, on feint de ne pas écouter, mais tous tendent l'oreille. « Soleil, merci de nous héberger, mon ami et moi. » Je m'interromps une seconde, sachant que ce que je m'apprête à ajouter est le pire cabotinage auquel je me sois jamais livrée. « Les gens de mon peuple disent *meegwetch. Chi meegwetch.* »

Soleil rayonne. « De rien, ma chérie. »

Je comprends soudain qu'elle ne se souvient pas de mon nom. D'un côté, ça me soulage. Et merde ! « *Ki minoshishin* », dis-je.

La bouche étirée sur un mince sourire, elle me considère bizarrement.

Je lui explique : « En Cree, ça signifie : Tu es une belle femme.

« Ma fille, tu es sensationnelle, dit Soleil. Formidable. Comme ta sœur. » Elle m'embrasse et me serre un instant dans ses bras. Le cercle des invités affamés se referme autour d'elle et je peux enfin m'échapper.

À l'intérieur, loin de la bousculade de la terrasse, je passe devant des canapés blancs occupés par des personnalités en vue. Partout de belles fleurs et de grandes plantes vertes dans des vases, des lumières qui paraissent vives mais qui éclairent les gens de manière à ce qu'ils aient l'air de luire. Merde, il faut que je trouve les toilettes. Deux femmes débouchent d'une porte dissimulée dans le mur, et je me rue dans cette direction.

Je referme derrière moi puis, le dos parcouru de frissons, je m'assois pour pisser et réfléchir. La peur revient s'insinuer en moi, aussi je me lève et je tire la chasse pour essayer de l'évacuer. L'image que me renvoie la glace me fait tressaillir. C'est moi. Le lourd collier en argent orne mon cou comme si j'étais une espèce de déesse, la peau d'un brun châtaigne sur ma robe lavande. Putain ! que cette nuit dure toujours ! D'un seul coup, j'imagine Daniel le biker grimpant le long du tuyau d'écoulement pour émerger par la cuvette des W.-C.

Dehors, la chaleur caresse ma peau nue et la foule est encore plus dense. Le temps se réduit à une simple notion. Nuit profonde. Je le sais. Et j'ai l'impression, de retour sur cette terrasse, que si je le voulais, la nuit pourrait se prolonger indéfiniment. Je me promène parmi eux, tous ces gens étranges. Ils me regardent, et ils distinguent en moi quelque chose qui les incite à sourire, à me dévisager ou à parler à voix basse. Je n'ai plus peur. Je déambule au milieu d'eux comme si j'étais leur égale. Ou même, peut-être, meilleure qu'eux ainsi que l'indique la lueur qui brille dans mes yeux.

Je l'aperçois, elle, contre le noir de la nuit, sa peau noire qui luit dans l'obscurité, de même que sa tête rasée. Contournant les couples qui bavardent en sirotant leurs verres, je me dirige vers elle. Le serveur souriant traverse la foule et s'arrête devant moi pour me présenter son plateau de champagne.

C'est seulement en arrivant tout près que je le vois qui discute avec elle. Trop tard pour faire demi-tour. Je suis portée vers eux. Kenya sourit, dents blanches tranchant sur tout le noir. Daniel aussi, il sourit. Bouche grise. Sale.

Kenya m'étreint, et ses longs bras enveloppent mon corps avec aisance avant de me repousser un peu pour m'examiner. « Tu es très bien, ma chérie.

– Toi, tu es toujours belle », dis-je bêtement.

Elle n'y prête pas attention. « Tu es trop mignonne, dit-elle.

– Tu le connais ? » D'un geste du menton, je désigne Daniel. Pas de temps à perdre, je l'ai coincé dans un endroit que je peux le contraindre à défendre.

Kenya lance un regard dans sa direction, puis se tourne vers moi, esquissant une petite moue de dégoût. « Danny, il connaît tout le monde. N'est-ce pas, Danny ? »

Il me sourit, m'adresse un clin d'œil.

« Il connaît ma sœur, dis-je. Lui aussi, il la cherche. »

Kenya lève son verre vide. « Chéri ? demande-t-elle à Danny. Tu veux bien aller me le remplir ? »

De nouveau, il sourit, paraît sur le point de dire quelque chose, puis il s'éloigne.

« Daniel, c'est le type que tu crois devoir plaindre, dit Kenya. Mais si tu le laisses trop approcher, il se colle à toi. » Elle fronce les sourcils. Elle s'apprête à ajouter quelque chose, mais elle se ravise.

« Explique-moi », je demande.

Elle se penche pour me murmurer à l'oreille : « Il fait partie de la filière, Annie. Il est le trait d'union entre leur monde et le nôtre. Soleil trouve ça à la fois fascinant et effrayant de les connaître, si bien qu'elle leur ouvre sa porte. Elle a tort. Ces types sont de véritables fléaux. Dès que tu leur permets d'entrer, ils s'installent. »

Daniel revient avec un verre pour Kenya et un autre pour moi. « Rappelle-moi ton nom, dit-il.

– Je ne comprends pas. Je suis française. » J'embrasse Kenya sur la joue et je les laisse, me sentant stupide et heureuse en même temps. À présent, je sais que ce soir ne durera pas éternellement.

« Cartes postales ! crie la femme en se frayant un passage au milieu de la cohue. Envoyez une carte postale à ceux que vous aimez ! Cadeau de Soleil ! Écrivez-leur pour dire que vous allez bien et que vous faites la fête ! »

Je l'attrape par le bras. « Si j'en envoie une à quelqu'un, comment la recevra-t-il ?

– Par la poste, idiote ! » Elle sourit comme un robot.

« Mais si j'en écris une maintenant et que je vous la confie, est-ce qu'elle arrivera bien ?

– Si vous rédigez l'adresse correctement, oui. Cadeau de Soleil.

– Alors, attendez un instant. Ne partez pas. » Je choisis une carte qui m'a l'air de dater des années trente et qui représente l'imposant Empire State Building d'où jaillissent des rayons de lumière.

Chère maman,

Je vais bien. Tout se passe pour le mieux. Je vis des heures merveilleuses ici. Tu ne peux pas me joindre, mais ne t'inquiète pas. Je t'écrirai de nouveau bientôt.

J'hésite avant de signer.

Je t'embrasse,

Suzanne

27

Dans cet endroit où je marche l'espace de quelques pas, de quelques kilomètres, de quelques jours, m'arrêtant parfois pour chercher la trace des autres, dans cet endroit où je n'ai plus ni faim ni soif de whisky ou d'une Canadian bien fraîche, je prends conscience d'un certain nombre de choses. Toujours simples, ces prises de conscience, mais malgré tout importantes. J'ai tenté de percer le voile qui me sépare du monde des vivants pour vous voir, tenté de regarder une fois encore le visage de mes nièces adorables quoique têtues, mais je crains de ne pouvoir rien faire pour vous aider. Je vais cependant continuer à vous murmurer mon histoire dans l'espoir que vous en percevrez l'écho, qu'elle vous soutiendra un peu et que mes paroles vous serviront à leur manière.

Sur l'île, après avoir chassé l'oie en compagnie du vieux Koosis, j'ai compris que sa famille et lui n'étaient pas venus sans raison et qu'ils ne m'avaient pas trouvé là par hasard. Je ne pouvais pas le prouver, mais je le sentais dans ma chair. Ensuite, je suis resté quelques jours dans mon campement où, caché dans mes affûts, j'ai tué beaucoup d'oies. Ainsi embusqué des heures durant, je m'assurais d'avoir de quoi manger pour un bon moment. Seulement, en pensant à la tâche que représentait leur préparation j'ai hésité, mais n'ignorant rien des rigueurs de l'hiver, je les ai plumées et vidées avec davantage d'acharnement encore, comme on faisait autrefois, afin de remplir mon garde-manger en prévision des mauvais mois.

Les journées passaient en longues heures de travail, et j'ai perdu le compte des jours. Un matin à l'aube, je me suis réveillé en sursaut, l'haleine qui formait des panaches. Le petit poêle à bois que j'allumais depuis peu était éteint, et j'ai pensé que la famille sur le rivage était peut-être déjà partie. Je me suis levé et j'ai fourré dans mon sac de la nourriture ainsi que quelques vêtements supplémentaires. L'air était vif, le paysage figé par le froid. Comme il gelait, j'ai sorti ma grosse parka de mon paquetage d'hiver, mais je me suis dit qu'elle serait trop chaude pour l'après-midi. Le givre couvrait le sol comme de la neige. L'hiver arrivait vite. Fouillant sous ma pile de vêtements, j'ai tiré le Mauser enveloppé dans sa couverture, puis j'ai pris le chargeur et la petite boîte de munitions que Gregor m'avait rapportée de l'un de ses voyages dans le Sud.

J'ai longé la rive de mon lac dont le bord commençait à geler. J'avais laissé les oies dehors et je craignais que les renards ou les loups les découvrent, mais le désir de revoir une dernière fois la famille était plus fort. La piste dont les endroits boueux étaient en partie gelés se révélait bien plus facile à suivre. Aujourd'hui, ma jambe ne me faisait pas trop souffrir. Je n'ai pas mis longtemps pour atteindre ma destination où, soulagé en voyant un filet de fumée blanche s'élever dans le ciel de l'aube qui s'éclaircissait, je me suis arrêté pour rouler une cigarette.

Koosis était assis à côté de son canoë déjà presque prêt pour le départ. Il avait choisi un bon jour pour voyager sur la baie, un jour qui promettait d'être calme. Il aurait déjà assez de soucis avec les courants dangereux qui se forment entre l'île et le continent. Pratiquement que des bas-fonds pendant une si longue traversée. Tant de gens se sont noyés quand le vent a soulevé des vagues. Nous sommes restés un moment sans parler, tandis qu'il fumait la cigarette que je lui avais offerte.

« C'est une belle journée pour voyager », ai-je fini par dire.

Il a acquiescé.

« Vous allez être bas sur l'eau avec tout ce chargement. En cas de problème, jette d'abord les oies, et ensuite les femmes. »

Il a ri.

« Je t'ai apporté quelque chose. » Je lui ai tendu le fusil de mon père, toujours enveloppé dans sa couverture. « Un cadeau spécial. »

Il l'a pris, a défait les nœuds de la corde puis la couverture. Le soleil du matin s'est reflété sur la lunette du fusil de mon père.

Moshum l'a tourné et retourné entre ses mains. « Vieux, a-t-il dit en anglais. Sacrément vieux. Il marche encore ? »

J'ai fait signe que oui.

« Je ne trouverai nulle part de munitions pour lui », a-t-il dit.

J'ai sorti le chargeur et la boîte de balles du Mauser. « Il tire encore droit. Mais c'est plus une chose dont on parle que dont on se sert. »

Le vieil homme m'a considéré un instant. Il a épaulé le fusil et m'a jeté un bref regard. Je sentais son plaisir. Il a collé son œil droit au viseur puis balayé la baie avec le canon avant de stopper net, comme s'il avait repéré quelque chose. Son sourire a cédé la place à un froncement de sourcils, et il a posé le fusil à côté de lui.

« Je ne peux pas accepter », a-t-il dit.

Je l'ai interrogé du regard.

« Ce cadeau, je ne peux pas l'accepter. » Il s'est mis debout et m'a rendu le Mauser. Dans la lumière qui naissait derrière lui, Koosis paraissait plus petit qu'en réalité. Instinctivement, j'ai avancé la main pour reprendre l'arme.

« Pourquoi ? » ai-je demandé.

Sans répondre, il a entrepris de ranger de petits ballots dans le canoë. Ne sachant que faire, j'ai enveloppé de nouveau le fusil dans sa couverture, puis je l'ai laissé à côté d'un rocher pour aider le vieil homme à finir de charger son bateau.

« Il y a des cadeaux qu'on ne peut pas faire, a-t-il expliqué au bout d'un moment. Il y a des choses qui ne veulent pas être données.

– Qu'est-ce que tu as vu dans la lunette ? » Il a fui mon regard. « Dis-le-moi.

– Rien que les visions d'un vieil homme. Un vieux fou avec une femme encore plus folle qui l'attend un peu plus haut sur le rivage.

– Donc moi, je ne suis pas fou. »

Il s'est interrompu dans sa tâche et a contemplé l'étendue d'eau devant lui. « Non, pas fou. Beaucoup de souffrance en toi. Comme une plaie suppurante. » Il refusait toujours de me regarder. « Tu sais, a-t-il repris, dans ma jeunesse, les anciens racontaient une histoire. Je ne sais pas si elle est vraie.

– Raconte-la quand même.

– Ils disaient que le meilleur ami de ton père était mort à la Grande Guerre.

– Je connais cette histoire.

– Ils disaient qu'avant son départ pour la guerre, le meilleur ami de ton père avait mis une fille enceinte, une Netmaker. »

J'ai senti Ahepik l'araignée grimper le long de ma colonne vertébrale. « Et c'est vrai ?

– C'est une histoire que j'ai entendue. Et l'histoire dit que le garçon qui est né a été élevé Netmaker et non Whiskey-jack. »

Les pensées se bousculaient dans ma tête. Si c'est exact, le fils du meilleur ami de mon père a eu des fils qui sont aujourd'hui ceux qui en veulent à ma famille. La vie est bizarre. Deux amis intimes, et leurs petits-enfants qui s'entretuent.

« Ma femme, elle connaît ce secret, elle aussi, a poursuivi le vieux Koosis, les yeux toujours fixés sur l'horizon. Mais ma femme, elle ne peut plus garder des secrets. Elle ne songe pas à mal. Son esprit est devenu faible et elle racontera qu'elle t'a vu. »

Assis à l'avant de son canoë, j'ai roulé une nouvelle cigarette tout en réfléchissant à ses paroles. Il fallait que j'occupe mes mains. Il venait de me faire comprendre qu'il n'ignorait pas la raison de ma présence ici, et que ma cachette ne serait plus sûre une fois que sa femme et lui auraient regagné le continent. Le vieil homme était malin.

Je ne sais pas bien pourquoi, mais j'ai décidé qu'il était temps d'avouer mon crime. Car j'étais désormais un criminel. Peut-être y puiserais-je un soulagement. «J'ai fait quelque chose à Moosonee, ai-je commencé. Et c'est pourquoi je suis ici, sur cette île.» Je continuais à rouler ma cigarette. Il écoutait. «Après ce que j'ai fait à Moosonee, je suis venu ici en avion. Ce que j'ai fait, je ne peux pas le défaire.» Je l'ai regardé. Il écoutait. «J'ai eu des accidents d'avion, moi. Trois accidents, et après le troisième, je m'étais promis de ne plus jamais me remettre aux commandes.»

Les mots s'envolaient de ma bouche comme des moineaux, s'égaillant dans des directions sur lesquelles je n'avais aucune prise. «C'est une longue histoire, je crois.» Je lui ai jeté un coup d'œil avant d'allumer ma cigarette. Il attendait, surveillant la baie. Je désirais la lui raconter sans détours, mais je ne la voyais pas ainsi. Les histoires sont toujours pleines de détours. «La deuxième fois, je me suis écrasé dans votre communauté. Attawapiskat.

Il a hoché la tête. «Je me rappelle, moi.

– Je transportais une jeune mère et ses deux enfants. Il y avait un violent orage. Je l'ai contourné, mais j'ai raté l'atterrissage.» Je lui livrais ce récit presque contre ma volonté. Putain d'histoires! Les souvenirs tordus qui ressortent, qu'on le veuille ou non.

«Quelques mois plus tard, je suis allé où je n'avais pas besoin d'aller. Attawapiskat. Pour une petite livraison. Ma femme, elle ne voulait pas que je parte. Mes deux garçons, tous les deux étaient malades. Elle, elle était épuisée. J'avais du travail à effectuer dans la maison. Le gel avait endommagé les fondations. Je ne pouvais pas me douter qu'un court-circuit se produirait. Sans finir les réparations, j'ai décollé pour Attawapiskat. Moi aussi, j'étais épuisé. » Pourquoi lui racontais-je cette histoire ? Il ne s'agissait pas de cela. « Mais je suis parti quand même. »

Je me suis tourné vers Koosis. Il écoutait. Je continuerais, alors. Je lui dirais ce que je n'avais jamais dit à personne. Chief Joe. Gregor. Ou Lisette. « Je suis parti. Cette jeune femme de ta communauté ? Elle m'avait téléphoné en cachette. Elle désirait me revoir. Me revoir ailleurs qu'aux commandes de mon avion. Elle voulait… » J'ai sorti ma blague à tabac pour me rouler une autre cigarette alors que je n'en avais pas envie. « Je suis donc allé où je n'avais pas besoin d'aller. Et tu sais quoi ? » Assis à l'arrière, il gardait le silence.

« Nous voulions tous les deux quelque chose, je crois. Et ni l'un ni l'autre nous ne l'avons trouvé, je crois. »

J'entendais les voix des petites, encore tout ensommeillées, qui se réveillaient dans la tente. Il fallait que je fasse vite. Que je termine ce récit de mon mieux. « Quand je suis rentré chez nous, comme j'avais décollé plus tard que prévu, la nuit tombait déjà. Le plus mauvais moment pour piloter. J'ai survolé Moosonee, j'ai survolé notre maison comme à chaque fois pour annoncer que j'étais de retour, sain et sauf. »

Un son étranglé. Une toux. C'était moi. « Tout se présentait bien. Ma femme, elle n'a jamais rien soupçonné. Moi, j'ai repris mes vols et j'ai laissé les fondations dans l'état. Je n'ai pas pensé un seul instant à vérifier la boîte à fusibles. Qui l'aurait fait ? »

Ce n'était pas l'histoire que je voulais raconter. « Pendant les deux semaines qui ont suivi, j'ai envisagé de retourner voir cette femme de votre communauté, mais j'ai résisté. Je me suis noyé dans le travail. Au cours de ces semaines-là, j'ai enregistré plus d'heures de vol que jamais. J'imaginais que d'une certaine façon, cela effacerait ma faute. Que je l'oublierais. » Je me suis tu. Je pleurais.

« Un soir, quinze jours après, je revenais de là-haut sur la côte. Rompu de fatigue. Ma tête essayait de me souffler que la lueur dans le crépuscule était celle d'un feu dans la décharge. Mais bien avant de passer au-dessus, je savais. Et quand j'ai survolé ma maison, ce n'était plus qu'un tas de décombres fumants. J'ai su, alors. Avec une certitude absolue. Ma femme et mes enfants étaient morts. Disparus pour toujours. »

J'ai levé les yeux sur Koosis, et son regard a soutenu le mien. Pas de jugement.

« J'ai survolé à basse altitude la rivière qui bordait ma maison, les gens criaient, leurs voix couvertes par le grondement du moteur, et ils couraient partout, ils pleuraient. Quand j'ai vu qu'il ne restait plus rien de ma vie, qu'ils étaient tous morts, j'ai viré et je suis descendu trop vite exprès, les volets abaissés à fond exprès, le nez de l'appareil pointé vers le sol exprès. Et je me suis abîmé dans la rivière. »

Là, j'ai souri à travers mes larmes. « Moi, je voulais en finir. »

De l'air froid sur mes gencives, là où aurait dû se trouver mon incisive. « Oui, je voulais en finir. Un sale con de pompier volontaire est arrivé juste à temps pour me tirer de mon avion au moment où il coulait. Pas assez vite pour sauver ma femme et mes deux fils, mais assez vite pour me sauver, moi. Je m'étais fracassé la tête sur le manche. » Les cicatrices, les dents cassées témoignaient de mon histoire. Pourquoi avais-je éprouvé le besoin de la raconter ?

Nous sommes demeurés un long moment à contempler la baie. La marée montait. Ils allaient bientôt pouvoir partir dans des conditions favorables et passer au-dessus de la laisse de vase. Sa femme a émergé de la tente. Je l'ai saluée de la main. Elle n'a pas répondu et s'est dirigée vers la forêt derrière leur campement. Elle avait la démarche raide à cause de l'âge, et je devinais qu'en cet instant même elle souriait de l'affront qu'elle venait de m'infliger. « *Ki shawenihtakoson* », ai-je dit à Koosis. Tu es un heureux homme.

« Une sacrée chance, ai-je repris en anglais. J'ai survécu et je me suis juré de ne plus jamais piloter. C'est drôle, pourtant. La communauté s'est cotisée pour faire réparer mon avion.

– Finalement, ils t'ont rendu service, a dit Koosis. Ça t'a permis d'arriver jusqu'ici. »

J'ai eu un mouvement de surprise. « Tu savais déjà que j'étais venu en avion ?

– Moi, je suis assez vieux pour savoir beaucoup de choses. »

J'ai baissé la tête.

« Moi, a repris le vieux Koosis, passant à l'anglais, tout ce que je sais, tout ce que j'ai appris, c'est que où que tu ailles, tu es toi. »

Voilà qui ne m'était pas d'un grand secours. J'ai attendu la suite.

Il a continué : « Un jour, il y a longtemps, j'ai marché depuis Attawapiskat jusqu'à Moosonee au cœur de l'hiver. » Cela représente un trajet d'un peu plus de deux cent cinquante kilomètres. J'ai soudain repensé à Antoine, mon demi-frère. Koosis le connaissait certainement. « Je me suis soûlé, moi, et j'ai tapé si fort sur un homme que j'ai cru l'avoir tué. Alors, je suis rentré chez moi, j'ai fourré des affaires dans un sac et je suis parti à pied. » Il a souri à ce souvenir. « Je suis parti en pleine nuit. J'ai mis cinq jours. Chaque nuit, j'ai failli mourir de froid. Et j'ai failli mourir de faim. J'ai quand même réussi à atteindre Moosonee. Les flics m'attendaient. J'ai passé une semaine en prison, mais au moins, j'étais au chaud. Celui que j'avais frappé, il a survécu. Il n'a pas porté plainte et j'ai pu rentrer chez moi, toujours à pied. »

Il m'a réclamé une cigarette. J'en ai roulé deux.

« Moi, j'aurais pu mourir à cause de ce que j'avais fait. De froid et de faim. J'avais fait ce que j'avais fait sans savoir que je le faisais. » Il a allumé sa cigarette, puis il est retourné s'occuper du chargement de son canoë.

Pendant les deux heures qui ont suivi, je l'ai aidé à démonter leur tente et à la plier, puis à transporter le petit poêle à bois dans le bateau. Il n'est bientôt plus resté comme traces de leur présence sur le rivage que l'emplacement du feu, un peu de bois coupé et quelques plumes.

Koosis s'est mis à la barre, tandis que sa femme s'installait à l'avant et leurs deux petites-filles sur le siège entre eux. Assis sur un rocher à côté du Mauser de mon père, j'ai résisté à l'envie de fumer une autre cigarette, car je savais que ma réserve de tabac s'épuisait plus vite que prévu. Les enfants m'ont dit au revoir de la main. Les grands-parents, le dos bien droit, le regard fixé devant eux, étaient immobiles comme des statues.

Lorsqu'ils ont disparu à l'horizon, je me suis dirigé vers leur campement et j'ai shooté dans les cendres froides. Rien de mieux à faire. Une paire de moufles décorées de perles était posée sur une pierre à côté de ce qui, deux heures auparavant, constituait encore l'entrée de leur tente. Souriant, je les ai enfilées. Parfaites. Mes mains allaient être au chaud. Les plus belles moufles que j'avais jamais vues. Le dessin de perles avait dû exiger des dizaines d'heures de travail tellement il était complexe. Une oie sur l'une, une tête d'ours polaire sur l'autre. En général, les *kookums* brodaient le même motif sur les deux. Mais cette vieille-là, je lui pardonnais. Je les porterais avec reconnaissance au cours des mois à venir.

Je n'avais plus qu'à regagner mon campement. À la pensée d'être de nouveau seul, j'ai senti un poids m'écraser la poitrine. J'ai ramassé mon sac, mis les moufles dedans, puis j'ai regardé le fusil et décidé de le laisser là, dans sa couverture. Mais alors que je m'éloignais, j'ai compris que je ne le pourrais pas. C'était une partie de moi qui reposait sur cette pierre et que la baie reprendrait un jour. J'ai fait demi-tour pour le récupérer et, le glissant sous mon bras, j'ai longé le rivage, puis le ruisseau et enfin, je me suis enfoncé dans la forêt jusqu'à mon lac. Je n'avais pas raconté à Koosis ce qui était arrivé après l'incendie, juste avant l'enterrement. Le plus terrible.

La ville pleurait pour moi, mais j'étais à ce point réduit à l'état d'épave que je l'ignorais. Je ne savais plus quelle date, quelle heure, quel jour on était. À l'hôpital, on m'a recousu puis renvoyé chez moi, bourré de sédatifs. Dès que mes parents me laissaient seul assez longtemps, je prenais les cachets avec des litres de whisky. Il m'a fallu une semaine avant d'être prêt à affronter les funérailles de mes trois aimés.

Ce matin-là, malgré les tentatives de ma mère pour m'en dissuader, j'ai frappé de bonne heure à la porte du salon funéraire. Pas grand-chose d'un salon, à dire vrai. Rien qu'une vieille maison à côté de l'église où l'on préparait les morts au sous-sol. Depuis la disparition de mes deux fils et de ma femme, je suis incapable, en dépit de tous mes efforts, de me représenter leurs visages. Je partais toujours à l'aube, alors que les garçons dormaient encore. Elle, mon Helen, je l'embrassais sur le front, et dans son sommeil, elle murmurait *à ce soir*. La maison était plongée dans le noir. Leurs visages n'étaient que des ombres. Et je n'emportais que cette image. Des ombres sur des visages.

Je suis arrivé au funérarium quelques heures avant l'enterrement et j'ai demandé à voir ma famille. L'homme me l'a déconseillé, m'a dit que je le regretterais. À chaque objection de sa part, ma colère augmentait. C'était ma famille. Je l'ai bousculé et je suis descendu au sous-sol. Les cercueils, deux petits et un grand, reposaient sous les néons. Ils étaient scellés. Je suis resté debout à côté, à côté de vous, ma famille, et pour la première fois depuis que vous existiez, j'ai senti votre présence. Mais quelque chose manquait. Quelque chose qui avait disparu et ne reviendrait jamais.

Pour la première fois, j'ai compris ce que signifiait le mot irrévocable.

Incapable de croire à ce qui gisait à l'intérieur, j'ai été pris de tremblements. On me jouait un horrible tour. Je pouvais arrêter le monde pour qu'il retourne à la veille de mon départ. Tu étais vivante, simplement furieuse contre moi, et tu avais emmené nos garçons à Timmins parce que tu avais découvert la vérité. Tu avais mis tout le monde dans la confidence. Tu voulais me donner une leçon.

Je suis d'abord allé à ton cercueil. Mes mains paraissaient animées d'une volonté propre. Je les regardais. Et je les ai regardées essayer en vain de soulever le couvercle, puis chercher une serrure. Au prix d'un ultime effort, elles ont réussi. Une odeur de talc et de bois brûlé. Mes mains ont soulevé et mes yeux ont vu. Pas toi. Pas toi, mon amour. J'ai laissé le couvercle retomber. Pas toi là-dedans.

Puis je suis allé aux deux autres cercueils, voulant de nouveau me prouver que ce n'était pas vous. Là encore, le choc, l'incrédulité, impossible d'imaginer que mes deux beaux enfants puissent ressembler à ça. Je suis remonté, me traînant à moitié. Je désirais me précipiter vers la rivière pour m'y noyer, mais l'entrepreneur des pompes funèbres avait prévenu ma mère et mon père. Ils m'attendaient dehors.

Je commencerais par tout ranger pour ne laisser aucune trace de ma présence. Cela me prendrait deux jours. Il faudrait aussi que je prépare mon avion, que je vidange l'huile pour la mettre à chauffer sur le poêle, puis que je fasse démarrer le moteur à la main avec l'hélice, car la batterie était morte depuis longtemps. Je réunirais toute la nourriture qui restait et je finirais de plumer les oies. Je connaissais un endroit sur le continent, non loin de Fort Albany, un ancien lieu de rassemblement près de la grande Albany River au bord d'un petit affluent, un ancien comptoir de traite de la Compagnie de la baie d'Hudson dont presque plus personne ne se rappelait l'existence. Je pourrais y trouver refuge et, avec un peu de chance, un orignal ou deux. La période du rut s'achevait et ils s'enfonçaient maintenant à l'intérieur des terres, mais il y aurait peut-être des traînards.

Débouchant de la forêt, j'ai constaté que la glace au bord de mon lac fondait au soleil. Un bel après-midi s'annonçait.

Je mangerais un peu d'oie et je ne céderais pas à l'envie d'ouvrir une nouvelle bouteille de whisky. J'avais déjà bu la moitié de la caisse. Et plus grave, j'avais fumé plus de la moitié de mon tabac. Il était temps de se serrer la ceinture. L'hiver arrivait, et il serait rigoureux.

À environ trois cents mètres de mon camp, j'ai entendu un bruit de tissu déchiré et de verre brisé. Merde ! Des gens ? Quelqu'un de lourd. De malhabile. Je me suis mis à courir, puis je me suis arrêté. Bon dieu ! Encore un bruit de verre. Trop lourd pour qu'il s'agisse de loups. Quelque chose de gros. Un ours noir ? J'ai lâché mon sac, défait la couverture qui enveloppait le fusil de mon père, puis j'ai pris dans ma poche le chargeur et les balles. Vite, j'ai glissé cinq cartouches dans le chargeur que je me suis empressé d'enclencher.

Je suis reparti en courant et, arrivé tout près, j'ai ralenti, puis je me suis aplati au sol pour ramper jusqu'à la lisière de la forêt. Un craquement de bois sec, puis un souffle rauque et des reniflements m'ont obligé à me relever. Un ours. Énorme, blanc. Une ourse polaire. Elle avait démoli le toit de mon *askihkan* qui s'était effondré. Mon râtelier à oies n'était plus qu'un amas de carcasses et de branches brisées.

Après avoir dégagé le cran de sûreté, j'ai épaulé et collé mon œil à la lunette. La visée était trouble. Merde ! je n'avais pas été assez soigneux. J'ai brandi l'arme au-dessus de ma tête pour tirer en l'air. Peut-être que le bruit l'effrayerait. Espérant qu'elle fonctionnait encore, j'ai appuyé sur la détente. Le fusil a aboyé. Je jure que je l'ai entendu soupirer. L'ourse n'a pas bronché.

J'ai éjecté la cartouche pour en faire monter une autre dans le canon. Cette fois, alors que l'ourse se mettait à déchirer mon paquetage de vêtements d'hiver, j'ai visé juste au-dessus de l'épaule dont la masse blanche emplissait le réticule embué. J'ai enroulé le doigt autour de la détente et contemplé un instant le kaléidoscope hivernal.

28

Quand l'ascenseur me dépose au dernier étage, je risque un coup d'œil dans la chambre de *Moshum* et *Kookum*, et je constate que son lit à lui est vide. La vieille femme est réveillée, je crois. Elle gémit comme si elle pleurait sa disparition. Sylvina, en tenue d'infirmière, passe dans le couloir et me lance un bonjour. Eva est encore en congé jusqu'à demain. Je ne suis plus habituée à être ici en plein jour. Les grands froids touchent à leur fin, et les nuages gris annonciateurs de neige jettent une lumière blafarde au travers des fenêtres de l'hôpital.

« Où est le vieil homme ? » je demande à Sylvina. Je me prépare au pire.

« En bas pour le thé. » Elle sourit. « C'est un costaud, lui. Tout à l'heure, il m'a confié qu'il espérait bien que son petit-fils l'emmènerait le mois prochain chasser l'oie. »

Je l'interroge au sujet de la vieille *kookum* qui gémit dans son lit. Son pronostic n'est guère optimiste.

« Sacrément adorable, elle, dit Sylvina. Son diabète la tue à petit feu. Elle montre aussi des signes de démence. » Elle me considère un instant.

« Oui ?

– C'est curieux, mais l'autre jour, elle m'a dit qu'elle connaissait ton oncle, qu'elle l'avait rencontré sur une île.

– Vraiment ?

– Elle devait divaguer. Mais, j'ai de bonnes nouvelles. Ton oncle a manifesté quelques signes, je crois. »

Je lui agrippe le bras. « Lesquels ? Dis-moi ! »

Elle a l'air mal à l'aise. « Le docteur Lam vérifiait ses constantes. Son pouls est régulier et son activité rétinienne plus élevée qu'elle ne l'a été depuis son hospitalisation.

– Tu ne me racontes pas de salades, c'est la vérité ? »

Elle acquiesce.

Ainsi, tu te bats, hein ? Je suis assise à son chevet, face à la porte pour voir si quelqu'un entre. Peut-être, qui sait, certains de mes mots arrivent-ils jusqu'à toi.

Une question : Est-ce que tu penses parfois à ton père ? Moi, je me souviens de lui, mais Suzanne, elle était trop jeune. Il y a longtemps que je n'avais pas pensé à lui. Et je ne sais pas si c'est bien ou non, normal ou non. Je me rappelle qu'il nous emmenait chasser l'oie. Tu nous accompagnais souvent. Je me rappelle sa jambe artificielle, comment il l'enlevait pour la poser tous les soirs près de lui quand on se glissait dans nos lits de branches d'épinette fraîchement coupées. À la lueur de la lampe, je regardais *Moshum* rouler son pantalon sur sa jambe de bois. Il délaçait sa botte avant de l'ôter, et je me demandais pourquoi il prenait cette peine. Après quoi, il débouclait les lanières de cuir qui attachaient au moignon de sa cuisse sa jambe de bois qu'il plaçait ensuite à côté de son lit. Il m'arrivait, au milieu de la nuit, de rêver de cette jambe qui, devenue vivante, sautillait dans la tente pendant que vous dormiez tous, et qui dansait une petite gigue à ma seule intention.

Le moment n'était peut-être pas le mieux choisi, mais c'est à New York que je me suis mise à beaucoup penser à lui, et la plupart du temps quand j'étais défoncée ou ivre. Un dimanche matin, alors que le soleil de fin d'automne me réchauffait dans mon caban griffé, je me souviens que je fumais une cigarette sur le balcon tandis que Butterfoot m'attendait dans la chambre de l'appartement que Soleil mettait à la disposition des filles. Le temps file vraiment. Il file comme une oie au-dessus de Moose Factory. Il file comme un pigeon au-dessus de New York.

La chasse à l'oie de l'automne me manquait, je m'en souviens. Bientôt, chez moi, les premières neiges vont arriver, me disais-je. J'ai songé à Grand-Père cette nuit-là, ce petit matin-là. La veille, à la soirée, Butterfoot était aux platines, et je me suis représenté le visage buriné de *Moshum*. Je désirais qu'il me sourie pour me faire savoir que tout allait bien pendant que je dansais les yeux fermés. Mais il ne savait pas quoi penser de tout cela. Ce lieu où je me trouvais, ces gens qui m'entouraient, cette ville bruyante, sale et vibrante. Le centre de l'univers. Il était d'une époque et d'un pays différents. *Moshum* a vécu des expériences que je ne peux même pas imaginer, et je me demande même si ces expériences auraient pu le préparer à cela, à l'endroit où je suis. C'est bizarre de se dire que nos grands-parents et nos parents n'ont pas toujours été vieux, qu'ils ont eu des amants, qu'ils ont trop bu et se sont fait des choses terribles. Nous, les enfants, nous sommes incapables d'imaginer ce qu'était en réalité la vie de nos aînés. Nous sommes incapables de croire qu'ils aient pu être comme nous. Par contre, quand il s'agit de nous deux, Suzanne et moi, nous comprenons tout ce que l'autre a vécu.

Soleil m'a organisé un Go-See. J'ignore ce que je dois faire ou quoi en attendre. Comme Violette me l'a recommandé, je m'habille simplement et je me maquille de manière conventionnelle. « Il faut que tu aies l'air jeune et fraîche ! » m'a-t-elle dit.

Une Blanche d'une bonne quarantaine d'années, me semble-t-il, les traits sévères et des lunettes qui paraissent beaucoup trop grandes pour son visage étroit, me fait asseoir et me pose des questions pendant qu'elle feuillette mon book. Non, je n'ai pas d'expérience dans ce domaine. Mon créateur préféré ? Je n'en ai aucune idée, mais je lâche Tommy Hilfiger à tout hasard. La femme a l'air satisfaite. Elle me fait essayer différents vêtements et marcher de long en large tout en m'observant. Son assistant prend des polaroïds de moi devant un drap blanc.

« Il va falloir travailler sérieusement ta démarche, dit-elle. Mais pour le moment, je ne m'inquiète pas trop sur ce point dans la mesure où nous recherchons des mannequins pour la presse. Je te conseillerais de perdre deux ou trois kilos, mais avec un régime sain. » Ça, on dirait qu'elle s'est forcée à l'ajouter. « On t'appellera. » Je sors en me demandant pourquoi je suis venue.

Soleil a manifestement de l'influence auprès de ces gens-là. Je suis stupéfaite quand, en effet, on me rappelle non pas pour me dire de me trouver un job dans une autre branche ou pour se foutre de moi, mais pour me proposer un contrat à durée déterminée pour une nouvelle ligne de vêtements.

Le jour convenu, je me présente à l'adresse indiquée. Pour ne pas risquer d'être en retard, j'ai pris un taxi. Je m'assois et je me lève devant l'objectif d'un appareil photo. Aussi loin que je m'en souvienne, j'ai toujours détesté ça. Alors pourquoi je le fais ? Eh bien, pour une part, parce que tous ces gens si beaux et si brillants me disent que j'ai quelque chose. La raison principale, toutefois, c'est qu'on va me payer pour poser et tâcher de ressembler à ma sœur. Et me payer davantage que je n'ai jamais gagné après une saison entière à piéger les castors et les martres.

Un secret que j'ai besoin de te confier : quand les photographes me disent que je suis trop raide, que mon visage, mes yeux manquent de vie, je pense à Suzanne et la colère monte en moi. Colère parce qu'elle a disparu comme ça, colère parce que je suis obligée d'envoyer des cartes postales et même quelques courtes lettres à notre mère en les signant Suzanne pour essayer de soulager sa peine. Et quand les photographes me disent *oui, maintenant tu tiens quelque chose*, tu sais ce que je fais ? Je me mets dans la peau de Suzanne, je prends des poses comme je me souviens de l'avoir vue faire, le regard assuré comme sur tant de photos dans les magazines, les bras tendus, le menton relevé avec défi, feignant d'avoir les yeux plantés dans ceux d'un amant. Et tu sais quoi ? Ça fonctionne.

J'ai décroché un vrai travail, pour un vrai styliste, dans la seule vraie grande ville. Peu m'importe qu'on me dise que je n'ai pas de fesses, que je marche comme une girafe, mais que pour les journaux de mode, ça pourra aller. Je crois avoir trouvé quelque chose qui ressemble au bonheur, et je l'ai trouvé au dernier endroit où je m'y serais attendue. Si

Suzanne est morte, je vivrai pour elle. Et si nécessaire, je serai elle.

Mon Butterfoot et moi, nous avons conclu un arrangement qui semble nous convenir à tous les deux. Il débarque par avion de Montréal la plupart des week-ends et donne ses concerts, souvent invité par Soleil quand elle est là. Dans le cadre de l'accord que j'ai passé avec moi-même, à savoir vivre pour ma sœur disparue, je profite de certains de ses avantages, et tant Butterfoot que Soleil constituent des avantages non négligeables. Énormes, même.

Quand les portiers des boîtes de nuit nous voient arriver, ils nous font entrer devant la longue file de tous ceux qui attendent et qui nous regardent, bouche bée, tandis que, souvent, les photographes se précipitent vers nous. J'ai appris à aimer les vibrations que dégage le cœur de ces endroits, les barmans empressés, la pulsation des lumières, la musique qui paraît jaillir de l'intérieur de mon corps. C'est un monde de facilité auquel on s'habitue vite. Un lieu particulier pour une existence particulière.

Les week-ends, c'est quarante-huit heures de folie ininterrompue, alimentée par tout ce que nous trouvons à ingurgiter. La semaine, je reçois des coups de téléphone de l'agence, et le temps de quelques heures, de quelques jours, je joue à être ma sœur devant l'objectif d'un photographe. Mon agent me dit que L.L. Bean a l'air de beaucoup m'apprécier et que je serais susceptible de les intéresser. Il paraît que je suis la plus indienne des mannequins qu'ils aient jamais vue. Je ne proteste pas. Le montant du premier chèque que je reçois me laisse abasourdie.

Soleil vient boire un verre de vin. J'ai l'impression de prendre le thé avec la reine, et quand je lui demande comment on encaisse un chèque, elle éclate de rire, comme si elle avait affaire à une demeurée. Le lendemain, un homme en costume hyper chic arrive et me donne des papiers à remplir. Il glisse le chèque dans sa serviette et s'en va en me disant que je recevrai une carte de crédit dans les prochains jours. Je suis riche, jeune et belle. Je suis à New York. Désormais, Soleil aussi m'appelle sa Princesse indienne.

Violette ne travaille pas de manière régulière à New York. Ces derniers temps, elle ne quitte guère l'appartement. Finalement, elle décide de faire la navette entre Montréal et Toronto. Dommage. Elle espérait percer ici. Elle a perdu son entrain et sa joie de vivre.

Ce matin, on est attablées, à boire un café. Je lui annonce que j'envisage une séance-photo pour une nouvelle marque de jeans.

« Jamais entendu parler d'eux, dit Violette, me considérant par-dessus sa tasse de café, les cernes du week-end sous les yeux. Méfie-toi des start-up. Qu'est-ce qu'ils te proposent ? Ils promettent, mais tu ne vois jamais la couleur de l'argent. » Elle est devenue distante avec moi, même dans les clubs ou même quand on communie ensemble. Elle est jalouse, mais elle s'en remettra. Elle a commandé un taxi pour JFK d'où elle doit s'envoler à destination de Montréal. Du boulot l'attend là-bas, affirme-t-elle.

« C'est triste que tu partes, dis-je. Soleil nous invite demain à un cocktail. » C'est mesquin, je l'avoue. Je sais que Violette aurait voulu rester à New York et continuer à se dorer aux rayons de Soleil.

Elle marque le coup, mais elle se reprend vite. « Je serai

de retour dans quinze jours, dit-elle. Butterfoot doit jouer au Lilly Pad. » Elle me regarde. « Et je le verrai ce week-end à Montréal où il a un concert. »

Le téléphone sonne. Violette répond. « Mon taxi est là, dit-elle. Bye. »

Gordon est plus renfermé que jamais. J'essaye de le faire sortir pour lui acheter des choses avec ma carte de crédit qui chauffe dans mon sac Coach. Ce sac, je l'ai vu dans une vitrine à trois rues de l'appartement, et le cuir marron avec ses jolies coutures m'a rappelé les superbes bottes que cousait mon grand-père. Mon premier achat avec mes gains, et je ne le regrette pas. Plus tard dans la journée, quand je verrai Soleil, il faudra que je trouve le moyen de lui glisser que je préférerais lui payer un loyer quelconque pour Gordon et moi. Nous sommes là depuis un bon bout de temps, et chaque fois que je veux aborder la question, elle paraît lire dans mes pensées, et elle nous présente comme sa Princesse indienne et son protecteur à celui ou celle qui se tient à côté d'elle, toujours une célébrité quelconque.

Et Gordon ? Pourquoi es-tu là ? Je lui ai demandé de venir à la soirée de Soleil et il a refusé d'un geste. Il doit savoir que Butterfoot et moi sommes ensemble. Tant pis. « Ça va être super ! » je lui dis, mais il secoue la tête et baisse les yeux. « Tu rencontreras des gens connus. Et n'oublie pas qu'on mange bien. »

Il prend une feuille de papier et un stylo pour griffonner rapidement quelques mots d'une écriture plus difficile à déchiffrer que d'habitude. *J'ai des choses à faire. Mais je serai là à ton retour.*

Ça me met en rage. « Pourquoi tu restes dans une ville qui te fait peur avec quelqu'un que tu n'aimes même plus ? »

Parce que.

N'importe quoi ! « Parce que quoi ? »

Parce qu'un ancien me l'a demandé. Pour veiller sur toi.

Je lève les yeux au ciel. « J'adore ça. Merci de tenir ce rôle auprès de moi. Sincèrement. »

Gordon fixe le sol à ses pieds.

« Mais si tu n'es pas... » Il faut que je le formule de façon à ne pas le blesser. « Si tu veux retourner à Toronto, tu es libre, Mr. Silence. » Je souris. Il ne redresse pas la tête. « Est-ce que Vieil-Homme, Inini Misko, t'a dit de rester avec moi ? »

Il fait signe que oui.

« Et tu veux rester ici avec moi ? »

Alors, il lève les yeux et les plante dans les miens plus longtemps qu'il ne l'a jamais fait. Ils sont humides.

JSI. Jet-Setteuses Internationales. Soleil nous appelle sa brigade de chattes. Elle héberge trois ou quatre d'entre nous, nous recommande de ne jamais oublier que les yeux du monde, les paparazzi, les appareils photo des médias nous surveillent. Elle a raison. Son cercle d'intimes se compose essentiellement de filles lisses de la haute société américaine ou européenne, des filles interchangeables qui orbitent comme des planètes autour de Soleil le temps de quelques jours, de quelques semaines célestes ou de deux ou trois mois parfois, avant qu'un météore né de sa colère, de son indifférence ou de son ennui n'entre en collision avec l'une ou l'autre et n'amène aussitôt une période glaciaire.

Soleil se borne alors à fermer les yeux puis, avec un geste de son mince poignet et de ses longs doigts fins, elle a un petit rire. «Tu es *out*.» Et c'est fini. L'astre solaire s'éteint pour cette petite chose qui se flétrit et disparaît dans les ténèbres. Plus d'hommes qui planquent, munis d'appareils photo, devant les restaurants les plus chics de New York ou les boîtes les plus branchées, plus de poursuites en voiture dans les rues en pleine nuit, appareils photo mitraillant les limousines noires. Mais je bénéficie de l'amitié de Soleil. Je suis sa Princesse indienne, et tant qu'elle n'aura pas trouvé à New York une autre fille des bois, je ne risque rien. C'est une situation qui me convient. Je donne à Soleil une touche d'exotisme, croit-elle. Je suis un colifichet à son poignet.

Elle a invité quelques paparazzi à la fête de ce soir, et quand je l'embrasse légèrement sur la joue, les flashes crépitent et on me demande mon nom, qu'on note aussitôt. C'est trop. Qui l'aurait cru? Demain, je serai peut-être dans les journaux. Et sans aucun doute sur Internet. Dommage que Mr. Silence ne soit pas venu.

Jusqu'à présent, je me suis bien conduite, j'ai bu raisonnablement, mais je commence à m'ennuyer car je ne connais pas grand monde, aussi j'avale plusieurs verres de vin à la file pour me donner un peu de tonus. Sur le toit de ce vieil immeuble du «Meatpacking District» – toujours les toits, toujours l'apogée avec Soleil –, j'allume une clope et je regarde l'astre se coucher sur le continent. Un halo autour. Le halo qui annonce l'arrivée prochaine de l'hiver. Déjà. Il souffle un vent d'est. Le temps va changer. Les premières neiges. Déjà.

Soleil a fait installer des chauffages tout autour de la terrasse, et il y fait aussi bon qu'au printemps. Les invités fument et rient, et je repère Daniel parmi la foule. Qu'est-ce qu'il pourrait me faire ? Je me glisse derrière lui, je lui tape sur l'épaule gauche et je me matérialise à sa droite. « Mon petit Danny », dis-je quand il se tourne et me voit. Il a l'air étonné. Le vin produit son effet, me délie la langue. J'examine les deux hommes qui l'accompagnent, des costauds, rasés de près. Ils ne peuvent cependant pas cacher d'où ils viennent. « Qu'est-ce qui t'amène ici ?

– Soleil aime le danger », répond Danny. Ses copains rigolent. « Ou du moins, l'idée du danger.

– J'habite ici maintenant, dis-je. Je travaille.

– Tu as eu des nouvelles de ta sœur ? »

Je fais signe que non. « J'espérais que toi, tu en aurais.

– Non. Pas moi.

– On ne pourrait pas être francs l'un envers l'autre ? » je demande, sentant la chaleur rougir mes oreilles. Il acquiesce. Quand je reprends la parole, ses copains détournent la tête. « Combien Gus te doit ? Combien il te faut pour que tu leur fiches la paix à ma sœur et à lui ?

– Il n'est pas question de ficher la paix à Gus », intervient l'un des amis de Danny. Il porte un costume noir Hugo Boss et sa chemise blanche est largement déboutonnée sur son torse. « On n'est pas des pacifistes. » Tous trois s'esclaffent. Leurs dents étincellent dans le soleil couchant.

Mon estomac se noue. « Qu'est-ce que ça signifie ? Est-ce bien ce que je crois comprendre ? » Le type en costume noir hausse les épaules, puis tous trois me laissent.

Danny revient vers moi. Il se penche comme pour m'embrasser. « Et si je passais un de ces soirs pour qu'on ait une petite conversation en tête-à-tête toi et moi ? » Il sourit, mais seulement avec la bouche. Ses yeux sont plats comme ceux d'un requin. «Il n'est peut-être pas trop tard pour ta sœur.»

Je veux m'éloigner, mais il me retient par le bras.

«Il faut que tu me dises où elle est.»

Je me dégage.

«Ta sœur n'a pas à mourir. Il suffit qu'elle rende ce que Gus a volé.» Il me tapote les fesses. Je le regarde se fondre dans la foule. La musique, les voix et le tintement des verres tourbillonnent autour de moi.

Lorsque je m'éclipse, personne ne semble le remarquer. Il faut que j'appelle quelqu'un. Il faut que je parle à Gordon. Je hèle un taxi. Nous roulons à une allure d'escargot au milieu de la circulation bruyante. Gus n'est pas mort, ce n'est pas possible! Et si Danny ne ment pas, Suzanne est encore en vie. Pour le moment.

L'ascenseur se traîne. Et si Danny m'avait vue partir? Mes mains tremblent tandis que j'introduis la clé dans la serrure. Je me rue à l'intérieur et j'appelle Gordon à grands cris. Je cours de pièce en pièce. Je suis seule dans le vaste appartement. Dans la cuisine, je trouve un mot sur le comptoir. L'écriture de Gordon. *Je m'en vais. Je te déçois, et c'est toute l'histoire de ma vie. Inini Misko prétend que ce n'est pas vrai, mais je pense que si. Excuse-moi.*

C'est ma faute. J'ai besoin de lui et je l'ai congédié.

J'empoigne le téléphone. Il n'y a pas d'autre solution. Je compose l'indicatif, puis le numéro. La sonnerie retentit trois fois, quatre fois. Réponds, maman! J'ai besoin de toi. Elle décroche enfin. J'entends sa voix. Je vais pleurer. Non. Pas maintenant.

«Allô? répète-t-elle.

— Maman, c'est moi.

– Suzanne ?

– Non, maman. Moi.

– Oh ! mon dieu ! Annie !

– C'est urgent... tu dois...

– Il faut que tu reviennes. Il s'est passé tellement de choses.

– Maman, écoute-moi.

– Je ne sais pas par où commencer, Annie. Les événements...

– Écoute-moi, maman. Suzanne court un grave danger. »

Elle m'interrompt comme si elle ne m'avait pas entendue : « J'ai reçu des lettres et des cartes postales de Suzanne. Ta sœur est vivante, Annie. Il faut que tu rentres à la maison. Elle m'a écrit pour dire qu'elle serait certainement de retour à Noël. »

Je n'ai jamais écrit ça ! Maman est cinglée.

« Annie, il y a une chose qui me trouble. J'aimerais que tu m'expliques. L'écriture n'est pas la même sur les cartes... »

Les larmes coulent. D'une voix étranglée, je lui avoue ce que j'ai fait. Dans le but d'apaiser ses inquiétudes. « Je pensais à toi, maman, je murmure. Je pensais à toi.

– S'il te plaît, Annie. Je sais, je sais. Ce n'est pas si grave. Mais je connais votre écriture à chacune. » Je sanglote si fort que j'entends à peine ce qu'elle dit. « Suzanne aussi m'a écrit. Elle m'a envoyé des cartes postales de Caroline du Sud. Et des lettres de quelque part en Europe. Elle ne donnait pas de précisions. Elle n'est plus avec Gus. Ils se sont séparés à New York. »

Qu'est-ce que ma mère me chante ?

« Gus a de sérieux ennuis avec des gens qui ne reculent devant rien, poursuit-elle. Il leur a volé de l'argent. Et de la drogue. Suzanne craint qu'ils le tuent. Elle, ils l'ont déjà menacée.

— Maman, de quoi tu parles ? »

Elle me répète ce qu'elle vient de dire. Ma sœur est vivante. Sa dernière carte date d'il y a deux semaines seulement. Je n'écoute plus. Les murs se resserrent autour de moi. Quelque chose à propos d'un coup de feu. De Marius atteint par une balle.

« Quoi ? » J'ai failli hurler.

« La police cherche à coller ça sur le dos de ton oncle. Mais c'est certainement un règlement de compte. Will est parti trapper tout l'été et tout l'automne. Ça ne peut pas être lui. Les flics sont idiots.

— C'est certainement les bikers, maman. » Je me remets à pleurer. « Ils ont tué Gus.

— Reviens, dit-elle. On a besoin de toi ici. Marius n'est pas mort, mais il restera handicapé. Joe Wabano pense que Marius va bientôt rentrer à Moosonee. Il faut que tu reviennes, Annie. » C'est l'une des rares fois où elle se permet de me dire ce que je dois faire. « Tu n'es pas à ta place où tu es. Ce monde-là n'est pas fait pour mes filles. Je suis sûre que Will serait d'accord. Reviens avant les neiges. Suzanne a promis d'être à la maison pour Noël. Nous serions tous réunis. »

Je ne raccroche qu'après que nous nous sommes engagées, moi à rentrer pour que nous nous retrouvions tous ensemble et ma mère à ne souffler mot à personne du retour de Suzanne tant que nous n'aurons pas éclairci cette affaire.

Il y a une bouteille de vin presque pleine dans le frigo. Je m'installe sur le canapé, puis je me relève pour aller sur le balcon, et ensuite j'erre dans les pièces nues de l'appartement en tâchant de réfléchir. Je suis perdue, et j'éprouve un début de panique, comme si je m'étais égarée dans la forêt. Je dois me calmer, arrêter de courir dans tous les sens et me préparer pour la soirée. J'ai encore des choses à faire.

Je retourne dehors où, au milieu des bourrasques, je fume une cigarette et je bois au goulot. Du mauvais temps en perspective. Il faut que je m'active. Sur le balcon, le vent hurle. Je frissonne sous les rafales. Le crâne me picote. Il faut que je m'allonge. Quelque chose de mal s'annonce. Mes mâchoires se crispent, et je trouve le canapé ainsi qu'un vieux T-shirt avant que la douleur ne frappe.

Sur un canapé blanc moelleux, je survole Manhattan. Je m'efforce de protéger mon visage du vent mordant et je cherche désespérément à comprendre comment on dirige cet étrange engin. Soudain, il grimpe à pic, si bien que j'ai peur de glisser et de m'écraser au sol. Puis il pique, et je bascule de l'autre côté. Je m'agrippe au tissu, plante mes orteils sous les coussins afin d'échapper à la chute inévitable. Le canapé se redresse au-dessus d'une ruelle sombre de New York. Le Meatpacking District. Je plane. Je jette un coup d'œil en bas, veillant à ne pas me faire repérer. Kenya est en dessous de moi. Sa peau noire luit et se reflète sur la chaussée noire, mouillée. Elle lève les yeux, regarde autour d'elle et devine ma présence, mais elle ne peut pas me voir.

Je perçois un mouvement dans la ruelle. Soleil, en robe d'un blanc éclatant, émerge de derrière une poubelle. Elle tient quelque chose. Une carte de crédit. Danny surgit à son tour de derrière la poubelle, rattrape Soleil, et tous deux, main dans la main, bondissant, se précipitent sans bruit vers Kenya. Ils ont l'intention de lui trancher la gorge au moyen de la carte de crédit. Je le sais.

Ils s'approchent d'elle par-derrière. Je crie à Kenya de courir, et je tâtonne autour du canapé pour tenter de le manœuvrer, de le piloter. Soleil et Danny sont tout près de Kenya. Ils s'embrassent, juste avec la langue, puis ils repartent. Ils traquent Kenya.

Elle dresse la tête, m'aperçoit et me regarde dans les yeux. Je veux lui hurler quelque chose, mais j'ai la gorge nouée. Elle est contente de me voir. Dans cette position, elle a la nuque dégagée. Ses yeux deviennent ceux de Suzanne. Ils disent tout.

Un bruit de serrure et de verrou. Je suis étendue sur le canapé, sur le dos, et je transpire. J'ai mal à la tête. J'ai mal aux dents tellement je les serre. Je crains qu'elles soient cassées. Je recrache le T-shirt.

La lumière du couloir inonde la pièce plongée dans le noir. Le faisceau d'un phare m'éblouit. Sous la douleur, je ferme très fort les paupières. Lorsque je les rouvre, la pièce est comme sillonnée de minuscules poissons lumineux qui filent dans les ténèbres. Je suis réveillée, je suis vivante, couchée sur le canapé du séjour, et j'entends la respiration d'un homme, sa main qui effleure le mur.

Le monde s'illumine en un éclair blanc qui me fait pousser un cri de douleur. Je plaque mes mains sur mes yeux, puis j'écarte les doigts pour regarder. À la douleur se mêle maintenant la peur. Je pleure.

Je vois les longs cheveux noirs. Je tends les mains vers mon protecteur, encore que je craigne qu'il ne soit pas réellement là. Il se penche, et je lis l'inquiétude dans ses yeux noirs. J'agrippe ses bras noueux, son dos musclé. Je l'attire vers moi. Il est là. Je l'attire sur le canapé. Il est réellement là. Je continue à pleurer et, petit à petit, je me calme. Il me serre contre lui.

M'efforçant de rassembler les pièces du puzzle, les images que j'ai en mémoire, je me lance dans un discours entrecoupé de longs silences. J'essaye de parvenir à quelque chose de cohérent, quelque chose que nous pourrions l'un et l'autre comprendre.

29

Je sens la présence de *wabusk*, l'ourse polaire, qui renifle et bave, ici où je marche et où je repose, mes nièces, ici où je me remémore les événements du monde des vivants qui m'ont précipité dans le monde des rêves. Jusqu'à maintenant, je n'avais pas connu la peur au cours de ce voyage. Même si ce que j'éprouve n'est pas tout à fait de la peur. Plutôt ce qu'on ressent quand on monte l'escalier de la cave plongée dans le noir et qu'on a hâte de retrouver la lumière. Cela signifie-t-il que j'arrive au bout de la route obscure sur laquelle je chemine ? J'aimerais interroger *wabusk*, mais je ne pense pas qu'elle possède la réponse.

L'ourse polaire qui détruisait mon campement comme un enfant furieux et affamé n'était pas la bienvenue après que Koosis et sa famille m'avaient laissé seul sur l'île. J'ai hurlé si fort que je me suis effrayé moi-même. J'ai brandi mon fusil, ma voix étouffée par les grognements de cette énorme ourse blanche qui se tenait non loin de moi.

Le coup de feu n'avait servi à rien, mais mes cris, un son humain, ont produit leur effet. L'ourse a interrompu son saccage et tourné la tête. Elle a abandonné les décombres de mon *askihkan* pour se diriger vers moi, avec prudence d'abord, puis avec détermination. D'une main tremblante, j'ai épaulé le fusil et tâché de viser sa poitrine blanche massive. Dans la lunette trouble, j'avais l'impression d'en voir au moins trois.

J'avais déjà tué ainsi des centaines d'animaux. Quelques rares fois, pourtant, j'avais hésité. Un vieux chien fidèle rongé par le cancer dont les yeux laiteux me regardaient. Une femelle orignal dont le petit avait surgi derrière elle, vacillant sur ses pattes. Mon ourse. Si je l'avais tuée ce soir-là à la décharge, je lui aurais épargné une mort pire que tout ce que j'aurais pu imaginer à cet instant. Le doigt crispé sur la détente du fusil de mon père, je me suis souvenu de mon ourse noire. Celle-ci, beaucoup plus impressionnante, avait empiété sur mon territoire et détruit mes provisions sans scrupules, sans se soucier de ce qui pourrait m'arriver durant l'hiver.

Alors, j'ai tiré. Le fusil a aboyé. En raison du recul, je n'ai tout d'abord rien distingué. J'ai abaissé mon arme antique pour éjecter la cartouche et la remplacer.

L'ourse s'est immobilisée et a fixé sur moi ses petits yeux. Nulle trace de sang sur sa fourrure aux reflets jaunes. Puis j'ai repéré une tache rouge, au-dessus de son œil droit. L'ourse a levé maladroitement une patte pour se frotter là, comme s'il s'agissait d'une démangeaison, puis elle a léché sa patte ensanglantée avant de se gratter de nouveau la tête. Après quoi, elle m'a regardé, et j'ai cru lire une accusation dans ses yeux noirs.

J'ai vu ce que j'avais fait. Une oreille était dressée, mais l'autre manquait. Je lui avais arraché l'oreille à cette putain de salope. J'avais raté ma cible de près d'un mètre. Cochonnerie de fusil ! Je l'ai levé pour tirer de nouveau en l'air, et là encore, la déflagration a ébranlé l'atmosphère. L'ourse s'est dressée, puis elle a pivoté et, aussi vite que le lui permettaient ses pattes épaisses, elle a disparu dans la forêt, brisant les frêles épinettes sur son passage.

Mon *askihkan* n'était plus qu'un amas de ruines et de braises fumantes. J'ai traîné à l'écart mes affaires, mes sacs éventrés, les caisses de conserves écrasées, ma bonne carabine et mon fusil de chasse, mon sac de couchage et mes vêtements d'hiver. Quant aux oies que j'avais abattues, plumées et commencé de préparer, c'était un véritable massacre. Des dizaines et des dizaines, dévorées toutes ou en partie, piétinées à tel point que, fou de rage, j'ai shooté dedans. Je regrette de ne pas t'avoir tuée, ourse polaire.

Par contre, mes provisions de sel et de farine paraissaient intactes. Un sacré revers, je me suis dit. Je n'y pouvais plus rien. J'ai regardé autour de moi. Elle n'avait pas touché au trou recouvert d'herbe, et il me restait au moins un peu de truite et d'oie fumées. De quoi tenir au mieux une quinzaine de jours. Merde.

Voilà le résultat de la paresse dont j'avais fait preuve à l'automne. Comme pour me railler, des flocons de neige ont voltigé pour fondre en sifflant sur les braises encore chaudes de mon campement. J'ai fouillé dans le trou d'où j'ai tiré une bouteille de whisky. Je tremblais, toujours sous le coup de la poussée d'adrénaline. Une image m'a traversé l'esprit, celle de l'ourse polaire au-dessus de moi, écrabouillant entre ses mâchoires mon crâne d'où jaillissait comme d'une boîte de Coca une mousse brunâtre. J'ai pris mon étui à fusil pour en sortir la Whelen que j'ai chargée avant de la poser à côté de moi. Reviens, sale ourse. Je frémissais de colère, de la perte de quelque chose dont j'avais à peine conscience. Reviens, sale ourse.

Ce qu'on bâtit, on le détruit. On le réduit en cendres. Tout ce dont vous avez besoin, on peut vous le prendre. N'oubliez pas cela, mes nièces. Tout ce que vous aimez, on peut vous le prendre.

Il ne me restait plus qu'à fouiller à la recherche de ce qui pourrait encore servir. J'ai fait trois piles, une pour la nourriture, une pour les vêtements et une pour les outils.

Une fois le tout embarqué, j'ai constaté que mon avion semblait bien moins plein qu'en arrivant. J'espérais cependant que cela me suffirait pour survivre jusqu'au printemps, à condition toutefois que la chasse et la trappe me soient favorables.

La batterie était morte depuis longtemps, aussi j'ai vidangé l'huile du moteur pour la mettre doucement à tiédir toute la nuit près du feu. Après quoi, je l'ai reversée, puis j'ai vérifié le moteur, les ailes, la gouverne, le palonnier et les ailerons. Ensuite, j'ai poussé l'appareil à l'eau, le nez pointé vers le rivage, pour lancer l'hélice à la main comme au bon vieux temps. Je me suis escrimé au point que j'ai cru que j'allais me démettre l'épaule, mais le moteur a fini par tousser. J'ai continué jusqu'à ce qu'il démarre, que l'hélice tourne toute seule et que l'huile chaude glougloute joyeusement.

Il y avait une dernière chose à charger. J'ai sauté sur la rive et je suis allé déterrer les quelques bouteilles de whisky qui restaient pour les caler avec précaution dans l'avion. J'ai promené mon regard sur mon camp, sincèrement triste à l'idée de l'abandonner. D'un autre côté, et comme toujours, la perspective de connaître d'autres lieux et de nouvelles aventures n'était pas pour me déplaire.

J'ai survolé la baie jusqu'à la côte, puis j'ai mis le cap au sud, vers ce coin que je me rappelais, l'ancien comptoir de la Compagnie de la baie d'Hudson. En y arrivant, j'ai constaté qu'il se trouvait au bord d'une rivière beaucoup plus étroite à cet endroit que dans mon souvenir. Au temps de ma jeunesse, j'aurais tenté de me poser là, mais plus on vieillit, moins on est audacieux. J'ai trouvé un peu plus loin un plan d'eau assez large pour amerrir, puis j'ai continué au moteur sur les flotteurs, étonné par la quantité de carburant que j'avais consommée, tellement étonné, même, que je craignais que le réservoir ait une fuite.

La rivière, ici, coulait entre des berges basses bordées de bons arbres de bois dur. De nombreux ruisseaux s'y jetaient, promesses de brochets et de brochetons. Plein de ruisseaux, plein de mélèzes synonymes d'excellent couvert pour les orignaux. Une fois débarqué, j'ai empoigné sans perdre de temps ma tronçonneuse et j'ai entrepris de couper des arbres pour fabriquer une rampe et y hisser mon avion afin qu'il ne soit pas pris dans la rivière quand elle gèlerait, ainsi que pour me constituer une réserve de bûches et construire un nouvel *askihkan*. Il n'y avait personne d'autre que moi à des centaines de kilomètres à la ronde. Lorsque j'ai arrêté la tronçonneuse, le silence qui m'englobait m'a semblé étourdissant. Il ne fallait pas que je me berce d'illusions. Ça n'allait pas être une partie de plaisir.

L'après-midi clair annonçait une nuit froide. J'ai monté la tente de prospecteur à la lisière de la forêt, attachée entre deux arbres. Un excellent emplacement, bien caché, assez loin de la rivière mais pas trop pour que je puisse y pêcher et y puiser de l'eau. Une fois le petit poêle à bois installé, j'ai ramassé assez de branches mortes pour l'alimenter au cours

375

de cette première nuit, laquelle n'a pas été mauvaise, mais pendant les jours et les semaines qui ont suivi, j'ai réalisé que j'avais pris beaucoup de retard dans mes préparatifs en vue de l'hiver. Ériger mon *askihkan* d'hiver allait exiger beaucoup de temps et de travail. Il me faudrait creuser, bâtir la charpente, découper la terre et l'herbe ainsi que l'écorce de bouleau pour garder la chaleur à l'intérieur et tenir à l'écart la pluie, puis la couche de neige.

Le comptoir abandonné était situé un peu plus haut dans une clairière envahie par la végétation. Fort Albany, les Crees l'appelaient *chipayak e ishi ihtacik*, murmuraient que c'était un repaire de fantômes, et ce sont eux, je pense, qui avaient donné son nom à la rivière. Le mal était censé rôder dans les parages. Je m'étais toujours promis de venir me rendre compte par moi-même. Eh bien, j'étais là.

Après des jours de dur labeur, enfin un moment de bonheur. Un doux soleil de fin d'octobre brillait sur un coin du campement, et c'était déjà plus que je ne pouvais en espérer. Je regrettais de ne pas être venu ici avant l'île d'Akimiski. Il faisait si bon que les moustiques sont arrivés, affamés comme s'ils se croyaient au printemps. J'ai descendu la rivière sur mon canoë à la recherche de bons ruisseaux d'eau potable, repérant au passage ceux qui se jetaient dans des lacs à castors. Quand la glace commencerait à prendre, je les piègerais pour me faire un stock de nourriture. Je pagayais, ma mauvaise jambe tendue droite devant moi, mon fusil posé dessus. Des traces d'orignal datant de quelques semaines, mais aussi des empreintes plus récentes un peu plus haut le long de la berge. Tout se présentait plutôt bien.

Estimant avoir un peu de temps, je suis allé explorer l'ancien comptoir. Quelque chose d'autre que la construction de mon camp m'en avait jusque-là empêché. Je n'ai pas essayé de le formuler, et au cours des longues nuits silencieuses, j'ai combattu mon désir d'ouvrir une bouteille et de fumer trop de cigarettes. J'étais aussi mince et élancé qu'à vingt ans. J'étais bien ici, moi, mais l'envie de parcourir les alentours l'emportait. Armé de ma carabine, je suis parti.

Surprises, deux grouses, grasses mais vives, se sont envolées d'une épinette près du poste de traite, et le battement de leurs ailes m'a fait sursauter. Si seulement j'avais emporté mon fusil de chasse ! J'avais choisi de prendre la carabine au cas où je tomberais sur un orignal, mais je savais qu'il y avait peu de chances. Aucun arbre n'avait repoussé autour du poste de traite. Un terrain d'environ deux mille cinq cents mètres carrés. Pourquoi les arbres ne l'avaient-ils pas reconquis ? De hautes herbes, cependant, étouffaient les murs effondrés des anciens bâtiments en bois.

Le premier, ce n'était rien de plus que les vestiges des fondations, quelques rondins calcinés éparpillés çà et là, mais qui permettaient de se faire une idée de ce qu'avait été l'édifice le plus vaste. Peut-être le magasin de la Compagnie. Ou l'église. L'un ou l'autre, en tout cas. Ils allaient toujours de pair. L'un censé prendre aux Crees ce qu'ils ne voulaient pas ou ce dont ils n'avaient pas besoin, l'autre censé nous donner ce qui nous manquait. Je n'ai jamais su faire la distinction.

J'ai contourné les fondations plutôt que de les traverser, et j'en ai découvert de nouvelles, plus petites, enfouies sous les hautes herbes, celles de dépendances à la périphérie du poste de traite, des dortoirs, probablement. D'autres encore, plus grandes cette fois, se trouvaient au centre de ce qui avait été l'équivalent d'un village. Des pierres en provenance de la rivière, présentant des traces de mortier, jonchaient le sol tout autour. Ce devait être l'édifice le plus impression-nant. Finalement, c'était peut-être là que s'étaient dressés le magasin ou l'église.

Passant outre à ma réticence instinctive, semblable à celle qui nous interdit de marcher sur une tombe, je me suis avancé. J'ai tiré mon couteau de chasse et je me suis age-nouillé. Écartant les mauvaises herbes, j'ai commencé à creu-ser au milieu des pierres, dégageant un petit tas de terre brune puis noire. J'ai continué dans l'espoir de découvrir quelque vieille pièce de mousquet ou peut-être un pot en fer. À une trentaine de centimètres de profondeur, la lame de mon couteau a heurté quelque chose de moins dur que la pierre, des éclats de verre couverts de terre. J'ai poursuivi avec plus de précautions au cas où je tomberais sur un objet intact, encore que les chances fussent minces en raison du temps qui s'était écoulé ainsi que des rigueurs climatiques et de la terre malmenée par les alternances de gel et de dégel.

C'était peut-être par ennui, ou parce que je n'avais rien d'autre à faire et que je craignais de devenir fou si je ne trouvais pas à m'occuper, mais une heure plus tard, je creu-sais toujours. L'excavation avait atteint un mètre de profon-deur, dans laquelle je fouillais à l'aide de mon couteau et de mes doigts, retirant de petits bouts de bois, de porcelaine et de verre.

À un moment, sans le vouloir, j'ai enfoncé plus brutale-ment la lame qui a brisé ce qui semblait être un assez grand morceau de verre. En déblayant la terre autour, je me suis coupé l'index sur un objet tranchant. Rien de sérieux, mais un peu de sang rouge a sillonné le noir de mes mains macu-lées de boue. Grattant la terre avec davantage de prudence, j'ai mis au jour un panneau de verre, déformé et piqueté par l'âge. À mesure que je balayais la couche de terre lourde et humide, apparaissait ce qui était une vieille vitre que je venais de casser. Personne d'autre que moi n'avait regardé au travers depuis plus d'un siècle.

J'ai ainsi dégagé quatre carreaux de verre jadis entourés d'un cadre de bois dont il ne restait plus que quelques débris pourrissants. Le premier, je l'avais fêlé avec mon couteau. Le deuxième s'est brisé en une dizaine de morceaux quand j'ai voulu le retirer. Le troisième était déjà cassé. Comme j'avais encore une heure de jour devant moi, j'ai décidé de prendre mon temps pour le quatrième. J'ai creusé une tranchée tout autour, puis j'ai enlevé la terre dont il était couvert avec d'infinies précautions, jusqu'à ce que j'aie sous les yeux une petite vitre sale d'environ quinze centimètres sur dix. Je l'ai prise pour regarder au travers. De l'autre côté, le monde m'apparaissait distordu et boueux. Je l'ai rapportée à mon campement comme s'il s'agissait d'un trésor qui, je le savais, n'avait de valeur que pour moi.

Octobre a disparu avec les dernières oies. C'était le moment de s'intéresser aux orignaux avant qu'ils s'enfoncent davantage à l'intérieur des terres, maintenant que la période de rut s'achevait. Cela faisait plus de trois mois que j'étais parti de Moosonee. Plus de trois mois que j'avais tué Marius. Je l'ai prononcé à voix haute : *J'ai assassiné Marius. J'ai tué un homme.* Pourquoi ce souvenir est-il revenu me hanter à cet instant ?

Mon père avait tué beaucoup d'hommes. Un jour, je l'avais regardé tuer une oie. Je l'avais souvent regardé tuer. Des oies, des orignaux, un ours polaire. Des renards. Des martres.

Mais cette oie-là, c'était différent. Mon père pleurait. Oui, il pleurait ! Une simple oie. Je crois que son sentiment de culpabilité ou sa psychose traumatique à l'idée d'avoir tant tué ne l'a jamais quitté. Qui aurait cru qu'elle durerait ainsi des décennies ? Pour ma part, je n'avais même pas commencé à assumer mon geste.

Comme ma jambe n'était pas assez solide pour supporter des heures de marche dans la forêt touffue, j'ai remonté le plus loin possible la Rivière Fantôme en quête des orignaux qui pourraient encore traîner près de la côte. Pagayer contre le courant n'est pas chose facile, mais la perspective de le descendre au retour m'encourageait.

Un jour, j'ai ainsi remonté la rivière sur près de cinq kilomètres, tantôt pagayant, tantôt poussant avec une perche debout en équilibre dans mon canoë ou même marchant sur la berge en le halant à l'aide d'une corde enroulée autour de mon épaule. J'avais tout ce qu'il me fallait dans le bateau, un peu de nourriture, une bâche et mon sac de couchage, une hache et mon fusil. Cela suffisait pour camper une nuit. Les nombreuses empreintes de sabots d'orignal dans la boue séchée le long des berges et les bourgeons arrachés aux mélèzes m'incitaient à continuer.

Près d'un ruisseau, j'ai trouvé un excellent endroit pour y camper. Plein de bois pour allumer un bon feu. Le temps que je m'installe, la nuit était tombée. Elle allait être longue, je ne l'ignorais pas. Pas grand-chose à faire sinon alimenter le feu et contempler les flammes. J'ai pris mon fusil pour en vérifier chaque pièce. Moi, j'entretenais cette arme comme jamais auparavant. Des mains oisives, mes nièces. Des mains oisives.

À l'idée d'une bouteille, d'un verre, mes entrailles se tordaient. Je n'en avais pas emporté. Une décision prise le matin lorsque j'avais chargé le canoë. Pas d'alcool. Pauvre type ! Est-ce qu'elle n'aurait pas dû me passer, cette envie de boire à en crever ? Si j'étais destiné à vivre et à mourir dans les bois, pourquoi n'avais-je pas emporté une dizaine de caisses ? Une centaine ? Un homme ne devrait-il pas pouvoir mourir comme il l'entend ? Alors que la nuit semblait s'éterniser, je me disais que je préférerais mourir soûl et seul en hurlant après des ennemis imaginaires plutôt que sobre et seul en hurlant après des vrais. J'ai essayé de dormir, mais le sommeil me fuyait.

Quand je m'en suis extirpé en rampant, la toile de la bâche craquait, raidie par le gel. Je tremblais violemment. Une nuit d'insomnie et, avant le petit matin, deux ou trois heures d'un sommeil si profond que j'avais laissé le feu s'éteindre. Le plus dur avait été de quitter le sac de couchage et le peu de chaleur encore emmagasinée à l'intérieur alors que les ténèbres s'éclaircissaient tout juste pour céder la place à ce qui serait l'aube. Chancelant, j'ai fait quelques pas pour aller pisser, frissonnant et clignant des yeux pour regarder le ruban noir de la rivière proche, l'étoile du matin, l'ombre noire de la forêt qui s'étendait à l'infini. C'est les matins qui étaient les plus pénibles. Ces heures où je n'étais plus sûr de rien. Où ma peur du monde s'éveillait, alors que la nuit, elle paraissait toujours dormir.

Hier soir, j'avais eu la bonne idée de rentrer un peu de petit bois sous la bâche, de sorte que j'ai pu faire prendre tout de suite un feu avec une allumette avant d'ajouter ce qui restait de branches. J'ai tiré de mon sac ma petite casserole et j'ai mis de l'eau à bouillir pour me préparer un café de cow-boy. J'avais au moins ça. Plus assez de tabac qui, à cette allure, me durerait à peine un mois ou deux. Et ensuite ? Je m'en inquiéterais plus tard, mais je me suis juré de ne pas griller de cigarette avant de m'être réchauffé les mains autour d'une tasse de café.

Mon canoë rechargé, un café amer dans l'estomac, deux minces cigarettes fumées et une troisième à la bouche, non allumée, et le soleil qui allait bientôt se lever. Je comptais remonter encore un peu la rivière, puis me laisser dériver et rêver à la bouteille de whisky que j'ouvrirais le soir. Ma vie se réduisait-elle à cela ? J'aurais voulu, à la place, rêver d'orignaux sur le rivage qui viendraient s'offrir à moi. Je n'en demanderais pas plus. Mais je n'avais pas vérifié la lunette de ma carabine. J'espérais qu'elle n'avait pas été trop secouée durant les voyages. Mon canoë, lui, était bien préparé, presque tout le poids à l'avant pour affronter le courant.

Ah, le soleil qui apparaissait et le courant ! J'ai lutté contre lui pendant cent, deux cents, cinq cents mètres. Je cherchais les orignaux du regard, et quand chaque coup de pagaie me faisait gagner deux longueurs, la rivière m'en reprenait une. Je serrais la berge et je ramais ferme, sachant qu'au moindre relâchement, je perdrais le fruit de mes efforts. Les rivières ne sont pas trop tumultueuses à cette époque de l'année, alimentées uniquement par les pluies. Une épreuve, pourtant, même pour un homme jeune. Encore un kilomètre, et je savais que je serais cuit.

J'ai fini par renoncer et faire demi-tour. Poussé par le courant, j'ai arrêté de pagayer et, tranquillement assis, j'ai pensé au lendemain, à me mettre à la recherche d'étangs à castors et de territoires de trappe. Je trouverais un barrage, j'en détruirais un bout et je poserais mes pièges devant la brèche. Les castors ne détestent rien tant que le bruit de l'eau qui s'échappe de leur lac. En hiver, quand la couche de glace serait épaisse, il me faudrait dénicher les huttes en activité en repérant les ouvertures, les trous d'aération d'où jaillit comme de la vapeur la chaleur des animaux. Après quoi, je n'aurais plus qu'à casser la glace et à tendre les pièges près de l'entrée.

Perdu dans mes pensées, je me suis aperçu un instant plus tard que j'avais déjà dépassé l'endroit où j'avais campé cette nuit. Une heure à m'escrimer avec la pagaie se résumait à une dizaine de minutes de descente au fil du courant. Je me rappelle que je fouillais dans ma poche pour prendre une dernière cigarette quand une silhouette a accroché mon regard, trop massive pour être celle d'un rocher, brune sur le fond noir des épinettes. Pourvu que je ne me trompe pas. Pourvu. Elle était à près d'un kilomètre plus bas. Le plus lentement possible, j'ai avancé la main vers mon fusil. Lentement, lentement. Je me suis soulevé de mon siège pour m'accroupir au fond du canoë en m'efforçant de ne pas le faire osciller et en évitant tout mouvement inutile. Je ne voulais pas qu'il attire l'attention de l'animal et risque de l'effrayer. Le bateau s'est pourtant mis à rouler.

Tenant mon arme dans la main droite, j'ai empoigné la pagaie de la gauche pour diriger le canoë de façon à ce que, lorsque je collerais mon œil au viseur, un bras posé sur le plat-bord afin de caler le fusil, l'orignal m'apparaîtrait plus proche. Pas très gros, deux ans peut-être, mais assez de viande pour un moment, un long moment. N'y pense pas. Ne jamais anticiper. Se concentrer l'une après l'autre sur chacune des étapes nécessaires pour atteindre le but final. Il se tenait immobile à peut-être huit cents mètres, trop loin pour moi. Jeune, quand je pouvais courir des heures durant dans la forêt en suivant les traces de sang, j'aurais peut-être tenté le coup.

Le canoë a dérivé, et je n'avais plus l'orignal dans ma ligne de mire. J'ai rectifié la trajectoire du bateau à l'aide de la pagaie, laquelle a accidentellement heurté le plat-bord. J'ai retenu ma respiration. Je voyais maintenant que l'animal buvait, la tête baissée. Pas beaucoup de vent, mais assez pour lui apporter mon odeur. Moins de sept cents mètres. Si l'orignal manifestait des signes de nervosité, je prendrais le risque de tirer. Le canoë glissait à présent droit sur l'animal. J'ai ôté le cran de sûreté, prêt à faire feu.

Cinq cents mètres et l'orignal buvait toujours. Une seconde après, il a levé la tête et humé l'atmosphère. Je ne pouvais plus attendre. Le fusil était braqué sur le poitrail de l'animal, juste au-dessus des pattes avant, à l'endroit où il est le plus large. Quatre cents mètres. Il a senti quelque chose dans le vent et tourné la tête vers moi. Je me suis tapi au fond du bateau, mais l'orignal regardait cette chose étrange qui flottait sur l'eau. Dans la lunette, j'ai vu sa croupe frissonner. Il allait bondir. S'il te plaît, viseur, sois bien réglé. J'ai pris une profonde inspiration puis, expirant doucement, j'ai enroulé mon doigt autour de la détente. J'ai appuyé, et le fusil a tonné. Le canoë a tangué, comme pris dans des rapides.

Une seconde plus tard, l'animal a filé vers les arbres, puis vacillé et tenté de continuer sa course. Visant de nouveau, cette fois avec la crainte qu'il réussisse à s'enfuir, j'ai tiré. Panique. Pas fameux, mais la deuxième balle aussi a atteint sa cible. Dressant la tête, bramant, l'orignal a été saisi d'un grand frisson, puis il est tombé sur le flanc et a agité les pattes pour essayer de se relever.

Pagayant de toutes mes forces, cependant que l'orignal luttait toujours, je me suis préparé à stopper et à tirer de nouveau. Un choix délicat. Je pouvais lui loger une dernière balle dans le corps et mettre fin à son vain combat, mais dans le même temps gâter de la bonne viande. Et cette viande, j'en avais besoin pour l'hiver. Le regard rivé sur l'animal, j'ai continué à ramer, les nerfs tendus, prêt à empoigner mon arme à tout instant.

L'orignal gisait sur le flanc, une jeune femelle. Elle saignait et vivait encore. Les jambes tremblantes sous le coup de l'excitation de la chasse, j'ai sauté à bas de mon canoë. Elle a fixé sur moi ses grands yeux et soulevé sa tête lourde. Elle était couchée là, trois ou quatre fois plus grosse que moi. La première balle aurait sans doute suffi : l'orignal n'aurait pas pu aller bien loin. À chaque battement de cœur, le sang jaillissait. La seconde balle ? Une horreur. Elle lui avait déchiré le ventre, l'étripant à moitié. L'orignal a ouvert la bouche, sa longue langue violette rouge de sang, puis elle a poussé un cri qui a remué quelque chose dans ma poitrine. J'ai braqué mon fusil et je me suis avancé de quelques pas. Le viseur devenu inutile, j'ai posé le canon à la base du crâne de l'animal et j'ai tiré.

Dans mon sac, j'ai pris une pincée de tabac que j'ai placée sur la langue de l'orignal, puis je lui ai refermé la bouche dans l'espoir qu'elle accepte mes remerciements et mes excuses pour ma maladresse. J'ai paniqué, orignal, mais j'ai paniqué parce que j'avais besoin de ta viande pour survivre à l'hiver.

Meegwetch pour ta vie, ai-je murmuré. Excuse-moi pour ma maladresse. J'ai eu peur que tu t'enfuies et que je meure seul au plus profond de la forêt. Ta mort en tant que telle aurait été vaine, et moi, sans toi, je serais peut-être mort de faim cet hiver. *Meegwetch.*

Je l'ai découpée avec soin. Une jeune femelle, celle-là, et la tâche n'a pas été trop ardue. Une fois l'étripage fini, le ventre incisé sur toute la longueur et les boyaux coupés et roulés en veillant à ne pas percer les intestins ni les organes femelles, j'ai pris ma hache pour fendre le sternum et retirer le cœur ainsi que les poumons, puis j'ai épongé le sang qui stagnait à l'intérieur de la cavité au moyen de poignées de mousse.

À l'aide de mon couteau et de ma hache, j'ai tranché la tête, puis découpé l'animal en deux et ensuite en quartiers. Je transpirais mais c'était à cause de mes efforts. Il faisait assez frais pour que la viande ne s'abîme pas, et il ne restait plus qu'à la transporter jusqu'à mon campement. J'ai enveloppé de toile chaque quartier que j'ai traîné jusqu'à mon canoë avant de l'installer à l'intérieur et de revenir chercher le suivant.

Le retour, avec le bateau ainsi chargé à ras bord, poussé par le courant et plein de viande d'orignal pour l'hiver, a été plutôt joyeux.

Si seulement, je me dis aujourd'hui, la période qui devait suivre avait été pareille.

30

Le ciel est couvert et il tombe une neige fine qui m'oblige à plisser les yeux.

Il est encore trop mal à l'aise sur une motoneige pour faire autre chose que m'agripper par les hanches pendant que je slalome autour des congères en direction de la berge. Pour escalader la pente, je me mets debout et je lui colle mes fesses sous le nez. Il est enfin habillé correctement pour l'hiver, alors que celui-ci touche à sa fin. Les vieilles parkas et les bottes d'oncle Will lui vont très bien. Navrée, mon cher protecteur, de ne pas avoir pensé le mois dernier à rendre une petite visite à la maison de mon oncle pour y prendre des vêtements chauds avant de te traîner dans mon campement glacial.

Nous cherchons à repérer de petits monticules au bord de la rivière, des trous d'aération au-dessus de la couche de glace. Ma hache et plusieurs des pièges de mon oncle s'entrechoquent dans le traîneau tiré par la motoski. J'ai également emporté un pique-nique de Klik et de chocolat chaud. Nostalgie de l'enfance, je présume.

La cabane de chasse d'oncle Will se trouve un peu plus bas le long du cours d'eau que Gordon et moi venons de traverser. Nous sommes à une dizaine de kilomètres de Moosonee, mais ce pourrait tout aussi bien être à des dizaines de milliers. Pas de traces fraîches de motoneige aux abords de cette rivière, mais j'en remarque quelques anciennes, en partie recouvertes par la neige. Ça c'est passé dans le coin. Je ne vais pas m'arrêter au campement d'oncle Will aujourd'hui.

Je n'aperçois la bosse formée par la hutte qu'au moment où je roule presque dessus. Je stoppe et je coupe le moteur. Il règne soudain un silence absolu sur les arbres enneigés et la rivière blanche. Je demande à Gordon s'il la voit, lui aussi.

Il regarde autour de lui avec attention, puis il me montre la protubérance à peine perceptible à la jonction de la berge et de la surface gelée.

«Je vais finir par faire quelque chose de toi!» Je me penche pour frotter mon nez contre le sien, puis je lui donne un petit baiser sur la bouche. Il va regretter le soir où il m'a repoussée! D'accord, il a eu raison, mais il me le payera quand même.

Cherchant à distinguer l'endroit où le courant rapide coule sous la glace, je m'approche du bord. Malgré les mois de gel, l'eau refuse parfois de se soumettre et continue à cascader sous la couche de glace. De la mauvaise glace. Trop mince. Toujours à guetter l'instant où vous poserez le pied dessus pour se briser et vous entraîner par le fond.

Cette hutte abrite, je le sens, une grande famille de castors, et peut-être même plus d'une. Je désigne à Gordon le trou d'aération, la cheminée. De la vapeur s'échappe par l'orifice, produite par la respiration et la chaleur corporelle des animaux.

Si j'étais l'un d'entre eux, où choisirais-je de placer l'entrée de ma cabane ? Il n'y a qu'une façon de le savoir. Je demande à Gordon de m'apporter la hache pour casser la glace.

Quand je suis fatiguée, Gordon me relaye. Il atteint enfin l'eau noire qui coule sous une soixantaine de centimètres de glace, et quand elle jaillit, elle teinte la surface d'un brun couleur de tanin. Je reprends la hache pour élargir le trou, puis j'abats un jeune arbre mort que je dépouille de ses branches pour me faire un bâton. Je transpire sous ma parka, aussi je défais ma fermeture éclair. Si je laisse la sueur imprégner mes vêtements, je risque d'attraper la crève.

À l'aide du morceau de bois, je sonde le trou pour tâcher de trouver l'entrée de la hutte, tapotant les parois de la cabane à castors pour repérer un vide. Je n'ai pas creusé au hasard. Je pensais que la porte ferait face à l'aval. J'enfonce le bâton davantage, et alors que ma main qui le tient est à fleur de l'eau, je ne sens plus de résistance. C'est là.

« À toi de jouer, Gordo. » Je lui tends la hache. « Creuse juste au-dessus. »

Pendant qu'il entreprend de faire un trou à la verticale de l'entrée, je remonte sur la berge où je me dirige vers une épinette plus haute que moi, au tronc de l'épaisseur de mon poignet. Je m'assois à côté et je grille une clope en regardant Gordon travailler.

Une fois le trou fini, cet arbre-là à son tour abattu et dépouillé de ses branches, le piège Conibear accroché à environ un mètre du bout, je plonge le bâton dans l'ouverture et je l'enfonce dans la boue au fond pour le maintenir en place. Le piège est à présent prêt à se refermer en X sur le castor qui, nageant au travers, le déclenchera. Il mourra sur le coup, sans doute la colonne vertébrale brisée. Et si jamais il survit, il se débattra et ne tardera pas à se noyer. L'eau commence déjà à geler autour du bois.

Pendant que sur un petit feu allumé au sommet de la berge nous faisons chauffer le Klik ainsi que de la neige pour le chocolat, j'explique à Gordon : « Les premiers castors qu'on prendra, ce seront probablement des jeunes. Ce sont les plus aventureux et les moins malins. D'ici une semaine ou deux, on piégera les adultes, et leurs fourrures nous rapporteront une jolie somme. »

Je m'aperçois que j'aime bien faire profiter Gordon de ce que tu m'as enseigné au fil des ans, mon oncle.

Voici une histoire triste. Une histoire que je tiens à te raconter parce qu'elle m'a permis dans le même temps d'apprendre quelque chose d'important. Une histoire urbaine. Il faut que je te la raconte.

Les rues sales miroitent, d'un blanc aveuglant, et pour une fois, les bruits de Manhattan sont assourdis et l'agitation de cette île, figée par une tempête de neige précoce. Décembre ne commencera que dans deux jours. Gordon et moi marchons le long de l'Hudson qui, ici, est presque aussi large que la Moose River. L'eau bouillonne, noire sur le blanc de la neige qui couvre les berges. J'ai envie de lui prendre la main.

DJ Butterfoot est en ville ce soir. Il a téléphoné et m'a demandé si je viendrais à son concert. J'ai joué les indifférentes, car je voulais qu'il me désire encore plus. Tout le monde sera là. Soleil, Violette et le reste de la brigade de chattes. Tous les habitués. J'ai reçu aussi un coup de fil de l'agence aujourd'hui. Je vais peut-être avoir un truc sérieux pour un catalogue. Il faudrait. Je n'ai certes pas de loyer à payer, mais la vie est chère ici. J'ai de l'argent à la banque, mais je ne sais pas trop combien. Ce sont les gens de Soleil qui s'en occupent. J'aimerais avoir un endroit à moi.

« C'est une nouvelle styliste », m'a dit l'agent, s'efforçant de ne pas prendre un ton d'excuse. Puis la tentation : « Ils payent bien, et c'est pour une marque hyper branchée, hyper prometteuse. Tu es partante ? »

Je lui ai répondu que je n'avais jamais entendu parler d'elle. Lui non plus, j'en suis persuadée.

« Ce n'est peut-être pas pour moi. » Je me suis exprimée à voix haute. Je m'arrête et je regarde couler l'Hudson. Une péniche passe, luttant contre le courant.

Gordon s'est immobilisé à quelques pas devant moi. Il se retourne et me lance un regard interrogateur.

« Tu crois que c'est pour moi, tout ça, Mr. Silence ? » je lui demande.

Contemplant lui aussi le fleuve, il attend avec patience que je continue. Depuis la dernière fois où j'ai parlé à Danny, je garde mon protecteur à mes côtés. J'ai réfléchi à la situation. Après notre rencontre quelques semaines auparavant, Danny a disparu. J'ai promis à maman de venir la voir. Et je viendrai. Danny a dû retourner au Canada, et ici, il ne peut rien contre moi. Il voulait Gus et il prétend l'avoir trouvé. Si c'est vrai, je suis désolée, Gus, mais tu as eu ce que tu méritais. Je n'ai rien à offrir à Danny, et je suis sûre qu'il en va de même pour Suzanne.

« Qu'est-ce que tu penserais d'un petit voyage ? je demande à Gordon. Dans notre petit coin là-haut, au milieu de la forêt. Faire la connaissance de ma mère. De mon oncle.

Et peut-être même de ma sœur ? » Il ne quitte pas le fleuve du regard. Je lui donne un petit coup de poing de ma main gantée. J'ai promis de rentrer bientôt. Quelques affaires à régler, deux ou trois jobs à finir et puis veiller à ce que l'agence m'en déniche quelques-uns pour mon retour au début de l'année.

Je dis à Gordon que j'ai besoin de me réchauffer. Un café. Il préférerait marcher, mais je hèle un taxi. J'ai un compte en banque. Des séances photos qui m'attendent et d'autres en perspective. Je gagne de l'argent à poser tout en feignant d'être Suzanne.

Gordon ne prend rien au Starbucks. L'air sombre, assis à côté de moi, il regarde les voitures déraper dans la gadoue. Il prend un crayon et un bout de papier. *Tes amis ne sont pas vraiment tes amis. Ils vont te faire souffrir.*

« Quoi ? Tu es devenu soudain devin ? »

Il reprend le morceau de papier. Il faut que je mette les choses au point, que je lui dise que je suis avec Butterfoot, qu'il est bien gentil de se faire du souci pour moi mais que ce n'est pas nécessaire. Mon protecteur muet est jaloux.

« Mon véritable ennemi, c'est Danny le biker. Je t'aime parce que je sais que tu me protégeras contre lui. Je le sais. »

Je plante mon regard dans le sien jusqu'à ce qu'il baisse les yeux.

« Dis-moi, je reprends. Promets-moi que tu viendras chez moi faire la connaissance de ma famille ? » Et après, qu'est-ce que je ferai de lui ? Et quand je reviendrai ici travailler ? Il sera toujours temps d'y penser à ce moment-là.

Gordon fait signe qu'il accepte. Je ne l'inviterai pas à la fête de ce soir. De toute façon, il refuserait d'y aller.

Je dois avouer que l'idée de quitter New York, même pour une brève période, ne m'emballe pas trop. Quand je rentre à l'appartement, je constate que Butterfoot n'a pas rappelé. Je veux que le téléphone sonne. Je suis dans le vestibule, les joues rougies par le froid de la promenade en compagnie de Gordon. Je veux qu'il rappelle pour me redemander si je viendrai à son concert. Cette fois, je répondrai oui et je cesserai mon petit jeu. Je vais partir chez moi pour quelque temps, mais je serai bientôt de retour.

De même qu'il faut que je sois sûre d'avoir du boulot à ce moment-là, il faut que je sois sûre que Butterfoot comprenne qu'il est à moi et que je suis à lui. C'est plus important que d'attendre qu'un créateur inconnu frappe à ma porte, et je veux voir mon DJ plus souvent qu'une semaine sur deux. Dès que je m'en serai occupée, je fais un saut à la maison, je vois Suzanne et je tire tout ça au clair.

On prendra peut-être ensemble un appartement à New York. Je ferai mes photos de mode qui nous permettront de vivre bien, et au printemps et à l'automne, pourquoi je ne retournerais pas à Moosonee pour la chasse ? On verra. Il y a quelques obstacles, cependant. Danny. Je ne crois pas qu'il ait disparu définitivement. Mais peut-être qu'il veut juste de l'argent pour nous laisser tranquilles, ma sœur et moi. Et si l'argent est aussi facile à gagner qu'il l'a été au cours de ces derniers mois, Suzanne et moi pourrons sans problème nous débarrasser de lui et de ses acolytes. Ce soir, je demanderai à Soleil le numéro de son banquier. Il aura la solution à nos ennuis. Gus, espèce de sale con, si tu n'es pas encore mort,

393

peut-être que Suzanne et moi, on trouvera aussi le moyen de t'aider.

Tous ces nuls qui font la queue jusqu'au carrefour quand je descends du taxi, enroulant mon pashmina autour de ma gorge pour me protéger du vent nocturne. Je m'avance vers l'entrée du club, vers le portier. Il a une tête qui m'évoque celle d'un gros esturgeon, toute en nez et en mâchoire. Il est vêtu d'un splendide manteau muni d'une capuche bordée de fourrure de renard. Je le reconnais. J'ai envie de plaisanter avec lui, de lui demander s'il a piégé lui-même le renard, à condition qu'il sache déjà ce que c'est. Lui aussi me reconnaît, semble-t-il. Je lui souris.

« Annie Bird, dis-je. Sur la liste des invités de Soleil. »

Il consulte les noms. Je jette un regard sur les filles et les garçons qui attendent, tremblants de froid. La file se prolonge au-delà du coin de la rue. Je suis Annie Bird, je suis une Cree venue d'un endroit appelé Moosonee, je suis mannequin et je vais entrer dans cette boîte avant vous tous, *wemestikushus*.

Le portier tourne vers moi sa tête massive. Je vous souhaite à tous d'entrer. « Je ne vois pas votre nom sur la liste, miss Bird, dit-il.

– Vous en avez une de DJ Butterfoot ? Soleil est arrivée ? Vous pouvez aller lui demander. » Les regards se fixent sur moi et quelques ricanements se font entendre au milieu des murmures.

Le portier examine de nouveau les papiers qu'il tient à la main, puis il lève les yeux. « Désolé, miss Bird, mais votre nom ne figure nulle part. »

Les oreilles commencent à me brûler. Des voix et des rires étouffés s'élèvent parmi la foule. « Vous êtes sûr ? B-I-R-D. Annie Bird. Butterfoot ou Soleil sont là ? Ils vous diront. »

Le portier secoue la tête. « Excusez-moi, Annie, mais vous n'êtes pas sur la liste.

– Il y a certainement une erreur.

– Vous pouvez toujours essayer d'entrer en faisant la queue », dit-il, désignant la longue file. Ils doivent tous être en train de rire et je me refuse à regarder. Je marmonne un merci, puis je redescends l'escalier. Je commence à m'éloigner. Je ne subirai pas deux fois un tel affront.

« Miss Bird, me crie le portier. Annie ? » Je me retourne. Il me fait signe de revenir. Dès que je m'approche, il jette un rapide coup d'œil autour de lui puis me dit à voix basse : « Je sais que vous êtes une amie de Soleil. » Il me désigne la porte. « Allez-y. Mettons que ce soit une erreur. Je n'y suis pour rien. »

Un petit baiser sur la joue et je suis à l'intérieur. L'explosion de chaleur après le froid du dehors me fait frissonner. Les lumières lancent des éclairs dans la pénombre, les corps se rassemblent là où la musique est la plus forte, pareils à un banc de petits poissons juste sous la surface de l'eau qui se serrent les uns contre les autres et bougent ensemble, connaissant d'instinct la direction où aller, sans chef, guidés par les seules basses, puis filant soudain quand quelque chose les perturbe.

Ce soir, je me suis promis d'être sage. Pas d'alcool, pas d'ecsta, pas même une cigarette. Le choc à la suite de la crise de l'autre soir, une mini-attaque, suivie du cauchemar. C'est le signe que quelque chose de beaucoup plus grave m'attend si je ne fais pas attention. Une fille sage. Je vais me conduire en fille sage.

Je tâche de me fondre dans la foule, de devenir à mon tour un petit poisson, poussée par la masse des corps qui se pressent autour de moi. Au bar, je commande une bouteille d'eau minérale, puis je me fraye un passage vers la cabine du DJ entourée de tables protégées par un cordon, réservées sans doute aux invités de Soleil.

Là sont attroupés des gens qui, assis, se parlent en criant à cause du bruit, tandis que d'autres, debout, sont penchés vers eux. Je regrette de ne pas être défoncée. Je pénétrerais dans leur cercle avec la touche d'autorité que me confère la drogue.

Arrivée près du cordon de velours, je commence à distinguer les visages. Véronique fait partie du groupe. La salope qui ne se contente pas de me détester, mais qui déteste tout le monde. Je repère aussi l'un des gardes du corps de Soleil. Il se tient légèrement à l'écart et surveille la foule.

J'aperçois Butterfoot. Un grand sourire sur ses belles lèvres, il est debout et parle à quelqu'un d'assis. D'où je suis, je ne vois pas de qui il s'agit. Ils ont l'air engagés dans une plaisante conversation. Je ne lui ai pas souvent connu une expression aussi animée. Aussi heureuse. À côté de lui, le fauteuil de Soleil, son trône, est vide. Je me faufile entre quelques curieux, écrasant au passage les orteils d'une femme. Elle pousse un cri et m'écarte du bras. Je murmure *Excuse-moi, ma chérie,* et je m'approche dans l'espoir que Butterfoot me verra et que, son sourire s'élargissant encore, il me fera entrer.

À présent, je reconnais les longs cheveux et la figure étroite de la fille à qui il parle. Violette prend doucement son visage entre ses mains et l'embrasse. Un bout de langue rose et leurs dents bleues sous l'éclairage.

Je suis à côté d'eux, séparée d'eux par le cordon de velours. Les yeux dans les yeux, ils ne me voient pas. Ils rient, et ils s'embrassent de nouveau. Avec passion.

Butterfoot lève enfin la tête et m'aperçoit. L'air coupable d'un petit garçon. Violette suit la direction de son regard. Elle me voit. Elle est calme. Elle affiche un petit sourire narquois.

Violette agite la main. « Annie ! s'écrie-t-elle pour se faire entendre au milieu du vacarme. Tu as réussi à entrer ! »

J'ai envie de m'envoyer trois vodkas à la file. À la place, je souris. « Et toi, tu as réussi à lui mettre le grappin dessus à Montréal ! » je lui crie en retour.

Je me tourne vers Butterfoot. « C'est comment avec elle ? » Il fixe le sol à ses pieds. Je voudrais fuir, partir en courant. Hurler jusqu'à ce que mes poumons se déchirent. Or, je dis quelque chose qui m'étonne moi-même : « Qu'est-ce qui se passe ? La Princesse indienne n'a plus droit au saint des saints ? »

Butterfoot évite mon regard.

« Ne sois pas mesquin, dis-je. Pas avec une *Anishnabe* comme toi. »

Il va décrocher le cordon pour me laisser entrer. Le petit sourire de Violette s'est effacé. Elle semble maintenant plutôt contrariée.

Un serveur se matérialise à mes côtés. Je repense à ma triple vodka. Je me borne cependant à dire : « Merci, j'ai de l'eau. »

Butterfoot consulte sa montre. « On m'attend aux platines. » Quel lâche !

« Va donc jouer, Mr. Foot, dis-je. Va donc jouer. »
Violette se lève et s'avance vers moi. Je serre les poings.
« Personne n'appartient à personne, me glisse-t-elle à l'oreille.
– Chez moi, je réplique, on écorche les femmes qui ont fait ce que tu m'as fait. » Je vais continuer à mentir sans vergogne.
« Une femme qui vole l'homme d'une autre, chez moi, on lui rase le crâne avec des coquilles de clam puis on lui coupe le bout des doigts avec ces mêmes coquilles. » Je parle fort, mais ça m'est égal.
Violette retrousse les lèvres, comme pour dire quelque chose. Elle a les yeux écarquillés. Effrayée par la scène que je fais ? Effrayée par ce que je viens de dire ? Elle a intérêt !
Des gens s'approchent de nous pour essayer d'entendre. Ils savent très bien de quoi il est question. Ces night-clubbers sont de pires commères que les vieilles *kookums* de Moosonee. Il y a du plaisir dans la colère. Je vais profiter de l'énergie qu'elle me communique et pleurer plus tard.
Vais-je en rajouter devant ma Violette qui se flétrit à vue d'œil ? Je reprends : « Si tu ne me crois pas, demande ce que le peuple de Butterfoot, les Mohawks, a coutume de faire. » Je décroche moi-même le cordon de velours et je le laisse retomber derrière moi tandis que je me perds parmi la foule, puis dans la nuit glaciale.
Les joues me brûlent. Violette, je vais envoyer ses oreilles à Moosonee dans un panier. J'ai mal comme si on m'avait tapé sur la tête. J'ai envie de vomir.

31

J'ai réveillé quelque chose en venant dans cet endroit appelé Rivière Fantôme, quelque chose à l'intérieur de moi, mais aussi à l'extérieur. De nombreuses nuits après avoir tué l'orignal, ses cris m'ont tiré de mon sommeil. Au début, je me disais que mon esprit me jouait des tours, et je suis persuadé que c'était en partie vrai. Mais ces cris, ils ne disparaissaient pas, et je restais couché, les yeux grands ouverts, dans mon *askihkan*, le fusil serré dans mon poing. Ils ne faisaient que s'éloigner de mon campement, parfois en direction de l'ancien poste de traite.

Début novembre, assez tard cette année, les premières neiges sont arrivées, lourdes et épaisses, qui ont bientôt recouvert le paysage. La rivière n'a pas gelé tout de suite, mais la couche de glace qui se formait au bord progressait petit à petit vers le milieu. À mesure que les jours et les nuits se faisaient plus froids, la neige promettait de tenir. J'ai tendu des pièges pour les renards et pour les lapins. Je comptais essentiellement sur eux pour survivre, ainsi que sur les étangs à castors un peu plus loin dans les terres. Comme je m'y attendais, les premiers castors, après que j'avais démoli un coin de leur barrage et posé mes pièges, ont été faciles à attraper, mais maintenant, ils savaient que j'étais là et que j'essayais de les avoir par la ruse. Quant à mes collets, je n'ai pris que deux lièvres faméliques. La récolte s'annonçait maigre, et chaque semaine, je ne pouvais que constater combien mon stock de provisions diminuait vite. La viande d'orignal était une bénédiction, et je m'efforçais de croire que les cris que j'entendais presque toutes les nuits étaient ceux des lapins que renards et lynx dévoraient dans mes pièges.

Un jour, je me suis enfoncé dans les bois et je suis passé par l'ancien comptoir pour aller relever une série de pièges. Il soufflait un vent glacial et les flocons tourbillonnaient tout autour. On n'aurait jamais imaginé qu'un village se dressait autrefois à cet emplacement. On ne distinguait plus qu'une vaste clairière où les arbres refusaient de pousser. Ce lieu me donnait la chair de poule, et j'avais l'impression d'être observé. Que s'était-il passé ici ? Si je le revoyais, je demanderais au vieil Antoine. Il connaissait toutes les histoires de la baie James.

Un peu plus loin, la forêt, protégée du vent, était plus silencieuse, au point que le craquement des branches nues sous le poids de la neige résonnait comme des grincements de dents étouffés. Il fallait que j'établisse mon terrain de trappe et que je dame une piste pour l'hiver. J'avais emporté des raquettes, mais ce jour-là, je ne les avais pas chaussées, car la neige n'était pas encore assez épaisse et je n'avais pas posé mes pièges très loin. Je ne parvenais pas à me débarrasser du sentiment d'être surveillé. C'était peut-être ce qui m'attendait pour le restant de mes jours après ce que j'avais fait. Je n'éprouvais cette sensation que depuis mon arrivée ici. Qui sait si je n'étais pas en train de devenir fou dans la solitude de la forêt ? Qui sait si ce n'était pas lié à cet endroit ? J'avais pris mon fusil de chasse chargé avec du petit plomb au cas où je tomberais sur une grouse ou un lagopède, et j'avais aussi une poignée de balles dans ma poche droite, au cas où je rencontrerais un ours.

Pas la moindre trace dans la neige aujourd'hui. Me serais-je trompé ? J'avais pourtant remarqué des pistes de lapins avant les premières chutes de neige, mais la couche fraîche était vierge. J'ai vérifié que les fils des collets n'étaient pas grippés par le gel, puis j'ai poursuivi mon chemin. Je chercherais de nouvelles traces, de nouvelles pistes, mais avant de regagner mon campement, je suis allé relever mes pièges à renards.

Ici les empreintes étaient nombreuses, tandis que je pénétrais plus profondément dans la forêt touffue d'épinettes, trébuchant sur des racines ou des amas de branchages couverts de neige quand je voulais avancer trop vite. Des petits animaux, surtout, mais j'ai repéré également les empreintes d'un loup qui trottait et, environ deux cents mètres plus loin, celles d'un lynx tapi dans la neige. Une chose que je n'avais jamais vue, ces deux-là si près l'un de l'autre sur le même territoire. Signe que le petit gibier abondait dans les parages, ai-je pensé. De plus, cela m'a aidé à trouver une explication aux cris qui me tiraient de mon sommeil. Les loups attaquaient les orignaux, d'où les cris au cœur de la nuit qui devaient aussi attirer les lynx. Seulement, moi, c'était toutes les nuits sans exception qu'ils me réveillaient en sursaut.

J'ai repéré le premier piège à renard grâce à l'aile d'oie que j'avais attachée au-dessus dans l'aulne. Un piège simple, mais efficace. Flairant un bon repas, le renard s'approche, tourne autour de l'arbre en se demandant comment attraper son déjeuner, et les mâchoires de métal recouvertes de feuilles et de neige n'attendent que le moment où il posera la patte dedans.

Aucune empreinte, ni de renard ni de quoi que ce soit à plusieurs mètres autour du piège. Pourtant, il s'était déclenché. J'ai été relever le suivant. Pas de traces, et celui-là aussi s'était déclenché. Après avoir constaté la même chose pour le troisième, je me suis empressé de retourner à mon campement.

Le temps s'est mis à la neige fondue et au grésil, et j'ai passé les deux jours suivants à protéger de mon mieux mon *askihkan* contre les intempéries. Mon abri était conçu pour résister au froid, et maintenant que la température remontait au-dessus de zéro, la terre et l'écorce mollissaient, si bien que l'eau ruisselait le long des parois et menaçait d'éteindre le feu qui chauffait l'intérieur.

J'avais écorché l'orignal et depuis longtemps écharné et tendu les quatre peaux provenant des quartiers que j'avais découpés. Elles étaient accrochées autour de la cheminée pour que la fumée qui s'en échappait lentement les tanne petit à petit et, à leur façon, elles contribuaient ainsi à empêcher la neige, et à présent le grésil, de trop s'infiltrer à l'intérieur. Seulement, quand j'alimentais le feu et qu'elles commençaient à chauffer, elles dégageaient une odeur de bacon, et j'avais l'impression de mourir de faim. C'était peut-être ce qui me guettait. Je m'étais rationné de manière draconienne, et je n'avais pas besoin d'un miroir pour savoir combien j'avais l'air maigre et affamé. Je me frottais les joues et je les sentais toutes creuses, et quand je me déshabillais, je ne manquais pas de constater que je n'avais pratiquement plus une once de graisse.

Pendant que j'attendais dans mon abri que le froid revienne et durcisse la neige afin que je puisse marcher dessus, l'ennui me gagnait. Je jouais à un jeu consistant à ne pas fumer avant d'avoir accompli quelque chose d'indispensable à ma survie. Ou avant d'ouvrir l'une de mes dernières bouteilles de whisky et de la vider à grandes rasades. Pourquoi ne pas me contenter de quelques petites gorgées de temps en temps ? Je savais trop bien comment cela se terminerait.

Aujourd'hui, j'ai laborieusement dépouillé quelques bouleaux de leur écorce pour en couvrir l'extérieur de mon *askihkan*. Tenir la pluie à l'écart, conserver la chaleur. Je craignais que le poids de la terre imbibée d'eau ne fasse s'effondrer la charpente. Si cela se produisait, il faudrait que je retourne dans ma tente de prospecteur le temps de me construire une nouvelle loge, mais si tard dans la saison, ce serait une tâche ardue. Je pensais à la quantité de bois que mon petit poêle consommerait rien que pour éviter qu'il gèle à l'intérieur de la tente. Et je n'avais pas assez d'essence pour débiter à la tronçonneuse les stères de bois dont j'aurais besoin. Ma survie dépendait de l'abri que j'avais bâti, et la solidité de l'armature ainsi que la qualité de l'isolation m'obsédaient. J'espérais que le retour du froid consoliderait l'ensemble et réglerait le problème. J'appelais donc les grands froids de mes vœux, cet ennemi qu'il me faudrait ensuite combattre jour après jour.

Or, il a fait de plus en chaud. La neige fondait partout. Sur les arbres. Sur ma cabane. Sur mon avion sur sa plate-forme de rondins. La rivière a grossi et la glace au bord s'est craquelée. Les journées sombres et pluvieuses se sont succédé. Je savais, avec ma chance, que si je m'éloignais trop de mon campement, il gèlerait de nouveau à pierre fendre. Les animaux s'étaient réfugiés quelque part, au point que même les whiskey-jacks avaient disparu. Moi, j'avais perdu le compte des jours dans cet univers gris où j'avais décidé de m'installer. Au bord de cette rivière. Pas même un whiskey-jack à qui parler. Quelques écureuils passaient par là, et j'ai essayé de faire ami-ami avec eux, mais en vain.

Je redoutais surtout les nuits. Les longues nuits qui commençaient vers ce qui devait être quatre ou cinq heures de l'après-midi dans l'autre monde, celui des maisons bien chauffées, des gens et des routes, les longues nuits qui ne laissaient pas le jour revenir avant que quinze ou seize heures se soient écoulées. Et cela ne faisait qu'empirer. Les journées raccourcissaient, comme ma vie.

Et pendant toutes ces nuits, quoi faire ? Je n'y avais jamais songé. Je restais assis à entretenir le feu, les yeux rivés dessus, à m'inquiéter au sujet de mes réserves de bois et de nourriture. Je regrettais de ne pas avoir de hobby. C'était pour lutter contre l'ennui que mon père, je le comprenais maintenant, avait appris ces arts féminins que sont la couture et la broderie de perles.

Mon stock de viande dégelait la journée et regelait la nuit. Les cris me réveillaient et je ne voulais pas me rendormir à cause des cauchemars. Tout ce que j'aurais voulu, c'est dormir sans interruption jusqu'au lever du jour. Mais les cris et les tempêtes troublaient mon sommeil. Au milieu de la nuit, j'empoignais mon fusil, terrifié à l'idée de ce qui allait surgir pour éventrer d'abord mon fragile abri, et ensuite moi.

Ce matin-là, l'aube grise a fini par poindre après une nuit de visions d'horreur, ma sœur assassinée et dévorée par des monstres velus, Dorothy accueillant ces mêmes monstres dans son lit et vous, mes nièces, cernées par eux et hurlant de terreur. Malgré mon mal de crâne, j'ai pris les choses indispensables, mon tabac, puis je suis sorti.

La terre était devenue sombre. La neige blanche fondait dessus comme pour calmer une fièvre. Le gris du ciel fondait sur la terre. J'étais là, entre les deux, entre deux saisons qui, ni l'une ni l'autre, ne voulaient avancer ou reculer. Le vent gémissait dans les arbres et faisait craquer les branches. Il s'est arrêté, et j'ai entendu une plainte non loin, celle d'un animal blessé. J'avais choisi un mauvais endroit.

Prenant une pincée de tabac dans ma blague, j'ai prononcé ces mots parce que c'est les premiers qui me soient venus à l'esprit. *J'ai choisi un mauvais endroit.* J'ai répandu un peu de tabac parce que je n'avais rien d'autre, et j'ai murmuré : *Je regrette d'être ici.* Un vent du nord et d'ouest s'est remis à souffler, et j'ai su qu'il allait être mauvais, lui aussi. Un blizzard qui approchait à toute allure dans le ciel lourd.

J'ai fait le tour de mon *askihkan* en lançant d'autres pincées de tabac que le vent emportait. *Permets-moi de rester ici. Je n'ai nulle part ailleurs où aller.* Les bourrasques me projetaient une pluie glacée dans la figure avec assez de force pour m'inciter à rentrer dans mon abri. Il me semblait percevoir des cris au milieu des rugissements de la tempête. Des plaintes. Le vent arrachait des lambeaux d'écorce et des mottes de terre à ma loge. Il ne faiblirait pas. Que faire sinon me réfugier à l'intérieur ? Je m'y refusais, pourtant.

En vain, j'ai tenté de l'apaiser et, subissant l'assaut de rafales de plus en plus violentes, j'ai crié, hurlé : « Ne me fais pas ça ! Je ne demande qu'à survivre ! » À peine les mots avaient-ils franchi le seuil de mes lèvres que je me suis rendu compte combien ils étaient ridicules, impuissants face aux éléments déchaînés, piètre tentative pour calmer quelque chose qui réclamait bien plus que deux ou trois malheureux brins de tabac. De brillantes idées. Tu parles !

Le vent du nord soufflait et il n'était pas près de tomber. Protégeant mon visage contre le grésil qui me transperçait la peau, un grésil qui se changerait bientôt en neige, j'ai assisté à un spectacle peu fréquent. La rivière s'est mise à couler en diagonale. Au début, cela se limitait à quelques vagues qui déferlaient en oblique, mais sous les rafales, le courant a commencé de résister, poussé vers la berge opposée à celle où je me trouvais. Voilà qui n'annonçait rien de bon. M'assurant que je ne laissais dehors aucun objet indispensable, j'ai rampé dans mon abri.

Au milieu du grondement des bourrasques, j'ai entendu des bouts de la loge s'envoler. Le vent qui s'engouffrait par le trou à fumée soulevait des tourbillons de cendres. Je voulais agir, faire quelque chose, mais je ne pouvais que m'enfouir sous les couvertures, regrettant de n'avoir rien de plus solide pour m'abriter. Mon *askihkan* n'allait pas tarder à s'effondrer. Il tremblait puis frissonnait, le temps que le vent reprenne son souffle pour frapper de nouveau. La charpente craquait, les arbres au-dehors cassaient. Au travers du toit qui se désintégrait, je distinguais des pans de ciel noir. La rivière se creusait comme un entonnoir. Je me suis mis à supplier, à réclamer l'aide de tout ce qui m'était sacré. Mon père, c'est à lui que j'ai d'abord pensé, tandis que la tempête secouait ma loge qui a fini par s'écrouler, emportée morceau par morceau, de même que tout ce que je possédais, tout ce dont j'avais besoin et qui disparaissait dans un tonnerre de bruit.

Une partie de la charpente de mon *askihkan* s'est effondrée sur moi, mais elle m'a protégé de la tempête devenue blizzard. Il ne me resterait plus rien, et tandis que le vent hurlait autour de moi, je ne demandais que la vie sauve et la couverture qui me tenait chaud. Les cris d'une femelle orignal blessée, les cris des femmes de mon sang, le frisson de celle que j'avais perdue, agonisant à mes côtés. J'ai enfoui ma tête dans mon sac de couchage et j'ai imploré ce qu'il y avait peut-être encore de bon en moi de venir à mon secours.

La neige lourde et humide qui est tombée toute la nuit a étouffé la terreur. Je savais dans quel état se trouvait le campement que j'avais construit, et il n'était pas nécessaire que je me dégage des décombres de mon *askihkan* pour pleurer devant ce champ de désolation. Cette partie de bon en moi, je l'ai suppliée d'épargner mon avion. Je suis demeuré ainsi, dans mon sac de couchage, à écouter les flocons de neige siffler sur les braises de ce qui avait été un feu. J'ai attendu que la nuit s'achève pour sortir.

Accroupi, j'ai fumé une cigarette dans la lueur de l'aube, entouré des ruines couvertes de neige de tout ce que j'avais bâti au fil des semaines. Lorsque je me suis senti prêt, je me suis levé pour me diriger vers la rivière et l'endroit où j'avais hissé mon avion sur sa rampe.

Les arbres alentour étaient couchés, certains déracinés. Me préparant au pire, je me suis frayé un chemin parmi les amas de branchages jusqu'à mon avion. Dès que je l'ai aperçu, je me suis arrêté. Il semblait n'avoir subi aucun dommage. *Chi meegwetch*, qui que ce soit qui veille sur moi. Je me suis approché, n'arrivant pas à croire que le seul lien qui me rattachait à l'autre monde ait pu échapper au désastre. Assis dans la neige, le regard fixé droit devant moi, j'ai réfléchi.

Les mains protégées par mes moufles, j'ai dégagé la neige qui recouvrait les décombres de mon *askihkan* pour fouiller dedans et récupérer tout ce que je pouvais avant que le gel s'installe. J'ai aperçu alors la vitre que j'avais trouvée dans l'ancien comptoir, par miracle encore intacte. Après l'avoir rangée dans la loge, j'avais oublié son existence. J'ai soulevé le carreau fragile et j'ai regardé au travers. Projetant ses rayons, le soleil brillait, tout déformé, entouré d'un halo. J'ai abaissé le panneau de verre pour constater que le halo existait bel et bien. Il allait de nouveau neiger dans les prochaines quarante-huit heures. Une mauvaise neige qui annonçait le véritable début de l'hiver. Tant de choses à faire avant. Trop.

J'ai baissé les yeux sur la vitre que je n'avais pas lâchée, et j'ai placé en dessous ma main qui tenait une mince cigarette. Distordue par le verre, elle avait l'air d'une griffe. J'ai soudain cru que c'était ce maudit carreau qui m'avait porté malheur. Cette pensée avait jailli du plus profond de moi, d'un endroit sur lequel je n'exerçais aucun contrôle. Une voix au-dedans de moi me hurlait que ce verre ouvrait sur un monde long-temps en sommeil, un monde de choses maléfiques qui, à travers lui, se déversait maintenant dans le mien comme la lumière du soleil. Je devenais cinglé, mais plus je regardais au travers du carreau, les arbres, le ciel, la rivière, plus je ne voyais que des distorsions, les branches métamorphosées en serpents, la rivière en fleuve de lave, le ciel en incendie. J'allais le jeter dans l'eau quand je me suis ravisé pour le casser sur une pierre.

Il s'est brisé avec un craquement sec, et j'ai piétiné les éclats pour les enfoncer dans la boue et la neige. Regardant de nouveau le soleil, j'ai vu que le halo était encore plus prononcé. Changement de temps. Le vent avait tourné. Un vent d'est. Un vent mauvais. Il allait encore forcir. Comment était-ce possible ? Le vent mauvais annonçait de terribles intempéries.

C'est alors que j'ai commis la pire des erreurs. Mes dernières bouteilles de whisky avaient survécu, enterrées sous une masse de terre. Je les ai récupérées et j'en ai ouvert une. Le bruit qu'a fait le bouchon avait quelque chose de définitif. J'ai bu une longue rasade puis j'ai promené mon regard sur les ruines de mon campement. Non, je ne pourrais pas. J'ai bu une autre rasade et j'ai laissé l'alcool descendre en me brûlant, réprimant un haut-le-cœur tandis que le vent d'est gémissait. Non, je ne pourrais pas.

La bouteille à la main, j'ai pris mon seau, ma clé en croix, et je me suis dirigé vers l'avion. Encore quelques gorgées de whisky, mais je ne boirais pas trop. Pas au moment où je m'apprêtais à décoller. J'ai vidangé l'huile dans le seau, et pendant qu'elle coulait lentement comme un épais sirop, j'ai roulé et allumé une clope. Je jure que j'ai de nouveau entendu le cri, un cri pareil à un rire hystérique qui me poussait à partir. Il fallait que je quitte cet endroit. Doucement sur l'alcool. Beaucoup de choses à charger dans l'avion pour partir d'ici avant les lourdes chutes de neige.

Un nouveau plan. Sirotant encore un peu de whisky, la tête plus légère que je ne l'avais sentie depuis des jours, j'ai eu conscience qu'on m'offrait une nouvelle chance. Il restait cinq heures avant la tombée de la nuit. Je devrais réussir à décoller à temps.

32

Nous relevons les pièges posés la veille le long de la rivière. J'ai caressé l'idée de passer la nuit dans ton campement de chasse, mais j'ai eu peur de ce que nous risquerions d'y trouver. J'ai vu plein de séries policières à la télé, la manière dont, une fois que les flics ont fini leur boulot, les pompiers débarquent pour nettoyer le sang à grands coups de jet. Je vais te promettre une chose : quand tu sortiras du coma, on ira ensemble faire le ménage là-bas.

Je demande à Gordon de casser la glace qui s'est formée au-dessus du trou à côté de la hutte à castors. Il se sert de la hache comme un vieux de la vieille pour dégager l'épinette à laquelle le piège est attaché.

« Au poids, tu sauras tout de suite si la chance nous a souri », je l'avertis. Il réussit à dégager l'arbre du trou, et je comprends aussitôt qu'on ne rentrera pas bredouilles. Tout à l'heure, je creuserai un autre trou et je couperai une autre épinette pour installer un deuxième piège.

Comme tu me l'as toujours dit, la première offrande que nous fait la rivière est un petit. Gordon me tend le long bâton où le jeune castor, dégoulinant d'eau, pend dans le Conibear.

Gordon a l'air tout fier. J'ai eu raison de l'emmener dans le Nord.

Il pose le jeune arbre dans la neige et veut écarter les mâchoires du piège pour dégager l'animal. Amusée, je le regarde faire. Il finit par tourner la tête vers moi. Je m'approche et je m'empare de la hache.

Tapant sur le Conibear avec le dos de la lame, je le détache de l'épinette et le pose par terre, puis j'appuie sur les deux coins avec mes bottes avant d'enclencher le verrou de sécurité.

« Ramasse-le », dis-je à Gordon.

Il se baisse et prend le castor comme s'il craignait que le piège se referme sur lui. Il brandit l'animal et l'examine. C'est l'une des pierres angulaires de nos cultures. Je ne lui ai jamais dit que j'étais à la fois Ojibwé et Cree et que la famille de la mère de mon père venait de l'ouest et du sud. Gordon et moi appartenons plus ou moins à la même tribu.

« Tiens-le par la queue, lui dis-je, et traîne-le dans la neige à rebrousse-poil. » Il s'exécute. « La fourrure emmagasine beaucoup plus d'eau que tu ne le crois, je lui explique. Ce castor se transformera en un bloc de glace en un rien de temps. » Ne pas abîmer la fourrure. Oui, je vais lui apprendre.

J'ai reculé le moment de te raconter comment s'est terminé mon séjour en Amérique. La chaleur de ta main. Je voudrais que tu serres la mienne, d'accord ? Que tu me montres que tu m'écoutes, que je ne parle pas en vain.

Gordon et moi, nous avons rassemblé nos quelques affaires. Il est prêt à partir en cinq minutes. Assise sur le canapé blanc de Soleil, je feuillette des magazines, m'arrêtant sur les photos qui accrochent mon regard. Des femmes grandes et maigres en robes noires, déhanchées, saisies dans des poses théâtrales. Elles sont incroyablement minces, des jambes comme des brindilles, coiffées d'extraordinaires chapeaux à voilette, des bijoux en or autour des poignets et du cou. Je ne suis pas elles.

Je trouve une photo de ma sœur, mais je ne la reconnais qu'à l'instant où je distingue ses yeux. Je n'éprouve plus aucune surprise à la voir qui me regarde ainsi, figée sur la page d'un magazine de luxe. Elle est plus mince qu'elle ne l'a jamais été, les yeux soulignés d'eye-liner noir. L'élégance et l'héroïne. Elle a le visage glacé de peur, la peur d'une star du muet, les yeux écarquillés, le regard en biais, une main gantée à quelques centimètres de sa bouche ouverte. Remarquable instantané, Suzanne. Remarquable pose. Tout ce que j'ai rêvé de pouvoir réussir au cours de ces derniers mois et que je lui envie, le port de tête, l'arrondi du bras, la façon dont son corps a l'air à la fois terriblement enfantin et terriblement sensuel. Je suis impressionnée. Je suis jalouse. Je ne suis pas toi, ma sœur. Je ne suis pas toi.

Le téléphone me ramène en sursaut aux réalités. Sachant que je ne suis pas près de revoir pareil panorama, je jette un coup d'œil par la fenêtre de ce splendide appartement sur le ciel bleu d'un après-midi new-yorkais froid mais chauffé par le soleil, de sorte que la neige tombée il y a quelques jours commence à fondre, remplacée par une gadoue grisâtre. Je laisse la sonnerie retentir jusqu'à ce qu'elle s'arrête.

Apparemment, les *in* m'ont décrétée *out*. Je ne fais plus partie du club des Jet-Setteuses internationales. Bon, très bien. Ce matin, un appel du concierge m'a informée que l'appartement devait être rénové. Prière de trouver un autre

412

logement le plus rapidement possible. Voilà donc comment ça se passe. Soleil a agité les doigts : bye-bye. Quand j'ai voulu utiliser ma carte de crédit pour retirer de l'argent, le distributeur m'a craché un bout de papier m'informant que j'étais à découvert. Quand j'ai appelé mon agent, il m'a dit que les affaires tournaient toujours au ralenti à cette période de l'année. Bon, très bien.

Le téléphone se remet à sonner. Je vais défoncer les murs à coups de marteau, éventrer le canapé et les fauteuils à coups de couteau. L'insistance de la sonnerie alimente mon désir de tout casser. Cette salope ne peut pas se payer un répondeur ? Je décroche. Sans un mot, je colle le récepteur à mon oreille.

« Annie ?

– Pour le moment, oui. » C'est Butterfoot. « J'envisage de prendre un nom qui fasse plus mannequin.

– Annie, écoute-moi.

– Il me reste trente secondes avant que les hommes de main de Soleil viennent me flanquer dehors.

– Je voulais m'excuser, Annie. » Il me parle de sa nature indépendante, de sa peur de s'engager, de son incapacité à faire la différence entre une aventure et une relation stable, de Soleil qui cède à ses impulsions. Il ajoute que dans ce monde, personne n'appartient à personne.

Je me retiens de lui répliquer que la question n'est pas là. Qu'il s'agit de partager. Gordon partage mes soucis et je partage les siens. « Ne t'inquiète pas, Foot, dis-je simplement. Ce n'est pas comme si je comptais faire de toi le père de mon premier enfant.

– Je t'appelle aussi pour une autre raison, reprend-il. Pour t'expliquer quelque chose. C'est important.

– Vas-y, je t'écoute.

413

– Tu connais Danny. Et ses deux copains ? Les deux bikers qui traînent toujours avec lui ? » Butterfoot m'annonce qu'ils sont morts.

« Quoi ?

– Karl, et l'autre type, Moose, je crois. Chacun une balle dans la tête. »

Du plus profond de moi naît un gémissement. Mais est-ce la nouvelle la plus grave du monde ? J'ai un peu honte de le penser, mais je me sens soulagée à l'idée que des types aussi effrayants qu'eux puissent mourir et que je sois débarrassée d'eux. « Danny aussi a été tué ? Qui a fait ça ?

– Non, pas Danny, pour autant que je le sache. Juste ses deux potes. Un règlement de comptes entre bikers, à en croire les journaux. Le grand nettoyage. » La nouvelle m'ôte un poids de la poitrine. Qu'ils se massacrent entre eux. Qu'ils fassent le ménage parmi eux. Danny le dingue et ses acolytes sont allés trop loin. Les brebis galeuses ont été éliminées. Ce qui signifie qu'elles vont disparaître de ma vie et de celle de mon clan. Nous sommes délivrés d'eux

« Annie ? demande Butterfoot. Tu es toujours là ? Laisse-moi venir te voir.

– À quoi ça servirait ?

– Où as-tu l'intention d'aller ? »

Je lui réponds que je cherche d'abord un appartement et qu'ensuite, je retournerai chez moi pour quelque temps, voir ma famille. Je ne lui parle pas de Suzanne. J'ajoute que j'emmène Gordon avec moi à Moosonee. J'espère que ça va le piquer au vif. Je lui dis que Soleil a fait bloquer mon compte en banque. Je veux qu'il sache qu'elle m'a volé des milliers de dollars. J'entends encore Vieil-Homme me dire *Considère ça comme un loyer bon marché.* Mais je me tais.

Butterfoot me demande comment Gordon espère franchir la frontière sans papiers d'identité – ce qui, d'ailleurs, est valable pour moi aussi. Je réalise alors à quel point je suis naïve, ridiculement naïve, et stupide.

« Je dois reconnaître que je n'y ai pas encore réfléchi. » Je n'ai rien à perdre. « Alors, sois gentil. Sois un bon Indien. Aide-moi.

– Si je peux, je te le promets », dit-il. Il ajoute qu'il passera ce soir.

J'arrache toutes les photos de Suzanne que je trouve dans les magazines et je prends aussi les quelques catalogues sur lesquels je figure, sur un papier de moindre qualité, rien d'aussi brillant. Comparée à elle, je suis une modèle à peine digne de poser pour des marques de lessives. Un pauvre mannequin amateur. Parmi les vêtements éparpillés à travers l'appartement, je choisis ceux qui me vont le mieux. Il y en a trop. Je ne vais pas pouvoir emporter tout ce que j'aurais voulu.

Gordon me regarde errer dans l'appartement, aller dans la cuisine, ouvrir le frigo pour prendre une bouteille de vin puis me raviser, entrer et sortir des chambres sans parvenir à décider si je vais ramasser tous les vêtements appartenant à Violette afin de les balancer l'un après l'autre par-dessus le balcon et les suivre des yeux pendant qu'ils descendront en flottant sur les courants d'air froid en direction des pauvres et des nécessiteux. Il n'y a pas de pauvres et de nécessiteux ici, à Manhattan. Je m'aperçois que depuis mon arrivée, je n'ai rien vu de cette île cernée par deux fleuves sales. Il faudra que j'en voie davantage. D'autres villes, peut-être. D'autres fleuves.

J'appelle Gordon pour qu'il vienne m'aider à choisir les vêtements que j'emporte. Il ne se manifeste pas. Dans la cuisine, j'ouvre le frigo avec détermination, cette fois. Aujourd'hui débute ma nouvelle vie, et je la célébrerai en buvant un verre de vin. Et merde ! Le bruit du bouchon m'évoque un baiser mouillé.

« Mr. Silence ! je crie, allégée d'un poids. Mr. Silence ! Où es-tu ? » Le chemin a été long jusqu'à New York, et je suis prête à rentrer chez moi, à pagayer dans le sens du courant pour un temps. Les fêtes et les largesses de Soleil vont me manquer. Il y a d'autres Soleil dans le monde. Et d'autres Butterfoot. Après tout, peut-être que je vais saccager l'appartement. Le premier verre est vidé, le deuxième servi, et je me sens bien. Je suis indépendante. Moi, j'ai toujours été indépendante.

Mes affaires sont prêtes, et Gordon n'est pas là. Je me verse un troisième verre. C'est facile. Trop facile. Une cigarette sur le balcon, vêtue de mon seul T-shirt. Je frissonne, le regard fixé sur le bleu glacé et les fourmis que sont les gens dans la rue. Je vais finir ma clope en vitesse – je ne suis pas sûre d'entendre la sonnette d'ici. Je sais que c'est idiot, mais j'ai envie de voir encore une fois le visage de Butterfoot. De le gifler. Et Mr. Silence ? Qu'est-ce que je veux de mon protecteur ? Le monde est propre vu d'en haut. Je crois que je tire profit de mon exclusion de la brigade des chattes. Je tiens plus de mon oncle Will que de ma mère.

« Qu'on m'apporte la bouteille ! » je m'écrie, vidant mon verre et jetant mon mégot par-dessus la balustrade. Oui, qu'on m'apporte la bouteille. Un dernier verre à ta santé, oncle Will, puis un taxi, un motel bon marché, et je serai de nouveau moi-même. Je resterai dans cette ville quelques jours et je me débrouillerai avec ce que l'agent m'a donné il y a si longtemps, l'argent de Suzanne que j'ai gardé, ainsi que les billets de dix et vingt dollars que j'ai fourrés négligemment dans mes poches et dans les tiroirs. Tout concorde. Si seulement j'avais su.

C'est moi et personne d'autre qui déciderai du moment où quitter cet appartement. Et si mon protecteur qui a le don de disparaître constamment reste absent assez longtemps pour que je force Butterfoot à cracher ce qu'il sait, je passerai à la phase suivante. Je ferai regretter à cet homme d'avoir couché avec Violette. D'avoir couché avec ma sœur. D'avoir couché avec d'autres femmes que moi. Et après, je ne le laisserai rien faire avec moi. Encore un verre de vin sur ce balcon qui surplombe Manhattan.

Le vrombissement strident des moustiques m'emplit les oreilles. Je les chasse. Je grelotte. Il fait trop froid pour les moustiques. Je tente d'ouvrir mes yeux lourds de sommeil. Je tremble et je ne sais plus où je suis ni qui je suis. C'est le moment le plus effrayant. Le bruit des moustiques revient. Je décolle mes paupières et je constate que je suis étendue sur un canapé moelleux, un canapé rembourré du duvet le plus doux sur lequel j'aie jamais dormi, dans un endroit si loin de chez moi.

Je me réveille dans un frisson. La porte du balcon de Soleil est restée ouverte et le vent du nord qui s'engouffre à l'intérieur gonfle les minces rideaux blancs. Le soleil qui filtre au travers confère au tissu une blancheur improbable. Immaculée. Terrifiante, aussi, comme dans un film d'horreur, encore que la lumière, proche de celle du crépuscule à

présent, soit trop brillante. Le bourdonnement de moustiques reprend, et je dresse la tête pour répondre à l'inter-
phone. Le concierge m'annonce un visiteur.

Merde. Je vais entrebâiller la porte d'entrée puis je file
dans la salle de bains. Il faut que je sois belle pour donner
mon baiser d'adieu à Butterfoot. Je m'asperge la figure d'eau
froide, puis je me passe les mains dans les cheveux. Une fille
qui tombe ivre morte après quatre verres de vin et qui, pour
ne rien arranger, laisse la porte du balcon ouverte. On gèle
ici. Je décide de ne pas la fermer afin de lui rappeler que je
suis devenue sa Reine des glaces.

Je jette un dernier coup d'œil à mon reflet dans le miroir.
Me ravisant, je ferme la porte du balcon, puis j'envisage un
instant d'aller me rasseoir sur le grand canapé blanc en prenant mon air le plus réfrigérant possible pour que, en entrant,
il me trouve occupée à feuilleter un magazine. Non, j'ai une
meilleure idée. Je me précipite dans la cuisine, ouvre le frigo à
la volée pour me servir un autre verre alors que j'ai encore la
tête qui tourne après mon petit somme. Il va arriver d'une
seconde à l'autre. Je suis d'ailleurs surprise qu'il ne soit pas
déjà là. Je renverse un peu de vin sur le sol impeccable. Désolée, Soleil. Je cours vers le balcon, je sors, et là, vêtue de mon
T-shirt et de mon jean le plus moulant, j'adopte une expression d'indifférence totale. Je prends mon paquet de cigarettes, j'en allume une et, appuyée à la balustrade, tournant le
dos à la pièce, j'attends.

Un bruit de pas dans la cuisine. Je lutte contre l'envie de
me retourner. Qu'il vienne d'abord jusqu'à moi. Je le sens
maintenant, sa chaleur juste derrière moi cependant que je
regarde le soleil illuminer les gratte-ciel, la fumée, la pollu-
tion de la ville qui s'élève en colonnes grises.

J'ai des frissons. Pour essayer de les masquer, je prends la parole : « Ça m'étonne que tu sois là avant la tombée de la nuit. Je ne pense pas t'avoir jamais vu à New York à la lumière du jour. » Je bois une grande gorgée de vin.

Silence, puis la voix :

« Alors, je t'ai manqué, hein ? »

Je réprime un hurlement.

« Pourquoi ta sœur n'est pas aussi cool que toi ? »

Je pivote d'un bloc. Danny se dresse devant moi, sa silhouette massive me bloquant le passage.

« Pourquoi… » Je n'arrive pas à achever ma phrase. Je détache mes yeux des siens, des yeux de fou qui semblent tournoyer dans leurs orbites. Il est devenu complètement cinglé. « Qu'est-ce que tu viens faire ici ? » réussis-je à demander, le regard fixé sur mon verre.

Il ne répond pas.

Je finis mon vin, puis je tente de regagner le living. « Tu bois quelque chose ? »

Il m'agrippe le poignet avec tant de force que je retiens un cri, et le bruit du verre brisé sur le sol du balcon me coupe la respiration.

Son visage tout près du mien me fait oublier la douleur. « Maintenant, ça suffit, Annie, non ? » dit-il. Je sens son souffle brûlant tandis qu'il me postillonne dans la figure. « C'est allé trop loin. Beaucoup trop loin. » Sous l'empire de la colère, son accent français est plus prononcé.

Je me concentre là-dessus. Je m'y accroche. « *Quoi ?* Qu'est-ce qui est allé trop loin ? » J'ouvre de grands yeux innocents. Il m'attrape par les cheveux et tire d'un coup sec, de sorte que j'entends quelque chose craquer dans ma nuque. Il me jette à terre et se laisse tomber sur moi, chassant tout l'air de mes poumons.

Étendue sur le ciment froid, je tâche de reprendre mon souffle. Je suffoque. Un morceau de verre me rentre dans le dos. J'essaye de parler, de lui répondre, de respirer. Il me relève, m'empoigne par la taille et me renverse sur la balustrade.

J'ai la sensation de tomber. La rue oscille loin en dessous de moi. Je distingue les voitures minuscules, les gens minuscules. Il faut que je respire. Mes cheveux me fouettent les joues, les yeux, et ce salaud va me lâcher. Qui es-tu pour me faire ça ? J'étouffe. Mon dieu, je vous en supplie, rien qu'une goulée d'air. Le sang afflue à mes tempes. Ma tête est comme une bulle.

Il me redresse et me propulse dans l'appartement. Un instant plus tard, assis sur moi à califourchon, il noue ses mains autour de mon cou. Je ne le regarderai pas. Je fixe les rideaux blancs gonflés par le vent, le ciel au-dehors qui s'assombrit, criblé de millions de lumières scintillantes.

« Je n'ai plus rien à perdre, déclare Danny. Et toi, si tu ne me dis pas où elle est, tu perdras tout. » Il serre pour me rappeler qu'il est maître de mon droit à respirer. « Tu comprends ? »

Il me lâche d'une main et me frappe violemment en travers de la bouche.

Je passe ma langue sur mes dents qui me font l'effet d'être en papier alu.

« Si je dois mourir, tu mourras aussi. » Il lève de nouveau la main et je tressaille. « Je sais que tu sais où est ta sœur. »

Je secoue la tête. Non, je ne sais pas. Vraiment pas.

Sa paume s'abat et il m'assène une telle gifle que les lumières au-dessus de moi s'éteignent.

« Non, je ne sais pas. » J'ai la bouche engourdie. Il pèse tant sur moi. Un bloc de béton. Ses cuisses me brûlent. Je suffoque.

« Connasse de Peau-Rouge. » Un murmure. Puis le coup qui se répercute jusque dans ma colonne vertébrale.

« Caroline du Sud. » Je crache du sang, et j'en perçois la chaleur sur mes joues. Son poing se dresse à la verticale de mon nez. « Carte postale. » Pourquoi les hommes sont-ils si cruels ?

Le poing s'abat et je hurle. Il suspend son geste. Sa main s'ouvre et se plaque sur mon nez et ma bouche. Mes yeux s'écarquillent tandis que je tente de respirer. « Arrête ! je crie dans sa paume. Arrête ! » Ma poitrine se soulève, puis elle est saisie de spasmes. Enlève ta main ou je vais mourir. Je me noie dans sa paume blanche. Mes globes oculaires s'enfoncent dans ma tête, mon corps se convulse puis tremble. Il va me tuer. Je vais mourir.

Mes yeux reviennent en place et retrouvent la lumière. Je vois le plafond au-dessus de moi. Le plafond blanc. Loin. Danny est tout près. Je sens la vibration de ses pas sur le parquet. Je l'entends parler tout seul à voix basse. Le parquet est dur. Je tousse et je crache encore du sang. J'inspire de grandes bouffées d'air en même temps que du sang et de la salive. Je roule sur le flanc, je tousse, j'ai des haut-le-cœur. Il est de nouveau sur moi. Il m'écrase.

« Ta dernière chance, dit-il. Je te répète que je n'ai rien à perdre. » Il se penche comme pour m'embrasser. « Et, je te jure, je vais te tuer. » Son regard sourit. « Annie, sois raisonnable. Gus ? Je lui ai logé une balle dans la tempe. J'étais juste à côté de lui et j'ai été aspergé de son sang. Il a fallu que je brûle ma plus belle chemise. Ta sœur ? Elle a eu de la chance de ne pas être avec lui. Sinon, elle aurait connu le même sort.

– Laisse-moi tranquille. » Je ne reconnais plus ma voix. Il me traîne jusqu'au canapé et me jette dessus. Cette ordure bodybuildée est costaud.

Il s'assoit près de moi.

« De l'eau, s'il te plaît. De l'eau », je le supplie.

Il se lève. « Si tu tentes quoi que ce soit, je te balance par-dessus le balcon. Mort tragique d'un mannequin abandonné par le succès. » J'ai des élancements dans le visage. J'ai l'impression d'avoir les côtes cassées et j'ai du mal à respirer.

Nous restons ainsi deux ou trois minutes silencieux comme un couple qui n'a plus rien à se dire. Je bois l'eau qu'il m'a apportée. « Danny, dis-je. S'il te plaît, écoute-moi. » Je me tourne un bref instant vers lui. Je ne veux pas soutenir son regard. « J'ignore où est ma sœur. Il faut que tu me croies. Bon dieu, Danny… » Je geins, à présent. « Moi aussi, je désire la retrouver. » Faites que ça sonne vrai !

Il m'observe. Je pense voir passer une lueur de compréhension dans ses yeux. « Annie, ma chérie. » Il respire calmement. « Je t'explique encore une fois. Il faut que je trouve ta sœur. » Il me sourit, puis il me gifle à toute volée.

Je serre les dents au point qu'elles grincent. Je crache du sang sur le canapé blanc de Soleil et quand je me penche en avant, des gouttes en constellent le parquet. L'idée de la réaction de Soleil me ferait presque rire. Je me radosse. « Pourquoi ? je demande. Gus a fait le con, et il est mort. Tes deux copains ont fait les cons, et ils sont morts. Qu'est-ce que tu as contre Suzanne ? » J'ai l'impression que mon discours l'a quelque peu décontenancé. Je vois du coin de l'œil qu'il m'examine, sourcils froncés.

« Annie, il n'y a rien de compliqué dans le monde qui est le mien, dit-il. Annie, regarde-moi. » Je le regarde. Ses petites lunettes rondes luisent au milieu de sa figure. Il a le cou épais. « Mon monde est simple. Tu y entres. Tu fais ce que tu as à faire. Tu es loyal. Oui, loyal. Tu prends ta part mais pas plus. Tu comprends, Annie ? » Il prend mon visage entre ses grosses pattes et le tourne vers lui.

Je hoche la tête.

« Tu as entendu ? Être loyal ? »

Je fais signe que oui.

« Tu vends la marchandise. Tu gardes la petite part qui te revient. Le reste, tu le donnes au boss. C'est simple, non ? » Il me considère un instant.

À défaut d'autre chose, j'acquiesce de nouveau.

« Et si jamais tu te fais coffrer, tu restes loyal. Tu ne mouchardes pas. Les balances, c'est pire que la peste. Sois un gentil garçon et ambitionne de devenir un jour l'un des vrais méchants.

— Danny… » Je m'efforce de choisir mes mots avec soin afin de ne pas déclencher sa fureur. « Quel rapport avec Suzanne ?

— Sois loyale. Ne moucharde pas. Ne deviens pas une jolie balance. Et rends ce que ton petit ami a pris. »

Voilà donc le nœud de l'affaire. Alors que je pisse du sang par le nez, tout se met en place dans ma tête. Ma sœur détient de l'argent et une information qui signent la condamnation de Danny. Et qui ont déjà causé la mort de ses deux acolytes.

Ses supérieurs le supprimeront à son tour, et très bientôt. Mais Danny me tuera d'abord. Il se penche comme pour m'embrasser sur la joue, et avant que j'aie pu esquisser le moindre mouvement, ses mains se referment autour de ma gorge. Nous basculons de nouveau par terre, et il serre jusqu'à ce que des taches noires dansent devant mes yeux.

« Parle, dit-il, son visage contorsionné à quelques centimètres du mien. Parle. » Je distingue une ombre derrière lui. L'ombre de la mort ? Je ne peux plus respirer, et l'ombre grandit. Si c'est elle, qu'elle vienne vite ! J'étouffe.

« Moosonee », je lâche dans un souffle.

L'ombre est sur nous puis, petit à petit, l'air emplit mes poumons. Ma sœur, je t'ai trahie.

Des ombres luttent dans le vaste espace blanc aux rideaux gonflés par le vent. Le parquet tremble sous le poids des hommes qui se battent.

Deux corps s'écrasent contre les murs, soudés dans une mortelle étreinte, un tableau encadré tombe par terre, une table de verre se brise, le chambranle d'une porte se fend en éclats. L'ombre mince s'entortille autour de Danny, et tous deux giflent l'air et suffoquent comme un énorme poisson. Bien que deux fois plus large, Danny n'a pas le dessus. L'autre, plus grand, plus mince, enroule ses bras autour de lui à l'instar d'un serpent, jusqu'à l'étouffer.

Ils sont au sol, à quelques pas de moi. Ils grognent sous l'effort. Gordon est derrière Danny qu'il étrangle avec son bras. Danny a les yeux exorbités, ses lunettes cassées gisent à côté de moi, ses joues sont maculées de rouge. Je regarde ses yeux globuleux. Ils me fixent. Je veux m'asseoir, mais n'y parvenant pas, je roule sur moi-même pour m'écarter, loin de l'haleine fétide de Danny qui sent la mort.

Je me soulève sur les mains et, à quatre pattes comme un chien, crachant du sang, je vois Gordon qui, à califourchon sur Danny, les mains nouées autour de sa gorge, serre et tend les muscles de ses bras pour briser quelque chose.

Le visage de Danny est tout près du mien. Il a les yeux à demi fermés. Le blanc est strié de rouge. Il a perdu connaissance. Je m'éloigne en rampant, les genoux, le corps douloureux.

« Ça suffit », dis-je. Danny est moribond « Ça suffit. » Je regarde Gordon, je plante mes yeux dans les siens. Ils me remuent au plus profond de moi. Gordon n'est pas un garçon des rues. Il n'est pas un poivrot. Il continue à serrer. Ses yeux étincellent. Ses lèvres se crispent sous l'effort.

« *Mona* ! je lui crie. Assez ! »

Il se tourne vers moi. Il a le visage méconnaissable, la bouche sanguinolente. « *Mona,* je lui répète. Ça suffit. C'est terminé. »

J'essaye en vain de me relever. Je rampe vers le canapé, vers le verre d'eau. Je le vide d'un trait. Lorsque j'arrive enfin à me mettre debout, je vois Gordon qui traîne Danny sur le balcon, Danny dont les pieds disparaissent derrière les rideaux blancs.

Les jambes flageolantes, la démarche chancelante, je me dirige vers lui. Vers eux. Gordon soulève Danny au-dessus de la balustrade. Les bras de celui-ci s'agitent comme s'il saluait les gens dans la rue loin en bas. C'est si simple. Gordon a raison. Ça devait finir ainsi. Mon protecteur me regarde. Tu as raison. Personne ne saura. Un biker au cœur d'un règlement de comptes se jette du haut d'un gratte-ciel de Manhattan. Une célébrité new-yorkaise interrogée.

Gordon me regarde toujours. Il attend. Le monde attend. Mon monde attend.

Mon protecteur tient Danny par les chevilles. Il est prêt.

« Non », dis-je. Le mot me surprend. Il sonne creux dans le vent froid qui balaye le balcon. « Laisse-le comme ça. Exactement comme ça. »

Gordon me dévisage. Il est tendu.

« Les membres de sa bande l'achèveront. Ce n'est pas à toi de le faire. »

Gordon respire difficilement. Il a l'air de souffrir.

« Laisse-le comme ça, je répète. Qu'il décide lui-même de son sort. S'il tombe, il tombe. » Mon protecteur n'est pas un assassin. Et moi non plus.

Gordon s'exécute.

« Il faut qu'on se tire d'ici, dis-je. Et sans perdre une seconde. »

Ainsi, mon départ de New York s'annonce plus précipité que prévu. Deux Indiens en piteux état qui vont prendre un train de nuit en direction du nord de l'État de New York. De la gare de Grand Central j'appelle Butterfoot après avoir une dernière fois tenté de retirer de l'argent avec ma carte de crédit, mais l'automate m'a appris que mon compte avait été clôturé. Au lieu de rager contre les manières expéditives de Soleil, j'ai éclaté de rire. Elle aura besoin de tout cet argent pour faire nettoyer l'appartement de fond en comble. Il me reste encore près de deux mille dollars. C'est plus que suffisant pour nous permettre de rentrer à Moosonee. Je reviendrai à New York, Soleil. Et dans des conditions que j'aurai choisies.

Butterfoot veut nous retrouver à la gare, mais je lui dis que notre train part dans quelques minutes. Je le mets au courant pour Danny puis je lui demande d'appeler les flics pour signaler du tapage dans l'appartement de Soleil. Butterfoot raccroche après avoir promis de faire le nécessaire et aussi de téléphoner à son cousin pour qu'il nous attende au bord du fleuve.

Il vaut mieux que je ne le revoie pas. Je suis en compagnie de celui avec qui je dois être, et nous nous glissons dans la nuit comme deux voleurs.

Je tiens la main de mon protecteur pendant que le train, enfin, nous emporte loin des lumières de la ville. Il traverse à toute allure les champs enneigés et les petites villes, et chaque tour de roue nous rapproche de chez nous. Je murmure à Gordon qu'on s'arrêtera quelques jours à Toronto voir Inini Misko. Une étape agréable.

Gordon sourit.

Au milieu de la nuit, je me penche pour lui chuchoter : « Je t'emmènerai chez moi faire la connaissance de ma famille. Je te présenterai à ma sœur, la cause de tous ces ennuis. » Je souris à cette pensée. « Je te présenterai à ma mère, mais tu auras intérêt à te faire beau avant. Et je sais que tu vas adorer mon oncle. »

Ce sera bien, mon cher protecteur. Ce sera bien.

33

Le vent mauvais m'a obligé à jouer du palonnier pour lutter contre les rafales qui me détournaient de mon cap. J'ai décollé au bon moment. À la dernière seconde. J'ai eu beaucoup de mal à lancer le moteur à la main, et j'ai bien cru que c'était foutu, que je resterais au bord de cette rivière pour devenir un fantôme de plus.

Mon réservoir devait quand même avoir une légère fuite. La jauge indiquait que j'avais à peine de quoi atteindre ma destination. Tandis que je volais vers le sud, vers Moosonee, et que le moteur crachotait, je me voyais mort, et je voyais mon corps au bord de la Rivière Fantôme, la peau séchée et tirée sur mon squelette, les dents dénudées, la bouche grimaçante.

Ce plan, je l'avais concocté après la destruction de mon camp et l'apparition du halo annonciateur de tempêtes. Or, ce plan, il n'allait pas marcher. Peu m'importait désormais. J'avais pris ma décision. Quelques solides rasades de whisky m'y avaient aidé, et je m'y tiendrais.

Mon dieu, j'espérais atteindre la Moose River avant la tombée de la nuit. Je ne disposais pas de beaucoup de temps. Ni de beaucoup de carburant. Je n'avais pas retrouvé grand-chose dans mon campement enfoui sous la neige. Après avoir constaté l'étendue des dégâts, je m'étais enfin rendu à l'évidence. J'avais donc laissé une hache ainsi que ma tente de prospecteur. Heureusement, j'avais eu assez de bon sens pour garder mes fusils à portée de main, mais tous mes pièges étaient restés dans la forêt, sans personne pour les relever. Quant à mes casseroles et autres ustensiles, je les avais abandonnés près du feu, et mon filet manet, le seul que j'avais pour la pêche, il était quelque part sur la berge, roulé en boule, disparu sous une couche de glace et de neige. Par contre, j'avais retrouvé presque toutes mes caches de nourriture contenant la viande d'orignal, quelques oies fumées et un peu de poisson.

Le tout était stocké dans la queue de l'appareil où il demeurerait gelé. À Moosonee, il faudrait que je me procure d'autres provisions : conserves, sel, farine. Et puis de vraies cigarettes. Je devrais aussi supplier ma sœur d'aller m'acheter quelques bouteilles de plus. Moi, peut-être que je troquerais mon avion pour ma motoneige et mon traîneau en bois sur lequel j'empilerais tout ce dont j'aurais besoin pour vivre dans la forêt au nord de Moosonee. Peut-être même que je me faufilerais de temps en temps en ville pour rendre visite à ma famille.

Vaines chimères que tout cela. En réalité, je vivrais isolé dans les bois comme un animal enragé, ou alors je me livrerais aux autorités et j'irais en prison. Voilà les véritables choix auxquels j'étais confronté. J'arriverais à Moosonee dans quelques heures, et je laisserais les *manitous* décider. Les flics, le petit nombre d'entre eux affectés en ville, j'espérais qu'ils seraient trop occupés avec la contrebande d'alcool, les querelles domestiques et les tentatives de suicide pour se soucier de moi. J'ai pris la bouteille posée sur le siège à côté de moi et j'ai bu une gorgée au goulot.

Au moins, comme ça, l'avion était plus léger. L'aiguille de la jauge oscillait bien en dessous du trait magique de un quart, et elle baissait vite. Moosonee, Moose River, ici Will Bird. Merde, où êtes-vous ?

Le moteur toussait quand j'ai enfin repéré ma rivière sous le ciel gris de fin d'après-midi, alors qu'une tempête de neige s'annonçait. Je survolerais la baie par le sud pour me tenir à l'écart de l'espace aérien emprunté d'ordinaire. Guère de trafic à cette heure où le soir tombait. Je suis descendu de quelques centaines de pieds. La jauge était à zéro. Si nécessaire, je tenterais un amerrissage d'urgence.

Plus que quelques miles. Venu à mon secours, le vent me poussait. Si je réussissais à atteindre mon ponton, je croirais à un petit clin d'œil du destin en ma faveur. Il faudrait alors que je cache mon avion. Je ne voulais pas qu'on sache que j'étais de retour. Les lumières de Moosonee devant moi sur la droite, Moose Factory sur la gauche. Encore un petit effort, mon avion !

Alors que je survolais la ville, le moteur a crachoté, puis il s'est arrêté un instant avant de repartir. J'ai perdu de l'altitude et j'ai essayé de ralentir pour réduire la consommation. J'étais presque arrivé. Je connaissais cette partie de la rivière comme ma poche. J'allais devoir me poser sur l'eau et espérer glisser jusque chez moi ou un peu plus loin si possible. Au risque de caler, j'ai diminué les gaz au maximum, puis je suis descendu en planant, les volets à soixante degrés. Tandis que je touchais l'eau et que l'avion rebondissait, le moteur s'est arrêté. J'ai remis les gaz et il est reparti. Lentement, économisant les dernières gouttes de carburant, j'ai réussi à atteindre mon ponton.

Rien ne semblait avoir changé. De la berge, j'ai examiné les environs pendant un moment tandis que la nuit tombait. J'attendais, au cas où quelqu'un aurait repéré le bruit de mon avion et viendrait voir. J'étais si content d'être de retour, de poser de nouveau les yeux sur ma maison.

J'ai grimpé les marches de la véranda. La clé de la porte de derrière était toujours dans sa cachette sous le banc. Je suis entré, puis j'ai allumé la lumière et tiré les rideaux. La maison sentait le moisi, l'absence. Tout était à sa place. Si quelqu'un passait en voiture, il remarquerait sans doute que j'étais revenu. Rester chez moi à me cacher, mort de trouille, à guetter un bruit de pneus sur le gravier, prêt à m'enfuir à la première alerte. Rester chez moi à me terrer quelques jours, le temps que ma sœur m'apporte les provisions nécessaires. Puis repartir. Non, je ne voulais pas recommencer. Je ne le pouvais pas.

Une chose après l'autre. J'ai décroché le téléphone. Je craignais qu'il ait été coupé, mais j'ai entendu aussitôt la tonalité familière. J'ai pensé que j'avais de la chance. Un signe que mon plan allait peut-être marcher après tout.

« Lisette, c'est moi, ai-je dit une fois la communication établie.

– Will ? Où es-tu ? » Elle paraissait déborder de joie.

Soudain, j'ai réalisé. Si je lui avouais tout et que je lui demande de m'aider, je la rendrais complice de mon acte. « Je suis dans le coin, ai-je dit. Ça fait plaisir d'entendre ta voix, Lisette.

– Oh, mon dieu, Will. J'ai tellement de choses à te raconter.

– Alors, raconte-moi. » J'ai tressailli, prêt à affronter son récit.

« Suzanne ! J'ai reçu des cartes postales. Et même une lettre ! »

Chi meegwetch, qui que ce soit qui veille sur nous. Les larmes me piquaient les yeux. Suzanne, tu es vivante ! « Où est-elle ? »

Lisette m'a appris que sa fille ne voulait pas qu'on sache où elle était, et plus surprenant encore, qu'Annie n'était toujours pas rentrée, qu'elle travaillait à New York. J'avais du mal à l'imaginer.

Et puis, elle en est arrivée au fait. « Will, a-t-elle poursuivi d'une voix plus calme, j'ai d'autres nouvelles à t'annoncer. De mauvaises nouvelles, je suppose. À propos de Marius Netmaker. Ça s'est passé juste après ton départ. » Lisette y croyait-elle réellement ou faisait-elle semblant ? « On lui a tiré dessus. Il en a réchappé. Mais le cerveau a été atteint.

– Quoi ? ai-je hurlé, frappé de stupeur.

– Il a reçu une balle dans la tête. La police pense que ce sont les bikers avec qui on l'a vu. Tu te souviens ? Ceux qui t'ont passé à tabac ? » Elle s'est interrompue un instant avant de reprendre : « J'ai autre chose à te signaler, pour ton propre bien. Au début, on t'a soupçonné, je crois. La police est venue te chercher chez moi. J'ai dit que tu étais parti trapper dans la forêt. Que tu n'étais même pas là quand on a tiré sur Marius. »

J'ai respiré lentement, tâchant d'assimiler ce que je venais d'apprendre. « Continue. Ils me recherchent toujours ?

– Non. Je suis allée au poste de police une semaine plus tard pour essayer d'en savoir plus. J'en ai eu le courage,

432

Will. Tu aurais été fier de moi.» Je ne me représentais pas Lisette en femme courageuse. «Je me suis mise en colère contre lui. Je l'ai même injurié.

– Qui ça, lui ?

– Le lieutenant. Je ne sais plus son nom. Il m'a dit que tu ne figurais plus sur la liste des suspects, que des dizaines de personnes en ville juraient que tu étais déjà parti au moment de la tentative d'assassinat. C'étaient les bikers qui avaient fait le coup. Sacrément stupide, la police.

– Oui, sacrément stupide», ai-je répété.

Avant de raccrocher, j'ai promis de passer demain. Votre mère a ajouté que la police voulait cependant me voir à mon retour. Je n'ai pas dormi de la nuit à l'idée qu'il puisse s'agir d'un piège.

Au matin, comme mon vieux pick-up refusait de démarrer, j'ai effectué à pied le long trajet jusqu'en ville. Je me disais que c'étaient sans doute les derniers moments de liberté dont je jouirais. J'essayais de me fabriquer un alibi. Je suis rentré seulement hier après avoir chassé et trappé le long de la côte. J'ai chassé l'oie sur l'île d'Akimiski où j'ai rencontré une famille Cree d'Attawapiskat. Je suis parti juste avant la tempête, fatigué d'être seul dans les bois et désireux de retrouver les miens. Le vent soufflait en rafales et je marchais tête baissée. Je ne savais même pas quel jour on était. Un dimanche, peut-être. Les flocons de neige parsemaient mes cheveux longs noués en queue de cheval.

Un peu plus tôt, je n'en avais pas cru mes yeux en me voyant dans la glace. La figure étroite, les pommettes saillantes, les cheveux emmêlés. J'ai ôté ma chemise pour m'étudier dans le miroir. Maigre comme un clou. La peau de mon visage et de mes mains, brûlée par le vent, était beaucoup plus foncée que le reste de mon corps. Je ne me reconnaissais pas.

Avant d'entrer au poste de police, j'ai pris une profonde inspiration. À l'accueil, un jeune Blanc, un nouveau, a levé une seconde les yeux de sa revue de motoneige. J'ai attendu qu'il daigne me regarder et m'adresser la parole.

« Vous désirez ? » a-t-il fini par demander.

Je ne savais pas trop quoi répondre. « Je... je m'appelle Will Bird. J'étais dans la forêt tous ces derniers mois. »

Le jeune flic a haussé les épaules. Des boutons d'acné sur les joues. Il ne devait pas avoir plus de dix-neuf ans. « J'espère que vous y avez passé du bon temps. À part ça ?

– Ma sœur m'a dit que vous vouliez me voir.

– À quel sujet ? » Il s'est de nouveau intéressé à son magazine posé sur le comptoir.

« Je... on m'a dit que Marius Netmaker avait reçu une balle dans la tête et que vous souhaitiez me parler. »

Il a levé les yeux. « C'est quoi votre nom déjà ? »

Je le lui ai redit. Il m'a demandé d'attendre, puis il a disparu dans le couloir.

Le lieutenant est arrivé, un type qui était là depuis longtemps. Son visage m'était familier. « Will Bird ! s'est-il écrié. Venez donc dans mon bureau, qu'on bavarde un peu. »

Je l'ai suivi. Mes mains tremblaient tant que je les ai fourrées dans mes poches. Il m'a désigné une chaise en face de lui, puis il s'est assis et a ouvert un petit carnet.

« Alors, il paraît que vous venez de rentrer de la forêt ? »

J'ai acquiescé.

« Combien de temps vous y êtes resté, avez-vous dit ? »

Je n'avais rien dit. « Moi, je suis parti depuis la deuxième semaine de juillet ou quelque chose comme ça.

– Vous y avez passé un moment. La chasse a été bonne ? »

J'ai fait signe que oui.

« Et vous avez entendu parler de Marius Netmaker ?

– Ma sœur m'a appris la nouvelle hier soir à mon retour.

– Vous vous souvenez de la date exacte à laquelle vous avez quitté Moosonee ? »

Je lui ai raconté que c'était la semaine avant qu'on ait tiré sur Marius. Il a noté.

« Marius vous avait déjà menacé ? »

Il connaissait la réponse. Je l'avais signalé à la police. « Ça doit figurer dans vos fichiers.

– Je vais être franc, Will. Vos différends avec Marius pourraient faire de vous un suspect, mais des gens ont affirmé que vous étiez déjà parti depuis plusieurs jours quand la fusillade a eu lieu. Un tas de gens. »

Il souriait. Il a poursuivi :

« Un homme qui réfléchit trop pourrait vous soupçonner d'être revenu discrètement sans que personne le sache, d'avoir tiré sur Marius puis d'être reparti tout aussi discrètement. Mais aucun tribunal ne se donnerait la peine de juger une affaire pareille sans qu'on lui apporte des preuves. Et des preuves, nous n'en avons aucune contre vous. » Il m'a fixé droit dans les yeux.

Je me suis efforcé de soutenir son regard.

Il a soupiré et levé les mains en l'air, comme pour se rendre. « Nous avons conclu qu'il s'agissait d'une histoire de bikers, d'autant que Marius faisait manifestement partie d'un gang. » Il a baissé la voix pour ajouter : « Et si vous voulez mon avis, c'est dommage que cette balle ne l'ait pas tué. La ville se porterait mieux si on en était débarrassé. Mais il est vivant, et si j'en crois la rumeur, il ne va pas tarder à revenir. Et il doit en vouloir sérieusement à celui ou ceux qui lui ont fait ça. »

Le lieutenant s'est levé et m'a reconduit jusqu'à l'entrée. Le vent hurlait à présent. Une belle tempête.

« Et la trappe, ça a été ? m'a-t-il demandé.

– Pas mauvaise, ai-je répondu. Pas très bonne, non plus. La vie est dure dans les bois.

– Et le vol de retour, pas de problème ? »

J'ai répondu que non.

Il s'est penché vers moi et a repris dans un murmure : « J'ai découvert que votre brevet de pilote a expiré il y a un bail. Je parie que je pourrais retenir plus d'une dizaine de chefs d'inculpation contre vous. » Il m'a regardé dans les yeux, le visage si près du mien que je sentais l'odeur de café de son haleine.

Dans un souffle, il a lâché : « La prochaine fois, visez mieux. » Il a éclaté de rire et m'a assené une grande claque dans le dos.

Je suis sorti au milieu des bourrasques.

Trois jours de tempête, exactement ce qu'avait laissé prévoir le halo autour du soleil. Je m'en suis servi comme prétexte pour rester terré chez moi, et quand j'ai émergé, le monde n'était plus le même. Le soleil brillait et la température avait chuté au point que je sentais le froid dans mes poumons. Moosonee disparaissait sous un linceul blanc durci par le gel, et la neige était si croûtée qu'on marchait dessus sans difficulté. J'allais construire des pièges à martres pour les poser avant que la neige devienne molle, ce qui m'éviterait ainsi d'avoir à chausser des raquettes. Je n'étais pas prêt à renoncer à la vie dans les bois, moi. Je m'attendais toujours à voir surgir d'un moment à l'autre la voiture de la police. Ou pire, Marius, déboucher comme un *windigo* du rideau d'arbres qui entourait ma maison, ces mêmes arbres où se trouvait maintenant mon ourse.

J'ai fait une longue promenade le long de la route où d'autres gens habitaient, et la lumière était si vive sur la couche blanche que je regrettais de ne pas avoir de lunettes de soleil. Moosonee, mon univers, était tellement figée qu'on aurait cru une photo, la photo de ce que cette ville aurait désiré être. Basse et lourde, la fumée des cheminées planait dans le ciel bleu. Des congères sculptées par le vent ornaient les toits des maisons, et les jardins négligés, les amas de vélos et de jouets cassés, les chaussures dépareillées, tout était recouvert d'un manteau de neige aveuglant. La route poussiéreuse, creusée d'ornières et gondolée, n'était plus qu'une couche de glace qui, sous le soleil, scintillait comme du diamant. Il n'y avait pas grand monde à cette heure matinale. J'avais de nouveau l'impression d'être dimanche. Tous les jours ressemblent à des dimanches.

Pendant le temps où j'étais demeuré caché chez moi, j'avais réfléchi à tout ce qui s'était passé, jusqu'à ce que la paranoïa me gagne. J'avais alors décidé de me mêler de nouveau aux humains. Je ne pouvais plus continuer à vivre dans la peur.

Votre mère a eu du mal à me reconnaître. Elle me croyait près de mourir de faim, mais je lui ai expliqué que c'était parce que j'avais vécu à la dure, en solitaire, et que je n'avais bu qu'en de rares occasions, mais ces fois-là, sans frein. Pendant qu'elle me préparait un énorme petit déjeuner composé d'œufs au bacon accompagnés de frites assaisonnées de ketchup auquel j'ai à peine touché, je lui ai dit que je me sentais physiquement mieux que je ne m'étais senti depuis des années.

«Regarde, Will, m'a dit votre mère après avoir débarrassé la table, posant devant moi des cartes postales et deux lettres. Suzanne. Elle est vivante.»

Lisette souriait, les yeux brillant de larmes.

«Il n'y a donc que de bonnes nouvelles», ai-je dit.

J'ai bu encore un peu de café, puis j'ai demandé à ma sœur ce qu'elle savait au sujet de Marius.

«Tu connais Moosonee, a-t-elle répondu. Les rumeurs. Un professeur l'a découvert dans son camion, l'arrière du crâne emporté. À l'église, les femmes ont dit qu'il était mort, mais quand le professeur lui a touché l'épaule, Marius s'est redressé d'un bloc.»

Elle m'a jeté un coup d'œil en coin avant de reprendre : «On sait que c'est l'œuvre des bikers.» Elle s'est interrompue et m'a regardé dans les yeux. «Certains ont raconté que c'était toi, c'est dingue, non?»

Lisette voulait croire ce qui l'arrangeait. J'ai secoué la tête. «Sacrément dingue.» Je me suis efforcé de sourire, comme si je le pensais vraiment.

L'après-midi, j'ai téléphoné à Dorothy pour lui dire bonjour, mais elle n'était pas là. J'ai laissé un message. Elle ne m'a pas rappelé et j'en ai souffert.

J'ai appelé Joe et Gregor pour les inviter à venir boire un coup. Il fallait que je vive ma vie pendant que je respirais encore. Je voulais respirer, mais je demeurais figé dans l'attente d'être rattrapé par ce que j'avais fait et ce que je n'avais pas fait.

Ainsi va le monde. Joe et Gregor sont arrivés et, durant un moment, ils ont évité de trop m'observer. Puis Gregor s'est livré à un commentaire sur ma maigreur et m'a demandé si j'étais malade. Et quand il a estimé m'avoir fait assez boire, Joe a menacé de me couper ma queue de cheval.

On a continué à descendre des bières, et je leur ai raconté comment j'avais rencontré un vieux couple avec leurs petites-filles sur l'île d'Akimiski, comment une ourse polaire avait détruit mon campement, comment j'avais tué un orignal dans un endroit hanté au bord de la Rivière Fantôme. Et comment, avant, je m'étais enfui d'ici, en proie à la panique. Mes deux amis étaient suspendus à mes lèvres.

Ils n'attendaient que l'instant où j'avouerais être celui qui avait tiré sur Marius, mais j'étais un homme patient. Je voulais que ce soit l'un d'entre eux qui aborde le sujet le premier. Ça n'a pas pris longtemps.

« Tu as eu de la chance, toi, de ne pas être là quand Marius a reçu une balle dans la tête », a dit Joe en me dévisageant. J'ai soutenu son regard et il a fini par baisser les yeux.

« Et de la chance que tant de gens aient affirmé que tu étais déjà parti », a ajouté Gregor. Ces deux-là, ils ne me lâcheraient pas avant de savoir la vérité.

« Oui, sacrément de la chance, ai-je dit, tâchant d'afficher un sourire mystérieux. Où il en est ce salaud ? »

Ni l'un ni l'autre ne possédait d'informations récentes. Il devait bientôt revenir. Un cauchemar ambulant. Il lui manquait une partie de la tête, et c'étaient les bikers qui avaient fait le coup. Je les ai regardés boire, et ils n'ont pas cessé de me harceler parce que je ne les suivais plus.

Alors que le froid s'intensifiait, nous attendions que le premier casse-cou se risque en motoneige sur la mince couche de glace pour traverser le fleuve jusqu'à Moose Factory. En général, c'était l'un de ces cinglés de frères Etherington. On espérait que la rivière ne tarderait pas à geler complètement et que la neige ne serait pas trop épaisse, car sinon, elle se transformerait vite en gadoue. Nous voulions pouvoir emprunter bientôt cette voie en motoski, puis en voiture et en pick-up. Ceux qui pouvaient se permettre de payer soixante dollars l'aller et retour prenaient l'hélicoptère-taxi.

J'ai laissé deux nouveaux messages sur le répondeur de Dorothy, mais elle n'a toujours pas rappelé. Elle savait ce que j'avais fait. Je n'en doutais pas. Elle le savait de même que tout le monde le savait tout en feignant de l'ignorer. Je supposais qu'elle ne tenait pas à fréquenter quelqu'un comme moi.

Une ou deux fois par semaine, je me rendais en ville, et je sentais qu'on m'observait. Admirait-on ce que j'avais fait ? Peut-être me considérait-on plutôt comme un chien enragé. Quand je passais dans Sesame Street pour aller au Northern Store, des parents empoignaient leurs enfants pour les obliger à rentrer. J'étais un vieux chien obéissant mais malade qui représentait un danger pour les enfants. Ou bien me trompais-je ? Je ne savais pas. Toujours est-il qu'on ne me regardait plus comme avant, mais je ne désirais pas m'arrêter pour bavarder avec qui que ce soit. J'étais stigmatisé.

Dans ce cas, pourquoi tant de gens m'avaient-ils protégé jusqu'à affirmer que j'étais déjà parti quand on avait tiré sur Marius ? C'est la question qui m'empêchait désormais de dormir. D'autant que je me rendais compte qu'en raison de mes actes, j'avais perdu Dorothy.

Chaque jour qui passait, le souvenir de mes ennuis s'estompait. J'aurais dû en être heureux, et d'une certaine façon, je l'étais vaguement. Mais avec la venue du froid et des journées ensoleillées, je sentais au fond de moi que je n'en avais pas terminé.

Le mal rôdait encore, et il était là, non loin au milieu des arbres.

34

Depuis mon retour, je perçois une certaine sentimentalité en moi. Un certain changement. Je l'avoue à Gordon. Assis à côté d'une cabane à castors, nous faisons fondre de la neige sur un petit feu pour nous préparer une infusion d'aiguilles de mélèze. Constatant à son regard qu'il ne comprend pas, j'essaye de m'expliquer : « Je plains les castors que nous piégeons. » Ça a l'air idiot. Comme me le disait toujours oncle Will, ce sont les jeunes qui se font prendre en premier, et avec nos pièges judicieusement placés, nous capturons maintenant les jeunes adultes plus gros et aux fourrures plus épaisses qui doivent à leur tour s'aventurer hors de la hutte. Après, ce seront les parents, et pour finir, les grands-parents.

Gordon m'écoute avec attention. Notre infusion bue, il me demande par signes de l'emmener faire une promenade sur la motoneige.

Nous filons le long de la rivière et il m'indique de tourner sur un petit affluent. Un peu plus loin, il me tape sur l'épaule pour que je m'arrête. Je ne sais pas ce qu'il a en tête. Il descend et examine la berge. Je suis la direction de son regard. Une hutte repérable à la glace qui a fondu autour de l'ouverture sous la chaleur de la famille de castors. Gordon désigne un nouvel endroit en aval. Il tend les mains devant lui. Je ne comprends pas. Il les agite en l'air. De la fumée ? Un feu ?

Ça y est, je vois. La vapeur d'une autre hutte. Il veut me dire que les animaux abondent dans le coin.

« On piégera juste ceux dont on a besoin, dis-je. Nous n'en prendrons pas plus que nécessaire. Tu as raison. » Nous aussi, il faut bien qu'on vive.

Pour notre dîner, je vais mettre une queue de castor à griller sur les braises. C'est un mets de choix pour les gens d'ici. On verra, mon cher protecteur, si tu te montreras aussi philosophe quand je t'expliquerai qu'on ne doit laisser perdre aucune partie de l'animal. Tu apprends, cependant. Comme nous tous.

Ce soir, Gordon et moi avons loué quelques films. J'ai été étonnée de trouver un magnétoscope sous ta télé, encore dans son carton. Gordon a réussi à le brancher. Il est utile dans la maison pour ces choses-là, et je l'ai emmené chez Taska acheter ce qu'il fallait. Il y a une éternité que je n'ai pas regardé un film. Je ne me souviens même plus du dernier que j'ai vu.

Les lumières sont éteintes, et la lueur de la télé m'endort. Gordon et moi sommes allongés tête-bêche sur le canapé, les pieds sous une couverture. On a mangé des pâtes à la sauce de viande d'orignal. J'en ai trouvé un beau morceau dans ton congélateur. Tu as dû en tuer récemment.

Gordon, bien que tout mince, possède un solide appétit. Les pâtes terminées, il m'a jeté un regard pathétique, aussi je lui ai fait griller un bon steak d'orignal avec des oignons. J'aurais préféré le laisser mariner toute la nuit dans du vin rouge, mais Gordon l'a aimé comme ça. Cuisiner pour un homme qui aime ce que je prépare a quelque chose de sensuel. Deviendrais-je adulte ?

Comme film, j'ai choisi un thriller. Au bout de quelques minutes, je suis déjà perdue. La tête appuyée contre le bras du canapé, je regarde des hommes courir dans tous les sens et se poursuivre dans un chantier, accomplissant d'impossibles exploits sur des échafaudages ou des flèches de grues en mouvement. J'ai faim. Pas de nourriture, d'autre chose.

Sous la couverture, je caresse mon corps las. Gordon est fasciné par le film. Je suis toute courbatue après des journées passées à trapper. Le bout de mes seins durcit sous ma paume et je sens mes côtes saillantes. Mes mains descendent plus bas, sur mon ventre. Je suis en bien meilleure forme que je ne l'étais dans le sud.

Je glisse les doigts sous la ceinture lâche de mon jean. Je n'ai rien en dessous. Aurais-je tout prévu sans le savoir ? Je me caresse. Mes joues s'empourprent. Je ferme les yeux et j'écoute les hommes sur l'écran grogner et haleter.

Quand je me réveille, la pièce baigne dans la lumière bleutée que diffuse l'écran. Le film est fini. Dehors, il fait nuit. J'entends la respiration régulière de Gordon couché en sens inverse, collé contre moi. J'ai faim. Je meurs de faim. Je ne peux plus attendre.

Je glisse la tête sous la couverture et je me retourne pour que nos corps soient face à face, puis je rampe et, me redressant, j'embrasse ses genoux à travers son jean. Il remue un peu. Je lui remonte sa chemise sur le ventre tout en continuant à l'embrasser. Il a la peau chaude. Si chaude. J'ai peur qu'il me repousse. Je prends un repli de chair entre mes dents et je tire doucement. J'ai les mains autour de sa taille étroite, autour de ses hanches. Ne me repousse pas !

Il ne dort plus. Ne me repousse pas ! Je le sens, dur sous son jean. J'embrasse son ventre plat, je le lèche. Il est beau, mon Gordon. Il est beau maintenant qu'on lui a permis de l'être. Je l'embrasse et je le lèche. Je ne veux plus attendre. Il est tout à fait réveillé.

Je déboutonne son jean. S'il tente de me repousser, je lui cloue les bras avec les miens. Mais il me laisse lui baisser et lui retirer son pantalon. Il m'aide de son mieux.

Rampant de nouveau sur lui, je frotte ma joue contre son sexe dressé, puis ma langue. Il me caresse les cheveux et pose doucement les mains sur ma tête. Je le prends dans ma bouche. Je n'en peux plus.

Il m'attire vers lui. Je ne veux pas arrêter. Il m'attire encore.

Ne t'avise pas de me repousser !

Étendu sur le dos, il me tient à bout de bras. La force de cet homme si mince me stupéfie. Il me regarde dans la lumière bleue. Il sourit, puis me plaque contre lui et roule sur moi. Il m'arrache ma chemise. Mes cheveux me balayent le visage et j'éprouve une sensation de vertige. Il m'embrasse partout, emprisonne mes seins entre ses paumes. Il descend, m'enlève mon jean trop large sans même prendre la peine de le déboutonner.

C'est mon tour de lui caresser la tête cependant qu'il embrasse l'intérieur de mes cuisses. Le corps arqué, je noue mes jambes autour de sa taille. Je me mords les lèvres, je lui agrippe les cheveux. Je vais jouir. Viens, viens maintenant !

Il m'a entendue. Il est en moi et je le serre, je le serre dans mes bras. Je m'entortille autour de lui, je l'embrasse dans le cou, j'écrase ma bouche contre la sienne et je lui griffe le dos jusqu'à ce que je le sente trembler en moi. Alors, je bascule par-dessus le bord de l'abîme qui s'ouvre au-dedans de moi. Je crie sans même m'en rendre compte.

Je reste enroulée autour de lui. Je ne veux pas le lâcher. Il est couché sur moi, il me tient chaud.

Un peu plus tard, nous nous réveillons, et je l'embrasse sur la bouche. Je ne veux toujours pas le lâcher. Il frotte son ventre contre le mien, lentement, puis il est de nouveau en moi.

Je m'aperçois que je souris seulement lorsque le vent froid m'agace les dents. Sur mon skidoo, je file le long de la route de glace en direction de Moose Factory. Je ne devrais pas aller aussi vite, mais je trouve malgré tout le moyen de saluer de la main un couple que je croise et qui se rend à Moosonee. J'ai trop hâte de retrouver Gordon. Je vais lui sauter dessus dans la cuisine. Pourquoi avons-nous attendu si longtemps ? C'est incroyable. Mais d'abord, je compte passer à l'hôpital pour prendre des nouvelles de Will.

Au dernier étage, il règne une drôle d'atmosphère. Une agitation inhabituelle. La vieille *kookum* serait-elle morte ? Je jette un coup d'œil dans sa chambre, mais elle n'est pas là. Oh, non !

La porte de la chambre de mon oncle est ouverte. J'entends des murmures, un sanglot étouffé. Non ! Je suis venue te dire que j'étais amoureuse. Qu'il ne peut pas le formuler en paroles, mais que lui aussi, il m'aime. J'ai enfin trouvé le bonheur. Et même quelque chose de plus extraordinaire. Ne me fais pas ça !

Je m'avance sur le seuil. Eva est là, qui me tourne le dos. Je vois ses mains qui enlèvent les tubes de son nez. Maman est de l'autre côté du lit, elle s'accroche à Joe. Elle a les joues inondées de larmes. Joe a l'air heureux. Sale con. Tu étais censé être son meilleur ami. Je n'avais pas tort dans ma paranoïa. D'une façon ou d'une autre, tu es mêlé à cette histoire. J'entre.

« Annie ! » s'écrie ma mère. Elle pleure de plus belle. « Tu avais raison. »

Je fais quelques pas, les yeux rivés sur Joe. Il sourit, puis il regarde maman. Je vais l'étrangler.

Eva lève la tête. « Tiens, salut, Annie. Je suis à toi dans une seconde. » Concentrée sur sa tâche, elle affiche un visage sévère.

« Qu'est-ce qui se passe ? je demande. C'est fini, c'est ça ? »

Ma mère laisse échapper un petit cri. « Non ! Oh, non ! » Elle vient vers moi puis m'étreint. « Non. » Une image de mon enfance surgit, aveuglante. Un matin, à l'époque où je n'avais pratiquement pas encore de souvenirs, ma mère qui sanglote et me serre dans ses bras. Mon père l'a quittée, il est parti pour de bon.

« Dis-moi, je chuchote, la figure enfouie dans ses cheveux. Dis-le. »

Maman fait un pas en arrière pour pouvoir me regarder.

Dis-le.

Ma mère essuie ses pleurs. «Joe et moi, nous étions là, à discuter, et soudain ton oncle a levé les mains et les a agitées comme un pentecôtiste. Puis il a commencé à arracher ses tubes. Tu avais raison, Annie. Je croyais que tu me menais en bateau, mais tu avais raison.»

Deux heures plus tard, Gregor arrive à son tour, une bouteille de whisky planquée sous sa parka. «Parlez, braves gens, s'écrie-t-il avec son fort accent. Parlez ! Nous le guérissons par nos mots !» Joe et ma mère éclatent de rire. Gregor me tend la bouteille.

Je refuse d'un geste.

«Tu avais raison, Annie, dit-il. Nous l'avons guéri par nos paroles.»

Je regarde Will pour ne pas avoir à regarder Gregor.

«Tu es vraiment destinée à devenir celle qui guérit, reprend-il. Comme ce vieux Will l'a toujours affirmé.»

Je me sens gênée. Ce qu'il vient de dire me fait repenser à mes attaques. Je ne sais pas pourquoi j'associe l'idée de guérir à ces moments épouvantables. Cela a toujours été le cas. Est-ce parce que quand j'étais petite et que j'émergeais de ces crises si douloureuses, il y avait toujours un adulte penché au-dessus de moi, l'homme en qui j'avais confiance et qui me tenait dans ses bras en me chuchotant ces mots-là ?

Depuis que je suis rentrée je n'ai même pas senti planer la noire menace d'une crise. Rien depuis que tous ces événements se sont précipités.

Après une nouvelle heure consacrée à évoquer des souvenirs, je réalise que bientôt, je ne serai plus jamais seule avec toi dans cette chambre. La joie de maman est devenue plus sereine, tandis que Joe et Gregor, parlant plus fort qu'ils ne le devraient, continuent à faire circuler la bouteille qu'ils s'efforcent maladroitement de cacher chaque fois qu'Eva ou Sylvina passent la tête à l'intérieur.

Il n'est pas encore tiré d'affaire, les gars. Il a marqué un point, mais la partie est loin d'être gagnée.

J'ai encore tant de choses à te dire. Et si peu, aussi, quand je me laisse aller à trop réfléchir sur ce qui est arrivé. Je vais me fier à mon instinct, alors. Quand tout le monde sera parti, je te raconterai comment Gordon et moi sommes rentrés clandestinement au Canada, comment nous sommes restés quelques jours à Toronto, dormant dans le tipi de toile bleue sous la voie express Gardiner avec Inini Misko et ses deux vieilles bonnes femmes qui ronflaient à côté de nous. Je te raconterai comment Vieil-Homme m'a poussée à revenir sans tarder parce qu'on avait besoin de moi ici, et comment il m'a conseillé d'emmener Gordon parce que des dangers bien réels rôdaient toujours.

Par contre, je ne m'étendrai pas sur l'épreuve que les quinze heures de car jusqu'à Cochrane ont constituée. Ni sur le trajet à bord du *Little Bear* où je me suis cachée dans les toilettes du wagon pendant les six heures de voyage à destination de Moosonee pour ne pas avoir à discuter avec de vieux amis et ennemis ou à simplement les croiser.

Quant à ce que j'ai trouvé à mon retour, je n'ai pas besoin de te le raconter. Mon oncle, émacié comme un vieillard, la tête rasée et le corps hérissé de tubes et de fils, suspendu entre la vie et la mort dans l'hôpital au bord du fleuve, alors que je savais, quoique tu sois dans l'incapacité de parler, que tu te préparais à plonger dedans. Que tu étais prêt à partir.

35

Je suis arrivé dans un lieu étrange le long de cette route.
J'étais habitué au trajet, au genre de confort que me procure
un lent cheminement, jusqu'à ce que j'atteigne cet endroit.
Tout près, j'entends de l'eau couler, un courant violent, la
voix d'une grande rivière. Elle m'effraye, moi. Jamais encore
je n'avais éprouvé un sentiment d'une telle force. Il y a
quelque chose ici, au-delà du rideau d'épinettes noires. Je ne
vois rien, cependant. Je ne vois pas la rivière. Il faudrait que
je m'approche. Avec le bruit de l'eau qui cascade, j'ai
l'impression de me noyer. Près de la berge, elle babille
comme des voix d'enfants. J'ai envie de m'avancer, mais j'ai
peur.

Les regards quand je suis venu en ville voir Lisette, les
murmures que j'imaginais entendre derrière les portes
closes, les coups de téléphone bizarres de la part de gens
dont je n'avais plus eu de nouvelles depuis des années et qui
désiraient savoir comment j'allais, et puis le silence qui sui-
vait quand je répondais *très bien*, tout cela m'incitait à repartir dans la forêt.

Alors que décembre s'installait, j'ai posé deux lignes de trappe, l'une sur l'un de mes territoires préférés, l'autre sur un nouveau. J'ai fabriqué de simples caisses en bois que j'ai placées sur les épinettes, appâtées au moyen de morceaux d'oie ou de poisson. Les martres, attirées par l'odeur, grimpaient dans l'arbre, entraient dans la boîte pour l'explorer et déclenchaient le piège. Le véritable secret du trappeur, c'est de connaître la manière dont les animaux voyagent. Et pour le savoir, eh bien, il faut en quelque sorte être soi-même un animal.

J'avais cessé depuis longtemps de piéger les martres, mais le prix des fourrures valait de nouveau la peine que je m'y remette, et s'il y avait une chose dont j'avais besoin, c'était bien d'argent. L'hiver s'annonçait long et rigoureux, même ici, à la lisière de la ville. N'empêche que tous les matins en me réveillant, je me demandais si je ne perdais pas mon temps. J'avais été libéré d'un souci pour tomber dans un état de dépression lié au retour à mon ancien mode de vie. Au moins, maintenant que je ne risquais plus de me retrouver à court de cigarettes et d'alcool, je m'apercevais que je pouvais me passer de l'un et de l'autre.

Ma meilleure ligne de trappe, je l'ai établie près de ma minuscule cabane, à vingt minutes de motoneige de chez moi. Joe et Gregor venaient souvent les week-ends coucher dans les deux lits de camp à la chaleur du petit poêle à bois. Pour échapper à leur confortable existence, tous deux prétextaient vouloir m'aider dans les bois et faire des travaux d'hommes. En réalité, c'était surtout l'occasion pour eux de boire, de fumer et de bavarder. Comme ils le faisaient depuis toujours. Je dois reconnaître que j'appréciais leur compagnie.

Ici, dans la cabane et dans le silence du monde extérieur enfoui sous une épaisse couche de neige, tandis que la rivière traçait une balafre blanche parmi les arbres, j'ai trouvé quelque chose qui ressemblait à la paix. La menace qui planait au-dessus de moi s'estompait. Ce week-end-là, j'ai assez bu pour en parler à Joe et à Gregor. Je leur ai raconté que je craignais d'être hanté par quelque chose qui, né au bord de la Rivière Fantôme, m'avait suivi jusqu'ici. Quelque chose qui s'était glissé en moi. Peut-être que j'étais possédé.

« D'où je viens, a dit Gregor, on conclurait plutôt que tu as tendance à t'apitoyer sur ton sort. »

J'allais répliquer quand le rire de Joe m'a fait comprendre que Gregor plaisantait.

« C'est simple, Will, a dit Joe. Tu te sens coupable à cause de ce que tu as fait à Marius. » Il a bu une grande rasade de whisky-soda. « Moi, je crois qu'il est temps que tu avoues.

– Je n'ai rien à avouer, et vous ne savez rien », ai-je affirmé. Les bûches dans le poêle ont craqué. « Allez, assez traîné, bande de feignants. Il y a des pièges à relever. »

Alors que, assis sur nos chaises, nous enfilions nos bottes et nos parkas, j'ai entendu le bruit d'une motoneige non loin de la piste, pareil au bourdonnement d'un moustique. Mon pouls s'est aussitôt accéléré au point que j'avais du mal à contrôler ma respiration. J'étais transi de peur, et le grondement du moteur enflait dans ma tête, noyant les paroles de mes deux amis. Mon fusil se trouvait à quelques pas de moi, appuyé contre le mur près de la porte, mais j'avais les bras qui pesaient des tonnes. Était-ce le bourdonnement que j'attendais ? Celui que je redoutais depuis si longtemps ?

Mes yeux se sont posés sur Joe et Gregor qui, maintenant plantés devant moi, m'observaient. Leurs lèvres remuaient, mais je ne distinguais pas ce qu'ils disaient. Ils ont échangé un regard, puis ils ont reporté sur moi leur attention. Le gémissement du moteur était tout proche. Gregor a ouvert la porte et s'est avancé sur la véranda. Je voulais lui crier de rentrer, d'empoigner sa carabine. La bête était là. Me lançant un coup d'œil interrogateur, Joe a tendu la main vers moi.

La motoneige était devant la porte, moteur tournant au ralenti, et les secondes s'égrenaient. Mon cœur menaçait d'exploser. Le sang me battait les tempes au rythme du moteur qu'un piston défectueux faisait tousser. Retenant mon souffle, j'attendais.

Et puis le silence, brisé un instant plus tard par la voix forte de Joe : « Will, ça va ? » Son visage tout près du mien m'a ramené à la réalité. J'ai saisi sa main et il m'a aidé à me mettre debout. Je tremblais.

Gregor a fait irruption à l'intérieur. « Tu as de la visite », a-t-il annoncé. Il s'est écarté pour laisser entrer mon demi-frère, le vieil Antoine, qui souriait sous sa toque en fourrure de castor, sa moustache clairsemée blanche de givre.

J'ai salué Antoine d'un signe de tête et il m'a adressé son sourire édenté. « Sacrément froid pour décembre, a-t-il dit en anglais par égard envers mes deux amis.

– Tu as bouffé du phoque, ou c'est simplement du givre que tu as autour de la bouche ? » lui ai-je demandé.

Nous sommes sortis tous les quatre admirer le skidoo d'Antoine, une machine presque aussi vieille que lui, minuscule comparée aux engins profilés d'aujourd'hui, un petit deux-cylindres qui devait atteindre tout au plus les trente kilomètres à l'heure et dont le pare-brise était cassé et le capot rafistolé avec du ruban adhésif. Il tirait un traîneau de bois ne contenant que le strict nécessaire. « Tu es venu de Peawanuck là-dessus ? » me suis-je étonné.

Il a acquiescé, une lueur de fierté dans le regard. « Trop vieux, moi, pour aller si loin en raquettes maintenant. »

J'ai offert une cigarette à Antoine. Il l'a acceptée, l'air de vouloir ajouter quelque chose. Je savais qu'en présence des deux autres, il ne parlerait que si on l'interrogeait. Il était timide, lui. Il avait l'habitude d'être seul.

Tirant une flasque de whisky de la poche de ma parka, j'ai bu une lampée avant de la passer autour de moi. Aujourd'hui, je comptais relever mes pièges à castors autour de quelques huttes non loin d'ici, ou voir si j'avais pris des martres. Nous irions tous ensemble. La nuit ne tomberait pas avant deux ou trois heures.

« Comment tu as fait pour me trouver ? ai-je demandé à Antoine.

– Lisette, a-t-il répondu.

– Tu vas rester un peu dans le coin ? » À la pensée d'avoir près de moi une présence aussi agréable, j'ai senti une chaleur que je n'avais pas éprouvée depuis longtemps. « Northern Store paye près de cent dollars par fourrure de martre.

– Ma maison a brûlé là-bas, a dit Antoine, le regard tourné vers les arbres. J'ai tout perdu. Mais je n'avais pas grand-chose.

– Passe donc l'hiver avec moi. » Il me raconterait ça plus tard.

Il a examiné ma cabane de trappe, puis il a eu un petit geste du menton. J'ai compris et hoché la tête. « Je viendrai quelques jours par semaine te tenir compagnie. Tu viens avec nous, visiter les pièges ? »

Il a fait signe que non. « Je vais me réchauffer ici. »

Le premier piège contenait une grosse martre. Elle s'était enroulée autour et étranglée. Ses babines étaient retroussées dans sa tête massive, dévoilant ses dents acérées. Je me suis dit que j'allais gagner de l'argent cet hiver. L'animal, long et mince, à la fourrure épaisse d'une teinte brun foncé, était raidi par le gel. Les autres pièges étaient vides, et mon optimisme a fondu. Plus loin, nous avons trouvé une deuxième martre. J'ai réappâté et réinstallé les boîtes. On avait encore le temps d'aller voir une hutte à castors.

J'ai repris mon skidoo et Gregor et Joe m'ont suivi. Arrivé à l'étang, j'ai coupé le moteur puis je suis allé prendre ma hache dans le traîneau. Sur la glace au-dessus de l'eau peu profonde, près d'une rangée de bouleaux tout rongés, on distinguait la bosse que formait la hutte recouverte de neige.

Après avoir déblayé la neige, j'ai cassé la glace autour du bâton planté dans la boue afin de le libérer, puis je l'ai retiré. Il était lourd. Le piège a émergé de l'eau noire. Il s'était refermé sur un jeune adulte dont il avait brisé net l'échine, si bien que le castor n'était pas mort paniqué à la perspective de se noyer. Antoine ne manquerait pas d'apprécier la belle fourrure de cet animal encore assez jeune pour avoir de surcroît une chair délicieuse. Ce soir, on ferait rôtir sa queue dans le feu et on mangerait la graisse et les muscles en prévision de l'hiver qui approchait. Antoine ne laisserait rien perdre du castor et il le dépouillerait avec soin pour ne pas endommager sa peau. Je la lui donnerais pour qu'il la vende au Northern Store, et il en tirerait au moins assez pour remplir la moitié du réservoir de son petit engin.

Un peu plus tard, après que Joe et Gregor furent repartis à Moosonee sur leurs motoneiges, j'ai décidé d'y retourner également pour quelque temps. J'avais passé deux jours agréables en compagnie d'Antoine. Il était ravi de parcourir la forêt avec moi, de m'aider à construire des pièges et à établir une plus vaste ligne de trappe. Dans un Cree entrecoupé de rares mots d'anglais, il m'a fait petit à petit le récit des événements intervenus cet automne, si bien que le matin de mon départ, je savais tout. Il n'était pour rien dans l'incendie de sa maison. La cheminée d'un voisin crachait des braises parce que le registre du fourneau qui avait explosé des années auparavant n'avait jamais été remplacé, et elles avaient mis le feu à son toit. Alors qu'il allait s'effondrer, Antoine s'était réveillé et s'était précipité dehors, à peine vêtu. La communauté lui avait donné des vêtements et des outils, et un de ses vieux amis sur le point de mourir lui avait fait cadeau de sa vieille motoski. Antoine pensait qu'il était temps de reprendre la piste.

« Moi aussi, j'ai quelque chose pour toi », ai-je dit tandis que, devant la cabane, le moteur de mon skidoo chauffait. J'ai sorti de sous ma couchette le fusil de notre père enveloppé dans la couverture. « Certains cadeaux peuvent être un fardeau, mais celui-là, tu en auras besoin pendant que tu seras seul ici. »

Antoine l'a mis sur le lit, a défait la corde enroulée autour et soulevé avec précaution la couverture protégeant l'arme huilée. Après l'avoir admirée un instant, il l'a soigneusement soupesée, puis épaulée. Il souriait. « Moi, a-t-il dit. J'ai toujours su que tu l'avais. »

Il a reposé le fusil sur le lit. De sous ma couchette, j'ai alors tiré le sac de toile contenant les deux chargeurs et les balles. « Tout est là, ai-je dit. Tu en as assez pour un moment, mais le viseur est faussé. Il faudrait le régler. Mon ami Gregor pourra sans doute te procurer d'autres munitions. »

On s'est regardés en souriant.

« Tu devrais tuer un orignal avec, ai-je repris. Pour que toute la famille ait de quoi manger. »

Il ne faisait pas un temps de saison. Noël approchait et il régnait déjà un froid de février, un froid si mordant que tout au long du trajet jusque chez moi, j'ai eu l'impression d'avoir le visage en feu.

Le voyant de mon répondeur clignotait, un cadeau que tu m'avais fait, Annie, il y a une dizaine d'années, quand tu désirais si fort connaître les mystères de la forêt et que tu te plaignais de ne jamais arriver à me joindre. Tu avais acheté cet appareil avec l'argent que te rapportaient quelques four-rures de lapins dont tu vendais en outre, en échange d'un peu de monnaie, la viande aux anciens qui étaient fiers de voir que tu essayais de maintenir les traditions.

J'ai appuyé sur le bouton, et la voix de Dorothy a résonné dans la pièce et m'a aussitôt réchauffé. *Will, c'est moi. Oh mon dieu, je viens juste d'apprendre que tu étais de retour. Moi aussi. J'étais à Timmins avec ma fille pour l'inscrire au Northern College. Appelle-moi.* Une pause. *Tu m'as manqué.*

En bottes et parka, je me suis assis sur le canapé. La neige fondait et une flaque s'étalait à mes pieds. Les mains croisées derrière la nuque, j'ai renversé la tête sur le dossier. J'avais un sourire si large que je craignais qu'il me fende la bouche. Elle était partie. Comme moi. Aussi simple que ça.

Je lui avais manqué. Je viendrai bientôt te voir, Dorothy. Quelque chose comme un cri a jailli de ma poitrine.

Même si le fleuve n'avait pas été entièrement pris par les glaces, je l'aurais traversé sur ma motoneige. La poignée des gaz à fond, j'aurais volé au-dessus de la mince pellicule. Je regrettais de ne pas avoir été le premier à me risquer dessus cette année, de ne pas avoir coiffé les frères Etherington au poteau. Tout cela pour toi, Dorothy.

Mais le fleuve était gelé, et la route de glace était sûre. La nuit tombait quand j'ai enfin pu me mettre en route. Le vent dans la figure, la toque en castor enfoncée sur la tête, je filais, rebondissant sur la glace qui faisait comme de la tôle ondulée. Dès que la couche aurait épaissi, les voitures et les pick-up l'emprunteraient à leur tour, et les chasse-neige l'aplaniraient.

La chaleur de Dorothy. Lorsque j'ai enlevé ma parka, ma maigreur lui a causé un choc, et elle m'a caressé les cheveux, plus longtemps qu'on ne me les avait caressés depuis des années, des cheveux devenus tout gris.

« Tu as l'air… tu as l'air différent. » On s'est embrassés, le baiser le plus simple, le plus passionné dont je me souvienne. Tout était oublié. Tout, mes nièces, et j'ai cru voir ma femme qui souriait, qui approuvait d'un hochement de tête avant de s'éloigner de moi, de nous deux, sachant qu'elle et moi, nous nous retrouverions dans l'avenir.

La table était mise, les casseroles sur le poêle mijotaient, et les visages de ses enfants sur le manteau de la cheminée semblaient briller tandis que Dorothy me conduisait par la main vers sa chambre. Elle ne l'avait pas projeté. Je le sentais à sa main qui tremblait dans la mienne. Nous l'avions peut-être l'un et l'autre rêvé, mais ni elle ni moi ne pensions vraiment que cela pourrait nous arriver de nouveau. Nous arriver de cette manière. Avec autant de naturel. Je le percevais dans le contact de nos deux paumes.

Nous nous sommes défaits de ce qui nous couvrait avec des gestes maladroits, butant sur les boutons, les agrafes, jusqu'à ce que, pouffant de rire, on se mette à tirer et à déchirer avant de tomber sur le lit et de laisser nos doigts, nos bouches tout explorer. Tout.

«Je te veux à moi», a-t-elle murmuré. Alors, sans l'ombre d'une inquiétude ou d'un sentiment de culpabilité, je me suis donné à elle.

Ensuite, étendus l'un à côté de l'autre, nous avons parlé. Je lui ai raconté mon départ en avion, mon séjour sur l'île d'Akimiski, la chasse, la rencontre avec le vieux couple et leurs petites-filles, l'impression d'être hanté que j'avais ressentie au bord de la Rivière Fantôme, et enfin mon retour, à la limite de la panne de carburant. J'ai évité d'aborder les questions touchant aux raisons de mon départ, de même que d'autres auxquelles il me faudrait bien répondre un jour ou l'autre. Dorothy ne m'a pas bousculé. Nous nous sommes rhabillés pour aller manger, puis elle m'a de nouveau accueilli dans son lit encore chaud.

«Regarde, j'ai déniché ça à Timmins.» À la lumière de la lampe de chevet, elle m'a montré un épais volume.

Les yeux plissés, j'ai examiné la couverture. Un titre à propos de deux cents ans de poésie. «Tu n'as pas l'intention de me lire tout ça, j'espère!

– Non. Peut-être juste quelques poèmes.

– Est-ce que je pourrai m'endormir au bout d'un moment, ou bien tu te fâcheras contre moi?

– Tu peux dormir, Will. Je vais simplement te lire mes préférés et les laisser hanter tes rêves. »

Les mains croisées derrière la tête, je me suis rallongé, prêt à subir ma punition. Dorothy a commencé, mais elle a semblé mal à l'aise, aussi lui ai-je dit de faire comme si elle lisait pour elle-même. Elle a continué, lisant certains poèmes jusqu'au bout, s'arrêtant lorsque d'autres la déroutaient ou l'ennuyaient.

Elle a récité des poèmes d'un dénommé Blake, et petit à petit, je me suis mis à les apprécier. Il m'est apparu soudain que mon univers avait un côté idéal. Mon univers, à cet instant, alors que j'étais couché auprès de Dorothy, me procurait pour la première fois un sentiment de complétude. Dorothy lisait à voix haute une histoire de bêtes à l'affût, de tigres aux yeux de braise, de vers qui, devenus invisibles, volaient dans la nuit. Je me noyais dans sa voix. Je me prenais même à croire que je pourrais comprendre ce que signifiait toute cette poésie. Des bêtes, des étoiles et des bateaux défilaient devant mes yeux mi-clos cependant que j'écoutais Dorothy, et chaque fois qu'elle s'interrompait, je lui caressais la main pour qu'elle continue et pour lui faire savoir que je ne dormais pas.

À un moment, les mots m'ont emporté si loin que je suis entré dans un autre monde, un monde qui se trouvait juste au-delà de mon oreiller, et j'ai pénétré plus profondément en lui jusqu'à m'y perdre. Je sortais de la chambre puis de la maison et je m'enfonçais dans les bois pour arriver au bord d'un ruisseau, mais le feuillage des arbres sur les berges était épais, pareil à une jungle. Devant moi se dressait le squelette de la baleine sur lequel jouaient deux enfants comme sur une cage à poules. Je savais que les tigres, cachés dans la forêt, s'apprêtaient à bondir. J'ai regardé le ciel. Le soleil brillait mais une ombre est passée lentement dessus jusqu'à l'envahir tout entier et qu'il fasse nuit noire en plein milieu de la journée.

Je percevais les battements d'ailes d'une phalène contre l'écran-moustiquaire de la porte de chez Dorothy. Je désirais me lever et ouvrir pour laisser sortir le papillon de nuit qui faisait tant de bruit qu'il devait être énorme. Je désirais laisser sortir de ma tête ce papillon de nuit géant dont les ailes chatouillaient l'intérieur de mon crâne. Je me suis levé pour ouvrir la porte et je me suis retrouvé assis sur un lit dans une chambre plongée dans l'obscurité, un lit qui n'était pas le mien. J'ai eu envie de hurler en m'apercevant que non seulement le papillon de nuit voulait que je le libère, mais qu'il voulait aussi m'entraîner avec lui.

Raide comme un piquet, agrippé aux draps, j'ai commencé à me détendre seulement quand j'ai réalisé où j'étais et qui dormait à côté de moi, la respiration régulière. Au souvenir de ce que j'avais éprouvé peu de temps auparavant, le sentiment d'avoir enfin trouvé ma place et quelque chose qui ressemble au bonheur, j'ai reposé ma tête sur l'oreiller, puis j'ai caressé Dorothy et je l'ai réveillée sous mes baisers.

36

Ce matin de bonne heure, venant te rendre visite avant que les autres arrivent, j'entends une voix que je ne connais pas. Je reste dans le couloir pour écouter. Une voix de femme. On dirait qu'elle récite de la poésie. À moins qu'il s'agisse d'une cinglée qui divague. Je jette un coup d'œil à l'intérieur. C'est Dorothy Blueboy. Eva m'a appris qu'elle passait souvent. Dis donc, mon oncle, tu as une petite amie dont tu ne m'as jamais parlé ?

Je m'apprête à m'éloigner sur la pointe des pieds quand elle lève la tête et me voit. Elle me sourit. Elle est jolie. Vieux séducteur ! Maintenant, je suis obligée d'entrer. « Bonjour », dis-je.

Assise à ton chevet, elle te tient la main. Elle pose sur ton ventre le livre qu'elle lisait. Un geste intime. Protecteur. Son sourire est néanmoins chaleureux. « Bonjour, Annie », dit-elle.

Je tire une chaise et je m'installe en face d'elle. Je tourne le dos à la porte, ce que je n'aime pas. « Qu'est-ce que vous lui lisiez ? je demande.

– Oh, des poèmes de William Blake. »

Le nom ne me dit rien. Je ne suis pas une fan de poésie.

« Ça s'appelle *Chants d'innocence et d'expérience*, précise Dorothy. Ton oncle Will est devenu un grand amateur de Blake. »

Toi, un amateur de poésie ? Décidément, le monde ne tourne plus rond depuis mon séjour dans le Sud. J'apprécie que Dorothy ne parle pas de toi au passé. « C'est drôle qu'on ne se soit pas rencontrées plus tôt, dis-je. Eva m'a dit que vous veniez souvent le voir.

– Oui, c'est vrai. Toi et moi n'avons sans doute pas les mêmes horaires. »

Nous observons un long silence gêné jusqu'à ce que nous prenions la parole en même temps, ce qui nous fait rire. « Vous d'abord, dis-je.

– C'est une bonne nouvelle que Will ait manifesté des signes », dit-elle.

Nous restons de nouveau silencieuses. L'espace entre nous, avec toi au milieu, semble vibrer sous l'effet d'une tension passagère.

« Je vais vous laisser seuls, finis-je par dire. Je ne voulais pas vous déranger.

– Pas question », réplique Dorothy.

Mais je suis déjà debout et je ramasse ma parka que j'avais posée par terre. « De toute façon, j'ai des courses à faire, dis-je. À tout à l'heure. »

Je ne voulais pas être impolie, mon oncle, je t'assure. Je me sentais simplement mal à l'aise. J'étais trop habituée aux nuits où nous étions en tête à tête. On t'aime beaucoup, ici, et c'est une excellente chose. Je vais peut-être voir si je peux revenir le soir.

Alors que j'attends l'ascenseur, j'entends un cri en provenance de la chambre. Je me précipite. Dorothy appelle l'infirmière, le médecin.

J'arrive la première et Sylvina aussitôt après. Mon oncle est en proie à des convulsions. Dorothy est debout à côté de lui, frappée d'horreur. Il serre les poings, bave et crache des mucosités.

Sylvina m'écarte et se penche pour le tenir, pour l'empêcher d'arracher les tubes et les perfusions. Elle lui applique deux doigts sur le cou, puis elle plaque les mains sur sa poitrine et appuie toutes les deux secondes. Les machines auxquelles il est relié émettent une série de bips affolés. Je fréquente assez les lieux pour savoir qu'il est victime d'un arrêt cardiaque.

Deux autres infirmières accourent. Je me recule pour les laisser faire. Le corps de mon oncle se tend. Dorothy traverse la chambre et s'accroche à moi. Nous pleurons dans les bras l'une de l'autre. Je t'ai brisé, mon oncle, avec ma jalousie et ma froideur.

« Ne dis pas ça », murmure Dorothy, me serrant contre elle.

Je ne m'étais pas rendu compte que je m'exprimais à voix haute.

Le Dr. Lam arrive à son tour et réclame le défibrillateur. Il vérifie rapidement les signes vitaux pendant que l'une des infirmières lui donne l'appareil. Un gémissement aigu me perce les tympans. Il provient de la machine à côté du lit de mon oncle, et il nous annonce à tous que son cœur a cessé de battre.

Sylvina remonte la chemise de mon oncle sur son torse pour que le Dr. Lam place les électrodes. « La blanche à droite, dit-il. Allez-y. »

Tout son corps s'arque comme sous la douleur. Un instant plus tard, le Dr. Lam renouvelle l'opération. J'étouffe un hurlement.

De faibles bips succèdent au gémissement. J'écoute attentivement. Nous écoutons tous. Le rythme n'est plus tout à fait aussi irrégulier.

«Maintenant, je dois vous demander de sortir», dit le Dr. Lam, toujours penché au-dessus de mon oncle. Il me faut un moment pour réaliser qu'il s'adresse à Dorothy et moi.

Je m'apprête à répliquer qu'il n'en est pas question, mais Dorothy m'entraîne doucement hors de la chambre. «Son état se stabilise, dit-elle. Laissons-les faire leur boulot.»

En bas, à la cafétéria, Dorothy et moi buvons un thé. Je regarde par la fenêtre la couche de neige qui atteint la hauteur de la vitre. Même si on a du mal à le croire en raison du froid qui sévit aujourd'hui, elle ne va pas tarder à fondre. Ensuite, ce sera la débâcle du fleuve. J'espère que cette année, je pourrai assister au spectacle depuis la berge.

Je me tourne vers Dorothy. Elle est pâle et elle a les traits tirés. C'est une femme mince. Elle m'évoque quelqu'un que je n'arrive pas à situer.

«Finalement, peut-être qu'il n'aime pas autant William Blake que je le pensais», dit-elle.

Je souris. «S'il vous plaît, plus de poésie, d'accord?» Nous rions.

On regarde les gens entrer et sortir. J'aperçois le *moshum*, le mari de la vieille femme qui n'était pas dans sa chambre l'autre jour. Il est assis, un goutte-à-goutte montant la garde à côté de lui, en face d'un homme qui doit être son fils et qui semble à peu près de l'âge d'oncle Will. Deux jolies petites filles, qui me rappellent Suzanne et moi, jouent à la poupée sur une longue table. Le *moshum* et son fils ne se parlent pas, mais ils donnent l'impression d'être bien ensemble. Je voudrais lui demander si sa femme est encore en vie. Je sais que je ne peux pas.

« Il est vraiment en train de mourir, hein ? » je demande. Comme tant de fois depuis un certain temps, la question m'a échappé.

Dorothy ne répond pas.

« Je veux savoir. »

Elle refuse toujours de répondre.

37

Je suis là, tout recroquevillé, non loin de la rivière, et mes pensées sont confuses. Je veux m'y rendre. Je ne veux pas. Elle m'appelle. Sa voix est comme un chant. Je ne crois pas que je devrais l'écouter. Elle babille au travers des épinettes. J'ai chaud. J'entends des voix familières bavarder au milieu du courant. Je connais ces voix. Cette voix. Je devrais aller vers la rivière. Vers les voix.

Le vent tourne et les branches des sapins craquent. Les voix ne viennent pas du tout de la rivière. Elles viennent du côté opposé.

Je suis couché dans la neige, sur le ventre, la joue droite enfoncée dans la neige, qui est en train de geler. Je tremble. Je sais que près de moi, Joe et Gregor, eux aussi allongés, ont le visage qui gèle de même. Nous avons peur. Tellement peur. Aujourd'hui, nous allons mourir. Dans un instant, nous allons mourir.

Étendu sur le dos non loin de la rivière, j'ai encore chaud, mais un changement de temps s'annonce. Je concentre mon attention sur l'entrelacs des branches qui se déploient au-dessus de moi, et je m'imagine sentir l'odeur de résine qu'elles dégagent. Je ne veux pas aller vers la rivière. Je veux rester encore un peu ici.

La rivière déborde pour venir à moi. Je n'ai plus chaud. Je ne veux pas entrer dans l'eau. J'ai trop froid. Je crache sur le flot qui enfle. Je m'agite dans tous les sens pour l'empêcher d'approcher.

Les voix qui tiennent le courant à distance, elles se taisent. Je frissonne. J'ai de plus en plus froid. J'ai froid comme est froide la Moose River par une nuit de février.

La rivière devrait être prise dans les glaces, mais elle passe par-dessus les berges gelées, et l'eau glaciale m'effleure. La marée, la marée qui monte deux fois par jour a dû la faire déborder. C'est la nature, et c'est logique.

Une chose que personne ne verra jamais. La foudre éclate. La foudre au cœur de l'hiver sur la baie James, cela n'existe pas. Pourtant, si. La foudre brûle le sol si près de moi que je la sens traverser mon corps.

L'eau glaciale m'entoure. Elle monte. Si la foudre frappe de nouveau, je serai électrocuté.

Continuant à monter, l'eau me soulève. Au grondement que je perçois, je sais qu'un éclair va encore jaillir.

Le coup de tonnerre projette mon corps en l'air. J'attends le moment où il va retomber dans l'eau pour être emporté par le courant.

La foudre, la douleur qu'elle me cause, produit un effet inattendu. Un effet logique. Elle chauffe l'eau si vite que le froid sur ma peau, le froid dans mes os commence à se dissiper. Comme si j'étais assis devant un feu après être resté trop longtemps dans la neige.

Je suis couché sur le ventre dans la neige. J'ai peur de la violence qui va suivre. Joe et Gregor sont couchés sur le ventre près de moi. La partie droite de leur visage doit être gelée elle aussi.

Gregor gémit. Il pleure, il suffoque. Je ne vois ni lui ni Joe, car j'ai le visage tourné de l'autre côté, mais je sais aux bruits étranglés qu'il a avalé de la neige. Saisi de spasmes, il se met à tousser. Marius, campé au-dessus de nous, nous ordonne de la fermer.

Le côté droit de ma figure gèle dans la neige. Je distingue le ski de la vieille motoneige d'Antoine. Il est parti en raquettes sur la piste d'un orignal. Au-delà du ski, j'aperçois la cicatrice blanche de la rivière au milieu des arbres noirs.

Des bottes crissent, s'arrêtent à quelques centimètres de mon visage. Elles sont beaucoup trop grandes pour l'homme qui les porte. Elles ne doivent pas être à lui. Il traîne les pieds plus qu'il ne les lève. Cet homme, il me flanque une trouille de tous les diables. Je regarde les traces qu'il a laissées dans la neige. Je regarde l'empreinte du talon, en forme de croissant en relief. Celui-là, je sais qu'il tue sans le moindre scrupule.

Je ne l'avais jamais vu. Quand Marius et lui ont surgi de derrière ma cabane, un fusil et un revolver pointés sur moi, j'ai eu le temps de le détailler avant qu'ils nous obligent à nous allonger dans la neige. Cet homme, je ne le connais pas. Il n'est pas très grand, mais il est massif avec quelque chose d'impitoyable. Il a dû faire beaucoup d'haltères en prison. Il porte de petites lunettes rondes qui, au premier abord, lui donnent un air plutôt intelligent.

Une de ses bottes noires se soulève. S'écrase sur le côté de mon visage. Un voile noir tombe devant mes yeux tandis que ma tête s'enfonce plus profondément dans la neige.

Près de moi, Joe murmure en Cree. Je crois l'entendre jurer. Son hurlement accompagne le choc sourd d'un objet dur contre la chair. Le hurlement se mue en gémissement. Je voudrais regarder mon ami, mais je suis trop effrayé. J'ai honte.

Marius est armé d'un fusil. Je ne le vois pas, mais je sais qu'il est braqué sur moi. Sa voix, quand il pose des questions, grimpe dans l'aigu. « Où est-elle, Will ? Dis-moi où elle se cache, cette salope. »

Il n'est pas normal. Je n'aurais pas dû lui tirer dessus. J'aurais dû mieux viser. Il parle vite, comme si un ressort au-dedans de lui était trop tendu. Ses phrases s'achèvent sur une note stridente insupportable. C'est ce qui me fait le plus peur.

« Où est-elle, Will ? Je vais te coller une balle dans la tête. Où est ta nièce ? Où est cette salope ? » On dirait qu'il sait qu'il doit s'arrêter mais qu'il en est incapable. La voix perçante, il parle comme un enfant surexcité. J'ai l'impression qu'il en a conscience et que cela le rend d'autant plus furieux. « Où est-elle, Will ? Où est-elle ? J'ai hâte de te mettre une balle dans la tête à toi aussi, Will. Où est Suzanne ? »

Je lui ai bousillé le cerveau. Ce n'est plus qu'une machine cassée. Je me rappelle avoir remarqué, quand il m'est tombé dessus par surprise, que le blanc de ses yeux était maintenant tout jaune.

Même si je savais où se trouve Suzanne, je ne le dirais pas à Marius et son copain. Pardonne-moi, Joe. Pardonne-moi, Gregor. J'ai bien l'impression qu'on a éclusé nos derniers whiskies-soda. Je ne trahirai pas les membres de ma famille. Voilà qui ne contribue pas à diminuer ma peur. Je vais mourir pour vous. J'ai froid.

471

Je m'efforce cependant d'évaluer nos chances. Puisqu'ils ont l'intention de nous tuer, autant essayer de me relever et de fuir. Je parviens à jeter un coup d'œil sur les arbres les plus proches. Je n'aurais pas parcouru la moitié de la distance que Marius me tirerait dans le dos. Mais je n'ai rien à perdre, n'est-ce pas? Est-ce qu'il ne vaudrait pas mieux mourir ainsi plutôt que d'être abattu comme un chien? À moins qu'il s'agisse seulement de menaces. Peut-être qu'ils bluffent. Je ne sais pas quoi faire.

Marius et l'homme aux petites lunettes ont l'air de se disputer. « C'est idiot, dit ce dernier. Tu n'es qu'un pauvre débile. Il faut les tuer. Tout de suite. »

Du coup, je prends ma décision. Je me soulève sur les mains. Ma joue gelée est trop douloureuse. Je me prépare à me redresser pour courir le plus vite possible. Je perçois la respiration lourde de Joe, tandis que Gregor pleure doucement. Avec d'infinies précautions, je tourne la tête vers eux. De Joe, je ne vois que le dos, mais je sais qu'il souffre. À travers ses larmes, Gregor a un regard suppliant. Je ne peux pas abandonner mes amis. Je ne peux pas m'enfuir et les laisser mourir. Quelque chose se durcit dans ma poitrine.

Je roule sur le flanc puis je m'assois dans la neige. Marius et son copain sont encore en train de se quereller. Marius a un fusil à orignal. J'aurais peut-être eu le temps d'atteindre les arbres et d'aller chercher de l'aide avant qu'ils s'en soient aperçus. Le type trapu aux lunettes rondes tient à la main un club de golf. Je me demande où il a bien pu se le procurer dans un endroit pareil.

Quand ils me voient assis, ils arrêtent de s'engueuler. Joe a tourné la tête vers moi et il marmonne dans la neige. Ses mots s'inscrivent en rouge sur le blanc. Il a le regard fixé sur moi. Il est en colère. Il a mal. Quant à Gregor, ses yeux expriment quelque chose d'impossible à décrire. Ils me supplient.

Je reporte mon attention sur Marius et son complice. Ils s'avancent vers moi. Le type aux lunettes brandit son club de golf et l'abat sur mon crâne qui explose, comme fendu par un fer rouge. Sous le coup de la douleur, je bascule en arrière.

« Attache-le », dit l'homme aux lunettes.

Marius et lui recommencent à se disputer. Des éclairs de souffrance dansent devant mes yeux, si bien que je dois les fermer. Marius réplique qu'il n'a pas de corde.

Lorsque je rouvre les paupières, je constate que Marius a posé son fusil contre la motoski d'Antoine tout près de moi et qu'il s'efforce de défaire un vieux sandow enroulé autour du dossier du siège. Je voudrais m'emparer de l'arme, mais mes bras refusent de m'obéir. Je tremble, et seul le côté gauche de mon visage est encore chaud. Marius se dresse au-dessus de moi. Hurlant, il me décoche un tel coup de pied dans la tête que le monde devient noir autour de moi.

Sous l'effet de la souffrance qui me transperce les mains, je reprends connaissance. Marius est toujours campé au-dessus de moi. Je suis sur le dos, les mains nues liées derrière moi, enfoncées dans la neige. J'ai l'impression qu'elles sont en feu. Je ne peux pas les bouger. Je sais ce qu'elles ont. Elles sont gelées.

Vu sous cet angle, Marius ne ressemble pas à la montagne de chair que je me rappelle. J'ai du mal à fixer mon regard sur lui. Je vois double, je pense. Il a le visage émacié. Il flotte dans son épais et luxueux blouson de motoneige. Je me concentre sur les poils noirs clairsemés de son petit bouc. Son crâne rasé a une drôle de forme.

De cette nouvelle voix suraiguë qui est la sienne, avec des phrases brèves qui déferlent par vagues, il crie : « Qu'est-ce que tu fais, Will ? Tu veux mourir tout de suite ? Où sont-elles ? Qu'est-ce que tu fais ? Je crois que je vais te buter maintenant. »

Il tient le fusil entre ses mains nues. Il règne un froid intense. Lui aussi, il doit avoir les doigts gelés. Il lève l'arme, la pointe sur mon visage.

De son club de golf, le type trapu aux petites lunettes écarte le canon du fusil. « Pas encore », dit-il.

J'essaye en vain de me rasseoir. Mon corps ne répond plus. Je continue néanmoins à essayer. Je soulève la tête, le torse, puis je retombe en arrière, et je recommence. Je m'obstine jusqu'à ce que j'arrive à me balancer pour profiter de l'élan acquis. Marius et son copain se moquent de moi. Je ne me suis jamais senti aussi impuissant. Sauf une fois, quand on m'a tout pris pour le jeter en cendres dans des cercueils.

Je sais que dans mon ample parka, je ressemble à un pauvre phoque échoué sur le rivage. Je continue à me balancer, et je réussis enfin à m'asseoir. Je m'attends à ce que Marius me shoote de nouveau dans la tête ou que son acolyte m'abatte son club sur le crâne mais, le dos tourné, ils ne s'occupent plus de moi.

« Quoi ? » C'est ma voix. Mes mains m'élancent à hurler. « Qu'est-ce que j'ai ? »

Ils ont recommencé à se quereller. Je ne pense pas qu'ils m'aient entendu.

Joe a les yeux fermés. Il geint. Gregor me dévisage. *Tue-les,* je m'imagine l'entendre murmurer.

Avec quoi ? Je hausse les épaules. Je n'ai rien.

Je porte mon regard vers la rivière qu'on distingue à travers les arbres. Il y a une hutte à castors dont la cheminée laisse échapper un nuage de vapeur. Je ne poserai pas de pièges autour. Je n'ai jamais prélevé plus que nécessaire. Là, à cet instant, j'aurais voulu qu'il existe dans le monde quelque chose comme une justice. Il y a longtemps, j'y croyais. Ces deux hommes qui s'engueulent vont nous assassiner, mes amis et moi, et s'il y avait une justice en ce monde, ils s'entretueraient.

Mon regard accroche un détail insolite près de la rivière. Une silhouette sombre, à peut-être quatre cents mètres. On dirait un orignal. Elle s'arrête, se fond dans le rideau d'épicéas. Ce serait bien ma chance qu'un orignal s'offre à moi en ce jour qui risque d'être mon dernier.

Du coin de l'œil, j'observe Marius et l'autre type. La discussion paraît s'envenimer. Ils sont pareils à des chiens enragés. Si je les regarde franchement, ils estimeront que je les provoque et ils me tailleront en pièces.

«La salope est ici, crie l'homme aux lunettes. Sa sœur me l'a dit. Ces fumiers mentent. On ne peut pas les tuer avant de savoir.»

Je reporte mon attention sur la silhouette dans les épinettes. Elle s'est déplacée et elle se tient immobile près d'un autre arbre. Elle nous observe. Je crois qu'ils m'ont brisé le crâne. J'ai horriblement mal. La silhouette n'est pas celle d'un orignal. Trop petite.

La voix stridente de Marius s'élève. Il parle d'argent. Il parle de Suzanne et de Gus : «Même si elle est à Moosonee, elle n'aura sûrement pas le fric.»

Cela déclenche la fureur de l'homme aux petites lunettes. « Ce n'est pas son fric ! hurle-t-il. C'est le mien ! C'est celui de l'organisation ! Et si on ne le récupère pas, toi et moi, on est morts. »

Ils poursuivent sur le même ton. Répondant à la question de Marius, l'inconnu affirme qu'il ignore où est Gus. Il prétend que ma nièce a volé l'argent et la marchandise à Gus, et que celui-ci s'est planqué. Je sais qu'il ment. D'une voix devenue plus forte, il tâche de convaincre Marius.

La silhouette sombre est maintenant toute proche de l'orée de la clairière. À moins de cent cinquante mètres de nous. C'est un homme. Il est accroupi. Il a quelque chose entre les mains.

C'est Antoine, et il tient le fusil de notre père.

Mon cerveau s'enclenche. Je dois réfléchir vite. Mes mains palpitent. Au moins, elles ne me brûlent plus, mais si jamais elles dégèlent, je vais hurler de douleur. Malgré le froid, je sens que j'ai le côté droit de la tête enflé à l'endroit où le type aux lunettes m'a frappé avec son club de golf et où Marius m'a filé des coups de pied. Réfléchis ! Mes pensées s'égarent. Réfléchis !

Il ne faut pas qu'on repère Antoine. Il faut que je lui fasse comprendre que ces hommes sont sur le point de nous tuer.

« Hé ! je crie. Ma nièce n'est pas une voleuse. »

Ils se tournent vers moi et me lancent des regards furieux.

Je reprends : « Marius, il te raconte des histoires et tu le sais parfaitement. Il connaît la vérité au sujet de ton frère. »

Brandissant son club des deux mains, l'inconnu s'avance à

grandes enjambées et se plante devant moi. Je ferme les yeux dans l'attente du coup.

« Alors, tu te décides ? » C'est la voix de Marius. Il est excité. Comme rien ne se passe, je rouvre les paupières. « Alors, tu lui fracasses le crâne ? » Marius s'avance à son tour, le fusil braqué sur moi. « Non, attends, dit-il. Pas encore. Tu l'as dit toi-même. »

Je dresse la tête, évitant de les regarder dans les yeux.

« Qu'est-ce que tu veux dire, Will ? me demande Marius. Tu prétends qu'il ment ? »

L'homme aux lunettes se penche et m'empoigne par les revers de ma parka pour me relever. « On va jouer à un petit jeu », dit-il.

Mes pensées sont brumeuses, tandis que des éclairs de souffrance me vrillent le crâne. Réfléchis ! « Oui, il ment à propos de Gus, dis-je. Tu l'entends à sa voix quand il cherche à te convaincre.

– Des conneries », réplique l'intéressé. Il me secoue. Ce fumier est costaud. Il me remet debout. « Sale enculé d'Indien », crache-t-il. J'ai les jambes qui flageolent.

Il sait que je sais. Il se tourne vers Marius. « Il essaye de nous monter l'un contre l'autre. » Puis il s'adresse à moi : « Tu veux jouer à un petit jeu ? » répète-t-il.

Il se tourne de nouveau vers Marius : « On va descendre ces trois-là et enfouir leurs cadavres sous la neige. » Il me regarde. J'ai la certitude qu'il ment, mais pas pour ce qu'il vient de dire. Je vais tomber. Mes jambes ne me portent plus. « J'aurai moins de mal à obtenir des informations de la part de ta sœur. » Il sourit. « Tu vois, je n'ai rien à perdre. » Il ouvre ses mains, dont celle qui tient le club, protégées par des moufles aux couleurs vives, comme s'il voulait montrer qu'il n'était pas armé. Je chancelle et je m'écroule dans la neige.

« Laisse-le moi, dit Marius.

– Non, celui-là est à moi », dit l'homme aux lunettes. Marius semble près d'exploser. « Pas question ! Il faut que ce soit moi. »

Ils recommencent à se quereller. Je les regarde se chamailler comme des gamins pour savoir lequel des deux va me tuer.

Je regarde Marius. Il sourit. Je plante mes yeux dans les siens dont le blanc a viré au jaune. Il doit lire dans mon expression quelque chose qui ne lui plaît pas.

« Attends, dit-il. Je tiens à lui mettre une balle à l'endroit où lui-même m'a touché. »

Je tremble de tout mon corps. Je sens vraiment le froid. Il vient se placer derrière moi et pointe de nouveau son arme.

« Attention, espèce d'abruti ! s'écrie le type aux petites lunettes. Tu vas me tirer dessus. » Il s'écarte de la ligne de tir de Marius et empoigne son club.

« Non, dis-je dans un murmure. Non. »

Il s'apprête à me taper dans la tête comme s'il frappait une balle de golf.

Gregor sanglote.

« Ne faites pas ça ! » crie Joe.

Je garde les yeux ouverts. Je ne les fermerai pas. J'entends la déflagration lointaine d'un fusil. Marius s'effondre dans la neige à côté de moi avec un choc sourd. C'est le dernier bruit qui me parvient avant que le club s'abatte et que le ciel devienne d'un blanc éblouissant.

J'ai les yeux ouverts. Je me suis contraint à les ouvrir, et c'est la chose la plus difficile au monde. Les yeux de Marius aussi sont ouverts. Nous gisons côte à côte, et nous nous dévisageons. Je veux tourner la tête pour regarder ailleurs, mais je n'y parviens pas. Le noir engloutit la neige tout autour de Marius. Je comprends que c'est du sang. Mes yeux ne voient plus les couleurs. Une force en moi m'oblige à fermer les paupières. Je tente de la combattre, mais c'est comme lutter contre un sommeil irrépressible.

Marius ouvre la bouche pour me dire quelque chose. Au lieu de mots, c'est du sang qui en jaillit et macule la neige entre nous. Nous nous regardons dans les yeux. Je sais qu'il va mourir. Et il sait que moi aussi, je vais mourir. Je le regarde dans les yeux. Il me regarde dans les yeux. Je veux ouvrir la bouche, mais il n'y a rien à faire. Je veux lui dire que mon père et son *moshum* Elijah étaient autrefois des amis et que c'est triste d'en être arrivés là.

La lumière s'éteint dans les yeux de Marius. Je le regarde cependant que la nuit se referme sur moi.

Avant que les ténèbres n'aient tout envahi, je vois que l'inconnu est tombé en travers de Joe. Ses lunettes rondes gisent dans la neige à côté de lui. Je n'entends plus rien. Je regarde un film muet au ralenti. L'homme est mort et Joe essaye de se dégager. La neige tout autour est tachée de sang. Des flaques noires sur le manteau blanc.

Je n'ai plus de raisons de résister. Je peux dormir à présent. Mes amis, mes nièces, ma sœur, ils ne risquent plus rien. Je ferme les yeux.

Maintenant que je suis au bord de cette rivière, je comprends enfin comment je suis venu là. Je peux l'exprimer par des mots. Sous le courant, je perçois le babil des voix. Ce sont celles des membres de ma famille et de mes amis. Ils parlent avec excitation. Ils sont heureux. Bien que le côté droit de mon visage me procure encore l'impression d'être gelé, j'ai de nouveau chaud. Le bruit de la rivière est agréable, et le soleil qui filtre au travers des épinettes m'endort. Je veux aller vers les voix que j'entends. Mais d'abord, il faut que je me repose. Que je reprenne des forces. Je vais tâcher de ne pas dormir, ou peut-être juste de somnoler un peu. Je dois recouvrer des forces pour entreprendre la longue marche. Ne tombe pas dans un profond sommeil. Rien qu'une petite sieste.

38

Nous nous donnons l'un à l'autre, et je me consume. C'est ce que je pense lorsque je suis loin de lui, et lorsque je suis près de lui, nous nous comportons, lui et moi, comme des affamés.

Une petite voix en moi me murmure que je devrais me sentir coupable. Que je devrais consacrer davantage de temps à mon oncle. Mais la raison vient à mon secours et me souffle que lui rendre visite une fois par jour est suffisant. Il manifeste par de nombreux signes qu'il renaît à la vie. Ses mains bougent de plus en plus souvent, et maman était là quand il a cligné des paupières. Le Dr. Lam nous dit que mon oncle lutte peut-être pour se réveiller, et nous nous sommes tous réunis – Joe et Gregor, maman et Dorothy – pour l'aider à reprendre connaissance grâce à nos bavardages. Quand j'arrive et que d'autres sont déjà là, j'ai pourtant l'impression d'assister plutôt à une veillée funèbre. Bien qu'ils ne l'avouent pas, je crois qu'ils viennent surtout te dire au revoir au cas où. Mon oncle, tu es en équilibre tout au bord du monde.

Être avec Gordon, c'est une forme de libération à laquelle j'aspirais. Aussi, je ne me sens pas coupable du plaisir qui fond sur moi pour me laisser épuisée et heureuse. Après nos épreuves, nous le méritons l'un comme l'autre.

Maman remarque le changement intervenu en nous. Elle sait, tout comme elle sait que le temps chaud arrive. Il est même déjà là. Le matin quand je me réveille, le ciel est couvert et la neige commence à ramollir. Chose étrange, le ciel gris apporte un soulagement après le ciel bleu de ces derniers mois, synonyme de froid mordant.

Maman, avec son côté indien, est contente pour nous. Elle nous prépare des plats de viande d'orignal ou de caribou, passe des heures à nous faire des soupes consistantes et de la bannique maison, nous pressant de manger pour reprendre des forces. Jamais elle ne dirait les choses directement, mais elle sait que nous avons besoin de reprendre des forces.

Et c'est son côté catholique qui parle quand Gordon n'est pas là. Elle dit qu'une jeune fille et un jeune homme qui vivent ensemble hors des liens du mariage donnent une mauvaise image. « On jase en ville, Annie. Tu sais comment sont les gens. Ce n'est pas bien. Il est peut-être temps que vous songiez au mariage. »

Mon dieu, voilà bien le meilleur moyen d'étouffer la passion. Si on ne fait pas attention, un seul mot peut suffire. « Laisse-les jaser, maman », dis-je. Qu'ils croassent comme des corbeaux, qu'ils brament comme des orignaux si ça leur chante. Qu'ils bavassent dans leurs cuisines ou dans les rayons du Northern Store. Je ne permettrai pas à une poignée de bigots de détruire ce que nous avons construit. Petit à petit, l'hiver cède la place au printemps, et on n'entrave pas la marche de la nature.

Dès que le téléphone sonne, je sais que c'est elle. Je me prépare au choc. J'attends cet appel depuis deux mois.

« Salut, Annie », dit Eva.

Je garde le silence. Je retiens ma respiration.

« Tu es là, Annie ? » Sa voix est trop normale. Ce n'est pas le coup de fil que j'espérais et redoutais à la fois.

« Ouais, je suis là. Qu'est-ce qu'il y a ?

– Pas grand-chose, répond Eva. Je voulais juste te dire bonjour.

– Eh bien, bonjour. » Qu'est-ce que c'est que ces salades ?

« Ouais, je voulais juste te dire bonjour et te dire de ramener ton cul aussi vite que possible.

– Quoi ? Qu'est-ce qui ne va pas ?

– Je lui faisais sa toilette à l'éponge, et ce vieux cochon s'est réveillé. Il souriait, Annie ! » Elle avait le souffle coupé par l'excitation. « Je sais que je devrais me montrer un peu plus professionnelle.

– Quoi ? Qu'est-ce que tu me racontes ?

– Je le lavais et j'ai constaté qu'il avait une énorme érection, et voilà qu'il ouvre les yeux, sourit et m'appelle Dorothy ! » Les mots se bousculent sur ses lèvres. « Il m'appelle Dorothy et il me dit que j'ai grossi mais qu'il s'en fiche. Et il souriait, Annie ! Il parlait comme s'il ne venait pas de passer des semaines dans le coma. »

Oh, putain ! « J'arrive ! je m'écrie.

– Attends, attends, me freine Eva. Maintenant, tu es au courant. Il avait quand même du mal à articuler. Il s'est rendormi. Viens, mais sois prudente. La neige sur la route vire à la gadoue. Le mieux pour lui, c'est qu'il sente que sa famille est réunie à son chevet.

– Appelle ma mère, tu veux bien ? J'arrive aussi vite que possible. »

Gordon est derrière moi sur la motoneige. On file sur la rivière et j'accélère pour aborder un passage plein d'eau. Les bras noués autour de ma taille, Gordon s'accroche à moi. S'il n'était pas muet, il hurlerait sans doute. Près de Moose Factory, je constate que la marée monte et que le fleuve grossit. Il va bientôt déborder par-dessus les berges gelées. Des flaques couleur de tanin ont déjà envahi la route de glace. Un pick-up s'est embourbé, et ses roues patinent, projetant des gerbes de gadoue.

« Tiens-toi bien », je crie. Sous le poids de Gordon, l'avant de la machine se soulève et on glisse sur l'eau, mais la piste se transforme en marécage. La neige fondue jaillit sous les skis et je mets les gaz. On dérape, de l'eau asperge le pare-brise, inonde mon visage. Les yeux mi-clos, je sens un terrain plus solide sous le skidoo qui mord de nouveau la glace pour escalader la berge et foncer vers l'hôpital.

Je m'attendais à trouver la moitié de la ville dans la chambre de mon oncle, ou au moins maman et ses amis. Or, il n'y a personne, et oncle Will gît dans son lit, tout aussi immobile que ces derniers mois.

Qu'espérais-je ? Je sais exactement quoi. Je voulais le trouver assis à plaisanter et à me glisser à l'oreille de lui apporter en douce quelques bières en faisant bien attention que ma mère ne me voie pas. Je voulais qu'il m'adresse son sourire édenté et me demande de récupérer son bridge avant que Dorothy arrive.

Débarrassés de nos parkas, Gordon et moi, nous nous installons à côté de son lit. Je me sens bizarre, en partie parce que c'est la première fois que Gordon vient ici. Il te regarde comme si tu étais quelqu'un qu'il connaîtrait vaguement et dont il essayerait de se rappeler le nom. Je prends ta main dans la mienne. Gordon nous observe.

« Qu'est-ce que tu t'imagines ? je lui lance. Que je vais prononcer des formules magiques ? »

Il a envie de ricaner, mais vu mon ton, il préfère s'en dispenser.

Je n'ai plus d'histoires à te raconter, mon oncle. Tu veux que j'en invente ? Mais d'abord, si tu arrêtais de jouer les timides, que tu te réveilles pour de bon et que tu descendes de ce lit ridicule ?

Il s'écoule plus d'une demi-heure avant que quelqu'un entre, Eva en l'occurrence. Ma main qui tient celle de mon oncle transpire sous l'effet de la colère qui s'est emparée de moi.

Eva est essoufflée, et je sais qu'elle a eu une rude journée. Je vais tâcher de ne pas trop la bousculer. Elle s'approche de Gordon et lui donne un petit coup de poing sur le bras. « Sacrément drôle de te voir ici. Annie t'a sorti de ta cage pour la journée ? Pas de signes d'activité ? demande-t-elle, se tournant vers moi.

– Pas un putain de battement de cils. » Je serre ta main avant de me rendre compte que je te fais peut-être mal.

Eva a suivi le cours de mes pensées. « Écoute-moi, Annie, dit-elle. Aujourd'hui est à marquer d'une pierre blanche. Ton oncle fait partie du très petit nombre de patients qui se sont réveillés après un si long coma. »

C'est sa plus belle voix d'infirmière. Ouais, ouais.

Elle voit combien je suis bouleversée. Elle voit les larmes qui me brûlent les yeux. « J'aurais dû me montrer plus professionnelle. » Elle s'interrompt. « C'était une grande nouvelle, Annie. Il fallait que je te l'annonce. Il n'est pas conscient en ce moment, mais tout à l'heure, il l'était. »

Oh, non, maintenant, c'est elle qui va se mettre à pleurer ! « Tu n'es qu'une sale garce, mais je t'adore, lui dis-je. Mon enfoiré d'oncle s'amuse à nos dépens. Il feint juste de dormir. » Ne t'inquiète pas, Eva, tu as fait ce qu'il fallait.

Un peu plus tard, maman nous rejoint, puis Joe, Dorothy et Gregor débarquent à leur tour. Rassemblés autour du lit, on parle sans arrêt, on raconte n'importe quoi. Le Dr. Lam entre et nous explique la situation en des termes médicaux qui me passent au-dessus de la tête. Tout ce que j'ai besoin d'entendre, c'est cette phrase qu'il prononce : « Will est en train de décider. » Ça, je le comprends.

À la tombée de la nuit, au changement d'équipe, quand Sylvina vient remplacer Eva, nous sommes tous épuisés. Devant tout le monde, je demande à Sylvina si je peux rester. Pas de problème, répond-elle, puis elle dit aux autres qu'ils peuvent aller dormir et que je les appellerai s'il y a du nouveau.

Pendant que chacun s'habille, Gordon ne me quitte pas du regard.

« Toi aussi, tu peux rentrer », dis-je en le serrant dans mes bras, sentant son corps noueux sous sa chemise. Prends ma motoneige. Fais simplement attention aux endroits inondés. » La marée descend et il ne devrait pas rencontrer de difficultés. « Si tu vois de la gadoue, reste bien dans les traces. Elles ont dû regeler depuis. »

Joe me promet de veiller sur Gordon.

Assise à son chevet, je l'observe durant ce qui me semble être des heures. « Tout va bien, mon oncle, ils sont tous partis, lui dis-je de temps en temps. Tu peux te réveiller. On pourra bavarder tranquillement. » Je n'ai jamais autant parlé de ma vie. Je me sens vide de mots.

La chasse à l'oie du printemps approche. Quoi que puissent laisser croire la neige et le fleuve encore pris dans les glaces, le dégel arrive. Tiens, voici une nouvelle histoire pour toi. Une histoire courte, et ensuite, je n'aurai vraiment plus rien à te raconter.

C'est toi qui, chaque année depuis que je suis toute petite, me faisais descendre le fleuve dans ton canoë jusqu'à l'endroit où il se jette dans la baie. Je suppose qu'on a chacun nos souvenirs d'enfance préférés. Les miens brûlent au-dedans de moi comme des charbons ardents. Par une froide soirée d'automne, au bord de l'eau, alors que notre tente de prospecteur éclairée par la lanterne brille dans la pénombre et que le vent glacé me mord les joues, nous sommes assis, mon *moshum* – ton père – et moi, sur un rocher surplombant la baie. Je sais que tu pêches dans le coin avec oncle Antoine. Maman et Suzanne sont dans la tente où elles finissent de plumer une oie pour le dîner, tuée peu avant le crépuscule.

Moshum me montre la baie qui a absorbé la lumière. Il me nomme les étoiles qui apparaissent. L'étoile polaire. L'étoile du chasseur. L'étoile du retour. Il parle lentement en Cree, des mots longs, magiques, une part de mon héritage.

« Ce sont les mêmes étoiles que tu vois partout dans le monde, petite Niska », m'explique-t-il. Ce nom, Niska, Petite

Oie, c'est le surnom affectueux qu'il aime me donner. « Moi, c'est ma tante qui m'a appris tout ça, continue *Moshum*. Mais je n'ai pu le vérifier qu'en voyageant au loin. Et maintenant, c'est mon tour de te l'apprendre. » Je me suis souvenue de ces paroles. Et je m'en souviens encore.

Ma mère a toujours été surprise, et même un peu envieuse, de constater que mon grand-père me parlait autant. Car ce n'était pas un bavard. Tu te rappelles comment il pouvait passer des journées entières assis dans un vieux fauteuil près du poêle à bois, appuyé sur sa canne, le regard fixé sur la porte ouverte, sursautant légèrement quand une bûche craquait ? Lorsque j'étais petite, il était déjà vieux.

Une fois que le froid est devenu trop vif pour qu'on reste ainsi immobiles sur le rocher, *Moshum* et moi allons retrouver Suzanne et ma mère dans la grande tente en toile. Suzanne commence tout juste à marcher. Elle est têtue et elle pique des rages quand elle n'obtient pas ce qu'elle veut. Ce soir-là, elle est de bonne humeur, et au moyen d'une grande plume d'aile noire et blanche, elle trace en l'air des dessins qu'elle seule est en mesure de voir. Assise à côté d'elle, je la chatouille avec une autre plume. J'essaye de lui en enfoncer le bout dans le nez. Au début, elle affecte la colère, puis elle rit aux éclats.

Oncle Antoine et toi, vous arrivez peu après. Vous sentez le froid et le tabac.

Je me souviens comment, dans la matinée, tu as plumé la première oie de la saison, comment tu as taillé un long bâton pour l'embrocher avant d'attacher une cordelette à chaque extrémité du bâton pour le suspendre à un croisillon au-dessus du feu qui flambait dans la tente. Toute la journée, l'oie a tourné et cuit lentement à la fumée et à la chaleur, tandis que le jus et la graisse grésillaient au contact des flammes. Style *sagabun*.

C'est *Moshum*, je me rappelle, qui la découpe pour nous. Assis en cercle à l'intérieur de la tente, nous trempons dans la sauce de la bannique cuite sur le feu, et, la bouche luisante de graisse, nous engloutissons des morceaux de viande. Le sourire de Suzanne est tout brillant, ce qui m'amuse beaucoup. Il fait nuit noire et le vent a forci. Oncle Antoine, *Moshum* et toi, vous écoutez le vent et vous annoncez que demain, le temps sera clair.

Il faut qu'on se lève de bonne heure pour ma première chasse. Nous gagnerons les affûts avant l'aube puis, le regard rivé sur le ciel au nord, nous guetterons les oies qui auront repéré nos leurres. Une fois le dîner fini, les assiettes et les tasses rincées dans la baie puis mises à sécher, nous nous réinstallons autour du feu. Au travers des minces parois de toile, on entend les bruits de l'eau et de la forêt.

Moshum coud à la lueur du feu tout en nous écoutant parler. Je me demande comment, dans la faible lumière, il arrive à voir ce qu'il fait. Tu m'as raconté qu'il voyait dans le noir, qu'il l'avait appris à la guerre. Ma mère dit qu'il a tellement l'habitude que c'est devenu instinctif. Il assemble des bouts d'une peau d'orignal qu'il a lui-même tannée audessus d'un feu. Après t'avoir confectionné une toque en peau d'orignal et en fourrure de castor pour l'hiver, il nous fait des mocassins à Suzanne et à moi. Je trouve ça drôle de le regarder coudre. Normalement, c'est le travail des vieilles femmes. À l'observer ainsi, j'ai les paupières qui tombent.

Une main me secoue. J'ouvre les yeux. Je dormais sur les branches d'épicéa disposées à même le sol. Il fait encore nuit. Je ne sais pas qui m'a réveillée. Je te vois, mon oncle, qui ranimes le feu pour mettre du café à chauffer. Dès que je me souviens qu'on doit partir chasser, je m'habille en vitesse.

Feignant de ne pas remarquer ma présence, oncle Antoine, *Moshum* et toi, vous mangez votre porridge sans vous presser, et vous vous interrompez de temps en temps pour demander : « C'est une oie que j'entends ? » Sur quoi, je ne manque pas de me précipiter à l'entrée de la tente pour regarder. Maman nous prie de ne pas parler trop fort pour ne pas réveiller Suzanne. Quand vous avez enfin terminé de manger et de boire votre café, vous allumez vos cigarettes et vous fumez tranquillement. Je voudrais vous traîner dehors.

Nous enfilons nos bottes boueuses et nos lourdes parkas, puis nous coiffons nos chapeaux pour sortir dans l'air froid du petit matin. À l'est, le ciel se teinte tout juste de rose au-dessus de l'immense étendue d'eau. *Moshum* porte deux fusils, un gros, le sien, et un plus petit pour moi, un fusil à deux coups calibre 20. Il marche avec lenteur, avec prudence, tirant sa fausse jambe au-dessus des morceaux de bois flotté.

Dans l'affût, *Moshum* prend la direction des opérations et vous indique comment disposer les leurres. Après quoi, nous nous accroupissons tous dans notre cache construite à quelques mètres du rivage au moyen de branchages et d'herbe des marais.

Je vous regarde charger vos fusils. *Moshum* me montre comment glisser une cartouche en veillant toujours à garder les canons pointés sur l'eau, puis il m'explique le fonctionnement du cran de sûreté et des deux détentes. « Quand tu tireras, cale bien la crosse contre ton épaule », me conseille-t-il.

Les premières oies apparaissent, beaucoup trop haut dans le ciel pour la portée de nos armes, mais à cette seule vue mon pouls s'accélère. Le vol suivant est plus bas, et lorsque *Moshum* en repère un assez près, il met ses mains en cornet et crie comme une oie. *Awk. Awk. Awk.*

Moshum appelle les oies. Elles s'approchent, et dès qu'elles aperçoivent les leurres, elles déploient leurs ailes pour se poser, les pattes tendues sous le ventre. Le temps paraît suspendu au point que, je le jure, je vois les yeux noirs de mon oie. *Moshum* s'est tu. Il est accroupi derrière moi. Je me lève, la tête qui dépasse à peine de l'abri, le fusil épaulé, tenu par mon grand-père. Après avoir poussé le cran de sûreté, il me dit d'attendre son ordre pour presser la détente.

Mon oie plane droit sur moi. Mon cœur cogne si fort dans ma poitrine que je crains que l'oie l'entende. *Moshum* m'aide à tenir le fusil. Je ne crois pas avoir envie de la tuer. Elle est belle.

« Maintenant », dit-il. Mon doigt se crispe. Le fusil tonne et je ressens un choc douloureux à l'épaule. Le monde devient presque silencieux. Je ne perçois qu'un léger bourdonnement dans les oreilles. L'oie tombe au ralenti. Elle heurte l'eau dans un éclaboussement à quelques pas de moi. Je veux que le temps reprenne son cours normal. Par la suite, le temps, mon univers, ne m'ont plus jamais semblé pareils.

Moshum et moi sortons de l'affût pour aller chercher l'oiseau. Ta voix assourdie, mon oncle, me parvient : « Un beau coup. »

À mon étonnement, l'oie bat maladroitement d'une aile et, les yeux fixés devant elle, elle nous attend. J'étais pourtant sûre de l'avoir tuée. On pourra peut-être la soigner. Je n'arrive pas à détacher mon regard d'elle. *Moshum* se penche, l'empoigne par le cou, murmure quelque chose, puis il s'agenouille sur elle jusqu'à ce qu'elle ne bouge plus. Devant le côté définitif de ce geste, ma gorge se serre. À partir de cet instant, la lumière devient un tout petit peu plus intense.

Je sais que tu regardes pendant que *Moshum* caresse l'oiseau comme s'il s'agissait d'un animal familier. Il lui parle à voix basse, puis il tire quelques brins de tabac de sa poche pour les placer dans le bec de l'oie. Il arrache une grande plume de la queue et me la pique dans les cheveux.

« Tiens, petite Niska, me dit-il en anglais avec un sourire. Maintenant, tu as l'air d'une Indienne. » Il prononce *Indienne* en détachant les deux syllabes. *In-dienne*. J'aime bien la manière bizarre dont il prononce les mots dans cette langue. Ça m'aide à me sentir un peu mieux.

« Cette nuit, j'ai rêvé que je tuais une oie, dis-je en levant les yeux vers lui. J'ai rêvé exactement ce qui vient de se passer. »

Il sourit de nouveau. « Je sais. »

Quelques semaines plus tard, une fois la tête fumée et séchée, *Moshum* l'orne patiemment d'un délicat motif de perles pour en faire un magnifique bijou, un cadeau que je montrerai un jour à mes enfants. Je crois que c'est le plus bel objet qu'il ait jamais réalisé. Tu te souviens ? Il est mort peu de temps après.

Je suis tellement fatiguée. Assise sur ma chaise, je me penche pour poser la tête sur le lit à côté de toi. Je vais m'accorder un petit somme. Il est tard. J'ai les yeux fermés et le ronronnement des machines auxquelles tu es branché me paraît presque apaisant. Il est si facile de sombrer dans les ténèbres.

Dans mon rêve, une main me caresse les cheveux. C'est agréable, je suis redevenue une enfant. J'ouvre les yeux. Il fait encore nuit. La veilleuse projette une lueur verte. La main me caresse toujours les cheveux.

Je veux tourner la tête, la soulever, mais je suis pétrifiée. À mon réveil, l'espace de quelques secondes, je me suis demandé où j'étais. Maintenant, je sais que je suis dans une chambre d'hôpital, la tête posée sur le lit de mon oncle, et qu'une main me caresse les cheveux.

« Sacrément faim, moi. » Les mots sortent lentement, lourds de sommeil. « Je rêvais d'une oie rôtie. »

Je dresse la tête avec précaution. La main s'immobilise. Je lève les yeux. Mon oncle me regarde.

« C'est toi, Suzanne ? demande-t-il. Tu peux aller me chercher un verre d'eau ?

– Non, c'est Annie. » Serais-je encore plongée dans mon rêve ?

« Bonjour, Annie. Tu m'as manqué. »

Ses paupières se referment. Je me mets debout et je le regarde. Je tends le bras et je le secoue doucement. Il ne réagit pas.

Je me précipite hors de la chambre, appelant Sylvina à grands cris.

39

J'ai demandé à Dorothy de m'aider à convaincre Joe de nous conduire de l'hôpital à Moosonee dans son canoë. Des blocs de glace flottent encore à la surface des eaux noires, et ils me font penser à un whisky-Pepsi géant. Joe navigue aussi lentement qu'une *kookum* dans le bras de mer et le fleuve. Il a même construit une cabane en contreplaqué pour me protéger du vent, puis il a posé des couvertures sur les sièges pour qu'on s'emmitoufle. Mon copain de toujours, il est comme une mère pour moi.

Mon vieux pick-up nous attend sur les quais de Moosonee. Joe et Gregor ont tenté en vain de régler le moteur. Il est là, qui tousse et crache une fumée noire. Ce qui, ce coup-ci, me fait penser à une cigarette. Le Dr. Lam dit que mon grave traumatisme crânien devrait m'inciter à arrêter de fumer. Il a sans doute raison. La cigarette ne me manque pas tellement.

Il paraît que je ne pourrai plus parcourir la forêt pour gagner ma vie. Le côté droit de mon corps ne fonctionne pas très bien. Je risque des attaques.

Joe continue à se comporter comme une nounou. Il déplie mon fauteuil roulant et m'aide à descendre du bateau, à deux doigts de nous précipiter l'un et l'autre dans la flotte. Depuis que je suis sorti du coma, ma vision se détraque parfois. Il m'arrive de voir double, ce qui me désarçonne. Mon univers se déglingue, et ça me fiche la trouille. En ce moment, je vois deux Joe. C'est au moins un de trop. Dorothy et lui me poussent pour monter la berge à pic vers mon pick-up, puis ils me portent pour m'installer à l'intérieur. Par contre, c'est plutôt agréable de voir deux Dorothy.

« On ne sera pas long », dis-je à Joe, espérant m'adresser au bon. Quelques personnes qui attendent un bateau-taxi me saluent d'un signe de tête. Certaines me sourient et agitent la main.

Dorothy grimpe sur le siège du conducteur. « Où va-t-on, Will ? » demande-t-elle. Je ne lui ai pas encore dit. Il faut que je sois rentré dans une heure à l'hôpital, sinon le Dr. Lam m'expédie à Kingston. Dorothy s'est fait un devoir de me le rappeler. Ma mémoire à court terme nécessite quelques ajustements.

« Prends Quarry Road, tu veux bien ? » dis-je.

J'ai dû m'endormir. Dorothy s'est garée sur le bas-côté et elle me secoue doucement. « Dis-moi où on va. »

Reprenant mes esprits, je me frotte les yeux. « Cinq cents mètres plus loin. »

Quand nous arrivons au croisement avec un petit chemin envahi par les broussailles, je dis à Dorothy de le prendre en direction de la rivière. Elle a déjà compris, je crois. Elle agrippe le volant.

Au bout du chemin, elle s'arrête devant les fondations qui disparaissent presque entièrement sous la végétation. Pendant ces vingt dernières années, les arbres ont poussé le long de la berge et cachent désormais le cours d'eau. Autrefois, on avait une belle vue.

Je voudrais sortir, mais je suis trop fatigué. Dorothy et moi restons assis, le regard fixé sur les ruines qu'on distingue encore au milieu de la boue et des broussailles. Rien qu'une simple maison. Ici, pas de comptoir de traite, pas d'église. La disposition des pièces est encore gravée dans mon esprit. C'est ma première maison, celle que j'ai construite il y a si longtemps avec l'aide de mon père. Des amas de neige s'entêtent à persister dans l'ombre des arbres. Moi, je veux croire que les fleurs sauvages s'épanouissent ici chaque été. Bien que j'habite à moins de deux kilomètres, je n'y étais jamais revenu.

«Pourquoi cet endroit?» demande Dorothy. Sa voix tremble et elle refoule ses larmes.

Je cherche mes mots. Je porte mes doigts à ma bouche et j'aspire. Il me faut un moment pour réaliser que mon corps continue à agir comme si je fumais. Je dois avoir l'air cinglé.

«C'est là que j'ai perdu ma famille», finis-je par dire. Je voudrais que les mots expriment mieux ma pensée.

Dorothy pleure à présent. «Je sais», souffle-t-elle.

De nouveau, du temps s'écoule avant que je puisse parler. «C'est ici que je désire entamer une nouvelle vie avec toi.» Ce ne sont toujours pas les mots qui conviennent, mais c'est un progrès. J'ai d'autres choses à ajouter. «Je n'ai pas l'intention d'habiter ici. Je veux habiter sur l'île avec toi.»

Dorothy a le regard rivé sur le pare-brise fêlé.

«J'ai besoin de dire au revoir.» J'ai du mal à former les mots avec mes lèvres. Dès que je le peux, je poursuis: «Je veux être sûr qu'elle comprend. Je veux qu'elle sache que la vie ne dure pas éternellement.»

Les mots ne me viennent plus. Dorothy et moi, nous regardons la clairière au bord de la rivière. Le vent gémit dans les branches des aulnes qui se courbent.

Dorothy me prend la main et je m'y accroche. Nous demeurons longtemps ainsi. Un balbuzard plane sur les courants ascendants puis décrit de lents cercles au-dessus de nous.

«Je ne me sens pas mal ici», dis-je.

Dorothy se penche, et nous nous embrassons.

Ce n'est pas tout à fait ce que je comptais dire, mais ma bouche a été incapable de prononcer les mots qu'il fallait. Je voulais simplement dire que ma femme, je crois qu'elle comprend. Elle est le balbuzard qui tourne au-dessus de nous, devenu flou devant mes yeux fatigués. Elle nous protège et elle trouvera toujours de quoi manger pour nos deux garçons.

Dorothy, ma femme, je crois que tu comprends.

Il y a quelques jours, je suis rentré chez moi. Le matin et le soir, il fait encore froid. Les mouches noires et les moustiques se réveillent, mais je passe la plupart du temps à l'intérieur à me chauffer près du petit poêle. Personne ne veut que je reste seul dans ma vieille maison, mais j'ai besoin de prouver quelque chose, à eux comme à moi, avant de traverser le fleuve pour aller vivre avec Dorothy.

Juste avant mon retour, j'ai fichu dehors Annie et son copain pour les envoyer habiter un temps chez Lisette. Ma sœur veillera à ce qu'ils soient unis comme la morale l'exige. Et elle fera en sorte qu'ils n'aspirent qu'à leur liberté. J'ai donné la maison à Annie. Quand je le lui ai annoncé, elle a fondu en larmes, mais c'étaient des larmes de joie, je crois. Je ne l'avais encore jamais vue comme ça. Je lui ai dit ensuite que j'avais besoin de deux ou trois semaines seul ici pour me retrouver. Après, cette solide maison, cette maison que tu as beaucoup trop bien rangée et nettoyée, elle sera à toi. Entièrement à toi.

Le visage chauffé par le soleil, je somnole sur mon canapé quand j'entends un bruit qui me fait sursauter, un bruit que j'avais oublié. Je n'arrive pas tout de suite à le situer. Il est insistant, strident. J'ouvre les yeux, et je fouille dans mes souvenirs pour tenter de me rappeler d'où il vient, ce qu'il signifie. Il recommence. Puis il cesse. Je m'assois tant bien que mal. Sous l'effort, le sang me bat les tempes. C'était le téléphone.

Pendant que je finis de me redresser et que je pose les pieds par terre, il sonne de nouveau. Le côté droit de mon corps est comme endormi. Il ne se réveillera pas. La canne qu'on m'a donnée à l'hôpital est à l'autre bout de la pièce, appuyée contre la table de la cuisine. Je tâche de m'en servir le moins possible. Quand je veux me mettre debout, je m'écroule. La sonnerie du téléphone continue de retentir, comme pour se moquer de moi. Je rampe vers lui, posé à côté de ma canne. La hanche sur laquelle je suis tombé doit être contusionnée. Je me sens vieux, très vieux.

« Allô ? » dis-je, essayant d'adopter un ton normal, mais je suis hors d'haleine. Une voix enregistrée m'annonce que j'ai un appel en PCV depuis le palais de justice de Timmins. J'accepte de le prendre. Annie payera la note quand elle arrivera.

Lorsqu'on me passe la communication, je n'entends qu'une respiration à l'autre bout du fil. Un sentiment de panique naît au creux de mon estomac. « Qui est à l'appareil ? je demande, prêt à raccrocher, mort de peur.

– Will ? » Je reconnais la voix. « C'est moi. » La voix d'Antoine s'étouffe sur un rire.

« Tu es soûl ou quoi ?

– *Mona*, répond-il. Non, moi, je ne suis pas soûl. » Il rit de nouveau. « Pas d'alcool en taule. »

Je lui demande s'il sait quand on va le libérer.

Il répond simplement : « *Mona*. Pas du tout. » Il laisse échapper un petit rire.

« Si tu n'es pas soûl, pourquoi tu es si bizarre ? Qu'est-ce qui t'amuse ?

– Ces policiers ici, dit-il en anglais. Sacrément drôles, eux. Ils me traitent comme un roi. Je mange bien en prison, moi. »

Je lui dis que si on ne le relâche pas bientôt, je trouverai le moyen de le faire évader.

« Quand je rentrerai chez moi à Peawanuck, je me construirai une nouvelle maison », dit-il. J'écoute la voix de mon demi-frère, cette voix qui s'élève dans ce monde, même si ce n'est pas souvent, depuis plus de quatre-vingts ans. Je ne doute pas qu'il le fera. Et je serai peut-être assez remis pour l'aider.

« Ces policiers et moi, on discute chasse, continue-t-il. Ces hommes blancs, ils aiment tuer des orignaux. Et ils aiment m'entendre raconter comment je fais. Il y en a même qui prennent des notes.

– Ne leur dévoile pas trop nos secrets, dis-je.

– Quelques-uns, reprend Antoine, ils m'ont même dit que j'avais bien fait de tuer Marius et son copain. Ils m'ont demandé si j'avais des remords. Je leur ai répondu que j'avais tué un grand nombre d'hommes à la guerre.»

Ce qu'il vient de dire me donne à réfléchir. Nous restons l'un et l'autre silencieux. On se contente d'écouter nos respirations, à l'aise dans ce silence.

Je n'ai pas beaucoup de souvenirs du jour où il m'a sauvé la vie, et une bonne partie des événements de l'année dernière est effacée de ma mémoire comme une bande vidéo abîmée. Je me rappelle cependant Antoine, immobile comme un orignal parmi les arbres. Je me rappelle un homme aux petites lunettes rondes qui le faisaient paraître plus intelligent qu'il ne l'était. Je sais que Marius était là, mais seulement parce qu'on me l'a dit. Parfois, il me semble voir ses yeux.

À l'autre bout du fil, j'entends des petits bruits, un claquement sec, jusqu'à ce que je me rende compte que c'est le frottement d'un pouce sur la molette d'un briquet. Antoine inspire profondément. Et quand j'imagine qu'il porte les doigts à ses lèvres pour tirer sur sa cigarette, je fais de même. Lui, il ne trouverait pas cela curieux. Cette pensée me remonte le moral.

«Le fusil de notre père, finit-il par dire. J'ai demandé à ces policiers de me le rendre quand ils me laisseront sortir.»

Le fusil de notre père? Je m'efforce de maîtriser le tremblement de ma voix. «Pourquoi l'ont-ils?»

Je crois voir Antoine fumer, un léger sourire aux lèvres, et je l'imite. Et lorsque je me le représente secouant ses cendres sur son jean avant de frotter pour les faire disparaître, je fais pareil.

« Quand ils m'ont demandé où je me l'étais procuré, je n'ai pas voulu dire que c'était toi qui me l'avais donné. » Il tire sur sa cigarette. « Alors j'ai répondu que je l'avais acheté sur eBay.

– Et qui l'a maintenant ? » je demande.

Antoine doit fumer sa clope jusqu'au filtre.

« Les autorités, je suppose », répond-il.

Je médite là-dessus. Quelques instants plus tard, je perçois des voix en arrière-fond. « Bon, il faut que j'y aille », dit Antoine.

Je lui répète que si on ne le libère pas bientôt, je l'aiderai à se faire la malle. Après qu'on a raccroché, je demeure longtemps assis dans la cuisine, le téléphone à la main.

Les autorités ont le fusil de guerre de notre père. Moi, je ne crois pas qu'ils savent ce qu'ils détiennent. Ce fusil, il finira par se mettre à parler, et à ce moment-là, quelqu'un aura intérêt à écouter.

Dorothy barre mon canoë. Assis à l'avant, face à elle, je l'observe. Elle navigue sur la Moose River comme une fille. Aujourd'hui, j'aurais aimé foncer. J'aurais aimé barrer, mais quand j'ai essayé, je me suis montré incapable de serrer la poignée des gaz, incapable de gouverner le bateau avec mon mauvais bras. Tenant son chapeau d'une main pour éviter qu'il s'envole, Dorothy me sourit. Joe et Gregor nous précèdent dans le canoë de Joe. Par égard pour Dorothy, ils vont doucement. Je n'ai pas l'habitude d'être à l'avant. Je ne me sens pas à ma place. Quand je bouge, le roulis est assez prononcé pour que je craigne de passer par-dessus bord tout en sachant qu'il y a peu de risques. Je reste immobile et je supporte stoïquement la douleur que le banc étroit inflige à mes fesses.

La Moose River s'élargit devant nous. Nous sommes poussés par le courant et la marée descendante. Je m'efforce de croire que ma condition physique s'améliore. Dorothy veille à ce que je fasse mes exercices quotidiens.

Aujourd'hui, c'est le jour le plus long de l'année. Un jour que j'attendais avec impatience. Nous allons tous, ma famille et mes amis, passer les prochaines quarante-huit heures dans le vieux camp de chasse de mon père sur la baie James. Annie y a déjà conduit les autres. Moi, il me faut plus de temps. Et Joe aurait refusé de partir avant moi. Gregor et lui s'imaginent qu'ils doivent prendre soin de moi. Il est vrai que j'ai tendance à m'endormir à des moments inopportuns.

Au milieu des gémissements du vent, je perçois le bourdonnement du moteur. Il va faire chaud. Pas un seul nuage dans le ciel. Sous la lumière vive, l'eau paraît noire. Dorothy ralentit quand un bateau nous dépasse. Il soulève des vagues frangées d'écume qui secouent notre embarcation. Dorothy franchit la vague et suit le sillage.

Chauffé par les rayons du soleil, je ne tarde pas à avoir envie de dormir. Je me tourne vers la berge. Les arbres que je vois en double se brouillent. Lorsque ma vue se trouble ainsi, je sais que le sommeil me guette. Une crainte naît alors en moi à l'idée que cette fois, ce sera un sommeil dont je ne me réveillerai pas.

Aujourd'hui, je lutte. Aujourd'hui, je veux jouir de chaque instant. La caresse du soleil sur mon visage, celle du vent dans mes cheveux ras, elles cherchent à m'entraîner. Je change de position pour me mettre face à l'air plus frais qui souffle de la grande eau salée devant nous.

La baie est calme, et à l'embouchure du fleuve, une lente houle et le courant s'affrontent. Il y a des années, quand j'étais un homme jeune, j'aimais venir à l'endroit où les deux eaux se rencontrent, juste pour le plaisir, juste pour m'évader un peu. Dans cette autre vie, je m'arrêtais là et je fumais une cigarette, le regard perdu sur l'immensité de la mer. Je me tournais vers le nord et je songeais au navigateur Henry Hudson et à son fils, me demandant si on retrouverait un jour leurs ossements.

Il m'arrivait aussi de regarder vers le sud et Hannah Bay, ce qui me rappelait toujours le père d'Annie et de Suzanne. Puis les parents de celui-ci. Et ses ancêtres. Ceux-là, on s'accordait à penser qu'ils étaient fous. Moi, je crois qu'ils en avaient simplement assez des hommes de la Compagnie de la baie d'Hudson qui volaient les *Anishnabes*. C'est pourquoi le peuple du mari de Lisette en avait tué quelques-uns en guise d'avertissement et avait fourré leurs cadavres dans un trou creusé dans la glace pour effacer les traces. Mais la glace fond, et l'eau n'aime rien tant que faire monter sa colère à la surface.

Je me souviens que je pouvais contempler la mer des heures durant. L'herbe des marais cédait la place aux vagues qui se perdaient à l'horizon d'un autre monde. Aujourd'hui, tandis que nous traversons la baie, je détourne les yeux de cet autre monde. C'est pure superstition, mais moi, je ne veux pas regarder. Je préfère regarder Dorothy à la barre de mon canoë.

Elle ralentit pour aborder le rivage. Joe et Gregor sont maintenant juste derrière nous. Dorothy jette un coup d'œil sur sa gauche, vers le marécage et la forêt. Je l'imite. Elle hume le vent, puis elle se tourne vers moi et me sourit. Nous approchons du campement. Elle sent l'odeur du feu de bois. C'est une belle femme. J'ai de la chance.

Lorsque je regarde enfin, je vois notre tipi familial qui brille d'un blanc éclatant dans le soleil, et à côté, le petit tipi bleu que Lisette utilise sans doute pour fumer les oies. De fines volutes blanches s'échappent de sa pointe. Depuis que je suis sorti du coma, je n'ai plus beaucoup d'odorat. Le Dr. Lam dit que c'est une séquelle fréquente des traumatismes crâniens. Mon sens olfactif reviendra peut-être un jour, a-t-il ajouté.

Au bruit de nos moteurs, ceux qui sont déjà là lèvent la tête. J'ai des papillons dans l'estomac. J'ai l'impression d'être un adolescent qui profite de son premier jour de vacances estivales. La fête sera superbe. Quelqu'un, Annie peut-être, a décoré de guirlandes multicolores les arbres autour du campement. Des rubans rouges, jaunes, blancs et noirs s'agitent sous la brise. Nos quatre points cardinaux. Je crois qu'Annie a appris certaines choses l'année dernière. Elle deviendra peut-être ce que mon père avait prédit.

L'avant du canoë racle doucement le fond de sable et de galets. Avec quelque difficulté, Dorothy réussit ensuite à tourner l'embarcation et à relever le moteur. Puis elle saute à terre. Son jean épouse ses fesses fermes. Dorothy et moi, on montera peut-être notre propre tipi ce soir. Elle vient vers moi et me tend la main.

«Je pense que je vais d'abord rester un peu ici», dis-je.

Le bateau de Joe s'échoue à côté du mien qu'il fait tanguer légèrement. Gregor et lui se lèvent, empoignent les glacières puis les packs de bières.

«Oui, dit Gregor, le regard fixé lui aussi sur le cul de Dorothy. On va se prendre une bonne cuite ce soir. Espérons que ce n'est pas mon nom qu'elle criera en plein milieu de la nuit.»

Joe et lui ouvrent chacun une bière. Je lève une bouteille imaginaire pour trinquer.

«Je vais te donner un coup de main pour descendre, dit Joe.

– Non, je vous rejoindrai plus tard.» J'ai ma canne à côté de moi. Je commence à m'habituer à m'en servir. Je suis des yeux mes amis qui se dirigent vers le campement avec leur provision de bières.

À une cinquantaine de mètres du rivage, Gordon aide Lisette à préparer des sandwiches pour le déjeuner. Il l'écoute attentivement lui fournir je ne sais quelles explications. Ce Gordon, il me plaît bien. Un peu maigrichon, certes, mais je n'aimerais pas avoir à me frotter à lui. Je crois qu'il a déjà beaucoup vécu. Ouais, ça me fait plaisir qu'il soit là. Lui au moins, il ne m'interrompt pas quand je lui parle. Une qualité que tout le monde n'a pas.

Gordon sent que je le regarde. Il lève la tête et me fait signe du menton. Il a quelque chose du vieil Antoine, ce garçon-là. C'est bien, Annie. Tu as fait un bon choix. Je détourne les yeux.

Si seulement Antoine était là, la fête serait complète. J'ai dit à Dorothy qu'il fallait qu'on se débrouille pour le faire sortir.

« La justice est lente, s'est-elle contentée de répliquer. En particulier pour les Indiens. »

Le soleil et le balancement de mon bateau me donnent sommeil. Je ne veux pas y céder. Pas maintenant. Mais j'ai du mal. C'est dur, si dur. Quand je pense que personne ne me voit, je me gifle pour me réveiller. Je me sens bien à regarder les autres vaquer à leurs occupations. J'ai envie de fermer les yeux et de dormir un peu. Non, il ne faut pas.

Derrière Lisette, je surprends un mouvement parmi les arbres. J'esquisse le geste de saisir le fusil que je n'ai plus. La panique monte de nouveau en moi, à l'instar de ce jour d'hiver dans mon camp. J'ai peur que tout s'écroule.

Les yeux étrécis, j'examine le rideau d'épinettes noires. Ma vue se trouble et je vois double une fois de plus. Je cligne des paupières à plusieurs reprises. Ma vue s'améliore comme si je regardais dans des jumelles, puis elle se brouille de nouveau. Deux silhouettes émergent des arbres. Elles débouchent de l'ombre, inondées de soleil. De longs cheveux noirs qui brillent. Ce doit être une vision. Si belles. Elles se dirigent vers le camp.

Les deux femmes s'arrêtent. Elles me regardent, je crois. Une main dessine comme des arabesques dans l'air. Personne d'autre que moi ne les a encore remarquées. Je me frotte les yeux. Je veux voir distinctement.

Elles se dirigent vers les autres. Assis dans mon canoë, je les observe. Mes nièces viennent vers moi. Annie, elle ralentit le pas, ses lèvres remuent comme si elle parlait à celle qui marche à ses côtés. Dont je vois le sourire. Le sourire de Suzanne, plus éblouissant que le soleil.

Un vent frais souffle de la baie, et les vagues clapotent contre la coque de mon canoë. L'étendue d'eau salée étincelle dans le soleil. Ma nièce perdue, mes deux nièces perdues s'avancent vers moi.

Je ramasse ma canne sur le plancher du bateau. Je tâche de me lever, mais je n'en ai pas la force. Ce n'est pas grave. Les mains des miens se tendent pour m'aider.

REMERCIEMENTS

Toujours, pour ceux du Mushkegowuk, de la baie James. Nicole Winstanley, ton génie est toute ta passion, *Chi meegwetch*. David Davidar et Paul Slovak : brillants *hookimaws*. Arzu Tahsin, je suis ravi que nous ayons travaillé ensemble. Francis Geffard, tu es mon *ntontem*.

Merci aussi à Tracy Bordian, Stephen Meyers et le reste de la bande de chez Penguin Canada. J'ai la grande chance de vous avoir tous dans mon coin.

Johna Hupfield de la première nation Wasauksing, *meegwetch* pour ton œil attentif et ton opposition aux jurons. Debby Diabo Delisle de la nation Mohawk de Kahnawake, *nia : wenkowa*. Greg Spence, Ed Metatawabin et sa famille, le clan Tozer – tous ceux de Moosonee au nord – vous êtes ma source d'inspiration.

Merci à toi Daniel Sanger d'avoir partagé ta vaste connaissance de la culture des bikers. Et merci à vous Julian Zabalbeascoa et Katie Sticca pour votre formidable lecture de dernière minute.

Gord Downie, Tony Penikett, Brian Kelly, Mark et Harald Mattson, Hugues Leroy : chacun de vous est aussi mon *ntontem*.

À tous ceux de La Nouvelle-Orléans : la bande de mes copains et Kris Lackey. Jen Kuchta, John Lawrence et le clan Bagert. Et à tous les autres, trop nombreux pour être nommés ici. Un peu de pluie ne gâchera pas votre parade. Et des remerciements particuliers à Rick Barton et Joanna Leake, de même qu'au reste du département des Beaux-Arts et aux étudiants de l'université de La Nouvelle-Orléans, y compris ceux par Internet. Travailler avec vous tous a été un plaisir.

Jim Steel, tu es brillant dans la guerre comme dans la paix.

Ma très large et un peu folle famille : nous ne sommes rien les uns sans les autres.

Et toujours pour toi, Amanda, mon amour. Je ne peux pas imaginer le voyage sans toi.

DAN CHAON
Parmi les disparus, nouvelles
Le Livre de Jonas, roman

BROCK CLARKE
*Guide de l'incendiaire des maisons d'écrivains
en Nouvelle-Angleterre*, roman

CHRISTOPHER COAKE
Un sentiment d'abandon, nouvelles

CHARLES D'AMBROSIO
Le Musée des poissons morts, nouvelles
Orphelins, récits

CRAIG DAVIDSON
Un goût de rouille et d'os, nouvelles
Juste être un homme, roman

RICK DEMARINIS
Cœurs d'emprunt, nouvelles

ANTHONY DOERR
Le Nom des coquillages, nouvelles
À propos de Grace, roman

DAVID JAMES DUNCAN
La Vie selon Gus Orviston, roman

DEBRA MAGPIE EARLING
Louise, roman

GRETEL EHRLICH

La Consolation des grands espaces, récit

LOUISE ERDRICH

L'Épouse Antilope, roman
Dernier rapport sur les miracles à Little No Horse, roman
La Chorale des maîtres bouchers, roman
Ce qui a dévoré nos cœurs, roman
Love Medicine, roman

BEN FOUNTAIN

Brèves rencontres avec Che Guevara, nouvelles

JUDITH FREEMAN

Et la vie dans tout ça, Verna ?, roman
Dernières épouses, roman

JAMES GALVIN

Prairie, récit
Clôturer le ciel, roman

DAGOBERTO GILB

Le Dernier Domicile connu de Mickey Acuña, roman
La Magie dans le sang, nouvelles

LEE GOWAN

Jusqu'au bout du ciel, roman

PAM HOUSTON

J'ai toujours eu un faible pour les cow-boys, nouvelles
Une valse pour le chat, roman

Composition : IGS-CP
Impression : CPI Bussière, juin 2009
Éditions Albin Michel
22, rue Huyghens, 75014 Paris
www.albin-michel.fr

ISBN : 978-2-226-19399-5
ISSN : 1272-1085
N° d'édition : 25971. – N° d'impression : 091896/4.
Dépôt légal : août 2009.
Imprimé en France.